천사의 통곡

－실화소설

천사의 통곡

―실화소설

신아출판사

　세상이 요란한 이유는 거짓과 진실이 뒤바뀌면 당연히 시끄럽다. 가해자는 끝없는 거짓으로 죄를 숨기려 하고, 피해자는 억울해서 울부짖고, 5·18의 가해자 폭군 전두환은 40년이 다된 지금도 새빨간 거짓말로 손바닥으로 하늘 가린 짓을 하여 국민을 우롱하고 피해자에게 사과 한마디 하지 않아 온 국민의 공분을 샀다. 더 나아가서 진실을 말한 사자에게 새빨간 거짓말쟁이라고 한 것은 문학적 표현이라니 이 또한 천인공로할 일이다.

　정치인들이나 고위공직자들일수록 부정을 일삼고, 많이 배운 사람일수록 후안무치하니 차라리 마소를 갓 고깔 씌워 숭배함이 옳을까 싶다.

　진실이 왜곡된 어느 여배우의 사건, 피해자는 이미 죽었지만 진실이 왜곡 되었으니 저승에서의 통곡소리가 다시 밖으로 나왔다.

　필자는 김영은(사건의 제공자)씨의 하소연을 듣고 벌어진 입이 다물어지지 않았다. 소위 대학교수라는 사람의 행실과 양심이 이렇게 더럽고 불량할 수가 있을까 내 귀를 의심케 했다. 보통의 상식으로는 상상도 못할 일이다. 필자가 몇 년 전에 논픽션 소설 『올가미』를 펴냈었다. 그 책이 전국 유명서점에서 판매되었는데 독자인 김영은 씨로부터 전화를 받았다. 「올가미」란 소설 속에 왜곡된 진실이 통쾌하게 밝혀진 것에 감동을 받고 자기의 아픈 과거를 소설로 만들어달라는 제안을 받았다. 그녀는 가슴에 켜켜이 쌓인 한들을 거침없이 토해냈다. 잠깐만 들어봐도 좋은 소설 감이 분명했다. 소설가라면 좋은 소재에 구미가 당길 수밖에 없다.

　그녀는 H군내에선 제일가는 부잣집 외동딸, 한 많은 그녀의 이야기가 적힌 퇴색된 기록문을 건네받고 필자는 독일의 히틀러나 전두환 같은 후안무치인이 바로 우리 곁에서 훌륭한 학자로, 또는 대단한 인격자로 존경받고 있다는 것에 또 한 번 경악을 금치 못했다. 필자도 격에 맞지 않은 가문을 만나 많은 아픔을 겪었었던 일들을 생각하면 그녀의 하소연을 듣고 외면할 수 없었다.

그녀의 아픔은 절대로 묻혀서는 안 될 사건들, 남편은 천사를 죽인 가해자(악마), 그녀는 끝없이 희생당한 피해자(천사)이고 헌신자인데도 헌신짝처럼 버림받았다. 가난뱅이 집 아들이 천사를 먹이사슬로 붙들고 끝없는 주색잡기와 폭력, 협박, 갈취, 의처증, 온갖 악행으로 한 가문을 몰락시키고, 결국 천사에게 온갖 혐의를 뒤집어 씌워서 추악한 불륜녀로 모략하여 강제 이혼으로 내쫓고, 내연녀와 재혼을 하는 참으로 인면수심인, 양심 장애, 인격 장애자에게 순진한 문인들이 속고 있다는 것에 놀라지 않을 수 없다.

　철저한 가면극에 문인들이 휘둘려 신선한 문학 마당이 정치판처럼 오염되어 가고 있으니 이 또한 한심할 일이다.

　필자는 성격이 너무 올곧은 탓에 불의를 보면 참지 못해 항거하다보니「올가미」,「E_아파트 사람들」,「별난 양반가」등의 논픽션 소설을 쓰게 되었다. 이것들을 통하여 많은 독자들로부터 사실적 소설가로 평을 받았다. 그런데「천사의 통곡」가해자 측에서 출판을 못하게 끝없이 훼방을 부렸다. 자기의 철가면이 벗겨질까 두려워서다.

　비평이든, 칭찬이든 작가의 사명은 글 쓰는 것이라고 생각한다. 필자의 나이 칠십 고개를 넘었어도 글을 쓰고 싶은 열정은 꺼지지 않았다.

　독자로부터 자서전 청탁을 받은 것만으로도 소설가로서의 자긍심을 갖게 했다. 비록 남의 자서전일지언정 사력을 다했지만 필자의 기량이 부족함으로 원작자의 뜻을 다 표출하지 못했다고 본다. 개인적인 명예가 훼손되는 것을 염려하여 소설속의 등장인물들을 전부 가명으로 했지만 본질만은 한 치의 거짓 없는 실화소설이다.

　지난날 저의 소설을 열심히 읽고 평가해주신 독자 여러분께 무한한 감사를 드리며 끝으로 이 책을 출판해주신 신아출판사에 깊은 감사를 드린다.

2019.

저자 **양 희 옥**

CONTENTS

제1부
——
순간의 잘못된 결정

1. 세뇌당한 자녀들　14

2. 사냥전술　17

3. 자진해서 정복자라고 소문　21

4. 친구들을 가지고 놀다　22

5. 낯가죽 두꺼운 인간　24

6. 악몽 같은 67년도　25

7. 난 너밖에 없어　28

8. 순간의 잘못된 결정　30

9. 새 생명은 죽고, 병든 시어머니는 살리고　32

10. 큰 동서에게 시집살이　37

11. 동서들의 음모　38

12. 억지로 등 떠밀어　42

13. 악마의 손에 꺾어진 꽃　44

14. 요술방망이로 착각　46

15. 큰 동서 가출　52

16. 망할 징조　56

17. 동서들의 모함　58

18. 손위 동서들에게 당한 문초　60

19. 처음해본 김장　65

20. 큰 동서의 첩실   68

21. 큰 동서 두 번째 가출   71

22. 큰 동서의 귀가   74

23. 창피한 결혼식   78

24. 축의금 도둑들   95

25. 파렴치한 족속들   98

26. 이유 없는 횡포   102

27. 터놓고 오입질   107

28. 알지 못한 몸값까지 뜯기다   111

29. 헌신하면 헌신짝 취급   113

30. 침실에서 당한 모욕   116

제2부
—
봄날을 빼앗은 가해자

1. 그놈 별명이 보리 까시락 개 좆   120

2. 집터 논쟁   122

3. 득남得男   128

4. 학교 옆으로 이사   134

5. 기저귀 사건   140

6. 처음 구경한 월급봉투   143

7. 어느 틈에 셋째가?   147

8. 시동생과 시 조카 문제로   149

9. 다른 곳으로 이사   152

10. 추석 전날 찾아온 술집 여자   156

11. 이웃이 더욱 분개하다   161

12. H 고등학교 불난 핑계   170

13. 차남이 얼굴에 큰 상처   174

14. 식칼 사건   175

15. 밤잠 설친 주인   176

16. 차남이가 사경을 헤매다   177

17. 봄날을 빼앗은 가해자   183

18. 시어머니 회갑 때 생긴 사건   185

     # A. 조카가 왜 큰 아빠를 닮았을까?   188

     # B. 이놈은 누구 씨냐?   189

C. 산아제한 문제로 190

19. 또 임신이라니? 199
20. 방 빼라는 통고 201
21. 여관에서 숙직? 202
22. 마을 다른 데 없고 측간 다른 데 없다 207
23. 시어머니의 악담 210
24. 고3 학생 원서 미 접수 216
25. 첫 통화자가 술집 여자 220
26. 술집 여자를 떼어 달라 222
27. 쇼윈도 남편 226
28. 음식 투정 227
29. 터가 좋지 않은 집 228
30. 집에 스파이를 두다 230
31. 망가진 이빨들 232
32. 시동생 결혼식 234
33. 지독한 성병 237

제3부
———
세
상
에

이
럴

수
가

1. 대형 거울로 내리치다   242

2. 시동생한테 빌린 방세   243

3. 집 살 돈을 사기 치다   246

4. 무엇이든 일방통행   250

5. 강도당한 신 여사.   260

6. 이혼사유 만들려고 가출권고   261

7. 첫 번째 이혼   264

8. 광주사태   273

9. 해직교수   277

10. 월산 동 2층집으로 이사   278

11. 내 아이가 차별받다   278

12. 화장품 외판원 시작   279

13. 아이들 싸움에 어른이 가세하다   281

14. 가보를 빼가려고   285

15. 빈곤이 극에 달하다   289

16. 차남이 교통사고   290

17. 박사과정 밟게 해 달라   294

18. 집 팔아서 산 땅 사건   299

19. 마누라 죽이기 1   304

20. 철공소 부도   310

21. 궁색한 초상   319

22. 대주아파트 당첨   324

23. 마랭이 댁 운명   325

24. 큰 딸의 혼사   334

25. 세상에 이럴 수가   339

26. 마누라 죽이기 2   343

27. 친정아버지 타계   348

28. 두 번째 이혼   357

29. 자식 앞길을 막은 비정한 아비   370

30. 차남이의 결심   373

31. 작은딸 결혼 이야기   381

32. 명진이 군수출마   387

제1부

순간의 잘못된 결정

1. 세뇌당한 자녀들

"아빠가 엄마 같은 사람과 이혼하기를 잘했지! 이혼했기 때문에 우리 아빠가 그만치라도 출세를 했지 엄마와 계속 같이 살았다면 우리 아빠는 아주 불쌍하게 될 뻔 봤어! 지금 아빠하고 살고 있는 엄마가 훨씬 나아! 우린 그 엄마한테 더 잘 할 거야!"

몸이 아파서 며칠간 병원에 입원했다가 퇴원하는 중에 전주에 있는 큰딸이 마지못해 와서 H고향집으로 데려다 주면서 두 모녀가 다투었는데 큰 딸의 입에서 나온 말에 김 여사의 마음에 파문이 일기 시작했다.

"너 지금 뭐라 했냐?! 그걸 말이라고 하냐?! 네가 이 어미의 고통을 그리도 몰라서 그딴 소리를 하냐?! 세상 사람들이 다 말해도 느그 입으로 그런 말하면 천벌 받는다! 느그 애비 능력으로 출세 한줄 아냐? 그만큼이라도 출세한 것이 누구 덕 인줄 아냐?"

김 여사는 쉰이 다 된 딸한테 그런 말을 들으니 순간 자신도 모르게 마음이 요동치기 시작했다. 지 애비한테 얼마나 못된 세뇌를 받았으면 딸의 입에서 저런 말이 나올까 하고 온 몸이 파르르 떨렸다. 그 인간 괴물과 살면서 당한 아픔들이 주마등처럼, 아니 말로다 형용할 수 없었던 과거의 블랙홀로 자신도 모르게 빨려 들어가게 되었다.

김보배는 H 군내에선 다 알아주는 부잣집 외동딸 무남독녀로 태어나 세상에 없는 호강을 다 누리고 자랐다. 아버지는 젊어서 군청 직원으로 정년 했고, 어머니는 H 군내 장터에서 비단전을 크게 할 정도로 가세가 탄탄한 집안이었다. 군내에서 중학교를 마치고 고등학교는 광주여고에 입학하여 1964년도에 광주로 유학을 가게 되었다.

한참 꿈에 부푼 17세 여고생은 그야말로 희망의 날개 단 듯 두둥실 날아갈 것만 같았다. 그런데 갑작스런 조부님 사망 전보를 받고 미친 듯이 택시로 H까지 어떻게 온 줄 모르게 달려오니 대문 밖에는 여기저기 불이 켜져 있었다. 할아버지의 죽음을 알리는 홍등이었다.

"할아버지!!" 하고 뛰어 들어가니 집안 친척들이 다 모여 있었다. 보배 아버

지인 김달영 씨가 두 팔을 벌리고 보배를 껴안으며,

"어서오너라 아가, 할아버지 다시 깨어나셨다. 아마도 너 보고 가시려고 깨어나셨나 보다."

"우리 공주 못 잊어서 다시 깨어나셨나 보네?" 하며 모여 있던 일가친척들이 다들 좋아했다.

"어서 와라 우리 애기." 할아버지는 손녀딸의 손을 꼬~옥 잡고 몇 번을 쓰다듬으시며

"우리 집안이 어떤 집안이냐? 네 증조부님께선 높은 벼슬도 하시고, 성실하게 살아왔고, 남에게 덕도 많이 베풀고 살아서 우리 가문은 누구에게도 원한 산 일 없었다. 그러니 너도 행실 조신하게 하고 항시 남들과 잘 지내야 한다. 그리고 사람을 항시 조심하고 믿지 마라." 할아버지는 몇 번이고 거듭 말씀하시며 여러 가지 부탁을 했다.

"네 엄마를 항시 중요하게 여기고, 네가 죽도록 모셔야 한다. 그리고 혼자라고 기죽지 말고 정직하고 바르게 살면 두려울 게 없다. 네 엄마 아빠 하는 대로만 하면 무리는 없을 게다. 비록 여자지만 보배 너는 큰 사람이다. 재산을 누구에게도 빼앗기지 말고 끝까지 잘 지켜야한다. 엄마하고 잘 살아야 한다. 애미 너도 우리 애기만 생각하고 뒷바라지 잘해주고 잘 가르쳐라. 항상 사람 조심 시키고, 항상 너에게 말 했듯이 남자 못지않은 큰 사람이 될 것이다. 우리 공주가 보통애가 아니잖니? 다른 자식 기다리지 말고 우리 애기 손만 꼭 붙잡고 살아라. 울지 마라 아가야," 할아버지 유언을 듣는 순간 보배는 엄마의 가슴에 얼굴을 묻고 한없이 흐느껴 울었다. 할아버지는 꼭 잡고 계시던 보배의 손을 힘없이 스르르 놓으시더니 조용히 눈을 감으셨다.

하늘이 무너지는 애통함으로 두 모녀는 슬피 울었다. 고인은 평소에 많은 덕을 쌓고 살았고 가산이 넉넉하여 걸인들에게도 후히 대접했던 관계로 인심을 크게 얻은 집안이라 군내에선 가장 큰 초상이라고 소문이 나서 5일장을 치르는 동안 소달구지로 장을 봐 나르는 사람, 꽃상여를 만드는 사람, 음식을 만드는 사람, 부고를 돌리는 사람 등으로 장사진을 이루어서 5칸 겹집 넓은 마당이 꽉 차서 발 디딜 틈도 없었다. 손님은 말할 것도 없고 상여나간 날 만사지가 60여 장이 들어와 H 군내에서는 제일 큰 초상이었다고들 했다.

대문밖에는 거지들과 나환자들이 들끓었으나 보배의 할머니는 평소에도 걸인들에게 소홀이 하지 않고 잘 대접했었는데 초상 때도 역시 따로 솥을 걸어 그들에게 먹일 음식을 만들어서 삼우제 지내는 날까지 배불리 먹게 했다.

보배는 생각할수록 조부님의 사랑이 더욱 애틋했다. 자기를 낳아주신 부모보다 조부님의 정이 더욱 애틋한 것은 보배를 낳고 몇 년 되지 않아서부터 할아버지가 자기며느리에게 비단 장사 하는 것을 가르치고 H군내 장터에 비단 점포를 내어 주어 그 일에 종사하게 했다. 그러니 보배는 어렸을 때부터 엄마 아빠보다 할아버지 할머니 품에서 놀 시간이 더 많아진 것이다. 형제가 하나도 없이 오직 자기 하나뿐이라 조부님 사랑과 부모님 사랑을 한 몸에 독차지 하고 살았기에 그럴 수밖에 없었다.

초상이 끝났으니 보배는 다시 광주로 가서 공부를 해야 한다. 그런데 박 군을 만났다. 그는 깜짝 놀라며 보배를 반갑게 대했다. 박 군은 은근히 보배를 호기롭게 대하는 척했다. 김보배와 박재수는 H 군내 중학교를 같이 다녔고, 또한 서로 거리가 가까운 한 동네에서 자랐다. 그러니 두 사람은 16살 때부터 친밀한 사이로 보배네 것으로 살다시피 했다. 자기 아버지가 오만 잡놈으로 사니 그 가정 경제가 피폐할 대로 피폐하여 박 군의 몰골은 언제나 남루해서 보배 어머니인 신 여사가 박 군을 불쌍히 여겨 옷을 사다 입히고 먹을 것도 주고 하니 박 군은 보배네 집 근처를 언제나 배회했다.

박 군은 인상이 간사하면서도 아주 호남 타입으로 생겨서 중학교 때부터 여자 친구가 많았다. 눈웃음 살살치며 여학생들에게 접근하면 백발백중 girl hunting에 성공했다. 그러니 교내에 소문이 나쁘게 퍼져 있었다. 그런 주제에 또 보배를 넘보고 은근슬쩍 보배에게 접근을 시도했다.

"우리 한번 만나자."

"너하고 내가 만나야 할 일이 뭐가 있냐? 너는 너 갈 길이 있고 나는 내 갈 길이 있다. 그리고 너는 여자 친구가 많지 않니? 그러니 나 만날 생각하지 마라." 하고 집으로 오는데 계속 치근대며 따라붙었다. 그런 박 군을 외면하고 대문을 잠가버려도 끝까지 따라와서 대문을 두드렸다.

할아버지가 안 계신 집안은 너무도 썰렁하고 허전했다. 거기다 보배의 어머니인 신경림 여사는 설움이 그칠 줄 몰랐다. 신 여사에겐 시아버지가 가장 큰 지주였던 것이다. 그런 든든한 어른이 가셨으니 신 여사는 힘이 없었다. 두 모녀는 그 어르신만 생각하면 서로의 눈에서 눈물이 샘 솟 듯했다.

보배는 자다가도 '할아버지이~.' 하고 부르며 사방을 더듬곤 했다. 항상 할아버지 품에서 자라서인지 할아버지의 체취가 그리워질 때면 미치도록 할아버지를 부르곤 했다. 그럴 땐 마치 할아버지가 곁에 있는 것처럼 착각이 들기도 했다. 그러는 보배를 보고 안쓰러워서 보배의 아버지인 달영 씨는 보배를 끌어안고.

"아가 이제 그만 할아버지를 잊어야 한다. 앞으로 내가 할아버지보다 더 잘해줄 게 제발 마음을 굳게 먹어라. 그래야 네가 공부를 할 수 있다. 너는 앞으로 공부를 해서 큰 사람이 되어서 우리 가문을 이끌어가야 해." 하시면서 보배를 끌어안고 다독여 주었다.

2. 사냥전술

박군은 어떻게 해서든지 보배를 정복해야 한다. 그러니 나름대로 작전을 세웠다. 하루는 중학교 때부터 친하게 지낸 우금이가 찾아왔다.

"너 왜 그러니?"

"뭘?"

"생때같은 남의 아들 잡을 일 있냐?"

"무슨 소리야? 알아듣게 말 해봐."

"박 군이…."

"박 군 얘기 하지 마, 이제부터 나는 나답게 살 거야. 우리 할아버지가 돌아가셔서 나는 아직 그 설음에서 벗어나지도 못 했어 으흐흑…. 우금아 우리 아빠가 돌아가셔도 이렇게 슬프지 않을 것 같다. 내가 오죽 슬프게 울면 우리 아빠가 하신 말씀이 '앞으로 너만을 위해서 살겠다.'고 다짐하셨어. 그래도 난 할아버지를 여읜 설움에서 벗어나지 못했어, 그러니 친구야 내게 더 이상 아무 말도 하지 말아줘."

보배는 친구 앞에서 또 하염없는 눈물을 흘렸다. 그랬어도 우금이 친구는 끈질기게

"내 얘기부터 들어봐! 박 군이 어느 날 길거리에서 머리가 터져 피를 흘리고 쓰러져 있어서 길 가던 사람들이 연락을 해서 병원에 입원해 있다가 퇴원했단다. 박 군은 너를 생각하다가 그랬다는 거야, 그런 애를 네가 버리면 좋겠니?"

"……."

"니들 둘 다 좋아했잖니? 그러니까 다시 받아줘." 우금이는 통사정을 하다시피 했다.

"너는 그 소식을 누구한테 들었니?"

"그냥 누구한테 들었는데 너한테 꼭 전해주라고 하더라." 우금은 그냥 아는 사람이라고 하지만 그 말을 들은 보배는 마음에 부담을 가졌다.

"우금아 박 군은 여자관계가 복잡하다고 소문난 아이야, 중학교 때부터 그런 좋지 않은 소문들이 있는데, 그리고 다른 친구들은 다들 박 군 상대하지 말라고 아우성인데 왜 너만은 나를 그와 얽히려하니? 실은 우리 아무사이도 아니야 방학 때나 얼굴 보지, 저는 시골에서 학교 다니고 나는 광주에서 학교 다니는데 자주 만날 수도 없을 뿐더러 그와 나는 갈 길이 서로 다르니 서로의 갈 길을 가게 내버려둬 부탁이야."

"너 알고 보니 지독한 년이다."

우금 친구는 보배의 냉랭함을 비난하면서 가버렸다. 그 후로는 우금을 쉽게 만날 수도 없었다. 박 군은 자기 스스로 보배의 마음을 살 수 없으니 우금을 시켜서 보배를 짝사랑 하는데 보배가 만나주지도 않고 냉정하게 대하니까 피를 토하고 병원에 입원까지 했다는 거짓 소식을 전하게 했던 것이다. 원래 마음이 여린 보배는 마음에 갈등이 시작되었다.

보배는 고향에 친구들이 많았다. 고향에서 중학교까지 다녔기 때문이기도 하지만 보배네 집은 군내에서는 제일가는 부잣집이고 인심이 후한 집이라고 소문이 나서 친구들도 다들 그녀를 따랐다. 당시는 다들 어려운 시절이라 여자들은 상급학교를 보내지 않은 시대인데 보배는 광주에서 유학을 하고 있으니 근처에서는 부러운 대상이었다. 그때도 친구들은 보배가 방학을 해서 고향에 오는 날을 손꼽아 기다리게 되었다.

"보배야 겨울방학 때 집에 올 거지?"

"그럼 당연하지 내가 안가면 우리 부모는 어떻게 되겠니? 날마다 손꼽아 나만 기다리시는데."

"오면 여러 날 있을 거지?"

"지금 고 3인데 대학갈 공부를 해야 하니까 길게는 못 있을 것 같다."

"아유 부럽다. 우리는 대학은 꿈도 못 꾸는데 너는 무슨 복을 타고나서 여자가 대학까지 가려니? 대학은 또 서울로 갈 거 아냐? 그렇게 되면 우리는 너를 하늘처럼 쳐다만 보고 살아야겠구나."

"무슨 소리야? 내가 서울로 가든 미국을 가든 고향 친구는 영원한 친구지."

"그래 며칟날 올 건데?"

"다음 주 토요일 날 올게." 보배는 할아버지 상을 마치고 광주로 올라가서 방학을 하고 다시 H 고향으로 오는 날이다. 보배가 고향에 왔다는 소식을 듣고 고향친구들이 너나없이 달려와서 조잘대기 시작했다. 근데 한 친구가 보배에게 눈 사인을 했다. 뒤를 돌아보니 박 군이 서 있었다. 아마도 그 친구들 중에 보배가 언제쯤 고향에 온다는 소식을 박 군에게 알려준 친구가 있었나보다. 그러니 보배가 그날 오는 줄 알고 그 시간에 나타난 것이다. 여러 친구들은 박 군을 보고선 '다음에 만나자' 하며 썰물 빠져 나가듯 다 가버렸다. 박 군과 보배만 남겨놓고 말이다. 마치 계획된 일 같았다.

"한 시간 후에 우리 집에서 좀 만나자." 하고 박 군은 자기 집을 향해 가버렸다. 보배는 한 시간 후에 박 군집으로 갔다.

"뭣 때문에 그러는데?"

"추우니 방으로 들어가서 이야기 좀 하자." 박 군은 보배를 일방적으로 자기 방으로 밀어 넣었다. 그리고선 막무가내로 남자의 본능을 시작했다. 꼼짝 없이 보배는 그 누추한 박 군의 방에서 처녀성을 잃게 되었다. 아무도 없는 방에 갇혀 꼼짝없이 당하고 말았다. 보배는 행여 누가 알세라 미친 듯이 도망쳐서 집으로 와버렸다. 그러는 보배를 수상히 여겨

"너 어디 갔다 오냐?"

"그냥…."

보배 어머니는 딸의 행동이 수상해서 자꾸 다그쳤다.

"너 혹시 박 군 그놈과 무슨 일 있었냐?!"

"……."

"그놈 조심하라고 진즉부터 주의를 줬는데도 네가 그럴 수 있냐? 이제 어떡할 거야?!!"

"엄마 잘못했어요. 나는 상상도 못한 일이었어요."

그때 박 군이 공공연하게 보배네 마당으로 당당하게 들어섰다. 이제 너는 내 낚시에 걸려든 고기니라. 하는 배짱인지 서슴없이 집안으로 썩 들어서니 달영 씨가 화가 나서 불호령이 떨어지니 보배는 겁에 질려 광주로 도망가 버렸다. 그때 박 군은 보배의 아버지인 달영 씨에게 붙들려서 혼 줄이 났다.

"이 자식이 감히 내 딸을?!!!" 달영 씨는 박 군의 따귀를 갈겼다. 언감생심 금지옥엽하고 키운 무남독녀 외동딸을 근본이 나쁘다고 소문난 집, 기껏 읍내에서 철공소 해서 겨우 먹고사는 박가 놈 셋째아들 놈이 한 순간에 자기 딸의 인생을 망쳐놓은 꼴이 됐으니 기가 막힐 일이다. 사방에서 가문 좋고 문벌 있는 재벌집안에서 서로 욕심내고 있는 딸인데 한 순간에 그 딸의 인생이 훤히 보인듯하니 달영 씨로선 기가 막혀서 어쩔 줄을 몰라 했다. 화가 나니 자기 마누라한테만

"어미가 돼가지고 딸년하나 간수 못하고 뭐하는 짓이요?!!

"여보! 딸 가진 죄인이니 남이 알까 두렵소. 제발 조용히 합시다."

세계는 날로 변해서 우주선이 날아서 달나라를 갈 정도로 과학이 발달되었지만 이 땅은 아직도 조선시대, 봉건주의에서 벗어나지 못하고 여자의 순결은 그 여자의 생명이라고 여겼다. 그런 어두운 시대인지라 여자가 순결을 잃으면 제아무리 잘났고 똑똑해도 흠을 크게 잡는 세상이라 보배네 집안에선 커다란 화가 발등에 떨어진 것이다. 그걸 알고 박 군은 대학교 1학년 때 계획적으로 보배에게 접근하여 보배의 몸부터 정복을 해버렸다. 불량한 사냥전술에 성공한 셈이다. 만약 보배를 갖게 되면 그 집 재산은 온통 자기 것이 될 것이기 때문에 진즉부터 그런 음흉한 계획을 세우고 보배에게 접근해도 쉽게 먹혀들지 않으니 우금이란 친구를 시켜서 짝사랑하다 머리가 터져 피를 흘리고 병원에 입원까지 했었다는 거짓말로 보배에게 환심을 사려 했던 것이다.

보배의 아버지 달영 씨는 당장에 박 군의 멱살을 움켜잡고 주먹다짐을 했다.

"너 이 새끼!! 네가 무슨 맘을 먹고 금쪽같은 내 딸을 건드렸냐?!! 이제 어쩔 거야?!!"

"보배가 너무 이뻐서 행여 남의 손 탈까봐 제가 먼저 취했습니다. 용서해 주십시오. 어르신, 그리고 평생 보배만을 위해 헌신하고 행복하게 살겠습니다. 제발 저를 인정해 주십시오."

"뭐야?!! 너의 집과 우리 집이 사돈이 된다고?!! 그게 말이나 돼?!! 너의 아버지가 어떤 사람이고 너의 가문이 어떤 가문인지를 H 군내에 모르는 사람이 없는데 그 악명 높은 너희 집과 우리 집이 사돈을 맺게 된다고?!! 오~ 하늘이시여 이런 날벼락이 어디 있습니까? 으흐흐흑…."

달영 씨는 이미 엎질러진 물이요, 돌이킬 수 없는 상황에서 이러지도 저러지도 못하고 땅바닥을 치고 통곡을 했다.

3. 자진해서 정복자라고 소문

보배는 학교 바로 옆에다 사촌 동생과 자취방을 얻어놓고 자취를 하고 있을 때 박 군한테서 자꾸 편지가 왔다. 주소를 보배의 입으로 가르쳐 주지도 않았지만 보배 친구들을 통해서 알아낸 것 같다. 박 군의 편지는 매일 오다시피 했다. 주인집 아주머니가 편지를 전해주면서

"좋은 때다 아마도 핑크빛 러브레터인 것 같은데 한번 뜯어봐, 뭐라고 달콤한 사랑의 미로를 썼는지 한번 보자." 보배는 편지를 받을 때마다 남모르게 고민에 빠졌다. 자기의 첫 순결을 빼앗은 도둑놈이기도 하지만 그렇다고 멀리하기도 두려운 상대다. 박 군은 분명 여러 친구들에게, 또는 모든 사람들에게 자기가 보배를 정복한 사람이라고 공공연하게 떠들고 다닐 것이다. 그렇다면 자기는 이제 꼼짝없이 박 군에게 코가 끼인 신세가 될 수밖에 없었다. (내가 왜 그날 거기를 가서 그런 엄청난 일이 벌어지게 했던가) 하고 크게 후회도 했다. 사춘기 때 이런 충격적인 일에 부딪치니 공부도 머릿속에 들어가지 않고 보배의 마음은 안정을 되찾지 못하고 번민에 빠지고 말았다. 대학을 가려면 공부를

열심히 해야 하는데 자꾸 머릿속이 복잡하여 도저히 공부가 되지 않았다.

"학생 아버지 어디 계셔?"

"아버지 안 오셨는데요?"

"아니야 오셨어. 그런데 아버지께서 이태리식 저 집을 다 지은 걸 보시고, 자세히 묻고 오셔서 이 집을 사신다며 오늘 오셔서 완불로 사시겠다하여 주인한테 완불이니 많이 깎아주라고 사정하여 많이 깎아서 완불계약서 쓰시고 도장을 찍으시려다 말고 잠깐 화장실 갔다 오신다더니 지금까지 안 오시니 학생한테 물어보러 온 거야."

"모르겠어요. 저는 전혀 모르는 일이고 아빠도 못 봤어요."

"그럴 분이 아닌데" 하며 부동산 아저씨는 이상하다고 고개를 갸우뚱하며 나갔다. 며칠이 지난 후 달영 씨가 다시 와서 보배에게 설명을 했다.

"이 말은 비밀로 해라, 다름이 아니고 너희 자취방 부근에 이태리식 새집을 예쁘게 지어 놓은 것을 보고 그 집을 너에게 사 주려고 돈을 준비해 가지고 왔었는데 그곳에 이사시켜 놓으면 박 군 그놈이 뻔질나게 들락거릴 것이 상상이 되어 계약서에 도장을 찍으려다 말고 화장실 간다고 하고선 나와 버렸다. 아마 부동산 아저씨가 괘씸하게 생각할 거야. 그렇지만 걱정마라, 언제든 꼭 필요할 때 네 집을 사주겠다. 조금만 기다려라."

"아빠 잘 하셨어요. 서운하게 생각하지 않을 테니 천천히 사 주세요." 보배는 그때부터 박 군으로 인해 피해를 입은 셈이다. 아버지가 보배를 위해 집을 사주려고 계약서에 도장을 찍으려는 순간 박 군의 얼굴이 떠올라서 결국 집을 사지 않았으니 말이다. 그때 당시는 이태리식 집값은 40~50만원 주면 너끈히 살 수 있었다.

4. 친구들을 가지고 놀다

박군은 작년에 광주 조선대학교 사대를 입학하여 친척집에 붙어살았다. 하필이면 보배의 여중 동창생들이 자취하는 이웃집이었다. 그러니 보배의 친구들이 자주 들락거린 것을 알고 보배의 친구들에게 접근하여 파렴치한 짓을 일삼았다.

"다른 사람들은 학교 끝나면 과외 받는다고 각자 학원으로 가는데 금자 그 가시내는 딴 맘을 품고 돈이 없어서 과외 받지 못한다며 날마다 우리 자취방에서 박재수 그 새끼와 뒹굴고 지랄하잖니. 꼴 보기 싫어 죽겠어야?"

"그 새끼 아주 염치가 뻔뻔한 새끼더라, 어쩌면 남의 자취방에서 그런 짓을 다 한다니? 내 너를 생각해서 한 말인데 일찌감치 그 새끼와 헤어져라. 아주 나쁜 놈이야, 네가 금자보다 뭣이 못하니? 너 우리말 명심해야 한다."

"알았다."

"네가 들으면 충격 받을 일이지만 지가 뭔데 염치없이 우리들 자취방에서 금자와 그 더러운 짓을 하며 방도 비켜주지 않느냐 말이다. 불편해 죽겠어! 학원에 갔다 오면 우리는 쉬지도 못하고 할 일도 못하고 미치겠다고, 둘이 옷을 활딱 벗고 이불 밑에 있으니 어찌 우리가 문을 열고 들어가겠냐 말이다. 그런 말을 들은 보배는 그 동안 마음속에서나마 박 군을 생각했었는데 친구들 입을 통해 그런 추한 이야기를 들으니 믿기지 않은 면도 있었다.

그해 여름 끝자락 어느 날 친구들은 보배를 만나 휴게실에서 간식 먹고 보배를 자기들 자취방으로 데려갔다. 뭔가 확인이라도 시켜주기 위해서다.

"여기가 우리들 자취방이다. 근데 누가 주인인가 한번 볼래?"

그 친구는 손가락에 침을 묻혀 문구멍을 내서 보배더러 들여다보라고 했다. 그 구멍을 통해 본 방안의 풍경은 그야말로 애로 영화 같았다. 그런 낯 뜨거운 장면을 본 보배는 깜짝 놀라 주저앉을 뻔했다.

"웃기지? 그러니 우리가 너보고 그 인간하고 헤어져라 하지. 그 놈과 다시 얽히는 날이면 네 인생이 너무 억울할 것 같아서 그래, 우리 충고 받아들여야 한다? 지금 그 인간이 느그 집에서 준 돈으로 대학 다니고 있으면서 다른 년하고 놀아야 되겠냐 말이다. 그런 것만 봐도 양심이라곤 씨알도 없는 새끼, 아주 싹수가 노란 새끼니께 싹 잊어 부러라!"

보배는 막상 그런 장면을 보니 어이가 없어서 툇마루에 주저앉아 골똘히 생각에 잠겼다. 그리고 너무 충격적이어서 뭐라 말할 수 없었다. 그래 내 눈으로 확인한 이상 너는 입이 열 개라도 할 말이 없겠지? 라고 단념하려 했다.

순간 보배의 입에서 한숨소리다 터져 나왔다.

"누구야?!!"

"나야." 하고 보배가 방문을 열고 들어갔다.

"무슨 일이냐?"

"응 난 네가 이런 짓을 한다 해서 확인하러 왔어, 날마다 둘이 이렇게 지내니?"

"……."

"내 눈으로 확인 했으니까 이제부턴 나를 놓아주고 둘이 잘해 봐라! 나간다."

금자와 박 군은 이불 밑에서 나오지도 못한다. 두 사람 다 홀딱 벗고 있으니 그렇다. 보배는 그래도 첫 순정을 자기의 의도와는 상관없이 억지로 강탈한 놈이긴 하지만 첫 사랑의 감정이 조금은 살아 움직였는데도 그 뜻을 표현하지 못하고 혼자 맘으로 품고 있었는데 그는 벌써부터 그런 음란한 행위를 아무렇지 않게 하다니 대단히 실망했다. (그래 이제 깨끗이 단념을 해야지, 너에 대한 미련은 깨끗이 털어버리자.) 라고 마음먹고 홀가분한 마음으로 밤늦게 양림동에서 장동까지 걸어서 오니 온몸으로 받은 바람은 더욱 시원하게 느껴졌다.

5. 낯가죽 두꺼운 인간

66년도 추운 겨울이다. 박 군은 밤늦게 보배의 자취방을 찾아왔다. 계획적으로 술까지 한잔 걸치고 함께 자취한 보배의 사촌동생 이름을 부르며 어떻게 알았는지 그곳까지 찾아왔었다. 보배는 놀랬다. 베니아 판으로 칸을 막아서 부스럭거리는 소리까지 옆방에 다 들릴 정도로 허술한데 박 군은 염치 좋게 그곳에서 추태를 부리려 했다. 지난번에 보배의 친구인 금자와 알몸으로 남의 자취방에서 했던 행위를 들킨 이상 보배가 자기를 외면할 것은 당연하다. 그러니 보배의 마음을 되돌리기 위해선 잘못했다고 사죄한 척이라도 해야 겠기에 맑은 정신으로는 못가고 일부러 술 한 잔 걸치고 미친 척했다.

"이 밤중에 무슨 일이냐?"

"보배야 지난번엔 미안했다. 근데 그건 진정한 내 마음이 아니야. 금자 그년이 어찌나 유혹하던지 그만 실례를 하고 말았어. 미안해 보배야. 다시는 안 그럴게 내 마음속엔 오직 너밖에 없는 것 알지?"

"아무리 그렇지만 네 행실을 내 눈으로 확인한 이상 어떻게 너를 받아 주겠니? 앞으로 나를 잊고 금자에게 잘해야지, 두 사람이 잘되기를 빈다. 제발 나 귀찮게 하지 말아줘."

"아니라니깐 그러네, 그때 내가 잠깐 실수를 한 거야. 미안해 한번만 봐주라 보배야."

"통행금지 시간이니 조용히 자고 내일 아침 새벽같이 가라! 이웃들 눈치도 봐야하니까."

보배는 냉혹하게 대했어도 박 군은 자기의 목적을 위해선 끈질기게 달라붙었다. 박 군 때문에 이곳마저도 떠나야 할 상황이 되었다. 아직 여고 졸업도 안한 학생의 신분인데 박 군은 보배네 자취방을 뻔질나게 들락거리며 귀찮게 하니 이웃사람들 눈치가 보였다. 그래서 그 추운 겨울에 사촌동생과 같이 밤에 아무도 모르는 곳으로 이사를 해 버렸다.

6. 악몽 같은 67년도

봄에 졸업식 마치고 보배는 바로 자기 집으로 와 버렸다. 지난 3년 동안 보배에게 있었던 아픔들 중에 결코 기억하고 싶지 않은 것들이 많았다. 가정에 커다란 거목인 조부님의 사망과 박 군과의 있었던 일들이 그녀에겐 커다란 충격이었다. 자기의 정조를 유린한 박 군이 자기 눈앞에서 자기 친구와 애로행위를 한 것을 직접 눈으로 목격까지 해 버렸으니 다시 그를 보지 말았으면 하지만 그는 끈질기게 자기에게 달라붙어 떨어져 주지 않으니 이러지도, 저러지도 못하는 실정이다. 어린 마음에 큰 부담감을 안고 있으니 쉽게 부모님을 대할 면목이 없어져 버린 것이다.

다른 친구들은 어려운 시절에 광주에서 여고과정을 무사히 마쳤다고 졸업식 날 온 가족들이 찾아와서 사진 촬영하기 바쁘고 그동안 친한 친구들과 헤어지기 아쉬워서 기념사진들을 찍고 난리가 아닌데 보배의 마음은 한없이 어두울 수밖에 없었다. 그래서 남의 눈에 띠는 것이 부담스러워 졸업식이 끝나자마자 빨리 집으로 와 버렸는데, 그날 달영 씨는 하나밖에 없는 귀한 딸 졸업식에 가서 두리번거리고 찾았으나 딸의 모습을 볼 수가 없었다. 달영 씨의 마음이 불안해지기 시작했다. 행여 그놈이 채가지고 어디론가 가버리지 않았나 하는 노파심 때문에 마음이 하루 종일 불안에 떨었는데 보배가 집에 와 있어서 안심이 되었다.

"아빠 어디 갔다 오세요? 나 오늘 졸업했어요. 지난 3년간 이 딸을 위해 학비 대느라고 고생하셨죠? 감사합니다."

"나는 너를 찾아 헤맸는데 어찌 그리 빨리 와 버렸냐? 사방을 두리번거려도 네가 눈에 안 보이기에 난 또 박 군 그놈이 채가지고 어디로 달아나 버린 줄 알았다."

"아빠는…?" 보배는 아빠에게 눈을 곱게 흘기며 외교를 부렸다. 점심을 먹고 부녀는 진지하게 진학 상담을 했다.

"대학은 가야지?"

"……"

"가고 싶은 과를 말해라 내가 네 장래를 위해선 박사과정까지라도 뒷받침하겠다. 우리 집 재산이 다 네 거니까 너 하고 싶은 대로 다 해라."

"……"

"왜? 말을 안 하니? 미대를 갈래? 차라리 미대를 가서 공부해 봐라, 내가 바라는 과다."

"난 약대를 가고 싶은데 아마도 어려울 것 같아요."

"그래도 시험이나 한번 보려므나, 사람은 이름을 남겨야 한다."

"차라리 수녀가 되고 싶어요."

"맘대로 해, 그놈하고만 엮이지 말았으면 좋겠다. 정 아니면 차라리 너 혼자 살아도 말하지 않겠다. 제발 그놈하고만 엮이지 말거라." 달영 씨는 박 군의 가정이나 그 애비의 행실이나 그 씨족들이 모두가 악명 높은데다 파렴치한 괴한들이라고 H 군내 사람들은 다들 고개를 내 흔드는 집안이라 아무리 생각해도 박 군과 자기 딸이 엮이는 것이 죽기보다 싫었다. 오죽하면 이것도 저것도 다 싫으면 수녀가 되어 혼자 살라고까지 했을까.

"박 군은 학교는 다니니?"

"모르겠어요. 현재까지 다니고 있는 줄 아는데…."

"보나마나 그놈 집구석에서 학비 댈 능력이 없는데 제 놈이 무슨 수로 대학 공부를 계속하는가 보자, 두고 봐라 그놈은 너를 빌미로 계속 우리 곡간에 혀를 댈 놈이다."

"……."

"그래도 그놈에게 미련을 두니?"

"네."

"그럼 그놈 학비는 내가 대마. 그 대신 너는 공부를 계속 해야 한다. 그놈은 우리에게 어떤 은혜를 입어도 우리에겐 아무런 도움이 되지 않을 놈인 줄만 알아라. 그놈 집안 근본이 그렇다고 이미 소문이 날대로 나버린 집안이란다."

그 말을 하고선 달영 씨는 눈물이 나는지 얼른 일어서서 나가 버렸다. 그리고 보배가 보지 않은 모퉁이로 돌아가서 실컷 울어버렸다. 언감생심 잡으면 꺼질까 불면 날아갈까 하며 온갖 호강을 다시키며 애지중지 키웠던 무남독녀 외동딸에게 검은 괴수 같은 놈이 붙어서 앞으로 계속 진드기 짓을 할 것을 생각하니 분해서 죽을 지경이다. 그렇다고 물리적인 방법을 쓸 수도 없다. 그렇게 되면 박 군은 남자의 입장에서 보배는 이미 자기가 정복한 여자라고 더욱 악의적인 소문을 낼 것이니 이러지도 저러지도 못하고 딸 가진 아비의 심정은 새까맣게 타들어갈 뿐이다. 보배의 마음이 박 군에게서 떠나지 않았다는 것을 안 달영 씨는 우선 보배가 세상눈을 뜨기 위해 '그놈 학비는 내가 대 준다. 대신 꼭 너도 대학을 가라.' 라는 약속을 했지만 아무리 생각해도 박 군에게 투자한 것은 호랑이 새끼에게 고기를 던져준 꼴이 될 것만 같았다. 아직 세상 물정을 모르는 보배가 박 군에게서 마음이 떠나지 못한 것이 못내 안타깝기만 했다. 그럴수록 보배를 서울로 대학을 보내서 세상눈을 뜨게 하면 스스로 박 군을 멀리 할 것이라는 계산도 있어서 피도 살도 섞이지 않은 남의 자식 대학 학비를 대겠노라고 약속을 해 버린 것이다.

7. 난 너밖에 없어

박 군은 어느 날 싱글거리며 낯바닥 좋게 보배네 집으로 왔다. 그런 박 군을 본 보배는 자신도 모르게 소름이 끼쳤다.

"왜 왔냐?"

"너 보고 싶어서."

"보고 싶은 것 좋아하네! 왜 내가 보고 싶어? 너 보고 싶은 사람은 따로 있잖아?!"

"내가 너 말고 누가 보고 싶겠냐?"

"쪽제비도 낯짝이 있지 네 입으로 그런 말이 나오냐?"

"먼 소리야? 난 너밖에 없는데."

"너 작년에 금자하고 남의 자취방에서 했던 짓 생각 안 나? 그러고도 나 밖에 없다고?!"

"그건 이미 끝난 일이고 난 너밖에 없다, 제발 믿어주고 내 말 잘 들어, 나 등록금이 없어서 대학 공부 계속할 수가 없다. 그러니 도와주라."

"느그 집에 가서 등록금 달라고 하지 우리 집에 돈 맡겨놓았냐? 작년 2학기 등록금도 우리 집에서 대주니까 내 눈앞에서 버젓이 금자하고 놀아놓고 무슨 소리야?! 난 너와 헤어지려고 마음 굳혔으니 제발 다시는 찾아오지 마라."

"보배야 한번만 도와주라 다시는 맘 변하지 않을게, 그리고 사대를 가서 교직원이 되어 평생 너를 먹여 살리며 행복하게 살 것이다. 다시는 변심하지 않겠다."

보배네 집에 와서 돈을 구걸하는 박 군 앞에 지난날 그에게서 받은 핑크빛 편지뭉치를 가지고 나와서 그 앞에서 울며 찢어버리며

"그런 말이 무슨 필요가 있냐? 너 우리 부모 앞에서 뭐라 하고 등록금 받아 갔냐? 그래놓고 남의 자취방에서 그런 추한 짓을 하고도 할 말이 있냐? 난 이미 너와 헤어지려고 맘먹었으니 다시는 찾아오지 마라!"

"보배야 제발 그러지 말고 나 좀 도와주라. 우리 결혼까지 약속했잖니? 난 너와 절대 헤어지지 않아."

"빨리나가라 우리 아버지 오시면 큰일이다."

"보배야 제발 한번만 도와주라. 죽어도 너를 배신하지 않겠다고 내 이렇게 맹세할 게." 박재수는 보배 앞에 무릎을 꿇고 애원했다.

"너는 여자관계가 복잡하다고 H 사람들이 다 알고 있고, 우리 친구들도 몇 년이나 건드려 그 책임을 어찌할 건데?"

"그건 다 지난 일이고 앞으론 너밖에 없다. 약속 꼭 지킬게. 제발 도와주라."

"나도 대학갈 거야! 그럼 우리 집에서 니 등록금과 내 등록금을 무슨 수로 대라고 나를 이렇게 조르냐? 느그 집에서 돈 달라해!"

"여자가 대학가서 뭐하게? 내가 잘 벌면 너는 살림이나 해야지."

"우리 부모님이 나더러 꼭 대학가서 이름 있는 사람이 되라신다. 그러니 나도 대학 갈 거야. 제발 우리 집에 찾아오지 말거라."

"난 네가 돈 줄때까지 이 집에서 한 발짝도 안 움직일 거야."

"너도 느그 부모 닮아서 한번 말 꺼내면 끝장을 보는구나."

아무리 면박을 줘도 박 군은 계속 보배 앞에 무릎 꿇고 애원을 했다. 거머리 같은 박 군을 쫓아내지도 못하고 하는 수 없이 보배의 부모는 박 군에게 지고 말았다.

"자네 우리가 돈 주지 않으면 어떡하려는가?"

"학교를 그만둬야지요."

"그럼 뭘 하려고?"

"부모님일이나 도와야죠."

"그 인물 갖고 철공소에서 기름때 묻히며 일하겠다고?"

"예." 속은 괴물이 들끓을망정 겉은 그럴듯하게 생긴 박 군을 철공소에서 썩게 하기는 너무 아까운지라,

"고지서 가져 오게." 박 군은 재빠르게 주머니에서 고지서를 꺼내놓았다. 그것을 받아든 신 여사는 금고에서 당장 돈을 꺼내주니 고맙단 말 한마디 없이 냉큼 받아 챙기더니 쏜살같이 나갔다.

"아마도 저놈이 등록 마감일이 되어도 돈 나올 구멍이 없으니 너를 붙잡고 늘어진 게로구나 불쌍한 놈…"

그 후부턴 박 군의 어머니인 마랭이댁이 보배를 볼 때마다 '작년에 대학

붙었을 때 첫 등록금을 급전을 빌려서 내고 아직 갚지 못했다.'는 말을 두고 썼다. 빚내서 댄 첫 입학금도 달라는 뜻으로 한 말인 줄 알면서도 못 들은 체 해버렸다. 벌써 두 번째 등록금을 보배네 집에서 대주니 장래 자기 사위 감으로 욕심을 내고 있는 줄을 알고 그런 염치없는 말을 매번 꺼냈던 것이다. 자기 아들 대학 공부시키는 것이 마치 보배네가 의무를 진 것처럼 말이다.

8. 순간의 잘못된 결정

　　1967년 5월 박 군 집에서는 약혼식을 하자고 바짝 달라붙었다. 그렇지 만 보배는 자기 눈으로 목격한 박 군의 행위에 정나미가 떨어져서 도저히 마음이 내키지 않았다. 지난해 친구 자취방에서 자기 친구와 알몸으로 뒹구는 것을 직접 봐 버렸기에 그 장면이 자꾸 눈에 아른거려 박 군을 받아들일 수 없는데도 가족들은 그런 속내를 알지 못했다. 박 군집에선 대학 등록금을 두 번이나 대주니 아주 박 군을 보배네 집에서 예비 사위로 생각하고 그런 줄 알고 서둘러 약혼을 시켜서 아예 보배네에게 떠넘겨버리려는 속셈인 것이다.

　　달영 씨는 아무리 생각해도 그런 악명 높은 집안의 아들인 박 군과 금쪽같 은 자기 딸을 혼인시킨다는 것이 내키지 않았다. 박 군의 집안 내력이 H 군내 에 너무도 험악하게 소문이 나서 그런 집안과 사돈 맺는다는 것이 죽기보다 싫었다. 7남매의 형제간 중에 딸 둘, 아들 다섯인데 박 군은 셋째 아들이다. 그의 부친의 사생활이 얼마나 부도덕한지 그가 건드린 여자들을 조기 엮듯이 엮어서 세우면 목포에서부터 H까지 세우고도 남을 것이라는 말이 있는가 하 면 인간들이 하나같이 정직하지 못하고, 악하고, 자기 이익을 위해선 사람을 해치기까지 하는 악랄한 인간들이라고 온갖 안 좋은 평판들이 나돌아서 모두 가 그 집 사람들을 상종하기를 꺼려했기 때문이다.

　　그녀의 이름을 보배라고 지은 이유는 어려서부터 영특하고, 하는 짓마다 칭찬들을 짓만 하기도 했거니와 오직 하나밖에 없는 그 집안에 보배덩어리라 고 그녀의 이름을 할아버지가 보배라고 지었다.

보배의 어머니는 딸 가진 쪽이라 그런 억울한 지경에 있음에도 불구하고 박 군 집에선 빨리 약혼식이라도 하자며 서두르니 보배 측에서는 울며 겨자 먹기로 약혼이라도 시켜서 그 흠을 덮으려는 생각도 있었다. 하나뿐인 자기 딸에겐 이미 박 군이 커다란 흠집을 만들어놓았기 때문에 어쩔 수 없이 을의 처지가 되어버렸다. 그래서 목포까지 가서 온갖 고급 수산물과 식재료를 사서 음식을 날을 새가며 만들어서 누가 봐도 입이 쩍 벌어질 정도로 약혼식 상을 꾸몄다. 그런데 보배는 그런 것이 하나도 마음에 내키지 않았다. 보배는 슬그머니 집을 나와 광주로 가서 사직공원이고 어디고 미친 사람처럼 싸돌아다녔다. 그런 보배의 속마음을 헤아리지 못하고 신 여사가 보배를 찾아서 집으로 데리고 와서 타일렀다. 약혼식을 앞두고 보배가 번민에 빠진 것을 보고 솔직한 대답을 듣기를 원했다.

"네가 싫거든 지금이라도 말해라. 기회를 준 것도 오늘뿐이다. 네가 정 싫으면 약혼식 안 해도 된다. 그렇다고 너를 나무라지 않을 것이다. 지난일은 다 용서해준다." 할머니도 애가 타서 보배를 달래신다.

"아가, 그놈이 왜 싫으냐면 마랭이 양반 서자라서 싫다."

"서자는 아니고요 그 위에 둘째가 서자란 말 들었어요."

"그래도 그 집안 어른들부터 싫다. 그렇게 평판이 안 좋은 집에 너를 보내기는 정말 싫다. 지금이라도 포기해라. 우리 집이 어떤 집안이냐? 그런데 하필이면 그런 집 자손과 얽히다니? 익혀놓은 음식은 걱정하지 마라. 이웃들에게 나누어 주면 그만이다. 부전자전이란 말이 왜 생겼냐? 애비의 행실을 자식 놈이 보고 자라서 그대로 닮기 때문이란다. 전부터 기집 질에 사기꾼에 악랄하기로 소문난 집안, 난 정말 그 집 가문부터 싫다. 아가야 맘 잘 먹어라. 네가 싫다하면 당장 이 혼사 파기하겠다. 뒷일은 걱정마라. 우리가 어떤 집안인데 감히 우리를 그것들이 욕보일 상 싶으냐? 아무리 그 집 자식이 깡패가 있다 해도 법이 있지 않냐? 그런 걱정 말고 네 마음이나 결정을 잘 해라." 할머니와 아버지는 울면서 보배의 앞날이 걱정되어 이 혼사가 깨지기만을 바라고 보배를 설득했었다. 그러나 신 여사는 이미 박 군집에서 소문을 크게 내 버려서 이러지도 저러지도 못하고 있던 차에 박 군집에선 그 집 부모와 형제간들이 박 군을 앞세우고 보배네 집안으로 밀고 들어와 거대한 음식상

앞에 앉아서 호들갑들을 떨고 있었다.

"아유 우리 셋째 며느리 감은 얼마나 복이 있을라고 시누이가 약혼반지를 해서 보냈다요. 아가, 손 이리 내라 내가 끼워주마."

"……." 엉거주춤하고 있는 보배를 보고,

"아나, 니가 끼워 주거라." 하며 마랭이 댁이 박 군에게 반지를 넘겨주었다. 박 군은 여러 사람들 앞에서 반지를 끼워주며 흡족해 했다. 마랭이네는 남의 속도 모르고 박수치고 환호성을 질렀다. 이렇게 하여 마음에도 없는 약혼식을 얼렁뚱땅 진행하고 말았다. 아무리 마음에 차지 않은 상대지만 보배가 똑 부러지게 거절을 못한 이유는 보배의 몸속에 이미 박군의 씨가 자라고 있기 때문이다.

9. 새 생명은 죽고, 병든 시어머니는 살리고

배속의 아이 때문에 울며 겨자 먹기로 한 약혼식이었는데 그 아이가 태어나서 20일도 못가서 죽고 말았다. 그날이 바로 박 군의 어머니 생일날이다. 보배는 아이를 낳고 산후 진통으로 사경을 헤맸다. 그러니 신생아는 날 때부터 병약한데다 사경을 헤매는 산모한테 젖을 얻어먹지 못해서인지 일찍 죽고 말았다. 세상에 태어나서 불과 20일도 못살고 허망하게 가버렸는데, 보배는 우선 자기 몸이 위태하니 아이의 죽음마저도 애통해 할 겨를이 없었다. 날마다 열이 펄펄 끓고 한속이 들어 사경을 헤맸으니 아이의 죽음을 어찌 슬퍼할 겨를이 있었겠는가. 아이 죽고 나서 보배는 바로 병원에 입원했다. 신 여사는

"선생님 우리 집안 형편 아시지요? 우리 집엔 자식이라곤 오직 이 딸 하나밖에 없습니다. 무슨 일이 있어도 난 이 딸을 꼭 살려야 합니다. 선생님 제발 우리 딸을 살려주십시오. 제발요, 제가 이렇게 빌겠습니다."

"제가 잘 알지요. 신 여사님에겐 이 딸이 어떤 딸 인지를요. 제가 사력을 다 해 보겠습니다."

의사는 보배를 살리려고 갖은 의술을 다 부렸다. 자신의 의술로는 그녀를 살릴 자신이 없으니 급하게 독일로 전화하여 치료약 이름을 알아내어 그 약을 구입해서 밤새 주사를 놓고 복용케 한 결과 그대로 두면 그날 밤을 넘기기 어렵다고 했었는데 어렵사리 그 날 밤을 무사히 넘기게 되었다. 의사도 한숨을 쉬며

"이제 위기는 넘겼습니다. 하늘이 도우신겁니다. 이제 안심하고 치료만 잘 받으면 됩니다."

"아이고 선생님 고맙습니다. 이 은혜 평생 잊지 않겠습니다." 신 여사는 좋아서 어쩔 줄을 몰라 했다. 포목점을 운영하면서도 딸에겐 지극정성으로 간호하면서 영양진음식을 해다 먹였다. 여러 날 동안 오직 딸에게 매달리다 보니 가게일이 엉망이고, 점원들 관리도 엉망이었다. 하는 수 없이 신 여사는 박 군에게

"내가 사업상 일이 바빠서 그러니 점심만이라도 자네가 좀 해다 주소, 아침과 저녁은 내가 해 올 터이니."

"예."

예비사위 박 군을 믿고 신 여사는 간호사한테나 의사한테 신신당부를 하고 갔다. 박 군이 싸온 도시락을 보배는 한 숟갈 뜨고는 먹을 수 없어서 그대로 덮어두었다. 밤이 되어 신 여사가 딸에게 먹이려고 맛깔스런 음식을 가져와서 낮에 먹다 남은 도시락을 열어 보고는 깜짝 놀랐다. 다 찌그러진 도시락에다 시커먼 보리밥에 곁에는 무 이파리 몇 가닥이 있는 것을 보고 놀라지 않을 수 없었다.

"세상에나! 환자에게 먹일 음식을 이따위로 해서 보내다니…… 그놈 집구석 형편이 이렇더냐? 성의가 없어서냐? 이게 뭐람?!"

"엄마 박 군한테 그런 말 하지 마, 자존심은 있어서 그런 말 하면 절대 안 들으려고 하니깐."

"오냐 알았다. 한 일을 보면 열일을 안다고 했다. 앞으로 그놈하고 살려면 네가 고생이 많겠구나." 잠시 후에 박 군이 들어왔다.

"어서 오게, 환자를 혼자 두고 어디 갔다 오는가?"

"잠깐 밖에 좀 나가서 바람 좀 쐬고 옵니다."

"어서 밥 먹게, 환자 수발하느라고 고생이 많네, 낮에 도시락은 어머님이 싸주시던가?"

"예."

"내일부턴 도시락 그만두시라고 하게, 내가 아침에 올 때 좀 더 많이 해와서 먹인 것이 낫겠네, 자네 어머님 수고스러워서 그러네."

"알겠습니다."

그 후로 박 군은 잠깐 병원에 들렀다가 밤이면 나타나지도 않고 언제나 보배 혼자 있게 했다. 친구하고 놀다 혼자서 잠이 들어서 그렇다고 변명을 하지만 그는 저녁마다 혼자 자는 것이 아니었다. 당시 이 덕성이란 여자와 밤을 샜다. 박 군 주위에는 중학교 때부터 여자들이 텃밭에 개 끓듯 했다.

보배가 두 달 동안이나 병원에 있어도 박 군 집안에선 아무도 문병 한번 와 본 사람이 없었다. 아직 결혼식은 안했지만 약혼식도 했고, 이미 죽고 없지만 그 집 자식 낳다가 뒤끝이 안 좋아 그렇게 중병을 앓다가 구사일생으로 살아난 예비 며느리인데 얼마나 고생이 많느냐?, 병원비는 어떻게 하느냐, 인사 한마디 할 줄 모르는 그야말로 무의도식 한 인간들인 것을 그때보고 알았다. 당사자인 박 군도 병원비에 대해선 일언반구도 없었다. 그들에게 바라는 것이 아니라 그들의 마음가짐이나 양심을 보고 신 여사는 크게 실망했다. 신 여사가 지극 정성으로 병수발 들어서 두 달 만에 퇴원을 했다.

"앞으로 어린애가 안 생길 수도 있으니 안 생긴다고 너무 기다리지 말고 생기면 기적이라 생각하고 잘 기르며 사시게."

"……."

박 군은 어린애가 안 생길 수도 있다는 말에 시무룩했다. 어린애가 있어야 아이를 볼모삼아 죽자 사자 돈을 뜯어 먹을 꺼리를 만들 것인데 아이가 없으면 돈을 뜯기며 보배가 끝까지 자기와 살아주지 않을 것이기 때문이다.

몸이 차차 회복된 보배는 운동 겸 바람도 쏘일 겸 박 군집에를 갔는데 공장 안이 휑하니 썰렁했다. 근처에 있는 안집도 빈 집 마냥 썰렁한 기운이 돌아서 보배는 섬뜩함마저 들었다. 바로 그때 어떤 남자가 헐레벌떡 뛰어오더니

"철공소 아무도 없소?!"

"왜 그러세요?"

"저기 길바닥에 철공소 할머니가 쓰러져 있어요."

"어디요?"

"저기 사거리요, 빨리 가보시오!"

보배는 정신없이 달려가서 보니 박 군의 어머니인 마랭이 댁이 피를 토하고 쓰러져 있는 것을 보고 길가는 사람을 붙들고 협조해달라고 하여 그의 집으로 모셔 와서 안방에다 눕혀 놓고 가족들에게 연락해 물어보니 그녀는 폐결핵이라 한다. 몇 년 전부터 폐결핵을 앓고 있었으나 돈이 없어서 치료를 못하고 방치해 뒀다는 것을 알고 보배는 깜짝 놀랐다.

"이런 분을 아직까지 병원에 안모시고 이대로 뒀습니까? 빨리 병원으로 모셔야죠."

"집안 형편이 이렇게 생겼으니 병원은 언감생심 꿈도 못 꾸고 있었다."

"그래도 일단 사람을 살리고 봐야죠. 결핵은 광주 기독교 병원이 제일 잘 보니 그곳으로 빨리 모시고 갑시다."

보배가 다그치니 그때서야 가족들이 병원으로 데려갈 생각을 했다. 그러나 병원에서는 아주 실망적인 말뿐이다.

"이분은 폐결핵 말기까지 와 버려서 얼마 못사니 그냥 데리고 가서서 장래 준비나 하세요. 상태가 너무 심하니 우리 병원에서 받아 줄 수가 없습니다. 만약에 살아난다면 한 달 이내에 다시 병원을 찾아주시기 바랍니다." 하고 간단한 약만 처방해 줄뿐, 입원마저 거절을 당하니 온 가족들은 마랭이 댁의 죽음이 눈앞인 듯 모두가 어두운 표정으로 꼭 다문 입들은 열리지 않은 채 집으로 향했다. 폐결핵은 제대로 먹지 못해서 생긴 후진국 병이다. 얼마나 경제적인 타격을 받았으면 이런 중환자를 방치했을까. 보배는 불쌍한 생각에 자기 집에 와서 사실을 말했다.

"박 군의 어머니가 폐결핵으로 진즉부터 고생을 하셨나 봐요. 내가 가던 날 길가에 쓰러져 있어서 집으로 모셔왔는데 가족들 말이 폐결핵에 걸려서 진즉부터 고생을 하셨다네요? 만약 돌아가시면 박 군이 불쌍해서 어쩌지요?"

"네 몸부터 생각해라. 너도 죽다 살아난 사람이 장래 시어머니 걱정부터 하냐?"

"돈이 없어서 병원에를 못 데려가서 그렇다네요?"

"폐결핵은 못 먹어서 걸린 병이다. 어서 느그 작은 아버지 한 테 연락을 해서 민물고기 한 수대 가져오라 해서 그것을 달여서 갖다 줘봐라, 아마 좋은 효과를 볼 것이다." 경험이 많은 할머니 말을 듣고 보배는 온갖 정성을 다 해 간호하고 자기 집에서 민물고기 즙을 내서 날마다 그 집으로 날라 봉양을 했다. 보배의 지극한 정성인지 마랭이 댁은 한 달 안에 죽을 사람이라고 병원에서 시한부 선고를 받았음에도 불구하고 차차 얼굴에 화기가 돌고 좋아지는 것을 눈으로도 알 수 있었다. 그래서 기독교 병원으로 다시 데리고 가서 진찰을 해 보더니 자기들끼리 대화를 하고난 후

"이 환자에게 무엇을 먹였습니까?"

"제가 날마다 민물고기들, 잉어, 붕어, 가물치, 민물장어 등을 고아서 해 드렸더니 아주 달게 자신 것뿐입니다. 그리고 반찬은 주로 채식으로 대접했지요." 보배의 말을 귀담아 들은 의사들은 혀를 내두르며 놀라는 기색을 했다. 자기들끼리도 이런 일은 처음이라고 하며 기적이 나타났다고들 했다.

"어떻게 알고 환자에게 그런 음식을 대접 했습니까?"

"우리 친정에 가서 시어머니 병세를 이야기 하니 우리 할머니께서 그렇게 하라고 가르쳐주셔서 했던 것 뿐 입니다." 보배의 말을 들은 의사는 열심히 메모를 하며

"민물고기가 결핵 환자에게 이렇게 좋은 식품인줄은 전혀 몰랐습니다. 일단 이곳에 입원을 하고 더 치료해 보도록 합시다."

보배는 박 군 어머니를 날마다 지극정성을 다해 간호를 했다. 친정 작은 아버지 한분이 민물고기를 수합해서 일본으로 수출하는 사업을 하므로 자기 어머니 보양식으로 해 드리라고 날마다 갖다 준 것을 보배의 예비 시어머니인 마랭이 댁에게 그것을 잘 다려서 갖다 먹였으므로 한 달 이내에 죽는다고 병원에서도 받아주지 않았던 사람의 몸에서 기적이 일어났던 것이다. 그 후로도 보배는 더욱 지극정성으로 박 군의 어머니를 봉양했다.

10. 큰 동서에게 시집살이

첫아이가 죽고 병원에서 간신히 살아나온 지 며칠 되지 않았는데 시가집에 일이 있다고 와서 도와 달라는 연락을 받고 보배는 별로 내키지 않지만 거절을 못하고 그곳을 갔었다. 큰 동서는 무엇을 하는지 부엌에서 큰 가마솥에 불을 때면서 눈에 눈물이 크렁크렁 하면서 불 좀 때라고 했다. 보배는 난생 처음 불을 때보니 불이 자꾸 꺼져버렸다. 나무가 타지 않으니 연기는 더 나고 온 부엌에 연기가 가득하여 눈을 뜰 수가 없었다. 그런 보배를 보고 큰 동서란 사람은 "아이고 여태 불 때는 것도 안배우고 멋 했으까이!" 하며 성화를 댔다. 조금 있다가 또 커다란 나무주걱을 주면서 밥 좀 푸라고 했다. 커다란 솥뚜껑이 어찌나 무겁던지 불끈 들 수가 없어서 옆으로 밀었다고 야단을 맞았고, 밥주걱이 무거워서 이기지 못하고 밥 푸는 속도가 느리니 큰 동서는 보다 못해 "아이고 속 터져 죽겠네! 그 나이 먹도록 멋을 배웠어? 저런 사람이 어찌 연애하는 것은 배워서 애는 낳았을꼬? x 만 키웠그만?! 저리가!!" 하며 보배를 나무 청으로 훅 밀어버리니 나무끌텅에 가슴을 찧은 보배는 그만 엉엉 울고 말았다. 그때 온 식구들이 부엌을 내다보고 모두 웃음거리가 되었다.

"아무것도 못하는 것을 데려와서 평생 내 고생만 시키게 생겼네! 이 일을 어찌할꼬?~!" 하며 큰 동서는 크게 역정을 내며 소리를 있는 대로 질렀다. 큰 며느리 고함소리를 듣고 마랭이 댁이 부엌으로 와서 보고는

"즈그 집에서 공주로 큰 애가 뭣을 할 줄 알겠냐? 그리고 저 애는 니 종이 아니다. 결혼하면 따로 나가 살 사람인디 그런 심한 말을 하면 안 된다. 너도 딸자식 있음시롱 어린 동서한테 너무 그러지 말어라!"

보배는 생각할수록 분하고 기분 더러웠다. 자기 며느리도 아니면서 나이어린 동서, 그것도 아직 결혼식도 하지 않은 약혼식만 한 예비 동서를 자기 종 부리듯 하면서 온갖 투정을 다 부린 것이 매우 못마땅했다. 동서끼리는 서로 시샘해서 그런다고 치더라도 해도 너무한다는 생각에 보배는 큰 동서가 무서웠다. 마랭이 댁 큰 며느리는 옛날에 시집와서 시부모 밑에 온갖 시집살이 하면서 살았어도 대접도 못 받고 거기다 남편까지 바람이 나서 본처를 소

닭 보듯 하는데, 보배는 H군내에선 제일가는 부잣집 외동딸이고, 그런 집안과 사돈을 맺게 된 것을 큰 영광으로 생각하고 처음엔 큰 며느리 앞에서 보배를 떠받들고 있으니 시샘을 할만도 했다.

큰 동서는 절구에다 통고추를 넣어주면서

"이것이나 갈아놓소!"

"한 번도 안 해봐서 못해요."

"도대체 할 줄 안 것이 뭐야? 오직 연애하는 것만 배웠어?! 이렇게, 이렇게 돌려서 갈아놓으라고!!"

큰 동서는 보배에게 명령을 했다. 할 줄 몰라도 해 보려고 달려들었다. 갈 때 흰 블라우스를 입고 가서 서툰 절구돌이를 하다 보니 땀이 흠뻑 젖었다. 땀에 젖은 블라우스는 몸에 찰싹 달라붙었다. 절구에 가득 든 고추는 갈리지 않고 몸만 젖어있으니 마랭이 댁은 깜짝 놀라.

"무엇을 했기에 옷이 다 젖었냐?"

"고추를 갈았는데 어떻게 된 것인지 잘 모르겠어요."

"흥! 호랑이 씹어 갈 년, 시킬 것을 시켜야지!! 그만하고 옷이나 갈아입어라!"

보배는 자기가 할 줄 아는 것은 오직 집안을 깨끗이 치우는 것뿐이니 빗자루 들고 여기저기를 싹싹 쓸고 닦고 어질러진 것 치우고 해서 집안을 말끔하게 해 놓았다. 그 후로도 큰 동서는 돈도 주지 않으면서 보배네 집에 가서 우무를 만들어 오라, 김치를 담아오라, 하고 자기 편 하려고 돈 드는 일만 시켜서 보배를 잠시도 쉬지 못하게 했고 경제적인 부담도 상당히 주었다.

11. 동서들의 음모

둘째 동서인 홍당무가 보배에게 와서 아주 다정한척 말을 했다.

"자네 나하고 어디 좀 갈랑가?

"어딘데요?"

"따라가 보면 알아 잠깐이면 돼, 얼른 가보세." 하고 얼렁뚱땅 데려간 곳이 무당집이었다. 보배는 어리둥절하여 무섬증이 들었다. 둘째 동서와 무당은 잘 아는 사이 것 같았다. 둘은 보배더러 저기 가서 있으라 해 놓고 보배가 듣지 않게 자기들끼리 한참 수근거렸다. 무당과 홍당무는 무슨 염불 같은 것을 열심히 외우면서 알아듣지도 못한 소리로 한참을 떠들어 댔다. 그러다 잠깐 하던 염불을 딱 그치더니

"둘째지만 큰아들이고 큰 며느리다!" 하고 손바닥을 딱 쳤다. 그러니 휙 돌아선 둘째 며느리가 보배더러 "자네도 분명히 들었지?"하고 확인이라도 시킨 듯 했다. 첩며느리지만 본손 자손들 다 재끼고 자기가 그 가정에 구심점이 되어야 집안이 융성할 것이라는 점괘가 나왔다는 것을 보여주려고 자기를 데려간 것이다.

집에 오니 마랭이 댁이 눈을 부라리며 다그쳤다.

"너 어디 갔다 왔냐?"

"명진상회 형님 따라갔다 왔어요."

"어딘데?!"

"무당집인 것 같던데요?"

"뭐라던?"

"몰라요 무슨 말인지 통 알아듣지를 못했어요."

"다시는 그년 따라다니지 말라! 이년들! 말대가리 같은 년들!!" 하며 마랭이 댁은 험상궂은 얼굴로 보배를 겁박했다. 이번에도 윗동서들 때문에 시어머니한테 호되게 당했다.

"니 년 들이 아무리 그래봐라! 우리 재수는 장개 열 두 번 간다!! 각오해라!! 음~." 마랭이댁은 행여 점쟁이한테 가서 자기 아들과 혼인을 해야 할지 말아야 할지 알아보러 간줄 알고 아직 결혼식도 안했는데 마랭이 댁은 그런 충격적인 말을 해서 보배를 기선제압하려는 속셈인 것 같았다. 그리고 원래 입성구가 사나운지라 며느리들을 싸잡아서 '말대가리 같은 년들'이란 심한 인격 모독의 말을 서슴없이 뱉어냈다. 그런 시어머니가 보배는 도저히 이해할 수 없어서 한번은 시어머니께 따졌다.

"어머님, 어찌 자식한테 그런 막말을 어머님 입으로 하세요? 자식이 장가 열두 번 가게 된다면 불행한 일 아닙니까?"

"우리 친정 오라버니가 그러는데 재수는 장개 열 두 번도 가고 남는다고 했다. 우리 오라버니가 점을 유명 나게 잘 맞힌다고 소문난 양반 입으로 그런 말을 하시니 믿을 수밖에 없다. 음~." 아무리 그런 말을 들었다 치더라도 아직 결혼식도 안한 예비 며느리 앞에서 그런 말을 쉽게 뱉어낸 속내를 알 수 없었다.

그 뒤로 며칠 지나서 또 보배를 찾아가서 두 동서들이 보배에게 무당집으로 끌고 가려고 수단을 부렸다.

"어야 새 동서, 우리 집안이 잘되게 하려면 무당 집에 가서 굿을 해야 한다네, 그래서 온 집안 일가친척들이 다 모인다네 자네 먼저 민순이와 같이 무당집으로 가게, 우리 곧 뒤따라 갈 테니." 하면서 큰 동서의 둘째 딸을 묶어주면서 기어코 보배를 무당집으로 가게 했다. 지난번 당한일도 있고 하니 이번엔 절대로 가지 않으려고

"나는 가지 않을래요." 보배가 거절하는 것을 보고 가지 않으면 안 될 것처럼 강권했다.

"우리가 곧 따라 갈 터이니 빨리 가란 말이시." 마랭이 댁과 두 동서가 손짓을 하며 안가면 안 될 것 마냥 재촉을 한 바람에 아무 영문도 모르고 엉거주춤 무당집까지 갔다. 무당집에 도착한 보배를 보자마자 웬 낯선 남자가 보배에게 가자고 했다. 영문도 모르고 따라간 보배에게 커다란 대나무를 베어다 마당가운데 세워놓고 보배더러

"이것 잡고 있으라."

"싫어요." 거절한 보배에게 시댁 쪽으로 친척 벌 되는 사람들이 권유를 했다.

"괜찮아 잡고만 있으면 돼, 무서울 것 하나도 없다."하며 아무 영문도 모르는 보배에게 기어코 잡게 했다. 보배는 여러 사람들 권유에 못 이겨 하는 수없이 대나무를 꼭 붙잡고 눈을 질끈 감고 한참을 서 있었다. 흔들거리던 대나무가 보배가 손대자마자 딱 멈추니 무당은 염불을 더 세게 외우고 있었다. 보배는 무서움증이 들어 그만 잡고 있던 대나무를 놓고 멀리 도망갔다. 그랬는데도 도망간 보배를 기어코 붙잡아서 그 남자는 또 무당 앞으로 끌고 갔다. 하는 수없이 보배는 또 본의 아니게 끌려가서 대나무를 꽉 붙잡고 서 있으니 바람에 흔들거리던 대나무는 그림같이 빳빳이 움직이지 않으니 한 시간이 넘게 경을 읽었다며 무당 세 명은 경을 읽다가 지쳐서 자기네들끼리

무어라고 속삭였다. 그러더니 여자 무당이 와서 갑자기 보배를 한쪽으로 떠밀어 버려서 보배는 넘어져 버렸다. 그때 보배는 재빨리 일어나 자기 집으로 도망가 버렸다. 그런데도 끈질기게 그 친척이란 남자는 밤인데도 보배네 집에까지 쫓아와서 보배를 억지로 끌고 가더니 대나무를 잡으라고 했다. 그때는 보배도 더 이상 참지 않고 화를 냈다.

"왜 이러시는거요? 뭣 때문에 나를 이토록 괴롭힙니까? 도대체 내가 왜 대나무를 잡아야 하는지 이유나 압시다!" 아무리 어리지만 보배는 이해 할 수 없는 그들의 행위에 너무 화가 나서 여러 사람들 앞에서 앙탈을 부렸다. 그랬어도 그 사람들은 기어코 보배의 장심을 꺾으려고 "이번 한번만 더 잡고 있으라. 우리들 경이 부족해서 그런지 모르니 한 번 더 시험하기 위해서다."

보배는 어른들의 행위가 어이없지만 속는 셈 치고 또 대나무를 붙잡았다. 그렇게 사시나무 떨 듯 한 대나무가 보배가 손을 대는 순간 그림처럼 빳빳하게 흔들림이 없었다. 그런데 더욱 이상한 느낌이 든 것은 보배더러 앞에가 있으면 시어머니와 동서들은 뒤따라오겠다더니 아무리 둘러봐야 그들은 보이지 않고 오직 보배 혼자뿐이었다. 어이가 없어서 보배는 '이번에도 시어머니와 동서들한테 또 속았구나. 이런 괘씸한 일이 어디 있어'하고 화가 났다. 보배는 자기 집에 와서 무당집에서 있었던 이야기를 한집에 사는 사람들에게 쭤 말 했다. 그 말을 듣던 여러 사람들이 하는 말

"미친것들이구나. 아무것도 모르는 애를 데려다가 지네들은 가지도 않으면서 그런 곳에 너만 보내놓고 지랄들 했구먼. 다음부턴 시집에도 가지마라!" 듣는 사람들도 역정을 냈다. 그들의 행위를 이해 할 수 없어서 보배는 자기 집에서 일부러 대나무를 잡고 있어봤다. 그런데 자기 집에서도 보배가 잡기만 하면 미풍에도 흔들거리던 대나무가 꼿꼿하게 서 있고 이파리 하나가 움직이지 않았다. 그것을 본 사람들이 입을 모아 한 말들,

"아마도 보배 너의 장심을 꺾으려고 무당집으로 유인을 해서 그런 짓을 한 것 같다."

"내가 장심이 세면 어떻다고 그런 짓을 해요?"

"그 속내를 자세히는 모르겠다만 네 시가집 사람들 중에는 너를 시기 모함하는 여우같은 것 들이 주렁주렁 하다고 생각하고 항상 조심하고 살아야 할

것 같다."

"……."

"니네 엄마가 아시면 속상할 테니 엄마 앞에선 그런 이야기 꺼내지도 말 거라."

12. 억지로 등 떠밀어

　　보배는 몸이 회복되어 집에 있기가 심심하니 읍사무소 복지관에서 편물을 가르친다하여 몇 달간 다녀서 거기서 손뜨개를 배워 남보다 솜씨가 좋다고 칭찬을 들었다. 당시는 한참 경제개발을 위해서 박 정희대통령이 국가에서 장려하는 직종이었다. 일본 수출품을 만들어내기 위해 많은 젊은 여자들에게 기술을 가르쳐서 만들어진 작품들을 일본으로 수출을 해서 외화벌이를 하는데 많은 여성들이 구미를 당기고 달려들었다. 수강생들 중에 보배는 솜씨가 남다르게 좋다고 칭찬을 들더니 결국 강사로 채택되었다. 그때 복지관에서 편물을 가르치고 있는데 읍사무소에서는 보배를 여러모로 보아 편물강사로만 썩히기에 너무 아깝다는 생각을 하여 교육청에 신청해서 도서지방 섬 학교에 임시 교사로 발령을 받도록 해주었다. 당시는 교사들이 매우 부족한 상태라서 일반 고등학교만 나오면 임시교사로 근무 할 수 있었다. 교사는 생각도 못했는데 즉시 섬으로 들어가서 근무하다가 필요한 생필품을 챙겨가기 위해 한 달 만에 집에 오니 박 군의 어머니가 보배를 붙잡고 놓아주지 않았다.

　"이제 약혼식까지 했으니 너는 그놈 여자인데 어쩌자고 너는 너대로 놀고 그놈을 혼자 살게 하냐? 죽이 돼 든 밥이 돼 든 따라가서 함께 살면서 신랑 뒷바라지를 해야 할 것 아니냐? 너를 보내주지 않는다고 내가 얼마나 혼이 난 줄 아냐?! 편물이고 뭣이고 다 치우고 그놈한테 가라. 나는 이제 그놈 책임 못 진다." 마랭이 댁은 하늘만 바라보고 끙끙 앓으면서 보배를 꽉 붙잡고 놓아주지 않았다.

　"어머님 그게 무슨 말씀이세요? 나도 직장을 얻었어요. 그런데 어찌 내가 가서 그와 살겠어요? 내 직장은 어쩌라고요? 저 놓아주세요." 보배가 사정을 해도 절대 놓아주지 않고 졸졸 뒤를 따라다니며, "다른 데로는 절대 못 간다. 이번에 기어코 그놈한테 가서 같이 살림해야 한다." 며 광주로 출발하려는 버스에다 보배를 밀어 넣고 주소 적은 쪽지만 출발하는 차에다 던져놓고 가버 렸다. 하는 수 없이 시어머니가 준 주소만 가지고 광주 임동 박 군 자취방으로 갔다. 생각할 여유도 없이 어찌나 다급하게 몰아붙였던지 지난번 섬으로 들어 갈 때 가져갔던 물건들을 하나도 못 가져오고 말았다.

박 군이 자취한다는 집으로 보배가 들어가서 며칠을 살고 있으니 한집에 사는 젊은 여자들이 보배에게 말을 걸었다.

"아가씨는 누구요?"

"약혼녀예요."

"약혼녀? 후후후 도대체 박 군은 여자가 몇이야? 어떤 아가씨도 날마다 왔 다가고, 또 다른 아가씨들도 몇이나 왔다 가던데? 한 4~5명이 날마다 번갈아 가며 들락거리던데? 그럼 약혼녀까지 있는 박 군이 다른 여자들을 자취방으 로 끌어들여 만나고 지랄 한 건가?" 보배는 순간 낯이 뜨거워서 얼굴을 들 수가 없었다.

박 군의 자취방은 너무 열악한 환경이었다. 돈이 없으니 가장 싼 곳 변두리 후진 집이었다. 아무것도 가져가지 않고 몸만 갔는데 덮을 이불도 너무 누추 하고 더러워서 몸에 대기가 섬뜩할 정도였다. 밤이 되어도 잠을 잘 수가 없었 다. 몸이 가려워 견딜 수가 없어서 도대체 뭣이 있어서 이다지도 사람을 물어 뜯는가 하고 일어나 불을 켜보니 빈대가 벌겋게 두 사람을 에워싸고 뜯다가 불을 켜니 재빨리 틈사이로 다 들어가 잡을 수가 없었다. 그런 속에서도 박 군은 깨지도 않고 잘도 잤다. 아주 그런 생활에 길들여진 사람이다.

함께 사니 자연히 돈이 들었다. 생활비란 것이 이런 것이구나 하고 보배는 그때서야 세상에 눈 뜨기 시작했다. 가서 함께 산지도 한 달이 지났는데 박 군집에선 돈 한 푼 가져오지 못하고 오히려 보배더러 돈 있으면 달라고 염치 없는 소리를 하기 시작했다. 하는 수 없이 보배는 자기수중에 있는 돈으로 생활비 쓰고 또 박 군이 날마다 돈 노래를 부르니 있는 돈 다 털어버렸다. 박 군집에선 박 군에게 돈 대줄 형편이 못되니 기왕에 부잣집 딸과 약혼했으니 약혼녀 것 뜯어먹고 살게 하려는 속셈으로 아직 결혼식도 안한 예비며느리를 등 떠밀어서 자기 아들에게 기어코 보내버렸던 것이다.

13. 악마의 손에 꺾어진 꽃

1968년도 일이다. 여학교 때 친구 나 승연과 이 금자가 미국으로 이민 간다며 찾아왔다.

"보배야 우린 네가 보고 싶어서 여기까지 찾아왔다. 이번에 미국으로 들어가면 아무래도 쉽게 나올 수 없을 것 같아서 말이야. 약혼자가 잘해주니? 행복하니?"

"……."

보배는 뭐라 말 할 수 없었다. 시작부터 이미 꼬여버린 것 같아 입이 열리지 않았다. 친구들 앞에 지금 자기가 당면해 있는 현실을 말할 수 없었다. 그저 눈물만 흘릴 뿐이다. 그녀들은 지금 보배 앞에 나타나서 자기들은 시대의 에리트 들이라 미국으로 이민을 간다고 뽐내는 것처럼 보였다. 그런데 자기는 이미 꺾여 진 한 송이 초라한 꽃이 돼버린 심정이다.

"우린 다 같이 한 교실에서 서로 친하게 지냈었는데 졸업하니 서로의 갈 길이 정해진 것 같구나 너희들이 부럽다."

"무슨 소리야? 너는 학교 다닐 때 우리 모두가 부러워했었잖아? 부잣집 외동딸로 태어나서 항상 좋은 옷에 좋은 것만 먹고 자란 너 아니었니?"

"그래 모두가 부러워했지. 근데 지금은 아니잖니?

보배는 친구들과 이야기 하고 있을 때 박 군은 밖에서 여자가 찾는다는 소리를 듣고 중요한 사람 만나야 한다면서 또 불이 나게 나가버렸다. 한집에 사는 여자 분이 보배에게 말해주기를

"아까 그 여자는 매일 이집에 찾아왔던 사람이야." 라고 말하니 곁에 있던 친구들은 이미 감을 잡고

"어떡하니? 지금도 바람피우는가보다. 중학교 때부터 여자들을 줄을 세우

더니, 그러려면 뭐 하러 너하고 약혼식을 해? 전에 만난 여자들 다 정리하고 약혼식을 하던가 하지." 보배의 심정을 눈으로 훤히 꿰뚫어 보기라도 한 듯 친구들은 울먹이며 말했다. 그리고 그들은 깊은 한숨만 쉬고 있다가 가면서 내 뱉은 말.

"정 안되겠으면 일찌감치 헤어져 버려. 세상에 남자가 그 인간뿐이냐? 착하디착한 네가 이러고 있으니 우리 가슴이 아프다."

보배는 친구들과 헤어지고 나서 한없이 울어버렸다. 그리고 가게에 가서 2홉들이 소주 한 병을 사서 죽어버리려고 눈을 질끈 감고 거의 마셔버렸다. 죽으라는 운명은 아닌지 주인집 여자에게 발견되어 살아나긴 했으나 이웃사람들 보기 부끄러웠다. 무슨 사연이 있었기에 이제 새파랗게 젊은 여자가 술을 먹고 죽음을 자처했는가 하고 이상하게 쳐다볼 것만 같았다. 그때도 보배는 살까말까 망설였고, 아주 이참에 가버리려고 했는데 임신했다는 사실을 알게 되었다. 약혼식 때도 박 군과 결혼하지 않으려고 속으로 발버둥 쳤지만 임신을 해서 울며 겨자 먹기로 어쩔 수 없이 맘에 내키지 않은 약혼식을 했었는데 이번에도 하필이면 임신을 해 버렸으니 어쩔 수 없이 또 박재수와 살아야 할 처지가 돼버렸다. 박 군집에선 생활비고 학비고 간에 단 한 푼도 받아오지 못 하는 주제에 이제 자기 아이를 가졌으니 날마다 당당하게 보배에게 돈 달라고 악다구니 쓰고 돈 없다고 하면 포악한 행위까지 했다. 그런 보배의 입장을 안 가게 집 주인이

"새댁 우리 집으로 이사 와서 우리 집도 봐주고 나랑 함께 살면 어떨까? 우리 집에서 아이도 낳고 기르면서 말이야, 난 새댁 같이 착한 사람한테 집을 맡기고 싶어서 그래. 집만 봐주면 방세도 받지 않을 거야."

"아무리 그렇지만 얼마라도 방세를 주고 살아야지 전혀 안주고 공짜로 어떻게 살겠어요?"

"새댁도 아이를 가졌고 나도 아이를 가져서 누가 먼저 낳을지 모르지만 나는 가게 집에서 낳고 새댁은 안집에서 낳으면 되겠네. 한 지붕 밑에서 아이를 같이 낳으면 삼신랑 끼리 시샘할까봐서 그래."

"아이고 그렇게까지 생각해 주시니 감사합니다. 그럼 당장 이사하겠습니다."

가게 집 주인은 새파랗게 젊은 부부가 너무도 형편이 어려워서 달세도 못

내고 쩔쩔매는 것을 보고 안타까워서 많은 호의를 베풀어주었다.

신 여사는 어떻게 들었는지 보배가 임신했다는 소식을 듣고 이번만큼은 실패하지 말고 잘 기르라고 벌써 아기용품 등을 한 짐 챙겨왔다. 그리고 쌀과 여러 가지 식품들을 비좁은 자취방에 가득 넣어주고 봉투를 꺼내 주면서 "이것은 느그 아버지가 따로 주신 것이다. 아주 어려울 때 박 서방 모르게 써라."하면서 빳빳한 백 원짜리 지폐가 가득 담긴 봉투를 내 놓으셨다. 공무원 월급이 얼마인지는 모르지만 아마도 공무원 월급 일 년 치는 족히 될 거라고 했다. 보배는 배가 불러오니 출산 준비를 했다. 엄마가 가져다주신 것 외에 하얀 털실을 사서 아기 옷을 한 땀 한 땀 떠서 정성들여 만들어놓고 예쁜 아이가 태어날 날만 기다렸다.

14. 요술방망이로 착각

박군은 이제 대학교 2학년이다. 다른 사람 같으면 가정교사라도 해서 자기 앞가림을 해야 하지만 그 짓은 하기 싫었다. 그 시간에 다른 여자들 만나서 연애사업을 해야 하기 때문이다. 그리고 부잣집 외동딸을 약혼녀로 두었으니 구태여 자기가 힘써 고생하려 하지 않았다. 처음부터 그는 자기편하고 자기 이로울대로만 하고 사는 아주 전형적인 이기주위자이기 때문에 힘든 일은 구태여 하지 않아도 보배만 닦달하면 돈이 요술방망이 흔들 듯 펑펑 쏟아지는데 뭐하려고 자기가 힘들어 알바 하겠는가.

그런 박군의 학비와 용돈 대느라 보배는 너무 힘들었다. 지난번에 보배 어머니가 주신 돈도 박 군 밑으로 다 들어가 버리고 돈이 없는데도 자꾸만 달라고 날마다 조른다. 보배야 어렵든 말든 자기는 수단껏 뜯어서 날마다 여대생들 만나서 생맥주 마시며 통기타들고 멋지게 산다. 얼굴이 좀 생긴데다 피부도 희어 호남 형으로 생긴 사람이 말씨까지 나긋나긋하며 항상 싱글거리니 속은 야수인 것을 전혀 눈치 채지 못 하고 겉만 보고 여자들이 잘 따랐다. 보배는 약혼자의 용돈과 학비를 대기 위해 가진 것 다 팔았다. 이제 마지막으로 아버지가 주신 천연진주 두 알(1.8mm짜리) 중에 한 알을 아버지 몰래 12만원 받고 팔아서 박 군에게 용돈을 주고도 모자라서 또 한 알을 128,000원을 받고 팔아서 날마다 달라는 돈을 주었다. 이런 형편을 알면 자기 부모들이 너무 실망할 것 같아서 이런 절박한 사정을 친정 부모님한테 다 말 할 수 없었다.

보배는 임신한 몸으로 힘든 일은 못하고 자기가 할 수 있는 일을 찾다가 이웃집 새댁이 뜨개질 하는 것을 보고 어디서 일감을 갖다 하느냐고 물으니 YWCA여성회관에서 갖다 한다고 해서 임동에서 여성회관까지 가서 일감을 갖다가 일본으로 수출하는 모티브를 열심히 떴다. 뜨개질 한 돈을 한꺼번에 목돈으로 찾아서 애기 낳을 때 쓰려고 부른 배를 안고 밤에도 열심을 내서 몇 달을 했는데 여성회관 관장이 고의적으로 부도를 내고 도망가 버려서 한 푼도 못 받았다. 그때의 충격은 이루 말할 수 없었다. 이렇게 될 줄 모르고 한꺼번에 받아서 아이 낳으면 쓰려고 한 푼도 안 받고 밤낮을 모르고 열심을 냈었는데, 부른 배를 안고 임동에서 Y까지 걸어갔다 오면 아이도 힘 드는지 뱃속에서 웅크리고 놀지도 않고 돌덩이같이 똘똘 뭉쳐 있다가 집에 와서 누우면 그때서야 놀 곤 했다. 만삭이 될 때까지 그렇게 어렵게 일해 놓은 삯을 하나도 못 받았으니 생각할수록 기가 막혔다. 기가 막힌 것은 그뿐이 아니었다. 아침에 일어나서 밥 한술 먹고, 낮에는 굶어버리고, 밤에는 박 군이 오면 함께 먹으려고 기다리면 뱃속에서 쪼르륵 거리고 아이도 배가 고픈지 발길질을 심하게 해도 혼자서 못 먹고 시장기를 참으면 먹고 싶은 충동에 기가 막혔다. 만삭이 가까울수록 그 충동을 견디기 힘들었다. 어떤 때는 눈앞이 캄캄할 정도로 시장기가 들었지만 참았다. 박 군은 언제나 통행금지 시간 임박해서 들어오니 저녁을 함께 먹을 수가 없었다. 적은 양식에 자기가 먼저 먹고 나면 박 군이 왔을 때에 혼자만 차려주게 되면 서방도 없는데 혼자 먹었다고 야단이 날 것 같아서 안 먹고 기다리면 언제나 늦게 들어오니 도저히 같이 저녁을 먹을 수가 없었다. 이토록 핍절한 생활을 하니 보배는 임신한 몸이 꼬챙이처럼 말라 있을 때 고향친구가 찾아와서 그 모습을 보고는 건빵을 한 푸대 사주고 가면서 '그냥 심심하면 먹어봐,' 했지만 속으론 보배의 형편을 보고 안타까워서 그랬을 것이다. 그날은 어찌나 배가 고프던지 박 군이 오거나 말거나 저녁 10시경에 모처럼 밥을 맛있게 먹고 다음날 아침에 산파를 불러다가 예쁜 딸을 낳았다. 신 여사는 딸이 해산 했다는 소식을 듣고 산후 조리 해 주라고 주상 할머니를 보냈다. 자기는 포목점 운영과 많은 종업원들 거느리고 있으니 한시도 빠져나올 수가 없어서 대신 할머니를 보냈던 것이다.

보배는 박 군이 없을 때 해산을 했는데 그날도 밤 12시가 넘어서 들어와 보배가 해산한 것을 본체만체 한 주제에 아침 밥상을 받고선 까탈을 부리기 시작했다.

"밥상이 이게 뭐야?! 사내자식 대우를 이따위로 하는 거야?!! 이딴 버르장머리를 어디서 배웠냐?!!"

"왜 그러세요?"

"아무리 그렇지만 반찬을 이따위로 해서 주는 년이 어딨냐?"

"미역국에 김치면 됐지 아이난 내가 어떻게 하라고 반찬 타령이요?"

"에이 xx 내가 이런 더러운 밥을 먹을 것 같아?!!"

박 군은 양은밥상을 한손으로 번쩍 들어서 던질 기세를 하고 있는 것을 보고 "어디다 던지려고?! 할머니 문 좀 열어주세요. 던지려거든 밖으로 던져라! 이 좁은 방에다 던지지 말고 밖으로 던지라고!! 옛날부터 밥상 던진 놈은 3대를 빌어먹는다고 했다. 밥상 던지는 버릇 느그 집에서 배웠구나! 느그 아버지가 옛날부터 밥상 잘 던지고, 느그 형도 밥그릇을 밥상에 엎어버리는 행위를 잘한다고 소문이 났던데, 그래서 느그 집이 그렇게 밖에 못 사는 거야! 그 밥상 던지기만 하면 나는 너와 더 이상 살지 않을 것이다. 한번 던져보라고!!"

"……"

"그리고 너와 내가 같은 동네에서 자란 동갑네기인데 부부가 되고 부턴 나는 너에게 존칭을 쓰는데 너는 나에게 그런 상스러운 말로 하대를 하냐?! 그런 버릇은 어디서 배웠냐?!"

던질 기세를 하고 들었던 밥상을 차마 던지지 못하고 방바닥에 쿵!!하고 거칠게 놓고선 자기 분대로 못하니까 큰 大자로 방 가운데 벌러덩 누워서 "어매!~~~ 어매~!~~아~아~악!!" 하고 미친 듯 소리를 한참이나 지르더니 학교 갈 시간이 되니 벌떡 일어나 나가면서 "xx년 이 악질 년아 두고 봐라! 천하에 악질 년 같으니라고!"하면서 나가 버렸다. 세상에 태어나서 처음으로 보배는 박재수에게서 '악질 년'이란 호칭을 듣게 되었다. 눈만 뜨면 보배에게 돈 달라고 손 내밀던 박 군이 곁에 할머니가 있으니 그 짓은 못하고 밥상을 보고 공연히 트집을 잡은 것이다. 보배는 생각할수록 그의 행위가 괘씸했다. 아이를 낳아놓았으면 자기도 없는데 아이 낳느라고 수고 했다는 말하기는커녕 자기 목구멍에 들어가는 반찬 투정을 부린다는 것은 있을 수 없는 일이다. 자기가 무슨 부자 집 외동아들, 귀공자로 태어난 것도 아닌 가난뱅이 집에서 태어나 학비도 약혼녀 집에서 대 주어 학교 다니는 주제에 그딴 행위를 하다니 낯바닥에 철판을 깔아도 유만 분수지 어디서 그런 몰상식한 행위를 할 수 있단 말인가? 그래서 옛날부터 근본은 무시 할 수 없다고 했던가? 그런 집안이라 보배네 아버지가 그토록 박 군과 얽히는 것을 싫어했다는 것을 실감나게 느꼈다. 살면 살수록 인간다운 면은 찾아볼 수 없고 날이 갈수록 괴물과 산 것 같아 하루도 속 편할 날이 없이 한숨과 함께 그저 세월이 흘러갈 뿐이다. 산후 조리 해 주러 온 주상 할머니도

"저런 못된 놈인 줄은 몰랐네. 어디서 감히… 내가 집에 가면 애기씨 엄마한테 다 말 할 거야. 무지한 개 상놈 같으니라고."

할머니가 가신 후론 신 여사는 당분간 딸네 집에 발을 안 디뎠다. 주상 할머니로부터 박 군의 만행을 다 들어서 그랬을 것이다. 신 여사가 오지 않으니 보배는 돈도 말랐고 먹을 쌀도 없었다. 쌀이 없으니 며칠간 굶고 있었다. 박 군은 자기가 굶어보니 당장 배가 고파서 견딜 수 없어서 자기 누나 집에 가서 사정을 말 했던가 박 군 큰누나가 쌀을 보자기에 한 되박이나 된 것을 가져와서 여러 사람들 보는 가운데 내 팽개치면서 "동네 사람들! 여러분! 다 들어보시오! 결혼식도 안하고 아이부터 낳은 뻔뻔한 년 여기 있소! 그래도 배아지는 고픈가 나보고 쌀 갖다 달라고 한 염치없는 년 이라요! 다 들어보시오!! 어매 내가 못 살어!!"하면서 한참을 악을 쓰다 갔다. 여러 세대가 사는 집에 와서 계획적으로 망신을 주고자 한 의도였다. 그래야 다시는 시가집 식구들 안 성가시게 하고 자기 친정 것 퍼다 살게 하기 위한 작전이었다. 이런 계획도 사전에 박 군과 짜고 했던 것이다. 박 군은 자기 입으로 느그 친정에 가서 돈 가져오란 말은 차마 못하고 자기 누나를 통해서 망신을 시키면 자연적으로 자기 친정에서 돈이랑 쌀이랑 가져올 것을 계산한 것이다.

결혼식도 안한 사람을 약혼식 했으니 자기 아들 사람이라고 억지로 등 떠밀

어 들여보낸 사람이 누구던가? 다른 남자 아이를 배가지고 와서 자기 집에서 낳은 것도 아닌데, 그것이 모두 보배가 불순한 여자여서 일어난 것처럼 떠들고 갔다. 가고난 후 한집에 사는 사람들이 모두가 입을 모아 욕들을 했다.

"적반하장도 유만 분수지 멋이 급해서 학생이 공부나 하지 약혼식부터 해 놓고 좆만 차고 약혼녀 것 뜯어먹고 사는 주제에 저런 말이 나올까?" 보배는 남이 부끄러워서 견딜 수가 없었다. 흩어진 쌀알을 하나하나 주우면서 많은 눈물을 흘렸다. 자존심이 있는 대로 상해 그 쌀, 허옇게 흩어진 쌀알을 줍지 않고 그대로 두고 박 군이 오면 보여주고 싶었으나 당장 배가 고파서 그런 수치심을 무릅쓰고 한 알 한 알 주어 담으면서 친정집 곡간을 생각했다. 그 많은 농토를 갖고 있는, 군내서도 일등부자로 머슴들이 피땀 흘려서 지은 곡식들이 창고마다 가득 넘치는 친정을 두고 이런 수모를 당하다니 보배는 생각할수록 기가 막혔다. 목구멍이 포도청이라더니 보배는 아이를 낳은 몸으로 몇 끼를 굶어서인지 그 수모를 당하고도 주은 쌀로 밥을 해 먹었다. 그리고 아이를 들여다보고

"아가야 미안하다. 내가 너의 젖은 만들기 위해 이토록 서러운 밥을 먹을 수밖에 없었다. 어쨌든지 너만 건강하게 자라다오."

보배는 아무리 생각해도 이런 삶은 살수가 없었다. 내가 왜? 이런 삶을 살아야 하는가? 정말로 살기 싫어도 박 군은 돈 줄 때문에 보배와 헤어지려 하지 않는다. 헤어지자고 말만하면 '그때는 너 죽고 너 네 식구들 다 죽여 버리고 나 죽으면 끝난다.'라고 흉악한 소리로 말도 못 꺼내게 위협을 주었다. 그러니 앞으로 보배의 삶은 낌지에 끼인 고기신세를 못 면할 것 같은 생각이 든다.

아이 낳은 지 며칠도 되지 않았는데 마랭이댁이 폐결핵으로 기독교 병원에 입원 했다가 퇴원해서 자기 집에 있다면서 보배더러 빨리 와서 시어머니 간병하라고 명령하다시피하고선 시누이는 가버렸다. 자기는 구멍가게를 벌려놓고 있으니 할 수가 없어서 그렇단다. 불과 며칠 전에 아이 낳고 쌀이 없어서 굶고 있는 보배에게 와서 '아직 결혼도 안 한 년이 아이부터 낳아놓고 나를 이렇게 괴롭힌다며 동네사람 다 들어 보라'고 망신주고 갔던 사람이 자기가 아쉬우니까 보배를 대려다 부려먹을 심산으로 앞뒤 안 가리는 행위를 했다. 박 군은 학교 간다고 일찍 가버리고 보배는 아직 배꼽도 안 떨어진 갓난애를 안고 임동

사거리에서 공설운동장 옆까지 걸어서 가고나면 온 몸에 땀이 흠뻑 적시었고. 아이도 지친 듯 얼굴이 더욱 빨갛게 달아올라 힘 든 기색이 역력했다. 보배 자신도 아직 산후 조리를 다 못한 몸으로 그 먼 거리를 아이를 안고 갔다 오고 나면 온 몸이 쑤시고 아팠다. 시어머니는 몇 일만에 한 번씩 차타고 가라고 겨우 버스비 정도 주는 것도 안 쓰고 아껴서 박 군 용돈 달라면 그것으로 대체했다. 그것도 모르고 박 군은 보배 손은 샘물같이 항상 돈이 펑펑 솟는 줄로 알고 돈이 적다고 악을 쓰고 지랄방구를 떨었다. 지난번 산후 조리 해 주라고 보낸 할머니가 신여사에게 박군의 못된 행위를 죄다 말했기에 더 이상 처갓집 의탁하지 못하게 자기가 스스로 벌어서 쓰던지 아니면 자기 집에서 타다 쓰던지 하라고 곡식도 보내지 않고 돈도 보내지 않으니 보배의 생활은 말 할 수없이 고달팠다. 그날그날 끼니가 걱정이고, 아이를 위해선 산모가 많이 먹어야 하는데도 먹지 못해 앙상하게 말라붙어 있었다. 그런 지경인데도 박 군은 아침마다 나가면서 돈 달라고 손 내미니 없다고 하면 악을 쓰고 욕을 퍼 댔다.

"야 이년아 내가 좋아하는 여자는 김복례다. 무안 살고 광산 김씨고, 아주 좋은 여자다. 우리는 매우 사랑한다. 너 같은 것은 잽도 안 된다. 이 세상에 없는 악질 년아!! 너는 세상에서 제일 나쁜 년이고 교활한 년이야! 이러고는 못산다. 인정머리 없는 년."

"그래 그만 살자! 너는 처음부터 나를 사랑해서가 아니고 우리 집 재산에 탐욕을 부린 놈이다. 그렇게는 못산다. 네 입으로 말했지? 네가 좋아한 사람은 김복례라고? 말 잘했다. 그년만나고 다니느라 매일 밤 자정이 넘어서 들어왔냐? 학생 신분에 무엇을 하는지 아침에 나가면 언제나 밤 12시가 넘어서 들어오니 우리 둘이 저녁을 한 끼도 오붓하게 못 먹어봤다. 이것이 신혼생활이냐? 양심 있다면 네 입으로 말해봐!!" 박 군의 본질을 다 알게 된 보배는 더 이상 같이 산다는 것이 불가능할 것 같아 헤어지잔 말만 나오면 슬금슬금 꼬리를 내리고 나가버렸다. 박 군은 제 버릇 개 못준다고 보배의 고통은 아랑곳없이 수단과 방법을 가리지 않고 자기만 즐기며 살았다. 보배에게 돈 뜯어다 밖에 나가면 호남 형에 싱글싱글 웃으며 아무여자에게 온갖 감언이설로 호리면 안 넘어가는 여자가 없을 정도로 그 방면으론 아주 능통했다.

매일 밤 자정이 넘어서 문 열어달라고 부르면 그때까지 잠도 못자고 기다렸다가 문 열어주러 나가면 언제나 옆집 여자가 그 곁에 서 있었다. 그 여자도 보배를 위아래로 훑어보며 기분 나쁜 표정을 지었다. 여자의 육감은 90%를 적중한다고 했다. 그녀와 같이 놀다가 같은 시간에 들어왔다는 것으로 볼 수밖에 없었다.

박 군 어머니는 또 무슨 꿍심인지 보배를 데리고 고향 친정에 가서 쉬라고 기어코 보배의 손을 잡고 고향으로 데려갔다. 언제는 약혼식 했으니 우리 식구나 다름없다고 그놈 따라가서 밥해주고 걸으라고, 나는 그놈 책임 못 진다고 악을 쓰며 억지로 등 떠밀어 보내더니 또 무슨 꿍 심 인지 기어코 보배를 데리고 친정에 가서 쉬라고 생각한 척했다. 그 때 박 군이 친절하게 가방을 들어서 차에 실어주기까지 했다. 집에 와서 다음날 트렁크를 열어보니 입을 만한 옷과 중요한 것들이 하나도 없었다.

집을 비운 시간은 시어머니 병 수발하러 간적밖에 없는데 누가 남의 방에 들어와서 그런 짓을 했을까? 누구의 소행일까? 전부 충장로에 있는 유명 양장점에서 무값 들여 맞춘 옷들인데, 값비싼 장신구들도 하나도 없었다. 누구의 소행일가? 밤늦게 들어와서 문 열어주러 나가면 언제나 곁에 서 있었던 그 여자와 박 군의 소행일까? 보배의 친정어머니인 신 여사는 텅 빈 트렁크를 보고 허탈한 웃음을 날렸다. 보배가 학교 막 졸업하고 이제 막 사회에 첫발을 딛기 시작할 때 최고급 양장점에 가서 착착 맞춰 입힌 옷들, 소지품이나 장신구들도 전부 명품들로 사서 장식하게 했었는데 그런 것들이 하나도 없이 다 없어져 버렸으니 참으로 어처구니가 없었다. 중요한 옷들을 다 도둑맞고선 그해 겨울은 어린애를 업고 둘러씌울 코트 하나도 없이 춥게 지냈다.

15. 큰 동서 가출

보배가 친정집에 도착하자마자 박재수 동생이 친정집까지 찾아와서 "큰 형수가 집을 나가 버려서 밥도 못하고 있으니 엄마가 셋째 형수 데려오라고 해서 왔어요."

그 말을 들은 보배 할머니는 깜짝 놀라시며 "이게 무슨 소린고? 큰일이구나! 집안이 완전히 와사리 바람이 불었구나. 며느리가 집을 들락거리면 집안이 망하든지, 못쓰게 되는 건디 이거 큰일 아니냐? 그런 사람들이 한번 나갔다 들어오면 잘해줘도 흠만 잡고, 뭣이 없어졌다고 억지소리나 하는 건디, 네 시집살이가 보통이 아니겠구나. 이 일을 어찌할꼬?" 보배의 할머니는 가녀린 보배가 아사리 판이 된 가정에서 살아 낼 것을 생각하니 눈앞이 캄캄했다. 불면 날아갈까 잡으면 깨질까 하고 온 식구가 금지옥엽으로 키운 손녀딸인데 하필이면 악명 높은 집안 것들과 한식구가 되었으니 말이다.

"가거라, 그리고 명심하고 항시 조심해야한다. 분명 네 동서들과 시어머니는 너를 억울한 구렁으로 몰아넣어 괴롭힐 사람들이 분명하니 항상 조심해야 한다." 할머니는 눈물을 훔치면서 어서 가라고 손사래를 치신다. 그런데 큰 며느리가 자식을 다섯이나 낳아놓고 가출을 했다니 잘못하면 집안이 풍비박산 될 지경이니 보배네 집에선 걱정 할 수밖에 없었다.

"애기 잘 키워야 한다 이~? 일은 잘못해도 흠이 없지만 애기 잘못 키우면 두고두고 정계거리가 된다는 것 명심해라."

"예."

보배는 갓난애를 업고 날마다 큰 집으로 가서 아이는 시어머니 방에 뉘어놓고 하루 종일 일만 하다 밤늦게 서야 집에 오곤 했다. 가정부 엄마는 하는 일이 공장에서 나온 직공들 기름빨래만 갖고 영수정 빨래터에서 빨래만 하고 점심때가 되면 들어왔다.

보배네 친정에선 텃밭에 가꾸어놓은 각종 채소를 뽑아서 수레로 실어 보냈다. 많은 식구에 반찬 구애 받을까 싶어서다. 그럴 때면 마랭이 댁은 "나는 큰 사돈어른을 항시 존경해요." 하며 입에 바른 말로 상대방을 호리었다. 마랭이 양반 집 사람들은 누구든지 달면 삼키고 쓰면 뱉는다는 사람들이라 할 만큼 우선 눈앞에 이익을 보고 겉 인사로 호기를 부린 것이다.

보배는 큰집이 너저분하게 어질러진 것들이 눈에 거슬려서 매일같이 쓸고 닦고 광이나게 치웠다. 그런 것들이 마뜩잖은 마랭이 댁은 "너무도 칼칼하게 쓸어싸면 복달아날 것이다. 제발 그만좀 쓸어라! 어이구 징그럽게도 쓸어쌌고 자빠졌네!"하며 군담을 했다. 그리고 틈만나면 큰며느리의 억담을 입에 달고 살았다.

"재산 다 빼돌려 40만원이나 쥐고 장가 놈 하고 도망갔다." 며 하루에도 몇 번씩 그 소리를 했다. 어른의 체면을 생각하지 않고 아무한테나 며느리를 죽일 년 만들어서 보배는 듣기 싫어서 "어머님 너무 그러지 마세요. 조카들을 생각하셔야지요." 보배의 말에 마랭이댁은 화를 벌컥 내며 "너는 어째서 그년 편만 드냐?! 니가 그년에 대해서 알면 얼마나 안다고 인제 들어온 것이 어른 말을 우습게 알고 지랄이야?! 똑같은 년이 누구를 가르치려 들어?!"

"어머님 그것이 아니고요…."

"시끄럽다!! 내가 그년을 이집에 들이세운 것부터가 잘못이다. 내가 그년 선 보러 갔을 때 꿈이 어쩐 줄 아냐?! 바닷물이 여기 길가까지 넘실넘실 해서 한 발을 넣으니 바닷물이 다 빠지고 갯바닥에 게만 기어 다니기에 구덕에다. 게를 주어 담아 놓고 들여다보니 게 새끼 다섯 마리정도 있었다. 그년이 복이 없는 년인가 그년이 들어와서 우리 집은 다 망했다. 그리고 새끼들만 다섯이나 퍼질러놓고 바람나서 나갔지 않냐? 어찌 그리 내 꿈이 영험한지 모르겠다. 복 쪼가리라고는 더럽게 없는 년이 들어와서 우리 집이 망했는디 너는 그것이 고소해서 그년 편을 드냐?!" 시어머니의 꿈을 보배가 해몽을 해보니 그 꿈은 큰 며느리가 복 있는 사람인데 그런 사람을 잘못 건수해서 망했다고 해몽을 나름대로 했다. 바닷물이 넘실넘실 집 앞까지 들어왔는데 시어머니가 발을 적시니 그 바닷물이 다 빠져 나갔다는 것으로 보아 보배는 꿈을 반대로 해몽을 할 수밖에 없었다. 자식을 여럿 둔 어른의 처신을 잠깐 겪어본 바에 의하면 자발없고, 이기적이고, 남에게 원성이나 사고, 정직하지 못한 방법으로 보배를 골탕 먹인 것만 봐도 마랭이댁 심성이 좋지 않아서 집안이 망해간다는 생각이 들었다.

마랭이댁은 보배가 깨끗하게 치워놓은 집안 여기저기를 둘러보고

"어따 내 속이 다 시원하다. 니 큰 동서는 여편네가 되가지고 살림을 할 줄 몰라야? 어찌나 추지고 굼뜨든지 속이 터질락 했는디 니가 와서 이렇게 깨깟시 치워놓은께 인자 사람산 것 같다."

언제는 빗자루로 쓸어 싼 것은 복을 떤다고 싫어하더니 금방 변덕을 부리고 깨끗하게 치워놓은 보배를 칭찬하기 바빴다. 그래놓고 마랭이 댁은 또

푸념처럼

"그년, 복 없는 년이 들어와서 우리 살림 다 망하게 했고, 살림 빼 돌려 계돈 40만원 타서 장가 놈하고 야반도주 했어야! 앞으론 절대로 안받아준다. 집구석에 들어오기만 해봐라 다리몽댕이를 작신 분질러버릴 것이다. 암 안받아주고 말고!"

하루는 마랭이댁이 화장품 아줌마를 불러들였다. 둘이서 무슨 말을 하는지 한참 수근 대더니

"아가, 콜드 한 곽 사줄 텡께 손에 바르거라."

"어머님 필요 없어요. 저 그런 것 한 번도 발라보지 않았어요."

"뭔 소리냐? 그 이쁜 손이 트면 안 된다. 네가 언제 그런 힘든 일을 해 봤냐? 느그 집에서는 공주마마같이 큰 애가 우리 집에 와서 너무 힘든 일을 해서 내가 맘이 좋지 않아서 그런다. 방에 둘 터이니 바르거라 이?" 그날따라 생전 안하든 언사를 부리니 그런 시어머니가 의아스럽기까지 했다. 도대체 얼마나 좋은 크림을 사놓고 저러시나 보자하고 방문을 열고 아무리 찾아봐도 콜드크림 쌍판 떼기도 보이지 않았다. 나중에 알고 보니 남들 듣는데서 일부러 시어머니가 보배를 가뜩이나 사랑해서 이것저것 해 준 것처럼 소문내기 위함이었다는 것을 알고 보배는 마랭이댁 속을 들여다보고선

"그러면 그렇지 그 본심이 어디가나?"하고 어이가 없어서 헛웃음만 치고 말았다.

보배가 시가집 일로 어린애 데리고 고생한다고 신 여사는 앙고라 쉐터랑 검은색 바탕에 예쁘게 수놓아진 월남치마랑 여러 가지 고급스러운 옷들과 함께 과일박스를 들여 주고 갔다. 그런데 둘째 동서는 금방 시샘하며

"시어머니가 셋째 며느리만 고급 옷과 화장품을 일시불 사 주었다고 소문이 크게 났던데 도대체 자네는 무슨 요망을 떨었기에 시어머니가 자네에게만 푹 빠져서 그런 비싼 것을 해 주셨단가?"

"형님 그 무슨 말씀이세요? 나 어머님한테 아무것도 얻은 것 없어요. 우리 친정어머니가 비단장사라 장마당에 난 고급 앙고라 쉐터와 월남치마를 사 주셨을 뿐이어요."

"화장품도 일시불 사 줬다던데?"

"어머님이 콜드크림 사놓았다고 하셔서 방에 가보니 아무것도 없었어요. 사놓고 그러신지 안 사놓고 그러신지 몰라도 난 콜드크림 꼴도 못 봤어요."

"그럼 왜 그렇게 소문이 크게 난거야?"

"형님하고 나하고 싸움 붙이려고 누가 헛소리를 했나 보네요."

둘째 며느리는 보배의 남편과 한배가 아닌 배다른 형의 아내다. 즉 말하면 첩한테서 난 서자 며느리라 시샘이 남달랐다. 평상시에도 그녀는 이간을 잘 붙이고 요망을 잘 떠는 사람으로 평판이 안 좋았다.

16. 망할 징조

보배는 날마다 갓난애 업고 가서 시가집 식구들과 공장 식구들 밥해 내기가 너무 힘들었다. 친정에서 자랄 때는 몸종 겸 식모 두고 살고, 자기는 오직 자신의 몸치장이나 하고 공주마마처럼 살았던 사람이 격에 맞지 않은 사람들과 얽혀서 그 집 사람으로 살려니 몹시 힘들었다. 그러나 못하겠단 말은 차마 못하고 죽으라면 죽는 시늉이라도 하듯 무조건 순종하며 하루하루를 고되게 넘겼다.

그 집은 식구가 많고 공장직공까지 대식구라서 언제나 밥상은 3개씩 차렸다. 아무도 거들어 주는 이 없이 보배 혼자서 그 연약한 몸으로 힘들게 밥상을 차려놓으니 큰 조카가 밥 먹으러 들어와서 차려놓은 밥상을 휘 둘러보고는

"지미xx 힘들게 일하는 사람들한테 반찬을 이따위로 해 주면서 밥 먹으라고 해?!" 하면서 수북이 담아놓은 밥그릇을 들어 밥상 위에 탁 엎어버리고 나갔다. 조금 있다가 시동생 영국이도 들어오더니 조금 전에 큰조카가 했던 대로 밥그릇을 탁 엎어서 밥상을 발로 밀어버리고 보배를 힐끗 쳐다 보며 뭐라고 욕을 하는 듯 했다. 보배는 생전 보지 못한 몰상식한 행동을 한 그들이 한없이 괘씸했다. 천한 노가대나 해 먹고 사는 사람들이라 저런 무례한 행동을 하는가 싶어 화가 머리끝까지 났지만 참았다. 이래서 집구석이 풀리는 것이 아니라 날마다 졸아 드는구나 하고 속으로 이 집이 망해가는 원인을 알게

되었다. 새벽부터 갓난아이 업고 와서 힘들게 장 봐다가 반찬 만들어 20여명 이나 되는 대식구들 밥상 차려내는 보배의 공로는 아랑곳없이 이런 모욕을 당하다니…. 보배는 사지가 떨리고 소름이 끼쳐서 밥도 먹히지 않아서 종일 굶어버렸다. 자기 집의 식사예법은 식사 중에는 말도 크게 하지 않고 기분 좋은 마음으로 음식을 대하고 정중히 먹는 예법을 익히고 자랐다. 어른들 하시는 말씀이 밥상 엎은 것들은 3대를 빌어먹는다고 음식이 맛이 있든 없든 차린 사람 성의를 무시하면 안 된다고 늘 상 들었던 식사예법을 몸에 익히고 살았는데 명색이 시집이란 곳이 이렇게 가정 질서가 없고 제멋대로인 것에 크게 실망할 수밖에 없었다. 그래서 밥상머리 교육이 중요하다고 했던가?

아직 핏기도 가시지 않은 큰 딸을 매일 안고 와서 시어머니한테 맡겨놓고 새벽부터 서둘러 그 많은 식구들 밥 해주고 나면 어느덧 밤이 되 버리고 만다. 큰 며느리가 가출하고부턴 죄 없는 보배가 시집에 식모가 되 버렸다.

시어머니가 병원에 입원 했다가 퇴원해서 큰 딸 집에 좀 쉬고 있었는데 큰며느리가 가출했다는 소식을 듣고 막상 자기가 가면 그 많은 식구들 밥해 낼 자신이 없으니 보배를 부려먹으려고 보배를 데리고 가면서 '느그 친정에서 좀 쉬거라.' 하고 생각한척 기어코 H로 데려갔던 것이다. 보배는 아이 낳고 몸조리도 못하고 시어머니 병수발 하느라 어찌나 힘들었던지 모처럼 친정에 서 몸조리도 할 겸 편히 쉬려고 마음먹고 마랭이댁 따라 나섰는데 쉬기는커녕 일 구덕에 빠지고 말았다.

밤늦게까지 일하고 아이를 안고 집에 오면 너무 피곤해서 잠도 오지 않았 다. 그런 사정을 아는지 모르는지 박 군은 학교를 어떻게 다니는지 소식도 없고 몇 달간 집에도 오지 않았다. 박 군이 언제라고 자기 처 사정을 살필 놈이 아니다. 보배가 없으니 날마다 이 여자 저 여자와 새 바람 피우고 재미나 게 살고 있으니 보배가 없는 것이 무방하기도 했다.

보배는 자기 신세가 왜 이렇게 비참하게 되었는지 생각할수록 한탄만 나왔 다. 곁에 남편이라도 있다면 들어주든 안 들어 주든 바가지라도 긁어 보련 만… 큰 동서가 빨리 들어와야 자기가 그 지옥 속에서 벗어날 건데, 들어오긴 할 건지. 보배 자신이 몇 달 살아봐도 시가집은 인간쓰레기들이 우글거리는 지옥과도 같았다. 그런 환경인데도 그 와중에 남편이 바람을 피워 딴 살림을 차려 본처와는 눈도 안 마주치니 어떤 여자가 그런 시어머니 밑에 시집살이하고 살 사람이 없을 것 같았다. 그래도 자식이 다섯이나 있으니 들어와서 살림을 채 잡고 살아야 한다고 보배는 날마다 큰 동서 들어오기를 학수고대 했다.

17. 동서들의 모함

마랭이 댁 큰 며느리가 가출한지 석 달이 거의 되어갈 무렵에 둘째며느리가 밤에 찾아와서

"그간 집안에 별일 없었는가?"

"무슨 일 없기는요? 큰 형님이 안계시니 내가 죽을 욕을 보지요. 갓난 애기 데리고 날마다 새벽부터 와서 밤늦게까지 죽 사리를 치고 있잖아요."

"그런 일 말고 가족들 동향에 대해서 말이야! 이를테면 큰 며느리가 들어오면 어떻게 대할 건지?"

"자식이 다섯이나 있으니 누가 밀어내기라도 하겠어요? 빨리 들어오실수록 좋지요."

"큰 형님이 지금 우리 집에 있는데 누가 들을 라 조용히 말해!"

"그렇다면 이리 오시지 왜 거기 계신데요? 빨리 들어오시라고 하세요."

다음날 온 가족들이 저녁 식사를 하고 있을 때다. 집 나갔던 큰 며느리와 둘째 며느리가 불쑥 들어와

"어머님 잘못했어요. 한번만 용서해 주세요. 다시는 이런 일 없게 할게요." 하며 울면서 빌었다.

그럴 때 마랭이댁은 울면서

"오냐 다시는 그런 버르장머리 하지마라." 하며 큰며느리의 손을 덥석 잡아 주었다. 보배는 그때 속으로 어찌나 좋던지 저녁도 못 먹은 채 설거지를 하고 들어와 아이 젖을 먹였다. 그리고 자는 아이를 안고 자기 집으로 와서 홀가분한 마음에 잠을 청했다. 그리고 이제 큰 동서가 들어왔으니 좀 느슨한 마음으로 아침을 먹고 큰 집에를 갔다. 근데 더 엄청난 것은 큰 동서란 사람이

광문을 보배 앞에서 활짝 열어 재끼더니

"내가 없는 새에 도둑이 들었나? 내 물건이 하나도 없네? 아이들 내의 같은 것도 하나도 없고 내 옷들이 다 어디 갔당가? 그것뿐이 아니야! 다른 물건들도 다 없어졌어!"

"형님 제가요 너무도 어질러져 있어서 어머님 보시는 데서 빈 박스 몇 개 치우고 그 안에는 아무것도 없었어요. 빨래와 걸레 쪼가리 같은 것은 어머님이 버리지 말라하셔서 빨래 아줌마가 다 빨아다 널었어요. 그리고 조카들 헌 내의 같은 거 네 개 밖에 없었고 그 왼 아무것도 없었어요."

"오메 다 도둑맞았네!"

"예?"

"여기 있던 것 다 말이여!"

"뭣을 도둑맞을 것이 있었어요? 형님 제가 동생이 있어서 그런 것들을 가져갔겠어요?"

"자네 집 점원이나 마부 입히려고 가져갔겠지!"

"참 어처구니가 없네요, 그런 추접한 소리 그만하세요!! 우리 집에 뭐가 없어서 여기 것을 가져다가 점원, 마부를 입히겠어요?!" 두 며느리가 다투는 것을 보고 마랭이 댁이

"그건 네 말이 맞다. 누구 줄 사람 있어서 가져갔겠냐?"

"참 어이가 없네요. 우리 할머니가 그러시는데 집나간 사람은 못쓴다며 들어와서는 무엇이 없어졌네. 하고 억지소리하며 곁에 사람한테 덮어씌우기 한다더니 우리할머니 말씀이 딱 맞네. 이것이 동서시집살이 인가 보네요. 형님이 안 계신동안 죄 없는 나와 우리 아기가 얼마나 고생한 줄 알기나 하세요?"

두 며느리가 다투는 것을 한참 바라보더니 마랭이 댁은 갑자기

"큰 며느리 너도 이제부턴 몸도 보호하고 보약도 지어먹고 염소도 사서 약해 먹어라." 하면서 돈을 한주먹을 큰 며느리 손에 덥석 쥐어주었다. 마치 큰 며느리를 보배 앞에서 기라도 세워주려는 심사같이 말이다. 그런 장면을 목격한 보배는 기가 꽉 막혔다. 자기 집 재산을 40만원이나 빼 갖고 장가 놈 하고 도망간 년 복 없는 년이 들어와 집구석 다 망해 먹은 년은 다시는 못 받아들인다고 보는 사람마다, 아무데서나 막말을 한 사람이 어찌 그 입에

서 갑자기 저런 말이 나오며 저런 처신을 할 수 있을까? 보배는 그런 시어머니가 무섭고 섬뜩했다. 한 입 갖고 두 말한 무서운 사람이고, 앞 북치고 뒷북치는 다중인격자, 조석으로 변절하고 개념 없이 처신하는 저런 분을 어찌 어른이라고 존경할 수 있을까? 보배는 일관성 없는 시어머니 처신에 놀라지 않을 수 없었다. 그 속에서 나온 사람이라 자기 약혼자인 박재수도 그런 개념 없는 파렴치한 짓을 서슴없이 하는가 싶었다.

18. 손위 동서들에게 당한 문초

가출 했던 큰 동서가 들어왔으니 보배의 마음이 푸근하고 한결 가벼웠다. 어린애 데리고 새벽부터 큰 집에 가서 가사노동에 시달렸었는데 이제 그런 노동에서 벗어난 것 같아 얼마나 마음이 홀가분한지 모른다. 그리고 조카들이 엄마가 없어서 그런지 움츠리고 다닌 것을 보면 안쓰러워서 다독여 주곤 했는데 이제 그 어미가 아이들 곁으로 왔으니 참 다행이라고 생각한 보배였다.

많은 식구가 저녁 먹고 난 설거지를 하고나니 10시가 넘어버렸다. 아이를 안고 친정집으로 가려는데 둘째동서인 홍당무가 보배에게 조용히 말했다.

"우리 집으로 가서 우리 셋이서 할 말이 있네! 좀 따라오소."

"그러지요."

세 동서는 홍당무 집에 도착 할 때까지 아무도 입 열지 않았다. 그리고 홍당무 안내로 그 집 안방까지 따라 들어갔다. 아무 영문도 모르고 이끌려 간 보배는 어쩐지 마음이 꺼림직 했다. 뭔가 자기에게 해 고지 할 것 같은 느낌이 랄까?

"누가 들을까 싶은께 안으로 들어가게."

"형님이 가까운 곳에 사신다는 말은 들었어도 어찌나 바쁜지 한 번도 와보지 못했는데 덕분에 형님네 집을 다 와 보네요."

"우리가 자네한테 물어볼께 있네."

"뭔데요? 빨리 말씀하세요. 밤이 너무 깊어졌습니다."

"큰 형님 들어왔을 때 말이여, 우리 둘은 막 울면서 어머님한테 잘못했다고 빌고 사정했었는디 어째서 자네는 눈물 한 방울 흘리지 않았는가? 자네 눈물도 보태서 어머님 감정을 누그러뜨리도록 노력했었어야하지 않는가? 우리는 동서지간이잖아?!"

"어제 밤에 모두 밥 먹고 있는데 느닷없이 형님들이 들어오셔서 잘못했다고 빌었을 때 나는 정신이 없었어요. 그 많은 식구들 밥 수발을 나 혼자 다 들어주고 상이 셋이나 되는데 아무도 치울 사람이 없으니 나 혼자 다 치우느라 나는 어제 밤에 밥 한술도 못 뜨고 아이 젖 먹일 시간도 없었어요. 그런데 언제 울 정신이 있었던가요? 그리고 나는 어색해서 그 속에 끼어서 같이 맞장구 칠 생각도 못했어요. 또한 큰 형님이 집 나간 후에 죄 없는 내가 갓난아기 데리고 날마다 새벽에 출근해서 결핵 환자인 시어머니한테 아이 맡겨 놓고 시장 봐다가 반찬 만들어서 그 많은 식구들 밥 해 내는 일이 엄청 힘들었어요. 시장 볼 돈이나 넉넉히 주는 줄 아세요? 매일 200원씩 주면 그 돈으로 그 많은 식구들 먹거리 사 대느라 나는 온 시장을 다 뒤져서 제일 싼 것만 사서 반찬 했어요. 난 친정에선 밥 한 끼도 안 해본 내가 얼마나 힘들었는지 알기나 해요? 그것도 그렇지만 결핵환자인 시어머니한테 갓난아기 맡겨놓고 일하는 내 심정은 오죽 했겠어요? 어린것한테 전념 될까봐서 항상 노심초사했어요. 그런 내 심정을 아시기나 하냐고요?"

"어머님한테 자네가 형님 못 들어오게 했다면서?!"

"그런 억지소리들 하지 마세요. 내가 언제 어머님 더러 큰 형님을 못 들어오게 했다고 그래요? 나는 아직 결혼식도 안한 겨우 약혼식만 해서 그런 말 할 자격도 없을뿐더러 어머님이 내 말 듣고 큰 형님을 못 들어오게 하시겠어요? 어머님이 항상 두고 쓰시는 말, '큰 며느리가 돈 40만원 빼 갖고 장가 놈 하고 도망갔다'는 말 두고 쓰셔서 그런 말씀 마시라고 조카들 있는데 그런 말씀을 하신다고 제지를 했더니 '너는 무서운 년이다. 무슨 말도 잘 안 한 년이 한 번씩 하면 옹통진 소리를 해서 나를 무참하게 하다니' 하시면서 역정을 내셨어요. 거기다 날마다 한숨을 쉬시면서 복 없는 큰며느리 얻고부터 있던 살림이 다 없어지더라. 그년 선보러 갔을 때 꾼 꿈 이야기를 자주 하시면서 자식새끼만 다섯 퍼 질러놓고 나갔다고 한숨을 쉬시며 욕했어요. 그렇지만 내 속으로는 어서 큰 형님이 들어오셔야 내가 편 할 건데 하고 어서 들어오시기만을 학수고대 했었는데 누가 그런 거짓말을 전해주던가요?"

"내가 괜히 나간 줄 아는가? 자네 시숙인가 뭔가 그놈이 새끼들을 다섯이나 낳아놓고 작은 지집 얻어서 아예 나는 쳐다보지도 않으니 어떤 년이 살고 싶겠는가?"

"그건 제가 충분히 이해를 합니다. 그렇지만 어쩝니까? 아버님도 그러셨고, 시숙님도 그렇고, 이애 아비도 그런 기질이 다분하던데요? 아마도 이집 가문이 그런가 봐요. 그래서 우리 친정에서 이 집과 혼인하는 것을 그렇게 반대를 했었는데 내가 어쩌다 실수를 해서 그 사람 낚시에 걸려든 게지요."

보배의 말이 참으로 뼈 있는 말이었다. 그러니 홍당무는 얼굴을 찡그리며 듣고 있었다. 자기 남편도 시아버지가 바람 피워서 생긴 서자이기 때문이다. 손위 두 동서는 보배를 시기하며 더욱 공격거리를 만들었다.

"어머님은 우리들한테는 아무것도 해 주지 않아놓고 자네한테는 화장품도 많이 사주시고 옷도 여러 벌 해 주셨다던데?"

홍당무는 보배에 대해 대단한 질투심을 유발하며 보배를 시기했다. 그렇다 치더라도 항의를 하려면 시어머니한테 해야지 보배한테 이럴 일은 아닌데도 그들은 모든 것이 자기들에 비해 보배네 친정이 월등한데다 보배는 자기들에 비해 가방끈도 길어서 자기들의 열등의식에 죄 없는 보배를 두 동서가 힘을 합 해 기를 꺾으려는 의도인 것 같았다.

"그런 말씀 마세요. 하늘이 다 보고 있습니다. 내 손이 잠시도 물을 벗어난 적 없이 일을 한 것을 보시고 어머님이 무슨 맘으로 그러셨는지 몰라도 언제 한번 화장품 장사하고 한참동안 뭐라고 소곤거리시더니 콜드크림 한통을 사서 방에 두었으니 손에 발라라 그 이쁜 손이 트면 내가 너만 부려먹었다고 느그 친정에서 난리가 날 것 같으니 그렇다고 하셨어요. 나중에 콜드크림 바르려고 방을 다 찾아봐도 없었어요. 어머님 말씀뿐이었지 난 콜드크림 꼴도 못 봤어요. 그리고 내 월남치마와 앙고라 쉐터는 우리 친정어머니가 사주셨어요. 부엌일을 하면서 치렁치렁한 옷을 입고하면 남 보기도 안 좋고 불편하다고요. 나 어머님한테 화장품이고, 옷이고 아무 것도 받은 것 없습니다. 앞으로 이런 공격 하시려거든 확실한 증거를 가지고 어머님한테 했으면 좋겠습니다. 밤이 너무 깊었으니 이만 가겠습니다."

보배는 생각할수록 두 동서들의 행위가 괘씸했다. 어제 밤에 큰 동서란 사람은 직접 집으로 오지 않고 둘째네 집으로 가서 그간 집 돌아가는 동태를 알아보기 위해서였는데, 그곳에서 홍당무가 뭐라고 쏘삭거렸는지 둘은 단단히 벼르고 보배를 꼼짝 못하게 옭아매려 했었는데 오히려 보배에게 당한 꼴이 되 버렸다. 보배는 가려다 생각하니 그들 행위가 너무 괘씸해서 한마디 더 덧붙였다.

"어디 그뿐인 줄 아세요? 어머님이 기독교 병원에서 퇴원하셔서 큰 시누 집에 계신다고 큰 시누이가 자기는 가게 봐야 하니까 나보고 어머님 병 수발 하라고 해서 배꼽도 안 떨어진 갓난애를 업지도 못하고 안고 임동에서 공설운동장 옆 시누이 집까지 날마다 가서 어머님 병 수발 다 해드렸어요. 아이 낳고 누워있는데 서방 대접을 안 해준다고 애기아빠가 밥상을 들어서 엎으려는 것을 보고 회복 수발 해주러 온 주상할머니가 회복 수발도 못하고 가버렸어요. 그래서 나는 솔직히 말해서 첫 아이 낳고 몸조리도 못해보고 어머님 병수발 들러 다녔는데 또 큰 형님이 가출해 버려서 큰집에 그 엄청난 일을 나 혼자 다 해냈어요. 그렇게 고생한 나한테 이러시면 안 되지요."

친정집에 도착하니 새벽 네 시가 돼버렸다. 친정어머니와 할머니는 보배를 기다리다 지쳐 잠들어 버렸다. 인기척을 듣고 깨어보니 그때서야 보배가 갓난 아이를 업고 들어오니 깜짝 놀라 물었다.

"뭐하느라 이제야 오냐? 밤길에 아이까지 업고 위험하지 않더냐?"

"하도 기가 막힌 꼴을 다 봐서 무서운 줄도 모르고 왔어요."

"무슨 일인데?"

"몸도 연약한 내가 그 많은 식구들 밥 수발들고 나니 내가 큰 며느리 받아들이지 말라고 했다고 두 동서들이 나를 문초하잖아요."

"뭐야? 그럼 네가 그런 말 했단 말이냐?"

"나는 그 지옥 속을 벗어나고 싶어서 큰 형님이 어서 들어왔으면 했는데 어머님이 날마다 두고 쓰는 말, 다시는 그년 안 받아들인다. 하셨지 내가 뭐 하러 그런 말을 했겠어요?"

"물에 빠진 놈 건져 주니께 내 보따리 내 놓으란 놈과 같구나. 원래 들어갔다 나갔다 하는 것들은 그렇게 억지소리를 하는 것이다." 보배의 어머니는 화가 나서 "내 그냥 이것들을…. 내일 당장 사돈인가 먼가 한테 쫓아가서 한소리 해야겠다. 그 집에는 여자가 그리 없어서 아직 결혼식도 안했고 갓난아이 딸린 너를 데려다 그토록 모질게 부려먹은 것들이 그딴 억지소리를 해서 너를 모략하다니 기가 막혀. 그리고 니 동서들은 너에 비하면 부모 같은 연령차인데 자식 같은 동서한테 그런 짓을 하다니 참 상대할 것들이 못 되는구나."

"원래 도둑이 매든 것이다. 상대할 값어치도 없는 것들 너까지 나서서 말할 것 뭐있냐?"

"그래요 엄마 나서지 말고 가만두세요. 하늘이 다 알고 있으니 죄 받을 것이요."

보배는 아이를 뉘어놓고 모처럼 들여다보며 쭈쭈도 해 주니 아이는 좋아서 빵긋 빵긋 웃었다. 아이 웃는 모습을 처음 본 것 같다. 날마다 일에 지쳐서 들여다보고 예뻐 할 시간도 없었는데 그 날 밤은 맘 놓고 아이에게 스킨십도 해주고 온 몸을 만져주니 좋아했다. 아이의 웃는 모습을 보니 그간 마음 상했던 것들이 일시에 풀린 듯 했다. 그렇지만 두 동서들한테 당한 분함이 쉽게 가시질 않았다. 분명히 짚고 넘어갈 것은 짚고 넘어가야겠다고 벼르고 그 뒷날 보배는 시댁으로 가서 시어머니께 따졌다.

"어머님 언제 제가 어머님께 큰 형님 절대 받아들이지 말라고 했어요?"

"그 먼 소리냐?"

"제가 어머님께 큰 형님 받아들이지 말라고 했다고 두 형님이 저를 닦달하잖아요."

"언제 니가 그런 소리를 나한테 했다는 거냐?!"

"어제 저녁 늦게까지 명진상회 형님 댁에서 두 분 형님들께 문초를 당했어요. 어머님이 큰 며느리 못 받아들인다고 하실 때마다 제가 그랬잖아요. 조카들이 있으니까 그런 말씀 마시라고 제가 오히려 만류했는데 이런 억울한 소리로 문초당한 것이 분해서 그렇습니다."

'이 년들!! 옥간 도사 년이 둘 있구나, 이년들! 어뜬 년이 그런 소리를 하더냐?!!" 하고 곧 삼인 대조를 해서 요지경을 낼 듯이 설쳐대니 그때 윗방에서 듣고 있던 큰 조카딸이 문을 스르르 열어 고개만 비쭉 내밀면서 가느다란

소리로

"내가 그랬어요. 할머니."

"뭐라?! 네년이 무슨 용심으로 느그 작은 엄마가 하지도 않은 소리를 전했단 말이냐?"

"엄마는 없는데 할머니가 작은 엄마만 이뻐하는 것이 미워서 그랬어요."

"허허 참…."

모두가 허탈할 수밖에 없었다. 시어머니인 마랭이댁은 그때 보배의 얼굴을 한참 쳐다보고 있다가 무슨 생각을 했는지

"음~~ 이 일을 어쩔끄나, 아야 너도 이제부턴 보약도 해 먹고, 흑염소도 한 마리 사서 약 해 먹고, 몸 관리도 하고 그래라." 하면서 돈을 주머니에서 꺼내어 잡힌 대로 한 주먹을 큰며느리 앞에 내놓았다. 그런 행동을 한 마랭이댁이 너무도 어처구니가 없어 무서웠다. 앉은 자리마다 큰 며느리 욕하고 복 없는 년이 들어와 우리 집 다 망하게 하고 돈 40망원이나 빼 갖고 장 가 놈하고 도망갔다고 입에 거품을 물고 절대로 받아들이지 않을 것처럼 설치던 분이 갑자기 보배 앞에서 그런 엉뚱한 행위를 하니 참으로 무서웠다. 그리곤 속으로 가장 경계해야 할 사람이 시어머니란 것도 알았다. 자기에겐 그토록 부려 먹고도 용돈이라곤 단 한 푼도 준 적이 없이 하루에 반찬값 하라고 딱 200원씩 밖에는 받은 적이 없는데, 쌔 빠지게 고생한 자기는 억지소리만 들었는데, 미안하면 보배에게 미안한 마음을 갖고 어떤 보상을 해야 하는데 오히려 반대로 보배 앞에서 보란 듯이 큰동서를 두둔하며 보배의 입장을 아주 난처하게 만들어 버린 시어머니의 속내를 알 수가 없었다. 그때 깨달은 것은 어른이 분명 처신을 잘못한다고 생각했다. 여러 자식들 건수를 무분별하게 사리를 따지지 않고 당신 맘 내킨 대로 아무렇게나 하는 어른의 태도에 허탈감을 느낄 수밖에 없었다.

19. 처음해본 김장

시가집 김장 한다고 와서 거들어 주라고 큰 동서가 친정집까지 와서 사정하니 보배는 안 갈수 없었다. 가서 보니 마당 가득히 배추를 뽑아다가 산더미처럼 쌓아놓고 있었다. 보배는 생전 해보지도 않은 김장 일이다. 처음엔 동서들이랑 식모 아줌마랑 빙 둘러앉아서 배추를 몇 포기 다듬는척하더니 약속이나 한 것처럼 마포바지에 방구 새듯 하나둘 다 빠져나가 버리고 나타나지 않았다. 마랭이댁은 빈 항아리만 여러 개 갖다놓고 배추는 손도 안대고 들어가 버렸다. 아직 나이 어리고 결혼식도 하지 않은 예비 며느리를 데려다 부려먹는데 이골이 난 사람들이다. 보배는 자기도 못한다고 일어서서 자기 친정으로 가 버리고 싶지만 시집 눈 밖에 나지 않으려고 아무 불만도 못하고 혼자서 그 많은 배추를 다 다듬고 간을 절여 놓았다. 친정집 김장 하는 것을 언젠가 눈으로 익혀 두었던 것이라 난생처음으로 그 많은 배추를 간 절였다. 일이 끝나는 시간은 자정이 넘었다. 허리가 아파서 일어나지도 못할 것 같았다. 하루 종일 쪼그리고 앉아서 그 많은 배추를 다 다듬도록 어느 누가 와서 거든 사람하나 없었다. 일을 다 마치고 방에 들어가니 마랭이댁은

"어디 갔다 이제 기 들어 오냐?!" 며 소리를 질렀다.

"가기는 어디를 가요? 밖에서 배추 다듬어서 간 절이고 들어오는데요? 난 아직 저녁도 안 먹었어요." 하니 소리 지르던 마랭이댁은 갑자기 시무룩해졌다. 큰며느리와 둘째 며느리가 짜고 벌인 일이구나 하는 생각이 머리에 스쳤기 때문이다. 그 집에는 언제나 둘째 홍당무의 농간에 집안사람들이 움직이는 것이 눈에 보였다.

보배는 책임감 있게 친정으로 돌아가면서도 그냥 가지 않고 낮에 절여 놓은 배추를 위 아래로 뒤적여 놓고 집에 오니 새벽 두시가 넘었다. 친정집에서 불과 잠 두세 시간 자고 아침 일찍 일어나서 또 시가로 갔다. 어제 절여 놓은 배추를 씻기 위해서다. 식모아주머니와 같이 씻어서 건져놓고 양념을 준비했다. 시어머니는 그 많은 배추를 다듬고 씻고 해도 자기는 손 하나 보태주지 않으면서 감시는 잘했다.

"배추 속잎 부서진 것은 따로 받아서 내 반찬하게 여기다 건져라."

"속잎 부서지지 않게 칼질을 해서 별로 나온 것이 없습니다."

"무슨 소리냐?! 해마다 이 소쿠리로 하나가득씩 나왔는데 별로 없다니?!"

"우리 할머니가 하시는 것 보고 했더니 부스러기가 나오지 않았어요."

"너는 참 볼수록 무서운 애다. 어찌게 해서 생생한 배추를 자르는데 부스러기가 나오지 않게 하는 재주가 있다더냐?"

"우리 할머니가 그러시는데요. 머리 부분에 칼집을 낼 때 1/3만 칼집을 내고 손으로 조심히 쪼개면 부스러기가 생기지 않는다고 했어요." 보배의 말을 듣고 마랭이댁은 혀를 내둘렀다. 속으로 (저것이 나이는 어려도 보통내기가 아닌 구나, 처음부터 기선제압을 하지 않으면 온 식구가 다 잡아먹히겠구나) 하고 속으로 경계하기 시작했다. 역시 양념 만들 때도, 버무릴 때도, 윗동서들은 어디서 뭘 하는지 나타나지 않았다.

"내가 시집오면서부터 그 많은 식구들 밥상 차려내는 일도 신물 나고 김장이라고 해놓으면 짜니, 싱겁니, 쓰니 하며 한 번도 칭찬을 못 들었응게 이쁜 며느리 손으로 담은 김치 맛은 어쩐가 한번 봐야지. 이놈의 집구석에선 아무리 잘해도 좋단 소리 못 들은게 죽것다고 할 필요 없어!"

"그러게요 형님, 그간 온 식구들이 죽고 못 사는 셋째 며느리, 부잣집 외동딸 김치 맛은 어떤가 실컷 보라고 우리는 그냥 굿이나 봅시다." 윗동서들은 보배를 시샘하면서 골탕 먹이려고 일부러 짜고 명진상회 안방에서 둘이 실컷 놀면서 보배의 고통을 고소해 했다.

보배는 시어머니가 내 놓은 여러 개의 항아리마다 김치를 가득 담아 놓으니 그날부터 퍼다 먹은 김치는 맛있다고 온 동네에 소문이 났다. 마랭이댁에서 여태껏 담은 김치 중에 올해 김치가 제일 맛있었다고 소문이 나서 많은 사람들이 한포기만 달라고 해서 헛김치가 많이 나가서 김치가 빨리 떨어져 버렸다고들 했다. 그날 보배는 동서들이 약속이나 한 듯 그 많은 김치를 다 버무릴 때까지 나타나지 않았고, 시어머니는 거들어주지도 않으면서 입만 살아서 큰 소리치고 간섭하였다. 혼자서 그 많은 김치를 다 버무리고 허리가 아파서 며칠을 몸살을 앓았다. 그 고생해서 담은 김치가 맛이 없으면 밥 먹을 때마다 온 식구들이 입 살을 줄 것인데 다행히 맛이 좋다고 소문이 나서 몸살은 났지만 보배는 큰 보람을 느꼈다. 그 다음해부턴 보배는 절대로 시가집 김장에 동참하지 않았다.

20. 큰 동서의 첩실

큰동서와 홍당무가 보배네 집까지 와서 사정했다.

"우리 같이 갈 데가 있는데 자네도 함께 가세."

"어디를요?"

"우리 셋이서 큰 형님 첩년 잡으러 가세."

"난 안가고 싶어요."

"자네 지금 우리를 무시하는 건가?"

"그 건 아니고요…."

"그럼 같이 가세."

가기 싫다는 보배를 홍당무가 기어코 강요해서 어쩔 수 없이 따라나섰다. 큰 동서가 앞장서서 두 동서를 데리고 광주 어느 골목집에를 처 들어가더니 큰 동서는 마치 천군만마를 거느린 것처럼 기세 등등하게 그녀의 방문을 박차고 들어가자마자 그녀를 향해 주먹을 날렸다. 그녀의 입에서 갑자기 피가 터져 나오니 그녀는 그 피를 쪽쪽 빨아서 큰 동서의 얼굴에 냅다 뱉어 버렸다. 큰 동서의 하얀 블라우스가 갑자기 피투성이가 되어 버렸다. 보배는 그 광경을 보고 기겁하여 얼른 들어가 말리니 그녀는 눈에 힘을 잔뜩 실어 보배를 쏘아보았다. 그녀의 살기어린 눈빛에 보배는 그만 기절 할 뻔 했다. 몇 년 전에 본 무당의 얼굴과 같아서였다. 처첩 간에 심한 말다툼을 하고 싸울 때 차마 그 꼴을 볼 수가 없어서

"형님 그만하고 갑시다. 이게 무슨 꼴이요?" 큰동서는 펑펑 울면서

"내가 이렇게 사네! 흑흑흑…." 하면서 어깨를 들썩여가며 서럽게 울었다. 가는 동안 차 안에서 여자로 태어난 것이 그리도 서럽고 한스러운지 여자의 일생을 부르며 눈물 반 한숨 반으로 얼룩진 얼굴을 하고 H까지 왔다.

보배는 동서들 따라서 시가집에까지 동행해 주었다. 그런데 마랭이댁은 큰 며느리를 닦달했다.

"너 이년들 어디 갔다 오냐?" 마랭이댁 무서워서 아무도 말 안하고 입을

다물고 있으니 보배를 따로 불러 닦달하기 시작했다.

"너 솔직히 말해라! 어디 갔다 왔냐?!"

"그냥 저는 가자해서 알지도 못하고 따라갔을 뿐이어요."

"어딜?!!"

"큰 시숙님 첩실 집에요."

"니가 왜 그곳을 따라가?!! 먼 험한 꼴을 보려고?!!"

"저는 가기 싫어해도 둘째형님과 큰 형님이 꼭 가야한다고 해서 그만…."

"그래서 시녀들이 떼로 가서 그 애를 쥐어뜯기라도 했냐?!"

"아니요."

"동서들 앞세우고 갈 때는 두들겨 패주려고 갔었을 텐데?!"

"형님이 한 대 때리니 그녀의 입에서 피가 나오니 그 피를 모아 형님 블라우스에다 확 뱉어 버려서 오히려 형님이 봉변만 당했어요. 나는 유리창 너머로 넘어다보다가 깜짝 놀라서 얼른 뛰어 들어가 형님을 말려서 데리고 나와 버렸어요. 형님은 자존심이 있는 데로 상하고 오히려 그녀에게 봉변만당하고도 나 때문에 싸워 보지도 못하고 나와 버렸어요."

"그럼 둘째는 합세하지 않았다는 거냐?!"

"그 형님은 그냥 나무그늘에서 구경만 하고 있었어요."

"앞으로 너는 절대로 그년들 따라다니지 마라 알았냐?!!"

"예 어머님. 그런데 그 분들은 어디든지 가시려면 꼭 저를 앞장 세워요. 그 중에 둘째 형님이 나보고 말 안 듣는다고 이것이 동서냐고 힐책을 하니 어쩔 수 없이 동행하게 돼요."

"그년들이 너를 앞세운 것은 무엇이 잘못되면 전부 니 핑계 대려고 그런다는 것을 알아야 한다. 알겠냐?!" 하고 마랭이댁은 보배에게 주의를 주었다.

마랭이댁은 큰 아들한테 뭐라고 쏘삭거렸는지 큰 아들이 보배에게 쫓아와서 온갖 화풀이를 다 했다.

"아직 시집도 안온 주제에 뭐 잘났다고 감히 그곳까지 가서 큰 년하고 같이 합세해서 행패를 부렸냐 말이오?!! 엉?!!! 이게 주제도 모르고 어디서 함부로 까불고 있어?!!" 하고 심한 모욕감을 주었다. 보배는 몸 둘 바를 모르고 벌벌 떨면서

"시숙님 죄송해요." 보배는 무안하고 무서워서 얼른 저녁 준비를 해 놓고 친정집으로 가버렸다. 그런데 사건은 이것으로 끝나지 않았다. 마랭이댁은 보배네 집에까지 쫓아와서

"두 년들은 가만있는데 니 년이 더 설치고 그 애에게 행패를 부렸다면서?! 어디서 되먹지 못하게 어린년이 큰동서 첩을 때리고 난리야?!! 니가 그렇게 잘났냐?!!"

"어머님 그게 무슨 말씀입니까? 오히려 저 때문에 더 이상 싸우지도 못하고 저한테 큰형님이 끌려 나와 버렸는데 행패라니요? 그게 말이 됩니까? 오히려 저한테 고맙다고 하셔야죠."

큰 소리가 나니 이웃사람들이 보배가 무슨 큰일을 저질렀기에 시어머니까지 쫓아왔나하고 우르르 모여들었다. 그러니 마랭이댁은 자신을 변명하기 위해 엉뚱한 말로 대처했다.

"저런 말대가리 같은 년들이 우리 아들들을 못살게 하네! 이년들 두고 봐라!! 우리 재수도 장개 열 두 번 간다!! 두고 봐라 이년들!!" 도저히 경오에 맞지 않은 마랭이댁의 행위를 보고 이웃들이 나서서 제지를 했다.

"동서들이 가자니 어쩔 수 없이 거절을 못하고 따라갔다지 않소, 그것이 무슨 죄라고 어르신까지 나서서 이러시면 저 애가 설 자리가 어디 있겠소? 자기들은 나이로는 부모 같은데 나이 어린 동서한테 백여우 짓을 해 싸면 앞으로 저 애가 그 속에서 참말로 고통스럽겠네요. 그럴 때마다 시어머니께서 현명한 처신을 하셔야지 시어머니까지 이러시면 저 애 설자리가 어디 있겠어요?"

마랭이댁은 자기체면 구겨진 것만 중요시여기고 나가면서도 악담을 퍼붓고 나갔다.

"두고 봐라 이년! 우리 재수는 장개 열 두 번 간다!!" 라는 말로 오기삼아 날을 세웠다. 그런 마랭이댁을 보던 사람들은 혀를 내 둘렀다.

"부모가 되가지고 자식 인생 망치기를 바라는 사람 같네. 자식 놈이 장가를 열 두 번 가면 그놈의 집구석 참 볼만하겠구나." 하면서 비아냥거렸다.

21. 큰 동서 두 번째 가출

　　마랭이댁의 큰 며느리는 또 가출했다. 당장 많은 식구들 밥해낼 사람이 없으니 마랭이댁은 또 보배네 친정집으로 달음박질 쳤다.

　　"아아! 그년이 또 집구석을 나가 부렀다. 남의 서방에 눈이 팔리니 지 새끼들도 눈에 안 보이는가 보다. 이 일을 어찌해야 쓰겄냐?"

　　"어머님, 그런 근거 없는 말씀 마세요. 큰 시숙님이 다른 여자한테 눈이 팔려 형님을 멀리하니 그렇지 무슨 남의 서방에 눈이 팔렸다고 그런 말씀 하세요?"

　　"잔소리 말고 어서 가자! 그 많은 식구들 밥을 누가 해 줄 것이냐?"

　　마랭이댁은 보배는 순종적이고 만만하니 무슨 일만 있으면 보배를 불러다 찐이 나게 부려먹었다. 그날도 시장 봐 오라며 여전히 하루 부식 값이라고 200원만 주었다. 그 돈으로 그 많은 식구들 반찬거리를 대려면 고기는 살 수 없었다. 맨 날 야채나 사서 주물럭거려서 상에 올릴 수밖에… 그런 사정도 모르고 밥상에 고기반찬이 없이 맨 날 풀만 해준다고 시동생이랑 큰 조카랑은 애쓰고 차려준 밥상을 휙 둘러보고는 보배 앞에서 밥그릇을 상에 엎어버리고 나가는 몰상식한 행동을 가끔 했었다. 보배는 아직 온전히 그 집 식구도 되지 않았는데 무슨 일만 있으면 갓난아기 딸린 보배를 데려다가 그토록 모질게 부려먹고도 그 수고는 온데간데없고 식구들에게 온갖 수모만 당했던 것이다. 거기다 큰 시숙이란 사람은 보배에게 항상 시선을 곱게 주지 않았다. 언제나 둘째 동서인 홍당무 그 여자가 항상 가족들 간에 이간질 시켰다. 지난번 큰 시숙 첩실 집에도 기어코 보배를 데리고 갔기 때문에 싸우는 꼴을 볼 수가 없어서 말려서 데리고 왔음에도 불구하고.

　　"결혼도 안 한 것이 감히 내 애첩을…? 두고 보자!" 라고 중얼거렸다. 큰 년이 보배까지 대동하여 자기 애첩을 두들겨 팼다는 앙심으로 보배에게 눈을 흘기며 잡아먹을 듯 했다. 그런 오해를 받게 한건 홍당무와 마랭이댁 이었다. 그러나 보배는 큰 시숙이 왜 자기를 불손하게 대하는지 그 원인도 모르고 끌려가 그 집 식구들 종살이만 했다.

큰 며느리가 두 번째 집을 나가자 마랭이댁은 이제 노골적으로 날마다 아들에게 악을 쓰며

"어서 가서 광주에 있는 그 애(큰 아들 애첩)를 데려와야 내가 살겠다! 빨리 가서 안 데려 오냐?!!"

"집구석이 요 모양인데 어떻게 그 사람을 데려오라고 해요? 그 사람마저 떨어지게 하고 싶어요?!!" 하고 모자간에 악을 쓰고 날마다 싸움질이다. 그럴 때마다 마랭이 양반은 보배 보기가 민망했던지 깊은 한숨을 내 쉬며

"젊어서 내가 잘못해서 그런다. 그러니 늙어서 그 죄 값을 받는구나. 이 일을 어쩔끄나?"

마랭이 양반은 보배 앞에서 담배를 물고 깊은 한숨을 내쉬며 넋두리를 했다. 지금에 와서 후회한들 이미 엎질러진 물이다. 자기가 젊어서 각시 질을 수도 없이 해서 자식들이 그런 아버지 모습을 보고 자랐으니 그 피가 어디 가랴. 자식들도 내리내리 아비의 발자취를 밟으니 자식 나무라지도 못하고 가정은 엉망으로 돌아가고 있으니 한숨만 쉴 수밖에 없었다. 오죽하면 젊은 시절에 마랭이 양반 각시들을 새끼줄로 엮어서 세우면 목포에서 H까지 세우고도 남을 정도라니 과히 카사노바를 방불케 했었나보다. 그런 부끄러운 자기의 과거를 회상해보니 새 며느리 보기가 민망했던지

"아가 미안하다. 아직 너에게 이런 고생을 시켜서는 안 되는데…. 미안하다." 마랭이 양반은 그 말만 연거푸 하면서 깊은 한숨을 몰아쉬었다.

"아버님 그러지 마시고 이제 결단을 내리세요."

"어린 너를 이렇게 데려다가 날마다 고생을 시키니 할 말이 없구나, 미안하다."

마랭이 댁은 날마다 공장에 손님이 있거나 말거나

"나 살리려면 빨리 가서 그 애 데려오라지 않느냐?! 난 그 애 있어야 산다. 빨리 가서 데려와라!!"하고 날마다 모자간에 전쟁이었다.

집안에서 날마다 큰 소리가 나고 싸움질이니 공장도 갈수록 내리막길을 탔다. 며칠간을 마랭이 댁은 광주에 있는 첩며느리를 안 데려 온다고 날마다 악을 쓰고 아들과 전쟁을 하더니 이제 마랭이 댁의 승리로 드디어 광주에 있는 애첩을 데리고 들어왔다. 그날부터 마랭이 댁은 좋아서 어쩔 줄을 몰라 했다.

"아이고 이제야 우리 집이 사람산 것 같다. 아가 어서 밥상 차려라! 새 사람 들어 왔응께 밥상을 신경 써야 할 것이다." 보배에게 명령하고 둘이서는 안방에서 주거니 받거니 무슨 정담을 나누는지 수년간 못 만나다가 겨우 만난 모녀간 같았다. 점심 식사를 하고 마랭이 댁은 첩며느리 손에 돈을 듬뿍 쥐어주면서

"새 아가, 오늘은 장날이니 네가 가서 반찬거리랑 너 사고 싶은 것 사거라." 하면서 돈을 2,000원이나 주었다. 그런 것을 본 보배는 괘씸한 생각이 들었다. 자기는 간난아기 데리고 새벽부터 와서 하루 종일 쉴 새 없이 일했는데 반찬 값이라고 날마다 200원 이상은 줘 본적이 없었는데 이제 새로 온 첩며느리한 테는 2,000원을 덥석 쥐어주다니 그런 것을 본 보배는 시어머니에게 이토록 차별대우를 받은 것이 매우 불쾌했다. 시도 때도 없이 변심하고 어른으로써 마음을 고루 쓸 줄 모르는 시어머니를 어떻게 대해야 할 건가 답이 나오지 않았다. 그뿐이 아니다. 마랭이댁은 첩며느리한테 날마다 5,000원 씩 또는 10,000원씩 어쩔 때는 20,000원씩 미친 듯이 계산 없이 주머니에 있는 돈을 착착 세어 보배 보란 듯이 거금들을 내 놓았다. 살림하는데 쓰고 너 사고 싶은 것 사라고 말이다.

보배는 첩 동서가 들어온 후 그 집 식모는 겨우 면했지만 마랭이댁이 폐결핵 환자라 그냥 있을 수가 없어서 날마다 먹을 것을, 아니면 폐병환자에게 좋은 민물고기 고낸 것 과 고급 먹거리를 사 들고 자주 문안드리러 갔다. 가서보면 마랭이댁은 전에 큰 며느리한테는 한 번도 다정하게 해 본적이 없었는데 첩며느리한테는 넘치게 잘 한 것이 눈에 거슬렸다. 다정한 고부사이가 아닌 아주 귀한 딸한테 하듯 했다. 보배는 어쩌다 찬장 서랍을 열어보고 깜짝 놀랐다. 첩며느리는 그동안 시어머니한테 받은 돈 중 쓰고 남은 것은 찬장 서랍에 넣어놓았는데 그 것을 세어보니 백 만 원도 넘었다. 당시 백 만 원이면 웬만한 집을 한 채 살 정도였다. 미치지 않고서야 첩며느리한테 그런 돈을 줄 리 없다. 그러고는 공장에선 돈이 없어서 물자도 사 대지 못해 공장 가동을 못한다고 쩔쩔 매게 했다. 집구석이 망하게 된 원인이 마랭이 댁 말로는 복 없는 큰며느리가 들어와서 그렇다고 입버릇처럼 했지만 나이 어린 보배의 눈에도 마랭이댁의 대책 없는 행위에 원인이 있다고 여겼다.

(허허 참 기가 막히는군. 난 새벽부터 어린애 업고 뛰어와서 그 많은 식구

들 밥해 바치고 집안 곳곳이 쓰레기장을 방불케 했던 곳을 날마다 정리하고 그 고생을 했어도 하루에 고작 200원 이상은 주지 않더니 첩며느리한테는 왜 이렇게 관대하단 말인가? 하루 부식 값 꼴 난 200원 가지고는 아무리 요령 있게 반찬거리를 산다 해도 야채밖에는, 고기는 언간생심 꿈도 못 꾸게 해서 고기반찬은 자주 올리지 못했음에도 불구하고 시동생과 조카가 노골적으로 내 앞에서 밥그릇을 엎어버리고 나가는 그런 수모를 당하게 했던 분이 첩며느리한테는 왜 이렇게 대책 없이, 계산 없이 돈을 퍼준단 말인가? 그래놓고도 나만 보면 자기 아들 재수 대학 입학금을 급전을 내서 줬다고 입 노래를 불렀단 말인가? 이렇게 펑펑 쓸 돈 있으면 그 돈을 아꼈다 아들 등록금 빚냈던 것 같지 그때가 언제라고 그 말을 나 볼 때마다 한단 말인가) 보배는 아무리 생각해도 마랭이댁 속내를 이해할 수가 없었다. 그리고 (자기도 남편이 첩을 데리고 들어와서 그 첩 때문에 평생을 가슴앓이 하고 살았던 분이 무슨 이유로 아들이 또 자기 남편의 전철을 밟고 있음에도 그것을 말리지 않고 오히려 동조한단 말인가? 첩한테 이토록 퍼줄 돈이 있거든 자기 아들 대학 등록금이나 한번 대지 아예 우리 집에 떠 맡겨 버리고는 생전 모른 체 했던 분이 이럴 수 있단 말인가? 난 어린애 업고 날마다 새벽부터 와서 그 고생을 했어도 고생했단 말 한마디 안한 분이 아니던가?) 보배는 대책 없는 시어머니의 행위 때문에 혼자서 속으로 중얼거리다 힘없는 발걸음으로 친정집으로 와 버렸다.

22. 큰 동서의 귀가

서방이 첩년한테 눈이 멀어 본처는 거들떠보지도 않아서 홧김에 집을 나갔는데 오히려 첩을 집으로 불러들였다는 소문을 듣고 본처가 다시 들어왔다. 그러니 마랭이 댁네는 날마다 전쟁이다. 처첩 간에 머리채 움켜잡고 싸움질하고, 시어머니와 남편은 '집구석을 들락날락 한 년이 이제 와서 무슨 큰소리 칠 자격 있냐?' 고 첩실 편들고, 날마다 동네 굿을 보이다 안 되겠으니 첩이 나가버렸다. 본처가 자기 자리를 첩으로부터 사수한 것이다.

본처는 동네 떠도는 소문이 사실인가 알아보려고 보배네 친정집으로 와서 따졌다.

"자네는 시장 보라고 어머님이 돈을 얼마씩 주던가?"

"매일 200원씩 받았어요. 왜 그러세요?"

"그것밖에 안줬어?"

"그럼요, 아침 먹고 나면 언제나 200원만 주시면서 하루 먹을 장을 보라고 해요. 그러면 그 돈에 맞춰서 장을 보려면 온 시장을 뒤져서 가장 싼 찬거리를 사야 해요. 그리고 어쩌다 돼지고기를 사서 찌개를 끓여내기도 했어요. 그 돈에서 어머니 군음식을 사다 드리면 좋아하시지만 돈이 모자라니 매일 그 짓도 못했어요. 시장 봐오면 어머님은 자기 먹을거리 사왔는가 얼른 와서 시장바구니를 뒤져봐요. 그럴 때 당신 군음식 거리가 있으면 좋아 하시고 없으면 음, 음, 음… 하고 몇 번을 빈 목만 다듬었어요. 반찬도 공장 식구들 입에 맞게 하랴 어머님 입에 맞게 하랴 사실 저는 형님이 안 계신동안 진땀을 흘렸어요. 그랬어도 고생했단 소리 못 들어봤는데 광주 첩실이 오니깐 좋아서 날마다 하하 호호 하시던데요?"

"정말 그랬어?"

"네 제가 뭐 할라고 거짓말을 해요? 어머님한테 물어보시죠?"

"어머니는 자네한테 끼니마다 200원씩을 주셨다는데 반찬을 엉망으로 해 주었다고 하시던데?"

"차암내~ 그분이 망령이 나셨나보네요. 매 끼니가 아닌 매일 이예요. 아침 먹고 나면 밥도 안내려가서 시장 봐 오라시며 200원 이상은 더 안주셨어요. 그래놓고선 무슨 매끼니라고… 오라 어머님이 공장 식구들 듣는 데서는 매 끼니마다 200원 씩 줬는데 반찬을 그따위로 해줬다고 말씀하셨기에 조카들이랑 도련님이랑 밥 먹으러 와서 밥상을 휘 둘러보고는 고기반찬이 없으면 밥을 안 먹고 밥그릇을 상에다 엎어버리고 나갔군요? 난 그것도 모르고 어째 저런 싸가지 없는 짓을 한다고 속으로 얼마나 불쾌한줄 아세요? 눈 뜨자마자 새벽에 어린 것 업고 쫓아와서 아침 밥 해 내고, 설거지도 하는 둥 마는 둥 해놓고 또 장봐다 하루 종일 먹거리 장만해서 온 집안 식구들 밥해내느라 진땀을 뺀 나에게 그런 억지소리를 하시는군요. 사실 그 적은 돈으로 장 봐오면 낮에

와 저녁은 그런 데로 먹을 수 있지만 뒷날 아침은 상에 올릴 것이 없으면 국이나 끓여서 내놓곤 했는데 참말로 어머님이 그래요?"

"어머님 뿐 아니라 자네 시숙님도 그런 소리 하던데?"

"참 상종 못할 분들이네요. 그래서 시숙님이 항상 나에게 눈초리를 곱게 뜨지 않으셨군요? 난 그것도 모르고 지난번 제가 작은댁 집에 같이 가서 자기 애첩을 우리 둘이 합세하여 두들겨 팼다고 그런 줄 알았는데 알고 보니 내가 많은 부식비를 받아놓고도 반찬을 제대로 해 주지 않았다고 속으로 꽁 하고 계셨으니 나를 곱게 봐 주셨겠어요?"

"엄니가 다른 사람들한테 다 말해서 나도 들었네."

"참 두 분 다 상종 못할 분들이군요. 억지소리 하시는 건 예나 지금이나 여전하군요. 형님 나가시고 나서 시숙님한테 어머님이 광주 가서 그 애 데려 오라고 난 그 애 없으면 못산다고 날마다 악을 쓰고 집안 전쟁이 나다시피 해서 데려왔는데 그날부터 그 여자한테 푹 빠져 그 여자한테는 돈을 펑펑 주시더라고요. 나 보는 앞에서 '아나 장에 가서 너 쓰고 싶은 돈 쓰고 시장도 봐다 앞으로는 네가 한 밥 먹을 것이다. 하시며 내 앞에서 선뜻 2,000원 그 다음날은 5,000원, 그 다음날은 10,000원씩을 백 원짜리 지폐를 나 보는 앞에서 착착 세어서 주는 것을 봤는데요? 사실 그런 장면을 본 나는 여러 가지로 기분이 나빴어요. 솔직히 그런 돈 있으면 자기자식 등록금이나 한번 대지 우리 집에다만 밀어버리고 나만 보면 대학 첫 입학금도 급전내서 주었다는 소리를 두고 썼거든요. 우리 집에서 그 돈도 갚아주란 소리로 들렸어요. 그리고 나한테는 아기 막 낳았을 때부터 몸조리도 못하게 실컷 부려먹고도 고생했단 말 한마디 할 줄 모르면서 첩며느리한테는 눈꼴이 시게 잘하시더라고요. 지난 번 형님 집 나갔을 때도 해 주지 도 않은 옷을 해줬네, 화장품을 사줬네 하고 헛소문을 퍼트린 분이라고요. 그랬어도 내가 한번 따져보지도 않았어요. 어머님 성질 건드리면 아직 결혼도 안한 것이 네가 무슨 그런 말 할 자격 있냐고 오히려 큰소리칠 것 아닙니까? 그리고 사실 난 둘째 명진 형님이 두려운 생각이 들어요. 자꾸 그분이 여기 저기 들쑤시며 이간질 시킨 것 같은 기분이 들거든요. 그리고요 기왕 말이 났으니 말이지만 첫아이는 기왕 며칠 못살고 죽어서 그렇다 치고, 이 애 낳았을 때도 솔직히 시집에서 미역 한 가닥을 사줘

봤어요? 아이 양발 한 짝 사줘봤어요? 무슨 낯으로 우리 집 것은 그렇게 뜯어 먹고 살면서 나한테는 이렇게 인색하게 하는지 알 수가 없어요. 우리 집에 무엇이 없어서 바라는 건 아니지만 그런 인사도 모르는 몰상식한 것들이라고 욕할까봐 자존심이 있어서 그렇지요."

큰 동서는 보배의 말을 듣고 보니 일일이 다 맞는 소리다. 나이 어린 것이 엉뚱한 구멍으로 뚫어져서 혼전에 아이부터 낳았다고 무시했더니 나이는 어려도 생각은 육지백판 때리는구나 하고 속으로 두렵기까지 했다. 전에 아무것도 할 줄 모르는 것이 x만 키웠냐고 빈정대며 함부로 대했던 것이 언뜻 생각나서 미안한 생각이 들기도 했다.

"형님 앞으로는 제발 집 나가지 말고 열심히 사세요. 형님이 안계시면 온 집안이 벌 집 같고 조카들이 어수룩 해있으면 제 마음이 안 좋았어요."

"자네 말을 듣고 보니 내가 면목이 없네. 그래서 옛날부터 한쪽말만 듣고는 송사를 못한다고 했지."

집을 두 번째 나갔다 들어온 큰 동서는, 예전과는 달리 평온하고 태도가 180도로 달라졌다. 가끔 싱글벙글 웃고 이런저런 이야기도 할 겸 보배네 친정 집에도 자주 들렀다.

큰 동서가 들어 온지 얼마 되지 않아서 마랭이 양반은 읍내 근처에다 큰 터를 잡아 집도 크게 짓고, 공장도 새롭게 지어 큰 아들에게 주었다. 형편이 넉넉해서 그런 게 아니고 큰 아들이 맘 잡고 살게 하려고, 또한 큰 며느리가 집을 수시로 들락날락 하니 큰 며느리 맘을 잡기 위해 빚을 내서 통 크게 저질러 놓고 마랭이 양반 속으로 고심 중에 있었다. 집들이를 한 대서 보배도 가보았다. 그리곤 (어쩐지 전과 달리 형님이 요즘 기분이 좋아 보이더니 아버님께서 이렇게 해주시니 그렇구나.) 그제 서야 큰 동서가 싱글벙글 한 이유를 알았다.

"형님 맘 잡고 사시라고 아버님께서 이렇게 새 집을 지어주시니 좋아 보입니다. 이제부턴 맘 잡고 들락날락 하지 말고 잘 사세요. 축하해요. 형님."

"자네 보기도 좋은가?"

"그럼요. 좋고말고요."

여름이 지나고 추석이 되었다. 할머니가 아기 옷을 사서 입히면서 시댁에 대고

"느그 시대 인간들 모두가 철면피들이야 너를 그토록 부려먹었으면 너한테는 못해줘도 애기 옷이라도 한 벌 해 주지 않고 이 명절에도 코를 싹 씻어버리다니 도대체가 인사를 모르는 것들이구나." 하고 보배의 할머니가 군담을 했었다.

23. 창피한 결혼식

두번째 낳은 아이가 벌써 돌이 지났다. 보배네 친정 쪽에서도 약혼한 지 3년이나 되고 아이를 둘이나 낳도록 결혼식도 안 시킨 것이 한없이 부끄러운 일이다. 보배네 집안은 그래도 H 군내에서는 행세깨나 하고 사는데다 가산도 탄탄한 알 부잣집 인 것을 다 아는데 엉뚱하게 마랭이 네와 얽혀진 것이 심히 부끄러운 일이 아닐 수 없었다. 보배 아버지인 달영씨는 박 군 집에다 빨리 아이들 결혼식을 올려주자고 여러 차례 독촉을 했어도 아직 학생이니 대학 마치고 하자며 미루어 왔었다. 그 동안 박 군의 대학 등록금과 그 외 모든 학비며 생활비를 보배네 친정에서 전부 대서 대학을 마치고 고향 H고등학교로 정식 교사 발령을 받게 되었다.

마랭이네 형편이 어려워서 박 군과 보배의 거처를 마련해주지 못하니 보배의 친정집에서 할 수 없이 살게 되었다. 박 군의 속셈은 공부를 마치면 보배에게 어떤 구실이라도 만들어서 기어코 걷어찰 속셈을 가지고 있었다. 그간 음으로 양으로 이용해 먹었고 어엿한 직장도 갖게 되었으니 자기로선 소기의 목적은 이룬 셈이다. 그러나 보배네 집에선 언제까지 그들 처분만 바라고 기다릴 수 없었다. 그리고 박 군 쪽에서도 아이들 결혼식을 거절할 이유가 없었다.

달영씨는 아무리 떫지만 자기 딸 결혼식 문제를 의논하려고 마랭이 양반집을 찾아갔다.

"사돈, 우리가 어쩌다 자녀들과 얽혀서 사돈 관계가 되었습니다. 말만 사돈이지 아직 아이들 결혼식도 안올리고 벌써 아이를 둘이나 낳아서 우리 쪽에선 그간 심적 고통이 많습니다. 나 역시 남들 보기 부끄럽고 하니 아이들 결혼식을 올려주도록 합시다."

"음~ 그쪽 말도 맞기는 한데 우리가 지금 애들 결혼식 신경 쓸 만큼 형편이 녹록들 못해서…."

"그럼 언제까지 아이들을 남들 입줄에 오르내리게 해야겠소? 난 많은 자식이 있는 것도 아니고 오직 딸자식 하나 뿐인 천하에 없는 내 귀한 자식이 남들에게 비난받는 것이 싫습니다."

"그거야 그 쪽 사정이고 우리는 지금 형편이 어려워서 공장 운영도 제대로 못하고 있소. 그러니 애들 결혼식이 급한 게 아니오. 음~~" 박 군집에선 아쉬울 게 없는 입장이다. 그간 보배네 집에서 돈 대서 자기 아들 대학을 마치고 이제 어엿한 교육공무원이 되었으니 말이다. 거기다 박 군 주위에는 이렇다한 부잣집 딸들이 자기 아들 곁을 맴돈다는 사실도 다 알고 있으니 속으론 콧방귀를 뀌었다. 사돈 쪽에선 이 정도로 철면피 노릇을 하니 더 이상 타협점을 찾지 못했다. 그렇다고 또 물러설 수도 없었다. 딸 가진 죄인이라고 달영씨가 한발 물러서서 아쉬운 결혼식이라도 해서 어서 매듭을 짓고 싶었다. 그래야 자기 딸이 결혼식도 안하고 아이 낳고 산다는 비난을 잠재울 수 있기 때문이다. 지금 21세기에는 신부 감이 혼전에 임신을 하면 그보다 더 큰 혼수가 없다고 한 시대와는 정 반대였다. 이유야 어찌 되었든 혼전 임신은 여자가 칠칠맞거나 난잡한 여자로 취급을 해버리는 시대였기에 딸 가진 부모는 자나깨나 딸 지키기에 전심전력을 다 했었다. 그러나 그것이 부모가 잘 지킨다고 될 일이던가 사내들의 마음속엔 이리의 속성이 다 있음에도 불구하고 공연히 여자만 몹쓸 사람 취급받았던 어두운 시대여서 그렇다.

"좋소! 그럼 모든 비용은 우리 집에서 다 대서 결혼식 준비 할 터이니 사돈 식구들은 그날 참석이나 하시오."

"그렇게 까지 해서 꼭 결혼식을 시키시겠다면 할 수 없지요. 우리는 그날 얼굴만 내밀고 혼주 석에 앉기만 할 겁니다. 그래도 되겠습니까?"

"언젠가는 애들 결혼식을 시켜줘야 하지 않겠소? 다음으로 미룬다 해서 그쪽 형편이 나아진다는 보장도 없지 않소? 그러니 우리 쪽에서 결혼식 진행할 터이니 그리 아시오. 그 대신 박 군은 내 사위 겸 아들이지 그쪽 아들이 아닌줄만 아시오."

양쪽 어른들끼리 밀고 당기고 하여 70년 5월 3일 날 결혼식 올리기로 날을 받았다. 보배네 집에선 오직 딸 하나라고 호화로운 결혼식을 치룰 계산으로 진즉부터 신 여사는 보배의 혼수 문제를 미리미리 준비해 뒀다. 그 많은 신랑 측 식구들 예단을 빠짐없이 준비했고, 하다못해 먼 친척까지도 서운치 않게 준비했다. 그리고 보배의 혼수품으로는 문이 여섯 짝 짜리 자개농, 솜이불이 다섯 채, 신랑 양복도 철따라 한 벌씩, 고급 시계며 결혼 기념 반지 등, 입으로 생긴 것은 하나도 빠짐없이 다 갖추어 주었어도 신랑 집에선 신부에게 실 오래기 하나, 구리반지 하나도 해줄 형편이 못된다고 아예 코를 싹 씻어버렸다. 혼인이란 두 사람만 하는 것이 아니라 양가가 같이 하는 것이니 거의 비슷한 형편끼리 사돈 간이 되는 것이다. 자기들이 해 줄 형편이 못되면 받지도 말아야 하는데 자기들 받을 것은 다 받고 답례는 전혀 없는 파렴치한 짓을 했다. 달영씨는 속상하지만 기왕 자기 딸이 그런 집과 혼사를 할 수밖에 없는 실정이라 군소리 없이 양측 혼인 비용을 다 대서 혼인식을 진행하려 했다.

사돈네 자존심을 살려주기 위해 신 여사는 함 가방을 사서 사돈네가 보낸 것처럼 함 가방에다 최고급 비단 옷감을 차곡차곡 넣어서 보내며 신랑 우인들에게 함 팔러 오라고 시켰다. 원래 이런 일은 신랑 측에서 신부를 데려올 때 신부답게 꾸미고 시집오라고 사주단자 보낼 때 그 함속에 신부 옷감과 결혼 예물을 넣어서 보내는 것이 우리나라 전통 혼례예법이다. 그런데 신랑 측에선 돈이 없으니 그런 절차를 완전히 무시해버리니 자존심이 상한 신 여사는 사돈네 자존심이라도 세워주기 위해 역으로 신부 집에서 함을 보내주어 신랑 측에서 보낸 것처럼 함진 애비까지 사서 함 받는 절차를 진행하려했다. 그 외 갖가지 혼수품을 하나도 빠짐없이 일시불 다 준비 했다. 보통의 가정에 선 두 짝 짜리 베니다(싸구려) 농도 못해가는 실정인데 보배는 최고로 좋은 고급 자개장, 문이 6짝 짜리를 해 주었던 것이다. 당시 싯가로 따지면 그 농 값만 해도 웬만한 사람 집을 한 채 사고도 남을 돈이다.

신랑 집에서 신혼부부가 살 집도 못 얻어주게 생긴 형편인지라 혼수품을 보배네 친정 아랫방에 가득 담아 신혼 방을 꾸며 주었다. 딸을 시집보낸 것이 아니라 사위를 데려오기 위해 모든 준비를 해 뒀다.

신 여사로는 그럴 수밖에 없었다. 오직 하나뿐인 딸을 위해 그토록 돈을 모은 데다 자기가 비단 장사를 하고 있으니 무엇이든지 최고급으로 사용하여 보배가 호화롭게, 신랑한테나 시집 식구들에게 사랑받고 사는 것을 보고 싶은 것이 유일한 희망이다. 그래서 박 군의 대학 학비를 군말 없이 대 주어서 자기 사위 겸 아들로 생각하고 박 군에게 온갖 신경을 다 써서 데릴사위로 들였던 것이다.

신랑 측에선 돈이 없어 혼사도 못 치른다고 해서 양측 혼사 비용을 다 대서 그 집 자존심을 살려주기 위해 양쪽 잔치음식을 다 장만했다. 그리고 그날 들어온 축의금은 전부 신랑신부의 첫 출발할 자금으로 주려고 맘먹고 온갖 준비를 다 마쳤다.

아주 큰 옛날 항아리 5개에 동동주를 가득 담아놓고, 막걸리도 수 십 통을 받아 대기 상태고 소주를 몇 두루미를 받아두었고, 거기에 따른 음식도 목포 까지 가서 고급 해산물을 사서 화물차로 싣고 와서 며칠을 장만했고, 여자들 을 몇 사람 사서 집에서 만들어낸 것만 해도 어마어마하게 장만해 두었다. 그렇게까지 한 것은 달영씨 집에선 몇 십 년 만에 치른 혼사이기도 하고 부잣 집 외동딸 혼인식이라고 온 H 군내가 후끈할 정도로 기대가 크고 그런 중요한 혼사이니만큼 또 많은 하객들이 들끓을 것을 예상해서다. 달영씨는 과거에 군청에 고급 공무원으로 근무 했고, H 군내에선 지역사회를 위해 많은 공헌을 한 일등 유지로 명망이 높은 분이고, 또한 신 여사가 H 군내에선 커다란 포목 점을 갖고 있으니 그 여파로 말 할 것도 없이 많은 하객들이 있을 것으로 예상하고 그토록 많은 음식을 며칠 동안 신경 써서 장만했던 것이다. 그런데 결혼식 이틀 앞두고 신랑의 둘째 형수인 홍당무가 신부 집에 와서 하는 말이 기가 꽉 막힐 소리를 했다.

"우리도 손님을 받겠습니다. 그리 아세요."

"아니 이게 무슨 말씀이오? 사돈 쪽에선 형편이 안된다하여 우리 쪽에서 양쪽 손님 다 받으려고 그에 대한 음식을 충분히 만들어놓았는데 이제 와서 그쪽에서도 손님을 받겠다니요?"

"암튼 우리도 손님 받으려고 음식을 장만했으니 그리 아시오."

"어른들끼리 약속한 일이고 우리 측에서 그 의견을 존중해서 많은 음식, H 군내 하객들이 다 먹을 수 있는 음식을 장만해 놓았는데 이제 와서 그런 말씀을 하면 저 음식들을 어쩌란 말이요?"

"톡 까놓고 말하면 관청 손님은 우리 손님이 많지 그쪽 손님이 많을 줄 알아요?" 자기 남편이 악으로 H 군의 기관을 다 잡고 있다고 착각하고 그 기관 손님들이 전부 자기들을 괄시할 수 없을 것이라고 그런 말을 뱉었다.

억지를 부리고 있는 홍당무에게 보배네 할머니가 정중하게 말했다. "이미 어른들끼리 한 약속이니 그렇게 따르도록 하시오. 그럴 계획이었다면 처음부터 말씀을 하시던지. 결혼식이 바로 눈앞인데 이제 와서 계획을 바꾸시면 어떻게 하겠소?"

"우리는 자존심이 없는 줄 아세요? 이렇다케 대학까지 가르쳐놓은 도련님을 어떻게 신부 측에다만 맡기고 손 재워놓고 구경만 하겠소? 우리 입장도 생각해주셔야죠."

"그렇다면 음식 장만하기 전에 그런 의사를 밝혀주시던가, 이제 와서 그렇게 억지를 부리면 어떡하라고요? 그리고 그 사람 대학 학비를 누가 댔는지 H 사람은 다 아는데, 이렇다케 대학까지 가르쳤단 말씀을 그쪽에서 하시면 우리공은 인정하지 않겠단 말인가요?"

"암튼 우리도 음식을 장만해서 손님 받을 것이니 그리 아시오!"

막무가내로 억지를 부리며 자기주장을 꺾지 않고 거칠게 말을 뱉고 가버리니 보배의 할머니께서

"동서 시집살이가 시어머니 시집살이보다 더 더럽단다. 우리가 양보하자."
하고 할머니는 오히려 보배를 달랬다.

"그 집은 아예 위계질서가 없구나. 시어른도 가만있는데 시동생 결혼식 문제를 첩며느리가 주도권을 잡겠다니 어처구니가 없구나. 그 잘난 느그 시어머니란 사람은 어찌 이런 중대사를 첩며느리한테 주권을 뺏기고 가만 있다냐? 그 쌨고 많은 사람들 중에 하필이면 그런 집에 너를 보내야 하다니 참으로 억장이 무너지고 기가 막히는구나." 마랭이댁 첩며느리가 억지를 부리는 것을 보고 할머니께서 보배를 안고 우셨다.

보배는 함 가방을 가져와서 가득 담아 놓은 비단을 꺼내며

"엄마 그런 것들에게 이렇게 까지 할 필요 없어요. 우리는 자기들 체면을 세워주기 위해 모든 것을 다 준비했는데 그런 공도 모르는 것들한테 이럴 필요 있어요?"

"아가 그러지 마라, 이건 그 집으로 가지만 다시 우리 집으로 오게 되어 있다. 그러면 우리가 다시 이 비단을 팔면 된다." 그때서야 보배는 화를 삭였다. 보배는 이모저모로 생각하건데 너무도 몰상식하고 염치없는 짓을 한 시댁을 생각하니 아무것도 먹고 싶지 않았다. 혼인을 앞두고 아이까지 딸린 신부가 아무것도 먹지 않으니 보배의 고모는 음식을 들고 따라다니면서 먹기를 권했어도 속이 뒤집힌 관계로 음식이 전혀 먹히지 않았다.

"아가 아무리 속상해도 뭐라도 먹어야 한다. 아이 젓도 먹일 것도 생각해라. 자 국에다 밥 말았으니 한술이라도 떠봐라. 오직 하나밖에 없는 우리 조카가 그런 몰상식하고 얌체머리 없는 것들과 한 식구가 된다니 참으로 이 고모도 가슴 아프다."

보배는 이 아이만 아니면 당장이라도 혼사를 취소하고 싶은 맘 간절했다. 지금까지 그들이 행한 양심과 행실을 보면 도저히 혼인하고 싶은 생각 없지만 이미 태어난 아이를 생각하면 되돌릴 수 없었다. 여자의 의무로 원했던 원하지 않았던 아이가 태어났으니 아이 엄마로써의 의무는 당연히 해야만 한다고 자기 인생은 포기상태였다. 어쩔 수 없이 울며 겨자 먹기로 결혼식장에 들어가야만 했다. 신랑 측에서도 그런 약점을 잡고 '이미 너는 내 낚시에 걸린 고기다.'라고 생각하고 거지같은 뱃장을 부리며 이 기회에 자기들 이득만 취하려고 했다.

다음날 H군 공회당에서 결혼식이 거행되었다. 하객들이 어찌나 많던지 공회당 안이 가득차서 더 이상 들어갈 틈이 없었고, 공회당 앞마당까지 가득했었다. 사람들이 모두가 하는 말들

"H군 생기고는 이렇게 하객이 많은 결혼식은 처음인 것 같소."

"안 그렇겠소? 김 달영씨가 이제껏 해온 처신하며, 신 여사가 장사하면서 좀 덕을 쌓은 사람이요? 그러니 하객이 많을 수밖에…."

"근디 신랑 측 하객은 몇 명이나 될까?"

"내가 보기에는 거의 신부 측 손님이고 신랑 측 하객은 몇 명 안 되는 것 같은디?"

"허기야 그 사람들이 언제라고 남의 애경사에 다녔간디? 이것도 품앗인디 철공소 사람들 보고 얼마나 오겠소?"

"그렇고말고."

하객들이 이런 말들을 하고 있는데 갑자기 축의금 접수부가 한군데로 통합이 돼 버렸다. 신부 측 접수부가 없어지고 신랑 측 접수부에서 양쪽 축의금을 다 받아 챙기고 있었다. 깜짝 놀란 달영씨는 가서 물었다.

"아니 신부 측 접수부가 어디로 가고 신랑 측에서 양쪽 축의금을 다 받게 하느냐?" 그랬더니 접수받던 사람들 왈

"어떤 점잖은 남자 분들이 와서 우리보고 접수부 치우라고 했어요."

"누가? 왜?"

"글쎄요. 축의금은 어차피 한군데로 모아 신랑 신부 새 살림 차리는데 다 줄 것이니 치우라고 해서 그만… 그리고 이미 받았던 봉투도 자기들 주라고 해서 부의록이랑 전부 줘 버렸어요."

"아니 저런… 그런 일이 있으면 먼저 나한테 물어보고 했어야지!"

달영씨는 그 사람이 누구인지 감은 잡았다. 그는 신랑 둘째형 바로 서자형일 것이다. 그는 H군에서는 최고로 교활하고 못된 놈으로 이미 소문이 쫘하게 났던 사람이다. 그가 깡패들 두어 명 데리고 와서 신부 측 접수부에 강압적으로 위협을 주니 접수부 사람들이 겁을 먹고 그 사람들 하라는 대로 해 버렸다. 그럴 계획으로 자기 마누라 시켜서 뒤늦게 자기들도 손님을 받겠다고 수작을 부렸던 것이다. 자기들은 음식도 별로장만하지 않고 신부 측에서 장만한 음식가지고 그 많은 하객들을 다 받았다.

식이 끝나자마자 신랑은 자취를 감춰 버렸다. 축의금 봉투를 담은 마대자루가 서너 개나 되었다. 그것들을 명진의 똘만이들이 어깨에 들쳐 메고 명진상회로 옮겼다. 들려오는 소리에 의하면 신랑 측으로 들어온 봉투는 거기에 넣지도 않고 따로 챙겼고, 마대자루에 가득담긴 것들은 신부 측으로 들어온 것이라고 한다. 아직 1/3도 안 추렸는데 축의금이 30만원이 넘었다고 하고, 아직도 예식장에서 들어오고 있는 것만 해도 한 보따리 가득 담아놓고 명진이가 눈을 두리번거리며 지키고 있다고 했다. 그것만 해도 어림잡아 20만원이 훨씬 넘을 거라고 했다. 그렇다면 아직 못 추린 축의금까지 다 합하면 못해도 백 만 원이 훨씬 넘을 거라는 말들이 오고갔다. 그때 70년도에 보통 가정에서 축의금 액수는 거의 30원~ 50원 정도가 보편화다. 특별한 사람들은 100원짜

리도 하는 사람이 그리 많지 않았다. 그런 것으로 보아 얼마나 많은 하객이 왔다는 것을 알 수 있다. 그리고 그 돈의 가치는 지금 시가로 따지면 10억이 훨씬 넘은 금액이다.

신부는 결혼식 이틀 전부터 물 한 모금 먹지 못해 배가 고파 현기증이 나서 쓰러지기 직전이다. 혼인서약 하는 도중 신부는 안 쓰러지려고 신랑을 붙잡았다. 그런 신부를 부축하기는커녕 말뚝처럼 서 있다가 무엇이 그리 급한지 식이 끝나자마자 신랑은 신부를 뿌리치고 하객들보다 먼저 나가버렸다. 신부는 너무 배가고파 친정으로 가서 밥을 먹으려고 막 수저를 드는데 시집에선 차를 가져와서

"신부는 시가집으로 가야 됩니다. 빨리 이차 타세요."

"그럼 우리랑 함께 가자." 하고 신부 측 상객들, 신부 아버지 및 그의 가까운 친척들, 고모와 작은엄마 등이 한 차를 타고 갔는데 신랑 집도 아닌 마랭이네 첩실 집 이었다. 그곳엔 방 두 칸에 음식상을 차려놓고 있어서 그곳으로 친정상객을 모신 줄 알고 막 들어가 앉아서 음식을 먹으려고 젓가락을 막 잡는 순간 홍당무가 악을 쓰고 난리가 아니었다.

"그 곳 음식에 손대지 말고 전부 나오세요! 우리는 손님을 받아야 합니다. 빨리요!"

상객들은 하루 종일 결혼식 준비에 시달리다보니 배가 몹시 고팠다. 그래서 음식을 보자마자 식욕이 돋았는데 첩실 며느리가 그 지경을 하니 창피하고 더러워서 아무것도 손대지 않고 나와 버렸다.

"아니 우리는 손님이 아니고 뭔가? 축의금 가져온 사람만 손님이고 우리는 손님이 아니란 말인가? 우리가 가장 큰 손님이고 어려운 상객인데 상객을 이따위로 대하다니?" 하며 매우 불쾌해 했다. 모두 배가고프지만 우선보배를 먼저 위로했다.

"우리야 집에 가면 먹지만 네가 문제다. 애 딸린 엄마가 뭘 먹어야 젖이 나올 것 아니냐? 넌 이틀 전부터 아무것도 먹지 않았는데 행여 네가 잘못될까 걱정이다." 하시며 고모님이 보배를 매우 걱정하면서 무거운 발걸음을 옮기고 있었다. 결혼식이 끝나면 양가 어른들끼리 만나서 서로 자녀들의 축복을 빌어 주고 자식을 낳아서 정혼시키기까지 서로의 공로를 치하하며 앞으로 새 출발

하게 될 신랑신부를 양가 어르신들 앞에 세워놓고 좋은 조언을 해 주고 덕담도 해서 열심히 살 수 있도록 하는 절차를 완전 무시해 버렸다.

"아무리 그렇지만 상식이 없어도 유만 분수지 지들이 누구 덕에 이런 호화로운 결혼식을 하는데 상객을 이따위로 대하다니 완전히 몰상식, 파렴치한들이구나. 아무리 한들 저럴 수가 있냐? 안면몰수하고 축의금만 눈독들인 것들, 거지보다 더한 양아치 같은 것들!" 신부의 작은 엄마와 고모는 너무나 화가 나서 한마디씩 하면서 고픈 배를 움켜쥐고 그냥 보배네 집으로 가 버렸다.

마당도 없이 겨우 두 칸짜리 집에다 음식상을 차려놓고 오직 손님 하나라도 더 받기 위해 상객 대접하는 것도 잊고 돈독이 올라 눈이 벌겋다. 하루 종일 결혼식 준비하느라 아침부터 굶고 매우 허기를 느끼는 상객들에게 대접은커녕 음식 상 앞에 앉은 상객들을 매몰차게 기어코 내쫓았던 홍당무는 예의나 체면 같은 것은 안면몰수하고 오직 축의금에만 혈안이 되어 그런 몰상식한 우를 범했다. 그녀의 속내는 이 잔치는 자기 아들 잔치가 아닌 시동생 혼인 잔치니만큼 욕을 얻어먹어도 시부모가 얻어먹지 자기는 직접 부모가 아니니 욕 따위야 하든 말든 돈만 움켜쥐면 된다. 마랭이 양반 내외는 어디로 숨었는지, 도대체 모습을 볼 수가 없었다. 자기 아들 결혼식을 첩며느리한테 주도권을 맡기고 자기들은 왜 뒤에서 수수방관 한단 말인가? 신부는 도저히 이해할 수 없는 수수께끼다.

상객들은 물 한 모금 대접받지 못하고 쫓겨가버린 것이 보배는 매우 미안하고 부끄러웠다. 자기 혼인식을 축하해 주려고 수 백리, 수 십리 길을 돈을 들고 온 친척들에게 이런 막된 혼인잔치를 보게 했으니 평생에 씻지 못할 치욕이 되고 말았다. 보배는 속으로 흐느끼며 (참으로 죄송해요, 고모님들, 작은 엄마들, 그리고 작은 아버지들, 대궐 같은 우리 집에서 대접 잘 받고 편히 쉬었다 가세요.)

보배는 첩실 집에 차려진 음식 먹으려다가 홍당무의 호들갑에 쫓겨나오면서 보니 자기 신발이 어디로 가버려서 버선발로 옴짝달싹 못하고 어린애 안고 툇마루에서 흐느끼고 있었다. 어린애는 배가 고파서 칭얼대지만 젖을 물려도 어미가 먹은 게 없으니 나올 리 없다. 그럴 때마다 아이를 품에 안고 다독여 주면 그냥 스르르 잠이 들곤 했다. 아이가 워낙에 순하니 막 낳아서부터 배고픈 고난을 당하고도 빽빽 울지 않고 엄마가 품어만 주면 잘 자고 잘 자랐던 아이다.

아무리 그렇지만 그날의 주인공은 신랑 신부인데 주인공이야 굶어죽든 말든 아무도 관심이 없고 축의금에만 눈이 멀어 하는 짓들을 보니 그야말로 평생 괘씸한 마음 금할 길이 없을 것 같다. 현재 보배로선 너무도 배가 고파 눈앞이 캄캄하고 현기증이 나서 곧 쓰러지기 일보직전인데 아무도 신부에겐 관심이 없고, 시집 부모형제 친척들은 아무도 보이지 않고, 옆방에선 축의금 보따리 풀어놓고 돈 세느라 정신이 없다. 가만히 들으니 아직 절반도 안 세었는데 50만 원이 더 나왔다하고, 성이 엄마(홍당무)손에 들어간 것만 해도 어림잡아 20만원이 훨씬 넘는다고 하고, 봉투에 든 돈을 다 꺼내 세면 100만원이 훨씬 넘을 거라고들 수군댔다. 그러나 축의금을 관리하고 돈 세는 사람들은 시집이 아닌 첩실 집이고, 첩실 식구들이니 도대체 무슨 조화를 부리는지 알 수가 없었다. 돈을 다 세고 나니 밤 1시가 넘었다. 그때까지 오직 돈만 세었으니 도대체 축의금이 얼마나 들어왔단 말인가? 자정이 넘은 새벽 1시가 돼서야 자기들 끼리 밥 먹자고 음식상을 가지고 들어가는데 보배는 하루 종일 아이를 안고 툇마루에 앉아있었으니 몸이 굳어서 일어서지도 못할 정도였다. 겨우 어떻게 무엇인가 붙잡고 일어서서 방으로 들어가니 그들은 보배를 보자마자 깜짝 놀라며

"이 시간에 어디서 오는가?"

"툇마루에요. 나 배고파 죽겠어요. 먹을 것 좀 주세요."하니 그들은 자기들과 같이 먹잔 말은 하지 않고 아침에 먹고 남은 찬밥, 그릇에 한술이나 붙어있는 것을 작은 양은 상에 따로 올려주기에 도저히 먹을 수 없었지만 아이를 위해서 물에 말아 억지로 한술 떴다. 이것이 결혼 첫날 시집 식구들에게 신부가 대접받은 밥상이었다.

보배는 그날의 신부만 아니면 친정집으로 가서 편히 먹고 자겠지만 그날의 신부니만큼 격식은 갖추어야겠기에 첫날밤은 시집에서 자야 한다. 그러나 아무도 신랑신부 잘 곳을 마련해 놓지 않았다. 그러니 명진상회 뒷방구석에서 웅크리고 잘 수밖에 없었다. 이부자리를 보니 기가 막혔다. 개 혓바닥같이 얇은 것, 그나마 항상 아랫목에 깔아놓고 오만 잡것들이 다 들락거리며 손발을 묻었던 것이라 때가 덕지덕지 묻어서 도저히 덮을 수가 없었지만 할 수 없이 그 방에서 첫날밤을 지냈다. 더러운 이불쪼가리는 아이만 덮어주고 자기는

곁에서 뜬눈으로 날을 샜다. 그런데 신랑 놈은 어디를 갔는지 결혼식 막 끝나고부터 코빼기도 안 보인다. 그랬어도 시집 식구들 어느 누구도 신랑의 행방을 묻는다거나, 신부의 잠자리를 챙기는 사람이 아무도 없으니 아무리 생각해도 무슨 요사를 꾸민 것 같아 불안하기 짝이 없었다. 보배는 결혼 첫날 신랑도 없이 하루 종일 굶고, 아이와 외롭고 쓸쓸한 첫날밤을 지내야 했다. 이것이 그 악랄하다고 소문난 마랭이 댁의 예법인가, 뒷날 아침 시래기 국에 엉덩한 보리밥을 양은 상에 얹어서 반찬이라 해봐야 먹다 남은 신 김치 몇 가닥과 간장뿐, 이것이 명색이 신부 밥상이라고 가져왔다. 이것이 시집간 날 시가집에서 새 신부에게 정식으로 대접한 첫 밥상 이다. 도대체 신랑은 어디를 갔단 말인가? 왜? 시집에선 자기를 안 챙기고 첩실 집에서 첫날밤을 지내게 했으며 왜? 신랑이 없어도 찾지 않은 것인가? 도대체 이들은 무슨 수작을 부리고 있단 말인가? 생각할수록 보배는 섬찟한 생각이 들어 소름이 돋았다.

지금껏 하는 것으로 보아 처음에 형편이 안 되서 결혼식을 못해주겠다 했었는데 뒤늦게 자기들도 손님 받겠다고 했던 것은 실마리가 풀렸다. 첩실 며느리인 홍당무의 계략이었다는 것을. 보배네 친정이 부잣집이고 달영씨나 신 여사가 그간 많은 덕을 베풀고, 산 데다, 어느 누구도 그 집을 무시할 수 없을 정도로 인심이나 가세가 든든하여 손님이 많을 것을 예상하고 그 축의금을 받아 한몫 잡을 생각으로 그랬다는 계산이 나왔다. 시댁 식구들은 자기들이 잔치 준비를 하지 못했으니 첩실 며느리가 하잔 대로 할 수밖에 없었다고 생각이 들기도 하고, 마랭이 댁을 그간 겪어본 바에 의하면 아무리 그렇지만 첩실며느리한테 모든 주도권을 다 넘겨주지는 않았을 것이라는 생각도 들었다. 그러니 자기들끼리 협상이라도 했음직한 느낌이 들 수밖에 없었다. 그랬으니 신랑이 며칠째 외박을 하고 들어오지 않아도 어느 누구도 신랑을 찾는 이 없었다는 것을 알았다.

언제 도착했는지 신 여사가 만든 함 가방을 첩실 며느리가 열어보고는 또 한바탕 소란을 피웠다.

"어매 이것이 다 멋이당가?! 나 결혼 할 때는 시어머니한테 이런 것 받아보지도 않았는데 재수 도련님 마누라한테는 이렇게 까지 해 주다니?! 아무리 그렇지만 사람을 이토록 차별을 해야 쓰것소?! 워매 비단이 열 두필이네 그것도 최고급으로만, 부잣집 딸이라고 이렇게 사람을 차별해야 쓰겠소?!"

"그런 소리 마라! 너 시집 올 때도 느그 시아버지가 해줄 형편이 못되니 내가 빚을 내서 한복감을 세벌이나 넣어주었다."

마랭이 댁 첩실과 그 며느리가 옛날 일을 회상하며 시기 많은 자기며느리를 다독였다. 사실 그 함속에 든 비단은 신랑 집에서는 돈이 없어서 함을 보낼 처지가 못 되니 신랑 집 자존심을 세워주기 위해 신 여사가 재치 있게 꾸민 일이니 함 안에 든 비단에 대해선 첩실 며느리가 이러쿵저러쿵 토 달 이유가 하나도 없는데도 보배에 대한 시기심 때문에 그런 모양새를 보이고 말았다.

결혼식 한다 해도 신부에게 시집선 실 오래기 하나 받지 못했는데도 둘째 동서한테 시샘을 받다니 보배로써는 어처구니가 없었다. 새 신부가 배가 고파 죽을 지경인데도 상객들 대접을 하기는커녕 그 상에 손님 받는다고 기어코 사돈들을 쫓아낸 주제에 가당치도 않은 시샘까지 하고 있었다.

신랑은 뒷날도 보이지 않았다. 그러니 어느 누구도 자기에게 관심 가져준 사람하나 없는 보배는 그날따라 그렇게 서러울 수가 없었다. 도대체 축의금은 얼마나 들어왔는지 그 돈은 어떻게 처리 했는지 알 수가 없다. 신랑이 없으니 어디다가 물어볼 데도 없다. 거동을 해보려도 당장에 신발이 없으니 나가 볼 수도 없었다. 어제 친정식구들하고 음식 먹으러 들어갔다 못 먹고 쫓겨 나와 서보니 보배의 신발만 없어져 버렸다. 결혼식이 끝나자마자 한복으로 갈아입고 한복에 맞는 꽃신을 받쳐 신고 첩실 집에 왔었는데 그 꽃신을 누가 숨겼는지 아무리 찾아도 보이지 않았다. 그녀의 운명이 앞으로 어찌되려고 결혼 첫날부터 이렇게 안 좋은 일이 발생하는지 매우 불길한 생각이 들었다.

신랑이란 사람은 결혼 첫날부터 자기애인 집에 가서 애인하고 뒹굴고 있는 줄도 모르고 보배는 하염없이 기다리다 속으로 화를 내고 욕을 했다. (병신 등신 같은 놈! 오늘 같은 날 어디를 가서 축의금이 어디로 갔는지도 모르고 자빠졌단 말인가? 결혼이 이런 것인가? 이런 꼴을 보려고 지난 4년 동안 친정에서 돈 뜯어다가 대학 등록금 다 대고 씀씀이가 큰 네놈 용돈 다 대고 산 줄 아냐? 그러면서도 나한테는 맨 날 돈 내놓으라고 악쓰고 온갖 꼬라지 다 부린 놈, 천하에 불량한 놈. 결혼하기 전부터 온갖 기집 질 다 한 더러운 놈, 천하에 배은망덕 한 놈, 아마 지금도 어떤 년하고 자빠져 있을 거야! 아이만 아니면 너 같은 놈을 사기죄로 당장 처넣고 이혼해 버리겠다만⋯.) 결혼 전부터 알고지낸 여자 부잣집 딸에 가문 좋고 문벌 좋은 김 복례를 사랑한다고 악을 쓰고 보배를 멸시 했던 박재수였기에 보배로선 그런 생각이 들것은 당연했다. 그토록 온 가족들이 다 뻔뻔하고 남부끄러운 줄 모르고, 오직 자기 위주로만 살았던 마랭이네 족속들이다.

보배는 혼자서 화를 삭이지 못해 신랑 놈한테 실컷 욕을 하다 잠시 잠이 들었다. 그런데 H 군내가 불바다가 되었는데 군내가 불에 다 타버리고 집들도 불에 탔는데 타다 남은 시커먼 기둥들만 까만 숯덩이가 되어 연가가 풀풀 났다. 그때 어디서 온 빛인지 빛과 함께 연기가 풀풀 날리며 주위를 둘러봐도 사람들은 한 사람도 없는데 자기 집 앞에 큰 버스가 한 대 서 있었다. 버스 안에 탄 사람들이 어서 떠나자고 해서 자기도 엉겁결에 떠났는데 꿈이었다. 꿈도 희한한 꿈, 그것이 자신의 애간장을 다 녹이고 마지막엔 그래도 큰 버스 한대가 자기를 구해준 꿈인가하고 스스로 해몽하여 위안을 삼았다. 아니면 앞으로 이 인간하고 살면서 얼마나 애태우며 살 미래를 보여주는 꿈인가? 도 생각했다. (세상에 많고 많은 남자 중에 왜 이런 놈에게 내가 걸려들었단 말인가? 나는 이 인간하고 헤어져야만 살 것 같은데 헤어져 줄 놈도 아니다. 지구 끝까지라도 따라다니며 내 피를, 아니면 우리친정 살림을 빨아 먹을 놈이다.) 라고 생각하니 섬뜩 맞고 징그러운 생각에 보배의 머릿속은 하얘지고 말았다.

새 신부는 어제 밤 신랑의 행적을 모른 채 딸아이와 함께 그 좁아터지고 지저분한 이불 밑에서 뜬 눈으로 날을 새고 아침 일찍 영수정 냇가로 가서 아이 귀저기를 빨고 있었다. 그때 둘째 동서인 홍당무가 보배 곁에 와서

"아이고. 자네가 벌써 일어났는가? 새 신부가 되가지고 그 고운 손으로 이런 일을 해야 쓰겠는가? 이리주소 내가 빨아줄게." 하면서 은근슬쩍 보배 앞에서 호기를 부렸다.

"괜찮습니다."

"자네 어머니는 얼마나 빚을 졌을까?"

"왜요?"

"나는 이번 잔치하고 빚을 2만원이나 졌는데, 자네 어머니는 더 힘들겠지?" 하며 온갖 가증을 떨었다. 평소에도 이중인격 쓰고 간에 붙었다 쓸개에 붙었

다하는 여우 중에는 상 여우라고 소문난 그녀다. 어제 하루 종일 그녀 집에서 첩실 시어머니와 그녀의 여동생, 그리고 그녀의 남편 명진이 또 하나는 알 수 없는 남자, 이렇게 다섯 명이서 밤새도록 축의금 봉투 개봉해서 돈 다발을 몽땅 챙겼고 슬쩍 들려오는 소리들, 또한 주위 사람들의 입에서 나온 소리들을 종합해 보면 어림잡아 100여 만 원이 훨씬 넘을 거라고들 했고, 성이 엄마가 따로 챙긴 보따리는 아직 풀지도 않았다는 소문이 자자한데 2만원이나 빚졌다고 하니 어처구니가 없었다. 그렇지만 보배는 그 상황에서도 가만히 듣고만 있지 않았다.

"그래요? 빚지면 안 되지요. 시동생 결혼식 하는데 왜 형님이 빚을 집니까? 아버님, 어머님한테 내놓으라고 하세요. 그리고 우리 친정 쪽으로 들어온 축의금과 부의록을 주세요. 그래야 우리도 밑이 간지 남는지 알게 아닙니까?" 축의금과 부의록을 달라고 하니 홍당무는 말이 쑥 들어가 버렸다.

보배와 그녀의 친정 식구들이 너무 선량 하니 순 바보로 알고 허무맹랑한 거짓말을 한 그녀를 보니 순간 소름이 쫙 돋았다. 앞으로 이런 것들 속에서 살아낼 것을 생각하니 보배는 참으로 암담했다.

보배는 아침을 먹는 둥 마는 둥하고 어서 이 지옥 속을 벗어나 친정으로 가고 싶었다. 그러나 신고 갈 신발이 없다. 어제 어찌나 소동을 벌인 탓에 새 신부 꽃신이 어디로 갔는지 아무리 찾아도 없었다. 자기 친정 식구들이 꽃신을 숨길 리 만무다. 아마도 홍당무의 소행인 것 같다. 그러니 둘째동서에게 사정을 했다.

"형님 어제 제가 신발을 잃어버렸어요. 신발 한 컬레 사다 주세요." 해도 들은 척도 안하고 있어서 할 수 없이 다 닳고 낡아서 구멍 난 신발, 그것도 널짝만큼 커서 발에도 맞지 않은 것을 한 컬레 찾아 신고 친정으로 갔다. 그랬더니 친정에선 깜짝 놀라서

"오늘 오면 어떡하냐? 원래 시집 간지 3일 만에 신랑하고 같이 오는 것이다. 어서 돌아가서 예를 갖추어라!" 하고선 다시 쫓아버렸다. 친정에선 신부가 그간 당한 고통을 알 리 없으니 그렇다. 우리의 전통혼례 법은 결혼식 끝나면 신랑 집에서 3일을 기거하는 동안 시댁 어른께 아침저녁으로 문안인사 올리고 시댁 형편도 살필 겸 3일간을 지체했다가 이바지 해 주면 그것 들고 신랑과 함께

신부 집에 인사를 가는 것 '그간 신부를 잘 키워서 제게 주신 것 감사합니다. 앞으로 서로 사랑하며 잘 살겠습니다.' 하고 처가에 인사하는 절차이다. 그런데 신랑도 없이 거지같은 때 묻은 고무신 질질 끄집고 아이 없고 힘없이 들어온 딸을 보고 친정아버지는 깜짝 놀랄 수밖에 없었다. 어찌나 친정 어른들이 나무라는지 보배는 할 수 없이 다시 그 지옥 같은 시집으로 갈 수밖에 없었다.

시집 문 앞에 선 그녀는 발걸음이 참으로 무거웠다. 또 시집에선 자기를 어떻게 대할지 몰라서다. 시가에선 사돈네 집에 보낼 이바지를 준비도 안하고 있었는데 마침 신부가 그냥 말없이 친정으로가 버려서 이바지 안 해줄 구실이 생겼는데 다시 돌아오니 속으론 걱정이었다. 무엇으로 태상이바지를 해줄 것인가 말이다. 그러나 보배는 그것이 문제가 아니었다. 신랑 놈이 어디를 가서 3일째 집에도 안 들어오고 있단 말인가? 보배는 집히는 데(국금자)가 있으니 그곳으로 찾아 나설까도 했는데 신부의 몸으로 아이 데리고 그럴 수도 없어 답답한데 시집에선 아예 걱정도 안하고 있다는 것이 더없이 의심을 하게 했다. 아마도 다 짜고 그런 것 같은 생각이 들지 않을 수 없었다.

그때서야 큰동서와 둘째동서는 보배 들으라고 시끌벅적하게 떠들었다.

"태상이바지는 무엇으로 할 건가?"

"잔치에 쓰고 남은 돼지다리 하나 남겨둔 것 삶아서 담고, 떡 한 석 작 하고, 술 한 병 받으면 돼지 뭐 별스런 것 해줄 형편이나 되요?"

당시는 냉장고도 없는 세상이다. 초여름이라 잡은 지 5일이나 지나서 돼지고기는 상한 냄새가 진동했다. 그것을 다시 삶아서 그럭저럭 이름이나 지으려고 했다. 그들이 싸 준대로 그것을 가지고 신랑도 없이 신부 혼자서 친정집으로 갔다. 친정에선 이바지 석 작을 열어보고선 깜짝 놀랐다. 열자마자 고약한 냄새가 얼마나 역겹던지 도저히 그 음식을 먹을 수가 없었다.

"세상에 이런 것을 사돈네한테 태상 이바지라고 보내다니 쯧쯧쯧…."

친정에는 가까운 일가친척들이 아직 가지 않고 신랑 온 것 보고 간다고 기다리고 있었는데 그런 상한 고기를 보낸 것을 보고 완전히 마랭이네 양심과 수준이 어느 정도라는 것을 알아버렸다. 그 다음은 떡 석 작이다. 소 불알만한 석 작이 반도 안차서 들여다보고 모두가 웃었다. 원래 이바지 석 작은 닷 되 석, 말석, 이라고들 한다. 형편이 어려우면 다섯 되의 찹쌀로 인절미를 빚어서 차곡차곡 가득 담아 보내고, 형편이 나은 집에서는 말석, 한말짜리 석 작에다 가득 담아 보내는 것이 예의다. 그 밖에 사돈네한테 지지 않을세라 양가에선 서로 시새워서 고급 음식을 여러 석 작(육미, 해물, 견과류, 편류, 과일류 등,)을 보내는 것이 예의다. 그러면 주위에서 평하기를 사돈네에게서 태상 석 작이 몇 개가 왔네, 하고 그 집 형편과 예절을 평가하는 것이다. 그런데 이게 뭐람? 신부 측에선 신 여사가 하나뿐인 딸이라고 목포까지 가서 최고급 해산물과 소다리, 과일류 등. 최고급으로 장만하여 석 작을 7개나 보냈는데 신랑 측에서 온 것은 고작 부패가 심해서 먹지도 못하는 돼지다리하고 한 되 쌀로 빚음직한 떡 몇 조각하고 소주 한 병이 전부였으니 너무 허탈하고 어처구니가 없어 신 여사는 여러 일가친척들 앞에 자존심이 심히 상했다. 그것을 남 앞에 차마 내놓을 수가 없었다. '이런 것 잘 못 먹다간 큰일 난다'며 빨리 묻어버리라고 머슴한테 던져주어 버렸다. 그리고 집에 있는 음식을 꺼내서 술 한 잔씩 돌리고 순간을 모면했다. 오매불망 키운 무남독녀를 그런 상식머리 없는, 왕 거지? 아니 완전 밑바닥 것들 집에 시집보낸 것이 심히 부끄럽고 창피해서 몸 둘 바를 몰랐다. 집안 친척들이나 이웃사람들도 이바지 석 작을 보고 너무 실망해서

"말로만 듣던 마랭이 댁네를 이제야 알겠네. 아무리 한들 이렇게 까지 상식머리 없는 것들인 줄 몰랐네. 아무리 가난해도 그렇지 차라리 보내지를 말든지, 이게 태상음식이라고 사돈네에게 먹으라고 보낸 거여?! 순 몰상식한 상것들 같으니라고!" 달영씨나 신 여사는 주위의 핀잔소리에 얼굴이 화끈거려 그냥 고개만 숙이고 있었다.

"아무리 한들 이렇게 까지 할 줄 몰랐지요. 차라리 보낼 형편이 안 되면 못 보낸다고 했으면 내가 얼른 장에 가서 사다 담아 놓을 것인디 세상에 사람을 어떻게 알고 이딴 것을 보낸 거야?!" 보배의 할머니는 오히려 아들 며느리를 달래기 바빴다.

"그만해라. 그까짓 이바지가 중한 게 아니다. 앞으로 이 애들이 잘 사는 것이 문제다. 우리는 딸 가진 길 아래 사돈이니 무슨 서운한 소리라도 그 집에 들어가면 안 된다. 어쨌든지 다독여서 우리 애기가 그 집 식구들한테 미움 받지 않고 살게 해야 한다."

"쪽 제비도 낮짝 있지 제까짓 것들이 무슨 낮으로 우리 애기를 미워하고 괄시할 자격이나 있나요? 누구 덕에 대학 졸업하고 어엿한 교사가 되었는데 만약 그러면 H 군내 사람들이 다 욕을 바가지로 할걸요?"

"마랭이 댁네가 어떤 사람들이라고 너 소문도 못 들어봤냐? 그런 사람들이 양심 있어서 체면 살필 줄 알면 그런 소문이 났겠냐? 본성이 보통사람들과는 다르니 그런 소문이 났지 않느냐? 이제 빼도 박도 못하는 처지니 딸 가진 부모는 그저 그러려니 하고, 하고 싶은 말도 꿀꺽 삼켜 버려야 한다."

보배의 친정 할머님은 자기 자식들 혼인시키고 나서 몇 십 년 만에 치른 손녀딸 혼사이니 신랑신부를 자기가 사는 시골 동네에서도 잔치를 벌여서 그곳 사람들에게 '이제 우리 손녀딸도 당당히 결혼식 올렸다'고 자랑도 할 겸 토요일이나 일요일에 꼭 오라고 신신당부를 했어도, '내가 그곳을 왜 가야하는데?!' 하며 성깔을 부리고 기어코 가지 않았다. 완강히 거절한 신랑을 보배는 코를 끼어서 끌고 갈수도 없어서 안가고 말았는데 할머니는 대단히 서운해 하셨다. 항상 보배를 자기 가문에 보배로 알고 뜨거운 가슴으로 안고 키운 손녀딸 내외한테 해 줄 교훈도 있고, 또 한 그들을 위해 진즉부터 준비해둔 귀한 것도 결혼 선물로 주려고 했는데 신랑은 결코 오지 않아서 할머니 마음을 매우 아프게 하고 말았다. 보배의 할머니는 보배의 손을 꼭 쥐고 슬프게 우셨다. 한 일을 보면 열일을 안다고 했듯이 앞으로 그 사람과 살아갈 자기 손녀딸을 생각하니 손녀딸의 앞날이 훤히 보인듯하여 너무 마음이 아파서 그저 보배의 손만 잡고 다독여 주시며 연신 눈물을 훔치셨다. 지금 시대 같으면 이런 개차반 가문인줄 알았다면 애초에 혼사를 절대 못시킨다고 어른들이 무슨 수를 써서라도 기어코 박살냈겠지만 당시는 여자의 행복이 우선이 아니라 가문의 체면을 중요시 했던 엇나간 도덕성 때문에 도저히 맞지 않은 혼인임을 알고도 어쩔 수없이 시켜서 한 인생을 망치는 일이 비일비재했다. 잘못된 도덕관념 때문에 보배도 박 군이 좋아서가 아닌 어쩌다 실수로 그가 친 그물에 걸려든 고기 신세와 같았고, 그런 와중에 아이를 출산했으니 어미의 도리로 아이를 지키기 위해 싫어도 어쩔 수없이 했던 혼인인데 결혼 첫날부터 그들이 보여준 작태는 소문대로 이루 말할 수 없이 불량하고 근본 없는 가문 이었음을 확실히 보여주고 말았다.

24. 축의금 도둑들

　　다음 날 달영씨는 보배를 불러 조용히 일러"시댁에서 그날 예식장에서 나온 축의금은 양가 다 합해서 너희들에게 준다 했으니 그 돈 주면 조용히 받아라. 축의금이 상당히 들어왔을 것이다. 사람들이 다 말하더라, H군 내에선 너희 혼사 때 제일 손님이 많았다고들 하더라. 그러니 어림잡아 백 여 만원이 훨씬 넘을 것이다. 같은 군내 사람들인데 신랑 쪽만 하기도 그렇고 신부 쪽만 하기도 그렇고, 또 양쪽에 다 하자면 하객들에게 부담이 될 것 같으니 그렇다고 신랑 측에서 우리보고 접수부를 치워달라고 하면서 축의금 들어온 것은 신랑신부에게 다 줄 것이라고 해서 그 말 듣고 치웠단다. 그런데 잠깐 봐도 신랑 측 접수부 앞에는 사람들이 몇 명 없어 띄엄띄엄 접수를 받는데 우리 측 접수부 앞에는 줄을 길게 서서 기다리는 것을 보고 모두 다 하는 소리들이 뭐라는 줄 아냐? 그 사람들 인심을 이런데서 보고 안다고들 했다. 그 소리는 너의 엄마가 군내에서 비단 전을 하면서 그간 많은 사람들에게 인심을 얻었고 또 한 남의 길흉사마다 빠지지 않고 부조를 해 줘서 그간 덕을 쌓은 것도 있지만, 내가 전직 군청 고급 공무원으로 지낸데다 그동안 군내 사람들과 좋은 인과관계를 맺고 살았기에 그간 뿌린 씨앗을 너의 혼사 때 그 열매를 거둔 것이다. 그러니 신랑 측 접수부는 어쩌다 한사람씩 접수하는데 우리 측에는 길게 줄을 서서 기다리는 것을 보고 신랑 측에서 그런 제안을 한 줄 안다. 그래서 그 돈은 결국 너희들에게 다 준다 해서 조용히 하려고 우리가 또 양보했었다. 그러니 그 돈 달라고 말해라. 요즘 백 여 만원이면 광주 같은 곳에서도 충분히 집을 살 수 있는 돈이다. 그러니 그 돈으로 너희 두 사람 인생 시작해야한다. 여태껏 우리 집에서 돈 대서 박 군 대학 마치고 든든한 직장 잡게 했고, 또 그 돈으로 집 사서 인생시작하면 뭐가 거리낄게 있겠냐? 누가 봐도 박 군은 처가 덕에 탄탄대로에서 인생 시작하는 거다."

　　보배는 친정아버지의 말씀이 백번 맞는 말씀인줄 알면서도 어쩐지 불안했다. 그 돈이 자기 손에 들어오지 않을 것을 이미 짐작을 했기 때문이다. 결혼식이 끝나자마자 신랑 놈은 어디로 도망가 버리고 없는데 첩실 며느리 집에서 축의금 봉투를 자기들끼리 개봉하면서 했던 소리들하며, 뒷날 영수정 냇가에서 빨래할 때 홍당무가 와서 한말, '자네 어머니는 얼마 빚졌을까? 우리는 자네 결혼식에 손님 받고 2만원이나 빚졌다고 터무니없는 거짓말로 미리서 보배에게 축의금 달란 말 못하게 하려고 연막을 쳤던 것을 생각하면 도저히 그 돈이 자기들손에 들어오지 않을 것 같은 생각이 들었다.

"아빠 우리 손님은 우리 측에서 받아야지 왜 그러셨어요?"

"우리접수부는 줄을 길게 서 있고, 신랑 측에는 사람이 없어서 자존심이 상해서 그런 줄 알고 그쪽에서 그런 제안을 하니 우리가 순순히 응해주는 것이 그들 자존심을 지켜주는 것이라고 생각했다. 그래서 우리 일가친척들이 낸 축의금도 전부 그쪽으로 줘 버렸단다. 그리고 우리 측에서 접수부를 치워주니 신랑 측에서 우리 음식 전부 갖다 손님접대 했었다. 그렇게 까지 양보해 줬는데 설만들 그 돈 안주겠니?"

결혼식이 끝나고 며칠이 지났어도 시댁에선 아무 말이 없어서 보배가 먼저 입을 열었다.

"어머님 결혼식장에서 들어온 축의금은 전부 우리에게 준다더니 어떻게 되었어요?"

"둘째 네가 다 관리했으니 난 모르것다."

"아니 어머님 아들 결혼식 일을 왜 둘째 형님에게 맡겼어요?"

"……."

"어머님 우리 집을 무시하는 겁니까?"

"어떻게 너희 집을 무시해?"

"그러시다면 둘째 형님네에게서 돈 받아서 우릴 주셔야지요. 그 날 결혼식장에서 둘째 시숙님이 우리보고 접수부 치우라고 하시면서 같은 군내에서 다 아는 사람들끼리 신랑 측,신부 측에 따로따로 축의금을 주려니 부담이 된다고 축의금 나온 대로 우리에게 다 준다 해서 우리 측에서 접수부도 치워줬고, 또 한 잔치하기 위해서 며칠 동안 장만했던 그 많은 음식도 전부 다 이쪽에서 갖다 썼다면서요? 그랬으면 우리음식 갖고 손님 받고 축의금 받았으면 약속대로 우리한테 주셔야지요."

"나는 모르는 일이다!!"

"왜 몰라요? 어머님 아버님이 모르시면 누가 압니까? 저희 집을 어떻게 알고 그런 행동들을 한답니까? 그날 축의금도 거의가 우리 쪽으로 많이 들어왔지 이 집으로 들어온 돈은 얼마 되지 않을 거라는 소문이 다 났는데 도대체 누가 얼마나 했는지 알아야 할 것 아닙니까?"

"……."

"세상에 이런 일이 어디 있습니까? 동네 사람들한테 다 물어보세요. 제가 못 할 말 했는가요?"

마랭이 댁은 보배가 암말 않고 자기들 처분만 바라고 가만있을 줄 알았더니 원칙대로 야물게 따지니 궁지에 몰린 쥐처럼 그때부턴 작전에 들어갔다.

"아이고 분해라! 지금까지 첩 꼴 보고 살았는데 이제와선 첩자식이 내 자식 결혼축의금까지… 아이고 분해라!! 예물하나 못해주고 결혼비용도 없어 혼사도 제대로 못해주었는데 사돈네 돈까지 다 챙겨먹었네~에~ 아이고 분해라!!" 하고 땅바닥을 치고 울어버렸다. 그런데 보배 눈에는 마랭이 댁이 어쩐지 가증스런 쇼를 하는 것처럼 보였다.

"어머님 우신다고 해결되는 것 아니잖아요. 지금이라도 둘째 형님한테 그 돈 가져오라고 해서 우리에게 주세요. 우리 친정아버지께서는 그 돈을 매우 기다리신단 말입니다."

마랭이 댁은 잠시 자리를 떠서 철공소에 있는 영감을 만나고 오더니 그때부턴 완전 말이 달랐다.

"우리는 모르는 일이다! 따지려거든 둘째네 한 테 따져라!! 어디서 되먹지 못하게 이제 시집 온지 며칠 되었다고 벌써부터 시부모에게 대들고 있냐?"

"어머님 그게 무슨 말씀입니까? 내가 못 할 말 했습니까? 우리 서로 예의는 지킵시다. 어머님 아들 결혼에 관련된 일이니 어머님이 따져야지 왜 내가 나서야 합니까? 빨리 가셔서 축의금 받아오세요."

"아이고 분해라!! 첩자식이, 첩자식이, 엉엉…." 이번 일은 입이 백 개라도 할 말 없으니 마랭이 댁은 보배 앞에서 거짓울음으로 순간을 모면할 쇼를 하고 있었다.

"다른 놈은 안 가르치고 저만 빚 얻어서 가르쳐 놓았더니 형제들, 아니 내 자식들 다 잡아먹네에~"! 하며 어떤 결단을 내리지 못하고 계속 쇼를 하니 그 자리에서 더 이상 버티지 못하고 보배는 친정아버지한테 가서 줴다 이야기했다. 그 말을 듣는 순간 신 여사와 달영씨는 아무 말 없이 서로 얼굴만 쳐다보다가

"설마 했더니 이렇게까지 막되 먹은 집구석인줄은 몰랐다. 참! 역시 소문대로구나. 그러나 좀 더 기다려보자. 아무리 없어도 그렇지 우리 앞으로 들어온 축의금을 말없이 먹겠니? 앞으로 얼마라도 주겠지. 남이 알까 창피하다. 그렇다고 사돈하고 막보기로 싸울 수도 없고 하니 좀 더 기다려 보자. 내가 그놈과 헤어지라고 했던 이유가 바로 이런데 있다. 이제 알겠니? 앞으로 그놈에게 당하지 않도록 각별히 조심하며 살아야 할 것이다."

달영씨는 오히려 보배를 달래주며 뼈아픈 말씀을 하셨다. 달영씨는 자기 태생지인 H군내에서 뼈가 굵어 그 바닥 사람들 습성을 다 알고 있어서 자기 딸이 박 군과 얽히는 것을 그렇게 반대를 했던 것이다. 그런데도 일은 여기까지 와버려서 이제는 빼도 박도 못하는 신세가 되 버렸으니 자기 딸 인생이 눈에 훤히 보인 듯해서 가슴이 애일 것만 같았다.

25. 파렴치한 족속들

결혼식 끝나고 온다간다 말 한마디 없이 사라졌다 일주일 만에 나타난 박재수를 마랭이 댁이 안으로 불러들였다. 이들은 이미 사전에 계획된 전략이었다. 마랭이 댁은 박재수를 안방으로 불러들여서 '너는 이제 그 집과 혼인했으니 누가 뭐래도 느그 처갓집 재산은 전 부 니 것 인줄알고 서서히 그 집 재산을 빼다 우리 집도 살리고 너도 팔도 한량으로 멋지게 살아야 한다. H에선 두 번째 가라면 서러운 처갓집을 두고 구태여 땀 흘리며 고생할 필요 없다. 어쨌든지 요령껏 빼다 느그 동생들도 갈치고 우리 집도 살리고 해야 한다. 그러려면 주먹 만 한 니 여편네 처음부터 야물게 잡아야 한다. 그것이 주먹만 해도 보통으로 야문 것이 아니더라. 지 까짓 년이 아무리 야물어 봤자 혼전에 아이를 배서 끌려 댕긴 신세가 되었으니 저는 이미 흠을 잡혀 큰소리 칠 자격

도 없는 년이니 니가 강하게 다뤄야 할 것이다. 내가 너를 이만큼 잘 낳아놓으니 그런 집에서 너를 사위 삼은 것이 다 내 덕 인줄 알고 내 말 깊이 새겨들어야 한다.' 라고 단단히 코치를 해서 내 보냈다. 그런 줄도 모르고 보배는 애타게 일주일동안 기다리던 신랑을 보자마자 따졌다.

"당신은 결혼식 끝나고 어디를 갔다 이제와요? 어디다 정신을 팔고 있기에 우리 결혼식 때 들어온 축의금도 안 챙기고 지금까지 뭐하고 다녔어요?"

"……."

"둘째 동서가 챙겨간 보따리만 해도 50만원은 족히 될 텐데 검어 쥐고 안 내놓는다고 합디다. 식장 밖에서 받은 돈도 안 내놓는다고 하고 그날 식장 안에서 들어온 돈만해도 가득담긴 마대자루가 서너 개나 된 것을 전부 그 집으로 옮겼다는데 왜 우리한테는 일언반구도 없나요?"

"……."

"우리 친정 친척들, 서울, 광주, 대구, 부산, 목포등지에서 오신 큰 손님들이 얼마를 하셨는지 몰라서 부의록을 봐야 알겠고, 누가 얼마를 했다는 것을 알아야 우리도 나중에 갚을 것 아니요? 그러니 총액이 얼마나 들어왔고, 얼마를 소비 했는지 알려면 장부를 줘야 할 것 아니요? 결혼식 끝난 지가 며칠 짼데 왜 아직 그 말은 어느 누구도 입 밖에 낸 사람이 없소?"

"……."

"신부 측엔 하객들이 줄을 서니까 명진 시숙님이 어차피 축의금은 전부 새 신랑신부에게 줄 것이니 접수부를 치워주라고 해서 신부 측 접수부를 치워 줬다는데? H 군내에선 제일 하객이 많았다고들 한다는데, 왜 지금까지 그 돈에 대해선 함구하고 있냐고요? 당신도 뭔가 알고 있지요?"

"이 여편네가?! 알기는 뭘 알아?!"

"그럼 왜? 당신 결혼 축의금을 몽땅 도적맞고도 말 한마디 안하는 거요? 우리한테 돈을 줘야 당신 학교 직원들을 초청해서 술 한 잔이라도 먹여줘야 할 것 아니요? H 고등학교가 당신 모교이기도 하고 현재 몸담고 있는 직장인데 교장선생님 이하 모든 직원들에게 인사라도 해야 할 것 아니냐고요?!"

"나는 그런 말 못한다!"

"그럼 누가 해요? 내가 말해요? 어머님한테도 말씀드렸더니 내 앞에서 쇼를 하는지 첩자식이 내 아들 결혼 축의금까지 도적질 했다고 엉엉 울기만 합디다. 당신 형제간 6남매가 서자 하나 못 이겨서 상황을 이렇게 만들어요?!"

"⋯⋯."

"그럼 당장 직원들이라도 초대해야 하니 15,000원~ 20,000원이라도 주라고 하세요. 그분들도 다 축의금 주었는데 그냥 말수는 없잖아요? 그리고 부의록이라도 꼭 주라고 해서 가져오세요. 우리 아빠 갖다드려야 해요. 신혼여행도 가야죠?"

"나는 돈 달란 말 못한다 해도 그러네?! 그리고 우리가 무슨 새 신랑신분가 단맛 쓴맛 다 빨리고 헌 사람들끼리 신혼여행은 무슨 기분으로가?!"

"왜 못해요? 무엇이 무서워서 본실자식이 돼 가지고 서자 형한테 말도 못해요? 말 해봐요?!"

"말 안한다!!"

"당신이 내 남자 맞아요? 나한테는 온갖 개꼬라지 다 부린 사람이 왜 이런 중대한 문제를 말 못해요?"

"내 입으로 말 안한다고 했잖아?! 이 씨⋯!"

"에끼 등신, 머저리 같은 인간! 그러고도 나한테 큰소리 칠 자격 있어?! 이 파렴치한 것들아! 낯바닥만 반닥스럼 하면 뭐하냐? 사람이 사람다워야지! 이 개 꼬라지야!" 박재수도 한통속으로 다 짜고 해먹었는데 무슨 낯으로 축의금 내놓으라고 할 처지가 안 되는데 보배는 그것도 모르고 박재수에게만 퍼부었다. 그랬으니 그 비인간의 입에서 나온 것은 험악한 욕설뿐이었다.

"세상에 이런 경우가 어디 있어요? 우리 결혼식도 안하고 애 낳고 사니까 사방에서 손가락질한다고 우리 친정에서 서둘러 결혼시키자고 해도 당신 집에서는 결혼시킬 형편이 안 된다고 해서 그럼 우리 집에서 안팎대사 다 준비할 테니 그날 사돈네식구들 참석만 하기로 하고 우리 집에선 그날 쓸 음식을 다 준비 했는데 갑자기 명진 형님이 자기들도 손님을 받겠다고 우겨댄 바람에 우리가 양보했잖아요? 그런데 우리 음식가지고 대사치고 우리 앞으로 들어온 축의금까지 다 먹어버린 파렴치한 것들이 세상에 어디 있어요? 그래놓고 당신 어머니는 며칠 만에 들어온 당신에게 당부하신말씀이 저것이 보통내기가 아니니 붉은 치마 자락 때 야물게 잡으라고 당부합디다. 자식을 낳아 자기가 능력 없어서 대학도 못 보내니 우리 집에서 지난 4년 동안 당신 학비와 모든 용돈 다 대서 학교 마쳤고 직장까지 잡아주니 그 공로를 그렇게 갚는다요? 참 얼굴 두꺼운 사람들이라고 소문난 이유를 이제 알겠네요!"

"말조심 해!!"

"내가 지금 말조심하게 생겼소? 당신은 결혼식 끝나고 어디 가서 일주일 만에 나타났소? 결혼전날부터 외박하더니 결혼식 끝나고도 신랑이 없어져 버리니 나를 얼마나 우습게봤으면 첩실에서 그런 대접을 했겠소? 그날 신부에게 어느 누가 물 한 모금 대접하기는커녕 신발까지 누가 가져가버려서 옴짝달싹도 못하고 아이하고 내 신세가 어떻게 된 줄이나 아냐고요?! 모두가 축의금 챙기는 일에만 혈안이 되어 나야 죽든 말든 아무도 관심가진 사람이 없어서 첩실 집 툇마루에서 하루 종일 쫄쫄 굶고 죽을 번했다고요! 당신이 그렇게 처신을 하니까 그것들이 나와 우리 친정을 우습게보고 이런 몰상식하고 불량한 짓을 했다고요!! 분하고 억울하기는 당신 어머니가 아니라 바로 나요. 내가 이 결혼을 왜 했는지 모르겠군요. 지금이라도 물리고 싶소! 흑흑흑…" 보배는 무능한 신랑의 처신이 너무 미워서 마음속에 품은 불만을 있는 대로 토해내고 말았다. 이들은 신혼 초라하지만 3년 전에 약혼식하고부터 억지로 등 떠밀어 동거생활 하는 동안 오만 애간장을 다 녹였던 사람이라 신혼의 단꿈은커녕 앞으로 박재수와 살아 갈 것이 암담하기만 하고 도대체 길이 보이지 않았다.

"제발 그만해라!! 그만하라고 했잖아?! 이 xx년아 내가 들어오는가 봐라!!" 박재수는 똥긴 놈이 성낸단 말과 같이 오히려 당연한 것을 말한 보배에게 미안한 마음을 갖기는커녕 성질을 벌컥 내고 나가버렸다.

"네가 바보 등신이 아닌 이상 네가 모를 리 없다. 너도 한 통속이 분명하니 그렇지!" 보배는 눈 가리고 아웅 하는 박 재수에게 더 이상 뭐라고 따질 수가 없었다. 그리고 상대방이 말을 먹어주어야 따져서 받아내든가 말든가 할 건데 모두가 그 말만 나오면 구렁이담 넘듯이 슬슬 피하려고만 하니 자신만 더 비참한 궁지로 몰린 듯 했다.

26. 이유 없는 횡포

　　김보배와 박재수는 결혼식이 끝나고 며칠 만에 한방에 들었다. 신 여사는 딸의 행복을 위해 미리서 만들어놓은 화대를 신혼 방에 넣어주며 첫날밤에 사용하는 물건이라며 용도를 가르쳐 주었다. 그간 했던 신랑의 행위는 밉지만 그래도 명색이 결혼식 올리고 첫날밤이니 어머니가 시킨 대로 화대를 하나 꺼내서 베개 위에 올려놓고 잠자리에 들었다. 그것을 본 박재수의 입에서 두 번 듣고 싶지 않은 모욕의 발언이 서슴없이 튀어나왔다.

"야 이년아! 내가 언제 너한테 잠자리 해 준다던? 행여나 꿈도 꾸지마라! 거지같은 년이 나보고 잠자주라고 저런 것을 꺼내놓고 나를 유혹하네?!"

"뭐예요?!"

"이 나쁜 년아!!" 하고 빽 소리를 질렀다. 보배는 어처구니가 없어서 일어나서 따졌다.

"도대체 내가 무엇이 나쁜데?!"

"뻔뻔스런 년이 어디서… 야 이년아 반성해!!"

"참 갈수록 태산이네? 내가 무엇이 뻔뻔스럽고 나쁜데? 뭘 반성하라고?!!"

"너 같은 년은 소박맞아봐야 알지! 난 평생 너를 소박 맞혀 죽일 거야! 소박맞아봐라 이년아!"

"참 도둑이 매를 든다더니 인간도 아닌 짓거리를 하고 다닌 것이 오히려 큰소리치네?! 너 나를 소박해봐라! 너는 얼마나 좋은가 보자."

"도대체 내가 무얼 잘못해서 너한테 그런 소리를 들어야 돼? 참 양심이라곤 눈곱만큼도 없는 인간이 할 말이 없으니 징그럽고 소름끼치는 말만하네?! 다른 여자한테 미친 것이 분명하구만."

"내가 너를 끝까지 외롭고, 쓸쓸하고, 고독하게 만들고 말거야! 이 나쁜 년, 인정머리 없는 년, 두고 봐라!"

"허허… 참! 이래서 적반하장이라 하는구나?! 도둑이 매를 들어도 유만 분수지 네가 지금 나한테 이럴 자격이나 있냐? 그간 내가 너한테 어떻게 했는데? 서자한테는 온갖 무시당하면서 나한테는 제법 큰 소리 치네?! 내가 그렇게 만만해 보이냐?!" 보배는 첫날밤에 박재수에게 가당치도 않은 모멸감을 당하고 나서 만정이 떨어져 버렸다. 아무리 미워도 첫날밤 신랑을 위해 꺼내놓은 화대를 보고 박재수입에서 그런 야비한 말이 튀어나올 줄은 꿈에도 상상 못했던 것이다. 화가 머리끝까지 난 보배는 꺼내놓았던 화대를 다시 게워서 집어넣어버리고 등 돌리고 자는데 도대체 잠은오지 않고 분노만 치솟았다. 박재수는 보배의 감정을 있는 데로 질러놓고 보배의 감정은 아랑곳없이 자기만 코를 쿨쿨 골며 코주부 삼국지를 열심히 읽었다. 박재수의 속셈은 보배에겐 애정이라곤 눈곱만큼도 없으면서 오직 보배네 친정 재산에 눈이 멀어 결혼은 허울에 불과했다. 그러니 보배의 심정은 바로 '백치'아다다였다.

그날 밤 당한 모욕감 때문에 보배는 그 후론 단 한 번도 화대를 내놓지 않고 그냥 입은 채로 잠자리에 들어서 아이만 품고 잠을 청하며 세월을 보냈다. 신 여사는 자기 딸 행복을 위해 온갖 것을 신경 써서 박재수를 아들이상으로 걷어주고 그에 필요한 것은 다 해주며 오직 자기 딸 하나만 사랑해주기를 바랬는데 보배의 아픈 밤을 아는지 모르는지 매일 사위 용돈을 미리서 밤에 챙겨서 보배 손에 놓아주고 뒷날 장사하러 나갔다. 보배는 매일 그런 돈을 받을 때마다 친정엄마 볼 면목이 없었다.

이렇게 호강을 받으며 사는 박재수는 월급을 벌써 몇 번째 탔는데도 그간 월급 탄 돈을 보배 손에 단 한 푼도 준적이 없었다. 그런 것을 따져보고 싶으나 친정살이 한 처지라 곁에 사람들이 들을까봐 큰소리 한번을 못 내보고 울며 겨자 먹기 식으로 참고 사는데 좁은 H 바닥이라서 그런지 좋지 않은 소문이 금방 보배 귀에 들어왔다. '마랭이 댁 셋째아들은 기껏 처가에서 대학 보내서 선생 된 놈이 월급은 타서 자기 마누라한테는 한 푼도 주지 않고 마랭이 댁한테다 갖다 줘서 다 죽어가는 공장이 살살 살아난다는 소리와, 복덩이 보배가 그 집으로 시집가고부터 다 망해서 빚이 대추나무 연 걸리듯 한 철공소가 갑자기 살아난다,'는 등의 소리들이 살살 떠돌았다. 그리고 마랭이 댁 큰아들이 운영할 공장과 집을 순 빚으로 지어주고 그 빚을 보배 결혼 때 들어온 축의금으로 갚았다는 소리도 있었다. 어쩐지 보배 결혼 날을 받아놓고 갑자기 땅을 사서 집을 짓고 공장을 지어서 큰 아들을 분가시켜주니 그 후부턴 큰며느리가 집을 나가지 않았다. 그리고 더 확실한 것은 마랭이 댁의 입으로 '느그 시아버지가 돈이 어디서 나서 큰 아들 공장과 집을 지을 때 진 빚을 금방 갚아냈단다, 어디서 돈이 나올 데가 없는데 그 많은 돈을 금방 해결해 내는 것을 보니 참 재주가 메주 단 마다.' 라고 말했었다. 시기적으로 보아 보배가 결혼하고 나서 금방 그 집이 불꽃같이 일어난다고들 했었는데 축의금을 갖다 그렇게 활용하고선 끝까지 모든 식구가 함구무언한 것이라고 생각할 수밖에 없었다.

친정집은 다세대로서 한집에 여러 가구가 살고 있으니 세 들어 사는 사람들에게 그런 바보 같은 자기 모습을 들키지 않기 위해서 그저 숨죽이며 살 수밖에 없었다. 이런 날들이 계속되니 보배의 마음은 나날이 복잡해져 갔다. '내가 왜 사는가? 이것이 부부인가? 도대체 이 인간은 왜 나와 결혼했는가? 도대체 월급을 타면 그 돈을 나하곤 상의한마디 없이 왜 자기 집에 다 갖다 주는 걸까? 소문일까? 아니면 사실일까? 그래놓고 나한테는 무슨 낯으로 날마다 손 벌리는가? 나만 계속 이렇게 당하고 살아야 하는가?' 모든 것 다 뿌리치고 제발 이 세상 끝내고 싶은 심정 간절하지만 어린 딸의 얼굴을 들여다보면 그 마음은 잠시고, 또 다시 바쁜 일상을 시계바늘처럼 돌리며 살아가야 한다. 참으로 멋없고 재미없는 삶이지만 자식 때문에 죽지못해 살아가는 것이 우리 조선 여인들의 미덕이어서일까? 바보여서일까? 우리 한국 여성들의 끈질긴 모성애 때문에 가정이 박살나지 않고 유지되었다는 사실을 지금 세대 사람들은 알아야 할 것이다. 서양 여성들은 자기에게서 사랑이 떠난 사람과는 절대로 살지 않는다. 오직 자기 행복을 위해서 산다. 다 같은 여성이지만 서양과 동양과는 사고 방식이 이렇게 차이가 난다. 대한민국은 물질문명이 발달된 선진국이라 하지만 정신만은 아직도 대한민국 남성들은 조선시대 사고방식을 못 벗어나고 있다. 이토록 남성 우월주의로 여성을 구박하고 양심 없는 짓으로 여자를 학대하니 지금 젊은 여성들은 자기들 엄마가 살아온 것을 누누이 보고자라서 그런 학대를 받지 않으려고 연애는 해도 결혼을 포기하는 세태가 돼버렸다.

결혼 후에도 박재수는 날마다 밤 12시가 넘어서 들어왔다. 어느 날 아이를 품고 고이 잠들어 있는 보배의 배 위에 올라가서 귓속말로. '김 마담 사랑해, 나 좋아해?' 하며 보배의 배 위에서 몇 번을 구르더니 한참을 내려다보고선 모르는 척 슬그머니 내려가 버렸다. 이런 추한 행위는 계획된 행위였다. 박재수는 머리가 아주 교활하고, 인성은 저질에 악질이었다. 자기가 날마다 다른 여자를 품고 산다는 것을 보여줘야 보배네 집에서 더욱 안달하며 자기가 어떤 부당한 짓을 해도 묵인해야하고, 그에 대한 토를 달게 되면 자신만 더욱 불행하게 될 것을 알려주는 일종의 신호인 것이다. 그렇지만 보배도 박재수 못지않게 영특하여 박재수의 속셈을 이미 읽고 있으면서도 실속보다 겉치레를 중요시 하는 우리 사회의 겉모습이라고 할까? 어떻게 해서든지 첫 결혼에 실패했단 소리 듣지 않기 위해 억울해도 겉으로 표현을 못하고 벙어리 냉가슴 앓듯 이조여인의 삶을 살아야 한다.

남편에게 그런 모욕을 당하고 사는 줄도 모르고 한집에 사는 사람들은 신혼부부인 보배 네는 지금쯤 한참 깨가 쏟아질 거라 생각하겠지만 항상 보배의 얼굴엔 검은 구름이 잔뜩 낀 사람처럼 표정이 밝지 못하니 곁에서 눈치가 있는 사람들은 대강 그녀의 신혼방안 공기가 어떻다는 것쯤 느낌으로 알고 있다. 그런 속내를 아는지 모르는지 시어머니인 마랭이 댁은 날마다 하는 소리가, "우리 재수는 장개 열 두 번 간다! 음!"하고 보배를 위협했다.

"어떤 여자가 박 선생 찾아왔다." 그 말을 듣고 불이 나게 밖으로 나가는 것을 보고 시어머니는 또 보배 앞에서 한다는 말이

"우리 재수는 장개 열 두 번 간다! 방금 찾아온 그 애는 간호산데 너 그 애한테 시기하지마라! 간호사면 내 병에 대해서 얼마나 신경을 써 줄 인께 그 애 일에 대해선 본 둥 만 둥 해야 한다. 만약 니가 혓바닥이라도 대는 날엔 가만 안 있을 것잉께 그리 알어! 우리 아들 신세를 망칠 년 같으니라고!'

"어머님 지금 뭐라 하셨어요? 그게 말이라고 해요? 그 말씀을 저한테 한두 번 하셨어요? 벌서 몇 번째요? 혜정이 아빠를 중학교 때부터 우리 집에서 뒷바라지 다해서, 대학까지 졸업시켜서 지금 교사라도 하게 된 게 누구 덕이요? 그리고 어머님 폐결핵 환자를 병원에선 한 달 밖에 못산다고 입원도 안 받아줬을 때 우리 집에서 각종 민물고기 다려 와서 그것 드시고 지금까지 사신 것은 내 정성이 아니었든가요?"

"음! 너 각오해!! 우리 재수는 장개 열 두 번 갈 것인께…."

"어머님 하실 말씀이 그리 없으세요?"

"두고 봐라! 지 외삼촌이 그랬다."

"그 외삼촌이 무당이라도 되요?"

"암! 무당이고말고! 아주 영하다고 소문난 무당이지!!" (그러면 그렇지! 어쩐지 당신 하는 짓이 상스럽고 본데없는 언행을 한다 했더니 기껏 친정 오래비가 무당이라니. 옛날 사대주의 사상 때는 백정보다 더 낮은 신분이 무당이라 했다. 당신 몸속에도 그런 천한 피가 흐르니 입에서 뱉은 말마다 상상을 초월할 만큼 무식하고 사특한 말들만 쏟아냈겠지.)

"그것이 그렇게 자랑스러우세요? 자식이 장개 열 두 번 가면 집구석 꼬라지 참 좋겠네요! 어머님도 자식이 그런 인생을 살기를 원하세요?"

"음…!!"

"어머님도 아버님이 작은댁을 두고 거기서 자식 낳아 외방자식을 보고 사시면서 그런 말씀이 나오세요? 그것이 좋다면 옆집 명진 시숙님 욕도 하지마시고 작은댁 욕도 하지마세요."

"그러니께 첩 자식을 대학까지 가르쳤다!"

"참 잘하셨네요. 그래서 동생 결혼축의금, 사돈네 돈까지 도둑질 해 먹게 됐어요? 돈은 먹었을지라도 부의록이라도 내놓으라고 하세요! 어머님이 집안 어른이라면 이렇게 처신하시면 안 되지요. 우리 친정에서 당신 아들 대학까지 보내서 직장까지 갖게 했으면 고맙다는 말씀은 못할망정 우리 친정에서 준비한 음식가지고 대사치고 그날 우리 앞으로 들어온 축의금까지 몽땅 숨기고선 아직까지 그 일에 대해선 일언방구 없으시면서 무슨 장개 열 두 번 간다는 소리만 앞세우십니까? 장가 열 두 번 가는 것이 그렇게 자랑스러우세요?! 그렇다면 제발 그렇게 하시고 나하고 이혼하고 난 후에 장가를 백번이라도 보내세요. 그 축의금에 대해선 아직까지 한계를 못 내시고 서로 모른다고 얼버무린 뜻이 무엇입니까? 알고나 당합시다."

"뭣을 당했다고 그러냐?!"

"어머님이 어른대접 받으시려면 처신을 잘하세요. 그렇게 무분별하게 처신을 하고 남의 애간장을 녹이면 뭐가 좋니까? 우리하고 무슨 원수졌습니까?! 우리 친정 부모를 어떻게 알고 그런 처신을 하고도 지금껏 해명한마디 없습니까?!" 보배는 소문으로 그 돈의 사용처를 들어서 알고 있지만 자기 눈으로 보지 않았으니 소문의 말들을 차마 못하고 마랭이 댁에게만 따졌다.

"이 바닥에서 느그 친정 무시 볼 사람 한사람도 없다."

"그럼 당당히 밝히세요. 축의금에 대해서 말입니다. 어림잡아도 그날 축의금이 100만 원이 훨씬 넘을 거란 말이 떠도는데 그 돈이 다 어디 갔으며 우리 앞으로 얼마나 들어왔는지 알아야 우리도 나중에 그들에게 갚을 것 아닙니까?!"

"음~~~ 난 니가 무섭고 징그럽다. 그만해라!!"

"난 도대체가 이해할 수 없다니까요? 서자한테 당신자식 결혼식을 맡기고, 거기에 대해선 말 한마디 못하면서 저한테는 왜들 이러십니까?! 내가 그렇게 만만하게 보였습니까?! 기왕 말나왔으니 부의록이라도 꼭 내 놓으라고 해서 찾아주세요. 우리는 돈보다도 남의 체면을 더 어렵게 알고 사는 집이라 남에게 체면 없는 짓을 하지 않으려고 그럽니다. 부탁합니다."

"……." 부의록을 못 내놓은 이유는 다른 게 없다. 자기 집 손님은 몇 명 되지 않고 거의 달영씨 집으로 들어온 기록인데 그것을 내놓을 리 없다. 그리고 소문보다 실지 들어온 축의금은 훨씬 많았다는 것을 알 수 있다. 그들의 돈 쓰는 것으로 보아 계산이 대강 잡혔다.

박재수는 군대를 안 가려고 방위로 빠지기 위해 병무청에 뒷돈을 상당히 쓰고 다녔다. 박재수는 군복무를 피할 이유가 하나도 없다. 독자도 아니고, 그렇다고 무학자도 아닌, 당당히 대학 학사출신이니 당연히 나라의 부름을 받아서 군 복무를 필해야 함에도 불구하고 자기가 무슨 용가리 통뼈처럼 군대를 가지 않고 방위로 빠지고 말았다. 군대 가고 나면 그간 즐기던 기집 질을 할 수 없으니 기를 쓰고 군대를 피하면서 뒷돈이 그렇게 많이 들어가는 것을 보배는 이미 알고 있다. 한 달에 한 번씩 예비군 소대장과 중대장이 다녀갔다. 그 사람들이 오면 박재수는 얼른 눈짓을 해서 밖으로 데리고 나가서 한참 있다가 들어오곤 했다. 아무도 모르게 뒷돈을 찔러주고 비공식으로 훈련을 받은 것처럼 매월 그렇게 해서 군 복무를 피해 갔다.

27. 터놓고 오입질

바닥이 좁으니 소문은 날개 단 듯 날아다녔다.

"H 고등학교 박재수 선생은 결혼 한지 며칠 되지 않았는데 벌써부터 이 여자 저 여자 만나서 오입질 하는 개라고 소문났던데?"

"응 나도 들었어, 결혼 전부터 그런 짓을 한다고 H 군내 사람들이 다 말했던 것 아니야?"

"그러게 말이다. 원래 씨종자는 무시 못 하는가 보지? 즈그 애비가 오만 잡놈으로 소문난 사람이고, 큰 아들도 광주에다 첩 얻어놓고 들락날락 한다고 소문이 났던데, 재수도 벌써부터 오입질이니 앞으로 보배는 어떻게 살까?"

"그러게 말이야. 가만있었으면 세상에 좋은 가정에 좋은 남자 만나서 호강하며 살 애가 어쩌다 천하에 가난뱅이에, 잡놈집안에 걸려서 벌서부터 고생한다고 소문이 다 났다더라?"

"결혼식 날 신부 집으로 들어온 축의금도 가로채버리고 이름도 성도 없이 부의록도 어디다 감추었는지 안내놓으니 보배네 친정에선 '우리도 품갚아야 하니까 부의록이라도 주라'고 해도 아직까지 그에 대한 답은 없고 그 말 못나오게 하려고 '우리 재수는 잘나서 장개 열 두 번 간다 각오해라!'고 새 며느리 앞에서 마랭이 댁이 으름장 놓는 담서?"

"참 어처구니가 없네. 무슨 낯바닥으로 그런 말이 나올까?"

"원래 마랭이 댁은 전부터 앞뒤 없는 전차라고 소문이 난 여자 아니어? 그러니께 마랭이 양반이 바람을 피웠다고는 하지만 그 집구석은 완전 콩가루만도 못한 잡탕가루집이라고들 비웃지."

"철공소가 곧 망해서 문 닫게 생겼다고 하더니 재수 결혼시키고부터 다시 자금이 돌아 공장이 돌아간다고들 하던데?"

"사돈네 앞으로 들어온 축의금이 전부 그 집으로 들어갔다고들 하더니 그 축의금으로 다시 일으켰나보지?"

"뻔하지 뭐. 그런 수작이나 부리려고 결혼식은 돈이 없어서 못 해 준다 해서 보배네 집에서 안팎 대사를 치를 계산으로 음식을 만들어놓으니 그 음식으로 자기들이 손님 받으면서 축의금 들어온 것은 신랑 신부에게 다 줄 터이니 신부 측 접수부 치우라고 둘째 명진이가 그랬다면서? 그러니 보배 아버지는 그 말을 믿고 치워줬는데 그런 사기를 쳤다고 온 군내 소문이 다 났어."

"그러게 말이여 사기를 치려거든 좀 근사하게 치지 좁은 바닥에서 그게 뭐야? 남사스럽게?"

"원래 그 집 족속들은 어른아 할 것 없이 낯가죽이 두꺼운 것들이라고 소문이 난 집 아니어?"

"축의금도 어마어마하게 들어왔다고들 소문이 났던데?"

"그럴 수밖에 없지 그간 신 여사와 달영씨가 덕을 쌓은 게 얼만데? 그리고 자식이 많은 것도 아니고 오직 하나뿐인 딸의 혼사라 H 군내 잔치 치고는 최고로 손님이 많았다는 거야, 그런 돈을 사돈네는 꼴도 못 보게 하고 자기들이 다 걷어 쥐어 버렸으니 신여사네는 얼마나 허탈감을 가졌겠어? 거기다 부의록이라도 주라고 해도 지금까지 아무 응답이 없다고들 하던데?"

"어이구 쯧쯧쯧…. 그러게 별 말들이 다 떠돌지. 하늘 무서운 줄 모르는 금수만도 못한 것들이나 그런 짓을 하지 아무나 그런 파렴치한 짓을 하겠어? 사람이 한 뼘 낯바닥 때문에 다들 조심하고 사는 건디 그걸 모르고 즈그만 잘난 줄 알고 그랬으니 아마도 그 일이 두고두고 그 집 수치거기가 될 걸?"

"아무리 생각해도 천하에 웬수 것들과 사돈이 되었으니 달영씨네 심정을 알만하네."

재수가 요즘 며칠째 밖에서 밤을 새고 아침에 들어와서 옷만 갈아입고 나가는 것이 아무래도 수상하여

"도대체 당신은 밤에 어디서 지내고 꼭 아침에 들어와 옷만 갈아입고 나가요?"

"여편네가 그런걸 알아서 뭘 해?! 나 얼마나 바쁜 사람이줄 알아?!"

"아무리 바쁘다곤 하지만 밤에까지 일을 하냐고요?"

"이제 신입인데 위에서 시킨 대로 해야지 그럼 안 해?! 잘 알지도 못하고 잔소리 하고 자빠졌어!!" 아무리 생각해도 그 말을 믿을 수가 없었다. 아무리 신입이라 해도 밥 먹을 시간도, 잠잘 시간도 없이 일을 시킨 학교가 어디 있나 싶어 학교장한테 전화를 해 보았다.

"여보세요. 저는 박재수 안사람입니다."

"예 사모님 어쩐 일이신가요?"

"요새 무슨 일이 그리 많아서 애기 아빠가 며칠째 밤을 새고 일한다고 해서 말입니다. 아무리 신입이라고 하지만 밤새도록 해야 할 만큼 일이 많은가요?"

"아니 그게 무슨 말씀입니까 사모님? 우리 학교 직원들 다 정상 출근에 정상 퇴근합니다. 야간은 오직 그날 숙직 외에는 없어요."

"아 그래요? 실례 했습니다."

보배는 자기 남편의 행위를 익히 알고 있기 때문에 더 이상 무슨 말을 할 수 없었고, 얼굴이 뜨거워서 교장 볼 면목도 없게 되 버렸다. 이제 결혼 한지 며칠 되지 않은 신혼부부인데 남편이 외도를 하고 여러 날 째 외박을 한 것이 오직 자기가 못나서 벌써부터 남편이 외도를 한다고 생각할까봐서다. 공연히 전화 했다고 혼자서 후회 했다. 아침마다 집에 들어온 것은 오직 옷 갈아입고, 돈 뺏어가기 위함이다. 밤은 여관에서 다른 여자와 지내고, 돈은 마누라에게 강재로 갈취해 가는 천하에 파렴치한 박재수다. 그러면서도 자기 월급 탄 것은 집에 단 한 푼도 주지 않는다. 그랬어도 보배는 처음에 학교 막 부임해서 직원들에게 한 턱 쏘느라 돈이 없어서 그런다고 해서 이해를 해 줬다.

바닥이 좁은 곳이라 보배는 집에 앉아서도 박재수의 소식을 다 듣는다. 퇴근하기 바쁘게 박재수 선생은 어떤 여자와 택시타고 가더라, 날마다 여자가 바뀌더라는 등의 추문들 때문에 보배는 얼굴 들고 살수가 없었다. 그런 말도 학생들 입에서 공공연하게 나왔다.

H 바닥은 좁으니 광주까지 택시타고 다니며 날마다 오입질을 하려면 돈이 좀 들어갈까? 그런 돈을 전부 보배에게 어떤 구실이라도 만들어 강탈해갔다. 안주면 악을 부리고 시끄럽게 하여 한집에 사는 사람들보기 부끄러우니 결국 주고야 만다. 어느 날 밤에 겨우 집에 들어왔다. 그리고 하는 말이 더욱 가관이다.

"나는 김 복례를 사랑한다! 광산 김 씨고 무안에 산다. 난 김 복례 없이는 못산다! 너는 나쁜 년이야! 너 따위는 비교도 안 돼 이년아!!"

"그래, 그렇게 좋으면 제발 같이 살아라. 나 이혼해 주고 훨훨 날아가 살아! 부탁이다."

"이혼은 절대 안 해줘! 어떤 놈 좋으라고 이혼해줘?"

"어떤 놈은 또 뭐야? 미쳐도 보통 미친 것 아니네?"

"니년은 내가 소박 맞혀 죽인다니까?! 이 세상에서 제일 나쁜 년이고 악질 년이야! 인정머리 없는 독한 년아!"하고 악을 써대니 보배는 행여 이웃 사람

알까 두려웠다. 인생에서 가장 행복하다는 신혼생활이 겨우 이런 거였다. '어떤 놈 좋으라고 이혼해줘? 너는 내가 소박 맞춰 죽일 거야!' 하는 소리는 보배네 친정집 재산은 자기가 사용하고, 사랑은 다른 여자와 즐기겠다는 뜻을 공공연하게 선포했다.

28. 알지 못한 몸값까지 뜯기다

이제부터 김 보배를 김 여사로 호칭 할 것이다. 이제 결혼도 했고 그 바닥에선 그만한 신여성이 없을 정도로 모든 면에 파워가 있고 지역사회에서도 달영씨 외동딸 하면 다 알아주는 사람이니 여사라는 호칭이 걸맞다.

어느 날 김 여사네 집으로 어떤 여인이 찾아왔다. 얼굴에 화장을 짙게 하고, 높은 하이힐을 신었고, 머리는 키가 크게 보이려고 혹가시까지 넣었다. 옷은 아주 화려하고 세련미 넘치면서도 어딘가 좀 부족한 것 같은 느낌, 여성으로써 외상은 잘 갖추었지만 지성미가 전혀 없는 싸구려 화류계 같은 느낌을 준 여성이었다.

"여기가 박재수 선생님 댁입니까?"

"그런데요? 어디서 오신 누구십니까?" 보배는 그 여인을 위아래로 훑어보고 수상히 여겨 물었다. 아무래도 가정집 주부는 아닌 것 같고 학부형도 아닌 것 같다. H바닥에서 저렇게 꾸미고 다닐만한 학부형은 없을 것인데 도대체 누구란 말인가.

"사모님 되십니까?"

"그런데요?"

"저~ 차마 말씀드리기 죄송하지만 저는 저기 ○○다방 레지인데요, 제가 이제 다른 데로 가게 돼서 말씀드립니다. 박 선생님 외상값을 받으러 왔습니다."

"무슨 외상값인지는 모르지만 본인한테 받으시지 왜 그런 것을 집으로 받으러 왔어요?"

"선생님께서 집으로 가서 받으라고 해서요."

"외상 진 사람이 책임을 지는 것이지 난 그런 책임 없으니 본인한테 가서 받으시고 다시는 그런 일로 여기 찾아오지 마세요. 옆 사람들 보기 부끄럽네요. 그리고 난 친정 사리 하고 사니 친정 부모 알까 싶네요. 빨리 가세요!"

"사모님 그러지 마시고 갚아주세요. 저는 멀리 떠납니다. 저도 받아야 가지요." 내지는 가지 않고 끈질기게 버티고 서서 졸랐다. 김 여사는 행여 남이 들을까봐 주위를 둘러봤다. 주위 사람도 사람이지만 친정아버지가 알까 싶어 가슴이 두방망이질했다.

"도대체 외상값이 얼마나 되요?!"

"15,000원인데요?"

"뭐라고요?! 무슨 다방 차 값이 그렇게 비싸데요?"

"차 값이야 얼마나 됩니까? 몸값이지요."

"뭐?! 몸값?! 다방에서 차를 판게아니라 몸도 파나요?

"……."

"몸값이라면 둘이 재미 보고선 왜 그 값은 나한테 받으러 왔어요? 참 기가 막히고 코가 막히네! 난 그런 돈 못줍니다. 빨리 가세요! 우리 아버지 오실 때 됐어요."

"사모님이 정 못주시겠다면 내일 학교로 가서 박 선생 망신을 시킨 수밖에 없네요."

"뭐?!" 김 여사는 상대의 협박적인 말에 너무도 어이없고 기가 막히지만 이 여자가 학교로 가서 난동을 부린다면 그 후유증은 전부 자기에게 부메랑으로 돌아올 것 같아 갚아주어야겠다고 생각하고 방으로 들어가서 깊이 숨겨둔 돈을 꺼내 세어주면서

"빨리 가세요. 다시는 이런 일로 우리 집에 찾아오지 마세요!"하고 친정아버지가 행여 아실까봐 서둘러 보내 버렸다. 그 돈을 주고 나니 가슴이 뻥 뚫 린 것 같았다. 박재수 한 달 월급보다 많은 돈이다. 소위 가정을 꾸리고 산지가 벌써 몇 년짼데 월급 봉투한번 갖다 주지 않으면서 다방여자와 매일 밤 오입한 몸값을 집으로 받으러 보낸 그 뻔뻔함, 철면피, 파렴치한 그 인간이 한없이 증오스러웠다. 그녀가 막 나가고 나서 달영씨가 들어왔다. 자기 집에서 어떤 낯선 여자가 나오면서 히죽히죽 웃고 나간 것이 수상해서

"방금 어떤 젊은 여자가 나가면서 히죽 히죽 웃고 나가던데 누구냐?"

"아~ 그 여자요? 박 서방 아는 여자인가 봐요. 퇴근해서 집에 있는 줄 알고 왔나 봐요."

"도대체 박 서방 그놈은 무엇을 하고 다니는데 밤마다 늦게 들어오느냐?"

"……." 김 여사는 친정부모 보기가 민망했다. 오매불망 딸 하나 있는 것이 남 보기 부끄럽게 친정살이하고 있으면서 그나마 행복한 삶이 아닌 밤마다 눈물로 밤을 지샌 자기 삶의 내면을 어느 누구에게도 들키고 싶지 않은데 자꾸 들키게 한 박재수가 원망스러웠다.

어느 날 김 여사는 ○○다방 앞을 지날 일이 있었다. 그런데 멀리 간다고 외상값 받아간 그 내지가 차 배달을 나가려고 한손에 차 주전자를 싼 보자기를 들고 나오다가 김 여사와 마주치니 깜짝 놀라 멈춰 섰다.

"멀리 간다더니 아직 여기 있소?"

"사모님 죄송해요. 저는 그냥 선생님이 시켜서…."

"빨리 가던 길이나 가시오!"

김 여사의 머릿속에 순간적으로 스파크가 타다닥! 쳤다. 이미 감을 잡고 또 당했다 싶어 분하기 짝이 없었다. (돈 뜯어내려고 다방 내지까지 포섭한 교활한 놈, 저질 중에는 상 저질 놈 같으니라고!).

29. 헌신하면 헌신짝 취급

남자가 바람을 피우면 너도 그에 대응을 하든가, 그놈은 날마다 바람 피우고 너를 돌아보지도 않는데 언제까지 두고 볼 거야?"

"무슨 수로 대응을 하냐?"

"너도 날마다 사치하고 다방 여자처럼 꾸미고 결혼 때 받은 패물도 장식하고 그러란 말이야. 가정에서 아무리 알뜰하게 살림을 해도 남자가 밖으로 돌면 아무 소용이 없어."

"그래야겠지? 나도 꾸미면 다방 여자보다 못하겠니? 그렇지만 그런 방법은 너무 유치하잖아? 지가 사람이라면 지 새끼가 있는데 언제까지 가정을 나 몰라라 하겠니? 우리 어머니가 그러셨어, 바람도 한때라고, 여자는 그저 참고 기다리는 것 밖에 별수가 없다고 했어."

"너 너무 그러지 마라, 남자는 길들이기에 매였어? 잘해주면 잘 해줄수록 여자는 헌신짝 된다고 했어. 결혼 식 때 패물도 많이 받았다며? 언제 쓸려고 그런 것을 꽁꽁 숨겨놓고 한 번도 착용하지 않느냐?"

"누가 그래? 결혼식 때 패물 많이 해 줬다고?"

"명진상회 여자가 까발리는 소리가 소문이 나서 다 그리 알고 있던데? 패물도 너에게 물어보고 해 달란대로 다 해 줬고, 비단도 몇 십 필을 보내줬다고들 하던데"

이런 말을 들으니 보배는 또 속에서 화가 치밀었다.(그 많던 축의금도 다 가로채 버리고 지금까지 희다 검다 말 한마디 없는 것들이 무슨 패물을 많이 해주고 비단을 몇 십 필을 보내? 참으로 상종 못 할 것들이구나, 무섭고 징그 러운 것들, 소름이 다 끼치네. 그래놓고 염치가 없으니 나를 볼 때마다 첩실 며느리 주제에 '나는 자네를 얼마나 생각하는 줄 아는가? 큰 형님 보다 내가 자네를 더 생각한줄 알고 있는가?' 하고 가증을 떨었그만? 그렇게 생각하면 축의금이나 내놓지!) 홍당무의 뱀 같은 간교함을 머릿속에 떠올리며 보배는 혼자서 중얼거렸다.

"자존심 상해서 말 하지 않으려했는데 나 결혼할 때 실 오래기 하나, 구리반 지 하나 받지 못했다. 그런데 어디서 그런 터무니없는 말이 났는지 원!"

"그럼 명진상회 여자가 거짓말을 했단 말이야? 아주 사기꾼이네? 그 집 남 자 명진이는 고등학교 때부터 껄렁 거리며 깡패 짓을 했으니 H 군내에선 누가 그 인간을 사람 취급이나 하던? 부부는 닮는다고 그 여편네도 어찌나 거짓말 을 잘하고 상술을 잘 부린다고 이 바닥에서 소문이 좍 하게 난 사람 아니냐?"

"그래 네가 거짓말 할리 없는데 그런 소문이 다 나서 그래도 자기들 체면치 레는 했구나 했지."

"그런 것 받으면 뭐하고 안 받으면 뭐하냐? 그렇지만 결혼해서 가정을 이루 었으면 가장의 역할을 해야지 결혼 전부터 오입질에 길이 나서 그 사람 지금 건드리면 안 된다. 때가 되면 깨닫겠지."

"전에 어른들이 한 말이 뭔 줄 아냐? 제 버릇 개 못준다했다. 너도 정신 차려 이것아!"

"박 선생은 무슨 여자가 그렇게 많은지 여기저기서 날마다 찾아오는 사람들이 그렇게 많다고 소문이 났던데 너는 그런 것을 가만두고 살림만 하면 장땡이냐? 뒤 따라다녀서 한 년이라도 잡아서 요절을 내 버리든가, 그래도 안 들으면 학교 가서 개망신을 시키든가 하라고 이 등신아! 누가 공부시켜서 그놈 선생 만들어놓았는데 네 눈앞에서 버젓이 바람을 피우도록 가만두고 보냐?!"

"월급타면 한 푼도 가정에 안주고 제가 다 쓰고도 날마다 용돈 달라고 떼거지를 쓰는 것 봐, 그 인간이 사람인가. 낯바닥에 철판을 깔아도 몇 겹을 깔았으니 그 짓을 하지!"

"그러게 말이야, 전에부터 마랭이 댁네 사람들은 체면을 모르는 것들이라고 했다. 그 속에서 나온 그 인간인데 그놈이라고 다르겠어?"

"그래서 내가 너에게 당부한말이야, 남자에게 너무 잘해주고 헌신짝 되지 말라고 말이야, 한번 그렇게 생긴 놈이 세월이간다고 달라 질 성 싶으냐? 나이 들어 헌신짝 되느니 차라리 지금 헤어져버려라. 지금 헤어져도 얼마든지 네 팔자 잘 펴질 것이다. 네가 무엇이 부족해서 그런 거지같은 것들한테 그런 대접을 받느냐 말이다."

"다들 남의 말이라 쉽게들 한다만 이 애를 생각하면 절대로 그럴 수 없다. 내가 그 인간 좋아서 사냐? 어쩌다 실수를 해서 그 인간에게 코가 끼어 이렇게 된 것을 어쩔 것이냐? 그리고 우리 친정 부모 체면을 생각한들 어찌 내가 그런 맘을 먹겠냐?"

"제발 그런 낡은 사고방식에서 하루빨리 벗어나라! 체면이 밥 먹여 주냐?"

"아유 참! 이러지도 저러지도 못하고 참 답답하고 기가 막히다. 그래서 옛말에 여자팔자 뒤웅박 팔자라 했다. 아무리 좋은 환경에서 잘 자랐지만 서방복을 잘 타야 하는데 말이다."

보배네 친구들이 찾아와서 별스런 수다를 떨고 머리를 짜 보았지만 현재 직면해 있는 보배의 신세를 해결할 방법은 없었다. 그래서 친구들은 한숨으로 결론을 내릴 수밖에 없었다. 그런 일이 있고나서 보배는 자존심이 상해 눈물이 한없이 나오고 세상 살고 싶은 생각마저 상실했다. 낮에는 그래도 아이가 아장거리며 하는 짓이 귀엽고 예뻐서 하루해가 지루하지 않지만 밤이 가장 두렵고 지겨웠다. 밤마다 괴물 짓을 한 박재수의 행위를 누가 보는 이 없이 보배 혼자 당해줘야 하니 그녀는 밤이 제일 괴로웠다.

30. 침실에서 당한 모욕

박재수는 날이 갈수록 추한 늪에서 헤어나지 못하고 더욱 깊은 수렁으로 빠져들었다. 옷에 립스틱 묻혀 오는 일, 팬티에 시뻘건 피를 범벅 해 오는 일, 팬티 뒤집어 입고 오는 일, 어느 날은 남의 유부녀와 안방에서 놀다가 갑자기 그녀 남편이 들어오니 급해서 부엌문으로 도망치면서 미처 팬티도 못 챙기고 바지에 두 가랑이만 끼고 왔다고 팬티를 입지 않고 오는 일, 별 추잡한 짓을 다하고 다녔다. 그런 짓이 마치 자랑이라도 된 냥 아예 터놓고 보배 앞에 당당하게 말했다. 김 여사는 그게 더 분했다. 바람을 피웠으면 안 그런 척이라도 했으면 덜 억울할 것 같다. 그러나 박재수는 아예 보배를 무시하며 자기가 잘나서 그 많은 여성들이 자기를 좋아한다는 것을 자랑삼아 까발렸다.

어느 날 저녁도 자정이 넘어서 들어왔다. 보배는 아이를 품고 잠들었는데 몇 달 만에 보배의 배 위에 올라가서 펄쩍펄쩍 뛰면서

"좋으냐? 이렇게 하니 좋지? 이 나쁜 년아! 좋아 하지마라. 너 약 올리려고 일부러 이러는 거야! 내가 네년 좋으라고 이러는 줄 아나? 내가 왜 억울하게 네년한테 힘을 빼냐? 너 까짓 년 아니라도 x은 널려버렸는데, 네년은 내가 평생 이렇게 소박 맞혀 죽일 거야." 하고선 내려갔다. 그런 모욕을 당한 보배는 죽고 싶을 정도였다. 그러나 친정살이하면서 오밤중에 큰소리도 못 내고 그 모욕을 다 당해주었다. 그 순간 소리 안 나는 총이라도 있다면 박재수의 머리통에 수십 발을 날려버리고 싶은 충동이 일었다. 그 수모를 혼자서 당하고 밤새워 울어서 베갯머리가 축축하게 적셔졌다. 이런 싸이코를 어쩌면 좋을까? '하나님 제가 이 인간한테 매일 돈을 갈취당하면서도 왜 이런 모욕을 당해야 합니까? 도대체 이 인간의 머릿속에 무엇이 들어 있기에 이런 괴물 짓을

합니까? 차라리 다른 여자 만나서 멀리 떠나게 해 주십시오. 제가 죽고 싶으나 저를 낳아 길러준 부모님을 생각하니 도저히 못 죽겠습니다. 그리고 이 아이가 무슨 죄가 있습니까?' 하며 혼자서 몸부림치다 날이 샜다.

어제 밤에 그렇게 금수만도 못한 짓을 하고도 박재수는 아침에 멀쩡한 얼굴로 낯 색 하나 변하지 않고 싱글싱글 웃으며 아주 착한 얼굴로 돈 달라고 손을 내밀었다. 그러는 박재수가 소름이 끼치도록 밉지만 행여 소문날까 두려워서 또 달라는 금액을 손에 놓아주어 보냈다,

제2부

봄날을 빼앗은 가해자

1. 그놈 별명이 보리 까시락 개 좆

　　박재수는 어느 날 꿈에 떡 얻어먹기로 어쩌다 한번 빨리 들어온 날이 있었다. 모처럼 같이 밥을 먹으며 보배가 시어머니 말을 꺼내려하자 무슨 말인지 들어보지도 않고 갑자기 밖으로 뛰어나가더니 마당가운데 세워둔 빨래줄 받침 대를 빼와서 방에다 무자비하게 쑤셔 넣고선 막 휘젓고 도리질을 치면서 하는 말

　　"야 이년아! 우리 어매 말도 하지 말고 흉도 보지 마라!! 네깐 년이 뭔데 우리 엄니 흉을 보냐?! 엉?!! 이 우라질 년아!!!" 하면서 미치광이처럼 마당을 뛰어 다니니 한 집에 사는 사람들이 다 나와서 손짓을 하며

　　"빨리 나와 버려요! 한 대라도 맞으면 자기만 손해니 맞지 말고 나와 버려요!" 하며 아우성이었다. 그런 미치광이 짓을 한 박재수를 가만두고 볼 수 없어서 주상할머니, 그 분은 보배가 어렸을 때부터 몸종 이상으로 보배를 섬기며 살았던 분이라 착한 보배의 성품을 다 알고 있는 분이다. 아무리 나이가 어리지만 보배에겐 항상 '애기씨'라고 호칭을 했다. 그런 분 앞에서 이렇게도 몰상식하고 볼썽사나운 짓을 했으니 보배와는 직접적인 피붙이는 아니지만 가만두고 볼 수 없어서 호통을 쳤다.

　　"어이 박 선생! 보배 애기씨가 뭣을 그리 잘못해서 밥 먹고 있는 사람한테 그따위로 행패를 부리는가? 밥 먹을 때는 개도 안 건드린다고 했는데 소위 선생이 돼가지고 그게 무슨 짓인가? 이제 보니 개 상놈의 행위를 하는 그만. 제 작년에 내가 아이 회복수발 해 주러 갔을 때도 아이 낳고 누워있는 사람한테 남편대우 안 해준다고 밥상을 들어 엎으려고 하더니, 오늘은 이게 무슨 짓이야?!!자네가 지금 누 돈으로 대학 나와서 선생질을 하고 있고, 누 돈으로 날마다 기생오라비 마냥 쪽 빼고 다니는데 이럴 수가 있어? 어디서 그런 개 상놈의 행위를 배웠어?!" 주상할머니의 호통에 박재수는 잠시 수그러들었다. 그리고 한 집에 사는 여러 세대사람들이 다 마당으로 뛰어나와서 굿을 보고 수군거렸다. 낯바닥 값 못하니, 배은망덕이니, 소위 선생이 되가지고 저런 막된 행실을 하니 저런 선생한테 뭘 보고 배울까? 등으로 여러 사람 입쌀에

비난만 받았다. 박재수는 지난 번 결혼식 때 자기 집에서 했던 비양심의 행위들이 있기에 행여 그것을 말하려나 싶어서 아예 입 밖에 못 내게 하려고 선수 쳤는데 오히려 여러 사람들에게 더 비난만 사게 되었다.

집안에 무슨 행사가 있을 때 일가친척들이 다 모였는데 박재수 큰고모가 한 말.

"자네가 보리까시락 개 좆 마누라가 됐는가? 여러 형제 중에 자네 서방 놈이 제일 까다로워서 자네가 제일 고생하게 생겼네. 그 조카가 어렸을 때부터 어찌나 까다로운지 무엇이든지 반대로 하고, 씻기려고 세수 대야에 물 떠가면 세수 대야를 발로 걷어차서 엎어버리고, 단수시대(사탕수수대)를 베어 주라고 해서 좋은 것을 베어다 주면 기어코 다시 심어놓고 못된 것을 베어오라고 까탈을 부려서 온 집안 식구들이 그 애 기를 때 그 비위 맞추느라 힘들었다네. 그리 알고 살아야 할 것이네. 그래서 우리가 다 말했네. 나중에 크면 우리 재수 각시가 제일 고생하게 생겼다고, 아이고 이리 순하디 순한 사람이 그 뜻을 어찌 받고 살까? 아이고 짠해라."

"우리 집안이 자네집안과 사돈을 맺다니 우리 가문에 큰 영광이네. 자네 집안이 어떤 집안인가? 우리 재수는 어디가 복이 들어서 저런 사람한테 장가를 들었을까? 우리 오빠가 복이 많은가봐? 젊어서 각시 질로 성님 속을 썩이더니 셋째며느리를 복둥이를 들여서 오빠는 힘 안 들고 아들 대학을 마치게 했으니 그 보다 더 큰 복이 어디 있어요? 호호호……."

"장가만 잘 가면 뭐해? 마누라한테 그런 버릇을 하면 어떤 년이 살아 주간디? 성님이 아들 훈계를 잘 시키시오." 보배는 시고모님의 말을 듣고 속으로 (흥! 훈계는 그만두고 우리재수는 장개 열 두 번 간단 소리나 하지마시지!) 했다. 친척들은 하나둘 가고 나서 마랭이 댁은 보배에게 눈살이 꼿꼿해서 말도 곱게 하지 않았다. 자기는 보배의 기를 꺾으려고 애를 쓰는데 자기 시누들이나 동서들이 보배를 높이 호평을 했으니 마랭이 댁은 벨이 꼬일 수밖에 없다.

2. 집터 논쟁

　　어느 날 김여사가 외출하고 돌아오니 자기 집 앞을 포크레인이 파서 출입을 못하게 만들어놓았다. 깜짝 놀라 포크레인 기사에게 따졌다.

　"당신들 누군데 남의 집 앞을 이렇게 파 헤쳐서 뭣들 하는 짓이요?!"

　"예비군 중대장이 여기다 집을 짓는다고 파라해서 파고 있는데 왜요?!"

　"예비군 중대장은 남의 집 앞을 이렇게 파서 출입도 못하게 해도 된 다는 거요?!"

　"따지려거든 중대장한테 따지시오. 우리는 시킨 데로 할뿐이요."

　"그만두라 하지 않소?!!"

　"아이고 우리는 아무권한도 없어라! 중대장님이 시킨 대로 할 뿐인디, 일 못하게 하니께 우린그냥 갑시다." 일군들은 슬렁슬렁 다 가버린 후 조금 있다 중대장이 쫓아왔다.

　"당신이 뭔데 내 집짓는데 방해를 부려요?! 우린 엄연히 군수님 허락을 받고 짓는데 왜 당신이 나서서 이러냐고요?!! 학생 때부터 연애나 하고 혼전에 아이부터 낳는 형편없는 여자가, 자기 서방은 다른 여자와 바람이나 피우고 신나게 즐기고 다녀도 모르는 멍청한 여자가, 나한테는 제법 똑똑한 체 하네?!" 이런 말을 들은 김여사는 박재수란 놈이 더욱 원망스러웠다. 남편이란 자가 가정을 돌보지 않고 날마다 기집 질이나 하니 별것들이 자기를 무시한다싶어서

　"당신 지금 뭐라 했소?! 그건 남의 사생활문젠데 당신이 남의 가정 사에 이래라저래라 말할 자격이 없는데 여기에 그 문제가 무슨 상관있다고 비겁하게 남의 사생활을 걸고 너머지요?!! 입장을 바꿔놓고 생각해 보세요. 내가 만일 중대장님 집 다니는 길목을 막아서 집을 짓는다면 당신은 어떻게 할 건가요?!"

　"따지려거든 군수님한테 가서 따지라고요! 난 군수님 시킨 데로만 했을 뿐이랑께요?!"

　"그럼 당장 공사 멈추시오. 내가 군수님한테 가서 따져서 해결이 된 다음에 공사하시오!"

　김여사는 그날따라 꼭 남자가 필요해서 자기 남편을 그곳에 오게 했다.

여자라고 무시하고 아무 말이나 막 해서 모욕을 당한 것이 분해서 남편을 그곳에 참석케 했는데 남편이란 자는 자기부인이 중대장한테 그런 모욕을 당해도 모른 체하고 구경만하고 있다가 말 한마디 안하고 언제 가버렸는지 사라져버리고 없었다.

김여사는 당차게 나서서 당장 군수 댁으로 쫓아갔다. 그 집 머슴이 '군수님은 멀리 출장을 가서서 오늘 밤 늦게 들어오실 거라'했다. 김여사의 친정어머니인 신여사도 장사 마치고 마차에 짐을 잔뜩 싣고 들어오는데 대문을 통과할 수 없게 다 파 헤쳐 놓고, 커다란 바위들을 실어다 늘어놓은 것을 보고 깜짝 놀라서

"이게 무슨 짓이냐? 누가 이런 짓을 했냐?!"하고 중대장과 입 다툼을 했다. 김여사는 자기 어머니를 떼어 말리며

"엄마는 저 사람과 싸울 필요도 없어요. 법이 있잖아요? 들어가 계세요. 내가 해결 할 테니까. 군수님이 지으라고 해서 지은 다니까 내가 군수님 댁을 찾아갔더니 출장 가시고 안 계셔서 그냥 왔어요. 내일 직접 군수님을 만나서 해결 할 테니 걱정 마세요."

김여사는 집에 돌아와 밤새 뜬눈으로 날 새기를 기다려 날이 밝자마자.

"군수님 이른 아침에 대단히 죄송합니다. 이렇게 일찍 와야 군수님을 뵐 것 같아서 실례를 무릅쓰고 왔습니다."

"누구십니까?"

"저는 장터 쇠전 머리끝에 큰 기와집 딸입니다. 우리 어머니가 신경림이란 분이고, 얼마 전에 우리 아버지도 군청에 근무하셨던 김달영씨입니다."

"그러시군요. 근데 무슨 일로?"

"옛날에 쇠전머리 땅이 지금은 쇠전이 다른 데로 가 버려서 현재 그 땅이 비어있습니다. 그런데 군수님이 허락하셨다고 우리 집 대문 앞을 가로막아 에비군 중대장이란 사람이 그 땅에다 집을 짓는다고 해서 못 짓게 했더니 내 사생활까지 거론하며 나를 조롱하고 비웃었습니다. 그러니 빨리 가셔서 이 문제를 해결해 주시기 바랍니다."

"그래요? 내가 출근 후에 확인 해 보겠습니다."

"빨리 해결해 주셔야지 그렇지 않으면 내가 소송까지 갈 겁니다. 지금 중대

장이 우리 부모님하고 싸움이 나서 온 군내사람들이 전부 나와서 구경을 하고 있습니다."

군수의 노모는 김 여사의 강력한 말을 듣고 잘못했다간 자기 아들이 공직에 어른으로써 비난을 사게 생겼으니

"애야, 일 처리는 공과 사를 가리지 말고 현명하게 잘 처리해야 하느니라."

"예 어머님"

김여사는 군청 문 앞에서 군수가 출근할 때까지 기다리고 있었다. 군수의 모습이 나타나자 이층 군수실로 따라 올라가려니 직원들이 제지를 하며 못 올라가게 했으나 밀고 따라 올라 기어코 그 일부터 해결해주라고 군수를 다그쳤다. 마지못해 군수는 군 직원들 몇 명하고 경찰들을 동원해서 현장으로 갔다. 가서 보니 군수도 김여사에게 할 말이 없었다. 그러니 변명하기를,

"앞으로 선거가 있으니 박정희 대통령 특명으로 각 지역 예비군 중대장 집을 지어주라고 해서 현장을 보지도 않고 그냥 허락했던 것이 저의 불찰입니다. 조그맣게 지으라고 했는데 이렇게 크게 일을 벌 릴 줄은 몰랐습니다. 그러니 이해하시고 좋은 방향으로 합의점을 찾읍시다. 이 공터는 원래 사유 재산이 아닌 국유지입니다. 아무리 국유지 일지라도 남의 집 대문을 기로 막고 건물을 지을 수 는 없는 법입니다. 그러니 서로 간에 불편하지 않게 이 땅 사용권을 이집 딸과 중대장에게 반으로 똑같이 나누어 주면 어떻겠습니까?"

"그럼 내 사용처를 우리 집 쪽으로 주신다면 허용하겠습니다."

"그럼 그렇게 하시죠." 해서 김여사의 민원을 공정하게 해결 해 주었다. 그런데 문제는 또 마랭이 양반 그 주책바가지가 나서서 문제를 더욱 복잡하게 마들었다. 중대장과 자기 처가와 싸우게 되니 누구편도 들 수가 없는 지경이라 박재수는 또 자기 아버지에게 가서 코치를 넣고는 자기는 슬쩍 빠져버렸다. 공유지 땅을 김여사와 예비군 중대장에게 반반씩 정확하게 측량을 해서 경계선에 말뚝을 밖아 두었는데 마랭이 양반이 나서서 얼른 그 말뚝을 뽑아서 김여사에게 배정된 땅을 3m 정도를 안으로 들여서 말뚝을 박아놓았다. 그것을 본 신여사가 화를 벌컥 내며

"사돈 왜 이러십니까? 군수님이 정해준대로 가만두지 않고 왜 말뚝을 빼서 중대장 쪽으로 땅이 많이 가게하고 우리 쪽이 손해 보게 합니까? 이 땅이라도

있어야 애들이 방 두 칸, 부엌 한 칸이라도 들여서 살 것 아닙니까?"

"관공서 일이니까 관공서 도와주려고 그러지요!" 하며 마랭이 양반이 또 말뚝을 빼서 사돈네 쪽으로 꽂는 것을 보고 달영씨도 화가 나서 주먹을 불끈 쥐고 파르르 떨고만 있었다. 사돈네와 한판 붙어 싸우지도 못하고 그걸 보고 참자니 인상이 자신도 모르게 일그러지고 있는 것을 본 보배는

"아빠는 절대 나서지 말고 가만히 계세요. 이 문제는 어디까지나 제가 해결할거요. 아빠는 저리 가서서 아이하고 노세요."

신여사도 참지 않고 묵은 감정을 토해냈다.

"아이고 참으로 요상한 양반이네요? 이 마당에 왜 관공서를 도와줘야 합니까? 다른 아들들은 집도 사주고 하면서 왜 이 아들한테는 그렇게 모질게 합니까? 자식을 여위어 놓고 거처도 안 만들어주고 우리한테만 맡겨놓고 있으면서 미안한 마음은커녕 이런 짓을 합니까? 아무리 내 딸이 혼전에 임신을 했다고 하더라도 사돈한테는 아무 책임도 없습니까? 남의 귀한 딸을 욕심내고 계획적으로 혼전에 일 저지른 사람이 누굽니까? 대학 4년 동안 누가 돈대서 졸업했습니까? 며느리가 애를 낳고 살아도 결혼식 시킬 형편이 못 된다 해서, 그럼 우리 집에서 안 팍 대사 준비 할 터이니 그날 사돈들은 참석만 하기로 해서, 우리 쪽에서 며칠을 걸려 그 많은 음식을 다 장만해 뒀는데 그 집 둘째 며느리가 나서서 '우리도 손님 받을 테니 그리 알라'고 해서 그때부터 일을 그르치게 하더니 우리 쪽으로 들어온 축의금까지 몽땅 그 집에서 가로채는 법이 어디 있습니까? 톡 까놓고 말하면 그 집 손님이 얼마나 된 줄 아세요? 내가 장사하며 그간 덕을 쌓아놓으니 온 군내사람들이 전부 내 손님이고, 전국 거래처에서 내 손님이 얼마나 많았는데, 우리 친척들도 축의금 봉투를 접수부에 접수했다는데 왜 부의록까지 씹어 먹고 안내놓습니까? 부의록이라도 줘야 나도 품을 갚을 것 아닙니까?! 그 돈 보따리 다 어쨌소?! 축의금은 전부 신랑신부에게 줄 테니 우리보고 접수부 치워달라고 댁의 둘째아들이 와서 사정을 한 바람에 치웠다는데 무슨 억하심정으로 축의금도 부의록도 꼴도 안보이고 지금까지 검다 희다 말 한마디 없습니까? 우리가 그렇게 만만한 사람으로 보였어요?! 소문 들어보니 축의금 봉투를 담은 마대자루가 여러 개가 되어서 몇 번을 이어 날랐다는 소문이 있습디다. 그 돈이 전부 누구 돈이

요? 어디한번 말씀해보세요! 애들 결혼 전에는 돈이 없어 철공소 문을 닫게 생겼다고 소문이 났던데 애들 결혼 끝나고 부턴 철공소가 잘 돌아간다고들 하고, 큰 아들 집도 지어주고, 공장 지을 터도 사주고 했다고들 소문이 났습니다. 알고 보니 그 돈들이 전부 우리 축의금이었다는 것을 H 군내사람들은 다 알고 있어요. 그렇게 억울한 일을 당하고도 아직까지 말 한마디 않고 있으니 우리가 멍청이 인줄 아셨어요? 낯가죽이 두껍기는 우리 사위 놈과 사돈이 한 치도 안 틀리네요." 신여사는 그동안 가슴에 쌓인 말들을 사돈네 앞에 거침없이 토해냈다. 그랬으니 굿 보던 사람들이 혀를 내두르며

"철공소 영감이 그랬다면 참말로 사람도 아니네? 어디 사람의 탈을 쓰고 그런 짓을 할 수가 있어?"

"말이 자기들도 손님 받는다고 하면서 겨우 돼지새끼 한 마리 잡고, 부침개 몇 판 부쳐서 손님 받는다고 해서 신부 집에서 기왕 만든 음식이니 갖다 쓰라고 해서 사돈네가 장만한 음식 갖고 대사치고는 그날 사돈네 앞으로 들어온 축의금까지 전부 가로채 버렸으니 신여사측에선 얼마나 속상했겠어? 상대가 어려운 사돈네라 칼칼시럽게 말도 못하고 속으로 꿍꿍 앓고 있었는데 오늘 그 말이 자연적으로 터졌그만."

"그 집 사람들 양심을 겪어본 사람들은 옛날부터 다 말했어, 상종 못할 것들이라고 말이야."

"오늘 한 짓만 봐도 알 수 있어, 자기 자식에게 유리하게 했다면 또 몰라, 이 마당에서 며느리편이 아닌 중대장에게 유리한 짓을 한 것 좀 봐, 저런 것이 씨압씨여?"

김여사는 시아버지의 행위에 분개하여

"아버님 우리도 이제 친정에서 안 살렵니다. 우리도 집 지어주세요. 집을 못 지어주시면 하다못해 전세라도 얻어주세요. 나가서 살 거예요."

"느그 집이 그것이 없어서 못 사냐? 관청일이니 관청을 도왔을 뿐이다. 먼 놈의 욕심을 그렇게 부리냐?"하며 슬금슬금 나가버렸다.

"누가 욕심을 부린다고 그러세요? 관청에서 정한대로 가만두고 보시면 될 것을 뭐한다고 아버님이 중대장 편을 들어 이렇게 일을 시끄럽게 하십니까?!"

마랭이 양반이 중대장에게 유리하게 하려는 것은 속셈이 따로 있었다. 자

기아들 박재수가 군대를 안가고 편하게 방위를 마치려면 중대장에게 밉보여서 덕 될게 없으니 중대장에게 유리한 행위를 했던 것이다.

그때 먼발치에서 팔짱을 끼고 보배와 마랭이 양반이 싸우는 것을 지켜보고 있던 홍당무가 보배에게 다가가서

"자네 해도 너무하네! 어디 시아버지한테 그렇게 당당하게 따지고 그럴 수 있는가?"

"뭐라고요? 내가 너무한다고요? 나이 어린 나를 두 분 형님이 짜고서 결혼 전부터 이용이나 해 먹고, 이리저리 이간질이나 하고, 형님들은 처신을 똑바로 하셨어요?! 도대체 축의금 보따리는 어디로 갔어요? 나도 좀 알자고요!! 돈이 누구한테서 얼마나 들어왔는지 알아야겠으니 당장 축의금 접수받은 부의록부터 내놓으세요!!"

그때 마랭이 양반 첩실이 자기 며느리 홍당무를 등 떠밀며 '어서 가자, 어서 가.'하며 그 자리를 빠져나가면서 하는 말

"너도 이제 그 소리 그만해라!" 하면서 서둘러 그곳을 빠져 나가 버렸다. 많은 사람들 앞에서 더 이상 망신사고 싶지 않아서였을 게다.

그런 일이 있고나서 마랭이 댁에게 김여사는 불려갔다.

"네 이년!! 어디 만장가운데서 씨압씨를 그렇게 망신을 준 년이 어디 있냐? 똑같은 년들 같으니라고!"

"어머님 그게 무슨 말씀이세요? 똑같은 년들이라뇨? 나 말고 또 누굴 말씀하시는가요?"

"오죽 짜잔 하면 딸 하나 있는 것을 간수잘못해서 학생 때부터 애기 베게 해놓고 뭣이 잘났다고 사돈양반한테 대들었어?!!"

"어머님도 인간이라면 그런 말씀 하시면 안 되지요! 얼마나 다급하면 나 직장에도 못 가게 붙잡아서 기어코 당신 아들한테 억지로 보내서 내 것을 뜯어먹게 했고, 또 애 낳아서 아직 배꼽도 안 떨어진 것을 안고 다니면서 어머님 병수발 들게 했잖아요! 그리고 또 큰 형님이 집 나가고 없으니 밥해줄 사람 없다고 기어코 나를 H까지 데리고 와서 몇 달 동안 일 부려먹었잖아요. 그래 놓고 결혼식도 못해준다 해서 우리 집에서 일을 다 치르게 해 줬더니 축의금마저 몽땅 따먹고, 아직까지 일언방구도 없으시죠? 거기다 다른 자식들은 집

도 사주고 해 놓고 우리는 친정집에서 생활비까지 얻어 쓰고 사는데, 집터문제로 아버님이 우리에게 유리하게 해야 함에도 불구하고 오히려 중대장에게 유리하게 했으니 친정어머니하고 입 다툼을 했어요. 그게 뭣이 잘못됐다고 우리 친정어머니까지 싸잡아서 년들이라고 하세요?! 우리 엄마는 나를 낳아서 애쓰고 길러 이집 며느리로 준 죄로 어머님 아들 대학수발하다 어렵게된 죄밖에 없어요! 차라리 나를 욕해도 좋은데 우리 엄마 욕은 하지 마세요!"

마랭이 댁은 이번에도 보배를 천하에 몹쓸 년 만들려다가 오히려 역전당한 꼴이 되고 말았다.

"난 또 그런 줄도 모르고 느그 둘째 동서 말만 듣고 그랬다. 그런디 말이여 나는 너를 볼 때마다 무서움증이 든다. 어찌 그리 주둥이가 야물어서 어른 말에 한 마디도 안지고 너 할 말 다 하니 무섭고 징그럽다. 어여 가라! 어여 가!" 하며 손사래를 쳤다. 아무리 시부모라지만 크나큰 약점을 잡힌 것 때문에 더 이상 며느리를 억압 할 수 없으니 눈앞에서 어서 쫓아버려 그 순간을 모면 하려고만 했다.

보배의 결혼식이 끝난 후 홍당무의 몸에는 전에 없던 금붙이가 주렁주렁했다. 김 여사 결혼식 때 들어온 축의금으로 홍당무도 횡재를 만난 격이다.

3. 득남得男

70년 5월에 결혼식 했어도 김여사의 삶은 말로 다 할 수없이 고달팠다. 날마다 남편 박재수는 오입질 하느라 분수에 넘치게 낭비했다. 돈을 안주면 두들겨 패고 온갖 괴물 짓을 하니 안주고는 못 견디었다. 이 부부는 신혼첫날 밤부터 괴상한 일이 벌어졌다. 보배가 첫날밤이라고 화대를 갖추어 베갯머리에 놓아둔 것을 보고 '내가 언제 너 같은 년한테 잠 자 준 다 더냐? 꿈도 꾸지마라 이년아! 이 악질 독한 년아!'로 시작하여 매일 밤 소박 맞고, 재수 없는 박재수는 매일 밤 카바레, 다방, 여관 등을 휩쓸고 다니며 즐기고 사는 최악의 바람둥이 짓을 하며 보배를 외롭게 만들었다. 큰 딸 낳고 언제 잠자리를 했는지조차 기억 못 할 정도로 술 취해 한번 슬쩍 지나간 일이 있었으니 설마 임신이 되리라곤 생각을 못했는데 임신이 되어 배가 불러오니 그때부터 박재수는 보배를 더욱 구박하고 의심을 했다.

"어떤 놈 씨냐? 내가 언제 네년하고 잠 잤간디 아이가 뱄냐?! 이 부정한 년아!" 하며 의심을 하기 시작했다. 재수 없는 그 인간이 무슨 말을 한들 상관하지 않고 친정 집 앞에 방 두 칸 부엌 한 칸을 들여서 그곳에서 살면서 해산을 했다. 보배가 아이를 낳으려고 진통을 하니 마당에선 모닥불을 피워놓고 축제를 하며 아이 울음소리가 들리기만을 기다렸다. 드디어 우렁찬 아이의 울음소리를 듣고 마당에선 환호성을 질렀다.

"우와!! 울음소리가 우렁찬 것을 보니 아들인갑네?"

"아마도 아들일거야. 보배의 몸집이 꼭 아들담은 몸집이었거든?"

달영씨는 얼른 알고 싶어서 주상 할머니한테 다그쳐 물었다.

"아들이요? 딸이요?"

"아들입니다. 이집에 큰 경사 났습니다." 태어난 시간을 기록하고 벌서부터 달영씨는 외손자 사주를 보고 좋은날 좋은 시에 태어나서 큰 인물이 될 거라고 좋아서 입이 귀에 걸렸다. 자기 집에선 처음으로 태어난 손자이니 그럴 수밖에 없다. 비록 외손자이긴 하지만 그 아들이 잘 커서 자기 딸 보배에게 큰 기둥이 될 것을 생각하니 더 없이 기뻤다. 보배가 아들을 낳았다는 소리를 듣고 친척들이 너도나도 미역을 사와서 미역이 윗목에 가득했다. 사방에서 베넷저고리와 금반지도 들어와 이 아이는 태어나면서부터 많은 사람들에게 축복을 받았으니 앞으로 이 아이의 앞날은 창창하리란 희망이 솟구쳤다. 보배는 몸 아프고 그동안 남편 때문에 속상했던 것들이 일시에 사라진듯했다. 집안에선 아들이 탄생했다고 경사가 났지만 박재수는 어디서 무얼 하는지 그날 밤도 들어오지 않았다.

셋째 며느리인 보배가 해산을 했단 소리를 듣고 마랭이 양반은 밤에 슬쩍 와서 미역 한 가닥과 한주먹 정도 되는 건 새우를 신문지에 싸서 가져와 며느리 방에 들여 주며 당부하는 말

"내가 너 주려고 목포까지 가서 진도 각 미역을 샀다. 행여 누가 볼까 두렵다. 아무에게도 말하지 말거라. 애비한테도, 니 시어머니한테도 비밀이다. 부

탁한다. 알면 집안이 시끄러워서 그런다." 하면서 아이 얼굴을 이리저리 뜯어보고 어둠 속으로 소리 없이 사라져 버렸다. 그런 시아버지가 김여사의 눈에는 한없이 측은하고 불쌍해보였다. 자기 손자가 탄생해서 할아버지가 미역한 가닥 사 준 것이 알려지면 왜 집안이 시끄럽다고 했는지 보배는 도저히 이해 할 수가 없었다. 보통의 상식을 가진 사람들이라면 자기 손자가 태어났으니 응당 시어머니가 미역과, 베넷 저고리와, 귀저기감 등을 가지고 인사를 와야 한다. 그런데 시어머니란 사람은 코빼기도 안보이고 그나마 시아버지가 와서 들여다보면서 당부한 말이 이해가 되지 않았다. 박재수가 날마다 카바레들락거리며 술에 취해 들어와서 보배를 소 닭 보듯이 하고 살았는데 보배의 배가 불러오니 박재수 말대로 그 씨가 자기 씨가 아니라고 의심하며 보배를 날마다 구박하고, 또 그 소리를 자기 어머니한테 했었는데 마랭이 댁이 입을 가만두지 않았을 것이다. 없는 말도 지어낸 사람인데 박재수한테 직접 들은 말인데 어련했으랴. 자기 자식들과 며느리들에게 온갖 거짓말로 보배를 부정한 년으로 음해했을 것이다. 그랬으니 터무니없는 거짓말에 매료당해 온 식구가 보배를 무슨 송충이 대하듯 했다. 박재수가 돈 뜯어낼 때 돈을 쉽게 안주면 돈 뜯어내기 위한 무기로 자기에게만 억지소리를 한 줄 알고 있었는데 그런 터무니없는 거짓말을 시집 식구들에게 까지 해서 진실을 왜곡시킨 줄은 진정 보배만 모르고 있었다. 그랬으니 마랭이 양반이 그 말이 사실인가 하고 미역을 핑계로 확인 차 와서 자기 손자 얼굴을 슬쩍 봐도 영락없이 박재수와 복사판인 것을 보고선 할 말을 잃고 가버렸던 것이다. 박재수 역시 그 아이를 가졌을 때부터 어떤 놈 씨냐고 밤마다 괴롭혔는데 태어난 아이가 어찌 그리 자기만을 빼다 박은 것을 보고 더 이상 자기 씨가 아니라고 억지를 부릴 수가 없게 되었다.

아들을 낳았어도, 해가 바뀌어도, 박재수는 달라진 게 없었다. 언제 아이 들여다보고 자기새끼와 눈도 한번 안 맞추고 매일 밤늦게 들어와 옷만 갈아입고, 나가면서 돈만 달라고 손 내미는 박재수, 어찌 보면 양아치보다 못한 괴물 같기도 하고, 아무리 곱게 보아준다 해도 거머리 하숙생에 불과했다. 그러니 보배의 입에선 날마다 한숨이 터져 나왔다. (하나님 나는 어찌하면 좋습니까?) 보배는 종교도 없으면서 너무 답답할 땐 자신도 모르게 하나님께 하소연을 했다.

밤이면 큰 아들을 업고 행여 남편이 오는가 싶어서 거멍 다리와 영수 정까지 왔다 갔다 하며 거의 매일 밤을 아이와 함께 이슬 맞으며 한숨으로 날을 새다시피 했다. 등에 업은 아이는 이런 엄마의 심정을 아는지 모르는지 그저 세상모르고 엄마 등에서 새큰새큰 잘도 잤다. 매일 밤을 그렇게 거멍 다리와 영수 정 위에서 밤을 새다시피 했으니 그 거리는 보배에겐 눈물의 거리 한탄의 거리로 각인될 수밖에 없었다.

"김여사, 애기 아빠를 삼호다방에서 봤는데 그 다방 내지하고 아주 친한 사람같이 서로 손을 붙잡고 히히덕거리며 놀던데? 단골도 몇 년 된 단골처럼 말이야." 하고 전해주었다. 그때 마침 신여사가 그 소리를 들었다. 그랬으니 불안한 마음이 들어 신 여사는 보배를 다그쳤다.

"내가 지난번에 너에게 맡긴 돈 300만 원은 그대로 있지?"

"엄마 박 서방이 하도 돈 달라고 떼를 써서 그 돈에서 3만원을 빼 줬어요."

"아니 뭐라고?! 3만원이면 요즘 공무원 월급 두 달 것도 넘는다. 집에 돈 한 푼 안 갖다 준 놈한테 그 많은 돈을 선뜻 줬단 말이냐?!"

"손님이 왔다고 곁에 서서 어찌나 조른지 그만…."

"아무리 졸려도 그 돈은 손을 대지 말았어야지! 내가 너에게 그 돈을 맡길 때 신신당부를 했었지? 어떤 일이 있어도 그 돈은 손을 대면 안 된다고?! 잘못하다간 돈 때문에 사람이 죽어나가는 수가 있다고 했잖아?!"

그렇다 신 여사가 돈을 맡기면서 신신당부를 했는데 한번 돈 내놓으라고 조르면 씨아시(목화를 솜과 씨를 분리하는 도구)속에 불알을 넣고 견뎠으면 견뎠지 박재수한테는 당할 재간이 없으니 결국 얻어맞고 돈은 돈대로 뜯기고 사는 보배의 생활이라서 엄마의 간절한 부탁에도 불구하고 그 돈에 손을 댈 수밖에 없었다. 그랬으니 신 여사가 역정을 낼 만도 하다. 보배는 자기 엄마가 자기에게 그토록 역정 내는 것을 처음 보았다.

보배는 날이 갈수록 앞으로 박재수와 살아갈 것을 생각하면 눈앞이 캄캄했다. 박재수 이 인간은 절대로 달라질 것 같지 않고, 그렇다고 애를 둘이나 낳았으니 안살수도 없고, 날마다 고민에 빠져 갈팡질팡 할 수밖에 없었다. 어떤 결판도 낼 수가 없다. 세상살이가 하나도 재미라곤 없고 어떻게 하면 저 인간에게 당하지 않고 살아내는 방법만 생각하게 된다.

(개자식 같으니라고! 내가 제 놈 돈방석인가? 넌 처음부터 우리 친정 재산 보고 나를 좋아하는 척, 사랑한척 했을 뿐이지 너는 나를 사랑하지 않았어, 애정도 없었으면서 나 아니면 죽는다고? 뭐? 내가 안 만나주니까 피를 토하고 병원에 입원했어? 내가 저를 거들떠보지도 않으니 친구를 시켜서 쇼 한 줄도 모르고 넘어간 것이 바보지. 개자식 같으니라고! 내 어찌 그리 어리석었던고.) 보배는 뒤늦게 후회를 한들 이젠 도리 킬 수 없는 이미 엎질러진 물에 지나지 않았다. 자기 배 아파 난 자식들을 버리고 돌아설 만큼 독한 구석이 있는 여자는 절대 아니다. 어찌해서든 강한 모성애 하나로 아이들 다 키울 때까지 버티어야 한다. 그러나 밤마다 남의 여자 끼고 살며 아침이면 들어와 옷만 갈아입고 나가면서 매일 아침 돈 달라고 손 벌리는 박재수가 송충이보다 징그 러웠다. 심란한 마음을 달래기 위해선 밤마다 거멍 다리 위를 거닐며 한탄만 나왔다. (하늘이시여 이 일을 어쩌면 좋습니까? 내 갈 길이 진정 이길 뿐입니 까? 저도 사람인지라 더욱 견디기 힘듭니다. 이럴 땐 어찌해야 합니까? 하나 님 제가 이런 사람과 꼭 살아야만 합니까? 만약 꼭 살아야만 한다면 비법을 가르쳐 주세요.) 하며 혼자서 별이 총총한 밤하늘을 쳐다보고 중얼거렸다.

주상할머니는 어려서 자기 어머니가 버리고 간 딸이라 오갈 데 없는 불쌍한 애를 보배네 할아버지 때부터 데려다 기른 사람이다. 나이가 과년하여 시집을 보내주려 해도 본인이 극구 반대를 했다. 자기를 버리고 간 어머니를 생각하 면 자기도 행여 그런 비정한 사람이 될까봐 절대로 시집을 가지 않겠다고 해서다. 그리고 보배네 집 식구들이 자기를 한 식구처럼 인간적으로 잘 대해 주니 그 집을 떠나기가 싫었던 것이다. 그냥 이 집에서 이렇게 사람대접 받으 며 사는 것이 제일 행복하다고 생각했다. 신여사는 보배를 낳고부터 자기 사 업을 하느라 보배를 알뜰히 기를 수 없었는데 주상할머니가 자기를 그렇게 친 자식처럼 품에 안고 키웠기 때문에 그녀를 결코 남이라 할 수 없었다. 실상은 보배의 몸종이라고 해도 과언이 아니다. 그랬으니 보배의 심성을 너무 도 잘 알고 항상 하는 말이 '난 애기 씨와 함께 평생을 살고 애기 씨가 결혼해 도 내가 따라가서 애기 씨 아이 낳으면 길러주고 살터이니 내가 죽으면 애기 씨 손으로 화장시켜서 강가에 뿌려주라'고 당부했었다. 그래서 재작년에 보배 가 첫딸을 낳을 때도 회복수발 해 주러 광주까지 가서 산후 조리해 주었던 것이다. 그리고 또 둘째를 아들까지 낳았으니 자기가 더 좋아서 환호성을 지르며 한집에 사는 사람들 다 불러내어서 마당에다 모닥불을 피워서 축제를 열어주었던 할머니이기도 하다. 그런 주상할머니가 아직까지 보배네 친정에서 살고 있으니 친정살이 한 보배의 삶을 다 볼 수밖에 없었다. 자랄 적엔 그렇게도 호화롭고 당당했던 사람이 박재수의 사람이 되고 부턴 너무 고달픈 삶을 살고 있는 보배가 심히 안타까울 뿐이다. 마치 자기 딸이나 된 냥 말이다. 처가 덕으로 어엿하게 대학 나와서 직장에 있는 놈이, 거기다 처가살이까지 하는 주제에 서방 놈이 바람이나 피우고, 날마다 돈 달라 해서 안주면 두들겨 패고, 악쓰고 온갖 포악을 다 부리며 괴물 짓을 하는 박재수를 보니 주상할머니가 더 화가 났다. 보배를 어릴 적부터 자기 딸처럼 애지중지 키웠는데, 그런 착하고 여린 보배가 하필이면 서방이란 놈을 천하에 악종 괴물을 만났으니 곁에서 지켜보기가 너무 애석했던 것이다. 그런 모습을 볼 때마다 자기가 시집 안가기를 잘했다고 혼자서 위안을 하기도 했다. 천하에 부러울 것 없는 부잣집 외동딸이 남편에게 저런 대접이나 받고 사는 것을 보니 만약 자기가 시집갔다면 어떤 망나니를 만나서 어떤 괴로움을 당하고 살 것인가를 생각하니 소름이 돋기까지 했다.

"저놈이 저렇게 못 된 놈 인줄은 몰랐어요 애기 씨, 사람의 탈을 쓰고 어떻게 저런 짐승 같은 짓을 하고도 남부끄러운 줄 모른 다요? 소위 고등학교 선생이란 자가 어쩌면 금수만도 못한 짓을 밥 먹듯이 하는 천하에 나쁜 놈, 아주 상종을 못 할 인간 이그만. 난 그놈이 애기 씨 때리는 꼴도 더 이상 못 보겠소. 더 이상 친정 의지하지 말고 독립해서 살면서 저놈 버릇을 고쳐야겠소. 그러려면 애기씨가 빨리 이 집에서 나가야 되겠소. 세상에 법 없어도 산다는 이 집 어르신들인데 어쩌다 저런 개망나니 사위를 얻어 몇 대를 덕으로 쌓아온 이 집안을 이렇게 어렵게 하고 있으니 내 보기 안타까워 죽겠소. 애기 씨 어머니가 어떤 놈 뒷 바리지 하다가 어렵게 된 줄도 모르는 무의도식 한 개 상놈이지요. 애기 씨 사는 것을 아는 사람은 다들 헤어져 버리라고 하지만 애기 씨는 애들 욕심에 못 헤어지고 지금껏 살고 있지 않소? 그러니 어쨌든 맞지만 말고 몸조심 하며 요령껏 돈 뜯겨가며 살아야 해요.

"그래요, 할머니 고마워요. 내 심정을 이해해줘서. 나 없어도 우리 친정집에서 계속 사시면서 우리 집 살림을 살아주세요. 할머니는 자식도 하나 없어서 오갈 데도 없잖아요."

두 사람은 서로 부둥켜안고 울었다.

"애기 씨와 나는 한 집에서 평생 살았기 때문에 성격도 잘 맞고, 식성도 같아서 평생 같이 살면 우린 얼마나 좋을 텐데 저 악마 같은 놈, 성질머리 더런 놈 때문에 우린 서로 헤어져야겠소."

4. 학교 옆으로 이사

김여사는 더 이상 친정살이 하지 않으려고 박재수 근무처인 H 고등학교 옆 동네로 이사를 했다. 밤마다 남편에게 두들겨 맞고도 친정집이라 행여 친정 부모가 들을까봐 아프다고 소리 한번 못 지르고 혼자서 숨죽이며 그 아픔, 그 고통을 다 삼켜야 했기 때문에 이제는 맞으면 같이 악이라도 쓰고 반항이라도 한번 해 보겠다는 생각이기도 하지만 언제까지 친정만 의지하고 살고 싶지 않아서다. 이제 직장도 있고, 아이들도 있으니 당연히 가장이 자기 가정은 책임지게 하기 위함이기도 했다.

"고종사촌 누나가 우리 살 방을 얻어놓았다 하니 가서 둘러보고 이사준비해라!"뚝 방망이 같이 내지른 박재수 말 듣고 김 여사는 방을 둘러보러 갔었다. 공간이 너무 비좁아서 어디다 짐 들여놓을 데도 없고, 네 식구가 살 공간 치고는 너무 좁았다. 친정에서 자기 결혼할 때 당시는 최고급 자개장, 문이 여섯 짝이나 된 대형 자개장을 서울까지 가서 맞춰서 실어온 것을 할 수없이 시가집 안방에다 들여 주고 자기는 꼭 필요한 책상과 옷 담는 단스만 들여놓고 겨우 살 수 있게 꾸몄다.

이사하고 뒷날 주인아주머니는 김 여사에게

"사모님 방세를 아직 계산하지 않았어요."

"어머 그랬어요? 죄송합니다. 금방 준비할게요."

김 여사는 방세를 마련하러 친정으로 가기 싫었다. 이제 분가했으니 자립의 생활을 하기 위해선 처음부터 길을 들이려면 굶어죽는 한이 있어도 친정으로 생활비며 방세를 얻으러 가지 않고 남편의 월급으로 생활을 꾸려나갈 계산이었다. 그런데 방만 얻어놓고 방세는 지불하지 않은 것으로 보아 또 처갓집 것으로 살겠단 배짱인 것이다. 그러니 김 여사는 누구한테도 말 못하고 방을 구해준 사람에게 찾아갔다.

"형님 애들 아빠가 방세를 아직 계산하지 않았다고 주인아주머니가 말하던데요? 창피해서 죽을 뻔 했어요."

"그랬어? 하여간 그 아재는 지금도 정신 못 차리고 참 큰일이여! 이제 애들이 둘이나 되니 정신 차려야 하는데도 무책임하게 그게 무슨 짓이야? 지금도 처갓집 것만 우려먹고 살려고 그런가 보네? 알았네, 내가 자네 어머니한테 말 할 테니까 우선 이 돈으로 해결하게. 하여간 그 아재 때문에 자네가 제일 고생하고 산다는 것 우리가 다 아네. 어서가소." 하면서 그녀는 보배에게 돈을 대체해주었다.

"감사합니다. 아이들 맡겨놓고 와서 빨리 가보겠습니다."

같은 군내에서 박재수 아버지는 철공소를 경영하고, 그 누이의 아들(마랭이 양반 생질)은 고장 난 농기계를 땜질하는 일을 하고 살았다.

보배가 H 고등학교 옆 동네로 이사 온 후 시동생과 조카가 보배네 집 바로 곁으로 방만 얻어놓고 밥은 매 끼니 보배네 집에서 먹고 다녔다. 자기 식구들만 있는 것보다 장성한 시동생과 조카 입에 매 끼니 밥해 준다는 것이 보통 부담스러운 게 아니다. 그런데 분가하자마자 마랭이 양반 얌체 꾼은 그런 보배네 사정은 아랑곳없이 자기 아들이 돈 버니까 당연한 것으로 알고 보배에게 맡겨놓고 쌀 한 톨도 보태준 것 없으면서 보배에게 더욱 부담만 주었다. 보배가 어떻게 고통을 당하든 말든 박재수는 날마다 학교 끝나면 외도에 눈이 멀어 집구석에 제 때에 들어온 날이 없었다. 그리고 안 좋은 소문만 계속해서 김여사의 귀에 들어왔다.

"박재수 선생님은 무슨 청춘사업이 그리 바쁜지 학교 끝나기가 바쁘게 교문 앞에서 곱게 차려 입은 여자하고 택시타고 날마다 달아나는 것을 봤다."

"너도 봤냐? 나도 봤지. 우리 반 애들도 여러 명이 봤단다. 그러니 학부형들이 박재수 선생 바람나서 애들 학교 수업도 엉망이라고 하면서 교무과에 진정서를 내야겠다고 하는 소리 들었다?"

"찾아온 여자는 어떻게 생겼든? 사모님 보다 이쁘게 생겼든?"

"자세히는 못 봤는데 사모님 보다 키는 큰 것 같던데 얼굴은 사모님보다 못한 것 같더라."

"사모님 친정은 H 군내에선 제일가는 부잣집이라서 사모님 친정에서 대학도 보내 줬다는데 그런 짓을 해야 쓰겠냐? 양심에 개털 난 선생이지. 그래놓고 우리가 좀 머 하면 후려잡으려고나하고"

"그러게 말이야. 이제부터 우리는 그 선생별명을 개털이라 하면 되겠네." 이리해서 박재수는 학생들 사이에선 개털선생으로 통했다.

속담에 똥 낀 놈이 성낸다는 말과 같이 박재수는 오입하고 밤늦게 들어와선 언제나 김여사에게 공연한 트집을 잡고 신경질을 부렸다. 자기는 언제나 자정이 넘어 들어와 놓고 ,하루 종일 애들 치다꺼리 하느라 피곤한 김여사가 자기 들어오기 전에 잠들어 있으면 자고 있는 사람을 발로 차고 시비를 걸었다

"야이 xx년아!! 하늘같은 서방님이 들어온 줄도 모르고 잠만 퍼 자냐? 이러니 내가 너 같은 년 보려고 집에 일찍 들어오고 싶겠냐?!"

"애들 잠 깨겠소 빨리 씻고 자시오."

"너 지금 뭐라 했냐?! 애들만 중하고 니 년 눈구멍엔 이 서방은 눈에 안보인다 이거지?! 에이 xx년아 너 한번 죽어봐야 정신 차리겠다." 하고 그때부터 주위 사람들 의식하지 않고 마누라를 두들겨 패서 온 집안사람들 잠을 다 설치게 했다. 아이들도 꽃잠 들었다가 아빠 광기 부리는 소리에 잠이 깨서 놀란 토끼마냥 눈만 크게 뜨고 울지도 못하고 웅크리고 공포에 떨었다. 그런 황당한 행위에 말 한마디나 대답을 하면 주먹으로 사정없이 머리부터 시작하여 얼굴과 가슴을 치고 심지어 배까지 발로 차고 하여 하혈을 한때도 여러 번 있었다. 사람의 인체 중에 가장 중요한 머리, 가슴, 배 부분을 중점적으로 때리는 악마 중에 상 악마였다. 그래놓고 퉁퉁 부어있는 마누라에게 아침이면 언제 그랬냐는 식으로 나가면서 손 내밀었다. 그럴 때 또 한마디나 하면 더욱 폭행이 가해지니 그 폭행이 무서워서, 아니면 남부끄러워서 어서 돈을 줘서 보내버린 것이 상수다. 혹 떼려다 붙인단 격으로 친정을 떠나서 살면서 때리면 악이라도 쓰고 사생결단하고 달려들어 보겠다고 했는데 친정을 떠나오니

박재수는 악을 더욱 부렸다. 처갓집 눈치 볼 것 없이 더욱 주먹을 휘둘렀다.

"장남이 돌이 언제지?"
"내일 모레 곧 돌아와요."
"돌잔치 할 준비해라!"
"이 좁은 방에서 어떻게 해요? 한다고 한들 이 좁은 방에서 어떻게 선생님들이 앉아서 밥을 먹겠어요? 월급봉투를 줘야 생활도 하고 이런저런 계획도 세우지요. 애들도 커가니까 앞으로 이렇게 막무가내로 살순 없으니 월급을 나한테 주세요."
"xx년이 또 잔소리하기 시작한다!! 내가 제일 듣기 싫어하는 짓만 하니 내가 너 같은 년 얼굴 보고 싶겠냐? 이 악질 년아!!"
"내가 틀린 말 했어요?"
"너 같은 년이 언제 뭘 해봐서 할 줄 안게 뭐 있냐? 이 나쁜 년아!! 세상에서 가장 멍청한 년이 서방은 우습게 알고 서방 말에 대꾸나 하는 나쁜 년!! 악질 년!!"하고 문을 박차고 나가버렸다. 저런 개망나니하고 도대체가 말이 안 통하지만 그저 말 수는 없었다. 그래서 김여사는 울며 겨자 먹기로 또 자기 남편 체면을 생각해서 친정에 가서 돈 얻어다가 돌잔치를 했다. 그 비좁은 방에 책상을 밖으로 잠시 내 놓고 교자상 서너 개 빌려다가 상을 차려 직원들을 대접했다. 삼복더위에 비좁은 공간에서 음식을 먹으며 비지땀을 흘렸으니 먹고 나가면서 다들 하는 말
"아이고 사모님 잘 먹고 갑니다. 부디 행복하게 사십시오. 좁은 방에서 정든단 말이 있지요. 이 집에선 부자 되어서 큰 집 사서 나가기를 바랍니다."
라고 다들 그냥 가지 않고 복돈 한 푼 씩을 아이 주머니에 찔러주고 갔다.
돌 잔치하라고 단돈 십 원도 안준 박재수는 아이 복 돈마저도 모조리 뺏어 갔다. 박재수는 돈 귀신으로 태어났다고 해도 과언이 아니다. 지금껏 월급 받은 돈은 가정에는 단 한 푼도 내놓지 않으면서 날마다 자기 유흥비를 마누라한테 강제로 뜯어간 파렴치한이다.
돌잔치 끝나고 박재수는 공연한 트집으로 마누라를 괴롭혔다.
"아까 남선생들 얼굴을 뭐한다고 그렇게 자세히 뜯어봤냐?! 맘에 든 놈 고르

려고 그랬냐? 어떤 놈이 제일 맘에 들던? 말해!! 내가 양보할 텡께 빨리 말해!!"

"이제 살다 살다 별 소리를 다 듣겠네? 내가 왜 그런 말을 당신한테 들어야 하지?"

"내가 말했지?! 너는 내 말에 대꾸하면 안 된다고 했지? 이 x할 년이 아직도 정신을 못 차렸어?!" 하며 머리서부터 시작해서 얼굴이고 가슴이고 사람 인체 중에 가장 중요한 부분만 골라서 때리기 시작했다.

"이 x할 년아 매 맞기 싫으면 집 나가면 될 거 아냐?! 다른 년들은 서방한테 매 안 맞으려고 집나간다는데 네년은 너무 악질년이라 집도 안 나가고 폭력을 다 견딘 년이다. 그래서 네가 무섭고 징그럽다. 정머리 떨어져서 도저히 못살 겠으니 집구석이라도 나가주라!!" 하고 두들겨 팼다. 박재수는 당시 목포여자, 술집 여자를 끼고 살 때다. 그러니 보배가 집만 나가면 바람나서 집 나간 여자와 살 수 없어서 여자를 얻어 들였다는 구실을 만들려고 보배더러 집도 안 나가느냐고 눈앞에 보이기만 하면 공연한 트집으로 두들겨 팼던 것이다. 그러나 보배는 허구한 날 그 폭력을 이겨내고 산 것은 어린 남매를 불쌍한 아이들로 만들지 않으려고 암탉이 병아리 품듯 아이들을 품고 그 모진 매를 다 맞고 하루하루가 지옥 같은 삶을 영위할 수밖에 없었다. 집을 안 나가고 살면 계속 폭력을 당할 수밖에 없지만 그 폭력을 견디다 못해 나갔다 하면 박재수는 아주 교활하고 사악한 인간이라 김 여사가 바람나서 나갔다고 혐의 를 뒤집어씌울 것이니 맞아죽을 때까지 아이들을 품고 살면 나중에 아이들이 라도 커서 엄마의 사랑과 희생을 알아주리라는 생각에서 그 모진 학대를 다 당하면서도 박재수에게서 벗어나지 못했다.

"당신이 H 고등학교에서 선생들을 세 명이나 쫓아내려고 모사를 꾸몄다면 서요? 무슨 일인지는 모르지만 제발 그러지 마세요. 그 학교가 당신 모교고, 교직원들이 전부 당신 스승들이잖아요. 누가 들으면 당신보고 미쳤다고 하겠 어요. 그 사람들도 다 가정이 있고 아이들이 자라고 있는데 남의 가정에 밥줄 을 끊는 일이 좋은 일인 줄 아세요?"

"어떤 놈이 니년한테 그런 말을 전해주었냐? 그놈 대라! 내가 당장 칼로 뱃대기를 찔러버리겠다!" 박재수는 서슬이 퍼랬다. 보배를 잡을 구실이 생겼 으니 말이다.

"……."

"빨리 안 댈 거야?!! 네가 어떤 놈하고 정분이 났으니 그런 소리를 그놈한테 들었겠지?! 빨리 말 안 해?!!! 이년이 칼 맛을 봐야 정신 차리겠냐?!!!" 하며 부엌으로 가서 칼을 찾느라 사방을 뒤졌다. 칼을 찾지 못하니 다시 들어와서 보배의 머리채를 잡아끌고 얼굴이며 가슴을 마구잡이로 두들겨 팼다. 이제 보배를 쫓아낼 구실을 찾았으니 박재수는 절호의 기회를 놓칠 리 없다. 아주 싱글싱글 웃으며 조롱과 비웃음을 입가에 띠고 온갖 모멸감을 주며 폭행을 즐겼다.

"네년이 왜 그렇게 정머리 없는지를 이제야 알았다. 내 육감이 맞았어, 네년이 남의 남자를 보고 다니면서 내 정보를 알아내려고 했다는 것을 말이야. 하! 이것 참 사건이 재밌겠네? 언제부터야? 누구야? 빨리 그놈대지 않으면 너는 당장 내손에 죽을 줄 알아! 빨리 말해!!"

"생지무지한 소리 그만해요! 하늘이 무섭지 않아요?!"

"생지무지한 소리?! 하 ~ 요년 봐라! 이제 남의 남자 맛을 보니 무서운 것이 없다 이거지? 내가 그 놈들을 쫓아내려고 한 이유가 있는데 너는 서방 말은 안 믿고 남의 남자 말만 믿은 부정한 년이다. 내 그놈을 기어코 잡아내서 너와 그놈을 칼로 찔러죽이고야 말 것이다." 하면서 박재수는 마치 사이코패스마냥 싱글싱글 웃으며 다시 부엌으로 칼을 찾으려갔으나 칼이 눈에 띄지 않으니

"이년이 지은 죄가 있으니 미리서 칼을 숨겨 버렸군! 내가 그런다고 못 찾을 줄 아느냐?" 하고 집안을 벌집을 만들어버렸다. 살림살이를 다 뒤져서 난장판을 만들고 그래도 화가 안 풀리면 또 보배에게 달려들어 두들겨 패곤 했다. 폭력에 견디다 못해

"내가 학교 밑에 지나가는데 남학생들 서너 명이서 당신을 욕하면서 그런 말 하는 소리를 들었을 뿐이요! 그런데 무슨 억지소리를 그렇게 해요? 당신이 매일 밤 오입질하고 다니니까 나도 그렇게 보여요?" 보배는 아픈 머리를 감싸 쥐고 말을 뱉어냈다. 힘주어 말하고 나니 머리가 울리고 머릿속이 화끈거려서 빗질도 못하게 아팠다. 그 뿐 아니다. 날마다 학생들 눈에 띈 것이 '박재수 선생은 학교 끝나기가 바쁘게 교문에서 기다리는 여자와 택시타고 나간 것을 봤다.' 라고 학생들 사이에서 바람둥이 선생이라고 비난을 받았다. 그런 소리가 좁은 H바닥에 쫘하니 소문이 났어도 보배는 절대로 그 문제를 터치하지

않았다. 말해봐야 말 아픈 줄도 모르고 오히려 똥 낀 놈이 성낸 식이 되어 몰매만 맞으니 그런 소리를 수차 들었어도 모른 체 해야 했다. 날마다 외박하고 온 주제에 오히려 큰소리는 더 치고 기고만장했다.

"니년 꼴 보기 싫은데 왜 자꾸 집에서 안 나가고 버티냔 말이다. 제발 좀 나가라! 이년이 사람 말 무서운 줄 모르고 버티니 내가 너를 죽여야 할 것 같다!" 하고 부엌으로 또 칼을 찾으러 나가서 이곳저곳을 뒤지고 이웃사람들에게 굿을 보였다. 박재수는 이제 악이 하늘에 닿았으니 칼을 아무데나 두지 못하고 물 항아리 속에 숨겨놓고 뚜껑을 닫아놓았다. 그리고 날마다 한숨으로 밤을 새며 죽어버릴까도 몇 번을 생각해 봐도 까만 눈동자를 가진 사랑스런 아이들의 얼굴을 들여다보면 차마 죽을 순 없었다. 만약 죽고 나면 박재수가 아이들을 절대로 키우지 못할 것이다. 아니 키우려고 맘도 안 먹을 것이다. 박재수나이 이제 스물다섯밖에 안되니 저 아이들 죽어봐야 눈도 깜짝 않을 것이다. 자기 나이 창창하니 얼마든지 새 여자 얻어서 아이를 낳을 것이라는 계산에서 전부터 이 아이 들이 태어난 것을 그리 반갑게 생각한적 없는 사람이다.

보배에겐 밤이 그렇게 살벌하고 무서웠다. 밤에는 절대로 한숨도 잘 수 없다. 아이들만 재워놓고 작은 이불하나 끌어안고 날을 샜다. 낮에 조금씩 자둬야 밤에 그 고통을 견디어 낼 수 있다. 그리고 날마다 보배의 가슴속엔 박재수와 헤어져야 한다는 생각밖엔 없다. 오직 살 길은 헤어지는 것이다. 그러나 박재수는 정당하게 헤어져 주지 않은 목적이 있다. 정당하게 이혼을 하게 되면 세상 사람들이 자기에게 손가락질 할 것이니 보배가 바람나서 자기와 아이들을 버리고 집 나갔다는 알리바이를 만들어야 마누라를 상대로 손해배상 청구와 위자료소송을 해서 재산을 뜯어내게 된다. 그런 음흉한 계산을 하고 날마다 보배를 두들겨 패서 견딜 수 없게 했고, 폭력의 이유를 만들었던 것이다.

5. 기저귀 사건

장날은 꼭 애들 데리고 왔다가라, 장날이나 우리 옥동자들 보게 해주라." "예."

"대답만 하지 말고 너 올 때 꼭 아이들 데리고 와라이? 내가 바빠서 우리 강아지들 보러 가지도 못하니 장날이면 네가 꼭 데려와서 보여주란 말이다."

신여사는 외손자들이 보고 싶지만 날마다 이장 저장 쫓아다니느라 바빠서 언제 시간 내어 아이들 보고 즐길 시간이 없으니 보배에게 장에 나오면서 아이들을 데리고 나오라고 신신당부를 했다. 보배는 그런 부탁을 받으면 속으로 즐겁고, 한편으로는 미안하기도 했다. 자기 아이들을 장마당에 데려가면 북적대는 손님을 다 뒤로 물리고 우선 외손주 사랑에 푹 빠져 장사는 뒷전이다.

"아이고 어서 와라 금쪽같은 내 강아지들." 하며 품에 안고 얼굴을 부비며 혼이 나가버린 신여사다.

"아이고 손님들 죄송하지만 잠깐만 기다려 주세요. 내 강아지들이 모처럼 장마당에 나왔으니 돈도 좋지만 한번 안아나 줘야 할 것 아니요?"

"그러세요. 애들이 어쩌면 그렇게 반들반들하게 이쁘게들 생겼대요? 할머니가 미칠만하네요."

얼굴색이 유난히 희고 윤곽이 또렷이 생긴 큰딸, 이제 네 살 박이 딸아이에게 신 여사가 비단으로 요지각색의 옷을 만들어서 준 옷을 입혀가지고 가니 모두가 예쁘고 앙증맞다고 입을 다셨고, 장남이는 이제 갓 돌 넘이라 걸음마 연습 한다고 땅에 내려만 놓으면 뚜벅뚜벅 걸으려고만 했다. 그러니 그 앙증맞은 아이들을 보는 이마다 그냥 지나치지 않고 눈을 아이들에게 꽂혀서 자기들도 귀여움을 만끽한다.

남편에게 생활비 한 푼 받지 못하고 사는 보배의 삶을 번히 알고 신여사는 아이 보고 싶다는 핑계로 장날이면 꼭 보배를 나오라고 한 이유는 진정 아이들이 보고 싶어서 그런 것만은 아니다. 하나밖에 없는 자기 딸에게 무엇이든 주고 싶은 모성애 때문이다. 엄마가 알게 모르게 챙겨준 것들, 돈이며 반찬거리를 한 보따리 싸서 자기 딸 손에 들려주고 싶은 것이다. 그러니 장날이면 아이들 데리고 엄마한테 달려가고 싶으나, 한편 생각하면 염치가 없기도 해서 항상 망설이다 가곤했다.

딸아이는 그런 외할머니의 사랑을 피부로 느낀 듯 집에 데려오면 할머니한테 가겠다고 밤낮을 가리지 않고 울며 떼를 썼다. 그리고 집에 데리고 온

날부터 아파버리고 밥도 먹지 않아 엄마를 긴장하게 했다. 그래서 장마당에 아이들을 데려가지 않고

시어머니한테 잠깐씩 아이들 맡겨놓고 친정 엄마 만나서 돈과 먹을 것을 얻고는 다시 시가에 가서 맡겨놓은 아이들을 데리고 오곤 했었다. 그런데 시어머니는 또 보배에게 황당한 소리를 했다.

"아야! 어째서 너만 왔다 가면 우리 훈이 기저귀가 없어진다냐?"

"어머님 그게 무슨 말씀이세요?"

"암튼 너만 왔다 가면 귀저기가 없어지니 하는 말이다."

"어머니 저희 기저귀는요 보통귀저기와 달라요. 이것 보세요. 보통 귀저기는 파란 줄들이 있고 얼멍 한 외올베지만 우리 것은 그런 줄 표시가 없고 완전 융으로 되어 있잖아요. 우리 친정어머니가 비단 장사를 하니 오죽 알아서 좋은 것으로 준비해 줬겠어요? 내 아이들 다 기를 때까지 쓰라고 50개를 만들어 주신 것입니다. 그리고 애들 데려올 때 하나씩 채워가지고 와도 행여 모자랄까봐서 언제나 여벌 것을 가져와서 쓰곤 했습니다. 그런데 왜 내가 동서네 귀저기를 훔쳐가겠습니까?"

"그건 그렇구나! 근데 왜 너만 왔다 가면 기저귀가 없어지니 하는 말이다."

마랭이 댁은 보배의 빈틈없는 설명에 더 이상 뭐라 말 할 수 없었다. 그 후부턴 주상 할머니한테 아이들을 맡겨놓고 보배만 장마당에 가니

"어째서 너만 오냐? 애들 보고 싶어 죽겠다. 장날이나 데리고 와서 보여주라 해도 그것도 못하냐?"

"엄마 그게 아니라 애들을 둘이나 데리고 거기서 여기까지 오기가 너무 힘이 들어서요." 말은 그렇게 하지만 어쩐지 보배의 얼굴이 밝지 못함을 보고신 여사는 주상할머니한테 캐물었다.

"아 글쎄 마랭이 댁 주책바가지가 애기 씨만 왔다 가면 훈이네 귀저기가 없어진다고 하니 그런 말 듣기 싫어서 시가집에 아이들 안 맡기려고 아이들을 안 데리고 가는가 봐요."

"아니 이게 무슨 소리야? 이제 듣자하니 별 거지같은 소리들을 다 하는 그만? 우리 애가 멋이 부족해서 그런 거지같은 귀저기를 훔친다요? 내가 우리 애한테 해준 것만으로도 애들 다섯은 키우고도 남게 해 줬는데 먼 그런 억지

소리를 다 해요? 암튼 여러 가지로 상종 못할 것들이라니까?"

"훈이 어미 친정 여동생이 날마다 명진상회에 화토 치러 다니면서 귀저기를 날마다 빠뜨리고 다닌다고 했고, 마랭이 댁도 화토 치러 다니며 그 집에서 살다시피 하며 다 봤는데도 그런 억지소리를 했으니 보배 애기씨가 얼마나 속상했겠어요? 앞으로 내가 마랭이 댁을 보면 단단히 말을 해야겠네요. 그러니 그 문제로 사돈네하고 싸우지 마세요."

6. 처음 구경한 월급봉투

70년도에 결혼하고 72년도 봄, 그러니까 결혼하고 처음으로 만져본 월급봉투, 학교 서무과 경리아가씨가 전해주며 한말. "박 선생님이 사모님 갖다드리라고 했어요." 하며 내민 봉투에 돈이 들어있었다. 아직까지 남편 월급이 얼마인줄도 모른다. 봉투 안에 든 금액은 확인하지도 않고 애들이 아파서 급한 김에 봉투에서 몇 푼 빼고 나머지는 서랍 속에 넣어놓고, 두 아이를 데리고 광주 병원을 가기 위해 정류소로 막 달렸다. 가면서도 심히 불안했다. 행여 잡힐까 봐서다. 박재수의 성질머리를 잘 알고 있는 김여사는 가슴이 두 방망이질을 하면서도 이제는 될 대로 되라는 뱃장이 생겼다. (내가 다른데 쓰는 것도 아니고 제 새끼들 아파서 병원비로 썼기로 서니 설마 나를 죽이기야 하겠냐?) 혼자서 중얼거리며 광주로 가는 버스를 탔다. 버스 안에서 아무리 생각해도 이상한 느낌이 들었다. 월급을 타서 모처럼 마누라에게 주고 싶은 생각이 있으면 퇴근 후에 들어와서 자기 손으로 주지 않고 왜 경리를 시켜서 갖다 주게 했을까? 아무래도 박재수의 속셈을 이해할 수 없었다.

"형님 아이들이 감기라고 해서 날마다 H 군내병원에서 약을 갖다먹었어도 낫지 않아서 광주 큰 병원에 유명 소아과를 가보고 싶어서 왔습니다. 소아과 잘 보는데 아시면 알려주세요."

"원래 애들은 다 그렇게 아프면서 자란 건데 그깐 일로 광주까지 댈꼬 댕기는가?!"

"지금 병원 약 먹인지가 한 달이 넘었어도 차도가 없으니 답답해서요." 시누이는 못마땅한 표정을 짓고 전대병원 소아과로 데리고 가보라고 했다. 전대병원에서 진찰을 받으니 딸아이는 폐결핵이란 확진을 받았다. H 병원에서도 폐결핵이라 해서 오진일 수도 있다고 생각하고 한 가닥 기대를 했는데 광주에서도 폐결핵이라니 김여사는 맥이 다 빠진 듯 의사선생님이 무슨 말을 했는지조차 귀에 들어오지 않고 발발 떨기만 했다. 다행히 아들은 감기라고 해서 가슴이 덜 아프지만 딸아이의 병명에 기가 막혔다. 어쩌다 저 어린것에게 이런 고통을 당하게 했는가 심한 죄책감에 김여사의 마음이 찢어질 것만 같았다. 딸아이를 핏덩이 때부터 마랭이 댁 방에 뉘어 놓고 병 수발할 때, 큰 동서집나갔을 때 몇 달간 마랭이 댁한테 아이를 맡겨놓고 그 집 식구들 밥 해댈 때 옮았다는 생각이 들었다.

두 아이를 데리고 광주병원에 갔다 오니 박재수가 먼저 와서 버티고 서있었다. 김여사는 남편의 모습을 보고 머리끝이 오싹 했다. 틀림없이 무슨 행패를 부릴 것만 같아서였다.

"어디 갔다 왔어?!!"

"애들이 심하게 아파서 광주 소아과까지 가서 진찰을 받으니 딸애는 폐결핵이라고 해서 눈앞이 캄캄해요."

"뭐야?!! 이 xx년이 니가 뭔데 내 돈을 써?!!" 하며 김여사의 머리를 주먹으로 내리쳤다. 그리고 마치 광기난 사람마냥 펄쩍펄쩍 뛰며 사람을 덜컥 주워 삼킬 기세를 했다. 그런 박재수에게 김여사도 지지 않을세라 대들었다.

"내가 다른데 쓴 것도 아니고 니 새끼 아파서 병원비 좀 섰기로서니 그게 그리 잘못이냐?! 자식한테 쓴 돈이 그리 아까워?! 이제껏 월급타서 돈 한 푼이나 가정에 들여 주고 그런다면 몰라! 우리 친정에서 돈 대서, 대학 마치고 직장 잡아 주었으면 당연히 월급은 집으로 들여 주어야 할게 아냐?! 월급을 갖다 주기는커녕 오히려 날마다 나한테 돈 뜯어내 오입질이나 하고 댕긴 주제에 무슨 낯으로 이러는 거야?! 너도 사람의 탈을 썼으면 말해봐라!! 이 도둑놈아!!" 하고 처음으로 심중에 쌓인 소리를 했다.

"이년이 뭘 잘했다고 큰소리야?!! 너 죽을래?!!" 하며 주먹을 추켜들고 또 때리려 한다.

"차라리 때려 죽여라!! 맞아죽으나 골아죽으나 마찬가지니까 네놈 손에 맞아죽어야겠다. 너 같은 무의도식 한 인간하고는 도저히 살수가 없다. 아나 죽여라!!" 하고 당차게 대드니까 차마 남들이 다들 보고 있으니 더 이상 때리지 못하고 나머지 돈 봉투를 들고 눈을 있는 대로 흘기고 나가면서 하는 소리.

"앞으로 돈을 한 푼이나 주나봐라 이년아!!" 하며 끄덕거리고 나갔다.

"아이고 더러운 돈 몇 푼 가지고 지랄한다. 나한테 뜯어가지나 말아라!! 다달이 너한테 뜯긴 돈이 한 달이면 네 월급 열 배도 넘을 것이다." 하고 속이 후련하게 말대꾸를 했다. 나중에 박재수에게 당할 것을 생각하면 겁이 나기도 했지만 그 순간만큼은 산수 갑산을 갈망정 거침없이 터져 나온 말을 뱉어내 버렸다. 그 후 박재수는 학교 앞에서 기다리는 여자와 택시를 타고 나가더란 소리가 금방 김여사 귀에 들어왔다. 그리고 주위 사람들이 다 한마디씩 했다.

"박 선생 참으로 오늘 보니 사람 아니네. 월급 받아서 가정은 나 몰라라 하고 날마다 자기는 오입질에 춤추고 다니며 잘 먹고 즐긴 놈이 자기새끼 아파서 병원비 좀 썼다고 그토록 마누라를 쥐 잡듯이 한 천하에 나쁜 놈이 어디 있어?"

"그러게 말이요 참으로 양심이라고는 병아리 눈물만큼도 없는 놈이 무슨 선생이야?"

"원래 바람피우고 사는 놈은 거의 비슷하지만 박 선생은 해도 너무해! 修身齊家라고 했는데 어디 가정도 모른 놈이 무슨 낯짝으로 큰소리는 그리도 잘 치는지 참 뻔뻔스럽기 짝이 없다니까?"

"내가 차마 이 말을 못 꺼냈는데 방을 비워줘야겠네 그 집 싸움소리를 들으면 우리 아이들이 겁이 나서 죽겠다고 하며 부엌에 나가서 칼을 전부 숨기고 들어와요."

"먼 남자가 부부 싸움 하면서 껀떡 하면 칼을 찾고 난리야? 아주 깡패새끼더라니까?"

"그러게 말이야. 그 집 종자들이 다 그런가봐! 마랭이 양반 둘째아들 그 첩 새끼 말이여! 그 새끼도 얼마나 악랄한 놈이라고 H 바닥에선 소문난 놈 아니어?"

"그 애비 놈하고 나하고 잘 아는 사이고 옛날부터 친한 사인데 그 인간도

질이 원래 안 좋은 사람이지만 저렇지는 않았어!"

"그러니 안 됐지만 다른데 방을 얻어나가게. 그리고 두들겨 패면 아프다고 소리라도 지르게. 그래야 곁에서 들 말릴 것 아닌가? 남부끄럽다고 입 앙다물고 맞아주니 그놈이 더욱 악랄하게 패는 소리를 차마 곁에서 들을 수 없네. 어쨌든지 맞지 말고 요령껏 살게. 맞으면 나이 들어 골병만 처지고 나만 서러워요. 다른데 가서도 항시 칼 간수 잘하시게. 그 무지막지한 놈이 얼른하면 칼을 찾느라 온 집안을 들쑤시고 다니면 우리 애들이 공포심에 벌벌 떤다네."

"참말로 고생도 안 할 사람이 어쩌다 그런 도둑놈을 만나서 생고생을 하는 것을 보니 안타까워 죽겠네. 우리 집 영감이 몸이 안 좋은데 자네 집일을 신경 쓰니 더욱 안 좋다고 하면서 행여 우리 집에서 무슨 불상사라도 날 것 같아서 그러니 이해하게. 자네 어머니한테도 자네 서방 놈이 바람피우고 온갖 못된 짓은 다 한다고 말해주고 싶어도 못하네. 자네 어머니로 봐서도 우리가 이러면 안 되는데 어쩔 수 없네."

"예 미안합니다. 어르신께서 그토록 신경을 쓰신 줄 몰랐습니다. 죄송합니다."

"앞으로는 때리면 같이 달려들어 봐, 자네가 뭘 잘못해서 그렇게 맨 날 당하고 매 맞고 살아야 할 이유가 뭐있어? 앞으로 때리면 악을 쓰고 달려들어 보라고! 그래야 곁에서 들 말리러 들어가서 자네 서방을 코가 납작하게 해줄 것 아닌가?"

"예 피해를 드려서 죄송합니다. 집을 구해 나가겠습니다."

박재수가 월급봉투를 경리를 시켜서 사모님에게 갖다 주라고 시킨 것은 알고 보니 남들에게 보여 지기 위함이었다는 것을 알았다. 처갓집에서 대학 보내주니까 월급타서 가정에 안주고 온갖 잡 질만 하는 아주 파렴치하고 불량한 놈이라고 소문이 나서, 그렇지 않다는 것을 보여주기 위해서 일부러 경리를 시켜서 자기 처에게 갖다 주도록 했다는 것을 알고 김 여사는 (그러면 그렇지! 그놈이 잔머리 굴린 데는 일등상사라니까. 천하에 악랄하고 교활 한 놈 같으니라고!)

갑자기 H 고등학교 불이 났다고 온 H 군내가 떠들썩했다. 소방차가 출동하여 불을 끄느라 난리가 아니었다. 얼마 전에 그 학교 선생들 3~5명을 몰아내려고 박재수가 모사를 꾸몄으나 맘대로 안 되고 겨우 3 명만 몰아냈다는 말이 학생들과 교사들 사이에서 말이 많았었는데 갑자기 원인모를 불이 났으니 박재수가 앙심을 품고 그랬다는 말이 항간에 떠돌기도 했다. 그러나 증거가 없으니 소문은 유야무야로 끝이 났다.

박재수가 같은 직원들 서너 명을 몰아내려고 한 이유는 자기의 가정 내력을 알고 있는 사람이고 자기가 날마다 외간여자와 놀아나고 가정은 등한시 하는 천하에 부도덕하고, 파렴치한 교사라고 도덕적으로 비난을 했던 선생들이다. 그러니 박재수가 자기의 본질을 잘 알고 있는 교사들을 자기 형 명진의 힘을 빌려 그들을 무력으로 그 학교에서 몰아내려고 온갖 포악한 짓을 했었다. 박 명진이란 악명 높은 깡패가 H 기관을 꽉 잡고 자기 맘대로 좌지우지하려고 학교에 깡패들을 수 십 명 몰고 들어가 수업시간에 선생을 학생들 보는 앞에 서 이 뺨 치고, 저 뺨 치고 하여 신성한 교권을 완전히 짓뭉개 버렸다. 선생의 권위를 깡패 따위가 학생들 앞에서 짓뭉개 버려 그들을 다시 교단에 설수가 없게 해 버렸다. 결국 박재수 눈 밖에 난 선생들은 아무 잘못도 없이 학교에서 쫓겨나고 말았다.

7. 어느 틈에 셋째가?

김여사는 머리가 너무 아파서 견딜 수가 없었다. 날마다 남편에게 돈 뜯기면서 두들겨 맞은 탓이라고 여기고 날마다 이를 부득부득 갈며 남편을 증오했다. 통증은 밤낮을 가리지 않고 머리가 쪼개질 듯했다. 틀림없이 뇌 암 에 걸려서 그럴 것이라고 단정 짓고 차라리 죽어버리고 싶어서 병원에도 안가 고 버티며 살았다. 밤이면 누워서 잠도 잘 수 없어서 이불을 기댄 채 앉아서 날을 새곤 했었다. 견디다 못해 하루는 병원을 가서 진찰을 받으니 임신이라는 소리를 듣고 소스라치게 놀라서 침대에서 벌떡 일어나 자기 귀를 의심했다.

"선생님 임신이 맞습니까?"

"예 틀림없습니다. 축하합니다."

"그럴 리가 없는데?"

"젊은 부부가 함께 살면 임신한 것은 당연하지 무슨 그런 말씀을 하십니까?" 의사는 김 여사의 사생활을 알지 못하니 당연한 것을 가지고 뭘 그리 놀라느냐는 것이다.(그놈은 날마다 오입질로 나오는 잠자리 한적 없는데 무슨 임신이란 말인가?) 큰 아들 갖고 난 후 근 2년 동안 남편이란 자와 다정히 함께 밤을 샌 적도 없고, 한상에서 같이 밥 먹은 적도 없는데 그놈의 씨앗이 언제 내 몸속에 들어와서 자라고 있단 말인가? 생각하니 참으로 황당할 일이다. 그렇다고 김여사 자신이 어떤 외간 남자를 만난 적도 없는데 임신이란 소리가 반갑기는커녕 청천벽력 같았다. 김여사는 이 아이러니한 일을 남편한테 말하면 틀림없이 자기를 두들겨 패며 어떤 놈 봤냐고 덤터기씌울 건 불 보듯 뻔 한 일이다. 그러니 지은 죄 없이 무서워서 임신 사실을 남편에게 입도 뻥긋 못하고 있었다. 몇 달 후에 배가 불러오니 그때서야 임신한 사실을 알고 박재수가 기껏 한다는 소리는

"저 xx년은 이슬만 처먹어도 임신을 하는가 보네? 어쩌다 내가 술김에 실수 한번 했었는데 그때 임신을 했어?!"하며 김여사를 꼬나봤다. 그 말을 듣고 곰곰 생각해 보니 어느 날 밤, 잠이 곤히 들었는데 자기 몸이 답답하고 무엇엔가 짓눌린 것 같은 느낌이 들 때가 있었다. 그때 인가보다. 너무도 기가 막혀서 말이 안 나왔다. 하루 종일 아이들 키우랴 집안 살림하랴 피곤에 시달린 건 사실이다. 그러나 얼마나 깊은 잠에 빠졌기에 도둑처럼 남편이 자기 몸을 덮친 사실도 몰랐단 말인가. 암튼 다행이라고 생각하고 한숨 놓았다. 그 사실을 박재수 본인 입으로 발설하지 않았다면 어떤 놈 씨냐고 문책을 해오면 꼼짝없이 불륜여로 내몰릴 뻔 했는데 본인 입으로 도둑 씨를 뿌린 사실을 실토 했으니 천만다행이다. 그래서 옛날 어른들 말 중에 삼시랑이 씌어대면 스쳐만 가도 아이가 들어선다는 말이 있었나보다. 이렇게 계산되지 않은 아이가 생겼다면 이건 틀림없이 하나님께서 꼭 필요한 인물을 자기 몸에 심어주셨다고 생각하고 잘 키워야겠다고 마음 굳혀먹었다.

8. 시동생과 시 조카 문제로

　　시동생과 시 조카가 사는 집에는 예쁜 여학생이 살고 있었다. 그런데 이 여학생을 두 놈이 건들었다는 소문이 파다했다. 원래부터 인성이 좋지 않은 가문의 자녀들이라고 H바닥에 소문이 쫙 하게 났고, 또 그들이 학교생활을 정상으로 하지 못하고 껄렁하게 담배나 꼬나물고 학교 폭력이나 일삼고, 다른 사람들보기에 품행이 매우 불량하다고 소문이 나서 김여사도 그런 사람들을 겯으며 사는 것이 매우 불안했던 참이다.

　　그 여학생의 어머니는 이미 눈치를 채고 이웃 사람들에게나 집 주인에게 껄렁한 남학생들이 어떤 가정에 자녀들인가를 알아봤던 것이다.

　　하루는 보배에게 찾아와서

　　"사모님 저는 이 옆집에 자취하는 복순 어미입니다."

　　"아 그러세요? 그런데 무슨 일이신가요?"

　　"차마 말씀드리기가 민망하지만 저는 영암에 사는 데요, 우리 딸을 이곳에서 졸업시켜서 영암으로 데려가려는데 곁에 불량하게 생긴 남학생 둘이 있어서 알아보니 사모님 시동생이고 조카라면서요?"

　　"그렇습니다만 그들이 아주머니 딸한테 무슨 나쁜 짓이라도 했나요?"

　　"사모님, 딸 가진 어미 입으로 남부끄러워서 차마 말씀은 못 드리겠습니다만 그들이 우리 애에게 무슨 짓을 했나 봐요. 그래서 부탁인데요, 제발 더 이상 우리 딸이 어떤 피해를 입지 않도록 해 주셨으면 합니다. 그 학생들 집이 H 읍내라면서요? 거리도 가깝고 하니 걸어 다니던가, 버스로 통학을 하든가 집에서 다니게 할 순 없을까요? 사모님 제발 이렇게 무릎 꿇고 빕니다. 부탁이요. 딸 가진 어미 심정을 이해 해 주셨으면 합니다." 복순 어미는 소리도 못 내고 속울음으로 눈물을 펑펑 흘리며 김여사에게 사정을 했다. 그런 복순 어미의 간절함을 본 자신도 옛날 자기의 모습을 떠올리지 않을 수 없었다. 사춘기 때 멋모르고 박재수놈한테 순결을 빼앗겼던 때를 말이다. 여자의 일생이란 잠깐의 실수로 자기같이 엉뚱한 인생을 살게 된다는 것을 뼈아프게 느끼고 복순이를 구해주어야겠다고 맘먹었다.

"제가 한번 어른들께 말씀은 드려보겠습니다."

"제발 그렇게 해 주세요. 객지에다 딸을 둔 이어미의 심정을 헤아려 주셨으면 합니다." 복순 어미는 그 남학생들이 어떤 집안의 자손들이란 걸 다 알고 어떻게 해서든지 자기 딸 곁에서 멀리 떨어지게 하고 싶었던 것이다.

김여사는 고민을 하다가 용기를 내어 큰집으로 가니 시어머니가

"왜 왔냐?" 하고 곁눈으로 힐끗거리며 싸늘하게 대했다.

"어머님 도련님하고 조카하고 집에서 다니게 하면 안 될까요?" 김 여사의 말이 떨어지기가 바쁘게 자초지종을 들어보지도 않고 악부터 썼다.

"재수 아부지!! 재수 아부지…!!" 하고 곧 숨넘어가는 소리로 불러대니 무슨 큰일이라도 났는가 하고 공장 식구들이 우르르 달려왔다. 그때 마랭이 양반도 와서

"무슨 일이냐?!" 하고 역정을 내었다.

"재수 아부지 내 말 좀 들어보시오. 저년이 시동생하고 조카 때문에 못 살것다고 데려가라 안하요?!" 마랭이 댁은 김 여사가 하지도 않은 말을 앞당겨 자기 남편에게 큰 소리로 꼬여 바쳤다.

"이 말대가리 같은 년아! 니년이 감히 내 앞에서 새끼들 데려가라고 했냐?!! 그 새끼들이 먹는 것이 그리도 아깝더냐?!! 네 이년!!! 우리 아들이 돈 벌어서 처 묵고 사는 년이 니 남편 핏줄을 박대하다니 두고 보자 이년!!!" 김여사는 생각도 못 한 말을 시어어머니가 지어내서 자기 영감에게 꼬여 바친 것이 어처구니가 없어서 가만히 듣고 있는데 시아버지가 자기 마누라 말을 듣다가 그냥 아무소리 않고 나가버리니 김여사가 시아버지를 따라 사무실로 가서 자초지종을 설명했다.

"아버님 다름이 아니고요 도련님하고 조카가 사는 집에 여학생이 있는데요, 그 어미가 보기에 이들 관계가 심상찮은 것을 눈치 채고 자기 딸을 생각해서라도 시동생과 조카를 집에서 다니게 해달라고 울며 사정을 해 싸서 그 문제로 의논하러 왔는데 어머님이 저렇게 엉뚱한 말씀을 하시며 역정을 내시니 제가 더 민망합니다."

"그랬냐? 미안하구나!"

"아버님 여기서 학교까지는 불과 4㎞밖에 안 되니까 젊은 애들이니 얼마든

지 걸어 다닐 수 있잖아요. 제가 그 집에 사는 이상 이웃들 눈치도 봐야하고 하니 그렇게 해 주시면 어떨까요?"

시아버지는 김 여사의 말을 듣고 깊은 한숨을 몰아쉬면서 푸념을 하셨다.

"글쎄 말이다. 느그 시어머니가 몸이 불편하단 핑계로 심기를 올바르지 못하게 쓰니 네가 고생이 많다. 내가 그걸 다 안다." 하고 이야기를 하고 있는 중에 마랭이 댁이 사무실까지 쫓아와서 악을 쓰고 기고만장했다.

"네 이년!! 내 새끼들 땜시 니가 못 사냐?! 두고 보자 이년!! 니 년 눈구멍에서 피눈물 나게 할 것이다. 이 천하에 악질 년 같으니라고!!" 마랭이 댁은 얼굴이나 몸 전체에서 독기가 철철 넘쳤다. 올빼미 눈을 치 뜨고 고래고래 소리를 질러대니 도저히 들을 수가 없어서 김여사는 사무실을 나와서 뒤돌아 가는데 그 뒤통수에 대고 동네가 떠나가게 소리를 질러댔다. 그러니 동네 사람들이 우르르 나와서 구경들을 했다.

"무슨 일로 그렇게 소리를 지르요?"

"동네사람들 다 들어보시오!! 내 아들이 벌어서 사는데 조카하고 시동생한테 밥해준 것이 아까워서 데려가라고 한다요. 저런 인정머리 없는 년 봤소?!!"

"난 또 뭐라고? 그 며느리는 무슨 죄가 있다고 다 큰 애들을 둘이나 맡겨놓고 쌀 한 되 박도 안보태주면서 그런 말이 나오? 당신 아들이 번다해도 월급타면 마누라한테 한 푼도 안 갖다 주면서도 날마다 돈 내놓으라고 마누라만 팬다고 소문이 났던데 시어머니가 되가지고 위로는 못해줄망정 어찌 이럴 수 있소?"

마랭이 댁은 보배를 망신을 주려다가 오히려 자기가 동네 사람들에게 망신을 톡톡히 산 꼴이 되고 말았다. 그랬으니 분대로 못해서 코를 씩씩 불고 있었다. 그 수모를 당하고 쫓겨 오면서 김여사는 혼잣말로 (어쩌면 어른이 저런 처신을 할까? 그 속에서 나온 놈이니 그놈도 그렇게 악독할 수밖에 없지.) 하며 슬피 울며 집으로 와 버렸다. 복순 어미의 하소연을 듣고 해결해 주려다가 오히려 자기만 인정머리 없고 악독한 며느리가 되고 말았다.

마랭이 댁은 그날의 분을 다 못 풀어서 군내 장터 사돈한테까지 쫓아가서 포악스런 소리로 사돈에게 퍼부었다.

"당신은 온당 딸 하나 달랑 낳아서 딸년을 조동 것으로 키워서 천하에 무서운 것이라곤 없고, 시어머니 앞인지, 시아버지 앞인지 모르고 지 년 할 말

다하고 갔다요! 사돈!! 말 좀 해보시오!! 어쩌면 딸자식을 그따위로 키워서 시집보내갖고 내 애간장을 이렇게 타게 하요?!!" 하며 장마당이 떠들썩하게 소란을 피우니 곁에 사람들이 다 모여서 말리고 난리가 났다.

"사돈어르신 무슨 일인지는 모르나 만약 그랬다면 내가 자식을 잘못 키웠나 보네요. 노여움 푸세요." 하며 신여사가 마랭이댁한테 싹싹 빌었다고 김여사에게 전화로 소식을 전해준 사람이 있었다. 그러니 김여사 할머니는 자기 손녀딸이 무슨 무례한 짓을 했기에 그런 소란이 났냐고 야단이 났다. 그들은 언제나 적반하장의 처신으로 선하고 착한 사람에게 올가미를 씌우는 천하에 못된 짓을 하니 마랭이 댁 족속들이라면 모두가 머리를 살래살래 흔들어버렸다.

9. 다른 곳으로 이사

전에 처음 집 얻어간 곳은 H 고등학교가 있는 동네였으나 그곳에서 주인이 박재수의 못된 행실을 두고 볼 수 없어서 나가라고 해서 이번에는 학교에서 좀 떨어진 곳으로 이사를 했다. 그 집 주인은 김 여사의 친정어머니인 신여사와 사촌 간이었다. 집은 널찍하니 크고 여섯 가구나 사는 다가구 주택이었다. 그 집에 가서도 박재수는 제 버릇 개 못준단 식으로 그렇게 자기만 알고 가정은 내 팽개치고 제 멋대로 살았다. 그 집에 가선 무슨 맘으로 그러는지 큰 개를 키우라고 박재수가 어디서 송아지만한 개를 가져왔다.

"남의 집에서 어떻게 개를 키워요?"

"키우라면 키우지 무슨 여편네가 그리 말이 많아?! 집이 크니까 큰 개 한 마리 있으면 서로 든든하잖아?!" 박재수는 곧 자기 말이 법인지라 어느 누구도 말리지 못하니 김여사는 어쩔 수 없이 가져온 개를 정성껏 길렀다. 퇴근해서 하루도 제 시간에 집에 들어오는 법이 없고, 날마다 외박 아니면 자정이 넘어서 들어오니 개 믿고 대문을 항상 열어놓기를 바랬다. 그런데 주인은 대문을 꼭 잠그는 습관이 있어 대문을 잠가야만 잠을 잔다고 하며 밤 열시만 되면 대문을 여지없이 잠가버렸다. 그러니 박재수는 담을 넘어서 들어와야 한다.

개는 박재수만 보면 좋아서 낑낑대고 홀딱홀딱 뛰고 난리가 아니다. 그러면 온 집안 식구들이 개 소리에 잠이 깨고 만다. 사람들은 저마다 하는 소리들.

"박 선생은 소위 선생이 되가지고 뭐하느라 날마다 자정 아니면 새벽에 들어오고 한대요? 아유 한참 단 잠이 들었는데 박 선생 들어올 때 개 소리 때문에 온 식구가 다 잠이 깨면 신경질 나 죽겠어요. 저놈의 개 좀 없애불면 안돼요?"

"죄송합니다. 남편이 갖다놓은 것이라서….".

"아무리 남편이 갖다놓은 것이라도 여자가 키우기 싫으면 밥을 주지 말아부러! 그러면 굶어 죽어버릴 것 아닌가?" 세 들어 사는 사람들이 전부 우물가에서 개 때문에 말들을 하니 주인도 따라서

"제발 개 좀 없애 부러! 낮에는 파리 끓고 냄새나고 그러니 좋단 사람 하나도 없잖아!"

"남편에게 말해서 없애도록 할게요."

김여사는 남편에게 개를 없애야 되는 이유를 말했더니 온갖 욕을 퍼 대며 싸잡아서 욕을 했다. 고양이 쥐 생각하는 척

"무식한 것들이 내가 생각하고 갖다놓은 줄도 모르고 지랄들 하는 갑다. 집이 크니 큰 개가 있으면 감히 도둑놈이 범접을 못하게 하려고 그랬는데 그걸 가지고 시비를 걸고 난리야?!"

"그건 우리 생각이고 남들이 싫다는 짓은 안해야지요. 우리 집도 아니면서 세 사는 주제에 커다란 개를 매 놓고 있으니 그렇지요. 먹기는 보통으로 먹는 줄 아세요? 성인 밥보다 많이 먹는다고요." 그때서야 박재수는 목줄을 매서 차에 싣고 가서 큰집에 갖다 주었다. 박재수가 등치 큰 월크 족을 가져다 놓은 이유는 따로 있었다. 자기가 들어올 때 대문이 잠겨 있으니 큰 개가 있으면 든든하게 생각하고 대문을 잠그지 않을 것이란 생각 이었는데, 그것도 자기 계산대로 되지 않고 주인여자는 밤 열시만 되면 여지없이 대문을 잠가버렸으니 개의 효과도 보지 못한 셈이다.

73년 6월 산기가 있어서 김 여사는 혼자서 몸부림을 치다가 해산을 했다. 둘째 아들을 낳은 것이다. 이 아이를 임신한 사실을 알고 박재수는 저년은 이슬만 처먹어도 임신이 되는 갑다. 내가 어쩌다 실수한번 했는데 아이가 생

겼다고 모멸감을 주었던 그 아이다. 어찌되었든 둘째 아들을 해산 했는데 박재수는 뒷날 새벽에 들어와 자기 낯바닥만 씻고 출근하기 바빴다. 산모 곁에 핏덩이가 뉘어져 있으면 사람새끼 같으면 한번 들여다라도 봐야한다. 그리고 혼자서 해산하느라 고생했다. 미안하다란 말을 당연히 해야 맞다. 그런데 미안해서 그런지, 원래 양심이 개털이라 그런지 박재수는 가방 들고 나서면서 돈 달라고 손만 내밀었다.

"난 당신한테 두들겨 맞아서 머리가 쪼개질 것 같아도 돈이 없어서 병원에를 한번 못가보고 아이를 혼자 낳았소! 그런데 무슨 염치로 이런 날 까지 나에게 돈 달라고 손 내미요?"

"너는 그러니까 나한테 매를 맞아야해! 이 악독한 년아!! 남자로 태어났으면 처신을 하고 살아야지 니년 말대로 날마다 사내새끼가 돈 한 푼 없이 거지같이 살면 좋겠냐?"

"그것이 말이라고 해요? 그럼 가정은 뭐 하러 꾸렸소? 새끼는 뭐 하러 낳았냐고?! 나하고 새끼들 먹여 살린 다음에 처신을 해야지 가족들은 굶어죽어도 당신만 혼자서 화려하게 살면 장땡이요?"

"이 xx년이 서방을 동네 망신시킬 일이 있냐?! 출근할 남편에게 이게 할 짓이냐고?!"

"어제 밤에 혼자서 해산하고 누가 밥 한술 국한모금 끓여준 사람 없어서 지금껏 굶고 있는 산모한테 참 잘한 짓이요. 에끼 인정머리 없는 인간 같으니라고! 그래놓고 얼른하면 나보고 악독 한 년, 인정머리 없는 년이란 말이 나오냐?! 넌 처음부터 나를 사랑해서가 아니라 나를 돈으로만 봤던 거야! 이 천하에 불량한 인간아!!" 어제 밤 혼자서 해산하고 몸이 퉁퉁 부어 있는 김여사에게 이토록 모질게 하고선 그날은 돈을 받아가지 못하고 그냥 나가면서

"xx년 두고 보자!!" 하며 눈을 부라리며 나갔다. 박재수는 자기 월급이 당시 2만원 미만이다. 그런데 날마다 보배에게 뜯어간 돈은 매일 5,000~ 6,000천 원 정도고 어떤 때는 귀중한 손님 왔다는 구실로 자기 월급보다 많은 2만5천원, 3만원을 뜯어가곤 했다. 당시 일반 행정직 5급 공무원 월급이 7~8천원에 불과했다. 그 돈을 받아가지고도 몇 식구가 살아가는데 박재수는 자기 월급은 단 한 푼도 가정에 주지 않고 자기혼자서 다 낭비하고, 그것도 모자라 날마다

자기 마누라에게 뜯어간 돈이 국회의원 월급보다 많이 뜯어가니 도저히 그 속내를 알 수 없었다. 그러니 신여사는 박재수 밑으로 집어넣은 돈 때문에 얼마나 큰 타격을 받는지 모른다. 그랬으니 그 탄탄한 살림이 남모르게 쪼그라들 수밖에 없었다. 그랬어도 신여사는 남에게 말 못하고 그 고통을 감내하면서 사는 이유는 자기 사위가 아직 나이어려 철이 안 들어서 그런 냥 언젠가는 철이 들 거라고 생각하고 그저 철없는 아들 하나 키운다는 심정으로 묵묵히 참고 그가 손 내밀 때마다 서운치 않게 주라고 자기 딸에게 항시 충고를 했었다. 자신이 든든한 아들하나도 낳지 못했으니 인물이 번듯한 박재수를 자기 아들 겸 사위로 생각하고 그 못된 행실을 해도 다 품어주었다. 달영씨 말대로 그놈은 계속 처가 집 곡간에 혀를 대고 살면서도 만족함이 없이 보배를 심하게 학대했다.

한집에서 같이 사는 은씨네는 김여사보다 5일 먼저 아이를 낳았는데 그 집 시어머니는 미리 와서 아이 회복수발 해주고 산모가 따뜻이 먹고 어서 빨리 기운 내라고 끼니마다 온 정성을 들여 산모 먹거리를 만들어 바치는 것을 보니 김 여사는 왠지 서글픈 마음이 들었다. 그 집 남편은 아침에 기저귀를 다 빨아서 널어놓고 출근했다. 그리고 퇴근해서 올 때 여자가 먹고 싶어 하는 것 사다 준다고 자랑한 소리를 듣고 그때처럼 박재수란 인간이 남들과 비교된 적은 없었다. 왜 그 많은 사람 중에 하필이면 천하에 불량한 개털이 자기하고 배필이 되었는지 생각할수록 자신이 원망스럽다. 김여사는 슬픔을 이기지 못해 혼자서 베게가 적시도록 울고 또 울었다. 자기가 자라나온 환경을 생각하면 지금 현실이 너무 비참하다고 생각했기 때문이다. 그 시대에 먹고 살기도 힘든 세상에 김여사는 대도시로 유학 가서 고등교육을 받은 신여성인데다, 친정이 H군 내에선 제일가는 부자라고 알려진 명문가에서 부족한 것 없이 자란 그녀가, 배운 것도 없이 후진 가정에서 자란 무술이보다도 못하게 대접을 받고 있으니 이런 비참한 생각이 들 수밖에 없다. 그래서 여자 팔자 뒤웅박 팔자라고 했던가. 남편의 행위대로 여자의 등급이 매겨진 것은 어쩔 수 없나보다.

산후 우울증이란 이런 서글픈 마음과 소외된 기분에서 오는 것이라고 생각했다. 그렇지만 김 여사는 다시금 마음을 가다듬고 이를 악물고 살아야 한다. 이제 아이가 셋이다. 산후 우울증이 와도 안 된다. 자기 손이 아니면 누가 자기 아이들을 품고 기를 것인가를 생각하면 죽는 날까지 이를 악물어야 한다.

10. 추석 전날 찾아온 술집 여자

　　여보세요? 여기가 김연중 선생님 댁입니까?"

"아닌데요? 어디서 오셨습니까?"

　그녀의 차림세로보아 보통의 여념 집 가정주부는 아닌 듯 했다. 아무것도 눈치 채지 못하고 친절하게 답해준 김 여사에게 곁에 여자들이 눈짓을 했다. 그녀의 뒤로 가서 김 여사를 마주보며 수신호를 해 줬다. 그때서야 김 여사가 낌새를 알아차리고

"당신 솔직히 말해보세요! 왜 김연중 선생을 우리 집에 와서 찾소?!"

"학부형인데요. 그분 집을 잘 몰라서 행여 이 집인가 하고요."

"박재수 만나러 왔으면 솔직하게 말하지 뭣 때문에 김연중 선생을 우리 집에서 찾느냐 말이오?! 또 무슨 조화를 꾸미려고 그딴 수작질을 하는 거요?!"

　김여사는 아이 젖을 먹이다가 화가 나서 뛰어가 그녀에게 다그쳤다. 날마다 영수관 마담한테 빠져서 퇴근하기 바쁘게 그녀와 뺑돌이 공장에서 발바닥이 닳도록 돌리고, 처마시고, 여관에서 자빠져 자고 하다가 언제나 밤 12시 넘어서 들어온 박재수를 생각하면 그놈만 미운 게 아니라 같이 놀아준 상대방도 미울 수밖에 없었다. 그런데 이제 아주 김 여사를 만만히 보고 그 안집까지 슬금 거리며 김여사를 염탐하러 온 것이 분명했다. 김 여사는 아이 낳은 지 겨우 50일밖에 되지 않았다.

"당신이 바로 영수관 마담이그만 무슨 놈의 학부형이라고 거짓말을 해요?! 놀려면 나 안보는 데서 놀지 이제 우리 안방에서 놀려고 왔소?!"

"아닙니다, 사모님 김연중 선생님의 학부형이라고요!"

"거짓말 말아요!! 정 그렇다면 내가 김연중 선생님 댁에 가서 확인을 해 보는 수밖에 없지요! 당신 자녀 이름이 뭐요?!"

　김여사가 되게 설치니까 영수관 마담은 슬그머니 나가버렸다.

그녀가 가고난후 몇 시간 후에 들어온 박재수는 자기 마누라를 개 패듯 했다. 두들겨 맞고 어찌나 분해서 김연중 선생 댁을 찾아갔다.

"안녕하십니까? 저는 박재수 선생 안식구입니다."

"아 그러세요. 그렇잖아도 말은 많이 들었어요. 박 선생이 너무 철없는 짓을 하고 가정을 돌보지 않으니 사모님이 고생을 많이 하신다드만, 이리 앉으시오." 하며 김 여사가 앉을자리를 치워주었다.

"어르신 죄송하지만 김연중 선생님 좀 뵈었으면 해서 왔습니다."

"무슨 일인데 아이 엄마가 여기까지 오셨을까? 우리 아들은 한시간전에 며느리하고 전주 간다고 갔는데?"

"다름이 아니라 우리 집에 다방 마담이 버젓이 찾아와서 김연중 선생을 만나러 왔다고 하면서 누군데 김연중 선생을 여기서 찾느냐고 했더니 학부형이라고 해서 그런 학부형이 있는가 알아보려고 왔습니다. 내가 왜 이런 치사한 짓을 하냐면 애기 아빠가 날마다 나를 골병들게 두들겨 패고 돈만 뜯어다 오입질이나 하고 사는데 이제 버젓이 하류계 여자가 우리 집까지 드나들게 하면서 김연중 선생님 학부형인데 내가 생 강짜를 부린다고 저를 두들겨 패잖아요. 나 아이 낳고 아직 몸도 성치 않은 사람입니다. 돈이 없어서 병원에도 못가고 나 혼자 몸부림치다가 아이 낳아놓았어도 새벽에 들어와서 아이는 들여다 도 안보고 돈 달라고 손 내민 사람입니다. 너무 슬퍼서 며칠을 굶고 울기만 했더니 아이는 젖이 안 나오니까 울고 난리잖아요. 나는 그런 삶을 삽니다."

"아이고 저런! 소문에 박 선생이 너무 철없는 짓을 한다고만 들었지 그렇게까지 한 줄은 몰랐네. 그리고 그 여자가 우리 아들 애인이라면 우리 집은 발칵 뒤집힐 것인디 큰일이네?"

"아니에요. 그 인간이 자기 애인이면서 김연중 선생 팔아먹는 거지요. 하도 거짓말을 잘하니 그 이 말은 콩으로 메주를 쑨다 해도 곧이 듣지 않습니다. 그럼 이만 가보겠습니다. 실례했습니다."

"아이고 애 어멈이 그냥가면 어쩌요? 어서 들어와서 밥이나 한술 뜨고 가시오. 산모가 배부르게 먹어야 애 젖이 나오지요. 어여 들어오시오." 김여사는 몸 풀고 따뜻한 국밥 한 그릇도 제대로 못 먹어서 항상 허기진 몸이라 노모의 호의를 물리칠 수 없었다. 노모는 김여사에게 따끈한 밥상을 가져와서 염치불구하고 그 국밥을 게 눈 감추듯 먹어치웠다. 굶주렸던 뱃속에 음식이 들어가니 좀 살 것 같았다.

"어르신 너무 잘 먹었습니다. 어찌나 배가 고프던지 체면 없이 먹기만 했습니다. 부끄럽습니다."

"무슨 소리요? 아유 쯧쯧쯧... 사내놈들은 눈이 딴 데 팔리면 가정도 새끼도 몰라본다고들 하지만 해도 너무한다. 가정이 있고 내가 있는 것이지 그런 어리석은 짓을 하다니 참 안 됐구랴."

김여사는 홧김에 김 연중 선생 모친을 찾아가서 가슴에 쌓인 응어리를 조금이나마 토해 내고, 생각지도 못한 융숭한 대접까지 받으니 눈물이 절로 났다. 자기는 박 씨 집안에 시집와서 아이를 셋이나 낳았어도 시어머니한테 따뜻한 국밥 한 그릇 못 얻어먹었는데 남의 시어머니에게 대접을 받고나니 마랭이네 사람들과 비교가 될 수밖에 없었다.

추석 이틀 전에 그런 사단이 났으니 싸우더라도 추석이나 쇠고 싸워야한다. 김여사는 또 가기 싫은 시댁으로 추석을 쇠러갔다. 그곳에서도 박재수는 자기 어머니한테,

"저런 xx년이 정신병자, 의부증 환자여서 나 도저히 저년하고 못살겠소! 나하고 한 학교에서 근무하는 선생 집을 우리 집인 줄 알고 잘 못 찾아온 학부형을 내 애인이라고 여러 사람 앞에서 망신을 주고 굿을 보였다요."

시어머니는 자기 아들 말만 듣고 노발대발 악을 쓰고 또 한 번 동네 굿을 보였다.

"이 말대가리 같은 년이 아무것도 아닌 것을 갖고 내 아들 신세를 망칠 것이냐?! 너 이년!! 어디서 배워 처먹은 짓거리냐?!! 사내놈이 밖으로 나다니면 기집도 보고 한 것이지 어디가 그런다고 남들 앞에서 서방한테 강짜부리며 망신을 줬냐? 에이! 잘났다 이년아!!" 하고 어찌나 욕을 퍼 대던지 밖으로 뛰쳐나와 버렸다. 그리고 빈들에 나가서 누가 보지 않게 소리 질러 통곡을 했다. 사내자식이 마누라 흠집을 덮어주기는커녕 많은 식구들 모인데서 계획적으로 망신을 주려고 벼르고 와서 그런 교활한 방법으로 자기 처를 개망신을 당하게 했던 박재수다. 그렇잖아도 다른 며느리들은 내놓을 것 없는 그럭저럭한 가정에서 자라 배운 것도, 가진 것도, 없는 무가치한 존재들이라 그녀들은 보배를 시기질

투하며 항상 뭐라도 흠집을 내서 깎아내리려는 여우들 앞에서 그랬으니 김여사는 더욱 분통이 터질 지경이다. 박재수는 항상 자기 어머니 코치를 잘 받았다. 지금까지 박재수의 만행은 전부 자기 어머니의 계략에서 나온 습성이었다. 자식이 잘못된 길을 가면 부모로서 응당 충고를 하고, 그래도 듣지 않으면 경책을 해서라도 바른길로 갈 수 있게 해야 하는데 마랭이 댁 양심도 개털이라 오직 자기주의로 사니 어느 누구와도 소통이 안 되는 사람이었다.

김여사는 누가 보지 않은 곳에서 눈이 퉁퉁 붓도록 실컷 울다가 어디다 하소연이라도 해 보려고 시 사촌 형님 집으로 갔다. 그 집에 막 들어서니 마루 귀퉁이에다 고양이가 새끼를 낳아 품고 젖을 먹이는 것을 보니 문득 자기 새끼 생각이 났다. (하물며 저런 짐승도 자기 새끼를 극진히 여기고 품고 있는데 나는 지금 뭔가? 아무리 화가 나도 그렇지 단 한시라도 내 품을 떠나서는 살 수 없는 내 새끼를 망각하고 나만 이렇게 방황을 하면 어떤 사람이 내 생명보다 소중한 내 새끼를 보살핀단 말인가?) 정신을 가다듬고 또 그 괴물들이 들끓는 시댁으로 들어갔다. 집에 막 들어서자마자 아이 울음소리가 처량하게 들렸다. 이제 태어 난지 두 달도 채 안된 아이가 배가 고파서 힘없이 우는 소리는 그야말로 보배의 가슴을 애이게 했다. 가자마자 아이를 끌어안고 젖을 먹이는데 시어머니는

"어디 갔다 인자 오냐?! 지집 년이 속아지가 그리 밴댕이 접시가 되가지고 참 서방한테 사랑 받겠다!!" 이토록 배려와 이해가 없는 사람들 앞에서 뭐라 말해봤자 누가 먹어주지도 않으니 차라리 입 다물고 있는 게 상책이다. 어느 누가 식사는 했느냐고 묻는 사람 없이 또 박재수는 그 자리에서 자기 처를 망신주려고 시작했다.

"기집 년이 서방을 보기만 하면 잡아먹으려고 하니 내가 무슨 낙으로 집구석에 들어갈 맛이 나겠소?! 무슨 여자만 보면 내 애인이라고 억지소리를 해서 동네 굿을 보인 것이 한두 번 인줄 아요? 그러니 내가 싸우지 않으려고 다방에서 줄담배만 피우다 밤늦게 집에 들어가요! 이런 내 심정을 누가 알아주겠소?! 그래놓고 저년이 만나는 사람마다 나를 천하에 나쁜 놈을 만들어놓았으니 처갓집에서 나를 좋게 보겠냐 말이오?! 저년같이 악독하고 인정머리 없는 년은 천하에 없을 것이오!" 참으로 하늘 무서운 줄 모르고 새빨간 거짓말을 한

박재수에게 소름이 끼칠 정도였다. 입술에 침 한 방울 안 바르고 번들하게 거짓말로 포장한줄 모르고.

"오메! 그랬어? 근디 H 사람들은 전부 서방님만 천하에 나쁜 놈 취급을 해서 나도 얼굴 들고 댕기들 못 한당께요?" 첩며느리 홍당무가 박재수 말에 달랑 달고 나서서 박재수말을 동조했다. 가만히 듣고 있으려니 도저히 안 되겠으니 김 여사도 입을 열었다.

"당신들은 내가 어떻게 사는지 아무도 모르지요? 난 여지껏 남편 월급봉투가 어떻게 생겼는지 얼마를 받는지도 모르고 사요. 월급타서 가정에는 한 푼도 주지 않고 자기가 다 쓰고 나와 새끼들은 무얼 먹고 사는지 어떻게 사는지 알려고도 하지 않고 하루도 빠진 날 없이 아침 출근 할 때마다 내게 손 벌리요! 안주면 때리고 동네 굿을 보이니 맞지 않고 동네우세 안 시키려고 그냥 줘서 보내버려요. 내가 아이들 데리고 돈을 버는 것도 아니고 그 돈이 어디서 나왔겠소? 다 우리 친정어머니 손에서 나왔지요! 그랬어도 어느 누가 내 고통을 알기나 해요?"

"저년이 저렇게 생지무지한 거짓말을 한 다니깐요? 내가 월급타면 봉투째 갖다 준 것을 증인을 댈까요? 학교 서무과 직원인 경리아가씨한테 물어보세요! 내가 거짓말인가?"

"허허~ 기가 막히고 코가 막히네! 오~ 언젠가 처음으로 월급봉투를 경리를 시켜서 내게 전달하게 했던 것이…" 더 이상 보배 입에서 말이 튀어나오지 못하게 그 많은 사람들 앞에서 머리채를 잡고 발로차고 또 폭행을 했다.

"그만하라면 그만하지 네년이 이 많은 사람들 앞에서 개죽음을 당해봐야 알겠냐? 이 xx년아!!" 하고 박재수는 자기 큰집에 마랭이 족속들이 다 모인 가운데서 자기 처를 복날 개 패듯했다. 그때 처음으로 경리를 시켜서 월급봉투를 사모님 갖다 주라 했다고 해서 받은 돈을 세어보지도 않고 거기서 몇 푼 빼서 아이들 데리고 광주 병원에 갔다 온 것을 '네년이 뭔데 내 돈을 썼냐고 그때도 못 당할 만큼 당했던 일이 있었다. 결국 이런 쇼를 하려고 자기 손이 아닌 경리를 시켰던 것을, 날이 갈수록 박재수의 그 교활한 지능으로 잔머리 굴리는 것에 김여사는 혀를 내둘렀다.

어제 김연중 선생 집을 찾아갔을 때 그의 노모도 김여사의 이야기를 잠깐 듣고도 마음이 아파서 동구 밖 까지 따라 나오면서 위로해주며 안쓰러워하는데 같은 여자로써 마랭이 댁은 유달리 냉정하고 며느리의 심정을 헤아리기는 커녕 오히려 아들 바람을 동조하고 옹호해주는 괴물 짓을 했다. 그리고 온갖 악행을 할 수 있도록 자식에게 못된 코치나하는 천하에 없는 불량 여.

그 날 밤 차례를 지내고 또 싸웠다. 자기 친정 부모님이나 할머니는 오직 하나밖에 없는 손녀사위가 보고 싶기도 하고, 그 거미 같은 증손자들이 보고 싶고, 남의 체면도 있고 하니 일 년에 두 번, 대 명절 때 만이라도 다녀가라고 해도 '내가 거기를 왜 가냐?'하고 절대로 가지 않았다. 가기만 하면 있는 것 없는 것 다 챙겨 줄 텐데 박재수는 자기가 비인간적으로 살고 있고, 보배를 너무 괴롭히며 철면피 짓을 하고 있기에 처가 사람들 만나기를 꺼려할 건 사실이다. 그리고 자기발로 가서 구태여 알랑 방구 뀌지 않아도 그 집 것은 주기 싫어도 보배에게 다 주게 되어있으니 보배만 다그쳐서 뭐라도 빼앗아 쓰면 될 건데 구태여 자기발로 가서 처갓집 것들한테 굽신거리며 쓴 소리 충고 따위를 들을 필요가 없었다. 박재수의 그 오만방자한 인성의소유자에게 인의 적 도리는 어울리지 않았다. 박재수에게서 양심 찾기란 모래밭에 바늘 찾기와 같다. 그러니 김여사도 인제는 스스로 포기 해 버렸다.

11. 이웃이 더욱 분개하다

추석이 지나고 며칠 안 되어서 또 그 문제의 여인이 나타났다. 이전에는 김연중 선생 학부형이라며 김여사의 동태를 살피더니 이제는 아주 노골적으로 터놓고 만나고 다녔다. 저런 장면을 마랭이 댁이 꼭 봤어야 한다. 그런데 박재수는 낯가죽이 얼마나 두꺼웠으면 지난 추석날 자기 식구들 앞에서 김여사를 의부 증을 가진 정신병자로 몰아세우고 자기 사생활을 단 한마디도 폭로 못하게 김 여사의 머리채를 끌고 발로차고 흉악하게 폭행하며 자기는 너무 억울하단 식으로 쇼를 하더니 여기선 아주 노골적으로 영수관 여자를 끌어들여 보배에게 수작질을 하려 했다. 그러니 곁에서 보는 사람들이 모두가 흥분하여 더욱 분개해 했다.

"선생 놈이 돼가지고 자기 가정은 나 몰라라 팽개치고 그게 무슨 짓이야?! 지 여편네가 자식을 낳고 들어 누워 있어도 끼니 걱정을 하는가, 어린새끼들이 무얼 먹고 사는가, 단 한번이라도 살펴봤냐?! 에이 빌어먹을 배은망덕 한 인간 같으니라고!! 그래놓고 술집여자를 집으로 끌어들여서 지금 무슨 짓을 하자는 거야?!!"

"당신이 뭔데 남의 가정 사를 가지고 시시배배 해요?! 당신일이나 잘하시오. 늙도록 집구석하나 없어서 남의 집 세 들어 사는 주제에 왜 내 가정 일을 가지고 감 나라 배 나라해요?!!"

"에이! 개 상놈의 자식 같으니라고 너 같은 것이 선생이냐?! 저런 것이 남의 귀한 자식들 가르친다고 교단에 섰냐? 당장 교육청에 진정해서 선생질도 못하게 해야 된다. 너 나보고 늙어서 집 한 칸도 없다고 괄시했냐?! 나 아무리 집 한 칸 없이 살아도 너같이 개처럼 살지 않았다. 이 개보다 못 한 놈아!! 너는 왜 젊으나 젊은 놈이 네 힘으로 못살고 처갓집 것 뜯어먹고 사냐?!" 박재수의 하는 짓을 보다 못해 한집에 사는 나이 많은 할머니가 흥분하여 박재수를 호되게 비난했다. 그랬어도 부끄러운 줄 모르고 오히려 남의 가정 사를 간섭한다고 받아쳤다. 김 여사의 사는 모습이 너무나 안타까워 보다 못해 김 여사가 병들어 지쳐 누워있으니 위에 아이들을 데려다가 씻기고, 밥해 먹이고, 기저귀도 빨아서 널어주곤 했던 할머니다. 이런 일은 당연히 남편이 해서 산모를 돌봐야 하는데도 남편이란 자는 자기 몸만 쪽 빼고 나가면서 아침마다 돈 달라고 손 내미는 천하에 없는 파렴치한 짓이나 하면서 오히려 잘한다고 큰소리치는 꼴을 더는 두고 볼 수 없어서 나이 많은 할머니가 나무랐었는데 박재수는 아나 무인 격이었다.

박재수가 나가고 한집 사는 여자들이 전부 김여사네 방으로 몰려와서 텔레비전을 보면서 한마디씩 했다.

"사람이 좋은 것은 더디 배우고 못된 것은 빨리 배운다고 박 선생 하는 짓을 우리 남편들이 행여 배울까 싶어요."

"그러게 말이요. 사람의 탈을 쓰고 어쩌면 그렇게도 뻔뻔한지 도대체가 이해할 수 없다니깐요?"

"우리 모두 학교 가서 교장한테 말해버릴까?"

김여사는 흥분해 있는 여자들을 일어나지도 못하고 누워서 만류를 했다.

"제발 그러지 마세요. 그 자리라도 붙어있어야 나를 덜 괴롭힙니다."

"김여사는 친정도 그렇게 부잣집이면서 무엇이 모자라 그런 남자를 만나 이 고생을 하세요? 지금이라도 제발 이혼해 버려요."

"이혼이나 해 주면 얼마나 좋겠소? 그 인간은 우리 집 재산 다 빨아먹고 나를 놓아 줄 거요. 아직 우리 집에 재산이 있으니 이혼은 절대 안 해 줘요."

"마누라를 돈방석으로만 알그만?"

"양심이 완전 개털 이네, 학교에서도 개털 선생이라고 소문이 났다던데?"

"누가 그래요?"

"학생들이 다 박 선생을 보고 개털 선생이라고 한다던데? 조그만 H바닥에서 방구만 끼어도 소문이 난 마당에 학생들 입이 몇이야?"

김 여사는 참으로 낯 뜨거워서 들을 수가 없었다. 자기 남편이 그토록 나쁜 평을 듣고 사는 줄은 차마 몰랐다. 몇 달 전에 H 고등학교 선생 몇 사람을 박재수가 몰아내려고 모사한다는 소문을 학생들이 먼저 퍼트려서 그때 얻은 별칭이 개털 선생이었다. 그리고 그 후에 얼마 안 있어서 학교가 불이 났다. 그 화재의 원인도 사람들의 추측으로 박재수가 보복하느라 그랬다는 말만 한동안 떠돌았지만 물증이 없으니 소문은 물 흐르듯 흘러가 버려서 지금은 다소 조용해졌다.

박재수는 언제나 자정이 넘어서 들어오고, 김여사의 방에 TV가 있어서 한 집에 사는 여자들이 드라마를 보려고 김여사의 방으로 모여들어 H군 내의 소식들을 다 들을 수 있었다.

술집 여자가 또 찾아왔다. 그리고 이젠 아주 노골적으로 협상하잔 식이다.

"사모님 저요, 사모님께 긴히 드릴 말씀이 있어요."

박재수는 평소에는 언제나 자정이 넘어서 들어온 사람이 그날은 둘이 짜기라도 했는지 웬 일로 일찍 들어왔다. 그리고 그녀를 보고

"언제 왔어?"

"긴히 할 말이 있다니 어디 한번 들어나 보자." 김여사의 물음에 박재수는 그녀에게 무슨 말을 못하게 막는 시늉을 했다. 김여사 앞에서 아예 맞담배질을

하면서 서로 눈짓을 하며 그들만이 통하는 신호를 서로 주고받는 것 같았다.

"사모님 제가 솔직하게 말씀드릴게요. 제가 떠나줄게요. 떠난다는 조건으로 제게…."

"입 다물지 못해?!"

"정리를 해야지 우리가 언제까지…."

"말하지 말랬잖아?!"

박재수는 지금 이 여자를 통해 무슨 꿍수를 부리고 있는 듯한데 본론이 나오지 못하게 방어벽을 치는 척 했다. 꼭 둘이서 짜고 하는 것처럼 말이다. 그리고 김여사 앞에서 서로 웃고 손을 만지며 마치 김여사를 약올려주려는 작전을 편 것 같았다. 그런 장면을 목격한 김여사는 도저히 모멸감 때문에 참을 수가 없어서 밖으로 뛰쳐나가 넓은 들판에서 소리 내어 실컷 울어버렸다. (저런 거지같은 놈을 내가 돈대서 학교 보내고 이날까지 돈 뜯기며 매 맞아가며 살았구나. 난 왜 이리 어리석은 짓만 했을꼬? 어찌해야 한단 말인가? 당장 약이라도 둘러 마시고 그놈 앞에서 거꾸러져 죽고 싶으나 내가 죽고 나면 저 어린 새끼들은 어떻게 되겠는가? 새끼들만 생각하면 죽지도 못하고 그 괴물 꼴을 보고 살아야만 하니 도대체 앞으로 내가 얼마나 더 더러운 꼴을 보고 살아야 한단 말인가?) 아무리 울고 또 울어도 해결책이 없었다. 집에 있는 갓난애가 얼마나 울겠냐 싶어서 또 마음을 추스르고 들어와서 아이에게 젖을 물렸으나 먹은 게 없어서 도저히 젖이 나오지 않았다. 아이는 빈 젖꼭지를 물고 빨아도 목에 넘어 간 것이 없으니 울고 또 울어 목이 쉬어 버렸다. 참으로 피눈물이 날 지경이다. 이럴 때 우유라도 한 병 사다 먹이면 애가 살 것 같은데 손에 땡전 한 푼 없으니 그 짓도 못했다. 김여사는 어렵고 힘들 때마다 자기 친정 부모님 생각이 간절했다. 신여사가 만약 이런 형편을 알았다면 당장 돈을 들고 쫓아와서 해결해 줄 텐데,하고 마음만 간절할 뿐 염치가 없어서 입이 떨어지지 않았다. 아이가 울어 싸니 이제 다섯 살 박이 딸애가

"엄마 아이가 우잖아. 어저 젖을 먹이제요." 하며 아이 머리통을 끌어다 엄마 품에 넣어줬다. 그래도 울어 싸니 짜증을 내며

"엄마 아기에게 젖을 먹이제요. 배가 고파저 우잖아요."

"아가 내게서 젖이 안 나오니 아기가 베가 고파서 그렇단다." 그런 소리를

들고 다섯 살짜리 딸애가 컵에다 물을 떠와서 숟가락으로 아이 입에 떠 넣어주니 그것을 받아먹고 아이가 잠들었다. 그런 것을 보고 김여사는 죄책감이 들어 하염없는 눈물만 나왔다.

다음날 그 여자가 또 찾아왔다. 박재수는 뒤따라 곧 들어왔다. 김여사는 몸이 아파서 일어나지도 못하고 있는데

"사모님 저에게 돈 150만원만 주신다면 제가 멀리 떠나겠습니다."

"왜 떠나? 나하고는 정이 없어서 못살고 날마다 밤마다 너한테 푹 빠져 있는데 떠나면 박재수는 어쩌라고? 떠나지 말고 살아라! 그리고 둘이 산다는 조건으로 이혼만 해주라고 해라. 난 이 남자와 아이를 셋이나 낳도록 살면서도 남자가 나에게 생활비 한 푼 갖다 준일 없고, 오히려 나한테 매일같이 돈 뜯어가서 오입질 하고 자기만 즐기며 살았다. 돈 안주면 매질을 당해서 내 몸 한군데도 성한 데가 없다."

"그러니 제가 떠날게요. 제발 그 돈만 해주세요."

"너 무슨 권리로 나한테 돈을 달라고 하냐? 느그 둘이 즐겼으니 니들끼리 알아서 하지 왜 나한테 돈을 달라고 해?! 내가 그런 돈이 어딨냐? 너 보다시피 나 아이 낳고 약 한재도 못 먹어서 이렇게 퉁퉁 부어있는 것 안보이냐? 이 지경에 있어도 나는 돌아도 안보고 오입질이나 하고 아이들 과자 한 봉사다준 일 없으면서 오입질한 기집 년 뗀다는 구실로 나한테 돈 받아내려던? 참말로 낯바닥 두꺼운 것들이네. 내가 헤어져 준다고 나한테 위자료 달라고 해라. 내가 나가 줄께!! 지금껏 산 것이 어쩌다 아이가 생겨서 아이들 때문에 살았지 내가 그 남자 좋아서 산 것 아니다." 박재수는 두 여자가 무슨 말을 하는가보려고 방에 들어오지 않고 밖에서 엿듣고 있다가 한참 후에 슬며시 들어와서 술집 여자를 보고 싱글싱글 웃으면서

"언제 왔어?" 김여사의 촉이 맞아떨어진 듯 했다. 박재수는 술집 여자한테 싱글거리며 자꾸 눈으로 코치를 했다. 그리고 갓난아이가 있는 방에서 둘이서 맞담배질을 하며 서로 눈 사인하고, 싱글거리고 참으로 눈꼴이 실 정도였다.

"사모님 그러지 말고 제발 해 주세요. 제가 멀리 떠나면 그런 일 없을 겁니다."

"얼마 전에도 다방여자가 박 선생 외상값이라고 주면 멀리 가겠다고 해서

15,000원 줬더니 아직도 그 다방에서 일하는가보던데? 근데 그 큰돈을 또 내게서 뜯어내려고 그런 구실을 만들었구나? 150만원이 누 애기 이름이냐? 요즘 그 돈 가지면 광주에다 크나큰 집도 한 채 살 돈이다. 그런데 통 크게 그 돈을 나에게 달라고? 네 몸값이 그렇게 비싸냐? 허참 꿈도 야무지네. 둘이 살면 내가 아이들 데리고 떠나 줄 테니 제발 저 인간하고 살아라. 더 이상 나를 괴롭히지 말고 내 발목 잡지마라." 그녀는 김여사에게 통 사정을 하고 있는데 박재수는 계속 싱글거리며 그녀에게 눈 사인을 보냈다. 보배를 심히 다그치면 어디서든 돈이 나온다는 것을 너무도 잘 알고 있는 박재수이니 더 다그치라고 눈 싸인 한 것 같다. 그녀는 계속 김여사를 조르고 박재수는 싱글 거리며 사인을 보낸 것이 참으로 가관이었다. 그래서 박재수 앞에 끼고 있던 반지를 빼서 던지며

"내가 저 인간한테 받은 것은 약혼식 때 받은 실반지 이것뿐이다. 가진 것은 이것뿐이니 욕심나거든 이거라도 가져가라!" 하고 던져주니 박재수는 그것을 집어 들어 술집 여자에게 건네줬다.

"내가 어쩌다 중학교 때부터 너라는 인간을 만나서 헤어지지도 못하고 내 친정 부모까지 못살게 한 것을 H군내사람들이 다 안다. 나한테 더 이상 어떤 기대도 하지마라! 제발 이 여자와 함께 살고 이혼만 해주라! 부탁한다." 보배의 손가락에 끼었던 약혼반지를 집어 들어 술집 여자에게 주는 것을 보니 속으로 더욱 역겨웠다. (에끼 모지리! 저런 것이 남편이라고 믿고 돈 뜯기며 매 맞고 살았으니 내가 등신이지 누굴 탓하랴) 두 사람은 더 이상 계획세운대로 안 될 것 같으니 둘이서 눈치를 하며 나갔다. 나가는 뒤통수에 대고 "다시는 오지마라!!" 하고 악을 썼다. 박재수의 하는 짓을 보고 김여사는 다시 몸져 누워버렸다.

박재수가 그런 악행을 한 것은 본심이 악한 탓도 있지만 그 뒤에서 마랭이 댁이 코치를 한 탓이기도 하다.

"아무리 처가 집에서 네 등록금을 대서 학교를 마쳤다 해도 너는 내 속에서 빠졌응께 내 말을 들어야 돼. 느그 장모 말 듣다보면 너는 내 새끼가 아닌 장모아들이 돼 분당께? 알았냐?"

"알았어." 마랭이 네는 자기들이 사돈네에 비해 모든 것이 하늘과 땅 차이

니 공연한 열등의식을 갖고 보배를 꼼짝 못하게 잡으려만 했고, 그리고 그 집 재산을 알게 모르게 빼다 자기 집을 키울 연구만 했다.

자기 대를 이을 아들을 낳아주고도 이토록 온 식구들에게 푸대접을 받고 이렇게 몸 져 누워있어도 어느 누가 자기를 걱정해 주는 사람 하나 없으니 생각할수록 박재수 놈이 죽이고 싶도록 증오스러웠다. 첫째는 남편이란 자가 자기마누라를 홀대하니 시집 식구들 전부가 보배를 마치 길가에 기어 다니는 지렁이 취급을 했다.

박재수는 소위 선생이 되가지고 술집 여자와 바람이나 피우고 날마다 오입질하고 밤늦게 월장하고, 집에 오면 공연한 트집이나 잡아 마누라 두들겨 패고, 깡패마냥 돈 안주면 또 마누라를 두들겨 패는 아주 악질 파렴치한이라고 온 군내 소문이 다 나서 창피하고 남부끄러워서 더 이상 H바닥에서 살지도 못하게 돼버렸다. 그래서 박재수 꼴을 안보고 살 수 있는 길을 찾는 중이다. 그런데 박재수는 벌써 낌새를 알아차리고 달라진 것처럼 보이려고 피면적인 행위를 했다. 지난번술집 여자를 시켜서 위자료 명목으로 150만원을 뜯어내려 했으나 그것이 뜻대로 되지 않으니 이젠 다소곳해지는 방법을 택했다. 지난번에 한집에 사는 할머니한테도 호통을 당했으니 한집에 사는 사람들이 자기를 어떻게 인식하는지 눈치를 실실 보며 당분간은 숙연해졌다. 그리고 갑자기 김 여사 앞에 무릎을 꿇고

"내가 잘못했다. 앞으로는 절대 그런 짓 하지 않을 것이다. 믿어주라"

"흥! 뭘 믿을까?! 여러 말 할 것 없이 이혼만 해주라! 너는 나와는 정이 없어서 못산다며? 정이 없는데 어찌 부부관계를 유지하며 한집에서 살 것인가? 아이들은 너한테 안줄 것이니까 이혼만 해주라. 내가 애들 데리고 서울이든 부산이든 멀리 가서 네 꼴 안보고 살고 너 성가시게 안할 테니까 제발 이혼만 해주라 부탁이다."

"한번만 믿어주라, 다시는 그런 짓 안할 것이다."

"꼴도 보기 싫으니까 당장 나가! 이 집 방세도 다달이 우리 친정어머니가 대줘서 살고 지금 까지 우리 식구들 먹고 입는 것 전부 우리 집에서 대 줘서 살았다. 너한테 단돈 십 원도 얻어 써 본적 없다. 그런데도 지난 추석에 느그 집에 가서 그 많은 식구들 앞에서 뭐라 했냐? 월급 봉투째 갖다 줬다고 거짓말

쳤냐? 하늘이 무섭지 않던? 난 지난 세월동안 너한테 소박맞고 살면서도 우리 친정 것 갖다가 너 와 네 새끼들 먹이고 입혔다. 애기 낳고도 아픈 몸을 이끌고 날마다 벗어낸 네놈 와이셔츠와 속옷 빨아서 다려주는 것도 이젠 신물이 난다. 이제 나도 너에게서 해방되고 싶다. 빨리 이혼하자!" 이미 마음에 결심이선 김 여사에게

"제발 내 말을 믿어주소, 앞으로는 그렇게 살지 않을 것이네."

김 여사가 하는 말이 거짓이아님을 알고 이혼을 강요당한 박재수는 빌다가 무슨 생각을 했는지 슬그머니 그 장소를 피해 나가버렸다. 박재수 계산은 아직까지 처갓집 재산을 머릿속에 그려보니 이혼해주기는 너무 아까웠을 것이다. 그러니 일단은 이 소나기를 피하고 봐야한다. 믿으란 말만 남기고 밖으로 나가더니 그날도 자정이 넘어 들어왔다.

뒷날 그 여자가 또 찾아왔다.

"사모님 제발 제가 떠나게 해 주세요. 사모님이 이렇게 사시는 것을 보니 저도 마음이 아파서 그래요."

"할 말 있으면 학교에서 만나지 왜 나한테 왔냐? 전에는 날마다 학교 앞에서 만나 택시타고 멀리 나간다고 모든 소식이 다 들어와도 난 한 번도 니들 노는 것 간섭하지 않았다. 근데 니들끼리 놀고 왜 나한테 해결해주라고 하냐? 니들일은 니들이 해결해! 나는 그 인간하고 이혼 할 테니까!"

"내가 선생님 애인이라고 소문이 나서 이 바닥에선 더 이상 장사도 못해요. 그러니 제가 멀리 떠나서 다른 곳에서 장사를 해 얄 것 아니오."

"참 낮바닥도 좋네, 너 장사하고 못하고가 나하고 무슨 상관있다고 그런 수작을 하냐? 제발 떠나지 말고 같이 살면 되겠네. 같이 살아 제발! 내가 떠날 테니까!"

"내가 이놈의집구석에 다시 오나봐라!" 하고 그녀는 대문 밖으로 나가버렸다. 똥 낀 놈이 성낸다더니 마치 그 꼴이다. 그녀가 가고난 후 몇 시간 후에 박재수가 들어왔다.

"내가 다시는 그런 짓을 안 하고 가정에 충실 할 테니 그 여자 돈 줘서 멀리 보내주자."

"미쳤어요? 내가 그런 돈이 어디 있어요?! 내가 먹는 게 없으니 갓난애가

젖이 안 나와서 밤낮으로 울고 보채도 돈이 없어서 우유한 봉을 못 사 먹이는 것 눈에 안보여요?"

"xx년아 네가 돈 없으면 누가 돈 있냐? 내가 다시는 집구석에 안 들어올 것이다!!" 박재수는 꼬라지를 있는 대로 부리고 문을 박차고 나가버렸다. 그러는 뒤통수에 대고

"저런 것이 사람새낀가? 도대체 즈그 어매는 뭣을 처먹고 저런 것을 낳았을 꼬?" 김여사는 H바닥에 온갖 더러운 소문이 다 나서 더 이상 이 바닥에서 살고 싶지가 않았다.

모든 것을 자포자기하고 실의에 빠져 있을 때 친정아버지인 달영씨가 찾아 오셨다. 달영씨도 귀가 있는지라 박재수의 만행이 H바닥에 떠돌아다녀서 그도 얼굴 들고 다닐 수가 없었다. 그래서 연구한 끝에 먼저 보배를 사위 놈과 떼어 놓으려고 계획을 세웠다. 보배의 몰골을 보고 두 눈에 눈물이 가득해가지고

"몸이 불편하겠지만 어서 일어나서 밥해오너라, 우리 모두 밥 먹고 힘을 내자."

달영씨는 갓난애를 안고 이리저리 살펴보고선

"아주 그놈 잘생겼다. 큰일을 할 놈이로구나! 아 대단한 두상을 가져서 앞으로 크게 될 상이로다. 이 아이 잘 키워야 한다. 우리 이 아이 잘 키우자." 하시면서 실의에 빠져있는 보배에게 용기를 실어주었다. 달영씨는 이미 H바 닥에 소문이 나서 자기 딸 형편을 계산하고 준비해온 돈뭉치를 내밀며.

"이 아빠 말 잘 들어야 한다. 이 돈은 절대로 다른데 쓰지 말고 아이들 데리 고 서울로 가라. 내가 미리서 다 알아봤다. 이 돈이면 서울에서도 전셋집도 독채로 얻을 수 있고, 변두리 같은 데서는 집을 살수도 있다. 그러니 꼭 서울 로 가서 애들 키워라. 그러면 내가 다시 집을 사서 살게 해 주겠다. 광주로는 가지마라. 서울로 가서 우선 애들 키우고 있으면 내가 먹고 살 것 다 대겠다. 그리고 네가 자리 잡은 곳에 새 집을 꼭 사주겠다. 애비와는 절대로 같이 가지 말고 너하고 애들만 가라. 그래야 너도 살고 우리도 산다."

"아빠 그 많은 돈이 어디서 났어요?"

"네 땅 팔았다. 들에 있는 땅이 거의 네 것 아니냐? 우선 들 논부터 팔았다. 잘 보관하고 꼭 아빠 시킨 대로 해야 한다."

"밑에 어린 동생들은요?"

"그건 걱정하지마라. 아빠가 어떻게 해서든지 해결할 것이다. 또 땅이 많이 있지 않니? 정리해서 서울에다 좋은 집 꼭 사줄게, 아빠 말 명심해야 한다."

밑에 어린 동생들은 누구냐 하면 보배와 씨는 같아도 배가 다른 자식들이 3남매나 있었다. 신여사가 보배 하나만 낳고 아이를 못 낳으니 보배가 결혼하고 나니 집안이 힘이 없다고 보배 할머니가 아들 손자 봐서 대를 이어야 한다고 기어코 사람을 얻어 들여 달영씨가 씨앗을 차게 했다. 그 씨앗은 신여사처럼 야물지도 못하고 좀 모자란 불쌍한 여자였다. 똑똑한 여자가 씨앗이 되면 본처를 박대하고 재산 차지하려고 요사를 꾸민다고 좀 어리숙한 사람을 얻어 들인 것이다. 그런데 그 속에서 나온 딸 둘은 제법 똑똑한데 아들하나 나온 것이 반 명청이, 저능아였다. 그래서 보배에겐 배다른 동생이 셋이나 있었다. 그들은 따로 집을 사서 그들끼리만 살게 해 주고 생활비도 대 주는 실정에 있었다. 보배네 친정이 손이 귀한 집이라 억지로 얻은 자식이 어리숙한 저능아로 태어나서 평생 그 애가 가정에 화근을 만들고, 말썽을 피웠다.

"우체국 통장이든 농협통장이든 꼭 통장을 만들어서 너와 내가 서로 연락이 닿게 하고 그 통장에다 매달 너의 생활비 넣어줄 터이니 돈 벌 생각 말고 애들이나 잘 키워라."

"예 아빠 참으로 고맙습니다."

"꼭 서울이어야 한다. 둘째를 잘 키우면 틀림없이 큰 사람이 될 것이다. 큰 사람을 만들려면 큰 바닥에서 키워야한다는 것 명심하라." 달영씨는 보배에게 몇 번을 당부하며 재수 없는 박재수 오기 전에 바삐 그 집을 빠져 나갔다.

12. H 고등학교 불난 핑계

여기서는 창피해서 도저히 못살겠으니 난 떠나야겠다."

"어디로 갈 건데?"

"나야 어디로 가던 당신이 무슨 상관이요? 당신은 영수관 여자하고 여기서 살면 되지!"

"아이들은?"

"아이들? 언제라고 당신이 아이들 걱정했던가? 내가 애를 낳고 있어도 먹을 것을 걱정해봤어 아이들 걱정을 해봤어? 내가 죽어도 당신에겐 아이들 하나도 안 줄 테니 영수관 여자하고 잘 살고 나 이혼만 해주라 아무것도 바라지 않을 것이다." 김 여사는 아주 단호하게 나왔다. 박재수는 아무 말 하지 않고 슬그머니 나갔다. 그리고 여전히 밤 12시가 넘어서 담 넘어 들어왔다. 날마다 핑계거리가 학교에 불이 났는데 그 일 때문에 수습하느라 그렇다고 새빨간 거짓말을 했다. 그렇지만 박재수는 지금도 여전히 영수관 여자하고 날마다 카바레로 여관으로 쓸고 다닌다는 정보가 쏙쏙 들어왔다. 바로 며칠 전에 입에 침도 안 바르고 번드레한 거짓말로 '잘못했다 앞으로는 절대 그런 짓 안 할 것이라'고 무릎까지 꿇어놓고선 행동은 여전했다. 자기 처에게 돈을 뜯어서 영수관 여자에게 술집 차려줄 목적으로 둘이서 짜고 150만원을 요구 했는데 김여사 손에서 그 큰돈 빼 내기가 그리 쉽지 않으니 계획을 포기 했는지 더 이상 그 여자가 찾아오지도 않고 박재수는 여전히 방탕의 길에서 벗어나지 못하더니 며칠 후 박재수는 갑자기 보배에게 사람다운 소리를 했다.

"나 광주 석산고등학교로 전근가게 생겼으니 광주로 이사 가자. 광주 사는 큰 누나가 50만원을 들여 우리살 집을 구해놓았단다. 앞으로 절대로 헛길 걷지 않고 성실하게 살 테니 두고 봐라. 한번만 믿어주라."

"나는 이미 떠날 준비가 다 되어있으니 가려거든 당신이나 가라."

"제발 그렇게 고집 부리지 말고 이번엔 내 말을 들어라. 아무걱정 말고 이사만 하면 된다."

"거기 가서도 월급을 내게 안주면 어떻게 생활하라고?"

"여기를 떠나면 돈 쓸 일이 어디 있겠어? 다 갖다 준다. 믿어봐 한번만 믿어봐."

74년도다. 김 여사는 밤새 연구를 해보니 이제 남편이 달리지면 구태여 서울까지 갈 필요가 없다고 생각하고 그래도 애비 없는 자식보다 낫겠지. 하고 또 속는 셈 치고 박재수와 함께 광주 백운동으로 이사를 갔다. 결국 친정아버지의 간절한 부탁을 져버리고 또 그 사기꾼 박재수말에 넘어간 것이다.

새로 이사 간 집은 어찌 그리 지대가 높은지 한참을 걸어서 몇 계단을 올라가서 겨우 대문에 들어설 수 있었다. 대문에서도 몇 계단을 내려와서 마당을 지나 김 여사 네가 살 방을 가게 된다. 통로도 복잡하고 통행도 매우 불편한 집이다. 하필이면 이런 집을 얻었을까하고 이사 짐 나르면서 불만을 많이 하면서 짐을 다 옮기고 나니 뒷날 집 주인여자가 와서

"사모님 보증금이 아직 준비 안 되셨나요? 들어온 즉시 주셔야 나도 나간사람에게 돈을 내 주지요."

"보증금을 안 냈어요? 난 애기 아빠가 다 계산 한 줄 아는데요?"

"보증금을 먼저 걸고 들어오라고 하니 자기는 돈을 집사람한테 다 맡기니 집사람이 알아서 할 거라고 하던데요?"

"그래요? 알았습니다." 김 여사는 너무도 창피하고 낯부끄러웠다. 감쪽같이 또 속아서 광주까지 이사를 오게 된 것을 크게 후회했다. 하는 수없이 친정아버지가 서울 가서 집 얻으라고 준 돈, 꼭꼭 숨겨놓은 돈에서 50만원을 빼서 전세금을 냈다.

김여사네 식구가 살 방을 들어가려면 너무도 복잡하고 옹색스러웠다. 긴 골목을 통해서 많은 계단을 올라가서 또 계단을 내려가서 주인집 방문 앞을 지나 뒤로돌아서 들어가는 구조가 아주 복잡하고 불편했다. 주인집 아저씨는 품위가 있어보였다. 날마다 서예를 일삼고, 그림을 그리는 아주 예술에 조예가 깊은 분이다. 주인집 머릿방에 김여사네 식구가 살게 되는데 방귀만 뀌어도 다 들릴 정도니 여간 조심하지 않으면 안 되었다. 그런데 박재수는 거기서도 제 버릇개 못주고 언제나 자정이 넘어서 대문을 두드리니 박재수가 들어올 때까지 대문을 잠그지 못하고 기다렸다가 박재수 들어오면 나가서 문 열어주고, 또 잠그고 들어와서 잠이 든다고 하니 그 노릇도 눈치가보여 참으로 민망했다.

박재수는 보배가 자기를 버리고 애들만 데리고 서울로 갈까봐서 못 가게 하려고 머리를 짜 낸 것이 자기 큰누나하고 짜고서 급하게 얻은 방이라 그런 악조건인 집을 얻어놓고 양쪽거짓말로 돈은 전부 마누라가 관리하니 이사 오면 마누라한테 받으라고 하고, 보배겐 50만 원짜리 전세방을 얻어놓았다고 속여 도둑놈 소 몰 듯이 광주로 끄집어다 놓은 것이다. 다급하면 박재수 머릿속은 언제나 기발한 거짓말이 발동해서 상대방이사 죽든 말든 언제나

자기 위주로 살았다. 김 여사는 또 박재수를 원망을 하지 않을 수 없었다. 어린애들이 세 명이나 되는데 그 어린것들을 데리고 이런 위험스런 집에서 어떻게 살라고 위치나 구조가 이리도 악조건인 집을 얻어놓고 자기한테 사전에 집 둘러볼 기회도 주지 않고 도둑놈 소몰 듯이 이사만 시켜버리면 서울로 못 갈 것이라는 생각에 그랬으리라. 또한 김여사가 서울로 간다면 틀림없이 친정에서 그 뒷돈을 준비했을 것으로 간주하고 기어코 자기 계산대로 해 버렸다.

"당신 입으로 50만 원짜리 전셋집 얻어놓았다고 했으면서 집세도 안주었다고 하던데 어찌 된 거요?"

"……."

"이번 달부턴 월급봉투 집으로 가져오는 거지요?"

"밤이 늦었다. 잠 좀 자자! xx년이 내가 돈으로 보이나 나만 보면 돈 얘기 징그럽다!"

똥낀 놈이 성 낸단 식으로 돈에 관한 이야기가 나오니 박재수는 또 화를 벌컥 내며 말도 못 꺼내게 했다. 자기 입으로 호언장담했던 말인데도 이제 광주로 끌고 왔으니 나는 모른다는 식이다.

주위 환경이 산만하고 낯이 서니 얼른 적응이 안 되는지 큰 딸아이가 유난히 울고 엄마만 따라다니니까 주인아주머니가 답답했던지 남의속도 모르고 유치원에 입학시키라고 했다.

통로가 고르지 못하고 심한 경사로, 비가 오면 미끄러워서 아이들이 자꾸 넘어지고 다치고 도저히 살수 없는 집이었다. 거기다 부엌은 문도 없어서 윗집에서 내려다보면 부엌 안이 훤히 보였다. 시장을 가려면 언덕을 한 참 내려가야 평지가 나온다. 이런 곳에서 시장 봐다 해먹고 살기가 얼마나 힘이 드는지 말로다 할 수 없었다. 김여사는 또 박재수한테 속은 것을 크게 후회했다. 친정아버지 말을 듣고 서울로 갔어야 했는데 어찌나 사정하며 앞으로 곁길 안 걷고 성실하게 살겠다고 다짐을 하기에 순간 넘어가버린 자신을 원망했다. 개를 따라가면 결국 측간으로 가는 건데…….

13. 차남이 얼굴에 큰 상처

　　백운동 그 경사지고 거주하기 옹색한 집까지 신애자가 찾아왔다. 김여사는 깜짝 놀랐다. 그녀는 박재수가 H 고등학교 근무할 당시 자기 제자였다. 그녀의 아버지 신○○선생은 박재수의 모략에 의해 해고당한 직원 중에 한 사람이다. 속담에 똥 묻은 개가 재 묻은 개 나무란단 말과 같이 박재수는 자기의 흠을 다 알고 자기의 도덕성을 비난 하는 교사들을 타켓으로 삼아 온갖 혐의를 뒤집어 씌워 결국 해고를 시키는데 까지 성공했다. 그것도 자기 혼자 힘으로는 불가능했다.

　　자기 둘째형이 그 바닥에선 악랄하기로 유명하니 무슨 계략을 실천 할 때마다 그 형을 끌어들여 그 힘을 악용했었다. 그랬으니 H바닥에선 박재수를 보이지 않는 사자라고까지 할 정도로 악랄한 행위를 일삼았다. 겉으로는 인상 좋은 미남형에 항상 싱글싱글 웃고 호인의 낯 색을 하고, 속은 악마의 속성을 지녔으니 학생들 사이에선 그를 개털 선생으로 통용되었다. 박재수의 모략에 의해서 당시 서너 명의 멀쩡한 교사가 해고당하는 불상사가 있었다. 그래놓고 해고당한 교사의 딸을 또 박재수가 가지고 놀고 있다. 광주로 이사 온 집까지 찾아올 때는 그 둘의 관계는 상당히 끈끈한 관계였음을 알 수 있다. 김여사는 그런저런 좋지 않은 남편의 스캔들 문제로 H바닥에 더 이상 얼굴 들고 살수가 없어서 그 바닥을 떠서 조용히 살려 했는데 또 박재수의 꼬임에 넘어서 하필이면 광주로 와가지고 못 볼꼴을 보게 되니 자기 발등을 찧고 싶었다.

　　"여기는 어떻게 알고 찾아왔냐?!"

　　"다 아는수가 있지요. 내가 이런 집하나 못 찾아 올까봐?!" 하며 신애숙의 입가에 얄미운 비소까지 띠며 김여사를 조롱했다. 그런 신애자를 본 김여사는 소름이 끼쳤다.

　　높은 툇마루에 엉덩이를 걸치고 앉아있는 그녀에게 이제 7개월 된 김 여사의 둘째아들이 엉금엉금 기어서 신애자의 어깨를 붙잡고 일어서려고 하는데 아이가 중심도 못 잡은 상태에서 신애자는 마치 무슨 송충이가 자기 몸에 닿은 듯 소스라치게 놀라 벌떡 자리에서 일어나버리니 아이가 툇마루에서 밑으로 굴러 떨어져버렸다. 그때 얼굴과 이마, 그리고 코가 찢어지는 큰 상처를 입고 말았다. 김 여사는 또 하늘이 노랗게 보였다. 아이를 업고 병원으로 달려가서 여러 곳의 상처를 치료하고 응급처치를 했지만 제일걱정인 것은 그 잘생긴 아들 얼굴에 흉터가 생겨서 이아이가 장래에 사회생활 하는데 지장이 있을 것 인가였다. 달영씨가 자기 딸에게 광주로는 절대 가지 말라고 신신당부를 했건만 또 박재수의꼬임에 넘어 광주로 오고부터 안 좋은 일만 생기니 김여사로선 스스로 자기 발등을 찧고 싶은 심정이다.

14. 식칼 사건

박재수는 광주로 이사 오고도 하루 밤도 제 시간에 들어오는 날 없이 술집으로 카바레로 돌아다니다 언제나 자정이 넘어서 들어온 버릇은 여전했다. 그날 밤도 자정이 넘어 들어와서 갑자기 하는 말,

"내일 아침에 우리 집에서 김 선생하고 같이 식사를 약속했으니 밥 준비하라."

"무슨 소리야? 그런 계획이 있으면 미리서 말을 해야지, 지금 우리 부엌에는 남을 대접할만한 반찬거리가 하나도 없는데 이 시간에 가게 집 문을 다닫아서 사로갈수도 없는데 어쩌라고 이제야 그런 말을 해요?"

"하여간 니년은 내 말에 한번이라도 순종한 적 있냐? 그것도 하기 싫어서 사내새끼를 망신주려 하냐?!"

"내가 언제 당신을 망신 줬어요? 지금 우리 형편이 이렇다고 말 한 것뿐인데? 미리서 말을 했으면 시장을 가서 뭐라도 사다 놓았을 것 아니오? 당신이 아침을 안 먹고 나가니까 우리끼리 간소하게 먹고 사는데 뭣이 있어서 남의 입에 밥을 해 주겠나 말이오?" 김선생은 한 학교에서 근무하는 친구다. 그러니 자기가 그 선생한테 한번은 선심을 써서 자기의 허물을 커버하는데 쓰려고 미리서 사귀어놓으려는 심사에서 그런 것이다. 그럴 계획이 있었다면 진즉 말을 했어야 한다. 그런데 박재수는 항상 보배는 말만하면 돈을 주곤 하니까

음식도 말만하면 어디서 도깨비 방망이 같이 뚝딱 나오는 줄 알고 자정이 지난 시간에 들어와서 내일 아침 손님 밥상을 준비하라고 했던 것이다.

김 여사는 박재수의 말 대접으로 뭐라도 해서 김 선생 밥을 해서 아침을 먹게 해줘야 할 텐데 그 시간에 어디 가서 아무것도 사 올수가 없으니 밤새고민하다 새벽 6시에 닫힌 가게를 두드려 어제 팔다 남은 고사리하고 민어를 겨우 사와서 그것을 손질하려는데 부엌이 심하게 경사진 집이라 칼을 들고 넘어져서 그만 손을 크게 다쳐 버렸다. 하필이면 오른손 가운데 손바닥이 깊이 찢어지고 장지와 약지에 큰 상처를 내고 말았다. 아침 일찍 병원에 갈 엄두도 못 내서 거즈로 동여매고 겨우 밥을 해서 밥상을 들여놓으니 김선생 오지도 않고, 박재수 마저 먹지 않고 그냥 나가버렸다. 결국 이렇게 허탕을 치려면서 밤부터 새벽까지 그렇게 자기 마누라를 고민하게 하고 또 큰 상처를 입게 만들어놓고도 병원에 가야 하지 않겠느냐고 걱정도 않고 무심코 나가버리는 박재수를 어처구니가 없어서 김 여사는 그냥 멍하니 뒤통수만 바라보고 있었다. 어찌나 쓰라리고 아프던지 친구한테 연락을 해서 당분간 아이들을 돌봐주라고 부탁하니 상처를 본 친구는 깜짝 놀라서 당장 병원으로 데리고 가서 장지를12바늘, 약지를 13바늘을 꿰맸다.

박재수와 사는 날까지 김 여사는 이렇게 남모르게 고통을 끝도 없이 당하면서 살아야 하는 팔자인가 참으로 깊은 한숨만 내 쉴 뿐이다. 자기의 어이없는 행동 때문에 그런 사고를 당하고 고통을 받고 있는 마누라에게 미안하단 말 한마디 할 줄 모르는 그야말로 후안무치한 박재수였다.

15. 밤잠 설친 주인

아이들 셋이나 데리고 이토록 비탈지고 옹색한 집으로 이사 와서 사는 것을 이웃집에서도 보기에 안 됐던지.

"이 집은 누구든지 이사 오면 석 달을 못살고 나가는데 아이들이 셋이나 있으면서 어떻게 살려고 이런 집을 얻어왔소? 바로 이 아래 할머니 집이 빈

것 같으니 빨리 가보시오. 보아하니 아이들이 아직 어린데 이 집은 아이들 키우며 살기는 너무 위험한 집이라서 그렇소."

김여사는 그 소리를 듣고 빨리 가서 알아보니 아직 방이 나가지 않았다고 한다. 그래서 당장 그 집을 70만원에 계약을 해놓고 집주인한테 말했다.

"어르신 우리 애들이 아직 어려서 울고 시끄럽게 해서 주인집 보기가 미안해서 저 아랫집으로 이사를 하려 합니다."

"어린애들이야 당연히 울면서 크는 거라 그러는데 박 선생이 언제나 밤늦게 들어오니 문 열어주고 나서 쪽잠을 자야하니 우리 집 양반이 그것이 너무 불편해서 그렇잖아도 내보내야겠다고 말씀 드리려던 참인데 잘됐네요."

"사모님 죄송해요. 우리 애기아빠 때문에 밤잠을 온전히 못 주무신 줄 알아요. 그러니 더욱 면목이 없습니다."

박재수의 문란한 행위 때문에 어디가나 김여사네 식구는 주위의 눈치를 보며 살아야하는 것은 H에서나 광주에서나 마찬가지였다. 김여사는 박재수의 말을 믿고 따라온 것을 두고두고 후회를 했다.

16. 차남이가 사경을 헤매다

이사를 한다 해도 박재수는 모른 체했다. 집세를 어떻게 마련했느냐고 묻지도 않았다. 그리고 계속해서 월급을 가정에 단 한 푼도 주지 않았다. 타고난 개털양심이라 무보수 하숙생 노릇하면서도 온갖 큰소리는 다치고 살았다. 마누라야 죽든 말든 날마다 자기 몸만 화려하게 꾸미고 카바레로, 술집으로, 여관으로 휩쓸고 다니면서도 마누라를 보면 곧 잡아먹을 듯이 성난 얼굴을 한 사람이 돈 달라고 할 때는 싱글거리면서 손을 내민다.

"돈 좀 주라!"

"없어요! 이 집 세도 친정에서 준 돈으로 겨우 얻었는데 날마다 당신 바람피우라고 줄 돈이 어디 있어요?"

"이 xx년이 단 한 번도 응짜 안 부리고 줄때가 없다니까?! 그러께 내가 손이 올라가지 괜히 때리냐?!"하며 그때부터 손에 잡힌 대로 물건을 집어던지고 김 여사를 때리고, 발로차고, 온갖 난폭한 짓을 다 하니 남이 부끄러워서 결국 주고야 만다.

이 집에 와서도 김여사는 역시 주인집 눈치 보느라 오만간장이 다 녹았다.

둘째 아들 차남이가 발육성장이 남보다 빨라서 이제 9개월인데 벌써 일어나서 뚜벅뚜벅 걷기 시작하더니 마룻바닥을 쿵쿵거리며 걸으려고만 했다. 그러니 주인집 할머니는 '아이고 마루 장 다 깨지겠다!!'하며 시끄럽다고 성화였다. 김여사의 삶은 갈수록 산이다. 이전에 살던 집에서 신애자 때문에 다쳤던 차남이가 온 얼굴에 상처투성이인데 밤새 울어서 온 이웃집 사람들이 대문밖에 서서

"아이가 밤새 울던데 아마도 몸이 많이 안 좋은가 봐요 빨리 병원에 데리고 가 봐요."

"얼마 전에 홍역을 앓고 났는데 그 뒤로 이러니 나도 미치겠어요."

"아마도 중한병인 것 같으니 빨리 대학병원으로 데려가시오." 란 급한 말을 듣고 병원에를 데려가려는데 박재수는 방에서 마침 쪽 빼입고 외출준비를 하고 있었다. 오늘 밤도 카바레 갈 준비하고 나온 폼이다. 그때 한 선생도 곁에 있었다.

"여보 차남이가 몸이 매우 안 좋아서 대학병원에를 데려가려는데 같이 가요."

등에 업은 아이는 몸이 점점 차가워지는 것을 느끼며 김 여사는 혼이 나간 사람처럼 허둥댔다.

박재수는 김여사의 다급함을 보고도 못 본체하고 카바레가려고 급히 달려가니 한 선생이 마치 자기 일처럼

"어이 박 선생! 아이가 위급한테 어디가려고 그러는가? 빨리 택시 잡아타고 사모님과 함께 대학병원 응급실로 가야겠네!" 박재수는 친구의 간청에도 불구하고 모른척하고 나가버렸다. 그런 박재수를 보고 혀를 끌끌 차며 한 선생이 김여사에게 택시를 잡아주며 빨리 가라고 다그쳤다. 한 선생은 H 고등학교 동창이기도 하고 같은 학교에 근무했던 친한 동료이기도 하다. 김여사는 단숨에 달려와서 응급실에 들어가니 돈이 없다며 받아주지도 않았다. 반지를 빼주겠다고 해도 현금이라야 한다며 미루고 다 죽어가는 아이에게 어떤 의료행

위도 하지 않았다. 아이는 곧 숨이 넘어가려고 할딱거리는데 병원은 그렇게 냉정했다. 하는 수없이 친정어머니한테 알려서 급전이라도 가져오게 했다. 그때서야 의사가 나타나서

"왜 아이를 이토록 방치했소?! 큰일 났소! 간호사 빨리 링겔 꽂고 주사 놓아요!"

한선생의 권유에 못 이겨 박재수는 늦게서야 돈 한 푼 가져오지 않고 빈손으로 와서 신경질만 부렸다.

"내가 꼭 있어야 아이가 살아 나냐? 혼자해도 될 일을 xx년이 귀중한 약속을 깨고 자빠졌어!!"하며 박재수는 개 꼬라지를 다 부리고 눈살이 꼿꼿해가지고 보배를 곧 잡아먹을 듯이 노려봤다.

"당신은 허구 한 날 무슨 그리 중요한 약속이 많아요? 아이생명보다 약속이 더 중요해요?"

박재수는 그날도 누구누구와 카바레 가기로 약속이 잡혀있는데 가서도 제대로 놀지 못하니 병원에를 와서 공연히 마누라에게 험한 욕질을 하며 성깔을 부렸다.

"아이를 살리려면 어디 가서 돈을 좀 구해와요. 누나한테라도 가서 빌려달라고 해봐요. 애를 살려야 할 것 아니오! 오늘밤을 넘기기가 어렵다네요. 이애 죽으면 나는 못살아요."하고 김여사는 아무리 급한 소리를 해도 어느 개가 짖나 하고 들은 척도 안했다. 돈 문제는 언제나 자기와는 상관없는 일로 알고 다급하면 네년이 친정에서 갖다 쓰겠지 하는 배짱이다. 친정아버지가 작년에 꼭 서울로 가서 살 집을 구하고 서울에서 아이들을 키우라고 신신당부하며 준 돈은 방세 70만원 전세 묻고는 나머지는 그간 생활비로 썼고 날마다 박재수에게 뜯기고 사실 김여사의 손엔 땡전 한 푼 없는데도 박재수는 김여사의 손은 샘물 나듯 돈이 펑펑 솟아난 줄 알고 날마다 억지를 부려 돈을 뜯어다가 자기만 즐기고 산 천하에 없는 파렴치한이다.

아이는 점점 숨이 멀어지는 느낌이다. 그런데 이게 웬일인가? 김여사의 눈꺼풀은 점점 감기어만 갔다. 의사와 간호사는 곁에서 응급처치 하느라 정신이 없는데 김여사는 눈을 크게 뜨고 졸음을 쫓으려고 안간힘을 다 써도 어쩐일인지 눈꺼풀이 천근이나 된 듯 무거웠다. 너무도 염치가 없어서

"선생님 저는 왜 이리 졸음이 오지요? 아무리 눈을 뜨고 정신을 차리려 해도 소용없고 자꾸만 눈꺼풀이 내려앉아요."

"사모님 원래 다 그런 거예요. 병원에 오면 의사와 간호사에게 의지하니 긴장이 풀려서 그런데요. 저희한테 맡기시고 아이 곁에 누워서 잠깐 눈을 붙이세요." 김여사는 간호사의 말대로 내일을 위해서 한숨 자두어야겠다고 아이 곁에 누워서 잠깐 단잠을 자고 새벽녘에 깨어서 보니 아이의 코와 이마에 주사바늘이 여기저기 꽂혀있고. 옷은 다 가위로 잘라서 벗겨진 채 맨 몸에다 의료도구만 이것저것 부착시켜 놓았는데 숨도 쉬지 않은 것 같았다.

의사의 진단결과는 급성폐렴이란다. 오늘밤을 못 넘기겠단다. 그 청천 병력 같은 말에 김 여사는 어디서 그런 간구하는 기도가 나오는지

"오 하나님 이일을 어쩌면 좋습니까? 그 고통 중에도 이 아이를 저에게 주신 것은 하나님께서 다 뜻이 있어서 제게 선물로 주신 줄 압니다. 제게 이 아이를 주셨으니 꼭 살려만 주십시오. 저의 목숨을 다 바쳐서라도 잘 기르겠습니다. 그리고 꼭 하나님 기대에 어긋남이 없는 아이로 기르겠습니다. 하나님께 맹세코 약속드립니다. 아멘." 김 여사는 평소에 종교가 없는 사람으로 한 번도 교회를 가본 사실도 없는데 다급하니까 자신도 모르게 하나님께 차남이의 목숨을 구걸했다. 인간이 안일할 때는 자기가 잘나서 그런 줄 알고 하나님의 존재를 무시했다가 잔뜩 급하면 누구나 의지할 상대로 먼저 하나님을 찾기 마련이다. 김 여사역시 다급하니 자신도 모르게 하나님을 붙들고 사정했다. 난생 처음으로 해본기도였다. 그러니 쑥스럽기도 했다.

기도를 하고 나서 아이를 살펴보니 심상찮은 기침을 하는 것을 보고 이제 가려고 마지막 기침을 하는가보다 하고 의사한테 달려가서

"선생님 우리 아이가 기침을 했어요. 이제 가려나보지요? 흑흑흑…"

"뭐요? 기침을 해요?" 하며 소스라치게 놀라 의사와 간호사가 쫓아와서 살피더니, "야 참 기적이구나! 기적이 일어났다고요. 이제 살아났어요." 하며 자기들도 좋아서 흡족해 했다. 사실 자기들도 가망이 없는 아이로 형식적인의료 행위를 했을 뿐 기대는 걸지 않았었는데 기대 이상의 효과를 보게 된 것이다. 궁하면 통한다는 기도 덕인가 싶다.

"사모님 이제 걱정 없습니다. 안심하십시오. 박차남이가 기적적으로 살아

났다고요. 이아이의 치료는 제겐 아주 소중한 경험입니다."

"그래요? 아이구 선생님 감사합니다. 이 은혜를 어떻게 갚지요?"

곁에 침대 할머니도 좋아서 어쩔 줄을 모른다.

"어제도 그 침대에서 한사람 죽어나갔는데 이 애는 살아났네? 난 또 재수 없는 침대라서 이 아이도 죽을까봐서 걱정했는데 엄마의 간곡한 기도로 살아나서 참 다행이야. 아이가 명은 길게 타고났나보네?" 하시면서 차남이의 머리를 쓰다듬어 주시곤 했다. 김 여사의 생각도 하나님께서 그 간절한 기도를 응답해 주셨다고 믿을 수밖에 없었다.

"하나님 참으로 감사합니다. 이 아이를 잘 키워서 꼭 훌륭한 아이로 만들겠습니다." 차남이를 입원실로 옮기게 했다. 3인실이다. 병실로 옮긴 후 박재수는 얼굴도 안 비치니 김 여사는 곁에 사람 보기 부끄러웠다. 곁에 침대에 입원해 있는 아이 아버지도 학교 선생이란다. 그 선생은 자기 부인이 혼자서 너무 고생한다며 휴가를 내서 곁에서 아이를 돌보고 있었다. 박재수와는 너무도 비교가 되었다. 또 한아이도 시골에서 올라와 입원해 있는데 그 애 아빠는 출근 전에 병원에 들렸다가 퇴근 즉시 와서 병실에서 자고 아침 일찍 출근하곤 했다. 그 동안 자기 부인은 집에서 쉬고 왔다. 같이 낳은 자식이니 다들 자기 자식을 끔찍이 생각하고 또 서로가 가족들이 힘을 합해서 사는 모습이 더없이 부러웠다. 행복이란 돈이 많고, 명예가 높고, 지위가 높은데 있지 않고 오직 가족 간에 뜻이 통하고 서로를 위해 줄줄 아는 가족과 오돈 도손 사는 것이 가장 큰 행복이라고 김 여사는 새삼 느꼈다.

병원에 오면 병원비 부담을 하지 않으려고 계획적으로 외면한 줄은 안다. 그러나 자식이 살아났다니 상태는 어떤가, 결과는 어떤가 하고 매일은 아니라도 며칠만이라도 한번 씩은 와봐야 함에도 불구하고 박재수는 아예 얼굴도 안 비추니 괘씸하기 짝이 없었다. 차남이가 임신한 사실을 알고 '저년은 이슬만 처먹어도 임신을 하는가보다. 내가 술김에 어쩌다 실수한번 한 것밖에 없는데 임신을 했다니' 하며 임신한 사실을 알고 반갑기는커녕 소름끼치는 소리가 김 여사 가슴에 깊이 새겨졌다. 그래서 그런지 차남이 갖고부터 더욱 행포가 심했다.

다른 환자가족들은 모두가 친척들도 찾아오고 먹을 것을 사다 나르는데 김 여사에겐 그 많은 친척들이 있지만 단한사람도 찾아오는 이 없었다. 오죽 하면 곁에 침대, 시골에서 올라온 아이 할머니가 김 여사의 남편을 비롯 시집 식구들이 전혀 문병오지 않은 것을 보고 이상히 여겨 물었다.

"아이 아빠도 선생이라며 어찌 자기 새끼를 마누라한테만 맡겨놓고 한 번 도 찾아오지 않을까? 아마도 문제가 있는 가정 아닌가?"

"무슨 문제요?"

"이 아이가 씨가 다르다거나…."

"뭐요?!"

"아무리 생각해도 이상해서 물어 보는 거요. 먼데 있는 것도 아니고 광주에 산다면서 한 달이 다가도록 아비나 친척들이 한 번도 안 찾아오니 하는 소리 요." 김 여사는 참으로 통곡할 일이다. 남편이 춤바람에, 기집 질에 눈이 멀어 서 병원에를 한 번도 찾아오지 않으니 다른 사람의 시각엔 차남이 불륜으로 태어난 것처럼 비쳤다는 것이 더없이 분했다. 곁에 사람들 보기 부끄러워서 더 이상 있을 수가 없었다. 3개월 동안 입원해서 치료를 받아야 한다는데 한 달 겨우 되었는데 더 이상 입원해 있기 싫었다.

"선생님 우리 차남이 이제 퇴원해야겠습니다."

"살릴 수 없는 환자를 겨우 살려놓으니 벌써 퇴원 한다고요? 폐에 아직 염 증이 있어서 하루에 두 번씩 주사를 맞아야 합니다."

"선생님 저의 집은 광주에 있으니 날마다 통원 치료하러 하루에 두 번씩 다니겠습니다. 염려 마십시오."

"남편 때문에 그렇습니까?"

"아닙니다. 여러 가지로 걱정이 되어서 그렇습니다." 사실 김여사는 친척들 이 한사람도 찾아오지 않으니 자신의 초라함에 대한 문제도 있지만 위에 두 아이들을 주상 할머니에게 맡겨놓고 있으니 미안하기도 하고 아이들 보고 싶기도 해서 더 이상 병원에만 얽매여 있을 수가 없었다. 그래서 하루라도 빨리 퇴원하기를 원했다. 친정어머니한테 알려서 퇴원비를 준비해주라고 부 탁하니 신여사는 벌벌거리고 돈을 준비해 와서 퇴원을 했다. 퇴원해서도 날마 다 백운동에서 전대병원까지 아이를 업고 하루에 두 차례씩 치료하러 다녀도 박재수는 여자와 춤에 미쳐서 거들떠보지도 않고 자정이 넘어서야 겨우 들어오는 것이다. 김 여사의 정성으로 차남이를 죽음에서 건져왔는데 조금도 미안해하거나 반가워하지 않은 박재수였다.

17. 봄날을 빼앗은 가해자

낯바닥이 없으면 가만히 있으면 덜이나 밉지, 박재수는 언제나 적반하장이다. 아이가 한 달간 병원에 입원해 있었으면 그간 병원비가 얼만큼 들었다는 것은 멍청이 아니고서야 다 알 것이다. 그러나 단 돈 십 원도 보태준 것 없고, 관심도 갖지 않았으면서 그 입에서 나온 말은 참으로 어처구니가 없었다.

"야 이 xx년아!! 니깐 년을 데리고 산 내 신세가 말이 아니다. 니깐 년이 살림이나 할 줄 아냐? 자식을 키울 줄 아냐? 멋하나 내 놓을 것 있냐?!"

"뭐라고?! 그럼 지금까지 살림을 누가 했고, 자식은 누가 키웠냐?! 당신이 자식 낳는 것을 봤어? 기르는 것을 봤어? 날마다 돈 뜯어다가 춤이나 추고 기집질이나 했지 가정에 도움을 준 사람이여, 자식들 관심이나 있는 사람이여?!"

"야 이년아! 다들 물어봐라 자식이 그렇게 된 것은 전부 여편네가 멍청하니 그렇다고 하더라!"

"어떤 년이 그러든가?! 자식이 병든 것이 여편네 탓이라고?!"

"양한모, 김광모, 허 박사 사모님도 다 그런다더라!!"

"참 기가 막히네! 당신이 온갖 못된 짓으로 가정을 외면하고선 잘못된 건 전부 내 탓으로 돌리니 기가 막힐 노릇이네! 분명히 그 사람들이 그렇다고 했지? 내가 한번 따져 볼일이네! 앞으로는 그분들한테 배워서 잘할게 기다려!"

김여사는 박재수가 분명히 남을 끌어들여서 자기의 부당하고 무능한 행위를 정당화하려고 그런 줄 알면서도 다시는 그런 불편한 인과 관계를 못 만들도록 양한모, 김광모, 허 박사 등의 집을 찾아가서 따졌다.

"사모님 자식들이 아픈 것이 여자 잘못입니까?"

"누가 그래요?"

"우리 애기아빠가 애들 아픈 것이 내 탓이라고 사모님들이나 선생님들이 전부 말했다고 여편네가 멍청해서 자식도 못 기르고 살림도 못 한 년으로 취급을 하잖아요!"

그들은 금시초문이고 생각지도 못한 말로 문초를 당하니 어이가 없었다.

"박 선생이 그래요?"

"그렇다네요. 사모님이나 선생님들이 그랬다면서요?"

"우리가 박 선생 만나서 예기 할게요. 사람마다 그런 일을 맘대로 한 대요? 그리고 사모님은 오직 가정만 알고 열심히 살고, 남편이 가정을 등한시해도 친정 덕으로 살아나간다고 다들 부러워하는데 박 선생은 무슨 엉뚱한 말을 해서 우리입장을 곤란하게 한 대요? 참으로 이상한 사람이네?"

"죄송합니다. 가정싸움은 가정에서 끝나야 하는데 그이는 언제나 자기의 억지주장으로 안되면 남을 끌어들여서 가치관을 혼 돈 시키고 자기의 부당성을 정당화 하는 아주 비열한 성격이라는 것을 알면서도 또 이런 간교를 못 부리게 하려고 왔습니다."

"걱정 마세요. 나이한살이라도 더 먹은 우리가 이해를 하고 박 선생을 충고 하겠소."

사실은 차남이가 병난 원인은 박재수의 내연녀 신애자 때문이고 재수 없는 박재수 때문인데, 신애자와의 부적절한 관계가 행여 남에게 알려질까 봐 오히려 역으로, 여자가 본 바탕이 무식하고, 칠칠맞고, 지능이 낮아서 자기가 삶에 재미를 못 느끼니 이 여자하고는 도저히 못살겠다는 하소연을 하고 다닌다는 소리가 바람 따라 가끔 들려왔다. 그런 연막 전을 편 박재수는 이런 소문을 널리 퍼트려서 결국 이혼할 구실을 만드느라 미리서 복선을 까는 중이다. 이런 비열한 행위로 김여사의 격을 떨어뜨리는 행위를 스스로 하고 다니면서 남들이 그렇게 평가를 하더라고 허위 여론몰이로 김여사를 모략했다. 사실 김여사는 그 화려하고, 당당하고, 재산도 넉넉하고, 뭐하나 거리낄 것 없이 모든 것이 다 갖추어진 인생, 평생 화려한 꽃길만 걸을 사람인데 재수 없는 박재수 만난 후부터 자기 인생이 사정없이 추락했고, 꼬이기 시작했는데 이젠 심지어 자식이 병치레 한 것까지 전부 김여사에게 책임을 전가하는 천하에 사악하고 교활한 박재수다. 박재수 자신이 김여사의 봄날을 빼앗은 가해자라는 것을 알기나 하는가?

18. 시어머니 회갑 때 생긴 사건

74년 12월 5일이 마랭이 댁 환갑인데 박재수는 무슨 일로 그런지 일주일 전부터 김여사를 조르기 시작했다.

"며칠 있으면 어머니 환갑이니 큰집에 가서 좀 도와줘라!"

"차남이가 중병을 앓고 나서 몸이 안 좋으니 자꾸 칭얼대고 엄마를 한시도 안 떨어지려고 하는데 저런 아이를 데리고 가서 무슨 일을 도와주라고 그래요?"

"제발 가서 도와 줘라! 일생에 한번밖에 없는 울 엄니 회갑인디 며느리가 가서 도와주면 안 되냐? 빨리 가라!"

"가더레도 하루 전에나 갈 거예요. 나도 차남이병 수발 하느라 지쳐서 온몸이 아파 견딜 수 없어요."

"차비 줄텡께 빨리 가라."

"싫다고요! 뭣 때문에 나를 쫓아내려고 안달이야?! 이 집 전세금도 친정에서 준 건데 왜 나를 쫓아내려고 안달이냐고?!"

"잔소리 말고 빨리 가서 좀 도와줘라."

"몸뚱이만 간다고 회갑을 걸게 새는 줄 알아요? 어머님은 언제부터 나만 보면 회갑 때 금비녀 노래를 불렀는데 금비녀라도 하나 해 드려야 할 것 아니오? 지난번에 내가 쌍 반지 하고 보석반지하고는 해 드렸으니 이번엔 당신이 금비녀는 해주세요."

"금비녀는 무슨 놈의 금비녀? 너 돈 있지?" 돈 말을 할 때는 빙그레 웃으면서 환한 미소까지 지으며 김여사의 주머니 속을 헤아린 듯 흐뭇해했다.

"당신이 언제라고 나한테 돈 한 푼이나 줬건데 돈 있냐고 묻소?!"

"그러면 이 미친년아! 돈도 없는 년이 무슨 금비녀 타령이야? 느그 집에 돈이 없냐?"

"당신네 형제간이 몇인데 왜 무슨 일만 있으면 우리 친정 돈을 넘어다 봐요?"

"……"

"여러 자식들 있어도 누가 금비녀 해줄만한 사람이 없는데 당신은 그래도 학교 선생이라고 당신엄니가 자랑을 째지게 했으니 당신이 금비녀는 당연히 해 드려야 할 것 아니오!"

"나 돈 없다."

"월급 받아서 집에 한 푼 안주고 그 돈을 어디다 쓰고 어머니 회갑 때 아들이 금비녀하나 못 해준단 말이오?"

"잔소리 말고 빨리 가라! 가서 도와줘라."

"도대체 왜 나를 못 쫓아서 안달이냐고?! 나 없는 동안 이집에서 무슨 짓을 하려고 그러는데?!"

"큰집 가서 며칠 있어라." 하며 광주 터미널까지 아이들과 마누라를 기어코 데려다 놓고선 가버렸다.

김 여사는 느낌으로 박재수의 속을 헤아릴 수 있었다. 그때 당시 신애자가 부쩍 자주 찾아올 때 였으니 자기와 아이들을 큰집으로 보내놓고 그 방에서 신애자와 즐기려고 그런다는 생각이 들었다.

H를 도착해서도 시가집을 빨리 들어가지 못하고 근처에서 맴돌다 시간을 보낸 후 밤이 되어 들어가니 마랭이 댁은 안색이 싸늘해가지고 보배에게 쏘아대듯 한 말.

"무슨 일로 어두운 밤에 왔냐?!"

"아범이 집에 가서 일 좀 도와주라고 어찌나 등 떠밀어서 할 수 없이 왔어요."

"가란다고 새끼들 졸랑졸랑 달고 왔냐?! 너도 참 멍청한 년이다. 사내를 혼자 두고 오면 며칠간 밥은 누가 해주고 옷은 누가 빨아주라고 그 모양 해갖고 왔어?! 아이들을 데리고 니가 멋을 할 수 있간디, 애들을 싯이나 델꼬 왔어?! 오히려 너와 니 새끼들 수발들다 지치것다."

마랭이 댁한테 얻어듣고 창피하고 화가 나서 밖으로 뛰쳐나와서 갈 곳이 없으니 곰곰 생각다 못해 보배는 금방으로 가서 시어머니 금비녀를 만들 연구를 했다. 아이들 돌 반지 들어 온 것과 친정어머니가 해준 자기 목걸이를 전부 녹여서 시어머니 금비녀를 만들어 주려고 있는 것 다 가져와서 합산해보니 열 돈을 겨우 맞춰서 수공을 따로 2,500원이나 들여서 금비녀 10돈을 맞추어놓고 들어왔다. 당시는 금 한 돈 시세가 4,000원정도 했다. 열 돈이면 4만원에 수공 2,500원을 보태면 박재수 월급 3개월 치는 족히 되는 금액이다.

시댁에 있는 동안 차남이는 엄마가 궁둥이만 들썩해도 울고 보채며 자기 몸만 안위해 주라고 했다. 아이가 울고 보채니 밖에 일은 거들 수 없어서 방에서 마른일이나 거들어주는데도 아이는 단 일분도 엄마 품을 떠나지 않으려고 울어재끼니 마랭이 댁은 우는 아이에게 입에 못 담을 비난을 했다.

"아참 그 애새끼 더럽게는 퍼 울어 싼다!! 자식새끼 저렇게 옹호하며 키우면 저런 자식이 부모 생각 할 줄 아냐?! 자식새끼도 개 x같이 낳아났네!!" 자기도 박재수 같은 개망나니를 낳아서 김여사 애간장을 그렇게 녹이면서 절로 터진 입이라고 이제 어린 것에게 막말한 마랭이 댁한테 지지 않을 세라

"어머님 이제 돌 지난 애한테 그게 하실 말씀이예요? 어머님 입으로 언제는 머리 큰 자식 낳았다고, 우리집안 다 일으킬 자식이라고 H을 떠들썩하게 자랑하시더니 손자를 이렇게 푸대접 하시기요?! 흑흑흑……" 김여사는 시어머니가 몰상식하게 뱉은 입쌀이 서운해서 그 자리에서 펑펑 울어 버렸다. 그때 남편이란 자가 더욱 미웠다. H에 큰 동서도 있고, 서자 며느리도 있고, 넷째 며느리도 있는데 하필이면 광주에서 살고 있고, 아이 몸도 성치 못한데. 자기도 몸치가나서 여러 날 고생한 사람을 기어코 등 떠밀어 보내서 이런 괄시를 받게 하다니 세월이 갈수록 박재수란 인간 때문에 고통과 피해를 입은 사람은 언제나 김 여사뿐이다. 이런 인간들 속에서 살아려면 앞으로 얼마나 더 험한 꼴을 봐야할 것인지 참으로 앞길이 암담하기만 했다.

회갑 전날에 김 여사는 금비녀를 찾아다 시어머니한테 드리니 마랭이 댁은 입이 함박만 해 졌다. 손으로 무게를 측량하느라 손바닥에 놀려놓고

"아이고 무게가 제법 나가는 것으로 봐서 한 열 돈쯤 되겠는데? 누구 돈으로 했냐?

"묻지 마시고 그냥 쓰세요."

"오냐 알았다." 회갑 며칠 전에 박재수한테 쫓기다 시피해서 시댁에 왔을 때 마랭이 댁은 새끼들 졸랑졸랑 달고 일찍 왔다고 환영하기는커녕 귀찮아 여기며 온갖 입쌀을 주었던 마랭이 댁이 금비녀를 손에 쥐니 좋아서 금방 해벌 쭉 해지는 마랭이 댁의 행위가 속으론 알밉기까지 했다.

A. 조카가 왜 큰 아빠를 닮았을까?

박재수의 손 밑에 동생 넷째 영국이는 아직 결혼식을 안올리고 지들끼리 눈 맞아 아이 낳고 동거 한지가 꽤 오래 되었다. 마랭이 댁은 넷째 며느리가 낳은 손자 철민을 등에 업고 좋아서 까불랑거리다 보배에게 보여주며 "아야 이것 좀 봐라, 어쩌면 이놈이 재수를 빼다박았다냐? 영락없이 지 큰 애비를 닮았단 마다. 누가 보면 오해하기 딱 좋것어야?." 하며 아이를 얼르고 있었다. 김 여사는 그 말을 들으니 자신도 모르게 머릿속에 스파크가 탁 튀었다. 어느 날 꿈에 박재수가 영국이의 동거녀와 엉켜있는 꿈을 꾼 적이 있었다. 그 후로 그들의 행동은 심상치 않았다. 집에 아무도 없는 어느 여름날 박재수는 영국이의 처 방에서 나오다 보배와 눈이 마주친 적이 있었다. 속담에 형수 방은 들어갈 수 있어도 제수 방은 못 들어가는 법이라고 했는데 박재수는 무슨 일로 아무도 없는 단둘만이 있는 집에서 속옷 차림으로 제수의 방에서 나왔다는 것은 변명의 여지가 없었다. 그 일은 심증은 충분히 가지만 물증이 없으니 이런 사실을 입 밖에 내지 않았는데 그런 일이 있고 9개월 후에 영국이의 처는 아들을 낳았다. 그 아이의 얼굴이 이상하게도 재수와 복사판이니 김 여사는 그 애가 틀림없이 재수의 아들이라고 직감을 했었다. 그때 박재수는 내일이 자기 어머니 회갑이라고 큰집에 왔다. 하필 박재수와 영국이처가 있는 장소에서 마랭이 댁이 넷째 아들 손자를 안고 셋째큰아빠를 닮았다고 했을 때 김여사와 박재수는 눈이 서로 마주쳤다. 그때 박재수가 얼른 김여사로부터 시선을 돌려버렸다. 그리고 영국이의 처도 눈을 휙 돌려버렸다. 그러나 김 여사는 그 비밀이 행여 누설될까봐.

"어머님 무슨 그런 말씀을 하세요. 형제간이 닮듯이 같은 혈통이니까 닮을 수도 있지요." 하고 그 난처한 순간을 모면했다. 김 여사는 제발 이 비밀이 영원히 묻혀 지기를 바라는 마음이다. 자기에게 아들이 없어서 뺏어올 것도 아니고, 그렇다고 그 사실을 밝혀서 서로 간에 시끄럽게 할 이유가 없었다. 큰아버지 씨가 작은 아버지 집에서 자란다고 해서 크게 문제될 것도 없으니 그냥 그 비밀이 영원히 묻히기만을 바랄뿐이다.

B. 이놈은 누구 씨냐?

　　김여사의 몸에서 출생한 차남이가 박재수를 닮지 않았다고 모두가 수 근 대고 김여사를 불륜여로 의심들 했었다. 김여사가 그런 의심을 받게 된 것은 위에 애들은 박재수를 닮았는데 차남이는 박재수를 닮지 않았기 때문에 그 말 많은 사람들 입에서 별소리가 다 나돌았다. 거기다 박재수까지 처음부 터 차남이를 임신한 것이 의심스럽다는 뉘앙스를 마랭이댁한테 풍겼다. 자기 는 생전 마누라하고 잠자리를 하지 않고 술집 마담하고, 아니면 학부형들하 고, 또는 여교사들하고, 신애자나 국금자등 외간 여자하고만 즐기면서 자기 부인하고는 잠자리를 전혀 하지 않았다고 생각했는데 자기 부인의 배가 불러 오는 것을 보고 곰곰 생각하니 자기가 술 먹고 술김에 슬쩍 배위에 오른 것 같은데 임신한 사실을 알고 '저년은 이슬만 처먹어도 임신을 한갑네. 내가 어쩌다 술 먹고 실수한번 했는데 임신을 하다니? 하며 조롱했던 박재수였다. 자기는 밖에 나가서 온갖 잡 질로 더러운 성병까지 걸려온 사람이 자기 부인 에게 남편의 의무는 단 한 가지도 못했다는 것은 부끄러운 줄 모르고 자기는 부부간에 잠자리한 사실이 없는데 아이를 가졌다고 부정한 여자로 매도했다 는 것은 천인공노할 일이다. 남녀가 결혼하여 혼인생활 하는 데는 3대의무가 있다. 제 1의무는 서로 신선한 성생활을 할 의무가 있고, 두 번 째는 자식을 생산할 의무가 있고, 세 번째는 서로 협력하여 가정을 이끌어 나갈 의무가 있다. 그러기 위해서 결혼을 하는 것인데 박재수는 자기 부인에겐 돈이나 뺏 어가고 성생활은 다른 여자와 하는 것은 자기의 특권이라고 생각하고 죄의식 을 전혀 느끼지 못하는 일급양심장애자다.

　　김여사가 차남이를 가졌을 때부터 의심을 하고 자기 형제간이나 자기 어머 니한테 그런 부정한 생각을 말 했으니 그 말 많은 사람들이 가만있을 리 없다. 아이를 낳거든 보자고 벼르고들 있었는데 김여사가 아이를 막 낳았을 때부터 박재수는 자기를 닮지 않았다고 어떤 놈 씨냐고 김여사를 그토록 괴롭혔고, 차남이를 유별나게 미워하고 잘 때리기까지 했었다.

　　마랭이 댁마저 차남이를 이리보고 저리 봐도 어디 한군데 박재수를 닮은

구석이 없으니 자기 큰 아들에게

"아야 이 애가 누구를 닮았는가 봐라, 아무래도 우리 씨는 아닌 것 같은디 이 일을 어쩌면 좋것냐?" 마랭이 댁 큰 아들이 가만히 들여다보고는

"즈그 외가 쪽 닮았그만, 자세히 보시오. 영락없이 즈그 외할아버지하고 똑같이 생겼소. 앞뒤꼭지가 툭 불거진 것이 영락없소. 즈그 외할아버지 집안 사람들이 다들 영리하고 머리가 비상한 사람들이요."

"니가 그걸 어찌아냐?"

"왜 몰라요? 제수씨 친정 작은아버지들과 내가 같은 학교를 다녀서 선후배 간인데. 그 집 형제간들이 학교에선 실력으로 주름잡은 사람들이요. 그래서 그 분들이 다 한자리씩 했던 사람들 아니요. 두고 보시오. 그놈이 즈그 형제간 중에 제일 머리가 똑똑 할 거요."

"근디 재수는 저를 안 닮았다고 지 새끼가 아니라고 해서 내심 걱정을 했다."

"자식이란 것이 꼭 애비만 닮는다요? 친가도 닮고 외가도 닮는 것 아니요? 근디 무슨 그런 소리를 해요? 제수씨 귀에 들어가면 어쩌려고?"

김여사가 아이들을 맡겨놓고 잠깐 외출한 사이에 마랭이 댁은 차남이를 자기핏줄이 아니라고 허무맹랑한 말들을 해서 동네 사람들에게 비웃음거리가 되고 말았다. 박재수가 이토록 야비한 행동을 한 것은, 언젠가는 김여사와 이혼을 하려면 뭔가 흠집을 만들어놓아야 하기 때문에 자기식구들에게 김여사를 천하에 부정한 여자로 세뇌시켜서 그들 입으로 가짜 뉴스를 퍼트리게 하려고 계획적으로 한 작전이다.

C. 산아제한 문제로

김여사가 잠깐 밖에 나갔다 들어왔다. 집안에는 여러 식구가 모여서 밥상을 받고 있어서 김여사도 그 자리에 끼어서 밥을 먹는 중이다. 그런데 박재수의 눈초리는 심상찮았다.

"어디 갔다 왔어?!"

"친구 진덕이가 잠깐 보자고 해서 나갔더니 H고등학교 선생님들이 맥주를 먹고 있는데 보건소 직원들이 나와서 선생님들에게 정관 수술을 권장하니까 몇몇 선생님들이 1차로 가서 해 보니 아무렇지 않다고 내일은 2차로 간다고들 했다네요? 진덕이네 남편도 내일 간다며 당신도 같이 가자고 하던데요?"

"저년 하는 말을 들어보시오 엄니, 내가 남자구실을 못하게 정관수술 시킨다요." 박재수의 말을 받은 마랭이 댁은 노발대발이었다.

"저런 년을 가만뒀냐?! 버리장머리를 확 고쳐놓지 가만둬?!"

"나는 절대로 안 해!! 이년아! 생산 능력을 갖고 있어야지 내가 왜 해?!"

"그래 애비는 놔두고 니가 막음을 해야지! 애비는 절대하면 안 된다. 하지마라!!" 두 모자가 주고받는 말은 참 가관이었다. 그래서 김 여사도 말대답을 했다.

"지금 낳아놓은 자식들이나 잘 기르게 관심 좀 가지시오. 여편네와 자식들은 어떻게 사는지, 무얼 먹고 사는지 입는지 굶는지 아파서 죽을 곤욕을 당해도 무관심하며 남 일 같이 여기면서 자식은 계속 낳고 싶은 갑네?" 그 말이 떨어지기가 바쁘게 박재수는 그 많은 자기 혈육들 앞에서,

"다시 말해봐 이년아!! 내가 어쩐다고?!!" 하며 단번에 김여사의 머리채를 휘어잡고 뱅뱅 몇 바퀴 돌리더니 번쩍 들어서 내동댕이쳐 버렸다. 그때 김여사는 방 가운데서 쭉 뻗어버렸다. 그때 기절을 해 반듯이 누워있는 김여사의 가슴을 발로 힘껏 밟아서 숨이 멈추게 해버렸다. 그랬으니 김여사는 아무 의식도 없었다. 마랭이 댁 회갑을 새려고 여러 자식들 다 모인 가운데 그런 무지막지한 행위를 하고야 말았다. 당시는 자기들도 겁이 잔뜩 났던지 김여사를 어두컴컴한 골방으로 옮겨서 남의 눈에 띠지 않게 방치하고 가족들 입단속을 시켰다. 몇 시간이 지났을까 큰 방에선 저녁상을 차려서 온 식구들은 밥을 먹는데 김여사의 귀에 아스라이 들리는 마랭이 댁의 소리,

"이 일을 어쩌면 좋으냐? 참 별일이 다 있네!!" 하는 소리가 김여사의 귀에 희미하게 들렸다. 동서들도 불안해서 어찌할 바를 몰라 이리 뛰고 저리 뛰고 좌불안석이었다. 그 집안 남자들도 다 모여서 만약 김여사가 잘못되기라도 한다면 어떻게 사건을 처리 할 것인가를 두고 의논했다. 그런데 7~8 시간동안 사경을 헤맨 김여사는 아스라이 정신이 들어 실눈을 뜨고 방안을 둘러보니 쪽문 틈으로 보인 검은 자개농, 김 여사가 결혼할 때 서울까지 가서 최고로

비싸게 주고 맞춘 자개농을 H 고등학교 옆으로 이사 갈 때 좁은 방에 둘 곳이 없어서 마랭이 댁 안방에다 넣어주고 간 그 농이 휘황찬란하게 황금빛을 냈다. 거기에서 친정어머니의 얼굴이 금빛으로 보이며 손짓으로 다급하게 '어서 일어나라, 정신 차리거라, 애미야 엄마다. 어서 일어나야 된다. 어서, 어서 정신 차려야 된다. 늦으면 절대 안 돼!'하고 자기 딸을 일으키려는 신여사의 간곡한 소리를 듣고 허공을 향해 손을 흔들었다. 친정 엄마의 손이 곧 닿을 듯해서다. 김여사는 빨리 일어나라고 손을 내밀고 애타게 부르짖는 엄마의 환상을 보고 일어나보려고 안간힘을 썼다. '아가 어서 내손을 잡아라, 어서 어서 일어나야 한다.' '엄마 도저히 못 일어나겠어.' '안 돼 정신 바짝 차리고 눈을 떠야 해 어서 어서' 하시면서 김여사의 곁에 지켜서 있는 듯 했다. 가까스로 실눈을 뜨고 보니 친정어머니가 아닌 시어머니였다. 김여사가 숨이 돌아온 듯하니 마랭이 댁은 자기 아들을 밖으로 내보내며 아이들과 김여사는 그대로 골방에 방치해 두고 자기들만 밥을 먹는 소리가 들렸다. 아이들에겐 밥도 먹이지 않고 억지로 잠을 재워서 소란을 못 피우게 해버렸다. 그때 김여사는 숨이 돌아와서 물 한 모금이 간절했으나 곁에 사람이 없으니 의사전달을 못하고 말았다. 점심 먹다가 그런 일을 당했으니 무려 7시간 이상을 방치했던 것이다. 김여사의 목숨이 질기긴 하는가보다 그토록 박재수에게 폭행을 수없이 당하고도 지금까지 목숨을 부지한 것을 보면 분명 어떤 신인가 몰라도 그녀를 지키는 신이 있다는 생각이 들었다.

박재수는 다 죽어가는 김여사를 놔두고 신애자를 만나고 밤늦게 들어왔다. 그런 아들한테 마랭이 댁이 또 코치했다.

"아야 이럴 때 억지로라도 좋아서 그런 것처럼 안아주기라도 해라. 그래야 우리가 산다." 하고선 자기는 그 자리를 피해주었다. 그때 박재수는 자기 엄마한테 코치 받은 대로 죽은 송장이나 다름없는 김여사에게 치마를 걷고 달려들었다. 반항할 힘조차도 없는 김여사에게 맘에도 없는 성행위를 한 박재수가 마치 저승사자보다 더 징그럽고 소름끼쳤다.

사람은 仁義智德으로 산다고 했다. 박재수는 아무리 조상이 근본 없는 상것이고 그 바닥에서 악랄하기로 소문난 집의 자손이라 할지언정 머릿속에 글이 그만큼 들어갔으면 뭔가 깨치는 것이 있어야 함에도 불구하고 완전 무의

도식 한, 파렴치한, 인면수심인이 인간의 탈만 쓴 후안무치 인이니 순자의 성악설이 무색케 되 버렸다. 이런 사람은 애초에 세상에 태어나질 말았어야 할 존재다.

"놔라!! 소리 지를 거다." 김여사의 입은 이 말을 하고 있으나 밖으로 소리는 나오지 않았다.

"질러라! 이 집에는 니편 들어줄 사람 하나도 없다! 내가 너 좋아서 이런 줄 아냐?' 하고선 아이들이 보는데서 한복을 입은 김여사의 치마를 걷어 올리고 억지로 강간하듯 뒤에서 지랄병을 한참 떨더니 고꾸라져 잠이 들었다. 이 때 김여사가 일어날 수만 있다면 박재수를 칼로 난도질 하고 싶은 심정이었을 게다. 갈비뼈가 부러졌는지 가슴이 절려 울지도 못하고 기침도 못 할 정도로 온몸이 아프고 깨진 질그릇처럼 으득거렸다.

뒷날 아침 정신이 혼미한데 많은 사람들이 빙 둘러서서 김여사의 상태를 지켜만 보고 있다. 김여사는 말이 하고 싶으나 입에서 말이 나오지 않아서 눈으로 그들의 동태를 지켜볼 뿐이다. 자기들끼리 무슨 일이 있는듯한데 감을 잡을 수가 없다. 전부가 아무 말 없이 눈치만 보고 있다. 그때 박재수도 보였는데 마랭이 댁이 '넌 나가있어라.'하니 재빠르게 밖으로 나가버렸다. 밖은 아직 어둑발이 가시지 않았다. 김여사는 화장실이 가고 싶으나 얼른 일어날 수가 없었다. 억지로 붙잡고 북북 기어서 밖에 있는 재래식 화장실로 가서 피를 토해냈다. 어제 박재수가 가슴을 밟아서 아마도 허파에 갈비뼈가 박힌 것 같은데 어느 누구도 병원에를 데려가지 않았다. 금수만도 못한 자기들 만행이 행여 세상에 알려질 것이 두려웠던 것이다. 자기 친정어머니한테라도 누가 기별을 넣어줬으면 하는 마음 간절한데 모두가 그녀의 고통은 외면한 채 그 잔혹한 사실이 밖에 알려지지 않게 쉬쉬하려고만 했다. 도대체 박재수의 일가 사람들은 언제까지 김여사에게 이런 배은망덕하고, 비인간적이고, 사악한 짓을 할 것인가? 그들이 보배 에게 이래야 할 이유가 하등에 없는데 그들은 도대체 왜 이럴까? 속담에 무식하고 가난한자는 상대해도 열등의식 가진 자는 상대하지 말라고 했다. 박재수 일가는 보배네 집이 잘살고, 남에게 인정받고, 인심이 후한 집이지만, 자기 집은 가진 것 없고, 내 놓 것 없는데다, 인심마저 얻지 못했으니 공연히 보배의 기를 꺾어버리려고 안간힘을 쓴 사람들이라고 생각할 수밖에 없었다. 마치 까마귀 떼 속에 백조 한 마리 격이다.

보배가 시집오고부터 공업사가 흥행하는 것을 보고 모두가 한 말들. 복 있는 보배가 시집오니 친정은 쪼그라들고 박가네는 흥해간다고 다들 말했는데 자기 가문에 복덩어리를 몰라보고 왜 그들은 끝까지 그리 악랄하게 굴어야 할 이유가 뭔가 말이다. (공업사가 누구 덕에 회생했는데? 결혼식 때 우리 쪽으로 들어온 축의금이 전부 시집으로 가고부터 공업사는 날로 흥해갔다는 사실을 H바닥 사람들은 다 알고 있는데 언제까지 가면을 쓰고 거짓으로 살 것인가 두고 보자. 여자가 한을 품으면 오뉴월에도 서릿발 친다 했다. 네 놈이 언제까지 내 가슴에 한을 심고도 잘 될 줄 아느냐?) 하고 김여사는 몸은 비록 만신창이가 되었지만 가슴속에 서리서리 쌓인 한으로 밤새도록 분함을 삭이지 못했다. 금액을 떠나서 수백, 수천사람들이 작은 봉투에 보배의 축복을 담은 봉투가 전부 박가네 집으로 갔으니 당시 박가네는 자연히 흥할 수밖에 없었다.

김여사는 골방에서 일어나지도 못하고 통증에 시달리는데 김여사는 아예 죽은 사람 취급을 하고 어느 누가 물 한 모금 갖다 주며 관심 갖는 사람 하나 없이 마당에선 마랭이 댁 회갑잔치 한다고 떠들썩한 장마당 같은 분위기다. 채일 밑에선 흥겨운 노래 소리도 들리는가하면 누군가 진한 농들도 뱉어내어 마당은 그야말로 웃음바다로 한 것 분위기가 고조되었다. 상다리가 부러지게 쌓아올린 회갑잔치 음식들을 장식하고선 기념사진을 찍기 위해 사진사가 자리를 배치하며 이리 서라, 저리 서라 하고 마랭이 양반 부부를 중심으로 많은 자식들과 손자들을 배치하여 사진이 잘 나오도록 하려는데 사진사의 눈엔 셋째 며느리가 보이지 않으니

"이집 복둥이는 어디를 가고 안보이네?"

"누구 말이요?"

"보배 아씨가 안보인단 말이요. 서방과 애들은 있는데 왜 보배 아씨는 안보이냔 말이오?"

"사정이 있어서 참석 못했으니 그냥 찍으시오!" 마랭이 댁이 통명스럽게 내 뱉었다.

"먼 사정인가 몰라도 이런 사진은 평생에 한번밖에 못 찍는데 꼭 찍어야 할 사람이 빠지면 두고두고 후회를 하게 되니까 기다려서 같이 찍읍시다."

"그냥 찍으라면 찍으시오! 언제까지 모다 세워놓고 벌세울 것이오?"

"앙꼬 없는 찐빵이 되 부러도 괜찮소?"

"언능(빨리) 찍읍시다. 애들이 추워서 벌벌 떨잖아요." 홍당무가 불만 섞인 말투로 사진사를 다그쳤다.

"찍으라면 찍는디 쪼까 거시기 해서 그려요. 자! 다들 여기 보시오! 아이고 방귀 나올락 하네! 찰칵. 다 됐습니다." 환갑잔치에 참석한 동네 사람들이나 친척들이 보배의 부재를 두고 모두가 숙덕거렸다.

"이상하다? 애들 데리고 광주에서 일주일 전부터 와서 시어머니 환갑잔치 도와준다고 어제까지도 있었는데 갑자기 안보이네? 또 재수 그 불한당한테 두들겨 맞고 몸져누웠나?"

"참말로 그랬다면 그놈은 천벌 받을 놈이랑께? 지놈이 누구 덕에 대학 나와서 선생질하는디 마누라한테 손찌검을 한당가? 업고 다녀도 션찮을 것인디 그러면 천벌 받재!"

"낯바닥은 반닥스럼하게 생겨놓으니 H에서 온갖 바람은 다 피우고 개지랄하고 댕긴다고 소문이 파다 했는디 광주 가서는 그 짓 안하는가 모르재!"

"지 버릇 개 준당가? 씨 도둑질은 못 헌다고 그놈도 마랭이 양반 종자여!"

"전부터 한 말이 있어. 마랭이 양반 각시를 엮으면 목포에서부터 H까지 새우고도 남는다고."

"그러게 말이여." 잔치마당은 보배의 부재로 인해 마을사람들 입에서 온갖 험담들이 튀어나왔다.

"제발 나를 병원에 데려다 주세요. 나 죽겠어요."

"가더라도 광주로 가서 병원을 가야지 여기 촌구석 병원이 뭣을 안당가?" 말로는 생각한척 광주병원으로 가자고 했지만 H에 있는 병원에 가면 자연적으로 신여사 귀에 들어가게 생겼으니 이런 사실을 신여사에게 숨기기 위해서는 어서 빨리 광주로 데려가야 한다.

김여사가 다음날 겨우 몸을 추슬러 자리에서 일어나니 광주로 가자고 서둘렀다. 아이들 둘은 걸리고 차남이를 안고 비척거리며 걸어가는데 박재수는 그런 모습을 본 듯 만 듯 자기와는 상관없는 사람마냥 자기 몸만 편하게 걸어가고 있었다. 그런데 정류소에서 국금자를 만났다. 그녀를 보더니 좋아서 어쩔 줄 몰라 얼굴이 단번에 활짝 펴졌다. 그리고 싱글거리며 둘이 차에 먼저 타서 뒷자리를 잡고 둘이 나란히 앉았다. 김여사는 광주에서 갈 때부터 한복을 입고 갔기 때문에 올 때도 다른 옷이 없어서 한복을 입고 올 수밖에 없었다. 몸도 가누지 못할 형편인데 거추장스런 한복까지 몸에 걸친 채 아이를 안고 한발 한발 더디게 걷고 있는데 애비란 사람이 아이들을 살피지 않고 자기 몸만 재빨리 차에 올라버리니 H에서 광주로 가는 어르신들이 아이들을 안아서 차에 태워주고 보배가 안고 있는 아이도 받아서 자기들이 안고 갔다. 그랬어도 곁에 사람 눈치도 살피지 않고 뒷좌석에서 국금자랑 계속 싱글거리며 광주까지 왔다. 국금자는 김 여사와 중학교 동창이다. 여고시절에 박재수와 친구 자취방에서 날마다 둘이 붙어서 에로 행각을 했던 사람이기도 하다. 그녀는 H에서 어떤 경찰한테 시집을 갔다는 소식을 들었는데 결혼한 후에도 박재수를 계속 만나고 다닌다는 소문을 친구들을 통해서 이미 들은바 있다.

　광주에 도착할 때까지 박재수의 볼썽사나운 꼴을 지켜보던 어르신들이 박재수를 꼬나보고 혀를 끌끌 찼다. 차라리 자기가 보지 않은 곳에서 연애질을 하든가, 버젓이 아이들과 자기 앞에서, 또한 어르신들이 다 보는 앞에서 부끄러운 줄 모르고 뻔뻔한 짓을 한 박재수의 행위에 김여사는 치를 떨었다. 아니 낯이 뜨거워서 쥐구멍이라도 들어가고 싶은 충동을 느꼈다. 자기를 얼마나 무시했으면 버젓이 자기 보는 앞에서 저런 추한 행위를 할 수 있단 말인가?

　광주 터미널에 도착해서도 박재수는 아이들이나 자기 처에 대해선 신경도 안 쓰고 국금자와 무슨 얘기를 그리 하는지 계속 싱글거리며 즐거워했다. 자기 몸도 가누지 못할 정도로 고통스러워하는 김여사를 본 어르신들이 아이들을 하나씩 안고 도와주셨다. 그 분들도 박재수가 어떤 사람인 것을 다 알고 있다. 그러니 김여사를 더욱 안타깝게 여기고 택시를 잡아서 타기까지 아이들을 보살펴주고 손에든 가방을 챙겨주면서 잘 가라고 손까지 흔들어주었다. 그러나 김여사는 속으로만(어르신들 참으로 감사합니다. 이 은혜 잊지 않을게요.)하고 목례만 했다. 만약 박재수 앞에서 격에 맞는 인사라도 하는 날이면 무슨 트집을 잡고 억지소리 할지모르니 감사의 표현도 제대로 못했다. 이틀 전에 박재수 발로 김 여사의 가슴을 밟았을 때 갈비뼈가 부러졌는지 숨도 못 쉬게 아프고 차만타면 멀미가 났다. 택시 안에서도 김 여사는 멀미를 심하

게 했다. 집에 도착해서 박재수는 아이들을 김여사에게 맡긴 채 김여사의 몸 상태를 살피기는커녕

"나 급한 손님이 있어서 가 봐야한다." 하고는 어디론가 도망치듯 나가 버렸다. 아까 차에서 국금자와 한 약속을 지키기 위해서다. 자기가 병원에 데려가면 돈 한 푼이라도 자기돈 드니까 '네 년 몸뚱이니까 아프면 네 년 돈으로 병고치고 살겠지.' 하는 배짱에서다.

집에 들어와 겨우 웃옷만 벗은 채 자리에 누어버렸다. 아이들은 배가고파 칭얼댔지만 어찌 해볼 수가 없었다. 어제부터 아이들과 자기는 먹지도 못하고. 그 잔혹한 폭력에 시달렸으니 그 고통을 어찌 필설로 다하랴? H에서 온후 계속 피를 토하니 주인 할머니가 보고 깜짝 놀라서 사유를 물었다.

"아이고 애기엄마 몸이 왜 이리 됐는가?"

"……."

"나는 애어멈 속사정을 다 알고 있으니 믿고 말해도 괜찮아." 김여사는 시가에 가서 당한 이야기를 �줴 했다. 그 이야기를 듣던 할머니가 더욱 흥분해서

"하여간 박 선생 사람도 아니그만! 어찌 그런 일로 여러 사람들 앞에서 그리 모지락스런 짓을 할 수 있당가? 지금 낳아놓은 아이들만 해도 딸 하나에 아들 둘이나 되니 더 낳지 않아도 되니 있는 자식이나 잘 키우자고 한말이 뭐 그리 죽일 만큼 잘못했다고 마누라를 이따위로 만들어놓았냐고? 하여간 기집한테 행패부린 놈은 이유가 없어, 지 기분대로 말을 주워다 붙이고 여자를 괴롭힌 법이여."

"할머니 죄송하지만 나 약 좀 지어다주실래요? 아픈 사정을 말씀하시고요."

"기다리게. 얼른 가서 약 지어 오겠으니."

할머니는 재빨리 뛰어가서 약국에서 약을 지어오셨다.

"약으로 될게 아니라고 하면서 병원으로 가야 될 병인 것 같다고 하든디?"

"남편이 돈 한 푼 주지 않는데 제가 돈이 어디서 나서 병원 가겠어요? 가면 틀림없이 입원하라고 할 것이고 입원하고 나면 또 아이들은 어쩝니까? 나는 이 아이들 때문에 죽지도 못해요." 할머니는 김여사가 안타까워 마치 자기 딸이 당한 것만큼이나 분하고 억울해 하며 김여사의 손을 붙잡고 펑펑 우셨다. 그리고 자기 부엌으로 달려가서 깨죽을 손수 쑤어서 갖다 주며 먹으라고 권했다.

"애어멈, 이거라도 드시고 기운을 차리시게. 내가 살아야 아이들도 키우고 아이들을 키워놓으면 그래도 어미 속을 알아주겠지. 그것도 그것이지만 내가 꼭 살아서 그놈에게 복수해야 해. 이런 한을 가슴에 묻고 죽으면 얼마나 억울해서 저승에도 못가고 구천에서 떠돈다네. 그러니 어서 먹고 힘내시게."

"아이고 할머니 이렇게까지 신세를 져서 어쩔까요? 잘 먹고 꼭 나아서 이 은혜 잊지 않을게요."

"나도 7남매를 두고 있네. 그중 딸이 다섯이라 사위도 다섯이나 되네. 그런디 박 선생같이 싸가지 없는 새끼는 없네. 다섯 사위가 다 잘하고 자기 마누라 밖에 모르고들 사네. 기왕 이야기가 나왔으니 말이지 전부터 박 선생을 호로새끼라고 생각했네! 장모가 올 때마다 고개가 빠지게 이고 들고 먹을 것을 챙겨오면 얼른 나가서 받는 것을 못 봤네. 지까짓 것이 뭔데 잣네 밧네 하고 장모알기를 이웃집 식모정도로 알고 오냐고 인사하는 것 못 봤네. 한일을 보면 열일을 안다고 했네. 그런 것이 선생질을 한다고 하니 나래도 교육청에 가서 난리를 한번 칠까 해." 할머니는 김여사를 마치 자기 딸같이 여기고 안타까워서 온갖 정성으로 간호를 해 주셨다. 주인집할머니는 김여사의 아이들까지 챙겨서 데려다 씻기고 밥 먹여서 걷어주었다. 움직이기만 하면 갈비뼈가 내려앉은 것 만 큼이나 아프고 결려서 살 수가 없으니 일상생활을 제대로 할 수가 없었다. 참다못해 김여사는 박재수에게 사정을 했다.

"여보 내가 살아야 저 아이들도 길러내지 않겠소? 제발 나 좀 병원에 데려다 줘요. 아무래도 갈비뼈가 몇 개 부러진 것 같은데 이대로 방치할거요?"

"지미 씨발 년아! 네 년이 돈이 없냐? 뭐가 없냐?!! 니년 멋대로 돈 쓰고 살면서 니년 몸뚱이 아픈 것을 나보고 어쩌라고 지랄이냐?!"

"너 같은 것에게 말한 내 입만 아프지, 천하에 배은망덕한 것 같으니라고! 내가 너에게 이런 대접 받으려고 친정 것 뜯어다가 너 공부시키고 지금까지 먹여 살린 줄 아냐? 내 손에 있던 것 딱딱 긁어서 느그 어매 금비녀 만들어주느라 땡전 한 잎 없어서 당장 병원에도 못 간다. 네 입으로 이실직고해서 친정부모 한테 알려 주라! 이 무지한 개 상놈아!!"

박 재수는 대꾸도 하지 않고 문을 박차고 나가버렸다. 그는 신애자와 열애 중이니 김여사의 생사가 중요하지 않았다.

19. 또 임신이라니?

　　H에서 그 험한 꼴을 당하고 온지가 벌써 두 달이 훌쩍 지났다. 박재수는 매일 밤 12시가 넘어서 들어오니 마누라의 고통을 눈으로 보지 않으니 알 리가 없다. 아니 알려고도 하지 않았다. 안다고 해도 그가 날마다 누리는 환락을 포기하고 싶지 않아서다. 박재수의 나이 이제 스물아홉 살, 남자 나이로 완전히 성숙한 나이 때라 갈근 밤 마냥 반들거리고 멋있었다. 거기다 전형적인 이기주의자라 가정은 나 몰라라 하는 천하에 파렴치한으로 자기 몸만 깔끔하게 차려입고 언제나 때 빼고 광낸 사람처럼, 기생오라비처럼, 꾸미고 다니면서 많은 여성들 호리는 일에만 전념했다. 그렇게 화려하게 살려니 가정은 여만 장이고 자기 뜻대로 하려다 안 되면 김여사를 두들겨 패는 것이 자기 삶의 본질이었다.

　　김여사는 생리마저 끊겼다. 그래서 자신이 생각하기에 (아, 내가 죽을 병이 들어서 생리도 그쳤구나. 내 나이 이제 스물아홉인데 벌써 여자의 생명이 다 했단 말인가 오늘은 꼭 힘을 내서 병원을 가보리라.) 하고 용기를 내어 병원을 찾았다. 그런데 이게 무슨 청천벽력 같은 소린가?

　　"임신입니다." 김 여사는 소스라치게 놀라며

　　"아니 내가 언제 남편과 잠자리했다고 임신을?"

　　"지금이 두 달째입니다." 김 여사는 아무리 생각해도 그럴 리가 없었다. 차남이 낳은 지가 2년이 다 된다. 차남이 가졌을 때도 박재수가 어쩌다 술김에 한번 실수한 일로 차남이가 생겼는데 그 일이 있고서 아직 잠자리를 한 적이 없는데 이게 무슨 날벼락이란 말인가? 이 사실을 박재수가 알면 또 엉뚱한 의심을 하고 자기를 죽이려고 할 건 뻔하다. 그렇다고 자기가 외간 남자를 본 사실도 없다. 김여사는 속으로 눈물을 흘리면서

　　"선생님 낙태시켜주세요. 도저히 이 아이를 낳고 싶은 생각 없습니다."

　　"안됩니다. 환자분께서 몸이 너무 약해서 낙태수술 받으면 그 날로 죽습니다."

　　"여기서 안 되면 다른 병원을 가서라도 낙태수술 받아야 합니다."

"다른 병원에 가도 마찬가지일겁니다. 실례지만 환자분께서 자녀들이 몇이나 됩니까?"

"딸 하나에 아들 둘입니다."

"남편 직업은요?"

"학교 선생입니다."

"교육공무원은 나라에서 애들 학자금 다 나오고 살기 좋잖아요? 그러니 내 말 듣고 절대 낙태수술 받지 말고 이 아이 낳아서 잘 기르며 산후조리를 잘해서 건강회복 하세요. 만약 잘못되면 남편과 아이들은 어떡할 겁니까?" 김여사는 곰곰 생각해봐도 도저히 안 될 일이다. 이 셋도 버거운데 거기다 하나를 더 낳아 보태면 자기가 짊어질 짐이 너무 무거울 것이라고 생각하니 눈앞이 캄캄했다. 자기가 죽게 되면 남편이야 더 좋아서 춤 출 놈이지만 아이들 때문에 도저히 죽을 순 없었다. 그래서 침대에서 일어나 집으로 오면서 곰곰이 생각해보았다. (내가 언제 그놈과 살을 댔단 말인가?) 시어머니 회갑 때 가서 그놈의 난폭함으로 인해 죽음의 문턱까지 갔을 때 시어머니와 남편이 한말 '이럴 때는 싫어도 좋은척하고 안아주어라 그래야 우리가 산다.' 하고 시어머니는 그 방을 비켜주었던 일이 있었다. 그때 박재수는 다 죽어가는 보배를 뒤에서 치마를 걷어 올리고 짐승 같은 짓을 했을 때 반항할 힘조차 없었다. 그리고 그 입에서 나온 소리는 '악을 쓸 테면 써봐라 이 집에는 네년 편들어 줄 사람 한사람도 없다'고 하며 짐승 같은 짓을 한 그때가 희미하게 떠올랐다. (그럼 그때 임신이 됐다는 건가? 허허~ 이 무슨 얄궂은 운명이란 말인가?) 김여사는 허탈한 웃음이라도 날려보려고 하니 가슴이 결려서 도저히 웃을 수조차 없었다. 남들 보기에 남편이란 자는 수많은 여자들과 바람피우고 매일 밤 자정이 넘어서 들어와서 자기 마누라하곤 전혀 잠자리를 안 하고 사는 줄 아는데, 또한 남들은 아이를 가지려해도 안 생겨서 못 갖는데, 김여사는 어쩌다 박재수가 술 먹고 실수로 온지 간지 모르게 도둑 x하고 가도 덜컥 임신이 되 버리는 신기한 여자였다. 그 원인을 알려고 김여사는 산부인과를 가서 상담을 해보니 김여사의 자궁은 너무도 깨끗하니 남자의 정액이 들어가기만 하면 안착이 돼서 그런다나? 어쩐다나?

20. 방 빼라는 통고

　　김여사는 남편에게 폭행당하고 몇 달을 몸져누워서 아이들도 제대로 못 돌보며 겨우 죽지 못해서 살아가고 있는데 박재수는 하루도 빠질 날 없이 언제나 귀가시간은 자정이 넘었다. 그나마 밤에 들어오지 않고 새벽에 들어오는 날도 많았다. 그렇게 몸이 아픈 것도 있지만 엎친데 겹친다고 그 와중에 임신까지 했으니 김여사는 더없는 고통을 나날이 보내고 있는데 박재수는 무엇이 그렇게 신나서 매일 밤을 즐기고 자정이 넘어서 대문 열어달라고 고래고래 악을 써 댔다. 김여사가 몸이 불편하여 얼른 못 일어나고 뭔가를 붙잡고 겨우 일어나서 대문까지 걸어가는데도 적잖은 시간이 걸렸다. 그러면 무슨 대단한 벼슬이나 따가지고 귀가 한 것처럼

　　"기집 년이 하루 종일 집구석에 자빠져 있으면서 뭐하느라 대문도 얼른 못 열어 주냐?!!"며 소리를 벼락같이 질렀다. 박재수 악쓰는 소리에 이웃들이 모두가 단잠에서 깨곤 했다. 그러니 김여사도 주인집 할머니 눈치를 보고 이미 각오를 하고 있었다. 그런데 아니나 다를까 주인집 할머니가 보자고 했다.

　　"애 어멈, 차마 이 말이 안 나오지만 어쩔 수 없네. 다른 집 알아보게."

　　"우리 애들이 떠들고 애 아빠가 늦게 들어온 것이 신경이 쓰여서 그렇지요?"

　　"애들이야 다들 그렇게 울고 싸우면서 크느라 그렇다 치고, 박 선생의 행위가 너무 얄밉고 볼썽사나워서 더는 두고 볼 수가 없어서 그러네. 우리 사위도 선생이 몇이나 있고, 우리 아들도 선생이고 손자손녀들도 날마다 드나드는데 행여 우리 자식들이 배울까 두려워서 그러네. 아무리 봐도 자네 서방 놈 같이 못된 놈은 보다보다 처음 봤네! 그런 꼴을 보고 있으려니 내가 울화가 치밀어서 그래. 자네 몸을 생각해서 밤마다 대문도 못 잠그고 자려니 불안하고, 들어오는 소리 날 때까지 나도 잠을 못자고 기다려야 하니 이게 사람이 할 짓인가 말이다."

　　"예 알겠습니다. 제가 그동안 너무 신세를 많이 져서 제가 몸이 좋아지면 꼭 그 은혜 잊지 않겠습니다. 조만간 방을 구해서 나가렵니다."

　　"몸도 온전치 못한 사람한테 이런 말을 차마 입 밖에 내지 못했는데 어쩔 수 없네. 미안하네. 몸조심해서 서서히 알아봐. 자식들과 살아보겠다고 애쓰

는 자네가 너무 안됐어. 차라리 헤어져버리지 뭐한다고 그런 놈한테 돈 뜯기며 매 맞고 살아? 살면 살수록 자네만 손해야. 저런 놈 아니고도 얼마나 좋은 사람이 많은데 왜 저런 놈 밑에서 죽도록 고생만 하냐고? 제발 새끼들 싹 쥐버리고 이혼만 해라, 내가 중신해 줄게. 못된 놈 누구 덕인 줄도 모르고 그 더러운 성질머리를 누구한테 부려! 호로상놈 같으니라고! 이웃에서 다들 말해! 그놈 불량한지는 천하가 다 아는 일이니까 너무 걱정 마."

"예." 집 주인 할머니가 그간 박재수와 김여사를 겪어본 결과 천사와 악마가 만난 부부, 정 반대의 사람끼리 만나서 사는 것이 너무도 엇박자인 그 가정을 두고 볼 수가 없었다. 그렇다고 박재수를 자기 자식이 아닌 이상 뭐라고 나무랄 수도 없었다. 아무리 봐도 변할 사람 같지도 않고 남의 체면이나 남의 말을 아프게 들을 사람도 아니니 차라리 자기 눈앞에서 치우는 것이 일상에 좋을 것 같아서 그런 결론을 내렸다.

21. 여관에서 숙직?

5년 정월 대보름날이 막 지났을 때다. 그날도 박재수가 아침에 집을 나가면서 "오늘밤은 숙직할거니 그리 알어!" 하며 나갔다. 김여사 뇌리에 어떤 촉이 왔다. 달은 대낮같이 밝았다. 날씨는 매우 춥고 을씨년스러웠다. 길바닥은 살얼음이 얼어서 밟으면 사각거리는 소리가 났다. 그날 밤에 불안해서 잠이 안 오니 택시를 잡아타고 박재수가 근무한다는 석산고등학교까지 갔다. 그때 석산고등학교 탁구 실에는 학생들이 탁구치고 노는데 박재수가 학생들 귀가를 재촉했다. 학생들은 뿔뿔이 흩어졌다. 조금 있으니 어둠속에서 신애자와 박재수가 나오는 소리가 났다. 김여사는 얼른 언덕 밑으로 몸을 숨기고 있는데 하필이면 김여사가 몸을 숨기고 있는 바로 그 위에 둘이 서서

"오늘밤 숙직이라 책임도 못 지면서 오라고 했어요? 뭐야! 잠도 편히 못 자게!" 하며 투정을 부렸다. 그때 박재수는 애자를 끌어안고 달래면서

"걱정 마, 내가 그렇게 책임 없는 짓은 안하는 사람이니까." 두 사람은 바짝

끌어안고 교문 밖으로 나갔다. 자정이 다 된 시간이라 동네 개들이 컹컹 짖어 대고 소란해도 두 사람은 어둠속을 잘도 빠져나갔다. 김여사는 그들의 모습이 안 보일 때까지 혼자서 멍하니 서서 지켜만 보고 있었다. 두 사람은 여관을 향해 가고 있다. 김여사는 그때야말로 총이 있다면 박재수와 신애자 뒤통수에 통쾌하게 날려버리고 싶은 생각 간절했다. 허탈한 마음을 달래며 아직도 아픈 가슴을 움켜쥐고 터벅터벅 집을 향해 걸어갔다. 지난해 겨울 시어머니 회갑 때 가서 박재수에게 폭행당해 그때의 후유증으로 김여사 몸은 매우 좋지 않다. 지금도 가끔 피가 목구멍으로 넘어오는 증세로 보아 아직 치유가 덜 된 몸이다. 김여사는 몸도 마음도 만신창이가 되어 있는데 자기 처는 안중에도 없고 원수의 딸 신애자하고 지금까지 놀아나고 있는 박재수를 보니 온몸에 소름이 돋았다.

허탈한 마음을 안고 밤 1시가 다 된 시간에 김여사는 집으로 왔다. 아이들 방으로 조용히 가서 자는 모습을 들여다보니 그렇게 오질 수가 없었다. (우리 장남이 이렇게 잘생기고 똑똑한 아이가 있어서 나는 이 고통을 견디며 산다. 그리고 우리 차남이 작년에 신애자 그년 때문에 큰 상처를 입고 그길로 급성 폐렴까지 앓아 죽을 뻔 한 아이를 좋은 의사선생님 만나서 기적적으로 살아난 내 차남이 난 이 애들이 있는데 박재수 너 같은 놈 있으면 뭐 하냐? 얘들아. 우리는 든든한 외갓집이 있고 그래도 우리를 지키시는 하늘이 있다. 걱정마라, 느그 아빠가 언제까지 저런 괴물 짓을 하고도 온전한가 보자. 천도가 있단다.) 김여사는 혼자서 자문자답을 하며 쓴 웃음을 웃었다. (천하에 나쁜 인간 같으니라고! 누구 덕에 제 놈이 교단에 섰는지도 모르는 무지막지한 인간쓰레기...)

아침에 아무 일도 없었다는 듯이 박재수는 일찍 집에 들어왔다. 들어오는 것을 알면서도 김여사는 모른 체하고 누워있었다.

"서방은 숙직하느라 밤새 고생하고 들어오는데 이년이 서방이 와도 모르고 잠만 퍼 자네? 에끼 이년 한번 죽어봐라." 박재수는 쌀 두지 위에 얹어놓은 선풍기를 들어서 김여사에게 던지니 차남이 머리위로 떨어지는 것을 보고 얼른 김여사 팔로 방어를 해서 차남이는 다치지 않았으나 놀라 깨어서 울었다. 만약 저 선풍기가 우리 차남이 머리에 맞았다면 어찌되었을까? 생각만 해도 아찔했다. 김여사는 벌떡 일어나서

"너 이게 무슨 짓이야? 뭐 숙직을 해? 여관이 숙직실이냐? 지난번에 이 아이가 신애자 그년 때문에 얼굴에 상처를 그렇게 많이 입고 또 금성폐렴으로 죽을 뻔 한 아이를 겨우 살려 와서 아직 몸도 회복이 덜 되고 이제 겨우 젖 떨어져서 고생하는 아이를 선풍기로 때려죽이려했냐?! 너 같은 것이 사람이 더냐? 아이가 아파서 죽는다 해도 병원에 한번 와봤냐? 병원비 한 푼 보태 줘봤냐? 집구석에 생활비 한 푼이나 줘봤냐? 인간 말 종 너 같은 놈은 애비자격 없다. 어디 원수의 딸하고 지금까지 붙어서 내 못 할 일을 이다지도 시키냐? 양심 있으면 말해 봐?! 지금까지 네가 가정에 가장으로써 한 짓이 뭔가 말이다! 가장의 도리가 뭔지 책임이 뭔지 모르는 무중이가 신애자 한테는 어제 밤에 책임완수 했냐?! 에끼 더럽고 불량한 놈!"

 "내가 그랬으면 이년아 손가락에 불을 붙이고 하늘로 올라가겠다. 어디서 생지무지한거짓말을 해서 서방을 잡으려하냐?!"

 "그 손가락 이리 내! 내가 불 붙여줄게 하늘로 올라가서 하나님한테 억울하다고 해봐라!!"

 "이 나쁜 년아 누구하고 뒤를 밟았냐? 그놈을 잡아 죽여 버릴 것이다."

 "그놈? 그놈이 누군데? 그놈을 알면 네가 잡아라! 없는 그놈 잡으려다 느그 둘이 먼저 죽을 줄 모르고?! 고발해버릴까?! 숙직 선생이 정부하고 여관에서 불륜했다고 신문에라도 내줄까? 내가 못 할 줄 알아? 너 같은 놈을 교직에서 당장 쫓아내야 돼! 너 같은 놈이 있으니 교육계가 썩었단 소리를 듣지! 느그 어매 회갑 때 넌 나를 죽이려고 느그 형제간들 부모 앞에서 공연한 말 한마디 가지고 나를 그렇게 무지막지하게 팼지? 그때 내가 저승까지 갔다가 다시 살아난 나다. 지금도 그 후유증에 시달리고 있다. 그런데 그 천벌을 받고도 남을 느그 어매, 응큼스런 느그 어매 금비녀하고 금반지, 호박반지 누가 해 줬냐? 그때 너는 그것도 돈 없다고 하지 말라고 했지만 내 목걸이, 아이들 반지까지 몽땅 합해서 그렇게 큰 선물을 해 줬더니 느그 어매하고 짜고 나를 죽이려 했다. 어디 그것뿐이더냐? 결혼식 날은 또 어쩌고? 결혼식 끝나기가 바쁘게 너는 어디론가 사라져 버리고, 축의금에 눈이 어두워 그날 신부인 나에게 어떤 대접을 한줄 아냐?! 하루 종일 난 아이하고 첩 시 어매 집에서 물 한 모금 못 얻어먹고 쫄쫄 굶고 아이하고 시달렸다. H 생기고는 처음으로 많이 들어온 축의금을 그것들이 다 삼켜버리고 지금까지 축의금에 대한 말 한마디 없고. 부의록이라도 달라고 사정을 해도 그것도 안준 느그 족속들이다. 나 결혼할 때 느그는 우리한테 뜯을 것 다 뜯어갔다. 예단비야, 신랑 꾸밈비야, 입으로 생긴 것은 다 해줬다. 그런데 느그는 나한테 실오라기 하나 안 해주고도 너는 낮바닥 좋게 좆만 차고 우리 집에 빌붙어서 지금껏 처갓집 것으로 너 할 짓 다하고 산 놈이다. 그래놓고도 뭐 잘했다고 나한테 그토록 고된 시집살이를 시킨다냐? 결혼식 끝나고 너는 옛날 애인 만나러 가서 일주일 만에 돌아왔을 때 우리 친정 앞으로 들어온 축의금 찾아오라고 하니 나는 말 못한다고 했지? 너도 한통속이니 그렇지? 축의금을 못 찾아오면 부의록이라도 찾아와야 누가 우리를 위해 축의금 내줬는지 알아야 나중에 그 빚을 갚는다고 그것이라도 찾아오라고 했어도 너는 모른다고 했고 그 말한 나를 잡으려고 느그 어매가 한말 '여편네는 붉은 치마 자락 때 잡아라. 저년이 보통 똑똑한 게 아니더라'라고 했다. 내가 느그 집에 가서 뭘 그리 잘못했는데?! 첫딸 막 낳아서 배꼽도 안 떨어진 그 핏덩이 안고 폐병환자인 느그어매 병수발 하러 내가 다녔다. 그때부터 나를 찐 꼴 빠지게 부려먹고, 온갖 흉은 다 잡아내서 나를 모략한 느그 족속들이다. 지금이라도 부의록 찾아와!! 우리 집으로 축의금이 얼마나 들어왔는지 알고나 싶다. 이 불량한 인간아, 아무리 무식한 노가대 해 처먹고 사는 인간 들이라 해도 세상보고 들은 상식은 있을 것 아니야? 너와 난 출생의 근본부터가 달라! 내가 어쩌다 실수로 너 같은 놈한테 몸을 뺏겨 지금까지 질질 끌려 다니며 황금 같은 내 청춘을 이렇게 비참하게 보내는지 억울해 죽겠다. 네가 아무리 힘이 세서 나를 강제로 억누르며 나를 꼼짝 못하게 하고 악으로 나를 이긴다 해도 세상은 이치가 있고 하늘의뜻이 있는 것이다. 너 그렇게 악랄하고, 사악하고, 교활하게 너만 위한 삶을 사는 것이 부끄럽지도 않고 하늘도 두렵지 않니? 이 무지랭이 만도 못한 인간아! 무식한 사람들은 배운 게 없어서 지식은 없을지라도 너처럼 불량하지는 않다. 너 같은 놈 머릿속에 지식을 넣어주려고 우리 친정 집 팔고 땅 팔아 없앤 돈이 아깝다. 네가 밤마다 늦게 들어와서 싸우고 소리 지르고 한다고 이웃사람들에게 밉보여서 우리는 또 이사를 가야해! 너는 느그 부모한테 얼마나 잘 배워서 나한테 이딴 짓을 하는 줄도 모르고 느그 어매는 얼른하면 우리 친정에 쫓아가서 우리부모한테 '딸년을 잘 못 가르쳐서 우리 재수 신세를 망친다'고 퍼 붓는다고 하더라? 우리 엄마는 네놈 뒷바라지 하고 우리 식구 먹여 살리느라 가산이 다 기우는데도 느그 엄마가 그런 사정 모르고 우리 부모를 몰아세우면 우리 아빠는 사돈하고 싸우지도 못하고 피해버리면 우리 엄마가 잘못했다고 싹싹 빌고 돌려보낸 것이 한 두 번이더냐? 너 한 테 한번 물어보자. 내가 너에 비해 부족한 게 뭐있고, 뭘 잘못했는지 한번 속 시원히 들어나 보자. 내가 무슨 악행을 했건데 말끝마다 나보고 악독한 년, 인정머리 없는 년이란 말을 두고 쓰냐?"

"……." 박재수는 이 마당에서 아무 행위도 해서는 안 된다. 만약 사실을 말한 김여사에게 구타를 한다거나 행위를 제지하면 독이 바짝 오른 김여사가 당장 신문기자 불러댈 것 같아서 함구무언을 했다.

"느그 엄마는 우리 엄마를 자극해서 더 많은 재산을 뜯어가려고 그런 짓을 하지만 H 사람들은 그 속 다 알고 지금이라도 이혼시켜서 저런 짐승보다 못한 것들하고 사돈하지 말라고 한다더라. 딸이 아깝다고. 자기는 자식을 보리까락 개좆같은 자식을 낳아놓고 뭐 잘났다고 맨 날 우리엄마한테 가서 그 짓을 하는지, 제발 느그 엄마한테 우리 엄마 쫓아가서 퍼붓지 말라고 해줄래? 그런 짓을 하고 가면 오히려 느그 어매만 욕 들어먹어, 불량해도 짝도 없이 불량한 것 들이라고. 느그 아버지도 젊어서부터 각시 질을 얼마나 했던지 각시들을 조기 엮듯이 엮어서 세우면 목포에서 H까지 세우고도 남는다고 하더라. 너도 그런 피를 받았다지만 해도 너무한다고 이웃집 사람들이 다 말해! 느그 집에 첩 자식이 있어서 집구석이 그토록 시끄럽고 질서가 없는 것을 보면 너는 반성을 해 얄 것 아니야? 나는 첫날밤부터 너한테 소박맞으며 지금껏 살았다. 내가 자식을 두 살 터울로 넷을 낳으니 너하고 즐거운 밤을 가진 줄 알지만 네 말 따라 어쩌다 술 먹고 실수하여 생긴 자식들이다. 그런데 차남이가 너를 닮지 않았다고 나보고 얼른하면 어떤 놈 새끼냐고 더러운 소리했지? 그렇게 의심스러우면 생물학적 검사를 하자고 해도 네가 안했다. 사실이 밝혀지면 돈 뜯어낼 때마다 협박거리가 없어지고, 네 입으로 거짓말한 것이 탄로 나니까 하지 않은 줄 안다. 여러 소리 입 아프게 해봤자 네 양심이 변할 리 없으니까 깨끗이 이혼하는 게 상책이다. 사람은 결코 변하지 않는다는 것을 너를 보면 안다. 제발 이혼이나 해 주라!"

"어떤 놈 좋으라고 이혼해? 이혼은 절대 안 해줘!"

"에끼 불량한 놈! 앞으로도 우리 집에 뜯어먹을 것이 있으니 이혼은 안 해줘? 내가 너 같은 놈 갈친 것이 잘못이다. 이 천하에 웬수 놈아" 박재수는 김여사가 가슴에 쌓인 한 맺힌 소리를 꾹 참고 듣다가 이혼소리가 나오니 휭~하게 나가버렸다.

22. 마을 다른 데 없고 측간 다른 데 없다

작년겨울에 마랭이 댁 환갑잔치하러 가서 폭행당한 후유증이 여러 달 동안을 시달리게 했다. 몸이 아파죽겠는데 뱃속에는 박재수의 씨가 태동을 한다. 김여사는 병석에 누워서 죽지 못해 하루하루를 버티며 살고 있다. 이런 상황을 박재수는 자기일이 아닌 듯 날마다 춤추고, 오입질하고, 자정 넘어 들어와서 소리를 고래고래 지르고, 무법천지로 사니 이웃들이 다 알고 박재수를 욕했다. 엄마가 병들어 누워있으니 이웃집 사람들이 측은히 여겨 김여사네 아이들에게 음식을 갖다 주고 자장면도 사서 아이들 방으로 넣어주면서 '어서 먹고 엄마 귀찮게 하지 말'고 했다. 철없는 아이들은 음식을 먹고 그릇을 있는 데로 늘어놓으니 파리가 끓고 냄새나고 야단인데도 김여사는 그 방을 들어가 치울 힘이 없었다. 너무도 고통스런 나날을 보내고 있는데도 박재수는 자기 처야 죽든 말든 오직 바람난 개 마냥 여기저기 휩쓸고 다니며 화려한 제비 행세를 하고 다녔다. 그때 신애자가 자주 드나들었다. 둘은 언제나 오면 모퉁이 방으로 갔다. 당시 방두칸짜리 전셋집에 살 때라서 안방에는 김 여사가 있는데도 신애자가 오면 조금 외진 방으로 데리고 들어갔다. 그곳에서 두 남녀가 무엇을 했는지 안 봐도 비디오다. 아이들이 셋이나 되니 아이들 기르고 가사 일만 해도 주부로서는 하루해가 빠듯했다. 매일같이 주부들의 일과는 다람쥐 채 바퀴 돌 듯 한 생활이 연속된다. 그런 소중한 여자의 임무를 다하지 못하고 몇 달째 자리에 누워있으니 동네 사람들이 측은하게 여기고 김여사네 아이들에게 음식을 갖다 줬다는 것을 한참이 지난 후에야 알게 되었다.

가사 일이 너무 쌓일 때는 김여사는 사촌 여동생을 불러다 도와주라고 사정을 해서 간호사를 하고 있는 사촌 동생이 와서 아이들 씻기고, 청소도 하고, 빨래도 빨아 널어주곤 했다. 사촌 동생이 옆방을 치우다 눈물을 흘린 것은 누가 갖다 줬는지 아이들이 먹고 남은 음식 그릇들이 말라있고, 또 썩어서 역한 냄새가 나고, 구더기가 우글거리기도 한 것을 보니 눈물이 나올 수밖에 없었다. 자기 아버지 형제 중에 제일 큰아버지의 딸, 그것도 제일 부잣집에서 외동딸로 호의호식하고 부족한 것 없이 자란 언니가 남편을 잘못만나 이런 비참한 생활을 하게 될 줄이야 누가 알았겠는가. 그녀도 결혼정년기가 됐는데 자기 사촌언니의 삶을 보니 결혼하고 싶은 생각이 싹 가셔 버렸다.

김여사는 모처럼 몸을 일으켜서 옆방을 가보았다. 가서보니 옷걸이에 낯선 넥타이가 걸려있어서

"이게 어디서 났지? 못 보던 넥타이네?" 하고 유심히 보니까 큰 딸아이가

"아빠거야! 신애자 언니가 사줬어, 만지지마!" 하고 엄마 손에서 쭉 뺏어갔다. 이웃사람들이 박재수의 문란하고 비인간적인행위를 보고 모두가 비난에 비난을 퍼부었다.

"세상에 자기 마누라를 두들겨 패서 저 지경으로 해놓고 마누라야 죽든 말든 퇴근하기 바쁘게 카바레로, 술집으로 춤추러 다니느라 정신이 없던데 그런 새끼를 왜 가만두고 보고만 있소? 교육청에 진정서 하나 넣어버리면 당장 해고 되는데 왜 그 꼴을 보고만 있냐고요?"

"낸들 그런 맘이 안 들겠소? 그렇지만 애들 아빠니까 차마 못하고 있지요. 아이들이라도 키우려면 내가 죽어줘야지요."

"그러니까 사내들이 그런 약점을 노리고 여편네들을 우습게 여기고 온갖 못된 짓을 다 한단 말이오. 새끼는 여자만의 것이 아니란 것을 알아야 해요. 씨는 즈그 씨니까 막상 이혼하면 애비가 데리고 살아야 하니 그때 욕 좀 보라고 나가버리든가, 이혼하던가, 해버려요! 말들어보니 남편이 월급타서 생활비 한 푼 안주고 오히려 사모님한테 뜯어다가 자기만 즐기고 산다고 천하에 파렴치하고 불량한 놈으로 소문이 났던데 왜 그런 꼴을 보고 사냐고요?!"

"그래도 애들을 아비 없는 자식소리 안 듣게 하려고 참고 있지요. 설만들

자기도 사람인데 언젠가는 철들 때가 있겠죠?"

"자식 키우는데 그 인간에게 무슨 도움을 받는다고 그래요? 차라리 이혼하고 그 인간한테 시달리지나 않았으면 하네요. 한번 바람피운 사람은 절대 그 버릇 못 고친답디다. 잘 생각하시오. 사모님은 아직 삼십도 안 된 젊으나 젊은 나이에 왜 그렇게 살아요. 남들이 보면 이런 사모님을 훌륭하다고 생각하는 게 아니라 멍청하다고, 아니면 덜떨어진 사람이라고 해요. 알고 보니 사모님은 이 시대에 최고의 엘리트던데. 오죽 답답하면 우리가 이런 소리를 하겠소?"

"박 선생과 날마다 춤추는 사람이 누군 줄 알아요? H에서 둘이 죽고 못사는 영수관 여자다요! 광주로 전근 오면서 그 여자도 데려왔다고 하던데요?"

"난 금시초문이요, 그 여자는 진즉 떨어진 줄 아는데요?"

"아이고 저러니 우리가 답답해서 죽겠다니까요. 하기야 날마다 집에서 아이들과 씨름하느라 언제 남편 뒷조사를 해 볼 시간이나 있었겠소? 말들어보니 박 선생은 퇴근하고 바로 그 여자 술집에 가서 술 먹고 또 카바레로 가서 춤춘다고들 합디다. 다른 사람과는 절대 안 추고 꼭 그 여자하고만 춘다고 하던데요?"

"어찌 그리 잘도 아시는지요?"

"광주 바닥에 춤추고 다니는 사람들이 한둘이요? 학부형들도 춤바람 나서 남편과 이혼하고 난리라고 텔레비전에 자꾸 안 나오든가요? 여편네들이 오후 되면 시장바구니 들고 시장 간다고 나가서 카바레로 간 이유가 뭔 줄 아세요? 오후 시간에 공무원들이나 회사원들이 퇴근하고 모두 춤추러 오니 그렇지요. 춤춘다고 다 박 선생 같은 줄 알아요? 춤도 사교춤이니 일상에 지쳐서 피곤할 땐 잠시 기분전환 하기 위해서 잠깐씩 놀고 오면 스트레스가 해소 된다고들 합디다. 가장은 가장의 본분을 잃지 말아야지 박 선생같이 가정이사 어떻게 되든 말든 자기만 알고 즐기려면 무엇 때문에 장가는 가서 애새끼들은 낳아놓았냐고? 그러니까 욕먹는 거지요."

박재수의 못된 행위는 백운동 사람들이 다 알고 말 안 한 사람이 없을 정도다. 옛날부터 말이 있다. '마을 다른데 없고, 측간(변소) 다른데 없다'고. 사람 사는 곳은 어디나 도덕성이 결여되는 짓을 하면 다 욕하고, 손가락질 하고, 변소는 어디나 냄새가 난다는 뜻이다. 박재수는 자기 스스로 격을 떨어뜨리는 짓을 자처하는 것을 보면 천박한 태생이어서 어쩔 수 없는가보다.

23. 시어머니의 악담

75년 8월경이다.

박재수 때문에 집을 또 옮겨야 하는데 새로 이사 갈 집은 전세금을 올려주라고 한다. 있는 돈을 다 털어 맞춰도 12만원이 부족했다. 겉보기엔 새로 지은 집이고 깨끗하고 마당도 제법 넓었다. 복덕방에서 소개한 그 집으로 가기로 하고 부족한 돈을 채우기 위해 이번에는 친정으로 가지 않고 시가집으로 갔다.

"어머님 안녕하셨어요?"

"왜 왔냐?"

"어머님 이번에 또 집을 옮겨야 하는데 집세가 부족해서 왔습니다. 12만원이 부족합니다. 빌려주시면 다음에 갚겠습니다."

"우리가 무슨 부자인줄 알고 돈 빌리러 왔냐? 남들은 선생질해서 잘들 살드만 너는 어째서 선생각시가 돼갖고 남들처럼 못살고 항상 꼬라지가 그 모양이냐?! 아무리 그렇지만 선생각시가 돼갖고 여기까지 돈 빌리러 왔냐?"

"아범이 돈을 한 푼도 안 갖다 주니 내가 지금까지 어떻게 산 줄 아세요?"

"시끄럽다! 누가 니 말 곧이 듣겠냐?" 김 여사는 입에서 온갖 욕이 다 나오려 했다.(참 뻔뻔도 하시지. 우리 결혼식 때 돈이 없어서 대사를 못 치른다고 해서 우리 친정에서 돈 들여 양쪽대사 다 치르게 해주니 그날 들어온 양쪽 축의금을 다 삼키고도 지금까지 말 한마디 없는 것들, 천하에 무의도식 한 인간들, 지금까지 우리한테 뭘 해줬나? 아이를 셋이나 낳았어도 미역 한 가닥 사줘봤나? 양발 한 짝 사줘봤나? 성질도 보리까시락 개좆같은 자식, 천하에 바람둥이 자식을 우리한테 맡겨놓고 그리도 당당하게 큰소리 치냐? 내가 지금껏 어떻게 사는 줄 알기나 하냐? 16살 때부터 우리 집에 맡겨 놓고 자식새끼 속옷 한 벌 사줘봤나? 학비를 대줘봤나? 당신들 같이 염치 좋고 낯바닥 두꺼운 것들은 고금에는 없을 것이다.) 매정하게 거절하고 멸시하는 마랭이 댁

앞에서 김여사의 가슴에 꽁꽁 묻어둔 말들이 곧 튀어나오려는 것을 고이 참고 눈물을 머금고 돌아서서 오는데 마랭이 댁은 김여사의 가는 방향이 친정 쪽으로 가지 않고 터미널 쪽으로 가는 것을 보고

"어디로 가냐?!"

"광주로 가야지요."

"여기까지 와갖고 친정도 안 들리고 그냥 갈래?"

"그냥 가렵니다."

"재수 아부지 저년 좀 보시오! 여기까지 와갖고 즈그 친정부모도 안보고 그냥 간다요. 저년이 저렇게 악독한 년이라고 안 합디여? 그렇게 도와준 친정부모를 괄시를 한 년 인디 우리가 늙으면 사람답게 보겄소? 긍께 내가 저런 년은 함부로 가까이 하는 것이 아니라고 전부터 했지라? 인정머리 없는 년 같으니라고! 그런다고 니 년이 잘 살줄 아냐? 이 빌어먹을 년아!" 마랭이 댁은 돈이 필요하면 느그 친정으로 가지 왜 이리 왔냐는 속을 숨기고 사돈네를 생각한척 친정에 안간 것이 모질고 독해서 그런 것 마냥 말을 돌려서 비난을 퍼부었다. 마랭이 양반은 곁에서 구경만하고, 마랭이 댁의 독설을 듣고만 있었다.

"이 빌어먹을 년! 난 니년이 무서워야? 이 징하고 독한 년 같으니라고!"

"제가 어머님한테 뭐라 했간디 무섭다고 해요? 어머님이 저에게 잘못하셨나보네요? 그러니까 무섭죠!"

"이년아 느그 부모나 챙겨라 이 나쁜 년아!"

"어머님이 언제부터 우리 친정 부모를 생각하셨어요? 제발 우리 엄마한테 가서 퍼붓지나 마세요."

"니 년이 그래서 무섭단마다. 이 나쁜 년아!" 김여사는 대화의 상대가 안 되는 마랭이 댁을 피해서 터미널로 가면서 너무 서러워서 울며 시댁 식구들의 본질을 익히 알면서도 자기발로 와서 이런 꼴을 당하게 된 것을 더욱 후회했다. 그래도 행여 양심은 있겠지 하고 한 가닥 기대를 걸었었는데 공연히 멸시만 당한 것이 내내 속상해서 참을 수가 없었다.

터미널로 가서 차를 타려다 말고 한쪽 구석에서 부른 배를 안고 울고 있는데 달영씨가 마치 그곳을 지나다가 자기 딸을 봤다.

"아가 웬일이냐? 산달이 다 된 것 같은데 이 몸으로 여기를 왔으면 집에

들리지 않고 여기서 울고 있냐?"

"아빠 죄송해요. 흑흑흑…." 김여사는 친정아버지를 보니 서러움이 더욱 폭발했다.

"울지 말고 차근차근 말해봐라." 김여사는 친정아버지한테 그간의 사정이야기를 죄다했다. 딸의 하소연을 듣던 달영씨의 눈에도 눈물이 크렁크렁했다.

"아가 엄마한테 가자. 그 철없는 놈이 언제 사람 될 건지 원!" 신여사는 자기 딸이 부른 배를 하고 갑자기 오니 깜짝 놀라서 사정을 물었다. 자기 딸의 이야기를 몇 마디만 들어도 박재수놈의 행위를 다 읽은 듯. "여기 잠깐 있거라 나 시장 좀 봐올게" 신여사는 장마당에 나가서 딸에게 당장 필요한 식료품과 산후에 쓸 것들을 사서 금방 한 고개를 이고 들어왔다.

"이것은 느그 아부지가 챙겨준 돈이다. 나락이 50석 값이란다. 그놈한테 뺏기지 말고 잘 간직해라."하면서 준돈은 30만원이었다.

"이번에는 너도 나이가 있고 하니 집에서 낳지 말고 꼭 병원에 가서 낳고 몸조리 잘해야 한다. 돈 아낀다고 집에서 낳지 말거라 부탁이다 이?"

"예 아빠 정말로 감사해요. 내가 도탄에 빠질 때마다 아빠가 구해주셨어요. 아빠 이 은혜를 어떻게 갚을까요?"

세상에 죽으라는 법은 없나보다, 마랭이 댁한테 그토록 괄시받고 눈앞이 캄캄했는데, 죽었으면 죽었지 더 이상 친정 괴롭히지 않으려고 맘먹었는데, 하나님이 도우셨나? 달영씨를 그 시간에 그곳에서 만나다니….

김여사는 친정에만 갖다오면 부자가 되어가지고 왔다. 그 돈을 보태서 집 세주고 이사했다. 8월 말경에 이사하고 9월 7일 날 넷째를 낳았다. 넷째는 예쁜 딸이었다. 김여사는 이 아이가 마지막이라고 생각하니 정말로 보면 볼수록 귀엽고 예뻤다. 어제 아이 낳은 김여사는 깊은 잠에 빠져서 박재수가 들어오는 것도 모르고 있었다.

"남편이 들어와도 일어날 줄을 모르고 자빠져 있네? 이런 못된 년!" 하고 박재수는 김여사 허리를 그 뾰족한 발가락으로 차버렸다. 그 순간 척추 뼈 한마디가 삐끗하고 어긋나버렸다. 박재수 발가락은 엄지발가락이 유난히 길고 힘이 세다. 그 발가락으로 평상시에도 김여사에게 발길질하면 발가락 닿은 곳마다 눈에서 불이 번뜩일 정도로 아팠다. 그런데 어제 아이 낳고 누어있는 마누라가 일어나서 자기를 반기지 않았다고 단번에 발길질을 했으니 성한 몸도 아닌데 온전할 리 없다. 김여사는 '악!!' 하고 외마디 비명을 지르니 곁에 사람들이 무슨 일인가 하고 쫓아와서보니 박재수는 허리에 손을 거만스럽게 얹고 김여사에게 욕을 퍼붓고 있었다. 그때 마침 옆집 할머니가 쫓아 들어와서

"이게 무슨 짓이요? 어제 아이 낳고 누워있는 산모를 발로 차다니 이게 사람이 할 짓인가? 참 살다 살다 별 꼴을 다 보겠네? 아범도 없이 어멈 혼자 애 낳느라 얼마나 고생했냐 소리는 못할망정 애 아빠가 이게 할 짓이냐고? 동네 사람들이 한 소리가 빈 소리가 아니 었그만! 사내자식이 돈 벌어다 가정에 주기는커녕 날마다 마누라 두들겨 패감서 돈 뜯어다 춤추고 다닌 개망나니 선생이라더니, 에이! 금수만도 못한 인간 같으니라고!" 김여사는 박재수 발끝에 체이고 아파서 숨도 못 쉬고 누워 있다가 할머니의 역성에 힘을 얻어 박재수에게 항의를 했다.

"내가 지금 어떤 꼴을 당하고 아이 낳은 줄 아냐? 전세금이 12만원이 모자라 느그 집에 가서 빌려달라고 사정하니 느그 어매가 뭐란 줄 아냐? '다른 선생각시들은 잘만 살던데 너는 선생각시가 되 갖고 맨 날 그 모양으로 살면서 나한테 돈 얻으러 왔냐?' 하면서 나보고 빌어먹을 년 너 잘사는가보자 하고 나 못되기를 바란 사람 같더라. 자식이 월급을 타서 나를 한 푼도 안주니 내가 어떻게 사는 줄 아시냐고 하니 누가 니 년 말 곧이 듣는 사람 없으니 그런 거짓말 하지 말라고 하더라. 하는 수없이 친정아버지를 만나서 겨우 먹을 것 좀 얻어 와서 아이 낳고 누웠는데 너는 산모한테 이런 천하에 벼락 맞을 짓을 하고도 너는 나보고 말끝마다 인정머리 없는 악독한 년이라고 했다. 이 아이도 나을 것을 낳았냐? 느그 어매 환갑 때 너한테 폭행당해 다 죽어가는 사람 뒤에 와서 치마를 걷고 짐승 같은 짓을 해서 그때 생긴 아이다. 근데 내가 그 때 네놈에게 맞아서 죽을 고비를 넘기고 몇 달을 고생하는 중 몸이 아파서 유산을 시킬 수 없어서 어쩔수없이 낳았다. 그런데 이 아이 낳은 뒤끝을 또 이렇게 매정하게 해야 겠냐?! 이 짐승보다 못한 인간아! 어쩌면 너는 모질고 독한 것은 느그 어매를 그렇게도 닮았냐? 이렇게 살 바엔 제발 이혼해주고 너 하고 싶은 대로 하고 살아라. 왜 이혼은 안 해 주는 거냐?" 박재수는 이혼소리만하면 뛰쳐나가 버린다.

옆집 할머니는 갓난아이를 밤 11시가 되면 자기가 데려가서 저녁내내 아이를 돌봐주고 귀저기도 갈아주고 다음날 아침에 데려다 김여사 품에 안겨주곤 했다. 그리고 낮으론 아이 귀저기 빨래며 가족들 빨래를 다 빨아서 착착 게워서 가족들 불편함이 없게 해주었다. 아무 이해관계 없는 사람이 김여사 회복 수발을 깔끔하게 해 준 셈이다. 그리고 날이 갈수록 아이에게 정이 들어 했다.

박재수는 집에서는 자기 마누라에게 사자같이 굴면서 남들에겐 자기 마누라를 무척이나 생각한척 '집 사람이 아이 낳았다'는 소리를 했는지 누가 주더라고 돼지 족을 가져왔다. 여름철인데 즉시 가져온 게 아니고 그날 밤 오입하고 뒷날 늦게 갖다 주면서

"이것 달여 먹으면 아이 젖이 많이 난다더라!" 하며 던져주고 나가버렸다. 그 족발을 가져왔을 때부터 냄새가 고약하게 났는데 갖다 준 성의로 그것을 달여 먹었는데, 그것을 먹고부터 젖몸살이 나기 시작해서 젖꼭지가 돌아서 도저히 아이에게 젖을 물릴 수가 없었다. 그러니 옆집할머니가 아이를 데려다가 밤낮으로 우유를 먹여서 할머니가 키우다 시피 했다. 박재수는 또 김여사를 비방할 구실이 생긴 것이다. '우리 집 여편네는 어찌나 머리가 둔한지 아이 하나도 제대로 간수 못하고 고름이 나온 젖을 먹였다'고 만나는 사람마다 마누라를 천하에 아둔하고 모자란 사람으로 비방하고 다녔다. 이런 일이 있을까 봐서 친정아버지가 이번에는 돈 아끼지 말고 꼭 병원에 가서 낳고 몸조리 잘 하라고 했는데 김여사가 돈 아낀다고 병원에 가지 않고 집에서 해산 하고선 박재수한테 이런 험한 꼴을 당했다. 그때 허리를 발로차서 척추한마디가 비뚤어져서 또 그것 때문에 얼마나 고생을 한줄 모른다.

아주 하늘 높은 곳에서 아버지 말소리가 들렸다. 대리석으로 된 궁전 같이 큰 집, 하얀 뭉게구름이 그 궁전을 감싸고 있는데 그 속에서 '공주야! 공주야!' 하고 아버지 목소리가 들렸다. 귀를 번쩍 열고 들어보니 '어쩔거나 너를 훈육시키려고 인간세상을 둘러보고 배우라고 내려 보냈는데 인간을 잘못 만나 어쩔거나, 너무도 악한 놈을 만나서 여기에 다시 올 수도 없으니 어쩔거나? 공주야, 공주야…. 그놈은 사자야 사자…' 아버지의 말소리는 점점 멀어져간다.

'아버지! 아버지! 저는 어떡해요? 아버지 살려주세요. 아버지…' 하고 김여

사는 꿈속에서 아버지의 음성을 듣고 애타게 아버지를 불렀는데 꿈을 깨고 보니 현실에서도 아버지, 아버지 하며 울고 있었다.

"어멈 내가 이 말을 하면 어떻게 생각할지 모르지만 어멈 집 형편을 보니 사내자식이 너무 비뚤어진 양심을 갖고 있으니 이 사내하고 끝까지 살기가 어려울 것 같으니 이 아이를 내게 주고 이혼하시오. 내 고향이 저기 충청도인데 내가 젊어서 혼자되어 자식 하나보고 이때껏 살았소. 다행히 아들이 잘돼갖고 내가 돈 벌 수 있는 길을 열어주어서 내가 수 십 년 동안 집장사만해서 나는 재산이 상당히 많소. 그러니 이 아이를 나에게 양녀로 주면 당장 내가 집 한 채를 어멈 앞으로 이전해 줄 것이오. 그리고 평생 먹고 살 돈도 줄 것이요. 내 통장에 돈도 많이 있소. 이미 아들며느리하고 타협을 했소. 나는 딸도 없고 손녀딸 하나도 없으니 이 아이를 딸 겸, 손녀 겸 내가 최고로 멋지게 키우고 싶소. 유학을 간다면 보낼 것이고, 사업을 하겠다면 시킬 것이요. 우리 서로 연락처 갖고 언제라도 보고 싶으면 보기로 합시다. 이 아이를 아직 호적에 올리지 않았으니 내 앞으로 올리고 싶소. 어멈은 심성이 고우니 아이도 어멈 닮으면 심성이 좋을 것 같아서 그래요. 우리 며느리는 사업가요. 아이를 더 낳으라 해도 안 낳겠다고 하니 어쩔 수 없어요. 주월동 주택단지 끝나면 곧 광주를 떠나요. 그때 데리고 떠나게 해주시오." 할머니는 그간 김여사 아이를 며칠 기르더니 아이에게 정이 흠뻑 들어서 그 정을 뗄 수 없어서인지 양녀로 달라고 사정했다. 그 할머니의 말은 한 치도 의심 없는 사실인 것 같았다.

"할머니 말씀은 고맙지만 그래도 내 속으로 난 자식을 어찌 돈에 팔아먹었단 소리를 들어야겠습니까? 남편만 사람 되면 우리 친정에 아직 재산이 많이 있어서 앞으로 살아가기 문제없어요."

"아범한테는 기대도 마시오. 내가 저런 사람 한둘 겪어본 줄 아요? 사람은 한번 생긴 본성은 절대 변하지 않아요. 아이들이 넷이나 되니 내가 웬만하면 그냥 참고 살아보라고 하겠는데 그 남자 눈빛을 보시오. 진실성이란 전혀 없고 눈웃음 실실 치며 가증스럽게 무슨 일이든지 포장으로 그 순간만 넘기려고 해요. 어멈 내말 깊이 들으시오. 어멈은 이 남편과 하루라도 **빨리 헤어지는** 것이 살길이요. 내말 명심하시오." 사업가 할머니는 김여사가 날마다 사내놈한테 시달리며 사는 것이 안타까워서 같은 여자로서 누가 들을까봐 귓속말로 빨리 이혼할 것을 강요했다. 김여사도 박재수가 마귀 짓을 할 때마다 이혼하고 싶은 생각 간절하지만 아이들 장래를 위해서 함부로 결단을 못 내리고 있을 뿐이다.

24. 고3 학생 원서 미 접수

박재수는 1975년도에 석산고등학교에서 고3 담임을 맡으면서도 환락의 늪에서 헤어나지 못하고 있었다. 교육공무원으로서 자기 임무는 뒷전이고 날마다 춤과 외간여자에 빠져서 정신을 못 차리다가 담임으로써 자기반 학생들 세 명의 원서를 빠뜨리는 과오를 범하고 말았다. 이 세 명 것을 자기 손으로 받아놓고 그것을 함께 묶어서 접수를 시킨 것이 아니라 나중에 받은 세 사람 것은 따로 서랍에 넣어놓고 깜빡 잊은 채 접수를 해 버렸다. 그래놓고도 그 사실을 까맣게 모르고 있었다. 그들의 원서가 본 대학에 접수가 되지 않았으니 수험표가 나올 리 만무다. 그들은 수험표가 나오지 않아 시험을 볼 수 없게 된 다음에야 알게 되었으니 이런 낭패가 없었다. 박재수는 이런 엄청난 사건을 저질러놓고도 눈썹 하나 까닥 안고 서둘러 수습해보려고 노력도 안했다. 그래서 김여사가 또 나서서 다급하게 재촉했다.

"남의 아이들 앞길을 막을 거요? 빨리 어떻게 수습을 해 얄 것 아니오?"

"xx년아 니가 그리 잘났으면 니년이 서들든가?!"

"에끼 모지리! 술집 여자한테 정신 팔려 일을 그따위로 해 놓고 그런 소리가 나오냐?!"

"이미 접수마감이 끝나버렸는데 나보고 어쩌라고 잔소리야?!"

"서류 들고 접수구 앞에 가서 날을 새서라도 접수시켜서 아이들 수험표를 받아오게 해 얄 것 아니오?" 김여사가 아무리 급한 소리를 해도 박재수는 방 가운데 벌러덩 누워버리며 '나는 모른다.'라고 자포자기 해 버렸다. 그리고 조폭 두목인 자기 형 명진에게만 전화를 수십 통을 걸었다. 그런 일까지 깡패를 동원하여 물리적인 방법을 써 볼까 하고 작전을 폈지만 아무 소용이 없었다. 이제 어떤 방법으로도 수습 할 수 없게 상황이 되 버렸으니 그들 부모들이 소송을 제기했다. 그들은 할 수 없이 일 년을 재수하는데 드는 비용, 일 년 동안 학원비 각 50만원씩과 소송비를 배상하라고 판결이 떨어졌다. 김 여사에겐 또 청천벽력 같은 일이 벌어지고 말았다. 당시 박재수의 실수로 떠안게 될 손해배상금을 같은 직원들이 모두 나서서 십시일반으로 조금씩 거출했어도 83만원이 모자랐다. 당시 83만원이면 웬만한 전셋집을 얻을 수 있는 거금이었다. 이날평생 월급 타서 집에는 단 한 푼도 주지 않으면서 무슨 낯으로 83만원을 해 내라고 바짝 조르니 김 여사는 또 하늘이 뱅뱅 돌고 현기증이 났다. 당시 박재수 월급이 3만원도 안되었다. 그런데 월급이라고 받아서 단 한 번도 집에 갖다 준적 없는데 무슨 수로 그 많은 돈을 해 낼 재주가 없었다. 너무 실망에 빠져 있으니 이웃에 살고 있는 조 선생 사모님이 김여사를 안타깝게 여기며

"사모님 이미 벌어진 일이니 이번 일을 어떻게 처리할 것인가 연구를 해봅시다."

"나는 더 이상 능력 없어요. 요즘은 우리 친정어머니도 안 오시니 내 손에 돈이라곤 없어서 오죽하면 아이들에게 혼합 곡을 사다 밥 해먹이고 살겠어요? 그런데도 남편이란 작자는 가정에 돈 한 푼 보태주지 않으면서 이런 대형사고나 치니 내가 살겠어요?"

"그러게 말이요. 그렇지만 일단 불을 꺼야 하지 않겠어요? 우선 우리 집에 있는 금붙이들을 가져올 테니 그거라도 잡히고 돈을 만들어 봅시다."

"아이고 그 무슨 말씀입니까? 절대 그럴 순 없습니다."

"어렵게 생각 말고 이렇게라도 해결하고 다음에 벌어서 찾으면 되지요. 그리고 내가 박 선생한테 말해서 월급타면 집에 갖다 주도록 말 할 거요."

조 선생 사모님은 자기 집에 있는 금붙이를 몽땅 가져와서 사정을 했다. 그중에 아이들 돌 반지도 섞여있어서

"사모님 아이들 것은 빼고 합시다. 아무리 그렇지만 아이들 돌 반지까지 잡혀서 이런 일을 하고 싶지 않습니다." 해서 아이들 돌 반지는 빼서 손지갑에 담았다. 그길로 바로 집으로 온 게 아니고 조 사모님이 같이 갈 데가 있다고 따라오라 해서 따라 간곳이 카바레였다. 김여사는 아이를 업고 조 사모님 춤

추는데 자리를 지키고 소지품도 지켰다. 그리고 같이 집까지 와서 아까 손지 갑에 넣어놓은 아이들 반지를 확인시켜주니 맞다고 자기도 확인을 하고 받았 다. 조 사모는 그 지갑을 농 안에 집어넣었다. 그때 그 것을 그 집 식모아이가 유심히 보고 있었다. 그런데 나중에 사모들 모인자리에서 서로수근 대는 눈치 가 이상함을 느끼고

"무슨 일이 있어요? 어쩌 분위기가 이상하네요?"

"……." 모두가 김여사를 힐긋거리는 것이 영 기분이 찜찜해서 다시 다그쳐 물었다.

"무슨 일인지 나도 좀 압시다. 왜 나만 모르게 수근 대는 거요?"

"우리는 박 사모님을 믿는데" 하며 곁에서 슬쩍 말을 해줬다. 김 여사는 어처구니가 없어서

"세상 살다보니 별 소리를 다 듣겠네요? 아무리 한들 내가 그런 것을 탐낼 사람으로 보여요? 그날 사모님 집에까지 가서 확인해주니 사모님이 맞다고 하셨잖아요? 그 지갑을 그날 사모님이 농에다 집어넣었지요? 그때 유심히 본 사람이 사모님 집 식모였어요. 혹시 모르니까 식모한테 조용히 물어보시지요?"

"식모는 그 뒷날 갑자기 그만두고 나가버려서 그 애 집에다 물어보니 어디 로 갔는지 행방을 모른다고 하드라고요. 모두가 내 불찰로 일어난 일이니 없 었던 일로 합시다. 박 사모님 미안해요." 아무리 없었던 일로 하자고 했지만 김여사의 기분이 언제까지 찜찜할 것 같아 영 마음이 개운치가 않았다. 이런 훌륭한 의심을 받게 된 것도 전부 박재수 덕분이다. 박재수 때문에 날마다 스트레스 받은 데다 또 도둑누명까지 쓰고 나니 신경쇠약까지 걸려 김여사의 몸은 날로 야위어서 바람에 날아갈 것만 같았다.

박재수는 그 뒤로도 월급을 타면 아예 집에를 들어오지 않고 며칠 만에 들어왔다.

"지난번 당신이 저지른 일 때문에 진 빚이 얼만데 그 돈을 갚게 월급 받았으 면 돈 좀 주시오."

"내가 왜 그 돈을 주냐? 이 천하에 인정머리 없는 나쁜 년아! 못줘! 안줘!"

"뭐야? 그걸 말이라고 해? 니가 지금 누구 덕에 선생 모가지 안당하고 사는 지 몰라서 그런 말을 하냐? 에끼 도둑놈! 일은 니가 저질러놓고 왜 항상 내

못할 일을 시키냐? 양심이라곤 파리 대가리만큼도 없는 새끼 같으니라고!"

"너 그렇게 나오면 내가 쥐도 새도 모르게 죽여 버릴 거야! 천하에 악독한 년아!"

"갈수록 소름끼치는 소리만 하네? 도둑이 매를 들어도 유만 분수지 천하에 파렴치한 같으니라고! 그래서 머리 검은 짐승은 거두는 게 아니라고 했지. 내가 어쩌다 너 같은 놈을 만났는지 기가 막히다. 내가 너 같은 인간한테 무슨 미련 있어서 사는 줄 아냐? 네 자식 때문에 내가 사니까 너 자식한테 고맙다고 해라! 너 같은 천것이 나한테 욕할 자격이나 있건데 얼른하면 욕지거리야? 너하고 나하고는 태어난 근본부터가 달라, 남자가 많이 벌든 적게 벌든 월급을 받으면 가정에 가져와서 가족들 생계부터 책임지는 것이 남자의 당연한 의무지 가정은 생전 모르고 자기 몸뚱이만 알고 산 것이 잘난 남자인 줄 아냐? 나 아직까지 너 월급을 얼마 받는지 모른다. 그러니 다른 사람들에게 선생들 월급 얼마냐고 묻지도 못한다. '너는 남편 월급도 모르냐'고 할까봐서다. 내가 이렇게 살고도 너한테 이런 대접 받을 이유가 없다. 정말이지 헤어지자! 월급도 안 갖다 준 남편한테 매일 돈 뺏기며 두들겨 맞고 살 여자 있거든 한번 살아보라!"

"흥 지랄한다! 어떤 놈 좋으라고 이혼해주냐? 너는 내가 죽여서 보내지 살려서는 안 보낸다."

"그럼 차라리 지금 죽여라! 맞아죽으나 약 먹고 죽으나 내가 죽어야 네 놈이 정신을 차릴 것 같으면 차라리 죽어주마!" 박재수는 아주 악랄하고 사악한 천하에 철면피, 후안무치, 다중인격체에 사이코패스다. 아직까지 김 여사 친정에 재산이 있으니 그 돈 때문에 김 여사하고 이혼은 해줄 수 없다. 그러니 어떤 놈 좋으라고 이혼해 줘? 란 말을 두고 썼다. 그리고 너는 내가 죽여서 보내지 살려서는 안 보낸다는 말은 자기의 모든 악행을 속속들이 다 알고 있으니 살려두면 자기의 불량 성을 세상에 공포 할 것이니 살려둬서는 안 된다는 말이다. 귀신도 박재수 같은 악질은 입맛 없어서 안 잡아먹는가보다.

25. 첫 통화자가 술집 여자

　　1976년도에 처음으로 김여사가 전화를 놓았다. 전화 개통 하고나서 맨 처음으로 걸려온 전화는 어디서 많이 듣던 낯익은 음성이었다. 김여사는 그녀가 바로 영수관 여자 목소리라는 것을 단번에 알아챘다.

　　"여보세요?"

　　"예 누구세요?"

　　"거기가 박재수 선생님 댁입니까?"

　　"그런데요? 댁은 누구시죠?"

　　"학부형인데요…."

　　"학부형이면 학교로 하지 왜 집으로 전화를 했소? 이 번호는 누가 가르쳐주든가요?"

　　"학교에는 안계시니 한번 해봤습니다."

　　"야 이 미친년아! 너 영수관 년이지? H에서 그렇게 못살게 했으면 됐지 광주까지 따라와서 또 날 못살게 굴 판이냐? 세상에 남자가 박재수 아니면 그리도 없더냐?!! 한번만 전화 해봐라 당장 쫓아가서 머리카락을 다 쥐 뜯어 놓을 것이다. 네년 때문에 우리 가정은 어찌된 줄 아느냐?!!"

　　"……." 처음으로 김여사가 영수관 여자에게 큰소리 한 번 쳤다. H에 살 때도 김여사가 너무 신사적이고 호의적이니까 아주 깐보고 150만원만 주면 멀리 떠나겠다고 둘이서 짜고 와서 쇼를 했던 년이 지금도 붙어서 날마다 놀고 있다. 그 둘은 전부터 김여사에게 돈을 뜯어낼 연구를 하고 온갖 잔꾀를 부렸었다. 소문에 듣자하니 광주 원각사 부근에다 박재수가 술집을 차려주어 그녀가 운영하고 있고, 동료 직원들한테는 자기 애첩이 그 요정을 하고 있으니 잘 애용해 주라고 선전까지 했단다. 그러니 박재수와 함께 근무하는 직원들이 그 술집을 찾아가서 그녀를 희롱했다.

　　"이런 집에도 물 좋은 여자가 있네? 야 너 우리하고 외박 나가지 않을래?"

　　"내가 감히 누군 줄 알고 이딴 짓을 하는 거야?!"

　　"누구실까? 대통령 애첩이라도 되나?"

"내가 바로 박재수 애첩이다."

"오! 그러셔?~ 박통이 아닌 박재수 애첩이라? 응~ 박통도 원래는 초등학교에서 훈장질했었지. 그럼 내 애첩은 하면 안 되나? 나도 달릴 것 다 달렸는데?"

"함부로 까불지 마라!! 그이한테 다 말 해버릴 테니까?!"

"아따 참 이 집은 사람 차별 더럽게 하네? 우리는 손님 아니냐? 다 같은 손님한테 이렇게 차별하면 안 되지! 그러지 말고 여기 내 옆에서 술이나 찰찰 넘치게 따라봐라!"

"당신 같은 사람들한테는 술 안 팔 테니 나가!!" 하며 그녀는 술상을 확 밀어버렸다. 그리고 밖으로 뛰쳐나갔다.

그 후로 박재수는 집에 들어와서 공연한 트집을 잡고 김여사를 두들겨 패기 시작했다. 영수관 여자가 박재수한테 앞전에 있었던 일을 다 이실직고 했으니 김여사가 동료직원들 시켜서 그런 것으로 오인을 하고 공연히 김여사에게 온갖 행패를 다 부렸다. 만만한 것이 홍어 좆이라더니 박재수는 밖에서 안 좋은 일만 있으면 집에 들어와서 김여사에게 포악을 부렸다.

"돈 좀 주라"

"무슨 돈을 날마다 달라고 해요? 당신이 나한테 돈 맡겨놓았소?"

"이년이 또 맞아야 정신 차릴거냐?! 어떤 놈 주려고 나한테는 돈을 안주냐? 나는 지금 돈이 없어 미처 죽겠다!!"

"이제 하다 안 되니까 미치기까지 했소?! 어떤 놈이라니?! 당신은 나를 돈으로만 보지 마누라로, 또는 애들 엄마로 본적 있소?! 도대체 월급 받은 돈은 어디에 쓰고 가정에 한 푼도 안주면서 무슨 돈이 그렇게 필요해서 날마다 나한테 돈만 뜯어 가냐고요?!"

"니년은 맞아야 정신 차리지! 너는 내 말에 토 달면 단만큼 맞는다고 했지?!!" 하며 손에 잡히는 대로 물건을 집어던지고 머리와 가슴을 돌려가며 마구잡이로 때렸다. 큰소리가 나면 아이들이 자다가 깨서 놀래어 큰방으로 우루루 달려오면 아이들에게 벼락같은 소리를 지른다.

"저놈의 새끼들이 안자고 멋하러 왔냐?!! 안 갈 거야?!!" 하면 큰딸과 큰 아들은 무서워서 얼른 자기들 방으로 도망가서 쥐 죽은 듯이 있지만 차남이는 도망가다가도 다시 와서 엄마 품에 안기며, "엄마 괜찮아?" 하고 엄마 얼굴에 흐르는 눈물을 닦아주고 아빠의 얼굴을 주시했다. 그러면 박재수는 "저놈의 새끼는 왜 안가고 있어?!!"하고 그 어린 세 살 박이 아이의 머리를 탁탁 소리가 나게 때리고 또 때리곤 했다. 차남이는 아앙! 하고 울면서도 엄마 품에 안겨서 '엄마 괜찮아? 하고 엄마의 고통을 살핀다. 그럴 때마다 박재수는 차남이의 행위까지 트집을 잡고 '저 새끼는 내 새끼가 아니라 유난히 지어미만 좋아 한다'며 박재수는 돈이 나올 때까지 김 여사를 때려서 기어코 돈을 갈취해냈 다. 매일같이 이런 괴물 짓을 해서 돈을 뜯어낸 박재수를 보고 이웃사람들이 '저승사자보다 더 징 한 놈, 괴물 중에 악질 괴물'이라고들 했다. 그래서 얼마 전에 꿈에 친정아버지가 '그놈은 사자야 사자.'라고 선문을 했나 싶다.

"괴물이 때리면 소리라도 질러야 우리가 쫓아 들어가서 말릴 것 아니오! 사모님 소리는 안 나고 괴물이 때리는 소리만 딱딱 나는데 우리가 어떻게 남의 가정싸움에 참견을 하겠소? 때리는 소리에 우리가 다 잠이 깨서 소름이 끼치는데 맞는 사람은 그 고통이 어떻겠! 참지만 말고 소리를 지르라고요!!"

"늙어서 골병들면 나만 서러운데 어쩌려고 그렇게 날마다 매질을 당하고 사요? 아이고 징그러워라! 무슨 놈의 삼시랑이 그렇게도 모질고, 독하고, 불량 한지 아마도 세상천지에는 그런 놈 없을 거요."

박재수는 영수관 여자에게 술집을 내주고 그것을 운영하게 해 주려고 날마 다 돈을 뜯어갔다. 날이 갈수록 악랄함과 교활함이 도를 넘었다.

26. 술집 여자를 떼어 달라

어느 날 갑자기 박재수는 일찍 들어오더니 김 여사에게
"술집 여자 좀 떼어주라."

"어떤 년인 줄 알아서 내가 당신 여자를 떼어 줄 거요? 둘이 즐겼으니 둘이 알아서 하지 왜 그런 일까지 나를 성가시게 해요? 그 여자 떼고 나면 또 다른 여자 얻을 것 아니오?!"

"이 여자가 싫어졌으니 그렇지"

"이번엔 얼마나 좋은 여자가 생겨서 영수관 여자가 싫어졌을까? H에서부터 지금까지 몇 년째요? 차남이 낳았을 때 아이 난지 며칠 되지도 않았는데 그 여자를 집으로 들여보내 150만원만 주면 멀리 가겠다고 하니 당신도 나보고 줘서 보내라 했잖아요? 신생아 있는 방에서 둘이 짜고 들어와 맞담배질까지 하면서 말이요. 그때도 당신이 그 여자를 뗀다는 핑계로 나한테 거금을 뜯어 내려고 한 것 모른 줄 알아요?"

"잔소리 말고 시킨 데로 하면 될 것을 왜 그리 말이 많냐?!"

"당신이 그 여자에게 싫증이 났으면 그 여자를 만나러가지 않으면 될 것을 내가 어떻게 쫓아다니며 그런 모지리 같은 짓을 해요?! 난 못해요!"

"이 xx년아 서방이 직장에서 모가지 당하면 좋겠냐?!"

"모가지? 든든한 교육공무원이라고 남들은 생활이 안정되게 잘 산줄 알지 만 당신이 월급타서 지금까지 가정에 한 푼이나 갖다 줬간디 그런 소리를 해?! 당신이 저지른 일은 당신이 처리하지 왜 사건만 터지면 나보고 해결하라 고 해요? 아이들을 네 명이나 낳고 살 때까지 당신이 지금까지 나한테 했던 짓을 생각해봐요. 그런 소리가 입에서 나오나?!"

"그럼 당장 해고당하고 집에 들어앉을까?"

"차라리 그렇게 하고 집에서 애들이나 키우시오. 내가 나가서 벌어 올테니 까! 당신은 직장에 있는 것이 오히려 내겐 해만 입혔으니까 차라리 잘됐네요."

"이런 xx년이 듣자듣자 하니까 사내새끼를 완전히 병신을 못 만들어서 환 장한 년이네? 이년아! 너는 무조건 말대꾸 하지 말고 시킨 대로만 하랬지? 따지면 따진 숫자만큼 맞는다고 했지?!" 하고 또 때리기 시작했다. 머리에서 부터 가슴 배를 주먹으로 탁탁 권투선수가 백주머니 치듯 때려서 어느 한 곳에 피가 터져 나와야 폭행을 그쳤다. 그날도 코와 입에서 피가 터져 나오니 그 피를 자기 손바닥으로 쓱 무질러서 김 여사 가슴에 닦고 웃으며 계속 즐겼 다. 마치 사이코 패스처럼 악독하고 잔인한 행동을 하며 마누라의 고통을 즐 겨하는 박재수를 보니 김 여사는 온 몸에 소름이 끼치고 뭐라 형용 할 수 없이 증오스러웠다. 그래서 속으로(어서 저놈이나 죽어줬으면 좋겠다고 혼자 서 중얼거렸다.)

김 여사는 매 맞은 통증에 바로 눕지도 못하고 머리통이 주먹 닿은 곳마다 붓고 욱신거려서 견딜 수 없었다. 뺨을 얼마나 맞았는지 이틀이 어긋나서 음식도 씹을 수가 없고 눈알이 충혈되어 남부끄러워서 밖에도 못나가고 집안에만 틀어박혀서 베개를 등에 대고 기대어서 날을 샜다. 김 여사에겐 밤이 너무 무섭고 살벌하게 느껴져서 밤이 없었으면 좋겠다고 항상 생각한 사람이다. 남편이 바람피운 여자들은 다 이렇게 사는 것인가? 이런 생활을 하려고 여자들이 사랑에 빠졌는가? 이런 것이 결혼생활인가? 김 여사는 지옥속보다 더 괴로운 삶을 마무리 하고픈 생각이 간절했다.

세상의 남자라면 열 계집 마다한 남자 없듯이 남자라면 바람피운 것은 어쩔 수 없다. 그러나 바람피운다고 다 박재수 같이 괴물이 되진 않는다. 자기 집이 가난하여 대학갈 형편이 못되니 보배에게 도와달라고 무릎 꿇고 빌다시피 해서 처갓집에서 돈대서 공부시켜서 직장 갖게 해 놓으니 처부모에게 단 한 번도 그간 감사했다고 인사한마디 없는 후안무치 족, 월급타서 단 한 푼도 가정에 주지 않음에도 불구하고 매일같이 자기부인을 폭행하여 강제로 돈을 뺏어다 자기만 즐기고 산 세상에 없는 파렴치한이고 일급 양심장애를 가진 사이코패스다. 박재수는 머리를 짜내며 생각해낸 것이 영수관 여자를 떼어달라고 김 여사에게 말한 것은 여태껏 영수관 여자 때문에 H에서부터 김 여사가 속 앓이를 했기 때문에 그녀를 뗀다고 하면 김 여사가 무슨 짓이라도 해서 그 일에 적극적일 거라고 생각했던 것이다. 그녀를 떼려면 맨입으로는 안 될 것이니 그녀가 요구한 돈을 주고 깨끗이 정리해주라는 계략이 숨어있다. 결국 둘이서 짜고 김 여사의 친정 재산을 빼돌리자는 속셈이다.

"사모님 어제 밤에도 두들겨 맞는 것 같던데 왜 아무소리 없이 혼자만 당하냐고요? 제발 소리를 질러야 우리가 쫓아가서 박 선생의 비인간적인 행위를 꼬집고, 비난해서 얼굴을 못 들게 해줄 것 아니오? 어디 인간 백정도 아니고 날마다 사람을 그렇게 두들겨 패는 새끼가 어딨어?! 때리는 소리를 듣고 우리가 다 소름이 끼치는데 어찌 참고 소리도 못 지르고 맞고만 있냐고요?!"

"남부끄러워서 그렇지요. 아이들 곤히 자는데 내가 소리 지르면 아이들이 놀라 깰까봐서 그 고통을 당하면서도 이를 악물고 참지요. 매에 못 견디어 죽고 싶어도 아이들 때문에 죽지도 못해요. 내가 이렇게 날마다 맞고 사니 먹는 것이 소화가 안 되어 위경련이 자주 일어나서 난 오래 못 살 것이오.

나 죽기 전에 우리 아이들이나 어서 컸으면 좋겠어요."

"그런 모습을 보고자란 아이들이 크면 우리 엄마가 이렇게 고생하며 우리를 키웠다고 고맙다고 할 줄 알아요? 택도 없는 소리요. 옛날부터 말이 있잖아요. 남편 복 없는 년은 자식 복도 없다고요."

"내가 죽어버리면 그만이지 뭐 하러 깊은 밤에 남의 단잠까지 깰 거요."

"아무리 그렇지만 우리는 이해할 수가 없어요." 그렇다 김여사가 만약 소리를 질러서 이웃사람들이 쫓아와서 박재수를 비난이라도 받게 했다면 그 부메랑이 결국 자기에게 올 것이니 행여 남이 알까 싶어서 혼자서 그 폭력을 당하고도 소리 한번 못 지른 사람이다. 그리고 남의 체면을 지극히 살피는 김여사이기에 이를 악물고 그 고통을 참아냈다.

박재수는 김여사를 괴롭히는 수법이 날로 다양했다.

"차남이를 아무리 봐야 나를 닮지 않았다. 어떤 놈의 새끼야?! 빨리 말해!!" 박재수는 이제 정신병자 이상의 행실을 했다. 아니 돈을 뜯어내기 위해선 무슨 억지소리라도 만들어서 김여사에게 혐의를 뒤집어씌워야 한다. 그러니 차남이의 출생을 문제 삼고 날마다 괴롭혔다.

"그것이 의심스러우면 생물학적 검사를 해봅시다. 지금 과학이 발달되어 DNA검사 해보면 금방 알 것이니 당장 하자! 커나가는 애를 가지고 니 새끼가 아니라고 의심하면 이 애가 나중에 커서 어떤 상처를 받을지 생각이나 해보고 그런 말을 하냐?! 당신 대학 거꾸로 나왔어!! 얼른하면 나보고 무식한 년이라고 조롱한 인간이 그런 말을 하다니?!"

"이년이 또 어디서 말대꾸야?!" 하고 머리채를 검어 쥐고 온방을 끌고 다녔다. 머리채 잡히고 두들겨 맞는 것도 당할 수가 없어서 머리를 짧게 잘라버리려고 미장원을 갔다. 미용사가 머릿속을 헤집어 보더니 "사모님 원형 탈모증인가 봐요. 아닌데? 억지로 뽑힌 자국인데? 왜 머릿속이 퉁퉁 부었어요?"

"아무소리 말고 그냥 잘라주세요." 미용사가 빗질을 하는데 머리카락이 한 웅 큼 빠지며 퉁퉁 부은 머릿속이 욱신거려서 자신도 모르게 뜨거운 눈물이 흘러내렸다. 매번 머리통을 주먹으로 난타당하고, 뺨을 맞고 하다보면 눈이 벌겋게 충혈 되고, 얼굴 사방이 울긋불긋 한 멍 자국이 한 달을 넘게 갈 때도 있었다. 이런 지독한 폭행을 김여사는 박재수로부터 수차 당하고도 경찰에 고소도 못하고 그냥 혼자서 그 모진 폭력을 견디며 살았다. 인생의 모든 역사가 밤에 이루어진다고 하지만 김 여사에겐 밤이 죽도록 싫었다. 제발 밤이 돌아오지 않기를 마음속으로 바랄뿐이다.

27. 쇼윈도 남편

막내 아이를 낳고도 김여사는 박재수의 심한 외도로 인해 젊은 몸에 부부생활을 하지 않은 채 근 2년을 살았는데 언제 무슨 일이 있었는지 또 임신이라고 해서 이번엔 결단코 지우고 말았다. 박재수와 타협해서다. 유산시킨 지 며칠 되지도 않았는데 박재수는 또 자기 생각만 하고 김여사에게 명령하듯 했다.

"내일 석산고등학교 선생들 세가정이 가마미 해수욕장을 가기로 했는데 우리 집에서 음식을 해가기로 했다. 준비해라." 음식을 만들 당사자한테 사전에 상의한마디 없이 언제나 일방적으로 명령하듯 한 박재수다. 몸이 안 좋아서 못하겠다고 하면 또 날벼락이 떨어질 것이니 죽으나 사나 아픈 몸을 이끌고 다니며 도시락을 준비했다.

"사모님 솜씨가 좋으신가 음식이 모두 맛있습니다. 아주 잘 먹었습니다." 하며 모두가 만족해했다. 대형 텐트를 치고 세가정이 다 들어갔는데 밤에 비가 많이 와서 텐트 속으로 물이 들어왔다. 다른 사람들은 다들 민박으로 자리를 옮기는데 박재수는 아이들을 넷이나 맡겨놓고 자기는 미리서 데리고 온 여자와 저쪽모퉁이에서 주브놀이를 즐기고 있었다. 명색이 해수욕을 간 김여사는 낙태시킨 지 며칠 되지 않은 몸이라 물에 한번 들어갈 수가 없었다. 박재수는 데리고 온 여자와 언제 사라졌는지 보이지 않아 하는 수없이 아이들만 데리고 집으로 오고 말았다. 이것 또한 박재수의 계획된 위장 외출이었다. 남 보기에는 가장으로서 가족들을 끔찍이 생각한 것처럼 보이기 위해 해수욕장 가자고 해놓고 자기는 다른 여자와 즐겼으니 아이들 넷을 김 여사 혼자서 치다꺼리하느라 더욱 골병만 들었다.

28. 음식 투정

여편네가 음식하나 못하니 내가 너 같은 년 손에 밥 얻어먹고 살겠냐?'

"남들은 다들 맛있다는데 당신은 어째서 맛없다고 해요? 도대체 어떻게 해야 맛있다고 할까?'

"내일 당장 나 따라서 가자. 그 집 음식을 먹어보면 알 것이다." 크리스마스 날이라 매우 추웠다. 모처럼 남편과 외출을 하려니 막상 입고 나설 옷 한 벌이 없었다. 큰 딸아이 낳고부터 마랭이 댁 병수발 하러 다니는 동안 김여사의 소지품과 옷들이 자취도 없이 사라져버렸었다.

그때 비싼 옷을 몽땅 도둑맞고는 박재수한테 돈 뺏겨가며 사는 생활이 너무 벅차니 그 뒤론 옷 한 벌을 못해 입고 그럭저럭 지내는데 막상 외출을 하려니 옷이 없어서 옛날 결혼식 때 입었던 구식 진 한복과 두루마기를 차려입을 수밖에 없었다. 남 보기는 사모님을 귀부인처럼 꾸며 부부동반해서 요리 집 데리고 다닌 것처럼 위장 외출을 시도한 줄도 모르고 또 따라나서서 박재수의 들러리만 서준 셈이다.

도청 앞 지하 식당(지금의 전일빌딩)으로 내려갔다. 김치우거지국을 시켜서 먹어보라고 했다. 쿰쿰한 냄새 때문에 김여사는 코앞에도 대기 싫은 우거지 국을 박재수는 맛있다고 김여사 앞에 것까지 끄집어다 둘러마셨다. 없는 가정에서 봄에 먹을 것이 없으면 김칫독위에 눌러둔 우거지 한 가닥도 버리지 않고 그것을 씻어서 먹곤 했던 천한 서민음식에 이미 맛들여진 박재수라서 그런 것이 맛있다고 먹어댔다. 식당 앞에서 동료인 조 선생님을 만났다.

"아이고 두 분이 나들이를 하시다니 참 보기 좋습니다."

"우리 집 사람 몸이 안 좋아서 맛있는 것 좀 사 먹이려고요."

"아이고 잘한 일이네 자네 사모님한테 잘 해야 돼, 그래야 나중에 대접받고 살지."

"염려 마십시오. 형님." 실상 김여사는 박재수 따라나서서 음식 맛도 못보고 쫄쫄 굶었는데 남 보기에는 마누라를 무척이나 생각해서 귀부인대접을 한 것처럼 보여 지기 십상이었다. 이토록 박재수란 사람은 쇼윈도 남편 노릇

하느라 속으로 잔머리 굴린 것이다. 조 선생이 가고나니 금방 얼굴이 변하여 "빨리 집에 들어가!" 해서 개 쫓기듯 쫓겨서 김여사는 집으로 들어오고 말았다. (그러면 그렇지 네가 언제라고 나와 같이 외출을 했더냐? 불량하고 간교한 놈 같으니라고! 결국 남들 앞에 쇼윈도 남편노릇 하려고 그랬구나.)

29. 터가 좋지 않은 집

이집을 소개한 부동한 아주머니가 와서 집에 별일 없느냐고 물었다. 그리고 집을 둘러보더니

"아주머니 빨리 이사하시오. 이 집에 용머리가 비치요. 용머리가 두 개! 아니 네 개나 비치요! 빨리 이사하시오! 이 집은 터가 좋지 않아서 누가 이사 오면 길게 못 살고 금방 나가곤 했던 집이요. 내가 그런 말 했단 소리하지 말고 빨리 집 비우고 이사 나가서 돈은 받으시오."하며 급한 소리를 하고는 도망치듯 달아나버렸다. 집장사가 지은 집이라 겉만 번지르르하지 기초가 허물해서 집이 무너지려고 벽에 틈이 크게 생겨서 지붕 모서리에 용머리 얹은 것이 벽이 벌어진 틈새로 보인다고 부동산 아주머니가 호들갑을 떨었다. 모처럼 집세를 올려주고 좋은 집이라고 얻어서 몇 달 살지도 않았는데, 또 갓난이까지 있는데, 이사 한 번씩 하기가 그리 쉬운 일은 아니어서 집 주인에게 연락했다. 주인 영감은 군인 장교복을 입은 젊은 남자가 자기 아들이라고 앞세우고 와서 집을 둘러보고 아무렇지 않다고 그냥 살라고 했다. 김여사가 보기에 아무래도 심상치 않았다. 담장 밑에 묻어놓은 수도계량기는 누가 물을 쓰지 않아도 계속 돌아가고 있는 것으로 보아 땅 밑에 묻어놓은 수도관이 터진 것이 분명한테 괜찮다고만 하며 그냥 가버렸다. 아니나 다를까 그 사람들 가고 나서 그 뒷날 밤에 와장창!! 하고 천둥치는 소리가 났다. 나가보니 겨울 먹을 김장을 가득 담아두었던 항아리들이 몽땅 박살이 나버렸다. 겨울 때려고 연탄도 700장이나 들여놓았는데 창고도 무너져서 연탄도 물에 다 떠내려가 버렸다. 대문도 완전이 박살이 나버려서 사람이 들고 날 수도 없이 되 버렸다.

주인에게 연락을 해서 상황을 보여주니 처음엔 다 보상해준다고 하더니 주위에서 사람들이 '그 집은 남자가 선생을 한다는데 생전 얼굴 한번 못 봤다. 남자가 바람둥이라 집에는 들어오지도 않고 날마다 카바레 다니며 춤만 추고 사생활이 엉망이란' 소리를 듣고 부턴 마음이 돌변했다.

"우리 아이들하고 겨울 내내 먹을 김장이 하나도 못 먹게 돼 버렸고, 연탄도 700장이나 다 못쓰게 돼 버렸으니 우린 어떻게 살아요. 빨리 계산해서 손해 본 것 다 보상해주세요."

"여자가 뭘 알아요?! 남자 나오라고 하세요. 이 집은 남자가 없어요?! 남자하고 말하지 말도 안 통한 여자하곤 말하지 않겠소!"

"여보시오! 가정 살림은 여자가 알지 남자들이 김장값이 얼마나 든지 어떻게 알아요? 내 손으로 했으니 나와 계산해서 변상해주세요."

"누가 변상 안 해준댔어요? 남자하고 하겠다잖아요?! 남자 만나서 할 것이니 그리 아시오!"

"예끼 여보시오! 우리 집 남자가 바람쟁이라는 소문 듣고 그렇게 비겁한 짓을 해요? 변상 안 해주려고 별 같잖은 소리를 다하네? 어제도 내가 뭐래요? 아무래도 땅속에서 수도관이 터진 것 같다고 해도 여자가 뭘 아냐고 하며 괜찮다고 했지요? 그때도 내 말을 귀담아 들었더라면 이런 일이 없었을 건데 아저씨가 여자를 너무 무시해서 이런 일을 당했어요. 정 안 해주겠다면 신문기자 부를 거예요."

"우리가 신문기자 따위가 무서운 줄 아요? 할 테면 해보세요. 당신 남편이 학교 선생이라면서요? 학교 선생은 날마다 춤추러 다니고 바람피운 것도 신문기자한테 알려야겠네요."

"……." 김여사 가슴이 뜨끔하게 맞불 작전을 편 집주인과는 도저히 말이 안 통할 것 같았다.

"어떤 집이든 여자 목소리가 크면 남자는 밖으로 돌기 마련인데 이집도 암탉이 벌써 울어 버렸그만!" 집 주인 영감은 김여사 남편의 불륜행위를 이웃사람들로부터 듣고 그것을 약점 잡아 변상해주지 않으려고 오히려 김여사를 야유했다. 그러니 막상 신문지자 불러서 사건화하고 싶어도 박재수 때문에 하지 못하고 울며 겨자 먹기로 억울하지만 피해보상을 포기해야만 했다. (참! 서방

놈은 평생에 내게 도움이 안 되니 죽이지도, 살리지도 못하고 이 일을 어쩔꼬?)

30. 집에 스파이를 두다

생전에 한 번도 전화를 하지 않던 마랭이 양반이 어느 날 갑자기 전화를 해서 김 여사를 사정없이 나무랐다.

"애야 너 월급쟁이 마누라가 되가지고 날마다 미장원 다니며 얼굴 손질이나 하고, 사치하고, 속없는 짓거리 하면 가정을 어떻게 꾸려가려고 그런 짓을 하냐?!"

"아버님 그게 무슨 말씀이세요? 저는 긴 머리도 짧게 잘라버렸고, 드라이도, 파마도 한번 하지 않았고, 머리가 길면 간혹 한 번씩 자른 것 것뿐입니다. 화장품 아줌마가 저에게 화장품 팔아먹으려고 맛사지 해준대도 난 한 번도 받지 않은 사람입니다. 누구한테 그런 말씀을 들으셨어요?"

"훈이 어미가 그러니 너도 그런 줄 알았다. 들어가라!"

마랭이 양반은 밑도 끝도 없이 엉뚱한 소리를 하여 김여사를 호통 치려다가 김 여사의 말을 듣고는 공연히 훈이 엄마 핑계를 대고 끊어버렸다. 그것뿐이 아니다. 신문보급소남자가 찾아와서 신문 좀 봐달라고 사정한 일이 있었는데 그날 박재수가 집에 들어오자마자 다그쳤다.

"야 이년아 외간 남자를 집으로 끌어들여서 무슨 짓을 했냐?"하고 터무니없는 시비를 걸었다.

"미친 짓거리가 날로 더 늘어나네? 외간남자는 무슨 놈의 외간남자?"

"시장 간다고 나가면 몇 시간씩 집을 비우고 한 이유가 뭐야?! 밖에서 만난 것으로 부족해서 집에까지 남자를 끌어들였냐?!!"

"허허~ 기가 막힐 일이네! 당신이 온갖 잡질 다하고 다니니까 나도 그런 줄 알고 나한테 생지무지한 누명을 씌우려고 하냐? 너 같은 개차반 악질남편이 있는 줄 다 아는데 행여 누가 나에게 접근이나 해 보겠냐?"

"이년이 어디서 거짓말을 하고 있어?!!! 집에 찾아온 남자가 한 두 명이 아니라던데?!"

"천벌 받을 짓거리 그만해요!" 김 여사는 박재수의 억 담의 소리에 기가 막혔다. 분명 자기의 뒤를 따라다니며 일거수일투족을 감시해서 박재수에게 보고해준 사람이 바로 곁에 있다는 생각이 들었다. 아무리 생각해봐야 외간 남자라곤 신문보급소 사람과 복덕방의 남자가 집 둘러보러 온 사실밖에 없는데 남자가 왔다간 사실을 가지고 외간남자 끌어들였다고 보고를 해준 사람이 도대체 누구일까? 그리고 시아버지한테 날마다 미장원 다니며 맛사지 받고 심하게 사치한다고 전해준 사람이 있으니 갑자기 시아버지가 그런 말을 한 것 아닌가 싶다. 아무리 봐야 자기를 감시하는 사람은 작은 시누이의 딸 숙이 밖에 없다고 생각했다. 몇 달 전에 갑자기 박재수가 김여사에게

"작은 누나가 자기 딸을 우리 집에 두고 영어 좀 가르쳐 주라고 하니 우리가 데리고 있자."

"우리 새끼들만 해도 네 명이나 되는데 어떻게 생질까지 데리고 있자고 해요? 생활비도 한 푼 주지 않으면서?" 하며 겉으론 거절을 표했지만 속으론 (옳지! 잘됐다. 그 애 가르치려면 퇴근하고 곧바로 집으로 오겠구나.)하며 속으로는 좋아했던 김여사다. 마랭이 댁 작은딸은 벙어리다. 그 벙어리 시누이 딸을 집으로 데려와서 기르자고 한다. 누구라도 그 말에 쉽게 동의할 사람 없을 것이다. 그렇지만 김여사는 박재수의 악랄함을 알기 때문에 거절할 수 없었다.

"누나가 모처럼 부탁을 하는데 거절하겠어? 형제간에 정머리 떨어지게 말이야! 그래서 너를 모두 싫어한 줄만 알어! 이 인정머리 없는 년아!!" 하고 김여사를 타박한 박재수다. 자기는 시간이 없어서 못 데리고 온다며 주소만 던져주고 가버렸다. 결국 박재수가 가르쳐준 주소로 찾아가서 생질을 데리고 왔다. 김여사로서는 호랑이 새끼를 하나 더 끌어들인 셈이다. 이 애가 온 후부터 박재수가 더욱 심하게 강짜를 부리고 시아버지한테도 소식을 전해서 마치 김여사가 외간남자와 바람피우느라 가정을 등한시하고 사치나 일삼는 사람으로 오인 받게 했다는 것을 알았다. 그리고 생질이 돈 달라고 하면 박재수는 주머니에서 쑥 빼주면서 자기 아이들이 돈 달라고 하면 '엄마한테 달라고 해!' 하며 냉정하게 쏘아붙였다. 이해할 수 없는 박재수의 행위를 보고 하

루는 장남이가

"엄마! 아빠가 우리 아빠 맞아?"

"그럼 느그 아빠가 아니면 어떻게 한집에서 같이 사니? 왜 갑자기 그런 말을 하니?"

"우리가 돈 달라고 하면 단 한 번도 준 사실이 없었는데 숙이 누나가 달라고 할 땐 아빠 주머니에서 쑥 빼주니 이상해요."

"아니야 느그 아빠는 누가 뭐래도 박재수 선생이야 걱정하지마라." 아이들 눈에도 이러한 박재수의 행위를 이해할 수 없었던 것이다. 자기들은 엄마만의 자식인 것처럼 행위를 했으니 장남이 입에서 그런 말이 나올 수밖에 없다. 그러니 아이들은 아예 아빠에게 돈 달란 소리를 하지 않고 언제나 엄마에게만 돈 달라고 했다. 어릴 적 마음에 받은 상처가 오래 가는 것인데 그토록 동심에 상처를 주고 나중에 어떻게 아비대접을 받을 수 있을는지 보는 이마다 의문스럽다고들 했다.

31. 망가진 이빨들

박재수한테 수 십 차례 아니 수백차례 주먹으로 머리통과 뺨을 맞았으니 이빨인들 온전할까. 김여사는 이가 아파서 음식도 못 먹고 날마다 통증에 시달리다 못해 치과를 갔다. 우리 치과 원장은 백발이 성성한 80대 영감이다. 그 의사가 김여사 입속을 들여다보고는

"이제 겨우 30밖에 안된 이가 사는 게 엉망이구나. 나는 잇속을 들여다보면 관상쟁이 관상 보듯 그 사람 사는 것을 다 알 수 있어요. 내가 살날이 얼마 남지 않았으니 마지막 죽기 전에 좋은 일 한번 하고 죽으련다. 오늘부터 네 입속을 전부 치료해 줄 테니 네 복을 찾고 행복하게 살아라. 나는 많은 돈을 벌었지만 남에게 베풀어본 적 없는데 너한테 마지막으로 베풀고 죽을 것이니 치료를 계속 받아라. 나는 몇 달 후면 이 세상에 없다. 그러니 나 살았을 때 열심히 치료받아서 꼭 행복한 삶을 살기 바란다. 간호사!"

"예!"

"앞으로 이 손님 오시면 돈 절대 받지 말고 이를 깨끗이 치료해 드려라 알겠니?"

"예 원장님."

"이 손님은 보나마나 남편을 개좆같은 놈을 만났구나! 세상에나 이런 이를 가지고 어떻게 음식을 먹고 살았소? 부인이 뭣을 잘못했는지 몰라도 여자를 어디 때릴 데가 있다고 얼굴을 두들겨 패서 이뿌리가 다 솟아버렸네요. 제발 내 시킨 대로 해요? 그래야 나도 하늘 나라가서 할 말이 있지요. 어느 불쌍한 젊은 여인 이를 무료로 치료해줬다고 말이야 허허허…" 노인은 화통한 웃음을 웃으면서 김여사에게 호의를 베풀 각오를 했다.

박재수는 꼭 때리면 김여사의 얼굴을 중점적으로 때리고, 머리통과 가슴을 때리니 앞 이의 뿌리가 흔들려서 덜렁덜렁 했고, 색깔도 변색이 되어 짙은 갈색으로 변했다. 어금니도 머리와 볼을 맞을 때마다 이가 전부 아리고 아파서 약국에서 약만 사먹고, 돈이 아까워서 병원에도 가지 않고 버티다가 너무 죽겠으니 치과를 왔다. 그런데 의사가 김여사의 입안을 들여다보고 김여사의 사는 것을 점치듯 다 맞추었다. 그리고 하나도 성한이가 없으니 전부 치료를 해야 한다는 것이다. 박재수에게 폭행당하고 이가 아파서 음식도 제대로 못 먹고 하니 김여사의 몸무게는 37kg밖에 나가지 않은 아주 깡마른 체격으로 변했다. 그 몸에 자기아이들이 넷이나 되는데 거기다 시누이 딸까지 덧붙여 김여사를 더욱 힘들게 한 박재수다. 박재수는 철저한 다중인격자로 남들 앞에 선 위선을 떨고 가증스럽기가 그지없으니 좋은 사람, 훌륭한 인격자로 대우받는다. 사람의 탈만 썼지 이리나, 승냥이 보다 더 한 악질 남편이고 괴물가장인데도 말이다.

치과에선 갈 때마다 치료비를 받지 않으니 염치가 없어서 더 이상 치료받으러 갈수가 없었다. 끝까지 받아서 건강하게 살고 싶은 마음도 있지만, 김여사 양심이 허락지 않아서 공짜 치료를 더 이상 받지 않고 치료를 중단해 버렸다.

32. 시동생 결혼식

갑자기 박재수는 김 여사 앞에서 아무 말 없이 줄담배만 피우고 있었다. 무슨 심각한 일이라도 생긴 것처럼 말이다.

"당신 무슨 일 있어요?"

"없어!"

"또 무슨 지앙 저지른 것 아니여? 당신은 언제나 무슨 일이 생기면 그렇거든."

"영국이 결혼한다네." 영국은 마랭이 댁 넷째아들이다. 그는 일찍부터 연애를 해서 혼전에 아이를 둘이나 낳아 기르고 있었다.

"잘 한일이네요. 진즉 식 올려줬어야 하는데 늦었네요. 날짜는 언제래요?"

"내일 모랜데 말이여 엄니가 자네는 그 결혼식에 참여를 하지 말고 나만 왔다 가란 다네. 엄니가 나를 봐서라도 그러지 말아야 하는데…." 김 여사는 벌떡 일어나서 박재수에게 항의를 했다.

"왜요? 나는 그 집 며느리 아닌가요? 참 별일이네요?" 양심이개털이라고 소문난 박재수도 그 일만큼은 어이가 없어 자기 어머니에게 낙심한 표정을 지었다.

"내가 왜 그 잔치에 가면 안 된다는 거요? 속이나 압시다. 솔직히 말하세요?"

"영국이 처한테는 해줄 것 다 해주고 결혼식 시키는데 자네가 그 자리에 끼면 자네한테는 아무것도 해준 것 없으니 시샘할 것 같으니 그런다네."

"참 나 기가 막혀서 말이 안 나오네. 나한테 너무 했다는 양심이 있긴 하나 보네? 그렇다면 지금이라도 그 말 이루고 영국이 처 결혼예물 해 줄 때 나한테는 금반지 한 돈이라도 해 주면서 그때 못한 것 미안하다. 그때는 우리가 형편이 안 돼서 그랬으니 이해해라하고 말이라도 사과하고 넘어갈 일이지 어른이 돼 가지고 그런 처신을 해요? 나 모르게 결혼식 올리고 나면 그 후유증이 언제까지 내 가슴속에 한으로 남을 것은 생각하지 못했나보지요? 누가 지금까지 당신 학비대서 공부시켰소? 그리고 우리 친정어머니는 당신네 부모에게 어떻게 했소?! 사돈네를 자기 친부모한테 하듯 명절 때나 무슨 행사 때 단 한 번도 빠지지 않고 최고급으로 옷으로, 또는 소고기나 과일등 선물을 해 드렸는데 그럴 수 있어요?!참 당신네 식구들은 복장이 어떻게 생겨먹었는지 알 수가 없어요. 그것이 어른으로서 할 짓이요? 어른이 처신을 그따위로 하니 첩자식이 우리 결혼식 때 들어온 그 많은 축의금을 몽땅 처먹어버렸지요. 명진 형님네한테 어머님이 무슨 척 잡힌 일이라도 했나요? 그렇지 않고서야 어떻게 그런 불한당 짓을 해도 지금까지 아무 말 못하고 있다요? 축의금이 누구한테서 얼마나 들어왔는지 알아야 나중에 그 품을 갚는다고 부의록이라도 주라고 해도 아직까지 안준 것 보세요. 그런 일을 당하고도 당신마저 무슨 죄지은 사람처럼 서자 형한테 한마디도 못 따져요? 모르는 사람들이 이런 경우를 알았다면 당신이 첩 자식인줄 알겠다니까?"

"……." 김 여사는 생각할수록 분하고 기가 막혀서 다시 따졌다.

"도대체 어머님은 무엇 때문에 나한테는 그토록 모질게 대한대요? 어른으로써는 정말 빵점 이예요. 왜 나한테만 그러시는지 말 해봐요?! 나와는 무슨 원한이 끼었다던가요?" 박재수는 아무런 대답도 하지 않는다. 그러더니 담배를 끄고 나서

"자네가 결혼식에 오면 식구들이 다 불안해하고 그러니 엄니가 시끄러울까봐서 그렇다네."

"내가 무슨 쌈닭이요?"

"이런 것 보면 우리 엄니는 자네한테는 양심도 없는가봐 나는 그런 엄니가 이해가 가지 않아 부끄럽고 어처구니없네. 그럴 수가 있는가? 이런 부모를 가진 내가 더 원망스럽고, 창피하네." 박재수는 자기도 김 여사에게 너무 비인간적인 행위를 했음에도 시어머니까지 며느리를 감싸주지 못하고 멸시를 하는 것이 이해가 가지 않았던지 연속 줄담배를 피우면서 한숨을 토해냈다. "그래요, 나는 지금부터 그 집 며느리 아니니까 앞으로 당신도 나한테 돈 달란 말 하지 말고 당신어머님한테 가서 돈 달래시 쓰세요."

"……."

"나는 그때 결혼식이 어떻게 치러졌는지 정신이 없었어. 결혼식 끝나자마자 당신은 어디론가 숨어버렸고, 나는 아이 데리고 하루 종일 명진상회 뒷마

루에 앉아서 쫄쫄 굶고 있었고, 아이는 젖이 안 나와서 배고프다고 울고, 그 상황을 생각해봐요. 그래놓고 자기들은 축의금에만 눈이 어두워서 눈에 불을 켜고 축의금 보따리에만 혈안이 된 것들이라고 동네 소문이 다 났어! H 군 생기고는 축의금이 제일 많이 들어왔을 거라고 말이야. 그런 돈을 지금까지 입 싹 닦아 버리고 만 것들이오. 우리 아버지는 사돈하고 싸울 수 없으니 당신이 나서서 해결했어야 하는데 왜 지금까지 당신도 그에 대해선 입도 뻥긋 하지 않느냐고?! 그 때도 당신과 협 작 해서 그렇지? 세상눈이 있는데 손바닥 으로 하늘을 가린다고 가려져? 하늘이 두렵지도 않아요? 전부 도둑 것들이여. 당신이 마누라를 천하게 여기니 그 집 종자들이 전부 나를 송충이 보듯 한다 니까? 분명히 말하지만 나는 그 집 식구 아니다. 앞으로 나는 혼자다." 김여사 는 생각할수록 분하고 억울해서 혼자서 몸부림치고 눈이 퉁퉁 붓도록 울고 밤새 한숨 못자고 있어도 박재수는 그런 김여사에게 위로나 사과 한마디 없이 혼자서 출근해버렸다. 대문을 빠져나간 박재수를 향해 김여사는 혼자 말처럼 궁시렁거렸다.

"천하에 악하고 불량한 것들이 어디서 감히 나보고 독하고 인정머리 없고, 악질 년 이라는 말을 함부로 써? 시궁창에 곤자리 같은 것들이……" 김 여사 가 어디다 데고 말 못하고 혼자서 괴로워하고 있는데 옆집 아주머니가 와서 좋은 소식이라고 전해주는 소리는

"박 선생은 학교 끝나기가 바쁘게 카바레 가서 어떤 여자, 키 좀 크고 날씬 하게 생긴 여자하고만 날마다 춤을 추다가 둘이서 살짝 빠져 나간다네요?"라 고 전해주었다. 그 정보는 너무 여러 사람들한테 들어서 귀가 아플 정도다.

신여사는 이런 지경인 줄도 모르고 사돈 총각이 결혼식 올린다니까 자기 비단 전에서 제일 비싼 최고급 한복감을 한 벌 선사해 줬다.

설이 돌아와서 김여사는 모른척하고 시가집을 갔는데 김여사를 보고도 아 무도 영국이 결혼한 이야기를 하지 않았다. 마랭이 댁은 김여사 친정어머니한 테서 최고급 한복감을 선물 받고도 양심에 가책이란 걸 전혀 느끼지 못한 채 모두에게 입단속을 시켰기 때문이다. 김여사가 첩 시어머니한테 인사하러 가니 첩 시어머니가 물었다.

"어째서 자네는 영국이 결혼식에 오지 않았는가?"

"못 오게 해서요."

"누가 그딴 소리를 해?"

"시어머니가요."

"원 세상에 그럴 수가 있어? 근데 말이야 자네 동서들하고 형제들이 우리 집만 오면 자네를 욕하고 흉보고 그런데 왜 그러는가?"

"저는 모르죠. 왜 저를 그렇게 못마땅해 하는지."

"아무래도 이상한 것이 그것들이 모이기만하면 자네를 욕하고 험담을 하니 나는 듣기 싫어서 그러네."

"작은 어머님 걱정하지 마세요. 저도 모르는 일이 그전부터 많이 있었나 봐요. 큰 동서 집나가고 집안 일 할 사람 없다고 우리 큰 딸 핏덩이 때부터 나를 데려다 죽도록 일만 시켰어요. 그때도 큰 동서가 들어와서 뭣이 없어졌다고 나한테 짜잔한 소리들 하고 나를 의심하며 같잖은 시집살이 시켰어요. 그런 걸 따져서 싸우려니 같은 사람 될 것 같아서 그냥 지나갔어요. 저는 죄가 없으니 걱정 없습니다. 작은 어머님도 못 들은 체 하세요."

김여사는 자기도 어렵게 살면서도 첩 시어머니한테까지 항상 명절 때면 인사로 용돈도 몇 푼씩 쥐어주곤 하니 다른 사람들은 못마땅하게 여긴 김여사를 살갑게 대했다.

33. 지독한 성병

77년 10월경인 것 같다. 박재수는 어느 날 수업 중에 갑자기 집으로 들어왔다. 김여사는 깜짝 놀라서

"당신이 이 시간에 수업 안하고 무슨 일이요?"

"이리 와봐!" 김여사를 옆방으로 끌고 가더니 다짜고짜로 하는 말.

"솔직히 말해! 니년이 어떤 놈하고 지랄을 해서 내게 더러운 병을 옮겨줘서 내가 지금 아랫도리가 가려워서 수업도 못하고 나왔다. 어떤 놈이냐?!"

"미친놈! 이제 할 말이 없으니 별 지랄 맞을 소리를 다하고 자빠졌네! 니가

언제라고 나하고 부부생활 했냐? 그 딴 소리를 하게? 니가 이년저년 쑤시고 다녀서 성병이 들어놓고 누구한테 덤터기 씌우려하나? 만약에 내가 그랬다면 나는 멀쩡한데 왜 너만 그러냐? 에끼 더러운 놈!" 며칠 전부터 검정 구두에 하얀 가루가 떨어지는 것을 보고도 김여사는 못 본체 했는데 심각한 상황까지 왔으니 김여사에게 덤터기를 씌우려 했다.

"어떤 놈인지 빨리 말 안 해?!"

"어떤 놈을 알거든 네가 그놈 잡아와라 그 놈 잡아오면 새끼들 다 버리고 그놈 따라갈란다. 이 천 벌 받을 놈아! 네가 그러고도 사람이냐? 우리는 부부가 아니라 나는 너의 돈방석이고, 시녀에 불과한 몸이다. 나한테 돈 뜯어다가 술집 여자하고 즐기면서 산지가 10년이 다 됐다. 이제 신물 날 때도 됐는데 아직도 그 짓거리하다가 네 놈 몸뚱이 썩어들어 갈 것이다. 이 미친놈아!" 김여사는 다른 사람들에게 들은 이야기가 있어서 얼른 옷을 벗어보라고 했다. 박재수는 손으로 가리며 안 벗으려 했다.

"네가 무슨 숫총각이냐? 왜 못 벗어?!" 하고 박재수의 팬티를 확 끄집어 내렸다. 너무도 어이가 없었다. 박재수의 물건 음모가닥마다 하얗게 서까리 (이가 깐 알)가 실려 있었고 하얀 이가 불 불 기어 다녀 흉물스러워서 도저히 볼 수가 없었다. 김여사는 소름이 끼쳐서 얼른 고개를 돌려버렸다. 마치 부로콜리 같이 송알송알 하여 팬티 안이 가득했다. 박재수는 벌벌 떨며.

"이 일을 어쩌면 좋겠냐?"

"어쩌긴 어째! 불이나 확 질러서 태워 없애야지! 어차피 나하고는 상관없는 물건 아니냐? 불질러버려!"

"안 돼!!" 하며 놀라서 그곳을 움켜쥔 박재수의 모양새를 김여사는 혼자보기 아까웠다. 자기 몸은 터럭 하나도 다칠세라 벌벌 떤 놈이 마누라는 그토록 악질적으로 두들겨 팼던 박재수가 죽이고 싶었겠지. 얼마나 여러 여자들과 지저분하게 놀았던지 성병 중에도 제일 고약한 성병에 걸려갖고 김여사에게 해결하라고 한 박재수다. 세상에 없는 철면피 박재수를 죽이지도, 살리지도 못하고 또 해결책을 내주어야만 했다. 면도날을 갖다 주면서 '밀어서 말끔히 털을 제거하라'고 했다. 그러니 박재수는 오직 자기 몸은 소중히 여긴 사람이라 행여 면도날에 그것이 베일 새라 조심스럽게 음모를 제거했다. 김여사는 묵은 달력 한 장을 쭉 찢어서 뒷장 하얀 부분을 깔아주며 그곳에다 모으라고 하니 그 흉물스런 이들이 사방으로 기어 다닐 때 도대체 얼마나 많은 서끼리가 깔려있기에 저토록 부피가 많은가하고 일부러 음모 한 가닥을 들고 세어보니 한 가닥에 서끼리가 열 댓 개씩 붙어있었다. 혼자보기 아까운진귀한 물건, 공진회에나 출품할 물건이지만 행여 누가 볼세라 얼른 그것을 가져다 불 질러 버렸다. 불에 타는 소리가 깨 볶는 소리처럼 톡, 톡, 토도독 톡, 소리를 내며 탔다. 박재수는 자기가 저지른 일을 단 한 가지 것도 스스로 해결하는 법이 없이 언제나 뒤처리는 김여사가 해 줬다. 심지어 성병 든 성기까지도 말이다. 이러고도 남들에겐 자기 마누라가 바람피운다고 헛소문 내고 다녔다. 자유한국 당 국회의원들이 요즘 릴레이식으로 삭발한 이유는 자기들의 억지논리로 정부를 압박 하겠다는 것인데, 삭발한 박재수의 좆은 무엇을 압박할 것인가 그것이 문제로다.

제3부

세상에 이럴 수가

1. 대형 거울로 내리치다

박재수는 어쩌다 하루 일찍 들어와서 "35,000원만 주라 급히 쓸 데가 있다." 일찍 들어온 날은 항상 대형 사고를 치는 날이라서 김 여사는 또 간이 철렁 내려앉았다.

"당신이 언제 나한테 돈 맡겨 놓았간디 나만 보면 돈 달라고 해요? 여태껏 월급타서 한 푼도 안 갖다 주면서 낯짝 좋게 맨 날 돈만 달란 말이 어디서 나와요?"

"이년아 누구 줄려고 나한테는 안주냐? 이년을 그냥 죽어 버릴 것이다!"

"생각을 해봐요. 35,000원이 누 애기 이름이요? 공무원 월급 두 달 치나 된 큰돈을 옆구리에 칼 빼듯 무조건 달라고 하면 나는 그 돈이 어디서 나냐고요! 좀 양심이 있어 봐요. 당신이 월급 한 푼 안 갖다 주니 내 사는 것이 말이 아니라고요. 그런데 날마다 당신이 뜯어간 돈이 얼만 줄이나 알아요? 당신한 테 그간 뜯긴 돈을 모았으면 강남에다 큰 빌딩을 사고도 남겠소!"

"이런 xx년이 단 한번이라도 군소리 안하고 돈 주는 것을 못 봤다. 이년이 죽어봐야 정신을 차릴 것이냐?!!" 박재수는 벽에 걸린 대형 거울을 내려서 김 여사의 뒤통수에다 내리쳤다.

"와장창!!"하고 거울은 산산조각이 나서 온 집안과 마당에까지 유리조각 천지가 되 버렸다. 곁에는 8살짜리 장남이가 보고 기겁을 하여 혼이 나간 아이 처럼 방구석에 처박혀서 나오지도 않고 눈만 멀뚱거리고 웅크리고 있었다. 불러도 나오지 않고 사시나무 떨 듯 덜덜 떨고 아무 반응이 없었다. 김여사는 장남이가 정신 이상이 온 줄 알고 겁이 덜컥 났다. 박재수는 그 지경을 만들어 놓고 어디론가 나가버렸다. 다른 아이들은 큰방 할머니가 데리고 나가서 집에 없으니 아이들 오기 전에 유리를 쓸어 담으려는데 김여사의 얼굴에 벌건 피가 흘러내리는 것을 보고 장남이는 기절해버렸다. 김여사는 자기 머리가 터져서 피가 흘러내리는 것조차 모르고 행여 아이들 다칠세라 유리 파편들을 치우고 있는데 장남이가 기절하여 쓰러지니 자기도 혼비백산하였다. 그때 아이를 데리고 놀러나갔던 큰방 할머니가 들어와서 보고

"이게 무슨 짓이고? 누가 이랬소?"

"애기 아빠가 돈 안준다고 그만 흐흐흑…. 장남아, 장남아 엄마다 엄마야, 일어나 장남아 어서어서…" 김여사는 아이를 치마폭으로 감싸서 한참동안 다독여주고 안아서 엄마의 체온으로 몸을 감싸주니 한참 후에야 눈을 떴다. 그리고선 엄마의 얼굴을 이리저리 만져보면서

"엄마 괜찮아? 안 죽었어?"

"응 엄마 안 죽어 우리 장남이를 두고 절대 죽지 않을 거야."

"아까 아빠가 거울로 엄마를 때려서 엄마가 죽은 줄 알았어. 엄마 죽지 마, 그리고 아빠한테 맞지 마."

"그래 알았어, 우리 장남이 괜찮지?" 다른 아이들은 깨진 유리조각을 밟으면서 "우리 집에 무슨 유리가 많지?" 하며 수선을 떨었다. 할머니는 마대를 가져와서 박살난 유리 파편을 쓸어 담으시면서 우셨다.

"그놈이 평생 빌어 처먹을 짓만 골라서 하니 이 일을 어쩔꼬? 아이가 넷이나 되는데 안살지도 못하고 차라리 이혼이나 해 주면 좋겠그만 그놈이 아주 불량하기 짝이 없는 놈이라 절대 이혼은 안 해줄 놈이지, 아직까지 처갓집 재산이 많이 있으니까 그 재산 다 빨아먹고 이혼을 해도 할 거야. 천하에 날강도보다 더 한 놈 같으니라고. 제 어미 애비는 뭘을 처먹고 그런 개망나니를 낳을꼬?" 할머니는 김여사의 사는 것이 곁에서 보기에 너무 딱해서 볼 수가 없으니 마치 자기 딸이 당한 것처럼 안타까워하면서 유리 파편들을 말끔하게 치워주셨다.

2. 시동생한테 빌린 방세

전세금을 30만원이나 올려달라고 하니 김여사는 답답했다. 낯바닥이 없어서 친정으로는 도저히 갈 수가 없었다. 5년 전에 달영씨가 300만원을 손에 쥐어주며 '절대로 광주로는 가지 말고 서울로 가서 집을 얻어서 아이들 기르라'고 신신당부 했는데도 박재수의 농간에 속아 광주로 와서 결국 그 돈

을 보람 없이 다 써 버렸으니 친정 부모 볼 면목이 없게 되었다. 그러니 이번에는 시가로 가서 기어코 해 내라고 할 판이다. 막내딸 해산하기 전에도 전세금 12만원이 부족하여 그때도 시가집에 가서 사정하다 괄시만 받고 왔었지만 이번에는 기어코 시부모에게 그 돈이라도 받아내려고 마음에 결심을 한 김여사다. 시부모들은 없고 영국이 시동생이 딱한 사정이야기를 듣고 뒤 따라 오면서 30만원을 빌려주며 다음 달에 꼭 갚아주라고 신신당부했다. 김여사는 약속을 했다. 그런데 아직 돈이 준비가 되지 않았는데 마랭이 댁이 기독교병원에 약 타러 왔다가 가면서 김여사 집으로 왔다. 기어코 그 돈을 받아가겠다는 생각에서다. 시어머니가 며칠간 계속 눌러있으니 반찬에 여간 신경이 쓰였다. 김여사가 시장을 보러가고 없을 때다. 김여사 결혼할 때 친정어머니가 둘이 금실 좋게 살라고 기다란 봉침을 만들어주었는데 마랭이 댁이 둘로 잘라서 몽당베개를 만들어놓고선

"아따 이제 시원하다."하며 탈탈 터는 것을 보고 큰방 할머니가 소스라치게 놀래며 하는 말은

"이게 무슨 짓이요? 어매 큰일 났네! 자식 근원 베개를 어미가 자르다니 큰일 났네. 내 나이 86살 먹도록 살았어도 자식 근원 베개를 잘라버린 시어매는 고금천지에 첨 봤소. 마전이네 마전! 이 일을 어쩔까잉! 에이! 여보시오!! 당신이 아주 보통으로 나쁜 시어매가 아니그만, 아무래도 당신이 아들내외 갈라지게 하려고 공들인 것 같소. 그러면 못쓰지." 마랭이 댁은 한마디도 못하고 올뺴미같이 생긴 눈을 내리 감고 있었다.

"무슨 일로 이 어려운 집에 그리 오래 있소?"

"우리 작은 아들한테 돈 받으러 왔지요."

"무슨 돈?"

"여기 며느리가 우리 넷째 아들한테 돈을 30만원 빌려가서 그 돈 받아가려고 돈 나오기만 기다리요."

"아따 시 어매 치고 참 뻔뻔하요잉? 여기 며느리가 어떻게 산 줄이나 알고 그런 소리를 하요? 당신 아들 재순가 먼가 그 인간이 월급 타다 한 푼이나 가정에 들여 준 줄 아요? 새끼들하고 친정에서 이날 이때 끔 얻어먹고 겨우 사는 데다 대고 그 돈을 주라고 말이 나오요? 다른 자식들은 다들 살게 해

줬 담서 이 아들은 처갓집에다 맡겨 불고 한 푼도 대주지 않으면서 그 돈까지 받아가려고요? 며칠 전에도 당신 아들이 대형 거울로 마누라한테 내리쳐서 당신 손자랑 며느리랑 죽을 뻔 했소. 그리고 선생이 되가지고 날마다 춤추러 다니느라 정신이 나가서 학생들 원서를 세 명 것을 접수 안 시켜서 그 학생들을 대학 시험도 못 치르게 해버렸으니 학부모한테 고소당해서 손해배상을 얼마나 물어준 줄 아요? 무려 153만원이나 된다요. 그 돈도 당신 집에서 한 푼도 보태준 것 없지요? 지금 그 빚만 해도 며느리가 골머리 아파죽을 지경인데 방세 빌려준 것을 받아가겠다니 시 어매 치고는 너무 몰인정 하요. 당신 아들이 저지른 일인데 왜 며느리에게만 짐을 지우요? 금비녀라도 팔아다가 시 어매가 도움을 주기는커녕 전세금 빌린 것을 받으려고 눌러있다니 하늘이 웃을 것소. 내가 남의 일에 입을 댄 것은 주제 넘는 일이지만 곁에서 보기에 너무 안됐고 당신 아들이 해도 해도 너무하니 사람치고는 볼 수가 없어서 그랬소. 주제넘었다면 용서하시오." 할머니는 나이 들었으니 하고픈 말이나 하고 죽자고 김 여사 형편을 헤아려서 마랭이 댁 양심 밭에 침을 뱉어주었다. 그랬으니 마랭이 댁은 더 이상 낯이 없어서 눌러있지 못하고 가면서

"우리 며느리 보고 돈 나오면 그 돈부터 갚으라고 하시오!"라는 말을 남기고 가버렸다.

"돈이 나오기는 어느 구멍에서 나올 것인가? 기껏 친정에서 얻어오는 수밖에..." 할머니는 자기가 대신해서 마랭이 댁한테 통쾌하게 해준 것이 잘 한일이라고 생각했다. 아무리 남의 일이지만 세상사는 경우가 있고, 도덕적 가치관이 있는 건데 마랭이 네 족속들은 하나같이 무 경우에 무법천지로 세상을 살면서 공연히 죄 없는 며느리 탓만 하니 눈꼴이 시어서 그냥 두고 볼 수 없어서 공연히 남의 일에 혀를 대게 되었다.

"자네 시어머니란 사람이 아주 요망스런 요괴 같더라, 철면피에 낯가죽 두껍기는 당할 자 없겠던데? 어미가 그따위니 그 속에서 나온 자식이라 박 선생 행동거지가 그렇지, 그래서 옛날부터 부모들이 자식 혼사를 시키려면 그 집안 내력을 먼저 본다고 했어."

"그래도 우리어머님은 내가 당신 눈에 안차서 우리 재수는 장개 열 두 번 간다는 소리를 두고 쓴 분이라요."

"참 몹쓸 것들이여. 장 개 열 두 번 갈 자식 낳은 것이 그리 자랑스러워서 그딴 소리를 해? 내가 들었으면 혓바닥을 댕강 잘라버릴 것을…." 주인집 할머니는 경오가 반듯하여 동네에서도 존경받는 분이다. 김여사는 어느 집을 가던지 자기의 성품이 바르니까 항상 좋은 사람들을 만나게 되어 은혜를 입게 된다.

3. 집 살 돈을 사기 치다

김여사는 그 시절에 광주여고를 나왔기 때문에 광주에 쓸 만한 친구가 많았다. 그 친구들과 돈 계를 해서 78년도에 계금 50만원을 탔다. 그 돈을 손에 쥐니 한 친구가 김여사 사정을 살펴서

"보배야, 네 남편이 속없는 짓거리나 해서 네가 애들 데리고 남의 집만 다니며 고생하며 사는 것이 안타까워서 그런다. 내가 아는 사람이 저기 주월 동에 있는 집을 팔겠다고 하니 우리들이 도와 줄 테니 그 집을 사라."

"아아고 내가 무슨 돈이 있어서 그런 집을 사냐?"

"아니야 우리가 도와줄게 너 50만원 계금에다 우리가 십시일반 걷어서 120만원을 만들어 보자. 그 집을 380만원 주라고 하지만 깎아서 360에 사기로 하고 계약금 120만 원 주고 중도금 한 달 내로 100만원 만들고, 나머지는 전세금 빼서 주면 집값이 다 되잖아?"

"아이고 내가 이 형편에 집을 사게 생겼네? 이게 꿈이야 생시야? 그래 당장 계약하자." 그렇게 해서 계약금주고 중도금이 없어서 걱정하고 있을 때 한 친구가 전화로 말했다.

"보배야 중도금이 아직 준비 안 됐으면 내가 가진 것 100만원 있다, 갖다 쓰고 나중에 갚아라." 해서 돈이 다 준비된 상태다. 김여사는 집을 사게 된 사실을 박재수에게 알릴까말까 하다가 안 알리면 나중에 알게 되었을 때 자기를 무시했다고 또 시비를 걸어서 사람을 죽이려 할 것이 뻔해서 할 수없이 말을 했다.

"우리 집을 사면 어떨까? 아이들이 시누아이까지 다섯이나 되니 남의 집

다니는 것도 이제 신물이 난다. 자존심도 상하고."

"이 미친년아! 돈이 어디 있어서 집을 사냐?!" 하며 고래고래 소리부터 질렀다. 저질러서 집을 사놓고 자기 월급타서 보태라고 할까봐서 박재수는 미리서 반대부터 했다.

"아이들 다섯 데리고 남의 집 얻으러 다니는 것은 쉬운 일인 줄 아요? 집값은 날로 오르니 빚이라도 내서 사면 손해될 것 없을 것 같던데? 친구들이 도와줘서 잘하면 빚 좀내고해서 사면 될 것도 같은데 당신이 좀 도와주고 말이야."

"그럼 중도금은 어떻게 할 건데?"

"계약금 120만원 걸었고 중도금 친구가 빌려줬고, 잔금은 전세금 빼면 될 것 같은데?"

"그럼 중도금은 준비됐는가?"

"준비됐고말고. 일이 잘 될라고 그런가 그것도 친구가 빌려줬어."

"어디 한번 보자."

"준비됐다니까? 이사할 준비나 해요." 박재수는 100만원 돈다발을 보더니 금방 좋아서 얼굴이 환해졌다. 돈을 보고선 슬그머니 나가더니 잠시 후에 자기친구 양승일 선생을 데리고 들어왔다.

"어이 그 돈 중도금 줄 돈말이야 양승일 선생 좀 빌려 주소 내일 준다네. 오늘 당장 필요해서 그런데 좀 빌려 주소."

"안 돼요. 우리도 며칠 있으면 중도금 줘야한다고요. 실수하면 어떻게 해요?"

"내일 당장 준다잖아, 빌려주소."

"선생님이 그 돈을 내일 쓰시지 그래요? 오늘 없는 돈이 내일이면 나오나요? 안됩니다. 나도 남의 급전을 빌렸단 말이오."

"하루만 빌려줘라 제발! 만약 실수하면 내가 책임지고 융통해줄게 빌려줘라!" 박재수와 양승일은 앉지도 않고 버티고 서서 기어코 돈을 내놓으라고 물이못나게 다그쳤다. 만약 안주면 박재수 그 포악스런 괴물한테 맞아 죽을 것만 같았다. 이사 갈 때까지 말하지 말 것을 공연히 말했다고 김여사는 크게 후회를 했다. 박재수는 돈 냄새 맡으면 갑자기 괴물로 변해서 결코 괴물 짓을 하고야 마는 천하에 후안무치에 도둑놈이란 것을 김여사는 깜빡했다. 그 지경이 된 마당에 안주고는 도저히 좋게 넘어가지 않을 것 같아서 울며 겨자 먹기로 기어코 100만원을 뺏기고 말았다. 말이 빌린 것이지 박재수가 그 돈을 빼내기 위해 양승일을 앞세운 것이다. 김여사는 박재수 돈 귀신한테 돈 자랑을 하지 말았어야 하는데, 생각지도 않은 집을 사게 된 것이 좋아서 남편이라고 말했는데 또 당하고 말았다. 돈을 받자마자 양승일은 고맙다는 말도 없이 쏜살같이 나가버렸다. 박재수는 그날부터 며칠을 외박하고 들어오지 않고 들리는 소문엔 어느 여관집으로 남자들 여러 명하고 박재수가 들어갔다는 정보가 들릴 뿐이다. 김여사는 박재수가 오입질만 하느라 돈이 그렇게 헤픈 줄 알지만 실은 박재수는 도박꾼이다. 그 소중한 돈을 양승일과 짜고 빼다가 도박장에서 며칠을 날밤을 샜다. 결국 그 소중한 돈을 다 날리고선 며칠 만에 들어온 박재수였다.

김 여사는 그날부터 가슴이 틀어 올라 사경을 헤매다 약국에 가니

"사모님 위경련이 심하십니다. 무슨 걱정된 일 있습니까? 신경성 위경련이라 식사도, 아무 음식도 2,3일은 못 드실 겁니다."

중도금 줄 날이 지나도 박재수는 중도금에 대해선 태평하게 걱정도 하지 않아서.

"여보 양승일 선생한테 돈 받아와요. 내일이 중도금 줄 날이라고요."

"안주는데 어떻게 받아?"

"그럼 난 어쩌라고요?"

"그거야 너 알아서 해 내가 언제 집 사 달랬냐?"

"내가 너 같은 놈 위해 집 살라고 한 줄 아냐? 네 새끼들 기 안 꺾으려고 살라고 했다. 어린 것들 한 둘도 아닌 다섯이나 되는데 소위 선생이란 사람이 뭣을 하고 지금까지 집 한 칸도 없어서 남의집살이만 해야겠냐?! 근데 그리 소중한 돈을 빚내놓으니 그 돈을 양승일 빌려주라고 다그쳐놓고, 또 만약 실수하면 당신이 융통해 준다고 해놓고 한번 빼간 돈은 나 몰라라 하겠다고? 에끼 도둑놈 같으니라고! 도대체 네가 언제 사람 될래?"

"……."

"빨리 가서 돈 받아와요. 그 돈이 어떤 돈인데 그 돈을 사기 쳐 먹으려고 해요?"

"안주는데 어떻게 받아?! 이 악독하고 인정머리 없는 년아!"

"왜 안줘요?! 그 돈 가져갈 때 뭐라고 가져갔어요? 하루만 쓰고 틀림없이 갚겠다고 떡치듯이 장담하고 당신도 빌려주라고 곁에서 물이못나게 다그쳤잖아! 근데 왜 못 받아? 왜 안줘? 우리 그 돈 못 받아오면 큰일이라고 했잖아. 요즘 엄마도 오지 않으니 생활비도 없어서 혼합곡 사다가 아이들 먹이고 산다고, 제발 가서 꼭 받아와야 해요."

"나는 너처럼 염치가 없어서 달란 소리 못한다."

"아따! 나한테는 염치고 뭐고 막무가내로 굴던 사람이 남하고는 염치 챙길 줄 아는가보네? 그럼 내가 가서 받을 테니까 그 집이나 가르쳐주라."

"집도 모른다."

"에끼 원수덩어리! 이 천 벌을 열두 번도 더 받을 인간 같으니라고! 난 벌써 네 놈 짓이라고 알고 있다. 그래놓고 양승일이 안줘서 못 받아? 그 소중한 돈, 집사려고 남에게 빚내다 놓은 돈을 사기치고 싶더냐? 넌 사람새끼가 아니라 원수덩어리 마귀새끼여! 이 악대가리 사자 놈아!"

"……."

아무리 말해봐야 박재수의 반응은 송장에 침주기다. 중도금을 다시 빚을 내야 한다. 김여사는 중도금 때문에 걱정을 하고 있는데 또 한 친구가 김여사의 소문을 듣고 돈 있다고 가져가라고 해서 또 다른 친구한테 빌려다가 중도금을 내었다.

78년 8월에 새집으로 이사를 했다. 집 장사가 지은 이태리식 집이라 아직 정리가 덜 되고 어수선 하지만 그래도 모처럼 자기 집이라고 좋아서 아이들이 뛰놀고 김 여사도 이제 많은 아이들 데리고 남의 집으로 이사하는 일은 없겠다 싶어 한결 마음이 뿌듯했다.

"여보 양승일한테 돈 받아다가 옆에 공간에 방을 들여서 남에게 세도 주고 넓게 쓰고 살자. 난 이집 사기를 너무 잘했다고 생각해요."

"이 xx년이 그 소리 언제까지 써 먹을 건데? 안주는데 어떻게 받아오라고 볼 때마다 지랄이야?"

"똥 끼고 성낸 놈이 바로 당신이네? 그 짓을 해놓고도 나한테 욕이 나오냐? 이 천하에 악독한 돈 귀신아?! 10년이 다되도록 월급 한 푼 집에 안 들여 주고도 그런 돈까지 사기 친 사람의 입에서 무슨 염치로 그런 말이 나올까? 하여간 당신의 심보는 도대체 어떻게 생겼는지 연구대상물이라니깐?"

4. 무엇이든 일방통행

김여사는 이 집을 사서 이사 들게 된 것이 너무 좋았다. 몇 년간 온 가족이 집 없는 설움을 겪다가 작지만 자기 집이라는 것에 더없이 좋았는데 박재수는 또 무슨 꿍꿍이속인지 이성현교수하고 부동산 남자와 어울려 다니는 것이 눈에 띄었다. 마누라와 타협 한 마디 없이 또 무슨 변고를 낼 작정인 것 같아 김여사는 심히 불안했다. 그런데 박재수가 어떤 사람들과 땅을 보러 다닌다는 소문이 돌았다. 그래서 이번엔 결단코 말리려고 박재수를 붙들고 사정을 했다.

"여보, 비록 작은집이지만 우리 집이라고 아이들이 저렇게 좋아하고 나도 남의 눈치 안보고 좋으니 우리 이 집에서 살다가 돈 좀 벌어서 더 큰집으로 이사하게 다른 꿈꾸지 말고 그냥 이 집에서 살아요. 제발 부탁이요."

"거지같은 년이 꼭 거지같은 짓만 하니 내가 너하고는 수준이 안 맞아서 못살겠다." 박재수는 구두를 신은 채 방안에 들어와서 허리에 손을 거만스럽게 얹어놓고 김여사를 멸시하는 발언을 했다.

"이 악질 거지같은 년아! 네년이 남편 위신을 세워줘, 출세를 시켜줘? 나를 도와줘? 양심 있으면 생각해봐라! 난 너같이 무식하고 거지같은 년하곤 수준이 안 맞아 더는 못산다."

"뭐야? 적반하장도 유만 분수지 당신 입에서 그런 소리가 나오냐? 당신이 지금까지 가정에 한 게 뭐있는데 그런 말이 어디서 나와? 출세시켜줘? 16살 때부터 당신은 우리 것 먹고, 우리 것 입고, 우리 것으로 공부해서 대학 교수 소리 듣고 살지 느그 집에서 단돈 십 원이나 대줘서 그런 소리를 해? 월급타서 어떤 년 갖다 주고 집에는 십 원도 안 갖다 준 주제에 그런 말이 어느 입에서 나오냐? 지난 10 여 년 동안 당신 밑에 집어넣느라 우리 친정집 재산이 얼마나 날아간 줄 알기나해? 에끼! 불량한 도둑놈! 지나가는 개가 웃것다."

"나는 더 이상 이 거지같은 생활은 못하겠다. 고생하려면 너 혼자하지 나까지 이렇게 추한 고생을 시켜? 오늘 결말을 내고 말거야! 지금보다 더 못돼도 절대 후회는 안 해 그런 줄만 알아!" 하고 박재수는 휭 하게 나가버렸다. 지금 무슨 일을 저지르면 다시는 헤어나지 못한다는 것을 계산하고 김여사는 그렇게 사정했었다. 중도금 낸다고 친구들에게 200만원이나 빚을 졌기 때문에 그 빚 갚을 일이 꿈만 같은데 박재수는 허파에 바람이 들어서 공중에 뜬구름만 잡으려하니 김여사는 불안해서 입에 밥이 들어가지 않았다. 조금 있다가 복덕방에서 전화가 왔다. 땅을 계약 했다는 통고다. 그것도 자기가 한 게 아니고 복덕방을 시켜서 했다. 그 소리를 들은 김여사는 갑자기 자기몸속에서 슝~하고 온몸에 피 도는 소리가 나더니 다리가 덜덜 떨리고 이빨이 딱 딱 딱 소리를 내며 그 자리에서 기절해버렸다. 심한 충격을 받아서 피가 거꾸로 선 것이다. 몇 시간 만에 깨어난 김 여사는 갑자기 화장실이 가고 싶었다. 북북 기어서 뭔가 붙잡고 겨우 서서 화장실을 가니 온몸에서 난 소리, 슝~하고 괴상한 소리가 나더니 밑으로 피고 쏟아져서 변기통이 벌겠다. 두 차례를 그런 식으로 피를 쏟아내니 눈앞이 캄캄하여 아무것도 보이지 않았다. 곁에는 오직 막내딸, 이제 네 살짜리 아이뿐이다.

"막내야, 얼른 가서 옆집 할머니 좀 오시라고 해라"

"응 엄마." 그 어린 것이 의사전달을 어떻게 했는지 할머니가 달려왔다.

"먼 일이요? 어멈?"

"할머니 죄송해요. 나 병원에 좀 데려다 줘요." 화장실에서 진땀을 흘리며 겨우 온수 줄을 붙잡고 있는 김여사를 보고 놀란 할머니는 얼른 김여사를 끌어안고 팬티를 올려주다가 본 것은 양변기통에 담겨진 많은 피였다. 할머니는 놀라서 헐레벌떡 거리로 나가서 택시를 불러와 김여사를 태워서 병원으로 데려갔다. 김여사는 심성이 고우니 주의에서 김 여사가 위기를 당할 때마다 나이든 어른들이 잘 도와주곤 했다. 뒷날 김 여사는 살기위해서 어쩔 수 없이 병원에 입원했다. 집에 남겨두고 온 자식들이 눈에 밟혀 편히 치료도 못하겠으니 하는 수없이 시어머니한테 전화를 했다.

"어머님 저 장남이 어미에요."

"멋땜시 전화했냐?"

"어머님 제가 몸이 아파서 병원에 입원했습니다. 아이들이 걱정이 돼서 그래요. 어머님 저희 아이들 좀 며칠간만 돌봐주세요."

"기껏 그딴 소리 하려고 전화했냐?! 너사 디지든가 말든가 내가 무슨 상관! 나는 모른다!" 하고 냉정하게 전화를 끊어버렸다. 사정 할 데가 없어서 또 큰 시누한테 전화를 했다.

"형님 제가 지금 병원에 입원중이라 그래요. 우리 아이들 좀 돌봐주세요. 내일아침에 일찍 깨워서 학교 보내주시고 도시락 좀 부탁합니다."

"xx년아 내가 느그 집 종이냐? 그딴 소리 할라고 전화했냐? 니 년은 하는 짓마다 정머리 떨어진께 전화도 하지마라 이 말대가리 같은 년아!"하고 전화를 끊어버렸다. 자기들 아쉬울 때는 며느리라고 결혼식도 안 올렸을 때부터 데려다 부려먹고 뜯어먹은 것들이 막상 김여사가 죽을병이 걸려 병원에 있다 해도 그토록 매정하게 거절한 마랭이 네다. 큰 시누이는 마랭이 댁 딸이라 생긴 것도 마랭이 댁하고 똑같이 생겼지만 심성도 지어미하고 똑같았다. 그래서 그 어미에 그 딸이라 했던가?

김여사는 하늘아래 자기 같이 불행하고 억울한 사람은 없으리란 생각이 들었다. 할 수없이 이웃집 할머니한테 부탁을 했다.

"할머니 죄송하지만 부탁합니다. 내일 아침에 우리 아이들 좀 깨워서 학교 보내주시겠어요? 도시락은 못 싸주니 점심때 빵이라도 사먹게 아이들에게 이 돈을 나누어 주세요. 그리고 밑에 것들은 할머니가 좀 데리고 계셔주세요. 제가 퇴원하면 사례 할 게요."

"알았소. 그나저나 어멈이 인간들을 가장 악하고 더러운 것들을 만나서 이렇게 고생을 하니 하루 이틀 아니고 이 일을 어쩌께? 걱정 말고 병이나 낫을 생각 하시오. 애들 애비는 어디 가서 무슨 짓을 하고 아직 집에도 안 들어왔던데?"

"그 사람은 기대도 말아야지요. 오늘 밤에는 안 들어 올 겁니다."

"먼 그딴 것이 선생 이란가? 내가 교육청에 찾아가서 한번 떠들어버리든가 해야겠네. 이 동네 이사 온지 이년이 다 되었어도 난 아직 어멈 남편 얼굴을 한 번도 본적 없다네."

"그 사람은 가정하고는 천리도 멀게 담을 쌓고 살아요."

"어떻게 해서든지 애 아빠를 찾아야 입원수속을 밟을 것 아니오?"

"애들 아빠 만나기 힘들어요."

"싸운 이유가 뭔가?"

"여태껏 남의 집만 살다가 모처럼 친구들의 협조로 그 집을 사게 됐는데 그 집 중도금 주려고 빚내다 놓은 돈을 내일 준다고 자기 친구를 데려와서 기어코 빼가더니 그 돈을 지금도 모른다고 발뺌을 해요. 내가 또 어렵게 중도금 빌려서 낸 바람에 그 집을 빚을 많이 지고 샀지요. 아이들도 그렇고 나도 그렇고 모처럼 우리 집이라고 주인 눈치 안살피고 맘대로 뛰어놀고 좋아했는데 나하고 상의도 없이 여러 사람이 어울러서 땅을 계약했다고 전화가 왔어요. 그 전화 받고 제가 충격 받아 쓰러지고 말았죠. 그 땅을 계약했다면 틀림없이 지금 살고 있는 집을 팔아야 땅값을 가릴 것 아닙니까 그러면 우리 식구는 또 사글세방을 살아야 해요. 그걸 생각하니 내 신체 안에서 심한 반란이 일어난 것 같습니다."

"사내자식이 자신이 있으니 그랬겠지 자신 없으면 그 큰일을 저질렀겠어? 가만두고 봐, 집은 절대 못 판다고 하고."

"아직까지 그 사람은 무슨 일이든지 저지르기만 했지 단 십 원짜리 하나도 해결 못하고 결국 내 못할 일만 시키니 그렇죠. 내가 사정 했죠, 그냥 욕심 부리지 말고 이 집에서 살다가 돈 좀 벌어서 큰집사자고요. 그랬어도 나보고 거지같은 년이라고 하며 고생하려면 너나하지 나까지 거지같이 살라고 그런 다고 내말은 듣지도 않고 나가서 일통을 크게 냈지요."

"이 집은 남편 명의요? 어멈명의요?"

"내 명의지요."

"그럼 땅은 누구명의로 계약 했는가?"

"복덕방아저씨 말에 의하면 박재수 선생과 누구누구 네 명이라고 한 것 같더라고요."

"옳지 이제 알겠네. 그러니까 어멈 명의로 이 집을 샀으니 이것을 팔아서 땅값을 가리면 그 땅은 자연적으로 남편 것이 되겠그만. 그런 식으로 해서 여자의 재산을 갈취하려는 속셈이구나! 야! 참 불량한 놈이네? 완전 사기꾼 강도보다 더 한 놈 이그만. 그렇다면 절대로 그 집을 팔아서 그 땅값을 처리해

주지 말아야 되겠네."

"만약 그렇다면 나를 죽이고도 남을 걸요? 할머니가 그 인간을 아직 다 몰라서 그래요. 아주 간교하고 권모술수 잘 쓰는 불량하기 짝이 없는데다가 포악스럽기까지 해요."

"아이고 머리야. 그래서 머리 검은 짐승은 거두지 않는 것이라고 했는디 어쩌다 그런 악질 도둑놈을 키워서 호랑이를 만들었소?" 김여사는 흐느껴 울어서 병원 베개가 흥건히 적셨다.

며칠 전에도 박재수는 김정란이란 제자를 데리고 와서 체인 징 파트너 테잎을 라디오에 꽂아놓고 둘이서 춤을 추고, 끌어안고 빙글빙글 돌고, 김 여사 약 올리려고 허튼 쇼를 했었다. 김 여사에게 얼른하면 무식한 년 이라고 인격 모독의 발언을 서슴치 않던 박재수는 그런 모습을 자주 보여줘서 김 여사가 스스로 자책 받게 하려고 그런 꼴사나운 짓을 자주 했었다. 김 여사 부모가 너는 꼭 대학을 가서 너 공부하고 싶은 것 다 해라, 네 뒷은 얼마든지 대겠다고 했어도 박재수 대학 밑 닦아주려고 하고 싶은 공부도 접고 오직 저를 위해 뒷바라지 해줬는데 결국 은혜를 악으로 갚는 금수보다 못한 짓을 버젓이 했다. 친구들 말이 남자를 위해 헌신해주면 나중에 여자는 헌신짝 버리듯이 버림받는다는 말이 틀림없었다. 이 남자는 단물 빨면 자기를 버릴 준비를 진즉부터하고 있다는 것을 김여사는 이미 알고 있었다. 그렇지만 자식들 때문에 이러지도 저러지도 못하고 어서아이들 크기만을 바라고 하루하루를 너무 힘겹게 인생 고비를 넘기고 있는 중이다.

바로 며칠 전에도 박재수가 일찍 들어와서 골목에 나가서 사람들 모아놓고 김여사가 천하에 불륜 여인 것처럼

"동네사람들 다 들어보시오. 내가 출근하고 없을 때 온갖 외간 남자를 집으로 끌어들여 한 시간 이상씩 있다가곤 한답니다. 이러니 내가 맘 놓고 직장에 나 다니겠소? 누가 내 속을 알거요? 그래도 사람들은 그 여편네 말 만 듣고 나를 천하에 나쁜 놈으로 알지요? 그래서 억울해죽겠다고요. 여편네가 어찌나 거짓말을 잘하든지 아무도 내말을 믿어주는 사람 없게 만들어 버린다니까요?" 하며 자기 행위를 김여사에게 뒤집어씌우는 짓을 하고 있을 때 김여사가 시장 봐서 들어오다가 박재수의 그 모습을 보게 되었다. 김 여사가 자기 뒤에

서 듣고 있는 줄도 모르고 동네사람들 모아놓고 한참이나 입에 거품을 물고 마누라 죽이기에 열을 올리고 있을 때 듣다 못해서

"참 어처구니가 없네, 우리 집에 무슨 남자를 끌어들였다고 생지무지한거짓말을 하요? 참 누가 들으면 내가 참말로 외간남자하고 바람이나 피운 사람인 줄 알겠네. 도둑놈이 제 발 저린다고 바람 꾼은 너지 나냐? 우리 집에 온 남자라곤 계몽사 책장사가 여러 차례 와서 애들 많으니까 책 한질 사달라고 사정해도 그 책 한질을 못 사준 나다. 책장사는 애들 있을 때 꼬여서 책 팔아 먹겠다고 끈질기게 달라붙었지 내가 그놈하고 무슨 짓을 했다고 그런 억담을 하냐? 그리고 또 한 사람은 전에 살던 데서 신문을 받았는데 이동네로 이사 오니까 신문 봐달라고 찾아와서 사정했지 그 사람하고 무슨 일이 있는 것처럼 꾸며내네? 너는 나하고 결혼만 했지 나하고 부부생활 했냐? 어쩌다 니 말 따라 실수로 생긴 아이들이라고 지 새끼들에게 지 씨가 아니라고 덤터기를 씌우는 비겁한 인간이 누구 망신을 주려고 그딴 짓을 하냐? 이 천 벌 받을 인간아! 하늘 무서운 줄 알아라! 너도 느그 가문의 더러운 피를 받아서 그러는가 오입질을 보통으로 해서 그 더러운 성병이 걸렸냐? 아니 그리고 우리 집에 남자가 왔다간 사실을 누가 알아서 그토록 자세하게 너한테 전해 줬냐? 아마도 숙이년인 것 같다. 숙이가 우리 집에 오면서부터 느그 아버지도 나보고 미장원에 다니며 사치나하고 그런다고 선생각시가 그러면 쓰냐고 하시더니 이번에는 남자를 끌어들인다는 소리를 그 애가 전해주어서 그렇게 자상하게도 잘 알지? 너는 그 애를 네 스파이로 쓰려고 우리 집에 들였구나! 내 새끼들하고 먹고 살기도 힘든데 네가 사정해서 시누이 딸을 불쌍해서 걷어주니 하는 짓들이 전부 불량하고 쓰레기 같은 짓만 하니 내가 헛 지랄하고 있다. 정 그렇다면 숙이도 보내겠다." 박재수는 자기 생질녀인 숙이로 부터 지금 외숙모가 밖에 나가고 없다는 소리를 듣고 자기 마누라를 부정한 여자로 몰아세워 이혼하는데 자기 합리화 시키려다가 오히려 여러 사람들에게 망신만 사고 말았다. 낯바닥이 없으니 박재수는 그길로 집을 뛰쳐나가 며칠간을 집에 들어오지 않았다. 언제나 자정이 넘어서 들어오거나 아니면 외박하고 새벽에 들어온 사람이 그날은 일찍 들어와서 그런 노림수를 썼던 것이다.

김 여사는 병상에 누워서 이런저런 일들을 생각하니 박재수 하고는 도저히

함께 살 수 없는 상황인데도 당장에 안살수도 없었다. 한숨만 내 쉬며 (나는 왜 이리 못났을까?)

김 여사가 며칠 만에 퇴원해서 집에 오니 반갑잖은 손님이 기다리고 있었다.

"아따 내 돈 갖다 잘살고 있네?"

"당신 그 소리가 먼 소리요?!"

"아재가 나한테 진즉 10만원을 빌려갔소! 근데 여태 안주고 자기들은 집이랑 사서 부자로 살면서도 안 갚아줘서 받으러왔소!"

"난 그 딴 돈 알지도 못하고 그 돈 갖다 집에 준 게 아니니 내 앞에서 그런 소리 하지 마시오."

"월급이 있잖아요?!"

"월급타서 나한테 십 원도 안 갖다 주고 자기 혼자 다 쓰고도 나한테 날마다 돈 뜯어 가는데 왜 월급을 들먹여요? 그럼 아제 월급날 가서 받든가 하시오! 난 지금까지 남편월급 꼴도 못보고 사요!" 그 여자는 김 여사를 조르다 안되겠으니 그냥 가버렸다. 앞으로 또 어떻게 해야 잘한다고 할지 박재수 그 원수 같은 인간이 저지른 일을 생각하면 골머리가 터질 것만 같았다.

며칠 만에 들어온 박재수는 그간 어디서 무얼 하다 들어왔는지, 그간 집에는 무슨 일이 있었는지 묻지도 않고 돈부터 달라고 한다.

"이 철면피 괴수야! 네가 땅 계약 하고난 후 무슨 일이 일어난 줄 알기나해? 그렇게 말렸건만 기어코 일을 저질렀단 소리를 듣고 내가 충격 받아 기절해서, 온 몸에 피가 다 빠져나가서 죽어가는 사람을 옆집 할머니가 병원에 데려가서 겨우 살아왔다. 그간 애들 좀 봐달라고 느그 어머니한테 사정하니 뭐란 줄 아냐? '너사 디지든가 말든가 나는 모른다'고 해서 느그 큰 누나한테 말하니 '내가 느그 집 종년이냐? 그딴 전화 다시는 하지 말라'고 하더라. 내가 어쩌다 느그 같은 악종들을 만나서 이런 고생을 하는지 모르겠다. 자기들 아쉬울 때는 결혼 전부터 나를 불러다 원 없이 부려먹고 이럴 수가 있어? 넌 그동안 어디 가서 집에도 안 와봤냐? 집안일은 아예 모르는 사람처럼 묻지도 않냐? 도대체가 느그 집 종자들은 어떻게 생겨먹은 것들이냐? 사람이 죽게 생겼다는데 그렇게 매정하냐?! 우리 애들이 당신 씨가 아닐지라도 그렇지! 네 주둥이로 우리 애들이 너 닮지 않았다고 내가 어디서 남의 남자와 불륜이라도 해서 생긴 새끼라고 헛소리 지껄이고 다니니 그런 것 아니야? 느그 어머니 회갑 때 느그 조카 철민이는 큰아버지인 너를 쪽 닮았는데 우리 차남이는 너를 닮지 않았다고 느그 어매가 이리보고 저리보고 의심을 하게 한 것도 니 입으로 무슨 소리를 했으니 그런 것 아니야? 그렇게 의심스러우면 유전자 검사를 하자고 해도 뭣이 켕겨서 못하니? 기왕 말이 났으니 유전자 검사 할 때 철민이 것도 함께하자! 그래야 앞으로 딴 소리 못하고 의심스러운 것들이 다 해결될게 아니냐? 나도 철민이의 출생이 의심스러웠거든? 너 언젠가 집에 아무도 없을 때 네가 속옷 바람으로 영국이 처 방에서 나온 것을 내가 봤다. 그 후로 9개월 후에 철민이가 태어났다. 난 그 애부터 유전자 검사해서 확인하고 싶다."

"……." 박재수는 김여사가 너무 착하고 순하니까 바보 천치를 만들려고 섣불리 건드렸다가 오히려 역습 당하게 생겼으니 더 이상 김여사를 윽박지르지 못하고 돈 달라고 내민 손을 슬그머니 주머니 넣어버렸다.

"이제 어쩔거야? 땅은 네가 저지르고 샀으니 네가 땅값은 해결해야지? 난 모처럼 산 이집은 빚을 다 갚을 때까지 여기서 눌러 살 것이니 그리 알아! 네가 자신 있으니 나보고 거지같은 년, 너나 고생하지 나까지 고생 시킬라고 한다고 했으니 너는 그 땅 사서 고생하지 말고 제발 잘 살아라 우리는 고생하며 살란다."

"내가 그래서 너 같은 년 때문에 창피해서 못살겠다. 소위 교수란 사람이 이런 거지같은 집에서 평생 거지 취급 받으며 남에게 무시당하고 살아야 직성이 풀리겠냐? 그래서 너는 무식해서 나하고 소통이 안 된다 이거야!"

"그래 나는 무식하니 정란이 데리고 와서 내 앞에서 체인징 파트너 테 잎 틀어놓고 춤을 추고 꼴사나운 짓 했냐? 너 누구 덕에 대학마치고 석사과정 밟아 조교수라도 되었냐? 내가 너 뒷수발하느라 대학을 안 갔지 내가 돈이 없어서 대학을 못 갔어? 그때 우리 집에서 나보고 대학 가라고 해서 나도 대학 가겠다고 하니 네 입으로 뭐라 했지? '내가 사대가서 돈 벌면 걱정 없이 살 건데 뭐하러 여자가 대학가냐고 하며 내 등록금이나 대라고 사정했지? 그래서 나까지 대학가면 우리부모 힘들 것 같아서 너에게 양보하고 네 뒷바라지해서 지금 교수소리 듣는 것이 누구 덕 인줄 알고 얼른하면 나보고 무식하단 소리를 두고 쓰냐?! 너는 교수가 아니라 괴수야!! 네 속에는 분명 괴물이 수 백 마리 들어있어. 사람의 탈만 썼지 사람이 아니야! 다시는 집에 들어오지 말고 당신 멋대로 살아. 아무리 실수로 생긴 자식들이지만 자식들이 행여 너 닮을까 두렵다. 제발 이혼만 해주라! 새끼들 하나도 너 안주고 내가 다 데리고 갈 것이다."

"……." 그날따라 박재수는 김 여사에게 지는척하고 슬그머니 잠이 든 척 해버렸다. 다른 때 같으면 자기 양심에 찔린 소리는 아예 꺼내지도 못하게 주먹질에 발길질에 김여사를 반죽음 시켰을 건데 그날만큼은 김여사 속에 묻은 한을 다 토해내도 아무 말 하지 않고 뒤로 슬그머니 물러선 것이 박재수답지 않았다. 또 어떤 음모를 마음속에 계산하고 그러는지 불안하기도 했다. 뒷날 박재수는 언제 그랬냐는 듯 일어나서 몸단장하고 나가면서

"돈 좀 주라."

"내가 지금 돈이 어디 있어요? 병원비도 친정어머니가 해결하고 가셨어요."

"넌 그래서 내가 미워하는 거야! 사내새끼를 돈 한 푼 없이 살라고 하고 싶냐? 이 악질 년아?!"

"또 시작이다. 내가 악질소리는 항상 너한테 들었지 아무한테도 들어본 적 없다. 참말로 악질을 안 만나 봐서 그러는데 너는 나하고 이혼하고 꼭 너 같은 악질을 만나서 살아봐야 해!"

"이 xx년이 조용히 하려고 어제저녁 내내 당해주니 이제 서방을 기어오르려 하네? 그래서 너는 악질이야 이 나쁜 년아!" 박재수는 손에 잡힌 대로 물건을 집어던지면서 돈 내놓으라고 악을 썼다. 이것이 박재수의 본성이다. 그를 당할 것은 오직 말 못하는 돈뿐이다. 만약 돈이 말을 한다면 박재수 손에서 튀어나오면서 박재수 머리통을 갈겼을 것이다. 내가 너 같은 놈 손에서 나까지 더럽게 놀 수 없다고 말이야.

김여사는 동네 사람 부끄러우니까 아침부터 이웃집에 다니면서 돈 빌려다 줘서 보내버렸다. 차라리 쇠 귀에 경을 읽지, 어제 저녁에 김여사가 마음에 쌓인 소리를 뱉어냈을 때 양심에 가책이 있어서 참은 게 아니다. 오직 내일 돈 뜯어낼 것 때문에 고이 참아준 것뿐이다.

"내일 중도금 내는 날이니 돈 준비하소."

"나는 못한다고 했지요? 나하고 의논 한마디 없이 당신이 일방적으로 저질렀으니 당신이 해결해요."

"그럼 네 사람이 공동명의로 했는데 나만 돈을 못 내겠다고 하란 말이야?!"

"난 못해요. 이제 우리 집에서도 그만큼 대줬으니 더 이상은 못한다고 했어요. 못살겠으면 차라리 집으로 애들 데리고 오라고 했어요."

"남편이 무슨 일을 하려면 여편네가 무식해서 뒷받침을 못해주니 내가 어떻게 너 같은 년하고 살겠냐? 이 무식한 년아!"

"무식 한 년? 어제 밤에 내 입으로 쇄 귀에 경을 읽었구나? 누가 너 공부시켰는데 나보고 무식하단 말을 두고 쓰냐?! 도대체 무슨 뱃짱으로 월급타서 돈한 푼 주지 않으면서 날마다 돈 내놓으라고 잡치냐고?! 그리고 애들이 저만큼 크도록 남의집살이만 하다가 모처럼 집 사려고 빚 내다놓은 것까지 네가 양승일 시켜서 빼가니 빚 위에 빚을 지게 해서 그 빚도 덜 갚았는데 이 집을 팔아서 땅에다 집어넣으면 우리 식구는 또 달세 방을 전전해야한다고! 그러니까 땅사지 말라고 그렇게 사정을 했어도 기어코 저질렀잖아?! 난죽어도 못해!"

"그럼 할 수 없지, 내일 당장 복덕방에 가서 집 내놓을 테니까 그리 알어!" 하고 박재수는 일방적인 말만 던지고는 나가버렸다. 박재수 생각은 땅값을 가리는데 집을 팔지 않으려면 친정에 가서 돈 만들어올 것으로 생각했는데 더 이상 친정 것을 뜯어올 생각을 하지 않으니 집을 내놓겠다고 하고선 나가버렸다. 박재수 말대로 복덕방에서 집을 둘러보러 왔다.

"나는 집 내놓은 적이 없어요. 이집 안 팔아요!"

"교수님이 집을 내놓으셔서 들러보러 왔습니다. 사모님 왜 그러세요. 남편이 소위 교수님이신데 남편 위신을 생각해서라도 이러지 마세요."

"이집이 내 집이니 내가 안 팔겠다는데 왜들이래요? 가세요! 당신들이 뭣을 알아서 우리 남편 위신걱정을 해요?! 난 절대로 이 집 안 팔아요. 집 팔고나면 어떤 대책이라도 있어야 하지요. 이 많은 새끼들 데리고 또 사글세방 살아야한단 말이요. 남자들은 대책 없이 저질러놓고 여편네만 몹쓸 사람 만드니까 그렇지요." 박재수는 무슨 일이든지 저질러만 놓으면 김여사가 자기 친정에 가서 돈을 가져다 해결해 주곤 하니 무조건 저지르고 봤다. 박재수의 야심은 옆집 할머니 말대로 김 여사 집을 자기 것으로 만드는 것은 다른 부동산을 자기명의로 사서 김 여사 것을 팔아 흡수하는 길밖에 없다고 생각하고 그런 권모술수를 쓰는 것이다. 이미 김 여사는 박재수의 속셈을 알았기 때문에 안 뺏기려고 발버둥을 쳤어도 박재수의 악행을 당할 수가 없었다. 결국 그 집을 팔아 땅값을 처리하고 다시 사글세방을 전전하는 신세가 돼 버렸다. 그래도 그 집을 보유하는 기간이 몇 년 되지 않았어도 그간 부동산 값이 많이 올라서 인당 900만원이 넘는 땅값을 해결할 수 있었다.

5. 강도당한 신 여사.

      하루는 신여사가 장사를 마치고 말 수레에다 비단을 몽땅 싣고 마부에게 먼저 보내고 신여사는 볼일 있어서 다른데 들렸다가 가는 중이다. 골목길을 돌아서 가는데 느닷없이 검신 남자 두 명이 신여사를 으슥한 곳으로 밀어 넣고 몸수색을 하더니 전대와 핸드백을 채 가버렸다. 신여사는 괴한 앞에 소리도 못 지르고 사시나무 떨 듯했다. 평소에 신여사의 행로를 잘 아는 사람의 소행일 것이다. 그런데 신여사가 못 볼 것을 봐버렸다. 두 남자가 신여사의 전대를 뺏어가지고 모퉁이로 돌아가서 만난 사람은 어둠속에서 봐도 박재수 같다는 느낌이 들었다. 그들은 무성음을 냈지만 모퉁이에서 기다리고 있던 사람의 목소리도 자기 사위 음성과 같다고 느꼈다. 신여사는 자기 귀를 의심했을지도 모른다. 어처구니가 없는 신여사는 지서에 신고도 하지 않았다. 범인이 누구라는 것을 대강 느낌으로 감을 잡았는데 어찌 자기 입으로 신고를 할 수 있겠는가?

    신여사는 몸매도 아담하니 곱게 생겼지만 자기 직업이 비단장사라서 언제나 한복으로 곱게 단장하고 몸가짐을 품위 있게 꾸미고 다녔다. 그런데 어느 날 갑자기 자기 딸집에를 왔는데 정신이 혼미한 사람처럼 땀을 뻘뻘 흘리며 몸빼를 입고 흐트러진 복장으로 헐레벌떡 뛰어 왔다. 깜짝 놀란 김여사가

    "엄마 왜 그렇게 입고 왔어? 엄마일은 아니네? 무슨 일 있었어?"

    "무슨 일은…. 박 서방은 어디 갔냐?"

    "그 사람이 언제라고 제시간에 집에 들어온 것 봤소? 뭐 하러 박 서방을 찾소? 아무래도 무슨 일 있그만, 말해봐 엄마!"

"아니야, 아무 일도 없어." 신여사는 자기 사위가 집에 있는지 확인 차 헐레벌떡 왔었다. 그런데 사위가 집에 없으니 속으로 더욱 실망을 했다.

"엄마는 비단 장사를 하기 때문에 언제나 귀부인처럼 몸단장을 하고 다니신 분이잖아? 근데 오늘 복장을 보니 분명 무슨 일이 있는 것 같아. 아빠하고 싸웠어?"

"아냐! 내가 언제 느그 아빠하고 싸운 것 봤냐?"

"하긴 그렇지 아빠가 엄마하고 싸울 분이 아니지. 근데 아무래도 이상해 말씀해보시라니까?"

"아니야 아무 일도 없었어. 이제 나도 장사를 접어야 할 것 같다."

"그게 무슨 소리야? 아직 엄마나이 50대 후반인데 벌써 장사를 접으면 그간 뭐하고 지내게? 엄마가 농사지을 분도 아니고." 신여사는 가방 안에 돈도 돈이지만 수 십 년 간 거래해온 장부가 들어있는데 그 장부마저 강도한테 빼앗겼으니 외상값도 받을 수 없고, 장사 밑천을 전부 강도당했으니 솔직히 장사하고 싶은 의욕을 상실했다고나 할까? 그것도 다른 사람이 아닌 박재수, 자기 사위한테 강도를 당했으니 말이다. (내가 누구를 위해 이 고생을 하는데 괘씸하기 짝이 없는 놈 같으니라고.) 이런 기가 막힐 일이 어디 있겠는가? 자기 딸을 그렇게 괴롭히고 살아도 나이 먹으면 사람 될까 하고 온갖 충성을 다해서 고등학교부터 대학교, 대학원, 그것도 세 군데의 대학원을 거쳐서 석사학위를 받게 해 줬는데 이렇게 실망시킬 수가 없었다. 그러니 자기 딸에게 그 말도 못하고 혼자서 벙어리 냉가슴 앓을 수밖에 없었다. 만약 그 말을 자기 딸에게 하면 틀림없이 그 피해는 자기 딸에게 돌아올 것이 뻔하기 때문이다. 그래서 옛 말에 도둑은 잡지 말고 쫓으라고 했던가?

6. 이혼사유 만들려고 가출권고

1980년 1월, 집을 팔아 땅값으로 지불하고 달세 방으로 그 많은 식구들을 끌고 이사를 했다. 월산동 후진동네 어린이 놀이터 옆 이층집이다. 그 집으로 이사해놓고 짐 정리 해놓으니 어디에 있다가 며칠 만에 들어온 박재수의 입에서 튀어나온 말.

"이년아! 너는 왜 집도 안 나가냐? 다른 년들은 가출도 잘한다는데 너는 자존심도 없냐? 나한테 그런 대접 받고도 붙어살고 싶냐?"

"미친 인간 또 무슨 계략을 꾸미고 싶어서 그러냐? 내가 너 같은 놈 좋아서 사는 줄 아냐? 거미 같은 내 새끼들 못 버려서 죽지 못해 살고 있다. 또 무슨 변고를 일으키고 싶냐? 집구석 팔아서 니 맘대로 하고 나니 이제 나를 내쫓고 싶냐?"

"제발 오입이라도 해봐라. 너도 이성의 감정을 가진 사람이지?"

"미친 인간이 왜 또 저래?"

"느그 아부지 집에 가서 일 도와주고 6개월만 살아라."

"가출 신고하고 위자료 안주고 내쫓으려고 수작 부리는구나?"

"제발 부탁한다." 기분 좋은 척 빙그레 웃으면서

"나는 돈이 없으니까 위자료는 못준다."

"그러면 위자료 없이 이혼해줘. 퇴직금 타면주기로 각서 쓰고 하자." 그때 어린 차남이 놀이터에서 놀다 다른 아이들에게 '집도 없이 거지같은 집에서 산 새끼가 지랄한다.'고 놀림을 당했다. 그러니 어린 것이 그 소리에 약발 받아 울고 들어와서 하는 말이

"엄마 집이 얼마야?"

"왜 갑자기 집을 물어? 누가 안 좋은 집에서 산다고 놀리던?"

"내가 커서 이 동네서 제일 비싼 집 8천 만 원짜리 사줄게." 라고 했다. 그 말을 들은 김 여사의 가슴은 뜨끔했다.

"봐라! 어린 것이 하는 소리 귀에 안 들리냐? 이 무중이보다 못한 인간아!" 박재수는 낯바닥이 없으니

"이 거지같은 년이……." 하며 눈을 부라리고 한 싸대기 하려다가 나가버렸다. 김여사는 박재수의 뒤통수에 대고

"내가 왜 거지냐? 네가 거지새끼지 지금까지 내 등 처먹고 산 인간의 입에서 나온 소리하고는? 천하에 배은망덕한 것 같으니라고!"

박재수는 지금 제자 김정란이와 열애중이다. 그러니 김여사를 쫓아내야 김

정란하고 결혼을 하게 되는데 김여사가 버티고 있으니 김정란과 결혼을 못하니까 김여사를 무슨 구실이라도 붙여서 내쫓으려고 벼르는 중이다. 이제 김여사의 집도 팔아서 자기명의로 된 땅으로 흡수해 버렸고, 김여사에게 뺏을 건 다 뺏었으니 이제 버리는 일만 남았다. 박재수는 무슨 일이든 맘만 먹으면 여태껏 자기 맘대로 다 해낸 사람이다. 정란이와 결혼하기로 굳게 다짐 했으니 일단 김여사와 조건 없는 이혼을 해야 한다. 자기는 그동안 김여사네 재산으로 대학원을 나와 현재 조선대학교 조교수로 있으니 월급이야 얼마 되지 않지만 그래도 명색이 교수라는 명칭을 갖고 있으니 철없는 여대생을 꼬일 수 있었다. 그리고 자기는 속으로 원대한 꿈에 부풀어있다. 날만 새면 부동산 값이 뛰어오르니 그 땅으로 인해 평생을 호화판 누리고 살 꿈에 부풀었던 것이다. 처음부터 그렇게 넓은 땅을 산 것은 이성현 교수 등이 앞으로 이곳이 아파트 지역이 될 것이라고 부동산 남자한테 코치를 받고 샀다. 그러니 혼자서 꿈에 부풀어 김여사를 더욱 괄시하기 시작했다.

박재수는 김여사의 인성을 너무도 잘 안다. 정직하고, 경우 바르고 야무진 여자, 어느 한 점도 빈틈없는 사람으로 자기에게 그렇게 시달림을 당하고도 오직 자식들 때문에 쉽게 갈라서지 못한 고질적인 한국여성의 모성애가 누구보다 강한 여자다. 남들 평가로는 현모양처이고, 박재수 눈에는 끈질긴 잡초 같은 바보 천치였다. 그러니 박재수가 악의적으로 그간 김여사를 수도 없이 괴롭혔고, 처갓집 가산을 탕진했어도 자식들 때문에 그 고초를 당해주고 인내해온 여자라서 더욱 후환이 두려웠다. 자기는 개차반으로 살았어도 오직 한 점 흐트러짐 없이 순종하며 내조해 왔던 김여사였고, 자기는 너무 억지스럽게 자기만을 위한 삶을 살았던 것을 주위에서 다 알고 있으니 자기를 정당화 하려면 누군가는 자기편이 되어줄 사람이 필요했다. 그러니 자기 주위의 사람들, 자기 집 부모나 형제간들이 김여사를 악의적으로 모략하게 해서 자기 입지를 세우려 했다. 그러니 김여사가 하는 일마다 테크를 걸어 불순한 여자, 수준이 낮은 저질 여자로 몰아세워야 한다.

밤이면 박재수는 김여사가 자는 줄 알고 김여사 핸드백을 열어 샅샅이 뒤졌다. 행여 어떤 놈하고 연애 상대를 만들지 않았나하는 의처증, 사냥개처럼 냄새를 맡으려고 김여사의 옷과 소지품에 대고 코를 벌름 거렸다. 행여 남자

냄새가 묻어있지 않을까 하는 생각에서다. (너도 감정을 가진 젊은 년인데 내가 그 오랜 세월동안 잠자리를 피해 왔는데, 네년이 부처가 아닌 이상 그냥 있었겠냐? 틀림없이 정부가 있을 것이다.) 라는 자기상식론에서다. 그러나 박재수는 어떤 혐의점도 찾지 못했으니 이제는 협박으로 들어가야 한다.

"니년이 이혼을 순순히 안 해주면 니년을 평생 못나오는 정신병원에 집어넣어 버릴거야."

"에끼 나쁜 인간! 하늘도 두렵지 않냐? 네가 나한테 했던 악행이 하늘에 다 쌓여 있어서 언젠가 너는 그 벌을 다 받을 거야. 이제는 한수 더 늘어서 나를 정신병원에 가둘 것 까지 알아보고 다니는구나?" 선한 사람은 항상 자기가 반칙을 못할뿐더러, 남의 악행을 다 보듬어주는 성격인 것을 너무도 잘 알고 그것을 악용해온 박재수다. 그래서 속담에 무는 개를 돌아보라했다. 본성이 착한 사람은 남을 헤치지 않는다는 것을 너무도 잘 알고 김여사의 선량함을 완전 개 무시하고 박재수는 모든 것을 자기방식대로 자기만을 위한 삶을 살았다. 그랬으니 가정이 이토록 빈곤하고 피폐해져 버렸다. 그러니 그 원인이 전부 김여사에게 있어서 그런 것처럼 남에게 보여져야한다. 위자료와 아이들 양육비를 안주기위해서는 아이들을 자기가 맡는다는 조건으로 김여사만 내 쫓으려 했다. 김여사는 박재수에게 당하고 산 세월이 힘에 겨워서 이제는 아이들 저만큼 키웠으니 이혼을 해주고 홀가분하게 살고 싶었다. 만약에 박재수가 여자에게 빠져 아이들을 제대로 양육을 못한다면 다시 아이들을 뺏어올 계산을 하고 이혼에 순순히 응해주기로 결심했다. 만약 못하겠다고 하면 틀림없이 어떤 구실을 만들어서라도 그는 아무도 모르게 김여사를 정신병원에 강제입원 시키고도 남을 것을 생각하니 두렵고 무서웠다.

7. 첫 번째 이혼

1980년 4월 3일 드디어 목포에서 이혼 재판을 받는 날이다. 본적지가 H군이라 H군 관할은 광주지방법원 목포지청이다. 이혼할 사람이 무슨 밥이 입에 들어가겠는가? 김 여사는 아침부터 쫄쫄 굶고 목포 갈 차를 타기 위해 터미널까지 박재수에게 일방적으로 끌려갔다.

"나 누구 좀 만나고 올 테니 기다리고 있어! 어디가지 말고!"란 말을 남기고는 사라졌다. 점심시간이 훌쩍 지나서 오후 2시가 넘으니 어디서 나타나서 점심 먹었냐는 말도 없이 차에 탔다. 박재수란 사람은 단 한 시간도 배고픈 것을 지체 못하는 사람이 지금까지 밥을 안 먹었을 리 없다. 자기 배는 든든하니 김 여사야 고프건 말건 상관하지 않았다.

"무려 다섯 시간 동안 당신은 어디서 무얼 하다 왔소?"

"이혼하는데 증인이 두 명 필요해서 조동렬 교수와 김귀석 교수 만나서 이혼 증인서에 도장 받으러 갔는데 그 사람들이 외출하고 없어서 기다려서 받아오느라 늦었다."

"그렇다면 시간이 걸릴 거라 말하고 가지 요기라도 하게, 나는 아침부터 굶어서 배가고파 죽겠는데 당신은 점심 먹었겠지?"

"시간 없어! 빨리 가야해!"

김여사는 목포에 도착할 때까지 차창 밖을 내다보고 한없이 울었다. 박재수란 사람을 어쩌다 철없을 때 만나서 정조를 유린당하고 그 죄 값으로 자기 친정 못 할일만 시키고, 그간 자기 몸과 마음이 만신창이가 되어 있는데 결국 이 남자한테 이용만 당하고 이혼까지 당하는구나. 이것이 잘한 일인지 못한 일인지는 나중에 두고 봐야 안다. 아무리 견디며 살려고 해도 끝도 없이 악을 부리는 박재수와는 더는 살수 없었다. 지난날 철모르고 시집살이 당한 일들하며, 시어머니 및 시가집 식구들에게 부당한 대우를 받고도 온갖 충성했던 일들, 큰딸 낳고 배꼽도 안 떨어진 핏덩이를 안고 다니며 폐병환자인 시어머니 병 수발 들었던 일들하며, 폐결핵 만기가 되어 병원 의사는 한 달 안에 죽을 것이라고 입원도 받아주지 않았던 시어머니를 자기가 지극정성으로 민물고기를 다려서 먹였으므로 기적을 일으켜서 지금까지 살려 놓은 일 하며, 박재수가 돈이 없어서 대학을 포기할 수밖에 없는 사람을 지금까지 대학4년, 석사 과정 6년 동안 돈을 대서 조교수직에 까지 올려주었는데 결국 모든 수고와, 투자한 돈과, 시간이 물거품으로 끝나버리는가 싶어서 눈물이 앞을 가렸다. 박 씨 가문에 사람들과 얽힌 일들이 주마등처럼 스치며 김 여사를 더욱 슬프게 해서 목포에 도착할 때까지 눈물을 거두지 못했다. 목포에 도착해서 법원에 들어가기 전에 박재수는 또 한 번 김여사에게 다짐을 받았다.

"조건 없이 합의한 거니까 딴소리 하면 죽어버릴 것이다!"

"알았소! 어서 들어가기나 해요." 그러는 박재수에게 더욱 만정이 떨어졌다. 그래도 한 가닥 미련이 있었는데 그간 너에게 투자한 재물과 세월이 얼만데 이럴 수가 있나? 너는 진정 사람새끼가 아닌 짐승보다 못한 놈이라 改過遷善하기는 틀린 사람이다. 미련 없이 이혼해주겠다는 결심이 다시 한 번 섰다.

법원 앞에 갔는데 박재수가 갑자기

"숨어! 숨어! 빨리 몸을 숨기라고!"

"왜 그래요? 뭣 때문에 그래요?"

"맹순이 신랑이 있단 말이야! 빨리 숨으라고!" 하며 박재수는 몸을 이리저리 쥐새끼마냥 잘도 숨기고 빠져나갔다.

"도대체 맹순이 신랑에게 무슨 죄를 졌기에 그러는가?" 박재수는 눈 깜짝할 사이에 벌써 자기 몸만 숨기고 그 장소를 빠져나가고 없었다. 맹순이란 사람이 누군 고 했더니 얼마 전에 김여사가 병원에 입원했다가 퇴원해서 집에 오니 '아따 내 돈 갖다 잘 살고 있네?' 하며 김여사에게 빚 받으러 온 여자의 남편인 것을 알았다.

재판장은 피고인 김 여사가 낸 소장 내용을 파악하느라 한참동안 들여다보고 나서 드디어 입을 열었다.

"박재수 교수님. 나 판사요. 그동안 이혼 재판만 수 백 건 해왔는데 당신 같은 남편 첨보겠소. 당신은 소위 교수직을 가진 사람이요. 그런데 이렇게 비 양심일수가 있어요? 유책배우자는 이혼을 신청할 권리가 없는데 당신은 말도 못하게 숫한 유책을 저지른 사람인데도 강제로 이혼 신청을 하면서 위자료 한 푼 안주려고 조건 없는 합의이혼을 유도했군요. 도대체 어떻게 생겨먹은 사람이요? 여기 피고의 소장을 얼른 봐도 당신은 피고를 평생 업고 다녀도 모자란 판에 오히려 피고를 괴롭히며 이혼을 강요 하다니요. 피고의 친정집에서 지금껏 원고의 가족을 먹여 살리고 대학 교수직을 갖게 해주니 사람의 탈을 쓰고 이런 배은망덕 한 짓을 할 수 있어요?"

"……."

"말 해봐요!"

"죄송합니다." 박재수는 판사에게 90도 각도로 공손하게 절을 했다.

"그럼 어떡할 거요?"

"그대로 해주세요."

"피고에게 묻겠습니다. 피고, 할 말이 많은 것 같은데 하실 말씀이 있으면 지금 이 자리에서 다 하세요. 이 자리는 하고 싶은 말을 다 하는 곳입니다. 나중에 후회하지 마시고 다 하세요, 겁먹지 말고요."

"소장에 써진 그대로입니다."

"그럼 그렇게 고생하고 희생해 줬는데, 위자료 한 푼 안 받고 합의이혼에 순순히 응해주겠다? 이유가 뭡니까?"

"더 이상 묻지 마시고 이혼해 주세요, 재판장님."

"알겠습니다. 그럼 호적은 어디로 보낼까요?"

"보낼 데 없는데요?"

"원고! 당신 이럴 수 있어?! 호적도 보낼 데 없는 부인을 그토록 이용해먹고 꼭 이혼을 해야겠소? 아이들이 네 명이나 되는데 그럼 양육권은 누가 가져갈 거요?"

"제가 갖겠습니다." 박재수는 양육권을 자기가 갖겠다고 당당하게 말했다. 만약 김여사가 양육권을 갖게 되면 자기는 공무원이라 매월 양육비를 지불해야만 하기 때문에 양육비 안주려고 자식 양육할 능력도 없으면서 양육권 주장을 했던 것이다.

"피고? 친정아버지는 살아계십니까?"

"예."

"그럼 호적을 친정아버지한테 보낼 겁니다."

"예 그렇게 해주세요."

"박재수와 김 보배는 이혼이 성립되었습니다. 판결문이 나오면 3개월 안에 본적지에 가서 정리만 하면 됩니다."

재판이 끝나고 나오는데 박재수가 입을 열었다. "고생했다. 이 돈으로 차비나 해서 가라." 김여사 손에 쥐어준 돈을 보니 고작 1,200원이었다. 박재수 손에서 돈 얻어 보기는 그때가 처음일 것이다.

"언제 집을 나가겠냐?"

"애들 소풍날이 곧 돌아오니 소풍 때 애들 도시락이라도 싸주고 나가련다. 그때까지만 참아라."

"그까짓 도시락이 뭐라고 그것 때문에 못나간다고 핑계대고 눌러 있으려고 그러지?"

"아무리 이혼했지만 아직까지 내 새끼들이니 내가 도시락 정도는 싸줄 권리가 있다."

"되도록 빨리 나가주라."

"나도 방을 얻어야 할 것 아니냐? 며칠간만 시간을 주라. 늦어도 4월말까지는 나갈 것이다." 김여사는 부엌 딸린 방 한 칸을 7만원에 계약해놓고 살림살이고 뭐고 다 주고 자기 몸만 빠져나가려고 준비 중에 있었다. 오직 숙식을 할 수 있는 것, 석유곤로와 이불, 그리고 숟가락 밥그릇 한 벌씩만 챙기고 자기 옷만 챙겨서 나갈 준비를 했다. 아이들은 엄마가 이혼하고 집을 나간다니까 울고 난리였다. 차남이는 아직 어려서 엄마하고 헤어지기가 더욱 싫은지

"엄마 가지 말고 우리하고 살면 안 돼?"

"응 느그 아빠가 자꾸 엄마를 때리니까 엄마가 집을 나갈 거야. 나 없어도 우리 차남이 형하고 누나하고 동생하고 잘 놀아야 돼?"

"응 엄마 ,외할아버지 집에 가서 살고 있어, 그러면 내가 얼른커서 중학생 되면 돈 벌어서 엄마 갖다 줄게, 그 동안 아빠한테 맞지 말고 살고 있어."

"그래 우리 차남이 참 착하다. 엄마도 열심히 살게 엄마보고 싶어도 울지 말고 참아야 돼?"

"응 흑흑흑….."

"그래 우리 새끼들 착하지."

김여사가 이혼을 하고 집나갈 준비를 하고 있다는 소식을 듣고 김여사의 외할머니가 찾아오셔서 너무나 안타까워하시며

"다른 사람들은 배운 것도 없고. 가진 것도 없는 가정에 태어나서 무지랭이로 살다가 시집가도 다들 잘만 살던데 너는 무엇이 부족해서 팔자가 이렇냐? 네가 배운 게 없냐? 가진 게 없냐? 인물이 못났냐? 천하에 부족한 것 없이 자라서 남들에게 온갖 부러움 다 사며 자란 네가 내 앞에서 이혼을 당 하다니,

천하에 배은망덕한 인간 같으니라고! 그놈이 복을 터니라고 그런다. 니 새끼들 다들 빤듯하게 잘 낳아놓고 친정 집 부자고, 니가 미련하기를 해? 못 생기기를 해? 어디하나 버릴 것 없는 너를 그리 괄시하고 소박 맞히고 지 놈은 온갖 기집 질 다 하면서도 지금껏 네 것 뜯어먹고 사는 새끼가 뭘 잘했다고 너 같은 사람을 못 버려서 지랄환장을 한다냐? 천하에 벼락 맞을 놈 같으니라고!"

웬 남자아이가 김여사 애들 따라 들어와서 같이 놀고 있는데 그 애 몸에서 심한 악취가나고 얼굴엔 땟국이 줄줄 했다. 언제 씻고 안 씻었는지 손등이고 어디고 추해서 볼 수가 없었다. 머릿속은 부스럼이 나서 아주 구역질이 날 정도였다. 김여사는

"아야 너는 어디서 온 누구냐?"

"엄마 이 아이도 불쌍한 아이래. 그래서 내가 데리고 왔어." 9살 장남이가 한 말이다. 김 여사는 그 아이가 행여 불량소년인가 싶어 약간 경계하며 물었다.

"아가, 느그 집이 어디냐?"

"저쪽 동네인데요. 엄마는 나가고 없고, 아빠는 다른 여자와 살고 있어요."

"밥은 먹었니?"

"아니요?"

"아가 이리 오너라 옷 벗고 목욕하자." 김여사는 오지랖이 넓어 제 코가 석자인데도 그 아이를 보고 그냥 있을 수 없어서 목욕탕으로 데려가서 씻기고 자기 아들 옷으로 갈아입혀주었다. 그리고 자기 아이들과 한상차려 주니 마파람에 게 눈 감추듯 먹어치웠다. 그 아이를 보니 내가 없으면 내 새끼들도 저럴 것 아닌가. 하는 측은한 생각이 들었다. 박재수에게 아이들을 맡겨놓으면 보나마나 그러고도 남을 것이다. 자식을 넷이나 낳아서 이만큼 기를 때까지 애비가 기저귀 한번을 갈아줘, 울면 한 번 안아주기를 해? 아이들 양육은 김여사 몫인 줄 알고 밤에 자다 아이가 울면 시끄럽다고 소리만 질렀던 박재수다. 곁에서 보시던 외할머니도

"네 새끼들도 너 없으면 틀림없이 저 꼴이 될 것이다. 잘 생각해라. 옛날부터 말이 있다. 여자는 서방은 버려도 자식은 못 버린다고 했다."

"그래요, 할머니 저 애가 우리 집에 온 것은 나를 깨우치게 하려고 온 것 같아요. 반성할게요." 김여사의 여린 마음에 그 아이를 보니 갑자기 눈물이

앞을 가렸다. 자기가 없으면 자기 새끼라고 별다르랴? (박재수는 다른 아비들보다 더 비정하고 독한 놈이라 나없으면 내 새끼들에게 관심도 갖지 않고 오직 기집 년 밑구멍에만 정신이 팔려 애들은 거지새끼 취급 할 거야.)란 생각이 자기 머릿속을 헤집고 들어왔다.

4월 18일 날이다. 김여사는 나가려고 마음먹고 아이들 옷장을 뒤져 정리를 하고 있는데 저쪽 방에서 갑자기 '어매!~, 어매!~, 어매!!~…… 하며 통곡하는 소리가 들렸다. 놀라서 가보니 박재수가 무슨 일로 그러는지 비통한 통곡을 하고 있었다. 김여사는 그 광경을 보고도 이미 이혼한 사이니까 본 둥 만 둥 하고 큰방으로 와버렸다. 자기에게 관심을 갖지 않고 돌아서버린 김여사에게 멋쩍은 듯 박재수는 슬그머니 일어나서 큰방으로 왔다. 그리고 뭔가 김여사 목에다 걸어주며 하는 말.

"김정란이랑 헤어지는 기념으로 선물을 똑같이 사서 하나씩 나누어 가지고 왔다." 라고 했다. 김여사는 박재수 손이 몸에 닿으니 소름이 끼쳐서 목에 걸린 목걸이를 쥐어뜯어서 구석지에 휙 던져버렸다. 길거리에서 산 싸구려 목걸이, 자기말로 300원 짜리라고 했다.

"이런 것은 네 애인이나 주지 왜 나한테 주냐?" 하며 퉁명스럽게 뱉었을 때 박재수는 멋쩍게

"나 오늘 정란이랑 헤어졌다."

"왜? 둘이 죽고 못 살아서 그년하고 결혼하려고 나를 못 쫓아서 안달이었잖아? 모든 것을 네 뜻대로 다 해줬는데 왜 헤어져?"

"그 년이 다른 남자와 혼인하기로 약혼식까지 했다잖아."

"미친놈! 누가 너 같은 놈한테 딸 줄 사람 있다더냐? 네가 가진 게 있어? 자식이나 없어? 자식이 넷이나 줄렁줄렁 하고, 가진 재산 한 푼 없고, 나이도 15살 이상 차이가 나는데 누가 너 같은 놈한테 귀한 딸을 준단? 성질이나 좋으면 몰라, 성질도 세상에 없는 보리까시락 개좆같은 놈한테 뭣을 보고 여대생이 따라 산다고 나를 못 쫓아서 정신병원에 처넣어서 평생 못나오게 한다더니? 꼴좋다!"

"……."

"이 집세도 내가 일 년 치 냈으니 당신이 나가줘야겠네. 우리 친정 돈으로

산 주월 동 집 팔아서 네 땅 사는데 다 집어넣어버렸다. 그 땅은 언제 팔아서 어떻게 할지 난 모르지만 지금 살고 있는 이 집세도 내가 냈다. 너는 나한테 뺏을 것 다 뺏었으니 그것으로 잘살고 다시는 나를 괴롭히지 말고 네가 나가라. 내가 나가려고 했는데 애들이 아직 어려서 불쌍해서 두고 못나가겠다."

이혼 당했어도 하나도 수그러들거나 기죽지 않은 김여사 앞에 박재수는 갑자기 무릎을 꿇었다. 박재수는 김여사하고 이혼하자마자 김정란에게 이별 통고를 받으니 어떻게 자신을 감당 못하고 안절부절 못 하다 누가 잘 보는 철학관이 있다하니 그곳에 가서 자기 사주를 보았다. 사주쟁이 왈 '당신은 본처 박대하면 금방 거지된다. 이 세상을 다 뒤져봐도 본처 같은 사람은 찾지 못한다. 여태껏 본처 갈아치우려고 헛꿈도 많이 꾸었는데 본처와 헤어지는 날부터 당신은 거지 될 것이니 그리 알아라.'하는 사주쟁이 말을 듣고 김여사가 집 나가기 전에 임기응변으로 잘못했다고 손이 발되게 빌 각오를 하고 들어왔었다.

"여보 한번만 용서해 주게, 내가그동안 당신한테 너무 못 할 짓 했네, 앞으로는 절대 안 그렇게 한번만 용서해줘."

"이게 무슨 짓이야? 사내가 한번 칼을 뽑았으면 호박에라도 박으라고 했다. 네가 원해서 한 이혼이야! 왜 이래?!"

"다시는 허튼 걸음 안 걷고 이제 가정에 충실할거야. 한번만 용서해줘 미안해 여보. 흑흑흑…" 박재수는 권모술수에 능한 사람이다. 궁지에 몰리면 음흉스럽게 금방 변덕을 잘 부리며 깜짝쇼를 잘한 사람이기도하다. 그때도 김여사와 처 외할머니 앞에 무릎 꿇고 싹싹 빌며 그렇게 떡치듯이 맹세를 했다.

"어머나? 참 별꼴이야? 당신같이 독한 사람 눈에서도 눈물이 나오는가보네? 그 눈물이 진정으로 회개의 눈물일까 가식의 눈물일까 알 수 없네?"

"내가 그동안 자네를 너무 많이 괴롭혔네, 미안 하네. 앞으론 절대 그렇지 않고 아비역할도 할 것이고 가정에 성실한 남편 될 것이네. 한번만 용서해주게. 당신같이 착한 아내를 내가 그땐 왜 그리 철이 없었는지 모르겠네. 미안해 여보. 흑흑흑…" 박재수는 가식인지 진실인지 닭똥 같은 눈물이 두 볼을 타고 내려오며, 콧물도 흘러 입으로 들어가니 주머니를 뒤져 손수건을 꺼내 닦았다. 그런 모습을 본 외할머니도 김여사를 설득에 나섰다.

"아가 공주야, 사내자식이 저렇게 잘못했다고 무릎까지 꿇고 비니 한번만 용서해 줘라. 저도 나이가 40이 다 되가는데 설만들 앞으로도 그러랴? 네가 없으면 니 새끼들이 어미 없는 자식들로 남의 어미 밑에서 얼마나 설움 받고 살 것을 생각하고 이번만 용서해 줘라." 외할머니의 간절한 부탁을 면전에서 거역할 수 없는 김여사는 용서를 해도 몇 가지 다짐을 받을 것이 있다.

"그럼 당신과 내가 다시 살려면 첫째로 돈이 문젠데 전에 주월 동 집 사려고 빚내다놓은 100만원을 당신이 양 승일을 데리고 와서 기어코 빌려가게 했으니 그 돈 받아 올 수 있소? 그거라도 받아와야 이 가뭄에 사글세를 면하고 전세로 갈아탈 수 있어요."

"이제 내 놓으라고 다그쳐서 받아 올 거네." 이미 놀음 돈으로 날아 간지가 몇 년쨋데도 박재수는 떡치듯이 거짓말로 순간을 모면하려했다.

"그리고 매월 월급타면 집에다 생활비 들여 주겠소?"

"당연히 그래야지, 앞으로 성실한 가장으로 살면 헛돈이 들어가지 않을 것이니 믿어주소."

"할머니도 들으셨지요? 이 사람이 앞으로 월급타서 집에 갖다 준대요. 믿을 수 있을까요?"

"설만들 앞으로야 그렇겠냐? 앞으로도 그런다면 자네는 천벌 받을 각오를 해야지."

"암요 그러고 말고요. 할머니 감사합니다." 박재수는 처 외할머니한테 절을 굽신굽신 몇 번을 했다. 그렇지만 박재수의 말은 콩으로 메주를 쑨대도 믿을 수가 없었다.

"흥! 다급하면 무슨 말인들 못해? 당신 입으로 광주로 이사 가기만하면 성실하게 살고 월급타면 가정에 들여 준다고 떡치듯이 장담하고 그 때도 저렇게 무릎 꿇고 빌고 해놓고도 광주로 와서도 단 한 번도 약속 지킨 적 없었다. 근데 나보고 또 속으라고?!"

"그때는 내가 너무도 속이 없어서 그랬으니 이번만은 믿어주소!" 그때 할머니가 박재수의 손을 잡아 일으키며

"어서 일어나게, 그리고 나 살아서 자네들이 가정답게, 부부답게, 사는 것을 보고 싶네. 자네는 처가 덕으로 모든 복을 한손에 다 검어 쥔 사람이 왜 이렇게 처신을 하는가?"

자기가 궁지에 몰리니까 박재수는 김여사 앞에 무릎 꿇고 싹싹 빌어서 자식들로 봐서 한 번 더 용서하고 넘어갔는데 월급타면 집에 갖다 주겠다고 맹세한 박재수는 그 후로도 월급을 타서 집에는 단 한 푼도 가져오지 않으니 김여사가 따졌다.

"월급타면 집에 갖다 준다고 약속해놓고 월급을 타도 왜 소식이 없소?"

"전에 빚진 외상값 갚느라 못 가져왔다."

"당신은 지금까지 집에 생활비 한 푼 안주고도, 낮짝 좋게 날마다 나에게 돈 뜯어간 사람이 뭐하느라 빚까지 지고댕기요?"

"사내자식이 처세를 하고 살다보면 알게 모르게 돈이 드는 거네."

"다른 남자들은 처세를 못해서 가정에다 월급을 또박또박 갖다 준다요? 修身齊家라 했어! 자기 가정도 못 건수하면서 무슨 놈의 처세여?" 박재수는 변명이 궁색하니 담배 연기에 시선을 꽂고 김 여사 말에 대꾸도 하지 않았다.

그 다음 달도 월급을 가져오려나하고 기대했었는데 또 한다는 말이 장학금 줘버렸다고 했다. 박재수는 여태껏 그런 능수능란한 거짓말로 자신을 포장하고 김여사를 골탕 먹이고, 가정을 빈곤의 도가니로 몰아넣은 사람이다.

김여사는 박재수의 행위를 다 알지 못한다. 그가 얼마나 지저분하게 골고루 빚을 져서 월급날이면 빚쟁이들을 피해 다닌다는 사실까지는 모르고 있다. 단지 기집 질 하느라 헛돈을 쓰고 다닌 줄만 알고 있을 뿐이다.

8. 광주사태

새벽에 눈뜨자마자 요란하게 울리는 전화벨 소리, 수화기 속에서는 곧 숨넘어가는 소리로

"사모님 교수님이 잡혀간대요, 빨리 피하라고 하세요." 김 여사는 안절부절 못하고 남편을 깨워서 그 소식을 전해주었다. 박재수는 헐레벌떡 일어나 옷도 미처 못 입고 뒷문으로 나가면서

"돈 좀 주라."고 손 내밀었다.

"가진 것 전부 이것뿐이다 25,000원, 어딜 가려고?"

"지금 피난가야 된다잖아!" 박재수는 김여사 손에 있는 돈을 몽땅 집어서 바지주머니에 찔러버렸다.

"당신이 다 가져가면 나는 새끼들하고 어떻게 살라고 그래?" 박재수는 아무 응답도 없이 그대로 뒷문으로 도망쳐버렸다. 가면서 만약에 무슨 일 있으면 어디로 연락하라는 말도 없이 자기 몸만 피해 도망가 버린 박재수를 보고 (역시 제 버릇 개 못준다더니 너는 변하지 않은 박재수 그대로다. 속담에 개꼬리 삼년 묻어놓아도 여우꼬리 안 된다더니 그 말이 맞구나.) 한 달 전에 자기가 다급하니 김여사 앞에 무릎 꿇고 앞으로는 성실한 가장의 역할을 다 하겠다고 그렇게 빌었던 박재수 아니었던가? 그런데 이 상황에 가족의 안위는 안중에도 없고 오직 자기만 살겠다고 김여사의 손에 있는 돈을 몽땅 뺏어서 도망간 박재수를 보고 김여사는 경악을 금치 못했다. 그래도 애들 아빠가 행여 잘못되기라도 할까봐 김여사는 여기저기 수소문 하며 속이 타들어갔다. 3일후에 H 시댁에 전화하니 마랭이 댁의 통쾌한 웃음소리.

"허허허… 애비는 여기 있다." 하고 뚝 끊어버렸다. 말이라도 애들은 잘 있냐? 무슨 일 없냐고 한마디 안부도 없이 끊어버린 마랭이댁이 참으로 야속했다. 광주는 당시 모든 교통이 두절되고, 통신도 두절, 언론도 거짓 보도만 연일 나오며 외부에 광주의 일이 알려지지 않게 하려고 그런 것이다. 국가 위정자들이 자기의 정치야욕 때문에 아무 죄 없는 광주 시민들에게 빨갱이 누명을 씌워 학살, 또는 구타하여 공분을 일으켰었다. 완전 무법천지가 되어 신문기자들이 보도를 못하게 촬영한 필름을 전부 압수하는 만행까지 했다. 외신기자들 역시 모든 보도 자료를 강제 압수당하여 외부에 대한민국 정부의 만행이 알려지지 않도록 철저하게 봉쇄를 해 버렸다. 도청 앞에 시신을 담은 관들이 즐비하게 늘어져 있고. 포승줄에 묶인 대학생, 젊은이들이 계엄군한테 대검으로 찔리고 방망이로 두들겨 맞고, 육시당한 여대생의 시체가 나체로 굴러다니는 그야말로 공포의 도시, 광란의 도시였다. 도청 앞은 시신이 쌓여만 갔다. 가족들을 만난 시신은 즉시 관에 담아지고 태극기로 덮어서 도청 앞에 즐비하게 열을 지어 셀 수없이 늘어져 있고, 아직 가족들에게 연락이 닿지 않은 시신은 산더미처럼 도청 앞 광장에 쌓여 있었다. 초여름이라 파리 떼가 딩딩거리고 시신 썩는 냄새가 진동했는데 그 날 저녁 내내 헬리콥터는 공중을 날았다. 날이 밝아 도청 앞에 다시 모인 시민들은 경악을 금치 못했다. 밤중에 헬리콥터가 수도 없이 날더니 그 많은 시신들을 어디다 처리했는지 한 구도 없이 사라져 버린 것이다. 광주와 연결된 외곽지대는 완전 봉쇄되어 광주 시민들이 외각으로 나가지도 들어오지도 못하게 통로마다 계엄군들이 지키고 있었다.

김여사와 이웃에서 산 아주머니가 김여사의 아이들과 자기 아이들을 데리고 광주의 외곽지인 송정리에 자기 빈집이 있는데 그곳은 보편적으로 안전한 곳이라 생각하고 그곳으로 피신해갔다. 김여사는 무서운 줄도 모르고 날마다 밤이면 20여리 길을 혼자 걸어서 아이들을 살펴보고 왔었다. 송정리에 자기도 눌러있어서 피신을 하고 싶으나 행여 남편한테서 무슨 연락이라도 오면 받지 못할까봐서 그 위험을 무릅쓰고 밤에 걸어서 자기 집으로 오곤 했었다. 김여사는 날마다 남편의 소식을 기다리느라 가슴이 조여들었다.

한편 H 친정에서는 신여사랑 달영씨랑 보배 네가 안전한가를 알고자 마랭이댁 집으로 가서 사위의 식구들 안부를 물었을 때 .

"그것 들이사 디지든가 말든가 나는 모르요!" 라고 하며 휙 돌아서버렸다. 신여사는 마랭이 댁의 인격을 익히 알고 있지만 그때는 가만있지 않고 한마디 했다.

"사돈 무슨 말씀을 그렇게 하시오? 그것들은 사돈 손자들 아닌가요? 디지든가 말든가라니요?"

"내가 광주소식을 어떻게 듣는다고 나한테 따져요?!"

"에이 여보시오! 무의도식해도 정도가 있지 부모의 입으로 그게 할 말인가요?! 안되겠소! 내가 다녀오리다." 신 여사는 택시에다 먹거리를 가득 싣고 오려는데 달영씨는 또 돈을 구해 와서 한주먹을 주며 꼭 아이들 안전하게 해놓고 오라고 신신당부했다. 신여사를 실은 택시는 백운동 자기 딸이 사는 곳을 가기위해 외곽지로 돌아서 겨우 광주시내 택시로 바꿔 타고 왔다. 김여사는 그때야말로 친정어머니를 보니 구세주를 만난 것만큼이나 반가웠다. 당시 광주에서는 돈을 쥐고도 생필품을 사지 못했는데 생명의 양식들, 곡식과 채소, 생선, 육고기 등, 당시 먹고 살기에 부족함이 없게 챙겨 와서 이웃들과 나누어 먹었다. 전쟁 중에는 먹거리가 생명이니 그럴 수밖에 없었다. 외부에서 농축산물이 들어오지 못하니 광주시민들은 있는 것을 서로 나누어 먹고 자기 것을 아끼지 않고 서로 내놓아서 주먹밥을 만들어 젊은 사람들(시민군)에게 나누어 주며 계엄군을 몰아내도록 사기를 돋아주는 등, 전 시민이 뭉쳤다. 김 여사는 송정리에 가서 자기 아이들을 데려와 외할머니와 상봉을 시켜주니 서로 얼싸안고 얼마나 좋아서 울고 난리가 아니었다.

"박 서방은 어디에 있냐?"

"H에 있다는데요?"

"뭐? 그러면서 느그 시어매는 내가 걱정이 되어 거기까지 가서 물어보니 모른다고 하더라. 자기 아들이 여기 있다고 말이나 해 줬으면 그간 내 애간장이 덜 녹았을 것 아니냐? 어쩌면 그런 멋대가리 없는 것들이 있다냐? 전쟁이 나면 제일 위태로운 사람들이 지식층이다. 그다음에 경찰들이고, 박 서방은 허나 못 허나 교수직을 가지고 있지 않으냐? 그래서 박 서방의 안위가 가장 걱정이 되어서 느그 시가집에 가서 물어보니 그렇게 냉정하게 모른다고 잡아떼야 쓰겠냐?"

"그분들은 아무래도 이상해요. 우리는 자기 자식이 아닌 냥 해요. 다른 자식들한테는 그러지 않던데 우리에게만은 왜 그렇게 모질게 하는지 모르겠어요."

"자기들이 사람들이라면 그래서는 안 되는데 암튼 상대를 못할 사람 들이더라."

"박 서방하고 나하고 16살부터 만나, 친구가 되고 ,또 연인되고, 부부되어 자식을 네 명이나 낳았어도, 또한 그 자식은 자기들이 곤란하다는 핑계로 우리한테 떠맡겨버리고 십 원 짜리 하나 대준 사실 없으면서 그에 대해 고맙다는 말은커녕 나한테 온갖 허물만 만들어 씌우는 사람들, 왜 그들이 그런 처신을 하는지 난 알 수가 없어요."

"그러게 말이다. H 사람들도 그 사실을 아는 사람이면 사돈네보고 낯바닥에 철판을 깔았다고들 해도 부끄러운 줄 모르는 사람들인데 말하면 뭐하냐? 네가 다 포기하고 살아라."

"내가 그간 못 당할 만큼 당해주고 참아주니 날로 더한 인간이여. 처음부터 길을 그렇게 들이는 게 아니었는데 내가 잘못 길들였어요. 창피하니 참고,

자기위신 깎일까봐 참고, 아이들 앞에서 큰소리 내지 않으려고 참고, 애들이 잘못될까 봐서 참고, 참다보니 갈수록 더러운 갑 질 횡포를 끝없이 부리니 당할 수가 있어야죠.” 신여사는 자기 딸 넋두리를 들으면서 한숨만 토해냈다. 그 한숨 속엔 지난날의 회한이 다 섞여있다. 자기가 번듯한 아들하나를 못 낳아서 남의자식을 아들 겸 사위로 생각하고 그 모진 고통을 당하면서도 많은 재산을 팔아 그 밑을 닦아줬는데 그런 공로를 모르고 온갖 잡 질로 자기 딸을 괴롭히며 가산을 탕진하고 개차반으로 살고 있는 박재수에 대한 애환이 서리서리 가슴 밑바닥에서부터 치고 올라왔다.

9. 해직교수

박재수는 5 · 18이후 조선대학교에서 해직되었다. 어용교수라고 낙인 찍혔기 때문이다. 자기 맘에 안든 교수를 몰아내려고 학생들에게 대모를 조종했던 일이 있었다. 그러니 조교수 직도 해직 당할 수밖에 없었다. 그간 김여사 네만 괴롭히며 대학원 석사과정을 3개 대학원을 거쳐서 겨우 조교 자리하나 차고 있었는데 그나마 해직 당해버렸으니 날마다 맘 놓고 외출하며 시간제한 없이 멋대로 놀았다. 그러면서도 김여사만 보면 돈타령이고 안주면 온갖 성질 다부리고 천하에 파렴치한 악질로 살다가 안 되겠으니 어디로, 무슨 일로 간다는 말도 없이 나가버렸다. 나중에 들려오는 소리, 목포에 있는 어느 사립 고등학교로 갔다는 소문이 들렸다. 몇 달이 되어도 집에는 연락도 없고, 자식들하고 어떻게 사느냐고 안부한마디 없었다. 이렇게 자식들 맡겨놓고 나가려고 이혼하고 나서 잘못했다고 무릎 꿇고 빌었던가? 사람의 본성은 절대로 변하지 않은 것을, 박재수가 어찌나 사정하며 잘못했다고 빌어서 행여 달라지려나하고 기대했던 자신이 어리석었음을 깨닫고 땅이 꺼지도록 한숨만 쉰 김여사다. 박재수는 이혼하자마자 김정란에게 이별 통고를 받고나니 본적지에 이혼 신고를 하지 않고 은근슬쩍 그 기간을 넘겨버렸다. 김여사 역시 3개월 안에 본적지에 신고를 해야 한다는 사실을 몰라서 두 사람 다 그 기간을 넘겨버려서 이혼이 무효가 되어버렸다.

10. 월산 동 2층집으로 이사

집팔아서 땅 밑에 집어넣고선 매년 가장 싼 달세 방으로 전전했다. 일 년에 한 번씩 하는 이사 짐 옮길 때마다 누구하나 거들어주는 사람 없이 김 여사 혼자서 죽을 욕을 보고 옮겼다. 차로 실어다 놓고 이층으로 올리는데 미처 올리지 못한 짐들을 아래에 두고 있는데 고물장사들이 다 집어가 버렸다. 살림 차린 지 근 20년이 되어가니 짐이 두 차씩이나 된다. 그 많은 짐을 매번 김 여사 혼자서 몸부림치고 옮겼다. 박재수는 자기 몸 아끼느라 에너지는 오직 오입질하는 일 외에는 손에 물건하나 들지 않는다. 그렇게 게으르고 이기적으로 자기 몸만 아끼며 살아서인지 박재수의 손마디는 여자 손보다 더 고왔다. 무슨 일이든지 김여사 혼자서 죽도록 몸부림쳐도 자기는 그런 일과는 무관한 사람처럼 외면했다. 언제쯤이나 땅이 팔려서 몇 푼이나 남아 그 돈으로 자기 집을 장만할지 말지 참으로 암담한 생활에 눈앞이 캄캄한 건 오직 김여사뿐이다. 앞으로 몇 년을 더 집 없이 남의 집을 전전하며 이 고생을 해야 할지 말이다.

11. 내 아이가 차별받다

81년 장남이 담임이 갑자기 엄마를 모시고 오라고 한다고 해서 바쁜 중에도 김여사는 학교로 가보았다. 담임은 대단히 겸연쩍은 얼굴로,
"장남이 어머님, 장남이네 가정형편이 어려우니 그 뒷바라지를 못하실 것 같아서 이런 말씀을 드립니다. 공부는 장남이가 일등이지만 반장을 시킬 수가 없습니다. 반장을 맡은 학부형께서는 그 뒷바라지를 충분히 해줘야 하는데 장

남이 어머님께서는 형편이 어렵게 사신다는 말을 듣고 뒷바라지하시기가 어렵겠다고 생각하고 2등 아이를 반장으로 시키고 장남이는 부반장으로 시키겠습니다. 장남이 아버님도 같은 교육계에 계시니 널리 양해해 주셨으면 합니다."

"제가 능력 없는 어미로 심히 부끄럽습니다. 그러나 장남이가 받을 상처를 생각하니 더욱 가슴이 미어지는 것 같습니다."

"비록 부반장이긴 해도 공부는 언제나 장남이가 일등인줄 다른 아이들이 다 아니 관계없습니다."

학교에선 촌지를 공공연하게 돌리는데 김여사는 그간 남편에게 너무도 시달리다보니 자식들의 그런 애로사항을 살필 겨를이 없었다. 그런 뒷바라지 하지 않았어도 일학년 때부터 일등자리, 반장자리를 남에게 빼앗겨 본적이 없었기에 그런 뒷면은 생각도 못했는데 자본주의 사회에선 역시 돈이 성적보다 우선이라는 것에 한 번 더 실감을 갖게 했다.

차남이도 언제나 반에서 일등인데 차남이도 장남이와 같은 일을 당했다. 다음 학년에 또 그 담임을 만나서 작년도와 같은 일을 번복당하고 나니 김여사는 그런저런 일로 신경을 쓰니 심한 위경련에 시달렸다. 그럴 때마다 박재수를 더욱 원망했다. 그 인간에게 시달리지만 않았다면 아이들에게 신경을 썼을 건데 생각하니 박재수가 죽고 싶도록 밉고 아이들에겐 너무 미안했다.

12. 화장품 외판원 시작

김여사는 아이들을 잔 고비는 겨우 키웠으니 자기가 뭐라도 해야 한다. 언제까지 친정 재산만 갉아먹으면서 살 수는 없었다. 그래서 시작한 일이 아모레 화장품 외판원 일이었다. 당시에는 여자들 벌이로는 화장품 외판원수입이 꽤 쏠쏠했다. 열심히 하면 웬만한 공무원 월급 몇 배를 벌수도 있었다. 그래서 김여사가 첫발을 디딘 곳이 월산 동 제일 후진 동네였다. 생전 사회생활을 해보지 않는 김여사는 수줍음을 타며 겨우 소비자 집을 방문했었다. 주위에 친구들이 많이 도와주기도 했다.

어느 날 김여사는 캐리 카에 화장품가방을 싣고 집집마다 다니는데 맹순이가 길목에서 기다리고 있었다. 그녀는 박재수의 친척 되는 여자다.

"이 동네가 우리 동네요. 아짐 잠깐만 우리 집에 들어오시오. 할 말이 있소."

"무슨 얘기요? 여기서 하시오."

"잠깐이면 되요. 들어오세요." 그녀는 김 여사의 가방을 억지로 가지고 들어가서

"아제가 내 돈 10만원을 몇 년 전에 빌려갔는데 아직까지 갚지 않으니 아짐이 갚아주시오."

"그때도 말했다시피 난 그런 돈은 알지도 못하는데 본인들끼리 알아서 하지 왜 그런 돈까지 나한테 갚으라고 그래요? 못해요!"

"그럼 화장품이라도 주세요."

"우리 이혼했어요. 근데 이혼한 남편 빚을 나한테 받으려고 그래요? 내 평생에 남편 돈 받아 써 본적이 없는 사람이요."

"그건 아재 말하고 너무 다르니 모르겠고, 이혼했어도 같이 살고 있으면서 그래요?"

"지금은 어디로 갔는지 몇 달째 연락도 없어요."

"안되겠네요. 그럼 화장품으로 가져가는 수밖에요." 맹순이는 자기 손으로 비싼 화장품을 쏙쏙 빼가버리니 가방이 텅비어버렸다. 이런 막무가내인 맹순이와 몸싸움 할 수도 없고 김여사는 미칠 지경이었다. 도대체 언제까지 박재수 그 인간의 밑구멍이나 닦으며 피해를 봐야 하는지 한심할 지경이다. 당장 오후에 사무실 들어가서 매출원장을 보고해야 하는데 큰일이다. 친구한테 사정이야기를 하니 친구 앞으로 허위 판매거래장을 만들어 맞춰서 보고하니 총무는 이미 눈치를 채고 야단이 났다.

"김보배 아줌마 당장 가방 가져오고 그간 외상 깔아놓은 것 다 갚으시오. 장사 시작한지 며칠 되지도 않아서부터 그런 눈속임 짓을 해요?"

"피치 못할 사정이 있어서 그랬습니다. 앞으로 수금해서 다 갚을게요."

"안 돼요! 회사 빚을 당장 갚으세요." 총무가 너무 냉정하게 대하는 것을 보고 사장이 나서서 총무를 설득했다.

"이보게 총무, 보아하니 김보배 아줌마는 그런 분이 아닌 것 같은데 한번만

봐주고 다시 장사하게 해주소."

"좋아요 그럼 지금까지 김보배 아줌마가 깔아놓은 외상값을 3개월 내에 다 받아내든가 아줌마 돈으로 갚든가 하시오." 해서 김여사는 한 달 이내로 외상값을 다 갚아서 화장품 빚을 정리했다.

김여사는 집으로 돌아오면서 피눈물을 흘렸다. 박재수 그 인간 때문에 화장품 장사도 못하게 되었으니 혼자서 한탄하며 돌아올 수밖에 없었다. 겨울이 되어도 연탄불도 못 때고 김장도 못하고 아이들하고 하루하루 살아가는 것이 너무 힘들었다. 그러나 김여사는 더 이상 친정에 손 벌리지 않고 살아보려고 이를 악물고 버티어 보는 데까지 버티어 보자고 결심했다. 신여사는 몇 년 전에 강도 당하고부턴 장사에 의욕을 잃고 흐지부지하는 세상을 살게 되었다. 그러니 김여사의 아픔을 깊이 헤아리지 못했다.

13. 아이들 싸움에 어른이 가세하다

김여사는 화장품 회사 일을 마치고 집에 오니 동네 사람들이 모두 모여서 웅성대고 있었다.

"장남이 엄마 왜 이제와요? 댁의 아이들을 어떤 미친놈이 얼마나 두들겨 패서 장남이 머리에 이상이 있을 것 같아요. 빨리 병원에 데려가 보시오."

"이게 무슨 소리요? 누가 우리 애를 때렸다는 거요?"

"장남이가 같은 또래 친구하고 싸웠나 봐요. 그러니까 그 애가 울고 가서 즈그 아빠한테 일렀나 봐요. 그러니까 그 애 아빠가 쫓아와서 장남이하고 차남이를 얼마나 두들겨 팼는지 몰라요. 우리가 말리고 사정해도 듣지 않고 이리저리 끌고 다니면서 머리만 주먹으로 집중공격을 했단 말이요. 그 인간은 술이 취해서 아무리 말려도 듣지 않고 말리는 사람까지 때리려 했어요. 우리가 모두 그랬죠. 그 애들은 아이들이 다 착하고 공부를 잘하는 모범생인데 나쁜 아이가 아닌데 그러냐고 해도 소용없어요. 자기 새끼 때렸다는 이유만 갖고 무지막지하게 두들겨 팼어요. 이 새끼 부모 나오라고 악을 써서 그 애 아빠는 학교선생인데 목포에서 근무하고 광주에 잘 오지도 않는다고 했고, 엄마는 화장품 장사하러 다니니 집에 없다고 하니 '이런 거지같은 새끼가 내 새끼를 때려?!' 하면서 더 때리는 거예요. 내일 당장 병원에 데려 가세요. 틀림 없이 머리에 이상이 왔을 거예요. 즈그 새끼는 공부를 못하고 장남이가 공부를 잘하는 모범생이라고 하니 심술이 나서 그런지 머리만 집중적으로 그 무지막지한주먹으로 어찌나 때린지 우리가 다 눈물이 났어요. 그 사람 가만두지 마세요. 그리고 빨리 병원에 데려가 보세요. 그 소리를 들으니 김여사는 다리가 후들거리고 사지가 떨려서 어찌할 바를 몰랐다.

"아니 도대체 어떤 못된 인간이 아이들끼리 싸운 일가지고 어른이 나서서 그딴 짓을 했는가 내가 그 집을 찾아가서 따질래요. 누가 그 집을 아시나요?"

"내가 알아요. 갑시다." 장남이를 때렸단 인간은 그때까지 주막에 앉아서 술을 퍼마시고 있었다.

"여보시오. 내가 장남이 엄마입니다. 우리 아이를 때린 사람이 누구요?"

"나요!!"

"뭐요? 참 잘났군요. 이 세상에 당신 혼자만 자식 키워요? 당신이 남의 아이를 그렇게 무지막지하게 때린 이유가 뭡니까?! 아저씨!! 아이들끼리 싸운 일을 가지고 어른이 나서서 남의 아이를 그렇게 죽도록 패도 되는거요?! 당신 자식이 중하면 남의 자식도 중한 줄 알아야죠, 어디 이럴 수가 있어요?!"

"지애미 씹할! 내 새끼를 때린 싸가지 없는 놈이 누군고 했더니 애비란 놈은 무능해서 몇 달이가도 집구석에도 들어오지 않고, 여편네는 화장품 장사를 해서 처먹고 사는 거지같은 것들이 내 귀한 새끼를 때렸는데 가만있겠소?! 애비도 애미도 돌보지 않고 버려두니 애새끼가 싸가지 없이 자라서 남의 자식을 때렸지! 뭐가 잘했다고 따지러 왔어 엉?!

주정뱅이 여편네 인 듯한 여자는 처음에는 미안한척 하더니 자기 남편이 술을 먹고 고래고개 소리를 지르고, 보아하니 김여사가 그리 거세보이지 않으니 자기 남편 실수를 정당화하기 위해 마음이 금방 돌변해서 남편의 잘못을 역성들고 나섰다.

"어서 가시오! 술 취한 사람 건들어서 무슨 영화를 보겠다고 건드리요? 어서 가시오!"하며 문을 가로막아버렸다.

"뭐요? 남의 자식을 병신이 되도록 때려놓고 잘못했단 소리는커녕 오히려 큰소리치는 형편없는 인간들이네?! 만약 우리애기 신체에 이상 있으면 당신 책임지시오! 술을 처먹었으면 고이 처먹지 눈구멍에 뵈는 게 없나? 어디서 더러운 주먹으로 어린 것을 그렇게 때려요? 엄마 아빠가 낮에 집에 없다고 버려진 아이들인 줄 아세요? 오죽하면 동네 사람들이 다 말해요. 싸가지 없는 건 우리 아이들이 아니라 아저씨가 싸가지가 없어서 상대를 못하겠으니 경찰에 알리라고요!!" 김 여사는 술 취한 개보다 못한 인간하고 싸워봤자 아무 승산이 없을 것 같으니 한참 퍼부어놓고 와 버렸다. 장남이와 차남이는 머리를 감싸 쥐고 방구석에서 나오지도 못하고 공포에 떨고 있었다. 그런 모습을 본 김여사는 아이들을 안고 한없이 울어버렸다. 남편 놈이 김여사보고 거지같은 년이라고 해 쌌더니 아이들까지 거지새끼들이란 소리를 들었으니 그보다 기막힐 수가 없었다. (진짜 거지는 누굴까? 참으로 어처구니가 없다. 자기 가족을 돌보지 않고 방치한 박재수나, 부모의 입지가 약하다고 깔보고 어린것들에게 폭력을 행사한 것들이 거지보다 못한 양아치 족이지 누가 거지냐?)

낮에 그런 꼴을 당한 김여사는 정말이지 죽고 싶었다. 여태 남편이 돈 한 푼주지 않았어도 친정 재산으로 아이들 기르며 살았는데, 이제 자기가 생활전선에 나섰는데 아비마저 집에 없고 멀리 있으니 오늘 같은 억울한 일을 당하지 않았나 하는 생각에 더욱 미칠 것만 같았다. 그래도 남편이 집에서 들락거리면 오늘 같은 일은 없었을 거란 생각도 들었다. 곁에 여자들이 '그 애 아빠는 선생이라는데 통 얼굴을 볼 수가 없고, 엄마는 화장품 장사하러 나가고 없다.' 란 말을 듣고 개망나니가 자기 아이들을 더 멸시하고 때렸다는 것이 더없이 분했다. 아무리 원수 같을 지라도 아비의 그늘이 중요하구나 하는 생각이 어느 순간에 김여사 머릿속에 파고들었다.

오늘 낮에 있었던 일 때문에 잠 못 이루고 있는데 어디서 담배연기 냄새가 그렇게 고소하게 나는지 아무리 둘러봐도 김여사 주위에서 누가 담배피우는 사람도 없는데 이층 방으로 올라온 담배 냄새는 김여사를 미치도록 유혹했다. 평상시에 김여사는 담배를 입에 물어본 적도 없다. 그런데 이상했다. 그날 밤은 너무도 호젓한 마음에 그렇게 담배가 피우고 싶었다. 자기도 모르게 슬그머니 슈퍼에서 담배 한 갑을 샀다. 그리고 그것을 뜯기 전에 여러 번 생각해

봤다. (내가 이것을 뜯어서 피운다면 오늘 이 순간은 답답한 가슴이 후련할지 몰라도 앞으로 내가 담배 맛을 알아버리면 날마다 그 담배 값을 어떻게 감당하랴.)는 생각이 들어서 뜯지 못하고 주머니에 넣고 만지작거리기만 하다가 결국 그 담배를 뜯지 않고 멀리 던져버리고 그토록 피우고 싶었던 유혹을 과감하게 물리쳐버렸다. 나중에 생각해보니 그날의 담배향기는 박재수의 향수를 그리게 했다는 것을 알았다.

미워도 다시 한 번이다. 뒷날 김여사는 전해들은 주소만 머릿속에 담고 목포로 가보았다. 박재수가 근무한다는 학교로 가서 그를 찾으니 퇴근 하고 없었다. 직원들한테 물어서 하숙집을 찾아갔다.

"여기가 박재수 선생 하숙집인가요?"

"어디서 오신 누구신가요?" 60대로보이는 여주인은 김여사를 유심히 훑어봤다.

"학부형입니다." 하숙집 여자는 김여사의 말이 믿기지 않아서

"혹시 사모님 아닌가요?"

"아닙니다. 그냥 학부형입니다."

"이리 안으로 들어오세요. 이방이 박재수 선생 방이요. 학부형이라고 찾아온 여자들이 한둘 인 줄 아요? 그런 여자들은 비까번쩍하게 차려입고 다녀요. 근디 사모님은 그렇지 않다는 것을 나는 단번에 알았어요. 시상에 이런 사모님을 두고 박 선생이 그런 짓을 했그만! 몹쓸 사람이네? 박 선생 만나려면 밤늦게나 아니면 내일이나 돼야 만날 거요. 어쩔 때는 안 들어오는 날이 많아요." 하숙집 여자 말을 들으니 김여사는 만정이 떨어졌다. 제 버릇 개 못주었구나 싶어서 미워도 다시 한 번이란 감정이 단번에 싸늘해져 버렸다.

"아주머니 저 가보렵니다. 아이들만 두고 와서 오늘밤 안으로 집에 가야해서요. 안녕히 계십시오."

"시상에나 저런 사모님을 두고 박 선생이 그러면 안 되는데, 불쌍해서 어쩌까이. 아이들만 두고 왔으면 어서 가봐야지요. 내가 박 선생 오면 잘 말 할게요. 어서 가세요. 쯧쯧쯧……." 하숙집 여자는 대문 밖에까지 따라 나와서 눈시울을 적시며 손을 흔들어주었다. 그 소리만 듣고도 박재수의 사생활이 눈에 그려졌다.(타고난 잡기는 어쩌지 못하는 박재수, 지가 무슨 카사노바인

가? 아무리 지 애비 속에서 나왔다 해도 어쩌면 그럴 수 있냐? 넌 영원히 구제불능이다. 내가 작년 4월에 이혼하려고 생전 처음으로 목포바다에 발을 딛었었는데 이곳이 어떤 곳이라고 내발로 찾아와서 이런 꼴을 보고 가는가.) 한 가닥 희망을 걸고 찾아온 김여사는 씁쓸한 코웃음만 날리고 되돌아섰다. 이혼할 때 판사 앞에서 아이들 양육권은 자기가 갖겠다고 당당하게 말해놓고 그간 월급타서 양육비 한 푼도 안주고 자기 혼자 돌식 하고 사는 것은 여전했다. 역시 박재수 한테는 양심과 도덕은 저 먼 나라 이야기다. 그딴 것 불필요한 존재다. 그딴 것 지키지 않았어도 여태껏 자기만의 방식으로 잘 살았다. 김여사가 너무 선하고 착해서 가만두니 그렇다. 아이들을 위해서 아비 없는 자식소리 듣지 않게 하려고 참고 또 참아줬다. 김여사가 바보라서 참는 게 아니다. 부부라면 당연히 부부의 도리를 지켜야한다. 그러나 박재수는 자기에겐 도덕관념이란 게 필요 없었다. 무엇이든 일방통행으로 자기만을 위한 삶을 살았어도 누가 시비하는 사람 없었다. 그것은 박재수가 다중인격체로 수시로 얼굴 변색을 잘하며 자기 편할 데로 만 살았으니 그렇다. 자기가정을 등한시 했다고, 자기 마누라한테 폭행, 공갈, 협박, 사기, 강도짓 했다고 누가 고발할 수 없으니 법망에 걸릴 일은 없다. 그것은 형법(땅의 법)이다. 그러나 하늘의 법이 땅의 법보다 더 무섭다는 것을 모르는 박재수라서 그렇게 요행스럽게 남의 눈 속여 가며 이기적인 방법으로 자기만을 위한 삶을 살고 있다. 김여사는 광주에 도착할 때까지 머릿속에 떠오르는 것은 지난날 박재수한테 당하고 살았던 억울함 들이 되살아나서 또 신경성위경련이 일어나 배를 움켜쥐고 광주까지 겨우 왔다. 오히려 박재수 없는 지금이 나을지도 모른다. 날마다 박재수 한테 돈 뜯기지 않고 두들겨 맞지 않으니까 말이다.

14. 가보를 빼가려고

목포로 간 박재수는 몇 년 만이던가 어느 날 밤에 양승일이랑 함께 들어오면서 너스레를 떨었다.

"어이, 장남이 엄마! 나 왔네. 이사를 하려면 말이나 하고 해야지 나도 모르게 이사를 해서 집 찾느라 혼났네." 집 나간지 건 2년 동안 소식 한 통 주지 않고 자기 몸만 나가서 즐기다 들어온 주제에 낯바닥이 없으니 들어오면서부터 능청을 떨었다. 그것도 혼자가 아닌 양승일을 앞세우고 말이다. 김 여사는 박재수의 등장이 매우 불안했다. 양승일을 앞세워서 무슨 짓인가를 벌리려고 그런 것 같은 예감이 들었기 때문이다.

"여기 살던 장남이네는 어디로 이사를 갔는지 아세요?"

"장남이네 하고는 어떻게 되는데 이제 사 그 집을 찾소?"

"제가 장남이 애비입니다."

"아니 우리는 장남이 엄마가 과분 줄 알았는데 이렇게 멀쩡한 남편이 있었그만? 그 애들 엄마가 얼마나 고생을 하고 살았는지 알기나해요? 여기서 살다가 저 아랫동네 방세가 싼 데로 이사 갔는데 아직도 그 집에서 살고 있는지는 모르겠으나 이사 간 지 일 년도 넘었소. 원 시상에 가족들이 어떻게 산 줄도 모르고 혼자 몸뚱이만 돌아 댕기다 이제 사 오요? 에이 숭한!" 박재수는 전전에 살던 동네 가서 장남이네 거처를 물으니 집주인 할머니한테 핀잔만 듣고 나와서 복덕방을 찾아갔다. 틀림없이 복덕방을 통해서 방을 얻었을 거란 생각을 하고 말이다. 김여사는 박재수 집나가고 없는 사이에 벌써 두 번의 이사를 했다.

오랜 만에 만나는 가족들에게 그간 어떻게 살았냐는 말 한마디 없었다. 그간 아비 없이 훌쩍 커버린 아이들이라도 안아주고 그간 잘 있었냐는 말 한마디 없이 제 새끼들을 본 둥 만 둥 하고선, 오자마자 바둑판을 꺼내놓고 양승일하고 바둑만 두고 있으면서 하는 짓마다 미운 짓만 골라했다. 자기 손수 장식장에서 양주병을 꺼내놓고

"어이 장남이 엄마 양주 먹으려는데 안주가 없네, 안주 좀 가져오소."

"양주 안주를 뭘 갖다 줄 것이나 있소? 김치밖에 없는데!"

"김치라도 가져와! 모처럼 이 친구하고 술 한 잔 해야겠네." 하며 오자마자 귀찮게 했다. 가족들을 버리고 집 나간 지 2년 만에 본 박재수의 얼굴은 미안해하거나 부끄러운 모습은 찾아 볼 수가 없고 기름기가 자르르하고 유들유들 했다. 김 여사는 그의 얼굴을 보는 순간 소름이 끼치고 마음이 불안했다. 자기가 편하면 왔으랴? 틀림없이 무슨 속셈이 있을 것이다. 두 사람은 자정이 넘도

록 바둑만 두다가 한다는 소리

"어이 장남이 엄마 양승일이 간다네." 손님이 간다는데 가만 앉아있을 수가 없어서 나가보니 양승일은 해남 옥돌, 김 여사가 평생 아끼며 보관했던 희귀석, 몇 대를 이어 내려온 가보인데 그것을 김 여사 허락 없이 가져가겠다고 양승일이 끙끙 대며 들고 나오는 것이 아닌가?

"왜 그것을 들고 나와요?"

"승일이가 이것이 갖고 싶다네."

"안돼요. 그것이 어떤 물건인데 당신 만대로 남에게 줘요? 안됩니다. 차라리 내 방에 있는 자개장을 가져가시오. 그것을 달라면 주겠소. 내 장롱은 지금 팔아도 100만원은 넘게 받을 거요. 이것은 절대 못 가져가요." 김 여사는 그 무거운 희귀 석을 뺏으려 해도 검신 남자 둘이서 하나는 들고 나가고, 하나는 말리고 하니 도저히 뺏을 재주가 없었다.

"양승일이 허 백련 병풍을 대신 준다네. 그냥 놔두소. 뭘 이런 것 가지고 그래 창피하게!"

"나 그런 것 필요 없어요. 그것이 어떤 물건인데 내 허락도 없이 당신 맘대로 남에게 줘요?! 당신은 양승일하고 무슨 관계 간디 양승이라면 사족을 못 쓰고 나에게 피해만 입혀요? 주월 동 집 살 때도 중도금 주려고 빚내다 놓으니 그것을 기어코 양승일 빌려주라고 해서 억지로 빌려주게 해놓고 이제까지 그 돈도 안받아오고 또 내 귀한 보물을 그 인간에게 줘요? 당신은 양승일이가 달라면 마누라도 줄판인가?! 당신 눈으로 우리 사는 것 봤지요? 빨리 가서 양 승일에게 돈 받아오고 보물석도 가져와요! 그것으로 방이라도 좀 좋은 데로 얻게, 내가 해마다 사글세방을 얻으러 다닐 때 그거라도 팔아서 전세금을 마련할까하다가 우리 집 대대로 내려온 보물이라서 안 팔고 보관했는데 그런 귀중한 가보를 나하고 상의 한마디 없이 당신 맘대로 양승일에게 줘요?! 당장 찾아와요!! 모처럼 장만한 집을 당신 맘대로 팔아서 땅 밑에 집어넣고 그간 우리가 몇 년째 이 고생을 하고 산 줄 알아요? 그간 목포에서 월급 받아다가 우리 아이들에게 양육비 한 푼이나 줘 봤소? 이혼할 때 당신이 나에게 위자료 못주니 애들 양육권은 당신이 가져가기로 해 놓고 자기몸뚱이만 나가서 그간 애들하고 나하고 어떻게 살았는지 알기나해요?!" 박재수가 나타난 시간부터 불안했었는데 결국 오자마자 이런 일이 벌어지고 말았다. 그들은 만나자마자 또 싸웠다. 개꼬리 삼년 묻어놓아도 여우꼬리 안 된다더니 역시 박재수는 변하지 않았다. 그 파렴치함, 뻔뻔함, 후안무치함이 하나도 변하지 않았다. 아빠의 부재중에 아이들이 남에게 멸시를 받은 것이 맘 아파서 그래도 허수아비라도 아비의 존재를 두고 싶어서 박재수를 찾아갔다가 포기하고 돌아왔던 김여사다. (역시 너하고는 안 되는 내 인생인걸, 공연히 헛 기대를 걸었던 내 자신이 부끄럽다.)

어느 날 복덕방 아저씨가 일부러 김여사를 찾아와서 하는 말.

"사모님 전에 사모님 집에 있었던 희귀 석 지금도 갖고 계십니까?"

"갑자기 그 물건은 왜 물으십니까?"

"서울 우리 사촌 형이 골동품 상회를 하는데 집안에 무슨 일이 있어서 내가 얼마 전에 그 집을 가게 됐어요. 근데 그 집에 있는 희귀석이 꼭 사모님 것하고 똑 같이 생겼더라고요. 그래서 물어 본 것입니다. 혹시 생활이 곤란해서 파셨습니까?"

"아니 나 판적 없어요."

"그럼 집에 있습니까?"

"없어요. 도적맞았어요."

"예?! 누가 훔쳐다가 그곳에 팔았을까요? 어쩐지 사모님네 것하고 똑같다했지요. 내 눈썰미가 보통이 아니거든요. 정 억울해서 찾으시겠다면 이곳에 연락을 해서 찾으십시오. 그것이 얼마나 귀한 것인데……"하며 복덕방 아저씨는 주소와 전화번호를 적어주며 수사해서 찾으라고 강권했다.

"가만두세요. 내 집에 있어봤자 그것이 빛이 납니까? 있을 곳으로 갔으니 더욱 귀티를 뽐내고 있겠네요." 김여사는 그래도 사는 날 까지는 자기 남편을 남에게 불량스런 인간으로 말하기 싫어서 도둑맞았다고 해 버렸다.

그간 박재수는 목포에서 여러 여자들과 스캔들을 가지면서 많은 빚을 졌을 것이다. 쪽 제비도 낯짝이 있더라고 김여사에게 돈 내놓으라고 억지를 부릴 수도 없으니 그 것을 빼다 팔아먹기 위해 양승일을 데리고 와서 그런 짓을 벌린 것이다. (소 등에 붙은 진드기보다 더 징그러운 인간) 김여사는 박재수의 존재를 생각하면 할수록 소름이 돋았다. 남편에 대한 존경심이 있나. 믿음이 있나, 사랑이 있나, 몇 년간 조용했던 김여사의 가정이 박재수의등장으로 인해 또 다시 과거가 회상되어 머리에 쥐가 나고 현기증이 날 정도다.

김여사는 눈만 감으면 그 수석이 눈에 어른거렸다. 그리고 꿈에서까지 선명하게 보였다. 자기 몸에서 난 찬란한 빛이 어두움을 스스로 밝히고 있었다.

김여사는 경제적으로 아무리 어려움을 당해도 곁에 친구들이 김여사의 본마음을 잘 알기 때문에 자진해서 돈을 빌려주던 친구들도 하나하나 멀어져가고 있었다. 신용이 재산이라고 박재수가 그간 너무도 김여사를 곤궁에 빠지게 했던 관계로 빌린 돈도 약속을 어기게 되니 그럴 수밖에 없었다.

15. 빈곤이 극에 달하다

82년도 주월동 695-6번지 봉주 초등학교 뒤로 이사를 했다. 집 팔고나서 이 집이 네 번째 월세집이다. 싼 집만 찾다보니 교통도 불편하고 집 구조도 이상해서 살기가 매우 불편한 집이다. 전에 살던 사람이 집세를 안주고 오랫동안 묵혀둔 집이라 수리도 안하고 엉망이었지만 내 집 없는 사람이 그런저런 조건 따질 형편이 못되니 그런 집이라도 이삿짐을 끄집어 들여놓고 살았다. 그런 집에서도 겨울에 연탄불조차 피울 처지가 못 되니 석유곤로 에다 겨우 밥만 익혀먹고 민생고를 해결하며 하루하루 죽지 못해 살아가고 있다. 밤이면 아이들이 추워서 잠을 못 이루고 덜덜 떠니 두꺼운 이불을 있는 데로 꺼내 깔고 자니 아침에 일어나면 이불이 온통 습기가 차서 아이들이 겨우내 감기를 달고 살았다. 이토록 집 곤란을 당하고 살아도 박재수는 식구들 걱정은 안중에도 없다. 김여사는 친정의 힘을 입지 않고 죽을힘을 다해 여자의 몸으로 이 빈궁한 생활을 이끌어나가는 중이라 너무도 벅찼다. 오늘을 살고나면 내일은 어떻게 살 것인가 날마다 하루하루 살아갈 것이 걱정이었다.

16. 차남이 교통사고

　　김여사가 외출을 하고 돌아오니 동네 사람들이 야단이 났다.

　"차남이 엄마 어디 갔다 이제와요? 차남이가 신우아파트 앞 횡단보도에서 교통사고를 당했어요, 빨리 병원에 가보세요."

　"아이고 이게 무슨 소리?' 김여사는 택시를 잡아타고 차남이가 있다는 병원으로 달려갔다. 응급실을 뒤지니 차남이가 먼저보고 '엄마!'하고 불렀다. 차남이의 얼굴을 보니 여기저기 깎여나가고 손등이고 발이고 모두 피투성이에 살점들이 떨어져 나가서 차마 눈뜨고 볼 수 없는 참상이었다. 외할머니가 사준 잠바와 바지는 다 잘라 벗긴 몸이 흉해서 차마 눈뜨고 볼 수 없었다.

　"엄마 배가 매우 아파요." 김여사는 신음하는 차남이의 머리를 만져보니 얼굴이고 머리고 온갖 모래투성이다. 얼굴이 새까맣게 탄 남자가 김여사를 보더니.

　"사모님 죽을죄를 졌습니다. 용서해 주세요. 그날 내가 부부 쌈을 하고 화가 나서 빗길에 과속을 하다가 그만 으흐흑……." 그는 교통사고를 낸 택시운전자였다. 김여사가 처음으로 본 그 기사의 얼굴에 이상한 징후가 있어보였다. (당신이 오늘 운이 아주 나쁜 사람이라 당신이 죽을 운인데 우리 아이가 그 운을 받았구나.) 하는 느낌이 들었다. 그 곁에는 언제 왔는지 바바리코트를 어깨에 걸친 말쑥한 신사가 하는 말.

　"사고 낸 택시기사는 아무것도 가진 것 없으니 500만원에 합의 봅시다."하며 김여사 궁둥이를 따라다녔다. 아마도 보험회사 직원인 것 같다.

　"엄마 기사 아저씨 벌주지 마세요." 자기 몸이 만신창이어서 눈도 코도 못뜬 애가 기사아저씨 걱정을 하고 있는 것을 보고 의사선생님이

　"요놈 보소? 제 몸이 죽게 생겼는데 기사걱정 하네?' 기사 부인인 듯 한 뚱뚱하고 못생긴 여자가 우유 두 봉을 사가지고 와서 하는 말이

　"차남이가 공부를 그렇게 잘하고 착하다고 온 동네 소문이 났던데 아이 얼굴한번 보려고 찾아왔어요." 하는 것이다. 이들은 피해자의 동향을 살피려고 온 것이다. 김여사에게 사인을 받은 의사는 급하게 차남이를 데리고 수술

실로 들어갔다. 박재수에게 이런 상황을 알렸더니 박재수는 목포에서 마지못해 한번 슬쩍 와보고는 다음날부턴 전혀 오지 않았다. 그런데 보험회사 직원은 하루빨리 합의서만 받아내려고 김여사 궁둥이를 졸졸 따라다녔다.

"아이 아빠하고 상의해서 할 것이니 기다리세요."

"아이 아빠가 직업이 뭡니까?"

"교사입니다."

보험회사 직원은 박재수에 대해 주위의 여론을 수합해서 정보를 다 알아냈다. 그리고선 김여사를 몰랑하게 여기고 합의금을 형편없이 낮추었다.

"사모님 아이를 장기간 치료 하려면 빨리 합의해주고 돈을 받아야 치료할 것 아닙니까? 150만원에 합의 합시다."

"언제는 500만원에 합의보자 해놓고 150만원이라니요? 남편과 상의해서 할 테니 기다리세요."

"남편이란 사람은 이 아이에 대해 별 애정도 없고 관심을 갖지 않던데 과연 합의하러 올까요?"

"뭐요? 당신이 우리가정을 어찌 알아서 그딴 말을 하는 거요?"

"다 알지요. 정말 이 아이의 아비라면 자기 새끼가 교통사고를 당해서 사경을 헤맨다 해도 오지 않고 지금까지 있겠어요? 지금까지 남편의 행위를 보면 알만하지요. 남편이 오입질하고 바람피운 것도 다 원인이 있어서 그런 겁니다." 보통의 사람들 같으면 가족이 교통사고를 당했다면 물불 안 가리고 보상비를 많이 받아내려고 혈안이 되는데 이들 가족은 어떤 액션도 취하지 않으니깐 보험회사 직원은 이들 부부는 무슨 문제가 있구나하고 김여사가 사는 동네가서 이웃사람들을 통해 수많은 정보를 입수했고, 박재수하고도 긴 통화를 하고선 김여사를 완전 멸시하며 합의금을 형편없이 낮추어서 김여사를 조롱까지 했다.

"뭐요? 그럼 남편이 이 아이의 아비가 아니란 말인가요? 어디서 쓸데없는 소리를 듣고 그런 흉직한 소리를 해요?! 그딴 식으로 하면 당신 나한테 합의서 못 받지요."

차남이는 8개월 동안 치료받고 나아서 퇴원했다. 그 동안 박재수는 사고 난 첫날밤에 슬쩍 왔다가고는 그 뒤론 단한 번도 오지 않으니 보험회사 직원은 김여사의 입지가 약한 것을 약점 삼고 이제 합의금을 20만원으로 낮추어서 합의할 테면 하라고 배짱을 부렸다.

"당신네 형편을 보아하니 20만원도 큰 돈 인데 어서 이 돈이라도 받고 기사가 벌어먹고 살게 해주세요. 남편은 관심도 없던데 언제까지 남편과 상의해서 합의할 겁니까?"

"여보시오! 남의 지식을 그렇게 험하게 다치게 해서 이 애는 8개월 동안 병원생활 하느라 학교도 일 년을 꿀려야 할 형편인데 20만원에 합의보잔 말이 나와요? 아무리 형편이 곤란해도 자존심 상해서 그 돈 받고는 합의 못해주겠으니 차라리 그 돈을 법에다 써서 기사 죄나 덜게 하시오!" 김여사는 그간 치료비를 친정어머니가 다 대서 치료를 끝내고 나니 보험회사는 합의금을 형편없이 낮추어서 완전 개 무시하고 거저먹으려 든 것이 괘씸해서 합의를 절대 안 해주었다. 김여사가 끝내 합의를 안 해주니 보험회사는 박재수에게 연락하여 박재수에게 합의금을 주고 합의서 받아냈다. 보험회사 직원이 박재수하고 통화하면서 느낀 것은 차남이에게 관심이 없는 이유가 다른 남자 봐서 낳은 씨 다른 아이라는 뉘앙스를 풍기니 보험회사 직원은 옳다 꾸나 하고 형편없이 합의금을 낮추어서 김여사를 조롱까지 했던 것이다. 김여사와 보험회사 간에 합의가 안 이루어지도록 중간에서 농간을 부린 박재수는 결국 자기 새끼가 사고 나서 죽다 살아난 그 고통, 그 피 값을 박재수가 합의해주고 합의금 받아서 그 돈으로 내연녀와 유흥비로 쓰고 다녔다.

김여사는 생각할수록 박재수가 한심한 물건이었다. 처음에 500만원에 합의보자고 했을 때 합의해주고 나면 네가 뭔데 네 맘대로 합의해줬냐고 김여사를 죽이려 할 것이기 때문에 남편과 상의해서 한다니까 그는 박재수와 김여사의 삶을 뒷조사 한 결과 두 사람 사이가 좋지 않아 남자는 목포에서 살고 집에는 오지 않는다는 정보를 듣고 이들 부부는 틀림없이 문제 있는 부부라고 판단하고 거저먹으려 들었던 것이다. 박재수는 김여사 인생에서 단 한 가지 것도 도움이 안 되는 아주 갈고리 같은 인간이었다. 그런 모욕을 당하고 난 김여사는 방바닥을 치고 통곡을 했다. 차남이를 가질 때 정상적인 부부관계를 해서 생긴 것이 아니라 어쩌다 박재수가 술 먹고 실수한번 한 것이 임신이 되 버렸기 때문에 '저년은 이슬만 처먹어도 임신이 되는가보다. 내가 어쩌다 실수한

번 했는데 덜컥 임신을 하다니 참 히얀 한 년이다.' 라고 조롱했었다. 그래놓
고도 그 의심의 끈을 놓지 않고 트집거리가 없으면 차남이는 나를 안 닮았다
고 어떤 놈 새끼냐고 닦달해서 생물학적 검사를 하자는 말만 나오면 박재수가
꼬리 내렸었다. 자기 아이 일 것이 자명한데 사실이 밝혀지면 트집거리가 없
어져서 돈 뜯어 낼 때 김여사를 겁박할 무기가 없어져 버리기 때문이다. 그러
면서도 남들에겐 김여사가 부정을 해서 씨 다른 아이를 낳았기 때문에 자기가
가정을 등한시 하게 된다고 변명 아닌 변명을 하고 다닌 박재수다. 꼭 그렇게
나온다면 김여사도 박재수의 사생아가 누군가 발설해 버릴 용의도 있다. 그
비밀은 오직 김여사만이 알고 있는 집안에 일급비밀이다. 그 비밀이 누설되는
순간 박가네 집구석은 풍비박산이 될 것이다. 제수씨 몸에다 자기 씨를 넣어
놓고 동생의 자식인척 지금껏 키웠는데 만약 그 애가 큰아버지 씨라는 것이
밝혀진다면?(천사가 화나면 더 무섭다는 것을 보여줄까 말까?)

"김여사는 하루 종일 통곡을 하며 울어 봐도 별 뾰족한 수가 없었다. 김여사
가 하루만 집에 없어도 그 집구석은 당장 거지꼴이 될 건데 그렇게 되면 박재
수는 옳다구나 하고 더욱 김여사를 불륜 여로 중상모략 할 것이다. 살자니
소름이 끼치는 인간, 안살자니 네 아이들의 운명이 걸린 문젠데 이 일을 어찌
할꼬 하고 밤새도록 울어도 해결이 나지 않았다. 그 뒤로 박재수는 몇 달
만에 집에 왔다. 차남이 교통사고 난 것 어떻게 해결했느냐고 묻지도 않고
자리에 누어버렸다. 박재수는 온다간다 말 한마디 없이 또 나가더니 갑자기
전화로 알려주는 소리

"어이 나 윤금숙 선생 하고 제주도 갔다 왔네. 얼마 전에는 진해 벚꽃구경도
같이 갔다 왔네."

"누굴 약 올리려고 그런 것을 일부러 나한테 알려 주요? 도대체 그런 의도
가 뭘까? 다른 남자들은 바람피우고 못된 짓 하면 마누라가 행여 알까봐 숨긴
다는데 당신은 일부러 나에게 알려주는 의도가 뭐냐고?!"

"아니 그냥 흐흐흐……."

"사모님 방금 박 선생하고 어떤 여자하고 수복장으로 들어갔으니 빨리 가
서 잡으세요."

"네 그래요? 고맙습니다." 하고는 김여사는 행동하지 않았다. 잡으면 뭐 할

건가? 원래 그렇게 자유분방하게 남의 체면 살피지 않고 오직 자기 위주로 사는 박재순데 찾아가면 불륜 여 앞에서 자기를 발로 차고, 때리고, 온갖 욕설로 포악질 할 것이 뻔 한데 자기발로 찾아가서 그런 수모를 당하기 싫었다. 다만 박재수를 내 놓은 개 취급할 뿐이다.

17. 박사과정 밟게 해 달라

박재수는 목포로 간지 3년 만에 다시 광주로 왔다. 오자마자 김 여사를 졸랐다.

"나 아무리 생각해도 박사과정을 밟아야 겠다. 자네가 협조해서 박사과정 밟게 해 주라."

"뭐라고?!! 어떻게 네 입에서 그런 말이 또 나오냐?! 양심이 있으면 생각해 봐라. 네가 그동안 가정을 돌봤냐, 남편 역할을 했냐? 가정을 저버린 체 네 멋대로 살고 나한테 또 그딴 소리를 하냐? 참 낯바닥이 뻔뻔해도 유만 분수지 어떻게 네 입에서 그런 소리가 나오냐? 다음 달이면 집을 옮겨야 하는데 방값도 없다. 우리 친정은 너 때문에 빚더미에 올라있는데 거기다 대고 더 말 못한다."

"박사 되면 아이들 넷 다 박사 만들겠다. 한번만 도와다오."

"지키지도 못할 약속 그만해라. 순 악질 파렴치한 같으니라고! 그동안 천지 여자들 데리고 내 못 할일을 얼마나 시켰냐? 가정도 모르는 뻔뻔한 인간이 또 무슨 꿍꿍이 속인지 모르겠다."

"앞으론 절대 그런 일 없을 것이다. 이번만 도와다오."

"우리 친정에서 지난 10년 동안, 대학 4년, 전대 석사과정 2년, 조대 석사과정2년, 원광대 석사과정 한다고 또 2년 해서 10년 동안에 니 밑에 집어넣느라 H 군내에 있는 그 좋은 집도 팔고, 시골에 논도 얼마를 팔아 댄 줄 알기나해? 그리고 너는 월급 받아 집에 한 푼도 안주면서 날마다 나한테 돈 안 뜯어간 날 없이 뜯어다가 바람피우고 네 멋대로 즐기고 산 사람이다. 전대 석사과정을 마치도록 돈을 다 대주었으니 졸업식 때 엄마랑 같이 가서 석사모 쓰고 사진한판 찍자고 했을 때 너는 그날 졸업식에 가지 않겠다고 방 가운데 쪽 뻗어 버렸지? 석사과정 공부한다고 돈은 뜯어다가 엉뚱한데 쓰고 공부는 하지 않았다는 것을 그날 알게 됐다. 조대 석사과정도 마찬가지였다. 그럴 때마다 우리 부모 뵐 면목이 없었는데 무슨 염치로 네 입에서 또 박사과정을 하겠다고 하냐? 그런 식으로 우리 부모 돈을 빼 먹고 또 원광대 석사과정까지 해서 겨우 석사 학위 얻었다. 석사학위 받는 데만 6년이나 걸렸는데 또 박사과정을 하겠다고? 이제부턴 느그 집에 가서 돈 달라고 해서 하든지, 네 월급 받은 것으로 하든지 너 알아서 하고 다시는 나한테 손 벌리지 마라." 김여사가 개발에 똥 털 듯이 탈탈 터니 박재수는 슬그머니 김 여사 손에 무언가 쥐어주면서.

"이것 팔아오게."

"뭔데? 팔든가 사든가 당신이 알아서 해!" 하며 뿌리치는 김 여사 손에 기어코 쥐어주어서 열어보니 금비녀하고 금반지였다. 마랭이 댁 회갑 때 김 여사가 어렵게 해준 패물들이다. 그 패물을 보니 그때 일이 주마등처럼 휙휙 지나가면서 그때의 분함이 되살아났다.

"팔려거든 당신이 팔아 쓰라고! 왜 나한테 팔아달라고 해?!! 내가 이걸 팔게 되면 당신 어머니는 또 당신네 형제간이나 친척들한테 며느리 년이 시 어매 패물까지 팔아먹었다고 더러운 소문을 내고 다닐걸? 사실 그때도 난 이 패물 할 때 얼마나 어렵게 한 줄 알기나해? 당신이 명색이 고등학교 선생이라고 기대를 크게 할 건데 아무것도 안 해가면 공연히 나만 미워 할 것 아니어? 그래서 내 목걸이하고 아이들 반지까지 합해서 금비녀 10돈하고 쌍 반지 닷 돈 하고, 호박반지까지 한 세트를 해서 가져갔는데 그것도 당신이 돈 줘서 한 줄 알고 그렇게 당당하게 당신 자랑만 했지 내 공로는 누가 인정이나 해주더냐? 거기다 대고 당신은 그날 산아제한 문제로 그 많은 사람들 앞에서 내 신체를 공중에다 넌셔서 방바닥에 떨어져서 죽게 된 사람을 네 발로 내 갈비뼈를 밟아 사경을 헤매게 했다. 그때 느그 어매가 하는 소리 다 들었다. '이럴 때는 아무리 싫어도 좋아하는 척이라도 해주라'고 하니 너는 다 죽어가는 나를 병원에도 안 데려가고 내 치마를 걷고 뒤에서 미친 짓해서 생긴 것이 막둥이 딸이다. 그때 일을 생각하면 내가 피를 토하고 죽을 지경이다. 그런 억울한 일을 당한 나에게 아직까지 느그 식구나 너는 나한테 사과한마디 하지 않은 것들이다. 그런 파렴치하고 사악한 것들 인줄 다 아는데 또 뭐? 박사과정? 하늘이 두렵지 않냐?!!"

"나는 꼭 박사과정을 밟고 싶다. 마지막 부탁이다. 나는 수업이 있어서 못 가니 자네가 가서 해라. 접수마감 날 넘기지 말아다오. 부탁이다." 박재수는 언제나 자기가 하고 싶은 일은 일방통행이다. 목포에서 올라와 조대 시간제 강사로 뛰고 있었다. 그날까지 집에 월급 한 푼 갖다 주지 않고 온갖 잡질 다하며 제멋대로 살아놓고 그런 돈도 없었는지 박사과정 등록금을 이런 식으로 해서 시작하려는 박재수의 셈법이다. 이것도 자기 엄마하고 사전에 조율이 다 되었기에 이런 쇼를 한 것이다. 김여사는 박재수의 속셈을 이미 다 읽고 속으로 고민하고 있는데.

"등록금은 냈는가?"

"아직 못했소. 그렇게 급 하면 당신이 이것 팔아다 등록하든가!"

"빨리 해야 한다고! 시간 늦으면 안 된다고 말했잖아?!"

"당신은 뭐든지 일방통행인건 여전하네? 왜 이것을 꼭 내손으로 팔게 하는지 모르겠네? 나 몸이 안 좋아 못 움직이겠는데 어쩌지?"

"시간 없어 빨리 가서 접수하라고!" 박재수는 또 일방적으로 자기 할 말만하고 끊어버렸다. 김여사는 눈물을 머금고 패물을 들고 금방으로 가서 처분하고 모자란 것은 또 친정어머니한테 가서 사정했다.

"박 서방이 기어코 박사과정을 밟게 해달라고 사정을 해서 이기들 못하고 또 왔네요. 엄마 염치가 없지만 박 서방 이길 자신이 없어서…."

"그래 박 서방은 누가 뭐래도 그는 내 아들이다. 아들이 공부하겠다는데 도와줘야하지 않겠냐?" 하고 신 여사는 부족한 돈을 선뜻 내 주었다. 김 여사는 이리 원광대 서무과에 가서 접수하고 나오면서 아는 교수를 만났다.

"사모님 어쩐 일로 여기까지 오셨습니까?"

"애기 아빠가 박사과정을 기어코 밟겠다고 해서 접수하고 가는 중입니다."

"그렇군요. 박재수 선생은 사모님 덕으로 출세와 명예를 한꺼번에 거머쥐게 됐습니다. 대단히 훌륭하십니다." 칭찬을 들었지만 김여사는 속으로 울화통이 터질 것 만 같았다. 박재수의 인성을 너무 잘 알기 때문이다. 이제 시작이니 앞으로 몇 년을 이런 공 없는 일에 시달려야 할지 눈앞이 캄캄했다. 이리에서 차를 타고 돌아오는 길에 김여사는 차창 밖을 내다보고 집에 도착할 때까지 하염없이 눈물을 흘리면서 왔다. 박재수가 며칠 전에 윤금숙과 연애하고 다닌 사실을 노골적으로 김여사에게 알려준 것은 박사과정을 밟겠다고 결심한 이상 네가 이 일에 협조하지 않으면 너는 나에게서 버림받을 수밖에 없을 것이라는 암시를 주기 위해 나름대로 잔머리 굴렸던 것이다.

마랭이 댁은 예상했던 대로 신 여사 가게를 쫓아가서 자기 양심 내비치는 소리를 해서 장마당을 활딱 뒤집었다.

"x 아프게 자식 낳아 키웠더니 사돈네하고 며느리 좋은 일만 시켰소! 당신은 살림도 못한 딸을 x만 키워서 시집보내서 내 애간장을 이렇게나 녹이고도 양심도 없소?! 사돈 딸이 내 금비녀와 반지를 빼다 팔아먹은 년이다요!! 내 아들한테 무엇을 해 줬간디 내 패물까지 뺏어다 팔아먹은 년이라고요!!" 시장 바닥에서 앞뒤 모르고 신여사에게 욕을 퍼붓는 마랭이 댁한테 사람들이 한마디씩 아니할 수 없었다.

"어이 지랄하고 자빠졌네! 순 양심도 없는 것들이 즈그 낯바닥에 침 뱉는 줄 모르고 장 가운데서 우세하고 자빠졌네! 불량해도 짝이나 있어야지 저런 것이 사람이여? 신여사 딸 여울 때 그 많던 축의금을 지들이 뭐라고 다 삼키고도 지금까지 말 한마디 없었다드만 먼 낯바닥으로 저럴까? 아이고 보배가 참말로 아깝다 아까워. 그때도 우리 모두가 신여사보고 그런 집에 결혼시키지 말라고 했잖아. 인간들이 아주 못된 것들이라고 모두가 말렸지만 딸 가진 죄인이라 어쩔 수 없이 결혼을 시켜놓고 여태까지 그 사위 뒷바라지만 하고 있는데 어디서 저런 말이 나오나 말이다!" 시장 사람들이 그 사정을 아는 사람이면 다들 한마디씩 아니할 수 없었다. 그렇게 입쌀을 맞고도 낯바닥에 철판을 깐 마랭이 댁이라 자기말만 떠들어대다가 누가 그녀의 말을 호응해주는 사람이 없으니 제풀에 거워서 퇴장했다. 시장사람들이 이런 상황을 김여사에게 전화로 알려줬다. 신여사에게서도 전화가 왔다.

"아가 네가 시어머니 패물을 갖다 팔아먹었냐?"

"박 서방이 박사과정 밟으려는데 돈이 없다고 이것이라도 팔아서 등록해주라고 사정을 해서 할 수 없이 팔아서 등록하는데 보태 쓴 것 엄마도 아시잖아요? 자기 깐에는 자기 집에서 돈을 못 얻고 어머니 패물을 받아온 것은 그들 나름대로 계산이 있어서 그랬을 거예요. 이번에 시어머님 하신 것 보면 모르겠어요? 자기들은 다 계산하고 일부러 패물을 내 손으로 팔게 한 것이었다고요."

"그런 일이 있었구나, 난 또 뭐라고, 네가 얼마나 어려우면 시어머니 패물을 훔쳐다 팔아 썼나 싶어서 물어본 것이다. 나중에 느그 형편이 풀리면 네가 다시 해드려라. 시어머니 죽기 전에 말이다."

"예 엄마 그럴게요. 그 패물도 시어머니 회갑 때 박 서방은 돈 없다고 하지 말라했어도 내게 있는 금과 애들 반지까지 전부 합해서 해 드린 거예요. 그런데 그렇게 파렴치한 짓을 하셨군요. 그러나 하도 사정해서 내가 등록을 하긴 했어도 앞으로가 문제네요. 박 서방 박사과정 마칠 때까지 또 땅을 얼마를 팔아대야 할지 눈앞이 캄캄합니다." 보배의 말을 들은 신여사는 한숨만 쉬더니

"그래 애비는 누가 뭐래도 내 아들이다. 내 아들이라고 생각하고 10년 넘게 학자금 대줬지 않니? 박사과정은 그리 길지 않겠지?"

"엄마 고마워요. 흑흑흑…."

그 후로도 신여사는 학기 때마다 사위 학자금을 미리서 준비해놓고 행여나 사돈네가 관심이나 갖고 있나 보려고 .

"사돈, 이번에 제가 학자금을 준비했지만 조금 모자랍니다. 사돈께서 조금만 보태주시면 되겠습니다."하고 조금 모자란 금액을 채워서 주려나하고 준비된 돈을 갖다 줘도 마감 날까지 아무소리가 없으면 신여사가 찾아가서 동정을 살펴본다. 마랭이 댁은 신여사가 갈 때까지 한 푼도 보태지 않고 그대로 내주기만 했다. 그럼 할 수없이 신여사가 채워 내곤 했다. 박사과정 3년 동안 그토록 어렵게 처가에서 돈을 대 줬는데 논문에 떨어져서 학위취득을 못해서 할 수없이 일 년을 더 해서 그 다음해에 학위취득을 했다. 박사과정을 5년 걸려서 학위를 받기까지 신여사가 물심양면으로 불철주야 노력해준 돈으로 결코 자기 욕심 다 채운 박재수다. 돈을 대다 안 되겠으니 신 여사가 광주에 있는 중앙화방에 가정부로 들어가서 거기서 받은 보수를 한 푼도 안 쓰고 고스란히 박재수 학비를 대서 마무리를 해 주고는 신여사는 경기도로 거처를 옮겼다. 그래서 박재수는 완전 히 처갓집 덕으로 모든 학문 과정을 다 마치고 조선대

학교 정식교수가 되었다. 박사학위를 받고나니 박재수 집에서는 오직 박재수가 잘나서 그런 양

"우리 시아제는 정말로 대한민국에서는 제일 똑똑한 사람이라고, 어쩌면 그렇게 영어로 논문을 잘 썼는지 몰라" 무식한 홍당무가 논문 내용을 알 턱이 없고, 영문으로 써 있는 글자 모양만 보고 입에 침을 튀기며 자랑했다.

"훌륭하기는 뭐가 훌륭하다고 그래요? 딱 보니 표절한곳이 많던데요?"

"자네가 그걸 어떻게 아는가?"

"보면 몰라요? 지난 4년간 공부는 안하고 박사과정 밟는다고 우리 친정 돈만 뜯어다가 쓰고 공부는 안했는지 여기저기서 짜깁기한 표절이 몇 군데 보였다고요."

18. 집 팔아서 산 땅 사건

공동명의로 산 땅의 등기를 박재수는 뺏어갈 구실을 만들었다.

"선생님이 돌아가셨으니 사모님에게 등기권리증을 줘야한다. 빨리 내놓아라." 이 성현 교장은 박재수가 H 중,고등 학교 다닐 때 스승이다. 그 선생 꼬임에 넘어 김 수남 선생하고 이성현하고 박재수, 또 한사람과 네 명이서 공동명의로 산 땅이다. 그런데 이성현이 죽었고, 김수남은 미국으로 들어가 버렸고, 또 한사람은 장옥재와 가까운 사람이니 박재수만 잘 요리하면 그 땅 권리행사를 몽땅 자기가 하게 생겼으니 이성현 교장 부인 장옥재란 여자가 박재수를 꼬였다는 생각이 들었다.

"선생님이 돌아가셨다고 왜 그 등기를 사모님한테 줘야 해요? 공동명의로 했으니 각자 등기권리증을 소유하고 매매가 될 때까지 소유권을 주장해야지요."

"잔소리 말고 빨리 주라면 주라! 선생님이 돌아가셨다잖아?! 이 인정머리 없는 년아! 나 지금 조문하고 온다."

"아무리 선생님이 돌아가셨다고 해도 등기를 사모님한테 몽땅 다줘버릴 이유가 없는데 누굴 바보로 아나? 못줘!"

"빨리 주라고 했다?! 니년은 언제나 내가 무슨 일을 하려고하면 항상 앞을 가로막아서 나를 병신 만든 년이란 걸 알아야 해! 이 나쁜 년아, 내가 그래서 너를 싫어하는 거야!"

"적반하장도 유만 분수지. 당신이 언제라고 가정을 위해서 가장다운 짓을 단 한번이라도 한적 있었는가? 그 땅 살 때 내가 그렇게 말렸어도 기어코 일을 저질러놓아서 지금까지 건 10년 동안 이 새끼들 끌고 남의 집 사글세 살면서 고생시킨 것은 생각이나 해봤소? 그래놓고 당신은 목포로 혼자 몸뚱이만 빠져나가서 당신 혼자 즐기고 살 때 나는 새끼들 데리고 사글세방만 쫓아다니며 사니 아이들끼리 싸운 일을 가지고 애비는 목포에서 선생 한다는데 바람나서 집에는 통 오지도 않는다는 소리를 듣고 우리를 무시하고 그놈 애비 놈이 우리 장남이와 차남이를 나없을 때 얼마나 두들겨 패서 동네여자들이 다 울고 난리가 난 것도 모르지요? 그때 우리 아이들이 그 미치광이한테 맞아서 그렇게 공부 잘한 애가 갑자기 성적이 떨어지고 머리가 아파서 얼마나 고생을 한줄 알기나 해요? 이게 다 당신의 무능함 때문에 우리가족들이 그토록 남에게 멸시당하며 살았는데 뭐? 무슨 일만 하려면 내가 가로막아서 싫다고? 참 하늘 무서운 줄 모르고 말을 잘도 갖다 붙인다!"

"그래서 못주겠다 이거야? 니년은 그래서 나한테 안 맞을 일도 니년 주둥이로 벌어서 맞는다고 이 xx년아! 사내새끼 자존심도 생각해야지 무슨 놈의 잔소리가 그렇게도 많냐?!" 박재수는 변명이 궁하면 무조건 폭력을 행사한자. 손에 잡힌 대로 물건을 집어던지고, 발길질과 주먹으로 김여사를 구타했다. 폭력에 못 견디고 김여사는 결국 등기권리증을 내주고 말았다. 박재수의 수법을 알고 있는 김여사는 그 땅은 처음부터 박재수에게 사기당한 것이니 아예 포기 해 버릴 작정으로 줘 버린 것이다. 그런데 며칠 있다가 박재수가 뜬금없이 백만 원짜리 수표를 한 장 던져주며

"이것 가지고 맘대로 써라."하고 선심 쓴 척 했다.

"이 돈이 무슨 돈인데 당신 입으로 그런 소리를 해요?"

"땅 계약금 받은 것이다."

"얼마에 팔았는데요?"

"400만원에 겨우 팔았다."

"뭐요?!!그 땅에 들어간 원금만 해도 그때 십년 전에 1,000만원이 다 되었는데 겨우 400만원에 팔았단 말이요?"

"그렇다면 그런 줄 알어!" 그 말만 던져놓고 박재수는 횡 나가버렸다. 김여사는 아무래도 수상해서 그 수표를 자세히 들여다보니 수표 뒷면에 전화번호가 있어서 그 수표 발행인이 누군가 추적을 해 보았다. 그랬더니 젊은 여자가 받았다.

"나는 박교수 안 식구인데요 혹시 전화 받으시는 이가 누구신가요?"

"여기는 충장로 ○○금방인데요, 왜 그러세요?"

"혹시 여사님께서 수표 발행해서 박재수 교수한테 준일 있어요?"

"네 그런데요?"

"그 수표는 무슨 이유로 우리 집 양반한테 줬어요?"

"교수님이 말씀 안하시던가요? 내가 그런 것 아니고 난 시어머님이 시킨데로 한 것뿐입니다."

"시어머님이 뭐라고 하셨는데요?" 금방 여자는 말을 자신 있게 못하고 상당히 당황한 사람처럼 얼버무렸다.

"어머님 친구 분들이 거의혼자사시는 분들인데 어머님이 아시는 분이라고 저한테 부탁을 해서 제 명의로 수표를 발행한 것뿐입니다."

"그럼 혹시 어머님 친구 분이 장옥재입니까?"

"그런데요? 어떻게 그분 이름을 아시나요?"

"그 분에 대해서 좀 압니다. 근데 그 땅을 얼마에 팔았답니까?"

"그것은 잘 모르고요. 난 어머님이 끊으라는 수표만 끊어서 드렸을 뿐입니다."

"알았습니다." 김여사는 이제야 감이 왔다. 얼마 전에 박재수 스승님이 돌아가셨다고 김여사에게 기어코 등기권리증을 뺏어간 것은 장옥재 농간에 넘어간 것이 분명했다. 다시 그 땅을 찾아서 정당한 가격을 받고 팔아야 한다. 김여사는 자기 친구들을 동원했다. 그리고 그 땅을 되찾을 방법을 모색했다. 그랬더니 한 친구가 나서서 자기가 그 땅을 되사겠다고 했다. 그래서 장옥재 전화번호를 알아내서 그녀에게 전화를 했다. 그녀는 김여사의 전화 내용을 자세히 듣지도 않고 욕부터 했다.

"사모님 저 박재수 안식구입니다."

"그래서?"

"그래서라니요? 우리 집 양반하고 땅 거래 한 것 때문에 그런데요. 난 그 땅을 그 가격에 팔수가 없습니다. 내가 그 땅 때문에 새끼들 끌고 다니며 남의 사글세방에서 얼마나 피눈물 난 고생을 했는데 그때 원금 반도 안 되는 400만원에 팔았다니 기가 막혀서 그럽니다."

"야 이 싸가지 없는 년아! 너 같은 년이 있어서 이세상이 시끄러운 거야! 그 땅을 네 남편 돈으로 샀지 네 돈으로 샀냐?! 남편 것이니 남편이 맘대로 팔았는데 왜 네깐 년이 함부로 주둥이 놀리냐? 이 문둥이 용천할 년 같으니라고! 네 년이 그렇게 못된 년이라 남편 출세를 막았다면서?"

"여보시오! 무슨 말을 그따위로 해요? 그 땅이 어떤 땅인데 당신이 통째로 먹으려고 그딴 수작을 했는지 한번 해볼까요?"

"어이 문중이 용천 할 년, 순 갈보 같은 년이 지랄하고 자빠졌네! 할 테면 해봐라 누가 네깐 년 무서워 할 줄 알고?!" 장옥재는 김여사가 전화만하면 욕부터 시작해서 욕으로 김여사기를 제압하려 했다. 그런 일이 있고나서 어떤 남자한테서 전화가 왔다.

"여보세요? 나 장옥재 동생 되는 사람인데 여사님을 한번 만나야겠소!"

"그럽시다." 그 남자와 김여사가 모 다방에서 만났다.

"도대체 여사님과 우리 누님이 무슨 관곈데 그렇게 서로 못 잡아먹어서 안달이요?!" 그 남자는 김여사를 혼내주려는 듯 험악한 인상을 하며 따졌다.

"무조건 성질부터 낼게 아니라 내 말을 듣고 성질을 내든가 하세요."

"어디한번 들어나 봅시다."

"우리 집 양반이 나하고 타협도안하고 이성현 선생님 꼬임에 넘어서 우리는 형편도 안 되는데 그 땅을 계약했다는 연락을 받고 충격을 받아 내가 죽다 살아난 사람이고, 그 땅 때문에 우리 살던 집을 팔아서 그때 당시 땅값으로 천만 원 가까운 돈이 들어갔는데 십년 후에 팔았다고 나한테 백만 원짜리 수표 한 장만 던져줘서 그 수표를 추적해 보니 댁의 누나 친구 며느리를 시켜서 수표발행을 했더군요. 그래서 너무 억울해서 그 땅을 되사겠다고 했어요. 난 사실 그 땅 때문에 많은 아이들 데리고 남편의 도움 없이, 집도 없이 지난

10년 동안 고생한 것 생각하면 정말로 피눈물 나는 세상을 살았는데 그 땅을 댁의 누님이란분이 우리 집 양반을 꼬드겨서 단돈 400만원에 거저 뺏다시피 했는데 내가 가만있겠어요?"

"일이 그렇게 됐군요. 나는 또 우리 누님 말만 듣고 여사님이 아주 나쁜 여자인줄알고 혼내주려고 왔어요. 나 저기 월산 초등학교 선생입니다. 알고 보니 우리누님이 아주 잘못했군요. 죄송하게 됐습니다. 우리 누님한테 인간적으로 잘 처리하도록 말씀드리겠습니다."

"댁의 누님이 나한테 그렇게 악랄한 소리를 한 것은 우리 집 양반이 나를 얼마나 험악하게 악선전을 했으면 그랬겠습니까? 누님 나무라지 마시고 좋은 말로 서로 간에 손해 없게 하자고 말해주십시오."

"당연히 그래야지요. 알고 보니 여사님은 너무 정직하고 좋으신 분 같은데 아마도 우리 누님도 남의 말을 잘 못 듣고 그런 것 같습니다. 죄송하게 됐습니다."

"내 속을 알아주니 다행입니다." 그 남자는 혹 떼러 갔다 혹 붙이고 온 격이 돼 버렸다. 장옥재가 그 땅을 헐값에 뺏으려고 박재수를 얼마나 구워삶으며, 같이 입 섞어서 김여사를 천하에 나쁜 사람을 만들어놓고 박재수 그 어리석은 인간이 과부복부인들 틈새에 끼어 장옥재의 꼬임에 넘어서 그 모자란 짓을 하게 되었다는 것이 한 눈에 답이 나왔다. 그 후로 김여사는 친구들을 동원해서 그 땅의 권리를 되찾는데 우여곡절이 많았다. 권리를 되찾아 친구에게 1,400만원에 팔았다. 그 땅값을 박재수가 받은 돈 재하고 나니 1000여 만 원이 남았다. 그 돈을 박재수 앞에 내놓으며.

"이 돈은 호랑이 아구빨에 들어간 돈을 내 억척으로 뺏어온 돈이다. 그때 10년 전에 1000만원이 다 된 돈을 처박아서 십년 만에 이것이 무슨 짓거리냐? 그랬어도 당신이 잘했다고 내 앞에서 큰소리치며 나를 욕할 자격 있어? 뭐? 당신이 무슨 일만 하려면 내가 가로막아서 나를 미워한다고요? 당신은 나한테는 큰소리치고 온갖 악행을 다하면서 장옥재란 여자에게 완전 사기 당했던 등신 중에 상등신이란 것 알기나해요? 내가 당신 목포에 있을 때 해마다 아이들 다섯을 데리고 허름한 사글세방만 찾아다니며 고생하는 것을 보고 저 밑에 복덕방 아저씨가 자기도 광산 김씨라고 하며 사모님 고생하는 것을 차마 눈으로 볼 수 없다면서 그때 자기가 교수님 말만 듣고 그 땅을 사게 했던 것이 되려 미안하게 되었다며 그 땅 중에 30평만 달라고 해라, 그러면 그곳에 내가 공짜로 집을 지어서 사모님 살게 해 주겠다고 해서 장옥재 찾아가서 무릎 꿇고 사정을 해도 들어주지도 않은 인간 순 사기꾼이란 것을 그때 알았는데 당신은 가족의 안위보다, 마누라 말보다 그런 사기꾼한테 매수되어 그것들에게 자기마누라 흉을 얼마나 봤으면 그 여자 입에서 그런 험악한 욕이 나왔을까요? 나보고 순 갈보 같은 년이란 말을 합디다." 박재수는 그간 자기가 한 짓이 차마 입에 못 담을 정도로 마누라 죽이기 했으니 김여사 말에 더 이상 토를 달 낯바닥이 없었다. 그 땅 전체가 아파트 단지로 들어가서 장옥재만 노다지 캤고 그 나머지는 모두가 죽 쓰고 말았다.

19. 마누라 죽이기 1

박재수는 모처럼 저녁 8시경에 들어와서 다짜고짜로 하는 말.

"오늘 어디 가서 돌아댕기다 집에는 늦게 들어왔어?!"

"어쩐지 오늘 일찍 들어왔다 했더니 나에게 시비 걸려고 일찍 들어왔소? 당신이 일찍 들어오는 날은 언제나 불안해, 꼭 사단을 내거든. 내가 갈 곳이 어디 있겠소? 웅이네 엄마하고 매장에 가서 싼 물건 사가지고 왔지."

"거짓말 하지 마! 니 년은 부정한 년인 줄 다 안다. 솔직히 말 못해?!" 박재수의 눈은 붉고 무서웠다. 붉은 눈알을 이리저리 굴리면서 마치 무슨 큰 죄인 다루듯 김여사를 족쳤다.

"기가 막혀 죽겠네. 네가 이날 평생을 남의 여자만 보고 다니느라 가정은 내 몰라라하고 마누라에게 관심도 없으면서 또 무슨 수작을 하려고 그러는 거야? 웅이 아빠가 공무원이라 공무원 매장카드 가져가면 물건을 싸게 살 수 있으니 웅이 엄마 따라서 나도 친구 덕에 물건 좀 싸게 사느라 매장 구경 좀 했는데 무슨 뚱딴지같은 소리를 해?"

"어디 산 물건 내놓아봐!"

"사고 싶은 것이 많지만 난 돈이 없어서 아이들 보온도시락 몇 개하고 애들 용품 몇 가지만 사가지고 일찍 들어왔는데 무슨 미친 소리를 해? 내 남편이 공무원이라도 나는 그런 혜택의 길이 있다는 것을 오늘에야 알았네." 박재수의 생질인 숙이가 벌써 전해준 것이다. 외출했다가 몇 시간 만에 들어왔다고 말이다. 그러니 박재수는 김여사의 흠을 잡으려는데 옳다구나 하고 그날은 일찍 들어와서 마누라를 족치는 것이다.

"웅이 엄마 전화번호 여기다 적어봐 내가 확인할거니까!"김여사는 웅이네 전화번호를 불러주었다. 그런데 박재수는 전화를 하려면 초저녁에 할 일이지 일부러 김여사를 심히 괴롭히고 시달리게 해놓고 밤 10시가 넘으니 그때 남의 집에 전화 걸어 확인 하겠다고 수화기를 들었다. 그러니 김여사가 수화기를 뺏으니

"왜? 어디 찔린 데 있냐? 왜 전화를 못하게 해? 니 년이 낮에 어떤 놈하고 놀다 들어온 것이 분명해! 어떤 놈이냐? 솔직히 말하면 내가 좋게 보내줄 터이니 빨리 말해!"

"에끼 미친놈! 너는 낮에도 남의 여자 건드리고 다니냐? 네가 그 짓을 한께 남의남자도 그런 줄 알고 생사람 잡을 소리를 하고 있어? 커나가는 애들 앞에서 못하는 소리가 없다."

"이년아 니가 떳떳한 짓을 했으면 왜 전화를 못하게 하냐고?!"

"하려거든 내일 해도 된다. 지금이 몇 시야? 이 시간에 남들은 다 잠들었을 건데 실례되게 하필 이 시간에 전화하겠다고 설치냐? 웅이 아빠가 얼마나 점잖은 분인데 이 시간에 전화하면 무슨 큰일이나 난 줄 알고 놀랠 것 아니오."

"하! 요년 봐라! 행여 니 년 불륜이 탄로날까봐 별 수작을 다부리네! 뭐? 웅이 아빠가 점잖은 분이라고? 언제부터 남의남편에게 관심이 많았냐?! 웅이네 한테 전화하면 니 년 행동거지를 대강 알 수 있다. 내가 통화하는 동안에 니 년 목소리만 나게 하면 너는 오늘저녁이 제삿날인줄 알어!" 박재수는 기어코 다이얼을 돌리려하고, 김여사는 결사적으로 못하게 하고, 밀치고, 닥치고, 두들겨 맞다가 김여사가 포기하고 말았다. 박재수는 기어코 다이얼을 돌렸다. 웅이 아빠가 받았다. 전화상으로는 아주 점잖은 척 훌륭한 인격자인 것처럼 가증스럽게 톤을 아주 낮추어서

"여보세요. 안녕하십니까? 저 장남이 아빠입니다."

"아 그러세요. 그런네 무슨 일로 이 시간에 전화하셨는가요?"

"전화상으로 이런 말씀 드리기가 참으로 부끄럽습니다만 혹시 우리 집사람 거기 왔습니까?"

"어이! 웅이 엄마! 장남이 엄마 오늘 우리 집에 오셨는가?"

"오후에 만나서 매장 가서 물건 좀 사가지고 일찍 들어갔는데?"

"우리 집 사람이 그러는데 매장 가서 물건 좀 사가지고 일찍 들어가셨다는데요?"

"그런데 아직까지 집에 들어오지 않았어요. 언제나 웅이 엄마 핑계대고 나가면 이렇게 늦게 들어오고 어떤 때는 자고 들어오고 그래요. 이러니 내가 살겠어요? 집에 와보니 애들 밥도 안 해주고 어디서 뭣을 하고 있겠어요?"

"그럴 분이 아닌데 금시초문입니다."

"남들은 다 그렇게 알아요. 그 여자 입으로 나를 천하에 몹쓸 놈 만들고 다니고 자기는 남들 보는 데선 요조숙녀처럼 행동을 하니 남들이 다 그렇게 알고 있다니까요? 그러니 내가 미치지 않겠어요? 웅이 엄마에게도 주의를 주세요. 앞으로 우리 집사람 가까이 하지 말라고요." 박재수와 웅이 아빠가 통화하는 소리를 듣고 김여사는 세상이 빙빙 돈 것 같았다. 자기가 버젓이 듣고 있는데도 생지무지한 거짓말로 불륜 여를 만드니 기절초풍할지경이다. (버젓이 나를 대놓고도 저러는데 나 없는 데서는 어찌했으랴, 시집 식구들에게도 저런 식으로 나를 매도했으니 시집식구들이 전부가 나를 천하에 몹쓸 사람 취급을 하고 나를 냉대했구나) 란 생각이 절로 들었다. 김여사는 80년도에 이혼하고 다시 산 것을 크게 후회했다. 그때 자기 생각을 냉정하게 굳혔어야 했는데 아이들 때문에 결단을 못 내리고, 또 박재수 농간에 속아서 박사과정까지 밟게 해주고 정식교수까지 만들어줬으니 자신의 어리석음을 또 한 번 한탄했다. 박재수는 요즘 들어 부쩍 김여사의 흠집을 만들려고 혈안이 된 것을 알 수 있다. 목포에서 몇 년 있는 동안에 윤금숙이란 여자와 스캔들을 가져 결혼까지 약속해 놓고 그동안 계획적으로 김여사를 구슬려서 박사과정을 밟는데 성공했으니 이제 무슨 구실을 만들어서라도 김여사를 내치려고 하는 것이 역력히 눈에 보였다.

뒷날 김여사는 웅이 엄마한테 사과하러 갔다. 웅이 엄마는 김여사를 냉대했다.

"어제 밤에 너 어디 갔었냐?!"

"너하고 헤어지고 곧바로 집으로 가서 애들 씻기고 청소하고 밥해서 다 먹여놓으니 그 인간이 헐레벌떡 들어와서 오자마자 나한테 시비를 걸더라. 꼭 누가 너와 내가 어제 매장에 갔던 것을 전해준 것 같았어."

"어제 밤에 장남이 아빠가 웅이 아빠한테 전화해서 별소리를 다했었다. 그러니 웅이 아빠가 너를 우리 집에 못 오게 하고 어울리지 말라고 해서 우린 싸웠단다."

"전화할 때 나 곁에 있었다. 그 인간이 웅이 아빠하고 통화하는 소리 다 들었다. 하늘이 무섭지도 않은가 내가 곁에 있는데도 그렇게 거짓말을 하고 있잖아? 내가 그 시간까지 집에 안 들어오고 어떤 때는 외박하고 들어온다고 하는 소리 말이다. 네 남편한테 나 조심하란소리까지 하더라."

"통화소리 다 들었구나? 그럼 소리를 지르지 그랬냐? 천하에 나쁜 놈이네! 어쩐지 웅이 아빠도 장남이 아빠를 안 좋게 생각하더라고, 밤 열시가 넘는데 남의 집에 전화해서 자기 마누라 흉보는 놈을 정상적인사람으로 보았겠냐? 그러니 우리 가정까지 피해 입을까봐 너를 상대하지 말라고 해서 화가 났다. 전화 끊고 나서 웅이 아빠가 기분이 나빠 한숨도 못자고 뜬눈으로 날 새고 아침에 출근하면서 '앞으로 장남이 엄마 상대도 말고 우리 집에 오지도 못하게 하라'고 재차 부탁해서 또 싸웠단다."

"그럴 것 같아서 내가 왔다. 너는 나 믿지?"

"그럼, 우리가 어제오늘안사이냐? 우리는 학창시절부터 안 사이지 않느냐? 그러니 누가 뭐래도 난 네가 팥으로 메주를 쑨 데도 믿는다. 걱정하지마라, 박재수 그놈만 몹쓸 사람 된 거지 뭐."

"고맙다. 앞으로 너에게 피해가지 않게 하고, 사과하려고 왔다. 미안해."

박재수는 그 뒤로도 김여사와 연관이 있는 사람들 전화번호를 다 따가지고 다니면서 시시때때로 여기저기 전화해서 김여사를 천하에 불륜 여 만들어놓은 것을 뒤늦게 알게 되었다. 박재수가 이러는 이유는 분명히 있을 것이다. 이제 김여사네 집에서 빨아먹을 만큼 빨아먹고 빈껍데기인 것을 알고 마누라

갈아타려고 그런다는 것을 느낌상 알았다. 박재수에게 또 속아서 지난 5년 동안 많은 재산을 팔아서 박사 만들어 놓은 것을 대단히 후회했다. 차라리 맞아죽는 한이 있어도 못한다고 딱 잡아뗄 것을…. 자식들 때문에 또 끌려가서 그 뒷바라지 다 해주고 또 당한 것을 생각하니 죽지도 못하고 너무 억울해서 밤새 얼마나 울었던지 베게가 촉촉이 젖었다.

친구 정옥이는 매일 아침 아이들 학교 보낸 후에 이웃 사람들을 모아놓고 화투치며 놀고 점심도 해먹고 이웃 간에 서로 화기애애하게 즐기며 살았다. 그러나 김여사는 항상 아이들 뒷바라지 하랴 보릿까시락 같은 박재수 조심하랴 생전 문밖에 나가서 노는 법이 없었다. 그날은 정옥이 친구가 자기 집으로 김여사를 기어코 불러냈다.

"아야, 집안일은 해도 해도 끝이 없는 것이다. 대강해놓고 놀아감서 해도 된다. 이렇게 사람들 모인 곳에 와서 놀기도 하고 화투도 배워서 즐겁게 보내자. 너는 항상 방콕 여사로 사니 누가 너를 알아주는 사람이 없잖아. 제발 세상눈을 뜨고 살아라."

"나는 화투 같은 것 알지도 못하는데 어찌 너랑 어울릴 수가 있냐?"

"너는 그때 당시 더 어려운 학문도 많이 배운 사람이 이까짓 화투하나 못 배우겠냐? 안 배우니 그렇지. 일단 손을 맞춰야 하니까 화토 나 잡아봐라 모르면 내가 갈케 줄게." 김여사는 친구의 권유에 못 이겨 화투를 받기는 했어도 난생 처음 만져본 화투짝이라 삼봉이 뭔지 고스톱이 뭔지 아무것도 모르는 사람한테 삼봉을 가르쳐준다고 떠들었다. 정옥이 남편 정섭이는 퇴근하면 자기 집에 온 사람들과 재밌게 지냈다. 정섭이는 박재수의 고향 친구이고 중학교 동창이다. 그날 정옥이 집에는 교장선생도 있었고. 영애 신랑이랑 교감 사모님도 있었다. 그곳에 모인 사람들이 모두가 한 말들.

"재수 선생도 오라고 해, 우리 여기 모두 모여서 논다고 전화해, 오늘밤은 부부 간에 모두 모여서 망년회 겸 재밌게 놀자."

"민이아빠 당신 친구 박재수도 오라고 전화해 봐요." 정옥이가 자기 남편을 시켜서 박재수를 오게 하려고 애를 썼다.

"재수야! 빨리 우리 집으로 온나, 여기 다들 모였다. 느그 마누라도 우리 집에 있다. 술 그만 먹고 빨리 온나이?" 정섭은 박재수가 언제나 단골로 가는 술집으로 전화를 했다. 그 전화를 받은 박재수는 모처럼 기회를 잡은 듯 옳거니 하고 집으로 달려왔다. 정섭은 진즉부터 박재수의 속셈을 알고 있는 듯 "재수 그놈이 그러면 안 되는데~" 하며 무언가 심상찮은 듯 말꼬리를 길게 뺐다. 시계를 보니 밤 11시였다. 김여사는 벌떡 일어나서 나오려하니 붙잡고 가지 말라고 했지만 기어코 뿌리치고 집으로 왔다. 현관문에 막 들어서니 박재수가 언제 왔는지 팔짱을 끼고 기다렸다는 듯이 김여사를 꼬나보며

"너 이년 그중에 어떤 놈 붙어먹고 이제 오냐?! 지금이 몇 신데 애들만 놔두고 여편네가 외간남자와 놀다 이제 들어오냐??!!" 박재수는 김여사의 머리채를 잡고 5층에서부터 밑에 놀이터까지 질질 끌고 내려와서 구둣발로 차고 밟고, 뺄수없이 때려 기절할 정도로 폭행을 가했다. 집안에서 싸우지 않고 일부러 남들 보라고 오밤중에 놀이터까지 끌고 나와서 고래고래 소리 지르며 남들에게 부정한 여인이라는 것을 알리기 위한 작전이다. 자기의 악행을 덮고 오직 김여사에게 올가미를 씌워 자기합리화 하려고 그런 유치한 짓을 가끔 했다. 그 날 밤도 고향친구 정섭이가 한 말 중에 '재수가 그러면 안 되는데' 라고 했던 말은 정섭이는 박재수의 속셈을 미리 알고 있었기에 그런 말을 했을 것이다.

김여사는 그 날 밤 너무나 억울하고 분해서 잠도 오지 않아 베개를 끌어안고 날을 샜다. (내가 왜 저런 괴물하고 살아야 하나? 네놈이 또 어떤 여자와 결혼약속이라도 한 것이 분명하다. 그러니 나를 내 쫓기 위해 이런 사악한 짓을 하는구나.) 박재수는 그날 밤 김여사를 죽도록 두들겨 패서 실신하게 만들어놓고 무슨 내용인지 모를 것을 써서 김여사에게 지장 찍으라하고 내밀었다. 김여사는 모든 걸 포기상태라 박재수에게 타동적인 행위를 했다. 김여사의 손을 끄집어다 지장을 찍고선,

"하하 이정도면 증거가 충분하다. 너 같은 년한테 내가 무슨 일이든 맘먹은대로 못 하는 게 있었냐? 니 년은 아무리 억울해도 나한테 당하게 돼 있으니 내가 무슨 짓을 해도 넌 그저 주둥이 닫고 있어야 하루라도 더 살지 입을 여는 날이면 그날이 네 년 제삿날이다." 박재수는 자기 형 명진에게 배웠는지 조폭들이나 쓸법한 살벌한 언어를 항상 자기 마누라에게 사용했다. 김여사에게 위자료 한 푼 안주고 이혼할 목적으로 허위 증거서류를 조작하고는 악랄한

사이코처럼 좋아서 싱글벙글 웃으며 즐거워했다.

　김여사는 속으로 (하나님이 계신다면 어찌 저런 악인을 가만두고 보십니까? 저런 인간은 이 땅에 살 가치가 없습니다. 아니 이 땅에 있어서는 절대 안 되는 괴물입니다. 빨리 데려가 주십시오. 나에게서 아주아주 머~얼~리…)하고 속으로 중얼거릴 뿐이다.

20. 철공소 부도

　　장남이 엄마 나 중언이 엄마야, H소식 들어봤어?"

"아니 못 들어봤어."

"철공소 부도났데!"

"왜??" 김여사는 소스라치게 놀라면서도 그 와중에 큰시누이가 걱정이 되었다. 친정집을 위해서 자기 집을 담보로 잡히고 은행에 돈을 내 준 것을 알고 있기 때문이다.

　"형님 H소식 아세요? 친구가 이상한 말을 해서요."

　"야 이년아! 내가 니 속 모를 줄 알고?? 훈이 어미가 시어머니한테 잘해서 칭찬 들으니까 샘이 나서 그렇지?! 너같이 나쁜 년은 천하에 드물 것이다. 이 천 벌을 받을 년아!!"

　"형님 무슨 말씀을 그렇게 하세요? 내가 무엇이 부족해서 훈이 엄마를 시샘하다뇨? 나 훈이 엄마에게 꿀릴 것 하나도 없어요. H소식을 아시냐고 물으면 무슨 일이 있냐고 물으시는 것이 정상 아닌가요? 왜 내 말을 듣기도 전에 악부터 쓰고 욕을 해요?"

　"야 이 나쁜 년아! 아무리 그렇지만 시어머니 패물을 뺏어다 팔아먹은 년이 어디 있냐? 이 천하에 빌어 처먹을 년아! 너 같은 년이 우리 집에 와서 내 동생이 평생 낯을 못 두르고 다닌 줄 알기나해?! 이년아 니깐 년이 분수를 알아야지!"큰 시누이는 악을 있는 대로 쓰고 일방적으로 전화를 끊어버렸다. 어처구니가 없는 것은 김여사였다. 훈이 엄마는 김여사의 손 밑에 동서, 영국이의 처다. 그녀는 열 칠 팔살 먹어서부터 영국이와 연애해서 아이를 둘이나 낳고 김여사보다 더 늦게 결혼식 올렸다. 그녀가 결혼식 할 때 김여사를 결혼식에 못 오게 했고, 결혼식 하고부터 철공소 운영권을 그녀에게 넘겼다. 그래서 그녀는 시부모에게 잘 한 것같이 보이려고 선심 작전을 많이 폈다. 그녀가 운영한 후부터 철공소가 위태한 사실을 아무도 모르고 겉으로는 그녀가 마음이 좋아서 시부모에게 잘 한 사람으로 인식이 되었다.

(이집 식구들은 왜 나에게 이럴까? 내가 뭘 잘못해서 이런 일에까지 나를 왕 따 시키는 걸까?) 영국이 결혼 때 일을 생각하면 지금도 피가 거꾸로 서려고 하지만 김여사는 오히려 자기마음을 다스리고 사는데 큰시누이가 또 속을 뒤집었다. 김여사의 예감이 맞았다. 박재수는 박사가 되고 싶은데 자기가 가진 돈은 없고 하니 마랭이 댁하고 상의해서 우선 그것을 자기들 손으로 팔지 않고 김여사를 통해서 팔게 해 놓고 나중에는 자기어머니나 큰 누나를 통해 며느리 년이 시어머니 패물까지 뺏어다 팔아먹은 년으로 몰아세우기 위한 작전이었다. 그런 험한 소문이 나면 창피해서라도 친정에서 다시 해 줄 것이라는 계산을 세우고 그런 불량한 작전을 폈던 것이다. 박재수는 원래 잔머리 잘 굴리는 괴수다. DNA가 그렇게 생겨먹은 사람 머릿속에 아무리 많은 학문을 집어넣은들 본성은 변하지 않는다는 것을 새삼 알게 했다. (차라리 전화하지 말 것을…)

이제 새벽 4시밖에 안됐는데 전화벨이 요란하게 울렸다. 고요한 새벽이라 벨소리는 더욱 크게 느껴졌다. 한참 단잠에 든 아이들이 그 소리에 깜짝 놀라 모두 다 깨 버렸다. 박재수가 수화기를 조용히 들고 한참을 듣고만 있더니 조용히 내려놓았다.

"무슨 전화요?"

"큰 형이 아버지 모시고 지금 우리 집으로 오고 있다네. 아침 준비나 하게." 마랭이 양반과 그의 큰아들은 꼭 누구한테 쫓기듯 불안한 모습으로 김여사 집에 새벽같이 와서 큰 아들은 밥만 먹고 가버리고 마랭이 양반은 남아있었다. 김여사는 도대체 무슨 영문인지 모르고 있으려니 답답했다.

"집에 무슨 일이 있어요?"

"철공소 부도나서 도망 왔다네."

"예??" 김여사는 깜짝 놀랐다. 중원이 엄마 말이 사실이었다. 자기가 시집오고부터 그 집이 펴기 시작해서 갑자기 부자가 되었다고 다들 하는 말이 복 있는 보배가 그 집식구가 되고부터 그 집이 불꽃같이 일어났다고들 했는데 부도라니 도대체 알 수가 없었다. 마랭이 양반은 고의적으로 부도를 내고 서울에 사는 자기장조카 집으로 피신해 있는데 수사망이 좁혀지자 밤기차 타고 광주 셋째 아들인 박재수집으로 피신해왔던 것이다.

김여사는 자기들 끼리 먹던 반찬에 시아버지 밥상을 차려드릴 수 없으니 시장에 가서 소고기 반근씩 사와서 아이들에겐 주지 않고 시아버지만 살짝 해드리곤 했다. 마랭이 양반은 집에만 있으면 답답하다고 백운동 뒷산으로 난 캐러 다녔다. 그러던 어느 날 김여사가 외출하여 돌아오니 아이들이 울고 난리가 났다.

"엄마 순경아저씨가 와서 할아버지 잡아가 버렸어, 엉 엉 엉⋯⋯."

"울지 마 할아버지 죄 없으니까 금방 다시오실거야 걱정 마 엄마가 알아볼게." 마랭이 양반은 김여사네 집으로 온지 3일 만에 붙잡혔다. 김여사는 큰집에 가서 왜 부도가 났는가하고 경리한테 장부를 보자고 했다.

"사장님은 줄 것보다 받을 것이 더 많으니 걱정 없어요."라는 설명을 들었다.

"아니 그럼 이런 액수로 부도를 내다니 이해가 가지 않는데?"

"그러게 말이요. 아마도 계획적인 것 같아요."

"훈이 엄마는 어디 가서 안 보이는가?"

"그 여자 바람나서 집 나간지가 꾀 오래 됐어요."

"뭐라고?!"

몇 년 전에 김여사가 막둥이를 뱃속에 담고 곧 산월이 가까웠는데 전세금이 12만원이 부족해서 큰집으로 빌리러 갔다가 마랭이 댁한테 못 당할 만큼 당하고선 그 후론 시가집에 발을 끊어버려서 그간 시가집 형편이 어떻게 돌아가는지 알 수 없었는데, 왜 부도가 났는지 김여사가 큰 집에 가서 여러 사정을 살펴보니 집구석 돌아가는 꼴이 말이 아니었다. 시아버지는 부도를 내고 도망 다닌다는 소리가 쫘하게 퍼졌고, 철공소 운영권을 쥐고 쥐락펴락 했던 넷째 동서, 온 식구가 그녀에겐 홀딱 반해서 훈이 어매, 훈이 어매하고 입이 마르도록 칭찬을 아끼지 않았던 훈이 어매는 바람나서 집나가고 없고, 큰 시숙도 그 아비 닮아 첩질 하다가 살림이 망쪼가 들어버려서 마누라가 암이 들어 집구석이 썰렁하니 질서가 없고, 명진 상화는 얼마나 악의적인 행위로 군내에선 인심을 잃어 명진네라면 고개를 살살 흔들 정도였다.

마랭이 양반은 광주에서 잡혔지만 H에서 부도냈으니 H경찰서로 이송되었다.

"여보시오 영감님! 아무리 그렇지만 그렇게 갈 곳이 없어서 하필이면 가장 어렵게 산 셋째 며느리 집으로 숨으러 갔던가요? 그 며느리가 당신 아들 때문에 얼마나 고생을 하고 산 줄도 모르고 갈 데가 그리 없어서 끼니분별도 못하는 셋째며느리한테 갔냐고요!"

"내가 미처 그 부분을 알지 못했는데 가서 보니 그렇습디다."

"그 며느리를 얻어 들이고 부터 영감님 집이 부자 되었다고 온 H 바닥에 소문이 다 났던데 왜 그런 며느리를 못 잡아먹어서 그렇게 온 식구가 안달이 었는가 알 수가 없네요? 이런 것은 부도와는 상관이 없으니 우리가 거론할 것이 못되지만 H 사람들이 거의 다 그렇게 말해서 물어본 말입니다."

"내가 어리석었어요. 내가 여자 말만 듣고 그 애 사정을 살피지 못한 것이 내 불찰입니다."

"영감님 셋째아들이 박재수 교수라면서요?"

"예 그렇습니다."

"그 아들 대학부터 박사과정까지 영감님이 돈 한 푼이나 대 줘봤소? 그 돈을 누구 집에서 대서 그만큼 명예를 갖게 되었는지 생각이나 해 보셨소?"

"자식 놈이 그런 행동을 한 줄을 몰랐는데 이번에 가서야 겨우 알게 되었습니다."

"사람의 탈을 쓰고 그런 금수만도 못한 짓을 하고도 교수랍시고 교만 떨고 다닐 건지 원. 사내새끼가 장가를 가서 가정을 꾸렸으면 돈을 벌어다 가정을 살핀 다음에 처신을 하던가 해야지 이날 평생에 가정에는 돈 한 푼주지 않으면서 날마다 마누라 두들겨 패서 돈 뜯어다가 술 처먹고 카바레 다니고 오입질 한다고 H바닥에 소문이 더럽게 났습디다. 그러고선 마누라는 항상 소 닭 보듯 하면서 말이요. 원 사내새끼가 되가지고 가정하나 이끌지 못하면서 남의 자식은 어떻게 가르치는지 원. 그 아들이 조선대학교 교수라면서요?"

"······."

"우리 같으면 그런 마누라를 맨 날 업고 다녀도 선찮겠는데 무엇 때문에 그런 마누라에게 폭력까지 쓴다고 천하에 불량한 놈이라고 H사람들이 다 말하던데 듣지 못했어요?"

"······." 마랭이 양반은 자기일 보다도 셋째아들 비평하는 소리가 더 부끄러웠다.

"그건 그렇고 영감님 어쩌자고 부도를 내고 피신했습니까? 그토록 오랫동안 운영해온 사업체가 하루아침에 망조가 들 정도였습니까? 틀림없이 어디다 돈을 빼돌리고 계획적으로 부도를 낸 것 아니요?"

"그럴 리가 있습니까?"

"그럼 영감님이 늙어서 운영을 못하겠으면 자식들 여럿 있으니 자식들한테 물려주면서 그 빚을 깨끗이 정리하라고 해야 할 것 아니오? 거래 장부를 보니 충분히 운영할 수 있었는데 부도를 낸 건 이건 누가 봐도 돈을 빼돌리고 고의적으로 부도를 냈다고 밖에 볼 수 없습니다."

"그럴 리 있습니까? 내가 나이 들어서 경영권을 누구한테 줄 사람이 없어서 넷째 며느리에게 운영권을 줬더니 이 지경으로 만들어놓고 그 며느리는 나가버리고 없어서 원인을 알 수가 없습니다."

"그럼 어떻게 할 거요?"

"수금을 해서 다 정리하겠습니다." 마랭이 양반은 빠른 시일 내에 수금을 해서 부채를 정리하겠다고 각서를 쓰고 풀려나서 남의 문간채에 방하나 얻어서 기거하는 곳으로 왔다. 그때 형제간들이 김여사에게 부모를 모시라고 했다.

"우리는 지금 사글세로 몇 년을 살고 있어요. 남편이 이날까지 집에 돈 한 푼 안 갖다 주고 자기만 누리고 사는데도 내가 어떻게 해서 겨우 작은집 하나 장만했는데 애들 아빠가 나하고 상의도 없이 땅을 사서 그 집 팔아서 땅 밑에 밀어 넣고 우리는 10년간을 사글세방으로만 전전하고 있습니다. 그러니 아버님이 500만원만 해주시면 돌아가실 때까지 모시겠습니다."

"네가 그렇게 해줄래? 그렇다면 내가 너 따라가겠다." 마랭이 댁은 그 말을 듣고 대번에 반격을 하며

"나는 너 따라 안 간다. 그 입 다물어라! 절대로 너하고는 안 산다!" 마랭이

양반은 그런 자기 할멈이 맘에 안 들어서 '으음~'하고 자리에 누워버렸다. 평소에도 마랭이 댁은 여러 자식들 중에 셋째 며느리에겐 이상한 편견을 갖고 이유 없이 미워하고, 왕따 시켜서 여러 자식들 간에 화목을 못하게 망나니짓을 많이 했으므로 양심은 있었던지 가장 미워했던 며느리에게 가서 살겠다는 말이 차마 나오지 않았을 것이다. 다섯째 며느리인 영빈 댁이 하는 말

"앞으로 부모 돌아가시면 제사는 누가 모실거요? 넷째 형님은 집 나가버리고 큰 형님네는 암이 들어서 거기보고 모시란 소리도 못하고, 둘째는 그렇고, 우리는 막둥이가 되가지고 제사를 모실 수 없으니 할 수 없이 셋째 형님이 모셔야 겠네요."

"제가 모셔야 한다면 형편대로 성의껏 모시다가 다음에 큰 조카가 결혼하면 그때 넘겨주겠습니다."

"그래줄래? 그러면 제삿날을 적어 줄테니 종이와 펜을 가져와라." 제사는 전부 열 세분 이었다. 왜 그렇게 제사가 많은가 했더니 윗대 할아버지들이 모두가 마누라들이 2~3명씩이어서 그렇다. 아주 이 집은 윗대 조상부터 호색가로 이름난 집안이라 어른들이 전부 축첩을 하여 가정이 질서가 없고 완전 콩가루 족보였다는 것을 한눈에 알 수 있었다. 박재수도 그 집 족속이라 하지만 제일 더럽고 불량한 처신을 한 자다. 처갓집에서 20여 년간 돈대서 가르치고 먹여 살려놓으니 소위 교직자 생활을 하면서 월급 받아 집에는 한 푼도 갖다 주지 않으면서 날마다 마누라를 학대와 폭행을 일삼아 돈을 갈취하여 유흥비로 쓰고 다니면서도 밤이면 자기 부인에게 가장 첫째 의무인 잠자리를 거부했으니 천하 사람들에게 비난받아 마땅하다. 그렇게 살려면 결혼하지 말고 혼자 굴러다니지 결혼은 왜 했는가? 박재수는 자기 부인을 돈으로만 봤지 애정의 대상은 전혀 아니기 때문에 남에게 비난을 받았다. 속담에 '나 먹기는 싫고, 남 주기는 아깝고.'란 말과 같다.

마랭이 양반은 다시 김여사에게로 왔다. 하룻밤을 주무시고 뒷날 아이들 학교가고 없을 때 조용히 김여사를 불렀다.

"애미야 들어와 봐라 내가 너에게 할 말이 있다."

"예 말씀하세요." 마랭이 양반은 갑자기 김여사 앞에 무릎을 착 꿇고 빌었다.

"내가 잘못했다. 애미야 용서해 다오. 내가 네 시모 말만 듣고 너를 미워했

고, 느그 새끼들이 오면 그 애들한테 한 번도 할 애비로써 살갑게 대해준 일이 없었다. 그래서 이렇게 천벌을 받는가보다. 니가 이렇게 어렵게 사는 것을 전혀 몰랐다. 동네사람들이 다 말하고 경찰서에서도 너 고생한 것 다 말 하드라. 그리고 전에 우리 이웃에 일본 사람이 살았는데 그분들이 한 말을 내가 거역해서 이런 벌을 받는다고 생각한다. 그분들이 하는 말, 너를 귀히 여기고 언제나 너를 도우며 살아야 우리 집안이 잘 풀린다고 했을 때 내가 그렇게 하겠다고 언약했는데 내가 느그 시 어매 말만 듣고 너를 괄시했으니 좋을 리가 있냐? 내가 천벌을 받은 거다. 철공소도 네가 운영했으면 불꽃같이 일어났을 텐데 영국이 처에게 운영권을 준 게 잘못이다."

"아버님 다 지난 일입니다. 집안이 좋으려면 아범부터 달라져야 하는데 아범은 지금도 온갖 못 된 행위로 저를 괴롭히고 있습니다."

"느그 시어매가 여기로 같이 오면 내가 너를 도울 수 있는데 반대를 하니 답답하다."

"아버님 학교 앞에 아파트를 전세로 들어가기로 하고 이사를 할 거예요. 친구가 돈이 되는 데로 주고 들어와서 살다가 아주 사버리라고 해서 그렇게 해보겠다고 했어요. 곧 이사할겁니다. 아버님 조금만 기다리세요."

"잘 했다. 돈을 다 받으면 우리가 빚 없이 처리할 수 있는데 니 시어머니가 들어주면 너희들도 살고 우리도 좋으련만 반대하니 어쩔 수 없구나."

주월 동 54-22번지 5층, 집 팔고 다섯 번째 이사하는 집이다. 친구가 월세로 어렵게 사는 것을 보고

"보배야 이 아파트가 우리 시누이집이거든? 옥상에서 물이 약간 세니까 비워두고 있는 중이다. 그러니 그 흠잡고 이 집을 싸게 사 버려라."

"권한장사 밑 안 간다고 그래볼까?" 김여사는 사글세 50만 원짜리 집을 구하러 다니다가 난데없이 집을 사게 되어 그 돈으로 계약금을 걸어버렸다. 막상 실패한다 해도 그간 박재수에게 당한 것을 생각하면 이까짓 것 소분지에 속한다. 1,000만원을 빚지고 1,100만원에 5층 연립 주택을 사게 되었다. 500만원은 친구가 소개한 관음 신협이란 곳에 가서 대출을 받으려고 하니 주민등록증과 이름을 보더니 자기 절에 신도라고 반갑게 맞아 주었다.

"저는 지금까지 절이나 교회를 간적이 없는데 어떻게 제가 이 절 신도입니까?"

"어머님 존함이 신경림이시죠? 어머님이 미리서 우리 보살님의 이름을 올려놓고 매월 기도해 주신분입니다. 그러니 염려 말고 대출해가십시오."해서 500만원을 대출받아서 집값을 일부 갚았다. 그리고 이삿짐을 옮기는데 달영씨가 들어왔다. 김여사는 친정아버지를 보니 얼마나 반가워서 어쩔 줄을 모르고 집 산 이야기를 했다. 그때 박재수는 장인을 몇 년 만에 보고도 인사도 하지 않고 슬그머니 나가버렸다. 이사 할 때마다 김여사 혼자서 몸부림을 쳤으니 이번엔 좀 도와주려나했는데 또 나가버리는 박재수를 보고 김여사는

"저 인간은 평생에 내게 도움이 안 되는 사람이에요. 이 많은 이삿짐을 나 혼자 옮기라고 슬그머니 나가버린 것 좀 봐!"

"아빠, 여태껏 집 없이 몇 년을 사글세방으로 다니다가 요상하게 집을 사게 되었습니다. 친구 소개로 내 손에 돈도 없이 빚을 내서 통 크게 저질러 놓았지만 갚을 것을 생각하니 눈앞이 캄캄 하네요."

"그랬냐? 잘 했다. 내가 너 학생 때 집을 사주려고 했는데 그때는 박 서방 미워서 사려다가 말았는데, 지금이라도 집을 사게 됐으니 다행이다. 내가 빚낸 돈을 주고 갈 테니 빨리 가서 빚을 갚아라. 남의 빚을 지고 집을 사면 또 언제 벌어서 네가 갚을 거냐?"

"아빠 감사해요. 언제나 내가 도탄에 빠졌을 때마다 아빠가 도와줘서 살았어요. 앞으로 잘 살게요."

달영씨가 가고난 후 박재수는 자기 동생 영국이를 데리고 와서

"어이, 영국이 동생이 타던 차를 남에게 팔기 아깝다고 나보고 사라네?"

"당신이 지금 정신이 있는 사람이오? 여태 집이 없어가지고 남의 집 사글세만 쫓아다니며 살다가 겨우 이 집을 순 빚으로 잡은 건데 어떻게 그런 소리를 해요?"

"명색이 내가 교순데 차도 없이 먼지 펄펄 날리는 거리를 걸어 다니란 말이냐?!"

"주월 동에서 조대까지는 거리도 멀지 않으니 걸어 다녀도 충분하고, 아니면 대중교통 이용하면 되지 우리가 무슨 돈이 있어서 벌써 자가용을 사겠다고 그래요? 난 못해요."

"아따 형수님 형님 체면도 세워줘야죠, 어떻게 교수가 대중교통을 이용 한

다요? 다른데 덜 쓰고 사주세요."

"내가 미쳐죽어요. 당신이 나하고 타협도 없이 땅을 계약한 바람에 근 10년 간 이 식구들 끌고 남의 사글세방만 쫓아다니다가 어렵게 빚내서 집을 샀는데 당신은 한 푼 보태주기는커녕 이 형편에 있는 나에게 차 사달란 소리가 나오냐고요?! 결혼해서 지금까지 월급타서 가정에는 단 한 푼도 갖다 주지 않아놓고 무슨 염치로 이렇게 어려운 나한테 차까지 사달라고 해요? 이제 정식 교수까지 만들어 줬으니까 월급 받은 돈으로 사요."

"이 xx년이 동생 앞에서 내 망신을 이렇게 시켜야 직성이 풀리냐? 단 한 번도 응짜 안 부리고 준 때를 못 봤다. 내가 그래서 니 년은 정머리 떨어진다고 했지? 이 인정머리 없는 악질 년아!!"

"악질은 내가 아니라 당신이지! 교수님답게 양심을 가져 봐요. 지난날 나에게 어떻게 했는가? 그래놓고도 나한테 악질 년이란 소리가 나와요?"

"빨리 돈 줘서 동생 보내라! 남부끄럽게 언제까지 세워놓을 거냐?"

"내가 그런 돈이 어디가 있어요? 먹고 죽으려도 없어요."

"아까 느그 아버지 다녀갔잖아?!"

"허허 기가 꽉 막히네! 아버지가 오자마자 인사도 안하고 슬그머니 나가기에 그간 나에게 너무 못할 짓을 해서 아버지 볼 면목이 없어서 그런 줄 알았더니 아버지가 돈 가져온 줄 알고 영국이 삼촌한테 전화하러 갔그만? 하여간 돈 냄새하나는 사냥개 이상이랑께?" 김여사의 빈틈없는 말에 대답이 궁색하니 박재수는 정리하고 있는 이삿짐을 마구 부수고 끄집어내서 던지고 마치도 깨비 같은 짓을 했다. 김여사는 여태껏 박재수의 막무가내인 악행을 한 번도 이겨본 적이 없다. 할 수 없이 신협에 빚 갚으라고 아버지가 준 돈에서 200만 원을 뺏기고 말았다. 프린스 차, 몇 년을 탄 것을 200만원이나 받아가다니, 아무래도 거기에 형제끼리 짜고 100만 원 정도를 더 얹어서 김 여사 돈을 갈취해간 것 같은 느낌이 들었다. 박재수는 여태껏 그런 교활한 수법으로 김여사 돈을 수억 원을 울겨 먹은 순 날강도다. 별 구실을 붙여서 돈 뜯어내다가 안 되니까 술집 여자 뗀다는 구실을 붙여서도 수백 만 원을 뜯어갔고, 양승일과 짜고 집 살돈을 빼 갔고 그 외 숫하게 거짓말을 하여 꼭 남을 이용하여 김여사 것을 뺏어간 사람이다.

김여사는 친정아버지가 준 돈으로 비가 새는 것도 수리를 했고. 새로 인테리어 해서 아주 새집으로 만들었다. 28평의 연립주택 공간에 모처럼 자기 집이라고 이삿짐 들여놓고 사니 마치 천국 같았다. 이게 몇 년 만이던가? 그간 집 없이 살림살이 끌고 많은 아이들 데리고 다니면서 남의 눈치 살피며 한참 커나가는 아이들 발소리도 못 내게 하며 살았던 사글세사리를 생각하니 자신도 모르게 눈물이 핑 돌았다.

21. 궁색한 초상

엄마 왜 이제와?"

"왜 무슨 일 있었냐?"

"H에서 전화가 많이 왔어."

"누구한테서?"

"명진이 큰 엄마하고 삼촌들한테서 전화가 여러 번 왔어." 김여사는 아이들의 말을 듣고 큰집에 무슨 큰일이나 있는듯해서 전화를 해봤다. 마침 마랭이 양반이 수화기를 들었는데 저 멀리서 들린 듯 마랭이 양반의 목소리는 힘이 하나도 없었다.

"아버님 어디가 편찮으십니까?"

"몸이 안 좋아서 너에게 전화 했는디 전화가 안 되서 이렇게 기다리고 있다. 나 죽것다."

"무슨 말씀이세요. 아버님 전화 끊으세요." 김여사는 둘째 명진 네 에게 전화를 걸어서

"형님, 아버님이 편찮으시면 아무라도 빨리 병원으로 모시고 가서 어느 병원이라고 말해주면 그곳으로 갈 것인데 저렇게 몸이 불편한분을 지금까지 방치했어요?"

"자네한테 물어보고 병원에 모시려고 그랬지."

"나만 자식입니까? 그런 문제를 꼭 내가 결정해야만 하냐고요? 암튼 빨리

가까운 병원으로 모시고 가서 입원시키시고 어느 병원이라고 알려주세요.”
김여사가 약혼식만 했을 때 언젠가 자기를 데리고 가서 무당에게 미리 사조하여 자기가 그 집에 큰며느리 역할을 해야 집안이 융성할 것처럼 쇼를 한 사람이 돈 드는 일은 뒤로 빼고 김여사에게만 미루는 홍당무의 행위가 심히 괘씸했다. 김여사는 아직 이삿짐 정리도 덜 되었는데 시아버지 소식을 듣고 마음이 불안해서 견딜 수 없었다. 얼른 영양밥하고 김치하고 싸서 남광병원으로 달렸다. 마랭이 양반은 김여사가 가져온 밥과 김치를 맛있게 먹고

“아이고 맛있게 먹었다. 니가 해준 것은 무엇이든지 맛있다. 내일도 다른 것 가져오지 말고 꼭 이것만 가져 오너라 잉?”

“예 아버님.” 다음날도 어김없이 김여사는 시아버지 밥을 가지고 가서 드리니

“입맛이 없어서 못 먹겠구나.”

“아버님 어제 것 하고 똑같은 음식인데요?’ 마랭이 양반은 고개를 살래살래 흔들었다. 그는 췌장암으로 판명이 났다.

“아가 내가 죽을병이 든 거냐?”

“아닙니다 아버님, 치료하면 낫는답니다.”

“아무래도 내가 죽을병인 것 같다. 너희 집으로 내일 퇴원시켜주라, 너희 집에서 죽고 싶다. 그리고 죽으면 장남이 한테 제 밥 얻어 먹을란다. 다른 자식들이 제사를 달라고 하면 다 줘버리고 내 제사만은 장남이 한테 주어라. 다른 집에서 제사를 지내주면 물도 안 먹을 것이다. 나는 장남이만 따라 다닐 것이다. 부탁이다. 너희 집에서 죽어야 우리 장남이 제사 값이라도 남겨주지 않겠냐? 마지막으로 부탁한다. 내가 너에게 못되게 군 것 용서해라. 장남이 가졌을 때 네 시모 말 듣고 의심한 것 미안하다.” 이것이 시아버지가 김 여사에게 남긴 마지막 유언이다. 장남이 출산했을 때 떠돌아다닌 말이 사실인가 마랭이양반이 미역 한 가닥과 마른새우 한줌 싸가지고 와서 유심히 들여다보고 갔을 때 박재수와 복사판으로 생긴 장남이를 보고 의심을 벗었던 이야기를 고백한 것이다.

김여사는 아이들 학교 보낼 것 때문에 밤늦게 집에 와서 눈꺼풀을 겨우 붙이다가 새벽에 일어나서 아이들 도시락 준비하는데 마랭이 양반 사망소식을 들었다. 아이들 학교 보내놓고 돈 준비하여 병원으로 달려가니 자식들은

고인의 유언을 저버리고 여러 가지 이해관계 때문인지 고인을 고향으로 모시고 가버리고 재수 혼자만 병원비 때문에 잡혀있었다. 자식이 그렇게 많아도 병원비 한 푼 낸 사람 없이 모든 것을 재수에게 떠맡기고 가버렸으니 죽으나 사나 김여사가 병원비 87만원을 지불하고 박재수랑 함께 고향으로 갔다.

철공소는 부도나서 집도 다 뺏겨버리고 남의 집 문간방에서 치상을 치르게 되었다. 겨울인데도 비가 억수로 쏟아졌다. 고인의 유족들은 모두가 비 맞은 장 닭 마냥 초라하여 궁색함이 줄줄 했다. 조문객들은 마랭이 양반 말로가 그리도 비참한 것을 보고 미리서 예견이라도 했다는 듯 말들을 했다. 죽을 말년에 남의 집 문간채에 세 들어 사는 형편이니 죽어서 시신마저 편히 누울 곳이 없어서 그 비좁은 공간에 관을 두고 장례를 치르게 되니 조문객마다 돌아가면서 가래침을 확 뱉으며 하는 말들.

"참 꼴좋다! 젊어서 그렇게 악랄하게 굴고 천하에 자기만 잘난 줄 알고 살더니 죽어서 남의 집 문간채에서 치상을 치르다니! 자식들이 많으면 뭐해? 사람 같은 것 하나 없는걸." 하며 조문 온 사람마다 눈살을 찌푸리며 비난만 던지고 갔다.

김여사는 식사도 제때 못하고 허리한번 못 펴고 수둣가에 앉아서 설거지를 하는데 며느리들이 누구하나 교대하잔 말 안하고 자기들은 슬슬 눈치봐가며 수둣가에 안 나오고 명진상회 안집으로 피신해서 먹을 것 먹으면서 그곳에서 김여사의 흉을 원 없이 봤다. 김여사는 연3일간을 잠도 못자고 먹을 것도 못먹고 설거지만 하다 보니 너무도 허리가 아파서 좀 쉬려는데 어디다 궁둥이 붙일 곳이 없어서 첩 시어머니 댁에 음식을 좀 싸가지고 간 김에 잠깐 허리 좀 편다고 누운 것이 그만 잠이 깜박 들어버렸다. 한 세시간정도 잔 것 같다. 놀래서 깨어 보니 첩 시어매가 하는 말,

"이리 보나 저리 보나 자네는 나무랄 데가 없는 사람인데 왜들 자네 형제간들은 자네를 못 잡아먹어서 안달이당가?"

"누가 뭐라고 하던가요?"

"다들 모이기만하면 자네 말을 너무 안 좋게 하니 이해할 수 없어서 그러네."

"그래요? 난 잘못한 것이 없다고 생각하는데 그 사람들 속을 내가 어찌 알겠습니까? 내버려 두세요. 그러든가 말든가! 죄는 지은대로 간다고 했습니다."

더 있으면 첩 시 어매 입에서 무슨 소리가 나올 줄 모르니까 김여사는 서둘러 그 집을 나와 버렸다.

마랭이 댁은 아랫목에 앉아서 밖에 라곤 나와 보지도 않으면서 김여사를 보고

"네 이년! 설거지하기 싫으니께 어디 숨었다 이제 오냐?!"

"어머님 삼일동안 난 그 비 다 맞고 설거지만 했어요. 끼니도 못 먹고 죽을 욕을 본 사람입니다."

"설거지 했으면 왜 내 눈에 안 띠었냐?"

"어머님이 아랫목에만 앉아계신데 모퉁이에 있는 수돗가가 보입니까? 다른 며느리들은 숨어서 쉬고 했지만 난 허리한번 못 폈는데 왜 그러세요?"

"이년이 벌서 시아버지 없다고 나한테 대드네? 네 이년! 그래봐라 우리 재수는 장개 열 두 번 가게 할 것이다."

"어머님 또 그 소리요? 자식이 장가 열 두 번 가게 하려고 열심히 공들였군요! 지금 어질러진 여자만 해도 열 두 명만 되는 줄 아세요?" 김여사라면 준 것 없이 미워한 마랭이 댁의 입쌀을 참다못해 김여사도 참지 않고 마랭이 댁의 막말에 반박을 했다.

초상이 끝나고 첩의 며느리인 홍당무가

"여기 다들 모여 보게. 부의금이 상당이 들어 왔는디 치상 비용을 계산하려고 그러는데 자네는 병원비 얼마나 들었는가?" 큰며느리가 암이 들어 초상에 참석하지 못했으니 둘째 홍당무가 첩며느리 주제에 초상의 주도권을 잡고 목에 힘주었다.

"87만원입니다."

"참말인가?"

"영수증 있으니 보세요."

"영수증 내봐보소!"

"여기 있습니다." 홍당무는 김여사가 내민 영수증을 확인하고 87만원을 착착 세어서 주고는 전부 자기 가방에 넣어버렸다. 김여사는 87만원 받은 것 중에서 30만원을 큰 시숙한테 주면서

"시숙님 이것은 얼마 안 되지만 큰형님 병원비에 보태 쓰세요. 아직 자식들

하나도 안 여우고 큰형님이 그렇게 몸이 안 좋으셔서 마음에 상심이 얼마나 크십니까?" 하고 큰 동서를 위해 위로금으로 건네주었다.

"나머지는 치상 비 계산해야 된 께 그리들 아시오!" 하며 부의금 봉투가 든 가방을 자기 집으로 가져가 버렸다. 그것을 본 돈 귀신 박재수는 홍당무의 행위가 괘씸해서

"아버지 치상비가 얼마나 들었다고 부의금 보따리를 자기 집으로 다 가져가서 혼자 돌 식 하겠단 소리야?!"

"당신은 아무소리 하지 말고 그냥 있으시오. 이 마당에 그런 말 해갖고 칼부림 날려고 그래요? 전에 우리 결혼식 때도 보지 않았어요?"

밖에는 비가 부슬부슬 오는데 그 비좁은 방에서 남자들 대여섯 명이 웅크리고 앉아서 비를 피하고 있는 것이 어찌나 궁색해 보였던지 달영씨가 조문 와서 그 꼴을 보다 못해 열쇄를 김여사에게 던져주며

"아가, 전에 너 살던 집 비어있으니 수리해서 느그 시어른 살게 해라."

"예 아빠 그렇게 할께요." '전에 느그 살던 집'은 전에 장마당 근처에 있었던 자기 친정집 바로 앞에다 에비군 중대장이 박정희 대통령 특명이라고 남의 집 바로 앞에 대문을 가로막고 집을 지으려고 했을 때 김여사가 군수 집까지 쫓아가서 민원을 제기하여 중대장하고 김여사하고 똑같이 나누어 준 땅에 지은 집이다. 그때 당시 그들이 김여사 친정에 해방 놓았던 일을 생각한다면 그 집을 거저 줄지언정 들어가서 살겠다고 할 수 없을 것이다. 그렇게 경우에 맞지 않은 짓을 했던 마랭이 양반인데 죽고 나서 그의 처가 늙은 말년에 남의 집 문간채에서 궁색을 떠는 것이 보기 안됐던지 달영씨가 사돈네에게 마지막 베푼 선심이었다. 그래서 옛날 속담에 '내가 다시는 이 우물물 안 먹겠다고 침 뱉었는데 그 침이 가라앉기도 전에 그 샘물을 다시 먹게 된다고 했다. 김여사에게 부렸던 횡포를 생각하면 밉지만 불쌍해서 새 집으로 단장해서 아주 살기 좋게 화장실도 수세식으로 넣어서 보일러까지 설치하여 주니 마랭이 댁은 좋아서 호호했다. 그리고 20년이 지난 후에야 김여사에게 마음을 연 듯

"첩년 며느리 주제에 명진상회 그 년이 니 시아부지 죽어서 들어온 부의금을 다 처 묵고 안 내놓는단 마다. 그래서 내가 명진이한테 그 말을 했더니 '나는 자식 아니냐?'고 눈을 부라리며 대 들더라, 어찌나 험상궂은지 한마디나

하면 죽이고도 남겄드라."

"어머님 그 사람들을 이제 아셨어요? 우리 결혼 축의금도 다 먹어버리고 지금까지 부의록도 안주는 것 보세요." 그 문제에 대해선 지금도 떳떳지 못한 마랭이 댁이라 가슴이 뜨끔했다. 그때 그 돈이 아니었으면 철공소가 운영될 수 없었고, 큰 아들도 분가 시킬 수 없었을 텐데 다행히 그 시기에 셋째 아들이 결혼식을 하게 되어 사돈네 앞으로 들어온 축의금을 가로채서 위기를 모면했던 것이다. 그런 얌체머리 없는 짓을 하고도 지금까지 온 식구가 김여사네에게 잘못을 시인하지 않고 그간 김여사를 구박 내지 온갖 악행을 가했던 양심 때문에 평생에 김여사에게 자유로울 수 없었다.

마랭이 댁은 자기의 계략대로 명진의 악행을 자기 사업에 이용하려고 외방 아들이 부당한 짓을 해도 그에게 혀를 달지 못했는데 결국 자기들에게 아무 유익함도 주지 못하고 손해만 끼쳤다는 것을 나중에야 깨달았다.

마랭이 양반은 아들이 다섯이나 되어도 큰 아들은 며느리가 암으로 시한부 인생을 살고 있고, 둘째는 서자라서 제사를 줄 수 없고, 넷째는 바람나서 가출 해버려서 할 수 없이 객지에 있는 셋째며느리인 김여사가 제사를 맡아왔다. 그래서 속담에 보리대기가 효자노릇 한다는 말과 같이 공연히 김여사를 온 식구가 미워하고 없는 흠집이나 내서 온갖 모략을 다 했던 김여사에게 제사를 떠맡기는 신세가 되고 말았다. 김여사는 시부모에게 유산 한 푼 받지 못한 형편인데도 시아버지 유언대로 열세분의 제사를 도맡아 성의껏 지내고 있다.

22. 대주아파트 당첨

1989년 봉선동 대주아파트 102동 102호가 당첨되었다. 지난 세월동안 내 집 없이 남의 사글세방을 전전했던 때를 생각하면 눈물이 절로 났다. 지난 번 대원 아파트를 사 들어갔을 때 달영씨가 빚 갚으라고 준돈에서 박재수가 자가용 산다고 강제로 빼앗아 갔어도 어떻게 그 빚을 갚고 버티어서 대주아파트를 사게 되었다. 34평의 대주아파트, 이게 진정 내 집이라고 생각하니 감개

무량했다. 주월동 집 팔아서 땅 밑에 집어넣고부터 근10년을 이삿짐 끌고 아이들을 시누 아이까지 다섯이나 데리고 남의 집, 그것도 가장 싼 사글세만 찾아서 온갖 궁상을 떨며 사느라 얼마나 고생을 했고, 자식들에게 못할 일을 시켰는지 말로 다 할 수 없었다. 그렇게 궁상스럽게 사니 화장품 장사하러 가고 없을 때 아이들끼리 놀다가 싸운 일 가지고 '애비는 바람둥이라 가정을 내 몰라라 하고, 어미는 화장품 장사나 해 처먹고 사는 거지새끼가 내 새끼를 때려?' 하며 어른이 나서서 김여사 아이들을 두 시간이상 구타를 해서 그 후유증으로 큰아이의 머리가 한동안 심한 통증에 시달렸던 때를 생각하면 박재수가 죽이고 싶도록 미웠다. 가정을 그렇게 피폐하게 만들어놓고 자기 몸만 빠져나가서 목포에서 이 여자 저 여자와 환락의 세계를 즐기고 산 박 재수다. 그 와중에도 김여사는 박재수에게 매일 돈을 뜯기지 않으니 그나마 살 수 있었다. 그런데 또 몇 년 전에 목포에서 슬그머니 올라와서 다시 정교수가 될 박사과정을 밟게 해달라고 통사정을 해서 할 수 없이 5년에 걸쳐 박사과정을 밟게 했는데 박재수는 또 무슨 수작을 부리는지 악행이 날로 더해갔다. 박재수가 아무리 악행을 해도 김여사는 이 집에서 끝까지 살면서 아들딸여위고 편히 살리라고 다짐도 했다.

23. 마랭이 댁 운명

지난번에 당첨된 대주아파트를 1990년 1월에 입주해서 며칠 되지 않았는데 마랭이 댁이 병원에 입원했다고 전화가 왔다. 기독교 병원 응급실엔 환자가 많아서 침대가 없으니 서 있는 환자도 많았다. 마랭이 댁은 폐결핵 환자로 27년을 버티었다. 그것도 보배의 은덕으로 민물고기를 지극정성으로 수년간 달여 먹어서 한 달밖에 못 산다는 시어머니가 지금까지 살게 된 것인데도 은혜를 악으로 갚은 마랭이 네다.

아무 해결책도 없는데 마랭이 댁 여러 자녀들이 병원 내에서 떼로 몰려다니는 것도 별 도움이 안 되었다. 공연히 공해만 더할 뿐이다.

"다른 분들은 집에 들어가서 편히 쉬세요. 나는 광주가 집이니까 어머님 곁에 있다가 집에 들어갈게요." 딸들하고 작은 자식들은 김여사말대로 다들 자기 집으로 갔지만 김여사는 끝까지 시어머니 곁을 지키다가 밤늦게 집에 들어가곤 했다. 그러나 김여사도 날마다 할 짓이 아니다. 이제 중, 고등학생 아이들이 넷이나 되는데 날마다 시어머니 곁에만 붙어있을 수만 없었다.

"어머님, 응급실에만 이렇게 계시지 말고 우리 집으로 가셔서 입원실 나오면 그때 다시 옵시다."

"느그 집에는 안 간다!" 마랭이 댁은 김여사에게 눈을 흘기며 오기스럽게 말을 뱉었다.

"왜요?"

"니 년이 무서운께 안가!"

"병원에서는 3일후에야 병실이 나올 거라 하네요. 하니 저희 집에 계시다가 3일후에 다시 옵시다." 마랭이 댁은 시큰둥하니 등 돌려 누워버렸다.

"어머님 저희 집 새 아파트라 좋아요. 구경 겸해서 가셨다가 3일 후에 병실이 비면 연락해 준다고 했으니 그때 다시 오자고요."

"음…."

"어머니 지금 새벽3시니 집으로 가서 저는 4시 되면 아이들 아침과 도시락을 싸서 학교 보내야 하니 안 가실 려면 아들하고 계세요. 저는 아이들 학교 때문에 지금 집으로 가야합니다." 재수는 자기 어머니 곁을 혼자서 지킬 자신이 없으니

"엄니 그렇게 해요. 우리 집으로 가셔서 편히 계시는 게 낫지요." 재수 아들이 사정을 하니 못이기는 척.

"니가 가자고 하니 그러자." 마랭이 댁을 김여사 방으로 모시고, 자기는 거실에서 자고, 아이들에게 발자국소리도 못 내게 주의를 주어서 온 집안이 쥐죽은 듯 조용했다. 마랭이 댁은 혼자 방에 있으니 잠이 안온다고 김여사를 기어코 불러들여 같이 자자고 했다. 자기가 폐병 말기 환자라는 것을 망각했는지, 끝까지 김여사를 괴롭힐 작정인지 몰라도 죽음을 눈앞에 두고도 며느리를 그토록 염치없이 괴롭혔다. 한 시도 딴전 못 피우게 자기 몸만 보살펴주라고 화장실 가는 틈도 주지 않았다.

마랭이 댁은 죽는 순간까지 오직 자기 하고 싶은 대로 일방통행 하는 것이 어쩌면 박재수와 한 치도 틀리지 않았다. 박재수도 지금껏 오직 자기 하고 싶은 것은 무슨 수를 써서라도 기어코 하고야 마는 인간이었다. 김여사는 잠이 안와서 눈만 감고 있는데 갑자기 마랭이 댁이 소리를 버럭 질렀다. 김여사가 놀래서 '어머님 정신 차리세요' 하고 흔들어 깨우니 꿈을 꾸는 중이었나 보다. 아마도 저승사자가 와서 끌어가려니, 안 가려고 최후의 발악을 하는 것 같았다. 김여사 예감이 좋지 않아 살며시 일어나서 창문을 전부 열어서 사방으로 공기가 통하게 했다. 숨 떨어지면 몸 안에 기생한 균이 전부 밖으로 나오기 때문에 폐결핵 환자 죽은 방은 어린 아이나 젊은 사람은 절대 들어가는 것이 아니라는 소리를 들은 바 있어서 그랬다. 병균이 행여 몸 밖으로 나와서 공기를 타고 밖으로 나가라고 추운 겨울인데도 사방의 문을 열어둔 것이다. 그 날 밤을 꼬박 새고 아침 일찍 일어나 아이들 학교 보내고는 서둘러 잣죽을 쒀서 가지고 들어가,

"어머니, 이것 좀⋯." 김여사가 흔들어도 아무 기척이 없다.

"여보! 어머니가 대답이 없어요. 빨리 와보세요." 박재수는 마랭이 댁을 만져보고 얼굴을 들여다보더니 '엄니, 엄니'하면서 통곡으로 들어갔다. 마랭이 댁이 셋째 며느리 집으로 온지 12일 만에 운명을 달리했다. 1990년 1월, 특이한 인성과 비뚤어진 도덕관념으로 김여사를 그토록 괴롭혔던 마랭이 댁은 향년 75세로 세상을 떠났다. 3년 전 마랭이 양반도 병원에 췌장암으로 입원한 지 12일 만에 사망했었다. 사망하기 전날 '나는 느그 집에 가서 죽고 싶다.'란 유언을 남겼었다. 이들 부부는 그렇게 김여사를 불신했고, 아무 잘못도 없는데 자기 자식에게 그토록 시달림을 당하고 사는 셋째며느리를 그토록 미워하고 살아생전에 '내가 너 따라가지 않을 것이니 입 닫고 있으라.'고 호언장담했던 마랭이 댁도 결국 김여사의 집에서, 최후를 맞았다. 김여사가 그토록 박재수 에게 고통 받은 원인은 마랭이 댁한테 70%의 책임이 있다고 해도 과언이 아닐 것이다. 자기 속으로 난 아들을 자기대신 처갓집에서 그토록 거두고 살리면 사돈네에게와 며느리에게 미안한 양심이라도 있어야 함에도 불구하고 마랭이 댁은 복장이 거꾸로 박힌 사람이라 그런 사돈이나 며느리의 공로를 인정하기 싫었고, 무슨 트집이라도 잡아서 며느리를 천하에 못된 며느

리로 몰아세워야만 자기 직성이 풀린 사람이었다. 원인은 마랭이 댁 양심 깊은 곳에 강한 열등의식이 잠재해 있었기 때문이다. 자기 속으로 난 자식이 남의 자식 노릇을 한 것 같은 생각에 사로잡혀서 김여사에 대한 적개심이랄까? 보통의 상식을 가진 사람이라면 아무도 이해할 수 없는 미묘한 성품을 가진 마랭이 댁이라서 그랬다. 자식이 일찍부터 잘못된 길을 가면 부모로서 같은 여자의 입장을 생각해서 자식을 뜨끔하게 나무래 주고 가장의 역할을 가르쳐야 할 어른이 오히려 아들 바람기를 부추기고, 아들과 짜고 김여사네 친정 재산을 빼내도록 코치를 했으니 그자식이 올바른 길을 갈 리 만무다. 자기자식만 최고로 알고, 며느리 자식은 쓰레기통에 벌레만도 못하게 여기고, 특히 김여사를 괄시했던 일들을 생각하면 시어머니라고 곁에 두기도 싫었지만 그래도 마지막엔 김여사가 그 수발 다 해서 죽음의 길이 쓸쓸하지 않았다. 죽기 전에도 남의 문간채에 궁색스럽게 살고 있는 것을 차마 볼 수 없어서 전에 달영씨가 자기 딸을 위해 지었던 집, 김여사가 살던 집을 수리해서 그곳에서 몇 년간이라도 편히 살다가 죽기직전에 김여사 집으로 왔었다. 이제 시어머니 제사까지 보태서 일 년에 제사를 열네 분에다 설, 추석까지 합하면 열여섯 번의 제사를 맡게 될 것이다.

시신은 절에서 보살들이 와서 마무리를 해 주었다. 마랭이 댁 곁에 있는 유품중 손지갑을 보살이 얼른 쌀 두지에 넣어놓고 가면서 말해주었다. 막내동서가 밥을 하려고 쌀 두지를 여니 그곳에 손지갑이 있는 것을 보고,

"이것이 어머니 것인데 왜 여기다 숨겨놓았소?"

"숨기기는 뭘 숨겼다고 그래? 아까 보살님이 뒷마무리 해주고 가면서 상중이라 복잡할 것 같아서 그랬다고 어머니 손지갑을 두지에 넣고 간다고 말했어도 나는 아직 열어볼 시간도 없었는데 왜? 그 지갑에 돈이 많이 들었을까봐?"

"허허참내~~"막내동서는 김여사의 속이라도 들여다 본 듯 어이없는 표정으로 입가에 얄궂은 비소까지 띠었다.

"얼른 열어보소, 얼마나 들어있는가 보게." 그 손지갑 안에는 만 원짜리 한 장, 천 원짜리 몇 장, 백 원짜리 동전 몇 개, 십 원짜리 동전 몇 개정도 들어있는 것을 확인한 막내동서는 김여사의 면전에서 허허허.....하며허탈한 웃음을 날렸다. 막내동서는 벌써 자기의 생각을 큰 시누이한테 전했다. 마랭

이 댁 손지갑 안에 많은 돈이 들어있었는데 김여사가 그것을 두지에 숨겼다가 막내동서한테 들킨 것 마냥 상상을 하고 증거도, 물증도 없이 오직 자기의 심증을 큰 시누이한테 전했으니 본래 인성이 더러운 마랭이 댁 큰딸이 가만있을 위인이 아니었다. 오자마자 아파트 사방 문을 다 열어 재끼고, 현관문까지 열어 놓고는 미친 여자처럼 뛰어다니며,

"동네 사람들 다 들어보시오! 시어머니한테 세상에 없는 불효를 저지른 년 여기 있소! 우리 어머니가 평생에 모은 돈을 지갑에 넣어놓고 돌아가셨는데 그 돈을 아무도 모르게 두지 안에 숨긴 년이라요.! 그리고 저년이 내 동생을 얼마나 깔아뭉개서 못된 짓을 했는지 아요? 내 동생이 명색이 대학교순데 저년 때문에 얼굴도 못 들고 산다요. 온갖 부정한 짓으로 남편의 출세 길을 그렇게 막아야 쓰겄소?! 어매! 어매! 어매! 불쌍한 우리 어매! 엉엉엉⋯. 자식이 많아도 어느 자식하나가 성한 놈 없이 어매를 그렇게 잡아먹을 라고만 하더니 억울해서 으찌게 죽었소!" 큰 시누이는 마룻바닥을 치며 통곡을 하는데 이웃사람들이 모두가 하는 소리

"어느 집구석이나 시누가 조새 망치 짓을 한다더니 옛말 그른데 하나 없네. 자식이 여럿 있어도 결국 가장 미워하고 시집살이 시킨 셋째 며느리한테서 죽었그만 뭣이 불효했다고 지랄이여? 다 망한 집구석에 많이 숨겨둘 돈이 어디 있어서 저런 억울한 소리들을 해 쌀까? 동생의 댁 우세시키려다 지 우세하고 자빠졌네? 여기가 어딘데 남의 동네 와서 소리 지르고 지랄이야? 시끄러워 죽겄그만!" 박재수는 이웃사람들 눈치를 보며 속은 고소하지만 겉으론 자기 누나의 그런 행위를 제지하려는듯해서

"가만두고 보기만하세요. 탄하지 말고." 라며 김여사가 겨우 말렸다.

"허 참! 좋은 굿 봤네. 시누 년이 저 정도면 씨 엄씨는 어쨌것어? 안 봐도 뻔 하지."

"이집 상주 남자들은 전부 임신을 했어."

"무슨 소리야?"

"저것 봐 상주들 소맷자락은 무엇이 들어있어서 축 늘어지고 배는 임신한 것처럼 불룩하잖아."

"오 정말 그렇네?"

"돈 봉투를 모두 배에다, 소맷자락에다, 숨기니 임신한 것처럼 보이는 그만. 호호호…." 모두가 웃으니 '초상집에서 무슨 웃음이냐'고 남자들이 소리를 꽥 질렀다. 손님들도 그 모습이 우스웠나보다. 부모 송장 앞에서 돈 봉투에 눈이 어두워서 하는 꼬락서니 하고는, 김여사는 그들의 행위가 볼썽사나웠다. 조문객이 누구손님인지 철저하게 구분하여 부의금 봉투를 받아서 상주의 복장을 하고 있으니 어디다 숨길 곳이 없으니 소맷자락이나 허리춤에다 찔러 넣으니 상주들의 상복 소맷자락은 축 늘어지고, 배는 불룩하니 임신했다고 킬킬거렸었다.

"모두들 이번 초상에 쓴 돈 영수증들을 내놓으세요."

"저는 필요한 물건들을 전부 현금으로 샀습니다. 그런 생각도 못하고 영수증도 받지 않았어요."

"나는 그런 것 생각도 못했네요. 언제나 계산하면 엉뚱한데서 돈이 터지는거요." 큰사위가 하는 말이다.

"다 계산하고 나니 73만원 남았습니다."

"그 돈은 전부 막내 영빈이를 주세요." 큰시누이가 경우 없는 소리를 하니

"무슨 소리야?"

"영빈이가 어머니 병원비 17만원을 댔으니 그리 줘야죠."

"그럼 저도 주세요. 저는 어머님 수의 값만 해도 150만원 들었어요. 그리고 병원 퇴원할 때 병원비도 제가 다 계산 했습니다. 영빈이 시아재 병원비 17만원 든 것을 달라면서요? 그럼 제 것도 줘야죠, 나도 빚내서 쓴 겁니다. 그리고 기왕 말이 났으니 한마디 드리렵니다. 이번 초상 때 들어온 부의금을 각자 자기들 손님 것은 다들 챙기셨잖아요? 근데 나는 그러지 않았습니다. 자기들 손님 것이라고 자기들이 다 챙기고선 기껏 우리 손님 것만 가지고 치상비 계산했습니다. 그럼 다들 자기들이 챙긴 부의금도 내 놓고 계산을 해얄 것 아닙니까? 우리만 자식입니까?" 김여사 말을 듣고 갑자기 꿀 먹은 벙어리가 된 듯 조용해졌다. 그때 이의를 제기한 사람은 큰 시누이였다.

"어머니 지갑 속에 든 돈은 누가 숨겼지?"

"난 어머님 지갑을 열어본 사실도 없고, 막내동서하고 같이 열어봤을 땐

만 원짜리 한 장과 천 원짜리 몇 장하고 동전 몇 개뿐인 것을 같이 확인했는데 그게 무슨 말씀입니까?'

"……"

"난 그것이 있는 줄도 몰랐는데 시신을 치우니 어머님 이부자리 밑에서 그것이 나왔다고 쌀 두지 속에 넣어놓고 간다는 보살님 말만 들었지 거기에 별관심도 없었고, 언제 열어볼 기회도 없었는데 막내동서가 그것을 먼저 발견하고 나를 의심하는 눈치였는데, 사실을 확인도 않은 채 형님한테 전했군요? 우리 식구들은 나한테 왜들 이러지요? 내가 그렇게 불량스런 사람으로 보였어요? 아버님 편찮으셨을 때부터 지금까지 고생은 나 혼자 다 했어요. 그랬어도 어느 누구 하나 고생했단 말 한 것 못 봤습니다. 그러고선 돈에 관한 것은 자기들 욕심 다 채우고 나를 의심까지 한단 말입니까? 치상도 끝나지 않았는데 자기들 손님한테 들어온 돈은 다들 자기들이 챙기고 치상 비는 다 내 몫이군요? 어디 이런 경우가 있습니까?!" 김여사의 언성 높은 핀잔소리에 모두가 가슴이 뜨끔 했을 것이다. 남자 형제들은 아무 말도 못하고 멍하니 입 다물고 서로의 눈치만 살피는데 큰사위가 입을 열었다.

"그래 처남댁 말이 맞아, 자식 여럿이라 해도 어느 누가 장인, 장모 아팠을 때나 돌아가셨을 때 누가 발 벗고 나서서 물심양면으로 수고한사람 있었어? 그래도 어찌 되었든 간에 셋째 처남이 대학교수 직이라도 갖고 있으니 그 명예를 생각해서 셋째 처남댁이 제일고생한줄 알아야 해요. 우리가 그 생각은 못했어요. 앞으로 제사도 지내야하니 그 돈은 전부 셋째 처남댁 줘야 맞아."

"감사합니다. 모처럼 제 말이 진실로 먹혀들었군요." 큰 시누이는 눈에 쌍심지를 돋우고 또 앙칼스럽게 따졌다.

"홍어는 어디서 샀는가?"

"대인시장 목포상회에서요."

"그래? 흥!" 큰 시누이는 비웃듯이 입가에 비소를 머금었다.

"제가 미쳐 못가니 친구한테 배달을 해주라고 했어요. 여기 영수증이랑 있습니다."

"홍어가 왜 그리 맛이 없는 것을 샀는가?"

"제가 그 친구한테 부탁하기를 제일 좋은 것으로 가져오라고 했어요. 다들 먹어보고 맛있다고 하던데요? 난 먹을 시간이 없어서 못 먹어 봤네요. 홍어 값이 제일 많이 들었어요."

"친구 누구?"

"중언이 엄마요." 상이 끝나고 며칠 지나서 김여사가 홍어상회를 갔었다. 그런데 목포상회 아저씨가 하는 말

"사모님 내가 홍어장사 42년간 하면서 홍어 값 조사하러 나온 사람 첨 봤소. 박재수 어머니 상당했을 때 홍어를 얼마치를 가져갔냐?, 현금이냐? 외상이냐? 하며 꼬치고치 따지는 사람이 아마도 사모님 친척인 것 같은데 누구세요. 날 씬하고 아주 앙칼지게 생겼던데?"

"예?? 뭐라 했어요?"

"사실대로 말했죠."

"큰시누이인가 보네요. 그날 상 끝나고 큰시누이가 홍어 값을 꼬치꼬치 따졌거든요."

"하여간 의심 할 사람을 의심하지 사모님같이 정직한 사람을 의심하다니 참 사람도 아닌 것들이여. 즈그 양심이 궂으니 사모님도 그런 줄 알고 그런 짓을 했는 갑소." 마랭이 댁 큰딸은 여지없이 마랭이 댁 빼다 박았다. 성품이나 인성이나 생긴 외형이나 하나도 틀린 것 없이 아주 복사판이었다. 그러니 자기중심적으로 모든 사물을 판단하고 남을 업신여기는 습성, 앞 뒤 가리지 않고 성깔부리고 악쓰고 하는 것까지 박재수와 마랭이 댁 그리고 큰딸이 악질 삼종 세트였다. 이런 사람들 틈에 끼어 김여사 그 순한 사람이 이유 없이 수 십 년간 혼자 당하고 살았다.

시어머니 상을 치르고 며칠 지나니까? 은행에서 독촉장이 날아왔다. 전에 마랭이 네가 져놓고 죽은 빚을 갚으라는 것이다. 금액은 엄청나게도 1억 9천만 원이나 된다. 김여사는 어안이 벙벙했다. 자식이 7남매나 되고 아들이 다섯인데 왜 하필이면 셋째며느리인 김여사에겐가? 금융계에서도 마랭이네 자녀들 뒷조사를 다 해 본 결과 자식들 하나도 성한 놈이 없는데 그래도 명색이 박재수는 대학 교수직을 갖고 있으니 벼락은 김여사에게로 떨어지나 마찬가지다. 박재수는 가정일이나 자기가 책임져야 할 일은 이제껏 단 한 번도 책임

감당을 한 사실이 없다. 그러니 김여사가 펄펄 뛸 수밖에 없었다.

"시부모가 우리한테 해 준게 뭐가 있다고 시부모가 진 빚을 우리에게 갚으라고 이런 것이 날아와요? 제사 물려 준 것도 모자라서 빚까지 갚으라고요?"

"내가 아냐?!"

"당신 부모가 저지른 일인데 당신은 그렇게 말해요? 우리만 자식인가요? 부모 살아계실 때 다른 자식들에겐 집도사주고 사업체도 하나씩 다 해주는 것 아는데 우리한테 집 한 칸 얻어줬는가요? 막둥이 가져서 곧 낳을 때가 됐는데, 이사 갈 집세가 12만원이 모자라서 시어머니한테 가서 빌려달라고 사정하니 '내가 무슨 돈이 있냐? 우리가 부잔 줄 아냐? 다른 선생각시들은 잘도 살던데 너는 어째 선생각시가 되 갖고 지지리 궁상만 떨고 다니면서 남편 체면 깎고 댕기냐? 너 이년! 니가 그래갖고 잘사는가 보자이년!' 하며 얼마나 나를 비참하게 만든 줄 알기나 해요?! 그런데 이제 와서 부모가 진 빚을 우리에게 갚으라고 이런 통보를 받고도 왜 당신은 아무런 계책을 못 내고 있어요? 당신 형제들하고 만나서 타협을 해서 어떻게 해 봐요!"

"나는 못한다!"

"왜 못해? 도대체 당신이 잘한 것은 뭐요? 나한네 돈 뜯어내고, 억지소리하고, 안주면 두들겨 패고, 협박하는 것이나 잘하지 지금까지 당신이 한 게 뭐가 있어요? 그럼 이대로 가만히 앉아서 당 할 거요? 다른 형제들은 다 망해서 재산이 없으니 그들한테는 못하고 우리한테 보낸 것은 당신이 명색이 대학교수라서 월급이 짱짱하게 나오는 줄 알고 우리한테 빚 독촉을 하는데 그럼 가만히 앉아서 당신 월급에 차압당해봐야 정신 차리겠군요." 박재수는 막상 자기 월급에 차압을 당하게 생겼어도 어떤 계책은 없고 하니 벌벌 떨고 김여사 처분만 바라고 있었다. 날짜는 닥아 오는데 아무도 그 빚에 대해서 신경 쓰는 자가 없으니 목마른 놈이 샘판다고 할 수 없이 김여사가 나서서 변호사 찾아가서 상담을 해보았다.

"변호사님 저는 셋째 며느리고 시가집으로부터 재산 한 푼 받아본 적도 없는데 시부모님 사후 빚을 갚으라고 우리에게 이런 것이 날아왔습니다. 이런 기가 막힐 일이 어디있습니까?

"사모님 말씀을 듣고 보니 참 억울하시겠습니다. 그러나 걱정하지마세요.

상속 포기 권을 신청해서 법원에 내면 됩니다."

"그런 것을 어떻게 한답니까?"

"저 한 테 맡기세요. 제가 다 알아서 법원에 제출해서 다시는 그런 것 날아오지 못하게 해 드릴 테니까 나를 사세요."

"그럼 변호사님 수임료는 얼마나 듭니까?"

"다른 사람들한테는 300만원씩 받는데 사모님한테는 200만원만 받고 일은 깔끔하게 처리해드리겠습니다."

김여사는 할 수없이 자기돈 들여서 변호사에게 일을 맡겨서 어느 누구도 그 부채를 책임지지 않게 해 줬는데 아무도 김여사에게 고맙다는 인사도 없고. 그 수임료 한 푼도 보태준 사람이 없었다. 일을 처리하고 생각하니 너무 괘씸해서 공연히 해 줬다는 생각이 들었다. 어차피 월급타서 가정에는 단 한 푼도 갖다 주지 않으니 박재수 월급에 차압당해서 매월 자기 부모 빚을 갚도록 놔 둘 것을….

24. 큰 딸의 혼사

마랭이 댁 초상이 났을 때 많은 하객들이 왔었다. 그때 김여사의 큰딸을 보고 참 예쁘다고 서로 중신을 서겠다고 야단이 났었다. 이제 수물 세살, 꽃에 비하면 활짝 핀 완숙된 여자, 최고로 예쁜 나이 때다. 그러니 여러 조문객들이 보고 서로 좋은 자리에 중신해주겠다고 성화를 댔다.

"김여사님 딸이 너무 예쁘게 생겼네요? 아빠를 닮아서 날씬하니 키도 크고, 피부도 허옇고, 이목구비가 뚜렷하게 생겨서 미스코리아 감이네요. 내가 아는 좋은 총각이 있는데 중신을 서 볼까요?"

"이것이 먼 소리여? 내 딸은 공부해야 되는데 벌써 무슨 결혼이 가당키나 해요?"

"여자가 많이 배워봤자 고생만 해요. 저렇게 이쁠 때 평생 편하게 살 곳으로 시집가서 잘살면 됐지 무슨 공부만 시킨다고 그래요. 공부 끝나고 나면 고운

때 벗어서 값이 떨어진다고요. 총각 소개 해 줄 테니까 선 한 번 보세요."
하며 김여사를 바짝 졸랐다. 김여사는 자기 딸을 되도록 남편하고 멀리 떼어
놓으려고 어서 대학 졸업하기만을 기다리고 있는 중이다. 처음대학도 박재수
는 자기가 조선대학교 교수직에 있으니 자기 딸에게 조대를 시험 치게 했었
다. 그래서 필기시험은 잘 봤는데 면접에서 가족사항을 말하는데 자기 아버지
가 박재수 교수라고 말을 했으니 좋은 점수를 받을 리 없었다. 박재수는 5·18
때 학생들을 뒤에서 조종하여 자기가 싫어하는 교수 몇 명을 조선대학교에서
밀어내려고 데모 주동하다 걸려서 어용교수라고 미움 받고 해직되었다가 박
사과정 밟고 나서 다시 복직 되었지만 한번 불량교수로 낙인찍힌 사람이라
박재수의 딸이라고 밝힌 그 순간에 점수를 깎아먹고 들어갔으니 붙을 리 만무
다. 아빠 때문에 자기 인생이 꼬이게 생겼다고 어렸을 때부터 아빠라는 사람
은 자기에게 도대체 도움이 안 되는 사람이라고 울고불고 난리가 났었다. 날
마다 울고 있는 큰딸을 김여사가 달래서 목포대학교를 다니게 해서 지금 4학
년인데 어서 대학을 마치면 호주나 캐나다로 어학연수를 보내서 넓은 세상을
향해 맘껏 뛰어보라고, 그렇게 해서라도 김여사가 자식마다 박재수와 멀리
떼어놓을 계산만 하고 있는데 난데없는 혼사 말이 심하게 오고가는 것이다.
    어떤 여자가 자기가 잘 아는 좋은 총각이라고 사람을 소개 시켜줬었다.
그 총각은 김여사 큰딸을 보자마자 그야말로 뿅 가버렸다.
    "엄마 나 오늘 선을 봤는데 선본 아가씨가 너무 예쁘고 맘에 들어서 내 인생
그 아가씨와 함께 하기로 결심해 버렸어요. 나는 그 아가씨 아니면 평생을
장가 안가고 혼자 살겠소. 엄마가 한번 보시고 우리 결혼 서둘러주세요."
    "떡 줄 놈한테 물어도 안보고 너 혼자 김칫국 마시는 것 아니냐? 어디한번
보자, 네가 서른이 넘도록 장가 안가고 그간 선을 120번 이상을 봤어도 맘에
안 든다고 퇴짜를 놓더니 얼마나 좋은 아가씨기에 네가 뿅 갈 정도인지 나도
한번 보자." 총각은 날마다 김여사 집 근처를 맴돌고, 또 아가씨가 다니는
학교를 찾아가서 먼발치에서라도 보고 싶어 했다. 김여사는 상대방의 호의를
무시하지 못하고 그쪽에서 양가 부모하고 당사자 하고 한자리에서 만나자고
해서 자기 집으로 오라고 했다. 김여사 집으로 온 사람은 총각의 어머니와
큰 형수라고 하는 김여사 또래의 여자와 같이 왔다. 새 아파트에 살림정돈을

깨끗이 해놓고 사는 것을 보고

"아이고 방안 등물을 이렇게 잘 꾸며놓고 사시는 것 보니 안주인이 아주 성격이 깔 끔 하신가 보네요? 이런 가정에서 자란 딸이니 처녀도 성품이 깔끔 하겠지요?" 김여사는 지난번에도 보고 이번에도 봤지만 총각이 여러 가지로 맘에 흡족하지는 않았다. 키도 그리 크지 않고. 나이도 자기 딸보다 열 살이나 많은 것이 얼른 내키지 않았다. 총각 어머니도 김여사 딸에게 홀딱 반해서 자기며느리 하자고 딱 달라붙었다. 결혼하면 집 앞에 있는 땅을 이전해주고 또 무슨 재산도 주겠다고 결혼 승낙만 하라고 졸라댔다.

"어머님은 아이들 결혼을 어떻게 생각 하시는지요?"

"내가 이 자리에서 이렇다, 저렇다 말할 수 없습니다. 제일 중요한 것은 당사자들 의견이 중요하고, 그 다음엔 부모들이 결정을 해야 한다고 생각합니다."

"아가씨 생각은 우리 아들이 어쩐가?"

"……."

"아가씨가 보고 싶어서 며칠 전에도 내가 목포 대학교까지 갔었는데 피해 버려서 못 만났습니다. 물론제가 실례를 한줄 압니다. 그러나 지난번 선 보고 나서 내 눈에 아가씨의 모습이 어른거려서 견딜 수가 없어서 그랬습니다. 난 아가씨 아니면 어떤 여자와도 결혼하지 않고 평생을 혼자 살기로 결심했습니다. 부디 나의 동반자가 되어주었으면 합니다."

"혜정아 네 생각은 어떠냐?"

"그냥 그래, 아직 머가 먼지 잘 모르겠어."

"그럼 싫지는 않은가 보네? 우리아이가 저렇게 좋아하니 생각한번 해보시게, 우리 아들하고 결혼하면 아가씨는 평생 돈 걱정 안하고 잘 살 수 있다네. 머리가 좋아서 직장을 다섯 군데나 몸담고 있는데 본 직장은 안기부에 근무하고, 다른 일에도 여러 곳에 손을 대고 있어서 월급이 다섯 군데서 나오니 경제적으로는 든든한 기반이 이미 다져진 아이라네. 그렇다고 돈을 함부로 쓰지도 않고 야물게 저축해서 통장에 돈도 많이 있다네."

"사람은 야물어 보이네요." 김여사는 돈 많다고 행복한 게 아니라고 말하고 싶었다. 자기 삶을 뒤돌아보니 제일 중요한 것은 돈보다, 인물보다, 학벌보다,

가정환경과 인성이라는 것을 절실히 느꼈기 때문이다.

"어머님께서 따님을 잘 설득해주세요. 아직 나이가 어려서 세상물정을 모르니 어떤 결단을 못 내릴 것입니다."

"우리도 생각 좀 해보고, 지네아빠하고도 타협을 해보고 연락드리겠습니다." 그들은 양가 안쪽 부모들만 만나서 대강 사항판단을 하고 돌아갔다. 총각을 보고나서 박재수에게 딸의 혼사를 물었다.

"혜정이 결혼을 어떻게 생각해요?"

"나는 몰라!"

"모르다니? 부모가 자식 결혼문제를 모르다니? 그럼 어쩌겠다는 거요? 총각이 저렇게 혜정이를 맘에 들어 하고 날마다 집 근처에서 맴도는데 빨리 결정을 내려줘야 할 것 아니요?" 박재수는 베란다에 나가서 줄담배만 빨아대고 있었다.

"총각은 보아하니 인물은 별거 없어도 실속이 든든한 사람같이 보이더라고요. 직장도 안기부라는 곳에 있고, 다른 직종도 손을 대고 있는 아주 알진 사람같이 보였어요. 빨리 결정을 내리세요. 저러다 남의 귀한자식 잡을 수도 있겠소. 아주 사생결단을 하고 날마다 혜정이를 만나려고 혈안이 된 사람이요."

"너 알아서 해!"

"아니 그게 말이라고 해요? 혜정이는 나만의 자식이요? 우리 둘이서 낳은 자식이라고요! 당신은 무슨 일하나 처리 못하고 나한테 큰소리는 잘 치는 등신 중에 등신이여. 내가 당신한테 말 않고 결정했다면 또 그랬다고 난리굿을 할 사람이 결정권을 줘도 너 알아서 하라고 책임을 회피해요?"

"난 모른다잖아?!"

"그럼 내가 더 알아보고 결정할 테니 그리 알고, 잘못 되도 내 원망은 안할 거지?" 박재수는 무슨 생각을 하는지 줄곧 담배만 깊이 빨아 당기고 있었다.

"혜정아 너 그 사람 맘에 드냐?"

"글쎄 뭐라고 할까? 못생겼어도 매력은 있더라, 그리 싫은 기분은 안 들었어."

"그럼 됐다. 느그 아빠 겉은 좋아도 속은 영 아니었다. 느그 아빠 같은 사람만 아니면 나는 좋다. 그 총각하고 교재 잘 해봐라. 시어머니 될 사람도 좋아

보이더라. 하기야 시어머니가 좋고 안 좋고가 무슨 상관있겠냐? 작은아들이니 결혼하면 분가해서 살 텐데?"

"엄마, 그 사람은 내가 봐도 진실한 것 같았어."

"그래, 사람은 진실한 양심이 가장 중요하다. 겉만 좋으면 뭐하냐? 다시 만나보고 최종적인 결정은 네가 하는 거다." 김여사는 박재수와는 어떤 타협도 해 볼 수 없으니 친정아버지한테 자기 딸 결혼문제를 타협하러 갔다. 달영씨는 보배의 이야기를 듣더니 '안 된다. 그렇게 이쁜 아이를 그런 놈한테 보내려고 하냐? 그리고 나이도 십년이나 차이가 난 사람하고 결혼시키고 싶냐? 니가 돈이 없어서 딸을 그런 집에 팔아먹는단 소리를 듣고 싶냐? 안 된다. 그만한 인물이면 얼마든지 좋은 가문에 좋은 신랑 만날 수 있다. 절대 그 결혼반대다.' 달영씨는 자기 딸이 박재수 같은 불한당한테 평생 당하고 산 것이 너무 안타까워서 손녀 딸 만큼은 최고로 좋은 가문에 보내려고 벼르는데 갑자기 손녀딸을 자기 맘에 안 든 사람과 혼인시킨다니 결사반대를 했다. 그리고 김여사네 친정에서는 혜정이를 첫 손녀라고 얼마나 예뻐서 물고 빨고 키운 손녀딸, 눈에 넣어도 아프지 않은 세상에 없는 외손녀인데 그리 쉽게 혼인을 한다니 서운하기 그지없었다. 그렇지만 총각은 물불 안 가리고 달라붙었다. 총각 측에서 어찌나 결혼을 서둘던지 결국 승낙을 하고 말았다.

박재수는 딸을 혼인시킨다 해도 결혼비용이 얼마나 드느냐 묻지도 않고 남의일 처 럼 수수방관했다. 혼수품도 필요 없고 몸만 오라고 했지만 그냥 있을 수가 없어서 예단 비 1,000만원을 들려서 보냈다.

결혼 날짜를 받아놓고 김여사가 딸 신혼 방이라는 곳에 가서 보니 무슨 이불하고 침대가 있었는데 그 침대 시트에 핏자국이 흐리게 묻어있는 것이 보였다. 김여사의 눈에 그것이 자꾸 거슬렸다. 그것을 보고 온 날 밤에 꿈을 꾸는데 어떤 젊은 여자 둘하고 나이 좀 들어 보이는 여자 하나하고 그 집 담 밑에서 뱅뱅 돌고 있는 꿈을 꾸었다. 그런 꿈을 꾸고 나서 결혼 며칠 앞두고 그 집에 불이 나버렸다. 신랑 될 사람은 돈다발을 뭉쳐서 천정에 숨겨두었는데 불이 나서 그것을 꺼내지도 못하고 돈다발이 다 타버렸다. 그 돈은 무려 6,500 만원이나 된단다. 90년도에 6,500만원이면 아파트를 세 채 정도를 살 수 있는 금액이다. 총각 때부터 단단하게 실속기 차려 열심히 모은 돈 다발을 은행에 두지 않고 현금으로 그렇게 숨겨놓은 것은 안기부 직원으로서 검은 돈이었을 것으로 추측을 했다. 아무래도 불길한 생각이 들어서 김여사가 쫓아가서 총각한테 꿈 이야기를 하며.

"아무래도 자네가 전에 사귄 여자를 깨끗이 정리를 못했음이 분명하네. 그랬으니 이번 화재사건도 그녀들이 저지른 것 같으니 그녀들을 찾아가서 솔직히 고백하고 잘못했다고 사과를 하고 돈을 어느 정도 줘서 마음을 단념시킨 다음에 결혼식 올리게. 여자가 한을 품으면 오뉴월에도 서릿발 친다는 말이 괜히 있는 줄 안가? 만약 그렇지 않고 결혼한다면 결혼생활 하는데도 그것들이 끝까지 괴롭힐 것이네, 내말 깊이 듣고 깨끗이 정리하고 결혼식 올리게."

"……." 김여사는 어려서부터 영특해서 무슨 일이 있으려면 먼저 꼭 꿈을 꾸었다. 꾼 꿈마다 헛꿈이 아닌 분명 답을 보는 꿈이다. 침대에 묻은 혈흔을 보는 순간 여자의 육감이란 것이 있었다. 혼전에 사귄 여자들을 데려와서 그 침대에서 애로를 즐겼다는 생각이 들어서 그 침대를 못 쓰게 하고 새로 침대를 교체해 줬다. 대주 아파트로 이사오고선 이 집에서 아이들도 여우고 끝까지 잘 살아보겠다고 했던 결심이 헛되지 않았는지 이 집에서 큰 딸을 혼인시키게 되었다.

25. 세상에 이럴 수가

1991년 김여사는 대주아파트에서 2~3년간 편하게 살았는데, 그 집을 살 때부터 빚을 좀 지고 살았다. 그러니 남편이 조금만 도와주면 빚을 갚아나가면서 생활할 수가 있었는데 집살 때 진 빚을 박재수는 나 몰라라 하고 월급 타서 단 돈 한 푼도 집에 들여 주지 않으면서 오히려 별별 구실을 다붙여서 매일 뜯어가니 김여사가 친정에서 준 돈으로 빚과 이자를 갚아나가고, 박 재수에게 맨 날 뜯기며 생활하려니 너무 힘들어서 빚을 갚고 홀가분하게 살고파서 할 수없이 그 집을 팔고 또 사글세 집으로 이사를 하게 되었다. 대주아파트에 입주했을 때 직원들이 집들이 하러 오면서 대형거울을 사서 벽에 걸어주고 갔었는데 그것이 달셋방에서는 필요 없게 되어서 처리하려고 창문 밑 벽에 임시 기대어 두었다. 그런데 주인집 여자는 그것을 처음에는 그곳에 세워두라고 허락하더니만 다음날은 김여사에게 공연한 시비를 붙여왔다.

"아줌마 이 거울 당장 치우세요!"

"전에 큰 아파트에 살 때는 이게 좋았는데 이 집은 좁아서 어디 들여놓을 곳도 없으니 내일 아침 쓰레기차 오면 가져가라 할게요. 조금만 참아주세요." 라고 김여사는 사정을 했다.

"안돼요. 당장 치우세요."

"고물장사 차라도 오면 되도록 빨리 치우겠으니 오늘만 참아주세요."

"안돼요! 빨리 치우세요." 주인집 여자는 거만한 태도로 김여사에게 더러운 갑 질을 했다.

"사모님 오늘은 너무 늦었고 이 큰 거울을 나는 들지도 못하고 움직이지도 못하니 내일은 사람을 사서라도 치우겠습니다. 오늘만 참아주세요." 주인여자는 지켜 서서 건방을 떨며 비아냥거렸다.

"남의 집 셋방 사는 주제에 이 큰 거울은 왜 갖고 다녀? 빨리 치워! 거울을 깨서라도 지금 당장 치워요!!"

"사모님네 마당이 잔디잖아요. 여기서 깨면 잔디 속으로 유리조각이 튈 수도 있어요. 그러면 일일이 주워내지도 못하고 사람이 다칠 수도 있잖아요. 오늘밤만 참아주세요."

"안된다잖아요? 이 여자가 주인 말을 우습게 여기고 있어?! 당장 치우지 못해?!"

"나는 이 거울을 내 손으로 깨뜨리고 싶지 않지만 난 당장 깨트릴 힘도 없고 도구도 없습니다. 그러니 어쩔 수 없이 오늘밤은 그대로 지내야 겠네요." 그 말이 떨어지기가 무섭게 주인여자는 어디 가서 망치를 가져와서 자기 보는 앞에서 기어코 깨 부셔 버리라는 것이다. 그런 마캐 같은 여자와 더 이상 실랑이하기 싫으니 벽 쪽에다 대고 망치로 여러 번 때려서 그 큰 거울을 깨뜨려서 마대에 주어 담았다. 잔조각하나 없이 깨끗이 쓸어서 다 정리할 때까지 주인 여자는 그것을 끝까지 지켜보고 있었다.

"사모님 이제 됐습니까?"

"됐소!"

"이제 더 이상 이의가 없으시죠?" 김여사의 완벽한 처신을 보고 더 이상 뭐라 시비 하지 않고 주인 여자는 혼자서 못된 성깔을 부리며 뭐라고 궁시렁거리며 자기 방으로 들어갔다.

"사모님 여기 남부경찰서 ○○○형사입니다. 조사할 것이 있으니 경찰서 까지 나오시겠어요?"

"아니 내가 무슨 잘못을 했는데 경찰서라니요?"

"별거 아니니까 일단 나와서 조사나 받읍시다. 민원이 들어와서 그래요." 김여사는 아무리 생각해도 자기가 경찰서에 불려 갈만한 짓은 하지 않았는데 무슨 일인가 하고 가면서도 몹시 궁금했다.

"제가 김보밴데요?"

"아 그렇습니까? 이리 앉으시죠. 사모님 혹시 요즘에 사모님이 잘못했다고 할 정도로 죄를 지은 일이 있습니까?"

"잘못한 일이 전혀 없다고 생각하지만 저도 사람인지라 해놓고도 모를 수 있으니 무슨 일인지 말씀해주세요."

"혹시 누구와 다툰 일이 있습니까?" 그때서야 김여사 머릿속에 떠오르는 것이 있었다.

"다투었다고는 볼 수 없지만 아파트를 팔고 지금 살고 있는 집으로 이사 왔어요. 근데 전에 아파트를 사 들어가서 집들이 할 때 입주선물로 직원들이 가져온 대형거울 때문에 지금주인하고 말썽이 좀 있었어요."

"어떻게 있었어요? 막 붙잡고 몸싸움이 벌어졌나요?"

"그런 일 전혀 없습니다. 제가 언제라고 남들과 입성 사나운 말을 하며 싸운 적은 단 한 번도 없습니다."

"그렇죠? 그럼 혹시 소란피운 적이 있습니까?"

"주인여자가 어찌나 까다롭게 굴며 당장 그 거울을 망치로 깨서 치우라고 망치까지 갖다 주면서 다그치기에 그 자리에서 그것을 망치로 깨서 처리해 줬습니다." 형사는 김 여사의 말을 주의 깊게 듣고선 하는 말이

"사모님 박재수 교수하고는 어떤 사입니까?"

"저의 남편입니다."

"진짜 남편이 맞습니까?"

"네 맞아요. 저와 연애결혼해서 아이들을 4남매나 두고 있습니다."

"분명히 남편 맞지요?"

"네." 그때서야 형사는

"세상에 이럴 수가? 소위 교수이고 남편이란 사람이 자기 부인을 이상한사람으로 몰아세워 조사 해달라고 민원을 제기 했는데요. 증거물이 뭔지 아세요? 와장창! 와장창! 살림부수는 소리에요."

"아니 그럼 그 소리를 주인집 여자가 녹음이라도 했단 말이요?"

"그렇습니다. 여기 한번 들어보실래요?" 하고 틀어준 녹음기에는 분명히 그날 김여사가 망치 들고 깨부순 거울 깨지는 소리밖에 없었다. 그렇다면 주인집 여자를 매수하여 박재수가 자기를 정신이상자로 몰려고 그랬단 말인가? 형사의 말을 듣고 소름이 끼쳤다. 그렇다면 분명 박재수는 김여사를 내치기 위해 또 무슨 흉계를 꾸미고 있다는 것이 직감적으로 느껴졌다.

"박재수란 사람한테 민원을 신고 받고 사모님에 대해서 뒷조사를 해 봤는데 사모님은 역시 천사더군요. 그래도 일단 민원이 들어왔으니 조사는 해야 합니다. 아무 걱정 말고 그냥 돌아가세요. 이 사건은 아무도 모르게 나 혼자 처리하렵니다." 김여사는 어리둥절하여 몸 둘 바를 모르고,

"그냥 가도 돼요?"

"걱정 말고 댁으로 돌아가세요. 다시는 사모님 부르지 않을 겁니다." 김여사는 경찰서 문을 나오는데 누가 보는가 싶어서 사방을 두리번거리며 조심스럽게 나오는데 기가 막혀서 다리가 후들거렸다. 눈물이 앞을 가리며 지난 일들이 주마등처럼 지나간다. 결혼식 때부터 그들의 만행, 다른 여자와 놀기 위해 자기에게 강도짓을 하다시피 하여 날마다 돈 뜯어간 일들하며, 돈 안주면 자기자식을 가지고 남의남자 봐서 난 새끼라고 덤터기씌워 두들겨 팼고, 순순히 돈 안주면 칼 가지고 들어와서 찔러 죽인다는 등, 술집 여자 뗀다고 거금을 요구한 일들 하며, 조건 없이 이혼 안 해주면 평생 못나올 정신병원에 처넣어버린다는 등, 입으로 다 셀 수 없는 만행을 저질렀어도 자식들 때문에 참고 사는 줄 모르고 이런 짓까지 한 박재수를 생각하니 온 몸에 소름이 돋았다. 김여사는 오다가 갑자기 길거리에서 휘청거리며 쓰러지려 하니 간신히

몸을 담벼락에 기대어 섰다가 정신을 차려 겨우 집으로 돌아왔다. 방 가운데 반듯이 누어 천정을 보고 하는 말

"세상에는 너같이 나쁜 놈이 1%정도 있고 99%는 좋은 사람들이 존재한다. 그래서 지구가 돌듯이 세상은 굴러간다는 것을 알아라, 이 천하에 사악하고 교활한 나쁜 놈! 하늘이시여! 제발 제가 더 이상 저 사악한 괴수에게 당하지 않게 해 주십시오. 그놈은 은인을 죽이려고 온갖 교활한 짓을 다 하고 있습니다." 김 여사는 어처구니가 없어서 혼자서 자문자답을 하며 궁시렁 거렸다.

(그렇다면 박재수는 언제 주인 여자를 만나서 그런 간교 극을 꾸몄단 말인가? 앞으로 나에게 무슨 짓을 하려고 그런 사악한 짓을 주인집 여자에게 시켰단 말인가? 어쩐지 무식한 여자가 집 가진 위세를 떨며 경우에 맞지 않은 행위로 나를 짓뭉개려 했던 것이 가소로웠는데 그 일을 박재수가 사조 했다는 것이 더욱 소름이 끼치네? 20년 넘게 공부시켜서 교수 만들어놓으니 은혜 한번 멋지게 갚는구나.) 김여사는 혼자서 천정을 쳐다보고 천정에게 말을 걸다가 미친 듯이 허탈한 웃음을 통쾌하게 날렸다. 허허허….

26. 마누라 죽이기 2

오늘 어디 갔다 왔어?!"

"내가 갈 데가 어디 있겠소? 이삿짐도 정리 덜했는데 경찰서에서 호출이 와서 조사받고 왔소."

"뭐라 조사받았는데?"

"서방을 너무 잘 둬서 서방이 신고해서 조사 받았지요!"

"뭐라고 받았냐니까?!"

"그렇게 궁금하면 당신이 가서 물어보시오. 내 입으로는 창피해서 말 못하겠소."

"그래서 어떻게 됐어?"

"어떻게 되기를 원하고 소란 죄로 신고했소? 내가 지금쯤 감옥에 갇혀 있으

면 속이 시원하겠소?"

"……."

"내가 20년 넘게 돈 들여서 교수를 만든 게 아니라 괴수를 만들었어! 하늘이 무서워서 너 어떻게 그런 짓을 했냐? 이사 온지 하루도 안 됐는데 언제 주인집 여자를 사귀어서 그런 간교 극을 꾸몄을까? 하여간 네 머릿속에는 마귀새끼가 몇 마리나 들어있는지 꼭 한번 쪼개봤으면 좋겠다. 그렇게 하라고 시킨 인간이나 시킨 대로 한 인간이나 하나도 틀린 게 없다. 너를 보면 반가운 게 아니라 사지가 떨리고 저승사자보다 더 무섭다. 우리 얼른 이혼하고 편하게 살자. 이제 더 이상 우리 친정 것 빼먹을 것 없으니 그만 이혼해주라. 대주 아파트 34평짜리 사서 들어갔을 때 네가 월급타서 나를 조금만 도와줬더라면 그 집살 때 진 빚 진즉 갚고 그 집 팔지도 않았을 것이고 이런 집에 이사도 안 왔을 것이다. 박사까지 되어서 월급도 많을 텐데 도대체 너는 어디다 돈을 쓰고 지금까지 집에는 십 원도 안 들여 주냐? 너 목포에서 왔을 때 뭐라 했지? 박사과정 밟게 해주면 아이들 넷 다 박사 만들고, 충실한 가장이 되겠다고 네 입으로 맹세하고 사정했지? 하늘도 두렵지 않냐? 사람의 탈을 쓰고 언제까지 그런 괴물덩어리로 살 건데?!"

"이런 xx년이 갈수록 목소리가 커져서 도저히 니 년 하고는 살수가 없다고 이년아! 목소리 안 낮춰?! 옛날부터 여편네 목소리가 담 넘어가면 집구석이 망한다고 했어 이 악독한 년아! 내가 니년 기에 눌려서 한 가지 것도 되는 일 없었다. 이 팔자 센 년아!!"

"허허~ 기가 막혀 죽겠네. 너는 무엇이든지 갖다 붙이면 다 말인 줄 알고 아무 말이나 막 갖다 붙이는구나? 그래 나 팔자 센 년이라 너 같은 것한테 26년 동안이나 헛짓거리 했다. 여러 말 할 것 없고 그냥 이혼만 해주라! 괴수한테 밤마다 두들겨 맞는 것도 지겹다."

"내가 바보냐? 너를 그냥 이혼해주게? 세상 사람들은 다 나를 나쁜 놈으로 알고 있으니까 상황을 역전시키고 이혼해야지! 네년은 정신병자야! 미친년이라고! 니 년을 정신병원에 넣기 위해 이렇게 증거를 모으고 있는 중이다."

"에끼 미친 불량한 놈! 그래 네 말대로 나 정신병자니까 나랑 살지 말고 이혼만 해주라!"

"이런 개 상년이 감히 하늘같은 서방한테 이놈저놈소리를 함부로 하네? 니 어미 애비한테 배운 개 상놈의 짓을 어디 서방한테 쓰냐? 이년 너 한번 죽어봐라!!" 박재수는 또 그 비겁한 주먹을 맘껏 휘둘렀다. 발로 밟고, 주먹으로 머리를 치고, 가슴을 쥐어박고, 따귀를 때리고, 인정사정없이 마누라를 두들겨 팼다. 김여사는 그 연약한 신체가 폭력을 견디지 못하고 쓰러져 버렸다. 그때 박재수는 흰 종이를 가져와서

"여기에 내가 부른 대로 써!" 김여사는 이제 죽는구나 싶어 더 이상 저항도 할 수 없었다. 피를 흘리고 실신해 있는 김여사가 스스로 글씨를 쓰지 못하게 생겼으니 박재수 손으로 김여사 손을 잡고 백지에 글을 써 내려갔다. 그러고는 김여사 손가락을 끄집어다 지장을 찍고, 김여사 소지품을 뒤져서 도장을 찾아서 자기 손수 찍었다. 그러고는 매우 흐뭇해하면서

"내가 뭐래? 니 년은 내가 죽여 버린다고 했지? ㅎㅎㅎ…… 이정도면 증거가 충분하거든? 후후후……. 정신병원에 집어넣으면 너는 절대 못나와! 누가 니 년 빼 줄 놈 있는 줄 아냐? 니 년 정부라면 혹시 너를 빼 줄지 모르니까 정부한테 알리기 전에 너를 죽여 버릴 것이다."

박재수는 거짓 서류를 만들어놓고 좋아서 음흉스런 웃음을 웃으며 흐뭇해했다. 그래놓고 여기저기 또 전화를 돌렸다.

"안녕하세요? 저 장남이 아빠입니다."

"장남이 아빠가 어쩐 일로 우리 집에 전화를 다하시고? 무슨 일이세요?"

"우리 집사람하고 정아엄마하고 친하게 지내시지요?"

"우린 중학교 때부터 다정한 사이니까 당연히 그렇지요."

"우리 집사람 어디가 좋아서 지금까지 친하게 지내고 계십니까?"

"왜 그러세요? 그 친구는 정도 많고 정직하고. 모든 면에 우리가 따라갈 수 없을 만큼 좋은 사람이지요."

"모두가 우리 집사람을 그렇게 알고 있는데 사실은 그렇지 않습니다."

"그렇지 않다니요? 우리가 그 사람을 수 십 년 겪어봤는데 그 사람을 모르겠습니까? 그 애는 부잣집 외동딸이지만 생전 잘난 체 하지 않고 없는 친구를 도와주려고 했던 사람인데요?"

"그래서 내가 미치겠다니까요? 남들에겐 그렇게 호의적이면서 나에게나 우

리 집 식구들한테는 얼마나 악랄한줄 알기나 해요? 아주 히스테리가 심하고 나만 보면 잡아먹으라고 하니 내가 정상적인가정생활을 할 수도 없고, 직장 내에서도 기를 못 펴고 산다니까요? 누가 내 억울한 속을 알겠요?"

"어머나! 먼 일이다요? 그 친구가 그렇다니 믿어지지가 않습니다."

"앞으로 우리 집사람하고 잘 지내지 마세요. 당신들도 언젠가는 나처럼 당할 겁니다. 그리고 한번만 우리 집사람 두둔했다간 당신들도 좋지 못할 줄 아세요." 박재수는 김여사하고 친한 사람마다다 전화해서 스스로 자기 마누라 죽이기를 서슴치 않았다. 내 처와 잘 지내게 되면 당신들도 좋지 못 할 거란 협박까지 하여 마누라와 친한 사람들마다 관계를 모두 끊어놓았다. 저녁 내내 3~4시간동안 김여사하고 친한 사람들 전화번호를 찾아서 그런 사이코 짓을 했다. 몇 년 전에도 자기가 곁에 버젓이 있음에도 불구하고 웅이 아빠한테 전화해서 앞으로 우리 집사람하고 웅이 엄마하고 못 어울리게 하라고 단속한 박재수였다. 그날의 역습을 지금도 공공연하게 했다. 박재수의 악랄하고 간교한 행위를 누가 인정해 주는 이 없고 오히려 그런 행위가 자기를 나락으로 떨어지게 한 줄은 모르고 손바닥으로 하늘 가린 짓을 서슴없이 하고 있다. 박재수가 너무도 악랄하게 처신을 하니 행여 김여사하고 어울렸다간 박재수에게 재수 없는 일을 당할까봐 속으론 그렇지 않지만 친한 친구들이 피면적으로 김여사를 멀리 했다. 김여사도 행여 그들에게 피해가 갈까봐 자기도 스스로 친한 사람들에게 마음만 갖고 있고 겉으로는 멀리한척했다.

김여사는 아무리 생각해도 기가 막혔다. 내가 뭘 잘못해서 이렇게 창살 없는 감옥살이를 해야 하는가? 16살 때부터 우리 집에서 먹이고 입히고 가르쳐서 결혼시켜서 제 하고 싶은 대로 다 해 온 사람이 불만은 날로 커가니 박재수의 심보를 꺼내 칼로 쪼개서 검사를 해 보았으면 하는 생각 간절했다. 저런 천물이라 곁에서 들 '남편한테 너무 헌신하지 말라, 기껏 헌신하고 나면 헌신짝처럼 버려진다.' 고 말렸던 것이다. 그러나 김여사는 여자의 도리를 한 치도 벗어나지 않고 가정을 지키기 위해 남편에게 모든 것을 올인 했건만 DNA가 원래 그렇게 생겨먹은 박재수라 아무 소용이 없었다. 너무 완벽하게 처신한 김여사를 뭔가 흠집을 내려고 온갖 모사를 다 꾸며도 결코 흠 잡히지 않고 당당하게 처신하고 참아낸 김여사인지라 박재수는 후한이 두려웠다. 그러니 기어코 김여사의 흠집을 만들기 위해 사람을 사서 그림자처럼 뒤를 밟게 했고, 자기 생질녀까지 가정에 끌어들여 김여사 일거수일투족을 다 감시하게 했었다.

박재수는 이제 마누라 죽이기가 극에 달했다. 김여사 친구, 또는 그녀를 아는 모든 사람들에게 날마다 전화하여 김여사를 거꾸로 비방하는 일에 혈안이 된 사람이다. 만나는 사람마다. '나는 도저히 이 여자하고 못살겠다. 사이코도 보통 사이코가 아니다. 자기는 여태껏 가정에 가장으로써 한 치 부족함 없이 다 해줬는데 여편네는 나를 날마다 험담이나 하고 다니며 자기를 망신시키는 일에만 혈안이 된 사람이다. 아무래도 이 여자가 다른 남자를 알고 있는 것 같다. 그래놓고 내게 유책배우자를 만들려고 한 것이 분명하다.' 란 말들로 오히려 자기 행위와 양심을 김여사에게로 뒤집어씌우려고 가진 애를 썼다. 그 말을 듣는 사람마다. '그럴 리 없다. 그 사람은 그럴 위인도 못되고 철저한 현모양처다. 당신이 잘 못 봤다.' 라고 하면 '당신이 우리 사는 것을 지켜봐서 그리 잘 아느냐? 잘 알지도 못하고 함부로 그딴 소리하면 나한테 좋지 못할 줄 알아라. 당신을 남의가정 파괴범 동조자로 고소할 것이다.'라고 겁박하여 김여사와 가까이 못하게 방어진을 쳤다. 과거 폭군정치꾼들이 써먹은 언론차단과 가짜뉴스 날리는 행위를 박재수가 그대로 따라 했다. 그런 말을 박재수로부터 들은 사람마다 하는 소리. '제 놈이 누구 덕에 촌놈 주제에 대학교수라는 명예를 걸어 줬었는데 그런 후안무치한 짓을 하는가? 맑은 하늘에 날벼락 맞을 짓을 한다. 아주 악질에 천하에 양심도 없는 인간!' '제 낯바닥에 스스로 침 뱉는 사이코패스, 상종 못할 인간 말 종 쓰레기 같으니라고! 지 애비 때부터 악랄하기로 유명한 것들 아니어?' 라고 많은 수식어들이 붙었다. 김여사는 남의 입을 통해서 자기남편 험담을 들으니 더욱 기가 막혔다. 자기들끼리는 부부니까 싸우다가도 남이 오면 안 싸운 척 하며 살았는데 민심은 천심이라 했던가? 박재수는 자기의 사악한 행위를 숨기기 위해 권모술수 쓰다가 오히려 자기만 더욱 몹쓸 사람 취급을 받게 되었다.

"친구야 앞으로 너와 나는 서로 마음만 변치 말고 멀리하고 살자. 느그 남편이 너를 가까이 하는 사람들에게 행패를 부릴 것이 뻔히 보이는데 어쩌겠니? 나한테만 그런 게 아니라 여러 사람들에게 그랬나보더라 나를 만나는 사람들이 거의 그 소리를 해서 알았다."

"그래 고맙다. 누가 뭐래도 우리가 본심이 변하겠냐? 나는 너 같은 친구가 있어서 만나지 못해도 행복하다. 미안해 친구야."

27. 친정아버지 타계

김여사의 아버지인 달영씨는 경기도 수원으로 이사 간 지가 3년 정도 되었다. 몇 달 전부터 자기 딸 보배에게 전화를 해서

"아가 너에게 꼭 할 말이 있다. 여기로 좀 올 수 없니?" 달영씨는 자기 건강에 이상한 징조를 느꼈는지 미리서 재산관계를 정리하려고 보배를 그렇게 간절히 기다렸던 것이다. 그런데 김여사는 차일피일 미루고 시간을 얼른 내지 못했다. 12월 중순 넘어서도

"아가 빨리 좀 왔다가라."고 사정을 했었는데도 얼른 가지 못했다.

"아빠 제가 21일 날은 꼭 갈게요. 아이들이 넷이나 되니 제가 집을 비울수가 없어서 그래요."

"되도록 빨리 좀 왔으면 좋겠다. 부탁한다."

"네 아빠." 김여사는 아버지 전화를 받고 얼른못가니 마음이 다급함을 느꼈다. 요즘 들어 박재수가 김여사 뒤에 사람을 붙여 바짝 감시하는 것을 느낌으로 알고 있으니 외출도 되도록 삼가고 신중하게 처신을 하고 있는 중이라 아버지하고 약속한날 못가고 말았다. 내일은 박재수 출근하고 나면 얼른 갔다 와야지 하고 있는데 12월 22일 날 달영씨가 돌아가셨다는 비보를 들었다. 김여사는 하늘이 무너지는 것 같이 사방이 캄캄하고, 눈앞에 아무것도 보이지 않았다. 보배를 결혼시켜놓고 지금껏 딸의 가정에 금고노릇을 했었고, 정신적인 지주였던 분이다. 이런 분이 돌아가셨다니 김여사에겐 그야말로 하늘이 무너진 것 같았다.

"여보 친정아버지가 돌아가셨다네요? 빨리 갑시다."

"내가 거기를 왜가?!"

"거 먼 소리요? 우리 집에 누가 있소? 사위라곤 오직 당신 하나밖에 없고,

자식도 온전한 것 하나 없이 외로운 분인데 당신이 안가면 어떻게 되겠소? 남들 체면도 있지 않소.”

“나는 안 간다!”

“여보, 학교에다 말하고 갑시다. 우리 친정 부모가 당신한테 어떻게 했소. 당신은 사위가 아니라 아들이라고 생각하고 20년 넘게 당신에게 돈을 투자했지 않소? 제발 부탁이오. 갑시다.”

“못가! 안가!!” 하며 박재수는 방 가운데 벌러덩 누워버렸다.

“여보 내가 이렇게 사정할게요. 부탁이요 이번 한번만 가주세요. 제발요.”

“안 간다면 안 가는 줄 알지 이런 xx년이 사람을 귀찮게 하고 있네?!”

“에끼!! 개새끼만도 못한 인간 같으니라고! 너 하늘이 두렵지 않냐? 이 벼락 맞을 인간아!” 장인 부고소식을 듣고도 못 간다고 나자빠진 박재수를 억지로 끌고 못가니 김여사는 포기하고 혼자서 길을 나섰다. 그간 박재수에게 투자한 시간과 돈이 더욱 아깝다는 생각에 분노가 치솟다 못해 악에 받쳐 눈물도 나오지 않았다. 너무도 괘씸한 생각에 수원까지 가는 동안 온몸을 부들부들 떨며 갔다. (저런 개새끼만도 못한 것을 우리 집에서 그간 먹여 살리고 그 많은 돈을 들여 공부시켰던가? 너는 처음부터 나와 결혼 한 게 아니라 우리 집 재산과 결혼한 도둑놈이었다. 고등학교 때부터 여자관계가 복잡한 것을 알고 내가 딱 잘라 거절을 하니 너는 쇼하느라 나를 짝사랑하다 못해 병원에 입원까지 했다고 속여서 나를 억지로 취한 놈이다. 내가그때 너의 그 간교한 꾀에 속아 넘어간 것을 이렇게 후회한다. 그때 느그 집은 형편이 어려워서 결혼식도 못 올린다고 해서 우리 집에서 양쪽 대사 다 치르게 해주니 우리 앞으로 들어온 축의금까지 몽땅 떼어먹은 무지한 것들이다. 그 뒤로도 나한테 어떻게 했냐? 결혼첫날부터 외박하고 7일 만에 들어와서도 잘했다고 큰소리 치고 지금까지 나를 밤마다 소박 맞혔다. 어쩌다가 생긴 자식들 때문에 내가 너하고 지금껏 한 지붕 밑에 동거할 뿐이다. 이런 천하에 악독하고 교활한 놈, 천하에 간교한 나쁜 놈, 극악무도한 불량한 놈, 요즘 들어 나를 이토록 집요하게 괴롭힘을 준 것은 내게 어떤 흠집을 만들어 결코 위자료 안주고 내 쫓으려고 그러는 줄 안다.)

하나밖에 없는 사위를 못 데리고 혼자서 온 김여사는 일가친척들 볼 면목이 없었다. 가까운 집안사람들과 배다른 동생들이 모두가 김여사 오기만을 기다리고 있었다. 급히 서둘러서 고향으로 영구차 불러서 시신을 운반했다. 달영씨가 객지로 떠난 후 몇 년간 비워둔 텅 빈 5칸 겹 집, 옛날에는 일군들도 많고 종들도 많아 마을에서는 제일 훈훈한 집이었는데, 또한 자기 아버지 작고하셨을 때는 H군내에선 제일 건 초상을 치느라 마당이 발 디딜 틈이 없었고, 대문밖에도 걸인들과 나환자들 숙식을 따로 해서 후히 대접할 정도로 인심이 후하다고 소문난 집인데 몇 년을 비워뒀으니 창문이고, 벽지고, 모든 것이 허름하니 을씨년스러웠다. H에선 제일 부자였고. 과거에 고급 공무원 생활을 해서 그 지방에서는 그래도 부와 명예를 한 몸에 다 지닌 분이 박재수 때문에 객지로 떠났다가 갑자기 심장마비로 떠난 달영씨, 그날도 아침 먹고 기분 좋게 등산복입고 등산 중에 갑자기 쓰러졌다고 한다. 심장마비로 자연사한 것이다. 현명한 사람은 자기 죽을 날을 안다고 했던가. 달영씨는 죽기 며칠 전부터 자기 딸 보배에게 되도록 빨리 와 달라고 사정했었다. 자기 딸 보배에게 무엇을 말하려고 그렇게 간절히 기다렸던가? 그 심중의 소리를 듣지 못하고 그렇게 떠나게 해버린 보배는 통곡을 멈출 수 없었다.

뒤늦게 박재수가 교수 두 사람하고 나타났다. 내가 왜 가냐고 안 간다고 쭉 뻗은 사람이 그리 라도 와주니 김여사는 고맙다고 생각했다.

김여사가 결혼 한 후에 할머니가 아들손자 보겠다고 억지로 씨앗을 보게 해서 거기서 난 딸은 제법 똑똑한데 아들은 엽엽하지 못했다. 배다른 여동생은 곱게 자라서 부산에서 직장생활을 하고 있다. 그가 다닌 직장 동료들이 걷어준 돈이라며 부의금 봉투를 한주먹 내놓았다. 박재수한테도 김여사가 가서 사정했다.

"여보 당신도 부의금 받은 것 좀 내 놓으시오."

"없어!"

"조대에도 상조회가 다섯 개나 있는 줄 아는데 그 상조회 돈 낸다고 다달이 나한테 뜯어간 돈만해도 얼만데 상조회에서 가만있었겠소? 그리고 개인적으로도 부의금 많이 받았을 텐데 하나도 안주면 되겠소? 처제한테 체면이 있지, 그러지 말고 좀 내 나 봐요." 돈이라면 환장하고 움켜쥐는 박재수를 김여사가 살살 달래서 그 주머니에서 부의금 받은 봉투가 나오게 하려고 사정을 했다.

그 집에 돈이 없어서가 아니라 박재수 체면을 세워주려고 그랬던 것이다. 그래도 달영씨가 돈 대서 여태껏 그 식구 먹여 살렸고. 20년 넘게 돈대서 박사까지 만들어 줬으니 다른 때는 못했어도 이번만큼은 그 은공을 갚는다고 생각하고 장인초상에 상주노릇을 톡톡히 했어야 한다. 그랬다면 과거에 잘못한 것들이 다 묻혀갈 수도 있다. 그런데 무의도식 한 박재수는 그런 체면을 전혀 알지 못한다. 오직 자기 손에 들어온 돈만 안 뺏기려는 생각밖에 없는 사람이다. 김여사의 사정에 못 이겨 코트 안주머니로 손이 들어갔다. 그곳엔 봉투가 수북이 찔러 있는데 그것 중에서 가장 적게 든 봉투를 찾느라 손을 코트 주머니에 넣고 봉투를 만지작거리더니 제일 얇은 것을 하나 꺼내서 던져주고는 낯바닥이 없으니 장인 상도 안 치르고 수업해야 한다면서 대문 밖으로 서둘러 나가버렸다. 매정하게 나가버린 박재수를 따라 나가면서 김여사가 사정했다.

"여보. 아무리 그렇지만 수업이 그리 중요해요? 원래 부모상을 당하면 5일간은 공식적으로 쉬게 되어 있는데 수업 핑계대고 상도 안마치고 가면 당신을 뭐라 하겠소? 가지 말고 돌아오세요. 여보, 제발요." 아무리 사정해도 뒤도 안돌아보고 가버렸다.

박재수는 김 여사로부터 장인이 작고했다는 소리를 듣자마자 장인 상당한 것을 빌미로 부의금을 자기 손수 받아 챙기려고 장인 초상에를 안 간다고 버팅겼던 것이다. 자기가 처갓집으로 초상 치러 가버리면 그곳까지 동료교수들이 부의금 봉투 들고 찾아와서 처갓집 부의록에 달리고 조문할 것은 자명한 일이라 처갓집으로 부의금이 들어가기 전에 자기가 직접 받아 챙기려고 그런 계산을 먼저 때리고 20여 년간 수많은 재산을 팔아서 정식교수까지 만들어준 장인 초상에 안 간다고 버팅긴 박재수다. 속담에 '무당이 염불에는 뜻이 없고 잿밥에만 뜻이 있다'는 말과 같이 박재수는 타고나기를 남의 체면이나 이면 같은 것을 생각하지 않고 오직 자기 계산속으로만 잔머리 굴리는 천박한 태생이라서 어쩔 수 없었다.

장인 초상에 오자마자 앉지도 않고 선 거름에 나가버린 박재수를 보고 그곳에 모인 사람들이 전부가 한마디씩 했다.

"원 세상에 저럴 수가 있어?! 하나밖에 없는 사위가 초상도 안 치르고 가버리다니? 에이!! 개 상놈의 새끼! 지 깐 놈이 누구 덕에 대학교수가 되었는데 저런 천하에 배은망덕한 개새끼 같으니라고!"

"그러게 머리 검은 짐승은 거두지 말라 했는디 우리 성님 헛짓거리 많이 했소!" 보배의 작은아버지가 흥분하여 욕하고, 작은어머니가 비아냥거렸다.

"아무리 수업이 중요하지만 부모상과 처부모상은 나라에서도 허용해 준 것인디 박 서방은 글을 똥구멍으로 배웠을까? 장인 송장도 안치우고 수업한다고 가버린 사위가 어딨어? 이거 노랑신문에 낼 일이네?"

"제 깐 놈이 지난날 우리 보배한테나 처갓집에 했던 짓을 생각하면 낯바닥이 없응께 그렇겠재?"

남들이야 뭐라고 비웃었건 말건 박재수는 그런 체면 같은 것 살필 위인이 결코 아니다. 도덕적으로 결여된 행위는 법에 걸리지 않으니 네깐 것들이야 욕을 하든 말든 나와는 상관없다. 박재수 마음속엔 이미 결심이 서 있는데 구태여 남들 앞에 사위 체면 같은 것 세울 필요가 있었겠는가?

상을 치르는 동안 내내 날씨는 봄날처럼 따뜻해서 동네 사람들이

"이집이 흥부네 집인가 겨울인데도 이렇게 따뜻하고 날이 좋아 문을 다 열어 놓고 상을 치렀네."

"그러게 말이여 가신분이 전에 동네사람들한테 오죽 덕을 베풀었소? 그런데 이렇게 일찍 가실 줄을 누가 알았겠소?"

"원래 좋은 사람은 저승에서도 필요하니 빨리 데려가고 못된 악질은 데려가 봐야 쓸데가 없으니 얼른 안 데려간답디다." 마을사람들이 모여서 과거에 달영씨의 덕담들을 하고 있었다.

그렇게 따뜻했던 날씨가 상 치르고 삼오제 지내고나니 갑자기 날씨가 추어져서 전국에 눈이 퍼붓기 시작했다. 도로가 막히니 겨우 고속도로만 다니는 정도다.

"여보 나 광주에 도착했는데 당신이 차 좀 가지고 백운동 간이정류소로 나와 주실래요?"

"눈이 와서 못나가!" 하고 매정스럽게 끊어버렸다. (개새끼 같으니라고 내 돈 갖다 차사서 저는 품 잡고 차 굴리고 다니면서 나한테는 이따위로 구나?) 오면서 봐도 남쪽지방은 시내버스랑 자가용, 대중교통들은 운행을 충분히 하고 있었다. 그런데도 그렇게 매정하게 거절한 박재수를 김여사는 혼자서 욕하

며 집까지 왔다. 방림동 모아 아파트 110동 306호 29평짜리 집으로 말이다. 이 집도 지난번에 대주아파트를 팔아버리고 다시 사글세 집을 살고 있단 소리를 듣고 신여사가 또 재산을 일부 헐어서 딸에게 사준 집이다. 이것이 친정 돈으로 세 번째 산 집이다.

집에 들어가니 박재수는 외출할 준비를 하고 침대에 벌러덩 누워있었다. 눈이 많이 와서 차를 못 움직인다고 한 박재수는 차를 끌고 나갈 준비를 하고 김여사를 기다리고 있었다. 들어오자마자 묻는 것은

"돈은 어떻게 했는가?"

"무슨 돈이요?"

"초상치고 남은 돈 말일세."

"우리가 손님이 있었소? 아빠가 수년간 객지생활하다 돌아가셨으니 여기저기 부고도 내지 않아서 기껏 동네 사람들과 친척뿐이었지, 그리고 내가 어디를 다녀서 친구들이 왔어요? 내 친구들에게나 나하고 잘 지내는 사람들한테 당신이 전화해서 인과관계를 다 끊어버렸고, 당신도 부의금 나온 것 안내놓았는데 무슨 여유가 있겠소? 겨우 치상 치렀지."

"그럼 치상 치른다고 빌려간 돈은 어떻게 할 건데?!"

"우리 부모 돌아가신 치상비니까 우리가 갚아야죠. 누가 갚아주겠어요?"

"그런 거지같은 집구석에 내가 왜 갚아?!!" 박재수는 고래고래 소리를 지른다.

"거지요? 누가 거지요?!"

"초상 치른다고 검덕이네한테 빌린 돈을 왜 내가 갚느냐 말이다!"

"언제부터 당신이 우리 집과 내 집에 신경 쓰고 살았소? 당신 가슴에 손을 얹고 생각해봐라. 지금까지 당신이 우리 친정 것으로 누리고 살아놓고 그따위 소리가 나오냐? 어쩌면 그 속에서 나왔다고 느그 어매하고 한 치도 안 틀리냐? 느그 식구들은 돈만 보면 머리가 해까닥 도는가 보지? 내가 또 돈이나 몽땅 쥐고 왔을 거라고 계산하고 그 돈 뺏으려고 나갈 준비하고 있으면서도 눈 때문에 마중도 못 나온다고 했구나? 하여간 당신이라는 사람은 진짜로 연구 대상이야! 지난 20여 년간 느그 어매 하고 짜고 우리 친정 것 얼마나 울궈 먹었냐? 너 때문에 우리친정이 경기도로 이사 갔었다. 너는 우리 친정 곡간에 끝까지 혀를 대고 우리 재산을 다 빨아먹으려고 하니 너를 피해서 간 것이다.

그 후부터 느그 집에 돈줄이 막혀서 철공소 부도났지? 이런 배은망덕한 인간은 세상에 너밖에 없을 거다. 지난 20여 년간 너에게 공들여서 박사까지 만들어 놓았는데 장인 돌아가셔서 가자고 하니 안 간다고 쭉 뻗었던 너다. 그래놓고 장인 죽은 부의금은 너 혼자 받아서 주머니에 두둑히 넣고 있으면서 내놓으라고 하니 마지못해서 봉투 하나만 던져놓고 상중에 수업한다고 가버린 너다. 하늘에서 벼락 안 맞고 지금까지 있는 것이 이상하다. 돈 빌려서 경기도에서 고향까지 모셔 와서 치상 치르는데 돈이 남았겠어? 당신 앞으로 부조금 들어온 것으로 갚아봐. 그 돈으로 갚고도 남을 것이다.”

“그 거지 떼들이 쓴 돈을 내가 왜 갚냐?!”

“어떻게 네 입에서 그런 말이 나오냐? 어찌됐던 우리사이에 자식이 네 명이나 있다. 그 새끼들 누가먹이고 갈쳤냐? 너는 공무원이라고 애들 학비가 네 월급에 붙어서 나오면 그 돈도 너는 다 떼어먹고 애들 학비 한 푼 주지 않았다. 애들 학비 나와서 돈 달라고 하면 무조건 엄마한테 주라 하라고 떠밀어버리면 그만이었다. 거지같은 우리 집에서 너 박사까지 만들고 네 새끼들 넷을 키워냈다. 그런데 그런 거지같은 우리 집 것을 너는 빨대대고 신나게 20여 년 간 빨아먹고도 얼핏 하면 나보고 거지같은 년, 거지 떼라고 비웃었다. 내가 거지면 너는 거지의 간을 빼 먹고 산 너다. 너 같은 거지새끼하고 같이하자니 내 새끼들한테 지장 있을까봐 참고 참았다. 참으니까 내가 바본 줄 알고 너는 끝도 없이 나에게 못된 짓만 했다. 느그 어매하고 짜고 우리 친정 것 빼먹고 나죽이려고 몇 번을 모사했냐? 지금도 더 빼먹을 것이 있으니 이혼도 안 해주고 나를 이렇게 피를 말리며 사는 너다. 이 불량하기 짝이 없는 인간아. 오직 너는 네 체면만 세우고, 네 출세를 위해서 내 것을 그렇게 빨아먹고, 억울한 누명은 나에게 다 씌우고, 오직 일방주의로 내게 강도이상의 짓을 지금까지 해왔다. 우리 친정어머니가 강도한테 전대와 가방을 뺏겨서 그 후부터 장사를 접고 경기도로 가셨다. 우리 어머니는 그 강도가 누군지 안다더라. 오늘도 행여 친정에서 돈이나 가져온 줄 알고 그것 뺏어가지고 나가려고 준비하고 있었구나? 내 자식들이 어서 커서 자립할 때까지 참고 살려고 지금까지 버틴 것이다. 너 내 자식 덕본 줄 알아라.”

김 여사는 박재수에게 당한 만행이 가슴에 서리서리 쌓여있어서 토해내고 있는데 어디선가 전화가 왔다. 박재수는 전화를 받고 좋아서 '허허허….'하고 너털웃음을 웃더니 '정교수님, 사랑하고 존경합니다.' 박재수는 어쩔 줄을 몰라 하며 나가려고 설레방을 쳤다.

"정옥희 교수가 미국 갔다가 지금 온다니 공항으로 마중 나갈 거다." 하면서 헐떡거리고 나가려고 하는 것을 붙잡고.

"어디를 가?! 장인어른 초상도 바쁘다고 얼굴만 내밀고 가버린 사람이 정옥희 그년이 뭔데 마중 나가? 내가 초상치고 몸이 피곤하여 좀 데리러 오라니까 눈이 와서 못나간다고 너 알아서 오라고 끊어버려서 나는 여기까지 걸어왔다! 정 옥희가 누군데? 네 애인이나 되냐? 그년하고 진즉부터 썸씽 있다는 것 다 알지만 그년도 가정이 있으니 조용히 하려고 내가 입 다물고 있었다. 이 거지같은 놈아! 내 입만 열면 네 놈이 교수자리 차고 있을 줄 아냐?! 그 차는 누구 돈으로 샀는데? 나는 아무리 급한 일이 있어도 시간이 없네, 바쁘네, 하고 온갖 핑계 다 대고 한 번도 안태워주더니 엉뚱한 년들만 태우고 다니면서 나를 보고 얼른하면 거지같은 년이라고 멸시하면서 다른 년들한테는 사랑하며 존경 한단 소리가 나오냐?! 너는 20년 넘게 공무원 생활 했어도 집에는 생활비 한 푼 주지 않아놓고 교수 체면세운다고 자가용 사내라고 느그 동생하고 짜고 백만 원이면 너끈히 살 중고차를 너는 그때도 2백 만 원이나 뺏어갔다. 대원 아파트 막 들어갔을 때 친정아버지가 집 사면서 진 빚 갚으라고 준 돈에서 기어코 뺏어다 차사서 너만 누리고 살았다. 대주아파트 사 들어갈 때도 빚을 지고 샀으니 네가 조금만 도와주면 그 빚 갚고 살 수 있었는데 도와주기는커녕 날마다 너에게 뜯기며 사니 도저히 그 빚을 갚아 나갈 수가 없이 빚이 더 무거워지니 어쩔 수 없이 빚 갚고 홀가분하게 살려고 대주아파트 팔아서 빚 갚고 돈이 좀 여유가 있는 것을 알고 너는 그 돈 냄새 맡고 또 새 자가용을 그때 싯가 7백만 원짜리를 8백만 원이라고 속여서 기어코 웃돈까지 얹어서 뺏어갔다. 이렇게도 골골이 내 피를 빨아먹은 놈이 네 입에서 나보고 거지란 말이 나오냐? 우리 할아버지께서 하신 유언의 말씀, '재산을 남에게 뺏기지 말고 잘 간수해라'는 유언을 헛되이 하고 말았다. 너 같은 놈에게 전 재산을 투자하다시피해서 교수, 박사 만들어놓으니 하는 짓마다 괴수짓이나 했다.

네놈은 도대체 사랑하는 여자가 몇이나 되나 세어보자. 느그 아버지가 거달한 여자들을 조기 엮듯이 엮어서 세우면 목포에서부터 H까지 세우고도 남는다고들 하더라! 아무리 그 종자라지만 느그 아버지는 노가다 해먹는 사람이었으니 그래도 상관없는데 너는 명색이 대학교수야! 교수라는 직분을 가진사람이 남의 여자나 건드리고 다니고 나한테는 평생 소박 맞혔냐?! 높은 학문을 가진 교수는 그럴 특권이라도 허가받았냐?! 나라에선 허가 받았을지라도나는 그런 허가 한적 없다. 네놈을 누가 그 자리에 올려줬는데 나를 괄시하고이날 평생 소박여로 살게 했냐? 너하고 20년 이상 살면서 자식을 네 명이나낳았어도 너하고 나하고 정상적인 부부관계해서 생긴 자식이 하나라도 있냐?네 말 따라 어쩌다 술 먹고 실수해서 생긴 자식이라고 했다가, 돈 안주면 어떤놈 씨냐고 강짜부리고 두들겨 패고 했던 놈이다. 내가 어쩌다 너 같은 놈에게속아서 평생 우리 친정부모만 못살게 했고. 나한테도 좋은날 한 번 없이 평생피를 말렸다. 내가 무슨 일만하면 너는 도와주기는커녕 평생 방해꾼 노릇이나해서 그간 나와 내 새끼들을 얼마나 서럽게 했냐 말이다!! 엉엉엉…." 박재수는 김여사가 아무리 가슴 터지는 소리를 해도 마이동풍우이독경이었다. 그런김여사 심정을 헤아리기는커녕 얼른 정 옥희 교수 마중 나가려는 데만 정신이팔려서 김여사의 가슴이 터지든 말든 외투를 걸치고 겨울바람에 외투자락휘날리며 나가버렸다.

김여사는 아무리 생각해도 이건 아니었다. 아무리 참아도 아무 효과가 없고, 희생도 허울 좋은 울타리가 되 버렸다. 친구들 말과 같이 여자는 남자에게헌신하고 나면 여자를 헌신짝 버리듯 한다고 일찍부터 그렇게 헌신하지 말라고 했을 때 그 말을 귀담아 듣고 그때 모진 맘을 먹을 걸, 하고 김여사는날이 갈수록 후회했다.

박재수는 결혼식만 올리고 어디론가 사라졌다가 일주일 만에 나타나서 명색이 첫날밤에 친정어머니가 딸의 첫날밤을 위해 마련해준 화대를 잠자리들기 전에 베게머리 위에 올려놓고 있는 것을 보고 박재수의 입에서 나온소름끼치는 소리.

'내가 네년하고 잠 자 줄줄 알고 그런 것 내놓고 기다리냐? 난 네년을 평생소박 맞힐 것이다. 네년은 악랄하고 나쁜 년이니까 평생 소박 맞혀 죽일 거야!

야 이 나쁜 년아 반성해!'하며 자기 열등의식 때문에 첫날밤에 김여사에게 그런 모멸감을 주어 기선제압 했던 박재수를 남이 부끄러워서 어쩌지 못하고 20여년을 질질 끌려 다녔던 자신이 너무 바보스러웠다.

28. 두 번째 이혼

박재수의 악행은 날로 더 심해져갔다. 사사건건트집이고 밤마다 잠을 못 자게 앉혀놓고 생강짜를 부리고 온갖 트집으로 폭행을 당하며 날을 꼬박 샜다. 주위의 이웃 남자하고 인사만 해도 그놈 붙어먹은 년이라고 더러운 소리를 해서 사람을 죽도록 두들겨 패고, 옷만 갈아입어도 어떤 놈 만나려고 단장하느냐고 트집을 잡아 단 한 시간도 얼굴 펴고 살 수 없게 들볶았다. 김여사는 박재수가 이렇게 바짝 자기를 괴롭힌 것은 틀림없이 목포에 있을 때 알아놓은 여자와 결혼까지 약속해놓고 광주로 왔다는 것을 느낌상 알 수 있었다. 그래놓고 음흉스럽게도 김여사를 버리기 전에 최후의 수단으로 박사과정을 밟게 해달라고 사정하여 처갓집 돈으로 기어코 박사학위를 받고야말았다. 학위 받기까지 꼬박 5년이 걸렸다. 박재수는 박사과정 밟는 동안에도 퇴근하기 바쁘게 목포를 뻔질나게 다녔다. 그러기 때문에 목포에 여자가 있다는 것을 눈으로 보지 않고도 알 수 있었다. 언젠가 차남이 교통사고 난 보상비를 자기 혼자 받아서 윤금숙이랑 진해 벚꽃구경 갔네, 군산 군항제 갔네, 하고 노골적으로 자기에게 여자가 있다는 것을 암시했던 때가 있었다. 그 여자를 들여세우기 위해 그간 박재수는 모진 학대로 김여사를 괴롭혀왔다. 대주아파트 팔고 사글세방으로 옮겨오는 날 거울을 가지고 사건화 시켜서 김여사를 정신이상자로 만들려고 주인집 여자를 꾀어서 기어코 거울을 깨뜨리도록 유도하여 녹음시킨 것을 증거물로 제시했던 아주치졸한교수로 낙인찍혔던 일 하며. 흥신소사람 붙여 뒤를 밟게 했고. 성격이 보편적으로 깔끔하고 청결한 김여사를 천하에 추물로 또는 비위생적인 야만인으로 둔갑시켜서 남들에게 천하에 부족하고 모자란, 무식한 사람으로 오인시키려고 온갖 잔머리를 굴리다 안 되겠으니 이제 소리 소문 없이 죽이려고 사전에 계획했었다. 김여사가 하룻저녁에는 잠이 깊이 들었는데 목이 답답해 옴을 느끼고 눈을 떠 보니 박재수가 자기 목을 조이고 있다가 김여사가 눈을 똑 뜨니 박재수는 깜짝 놀라서 얼른 손을 치웠다. 그리고선 모른 척 하고 담배를 빼서 불붙여 흔연스럽게 빨아대고 있었다. 날이 갈수록 흉폭 해지는 박재수에게 살의를 느끼기 시작했다. 그런 말을 김여사 친구에게 은밀히 말했다. 그 친구는 그런 말을 듣고 자기가 더 분노하여 참을 수가 없었던지 김여사를 데리고 유명하다는 점쟁이 집을 찾아갔다. 그 점쟁이 왈 '당신은 하루빨리 그 집에서 나와야 산다. 그렇지 않으면 비명횡사 한다. 곁에 저승사자가 버티고 있다.' 라고 했다. 너무나 끔찍한 소리를 듣고 다른 데로 가서 재차 물어 보아도 같은 말을 했다. '세상에 악 하도다, 악 하도다, 짝도 없이 악하도다. 악한구더기가 들끓는 속에서 장미꽃 같은 사람이 배겨 날 수가 없구나 하루빨리 나와서 날개를 달아라, 훨훨 날아라.' 하고 점쟁이가 안타까워했다. '당신은 그 집에서 하루빨리 나오세요. 나와야 산다. 자식이고 뭐고 다 버리고 나와야 한다.' 하고 급한 소리를 했다. 김여사는 박재수에게 미련이 있어서 이제껏 산 것은 아니다. 자기 속으로 난 자식들이 자립할 때까지는 어미가 있어야겠기에 그 모진고통을 참고 버티었는데 이제는 극에 달해서 더 이상 버틸 수가 없었다. 박재수는 이미 목포 윤금숙과 결혼을 약속했기 때문에 어서 그 약속을 이행해야 하는데 김여사가 버티고 있으니 하루라도 빨리 김여사를 쫓아낼 궁리에 별짓을 다 했어도 결코 흠 잡힐 짓을 하지 않으니 이제 목 졸라 소리 소문 없이 죽이고 자살 한 것처럼 꾸미려고 온갖 연구를 다 했던 박재수다. 그래서 대형거울 사건도 조작했고. 밤마다 그녀와 친한 사람들 집에 전화해서 부정한 사람, 히스테릭한 정신병자. 다중인격자등으로 인식시켜서 자기가 그녀와 두 번이나 이혼한 사유를 정당화 하려고 온갖 잔머리를 굴리다 안 되니까 슬그머니 목 졸라 죽이려고 작전을 바꾸었다. 그러나 세상은 박재수 계획대로 만은 되지 않았다. 김여사의 꿈과 예지력으로 그 죽음들을 용케도 피해왔던 것이다.

"내가 네년한테 아무 정이 없는데 니년은 무엇 때문에 이혼을 안 해주고 내 눈 앞에서 내 기를 죽이냐? 난 니년만 보면 밥맛이 떨어져서 한시라도 보기 싫은데 왜 이혼을 안 해주냐? 이렇게 정이 없는 사람과 사느니 차라리 홀가분하게 이혼해서 나 살고 싶은 대로 살게 해주라."

"전에 내가 그렇게 이혼해주라고 할 때는 '어떤 놈 좋으라고 이혼해? 이혼만은 절대 안 해!!' 라고 지금껏 이혼을 피한 사람은 당신이었다. 근데 요즘 들어 당신 입으로 이혼을 강요한건 이상해! 당신이 그렇게 원한다면 이혼해줄게, 그런데 이번에는 위자료 줘야한다. 내가 너 박사까지 만들어줬으니 당연히 위자료 주어야 한다. 처음 이혼할 때는 조건 없이 합의이혼 했지만 이번만큼은 그렇게는 안 된다."

"그래 좋다, 당장 법원에 가자." 박재수는 일단 이혼을 성립 시키는 것이 중요했다. 판결이 나면 위자료는 공수표 날리면 그만이다.

두 사람은 광주 지방법원에 이혼신청을 해서 판사 앞에 서게 되었다. 담당 판사는 협의이혼 소장을 들여다보고 입을 크게 벌리며 어이없어했다.

"박재수씨! 당신은 그간 부인에게 말도 못하게 잘못을 많이 저지른 유책 배우자였소! 유책 배우자는 이혼청구 할 수 없는데 무슨 사유로 두 사람이 또 이 법정에 섰소?"

"죄송합니다." 박재수는 첫 번째 이혼할 때처럼 판사 앞에서 90도 각으로 절을 공손하게 하며 겸연쩍어했다.

"오늘 수 십 건의 사건을 처리해야 하는데 내가 시간이 없어서 이 사건을 꼼꼼하게 분석을 못하게 됨이 아쉽네요. 박재수! 그간 부인 김보배씨의 희생으로 대학교수까지 되었으니 당연히 위자료를 줘야 합니다. 그렇게 할 수 있지요? 박사가 되기까지 누구의 희생 없이는 절대로 될 수 없습니다. 그러니 5,000만원의 위자료를 지급하세요." 박의선 담당 판사가 그렇게 말 할 때

"예 그렇게 하겠습니다."

"김보배씨, 하고 싶은 말 있으면 이 자리에서 다 하십시오." 재판장은 첫 번째 이혼할 때와 같은 말을 했다.

"저는 무엇보다도 우리 친정어머니에게 더욱 죄송합니다. 내가 어쩌다 저 사람과 16살 때부터 만나 저 사람을 우리 친정어머니가 당신 아들이라고 생각하고 먹이고 입히고 20여 년 간 돈대서 대학교수, 박사까지 만들어 주셨는데 一夫從死 하지 못하고 결국 이혼하게 된 것이 어머니께 크게 불효한 것 같아 가슴 아픕니다."

"박재수씨! 당신은 아무리 김보배씨와 이혼했지만 전 장모님의 은혜를 저버리면 안 됩니다. 그러니 전 장모님에게 그 은혜 갚는다는 명목으로 위자료 외에 매월 얼마씩이라도 보답해 주세요!"

"예 그렇게 하겠습니다."

"그럼 매월 얼마씩 보답 금을 보낼 건지 말하세요. 판결문에 명시해야 합니다."

"많이는 못해도 매월 5만원씩은 꼬박꼬박 보답하렵니다."

"좋아요. 저기 뒤에 있는 사무장한테 가서 각서를 써서 재판부에 제출해 주세요."

"예 그렇게 하겠습니다." 판사 앞에서 당당하게 말해놓고 사무장이 판사가 말한 대로 판결문을 정리하는 동안 줄을 서서 기다리는데 사무장의 얼굴과 부딪치는 순간

"어? 박재수 교수님 아니신가요? 어? 사모님이랑 무슨 일로 여기 오셨습니까?" 사무장도 놀랐고 박재수도 민망한 순간이었다. 그 사무장은 전에 석산고 등하교 근무시절에 박재수제자였다. 그러니 서로가 민망할건 사실이고, 입장이 아주 난처하게 되었다. 그때 박재수는 순서를 기다리지 않고 김여사 손에 든 서류를 뺏어서 도망가 버렸다.

"어어? 저러면 안 되는데? 교수님 각서를 쓰고 가셔야죠! 사모님 어쩌지요? 교수님을 잡으러 갈수도 없고 이 일을 어쩌면 좋겠습니까?" 자기 자필로 각서를 써서 판결문에 부착하면 어쩔 수없이 매월 자기 월급에서 5만원이란 돈이 빠져 나가게 되니 그 각서를 쓰지 않으려고 그런 행동을 한 것이다.

"내버려 두세요. 저 사람이 어떤 사람인줄은 내가 제일 잘 압니다. 그 깐 돈 안 받아도 좋으니 기왕 갈라서게 된 것 쿨 하게 끝내겠습니다." 이렇게도 간교하고 사악한 박재수인 것을 익히 알고 있었지만 그날 자기제자 앞에서까지 망신스런 짓을 한 박재수를 보고 어처구니없어하며 김 여사는 법원 밖으로 나오니 거기에 박재수가 기다리고 있었다. 김여사를 보자마자

"차에 타라! 마지막으로 바람이나 쐬러 가자."

"이혼한 사람이 무슨 기분으로 바람을 쐬러 갈 것이냐? 난 안 간다."

"타라면 타라! 마지막이다. 할 말도 있으니 타라."하며 박재수는 김여사를

기어코 끌어다가 차에 태웠다.

"이제야 내 한을 풀었네! 제 깐 놈이 뭔데 나를 때려?! 내가 이래 봬도 제놈 딸하고 결혼하여 자식을 다섯이나 낳아 하나죽고 넷이나 살아있는데, 단하나밖에 없는 외동 사위 뺨을 때려?! 이제야 한을 풀었네! 내가 느그 애비놈을 지금껏 멸시한 것은 느그 집에서 나를 괄시했다는 거야! 그래서 난 네가평생 미웠어. 그 일만 생각하면 평생 소름이 끼쳤는데 드디어 오늘 그 한을풀었다. 그리고 네가 나에게 사랑받지 못한 것은 우리 집 형편이 어려워서결혼 때 들어온 축의금을 좀 썼기로서니 그것을 너그럽게 이해 못하고 끝까지그것으로 우리 식구들을 비난 했다는 것이다. 그래서 너는 천하에 악한 년으로 내 눈에 보였는데 어찌 너를 품고 싶었겠냐? 네가 나한테 사랑받지 못한이유는 옳고 그름을 꼭 따지고 들어 남자의 자존심을 상하게 한 것이다."

"세상에 너 같은 괴변쟁이가 어디 있냐? 네가 그 동안 나에게 못되게 군이유가 그거냐? 세상 사람들에게 다 물어봐라, 그때 당시 딸 가진 부모로서그렇게 하지 않을 부모가 어디 있겠는가? 그리고 사람들이 한 뼘 낯바닥 때문에 할 짓을 못하고 사는 법이다. 그런데 느그 식구들은 무조건 느그만의 법으로 남의 체면이나 도리 같은 것은 무시하고 느그 집 방식으로 살았으니 비난을받은 것이다. 너는 무엇이든지 갖다 붙이면 다 말인 줄 알고 너만 잘나서 너만의 억측으로 이제껏 세상을 거꾸로 살았다. 내가 어쩌다 자식이 덜컥 생겨서그 자식들 때문에 너에게 못 당할 짓만 당하고 지금까지 살았다. 어떤 여자가나처럼 너에게 당해줄 사람은 천하에 없을 것이다. 인간은 상대적이라는 것을알아야 한다. 네 원대로 다른 여자하고 살아보면 내말 할 때가 있겠지!"

"아무리 판사가 위자료를 주라고 했어도 내가 돈이 없으니 나중에 퇴직금타면 주겠다. 그 안에 나를 조르지 말라."

"언제라고 네가 약속 지킨 적이 있더냐? 그때 가서는 또 뭐라고 거짓말을할 건데? 네 거짓말에 지금껏 속은 나다. 그 집도 우리 어머니가 산 집이다.이혼했으니 내가 나갈 것이 아니라 네가 내 집에서 나가야지 왜 나를 쫓아내려고 하냐? 지난 20여 년 간 나를 그렇게 이용해먹고, 네 챙길 것 다 챙기고,너는 나를 소박 맞히며 다른 여자하고 네 멋대로 즐기며 살았다. 이제 제발내 곁에서 떠나서 네 멋대로 자유롭게 살아라."

"아이들은 아직 공부를 더 해야 하니 내가 데리고 가르칠 것이다."

"공부 좋아하네! 지금껏 아이들 학비 한 푼이나 대줘 봤냐? 초등학교 때부터 당신은 아이들에게 연필 한 자루 사준일 없었다. 중, 고등학교 등록금이 네 월급에 붙여서나오면 그 돈도 너는 다 떼어먹고 나한테 미루어 버렸다. 대학교 등록금도 네 돈으로 대 준적 없다. 아이들 공부도 거의 끝났다. 막둥이가 고삼이니 그 애 대학교 다닐 일만 남았다. 그 애도 공부를 잘하니 장학생으로 다닐 것이다. 내가 네 명의 자식을 다 가르치고 너에게 박사학위까지 갖게 해 줬는데 너는 나를 헌 신짝 취급을 했으니 하늘 두려운 줄 알아라. 내 아이들에게 더 이상 해꼬지 하지 말고 윤금숙인가 뭔가 하는 여자 데려다가 잘살아라. 너는 목포에서 이 여자 저 여자 걸고 네 멋대로 즐기며 살 때 네 새끼들하고 나는 얼마나 남에게 괄시 받고 억울함을 당한 줄을 모를 것이다. 네가 바람둥이라 가정을 무관심하니 우리 가족을 완전 무시보고 우리 식구들이 입은 피해는 말로 다 할 수 없었다. 차남이 교통사고 났을 때도 처음엔 500에 합의보자고 쫓아다닌 사람이 네가 가정에 관심 없는 것은 그 애가 네 씨가 아니란 뉘앙스를 풍긴 뒤로부터 20만원에 합의보자고 해서 합의 안 해줬는데 결국 너는 자식 죽다 살아난 보상비를 네 손으로 합의해주고 합의금 받아서 그 돈으로 너는 윤금숙하고 진해 벚 꽃 구경 다니고, 군산 군항제 구경 다닌다고 자랑까지 했다. 애비가 되가지고 남의여자한테 미쳐서 새끼가 사경을 헤맨다 해도 너는 얼굴한번 안 비쳐본 비정한 애비가 자식이 죽다 살아난 보상비를 너 혼자 받아서 즐긴 인간이다. 그러고도 너는 하늘 무서운 줄 모르고 너의 그 잔악하고 온갖 간교함을 동원하여 항상 나와 네 새끼들을 골탕 먹였다. 내가 진즉 죽고 싶었으나 난 내 엄마를 위해서 살아야겠다. 너는 네 명의 자식들이 있지만 우리 엄마는 나밖에 없는데 내가 엄마를 두고 죽을 수 없어서 너와 이혼해 준거다. 제발 앞으로는 더 이상 나를 괴롭히지 말거라."

두 사람은 긴 이야기를 하는 동안 차는 H 고향 동네 뒷산 밑에 저수지 둑 위까지 왔다. 긴 시간동안 김 보배가 뱉은 말을 듣고도 참은 것은 박재수에겐 속셈이 있었다. 그것은 마지막 계획을 실행하면 그만이니 너야 무슨 말을 해도 나와는 상관없다는 계산 하에 가만히 들어주며 목적지까지 왔던 것이다.

"내려!"

"나 기운 없어서 내리지 못하겠다. 여기가 어디라고 나를 여기다 내려놓고 가려느냐? 안 내리겠다."

"빨리 내리라고!!"

"나 다시 광주로 데려다 주라. 아무리 이혼을 했어도 내가 살던 집으로 가서 정리할 것 정리해서 나갈 것이다." 박재수는 김여사를 기어코 끌어내서 저수지에 밀어 넣으려고 치밀한 계획을 세웠는데 김여사가 안 내리고 버티니 자기 손수 끌어내려고 애를 써도 온몸에 힘을 다 빼서 축 늘어져 버린 김여사를 자기 혼자 힘으로 끌어내지 못하니까 차 앞에 매달린 금으로 도금한 부처상을 잡아떼서 멀리 풀밭에 던져버렸다. 자기 계산대로 되지 않으니 공연히 금 불상에게 화풀이를 한 것이다. 그때 김여사가 차 밖으로 끌려 나오지 않은 것은 김여사의 친정 선산밑이라 조상님들이 지켰다고 생각했다. 그렇지 않으면 그 검신 박재수가 신체도 외소하고 연약한 김여사나 못 끌어낼 리 없다.

박재수는 몇 년 전부터 김여사를 어떻게 해서든지 위자료 안주고 쫓아내기 위해 유책배우자를 만들려고 온갖 교활하고 사악한 짓을 다 했으나 너무나도 FM식으로 자기 임무를 다하고 사는 김여사에게 어떤 혐의도 잡아내지 못했으니 이혼하고 판결문이 나오면 죽여 없애서라도 자기월급을 지키려는 생각만 갖고 김여사를 아무도 보지 않는 저수지에 수장시키려고 거기까지 갔었는데 계획대로 되지 않았다.

"나 광주로 가야한다. 내 아이들에게 엄마하고 이별할 준비라도 하고 헤어져야겠다. 광주 우리 집으로 가자." 박재수는 자기 계획대로 목표달성 했으니 속으론 깨춤을 추고 있는 듯 희죽희죽 웃으면서 광주로 갔다. 웃는 이유는 김여사가 자기 집이라고 그 집에서 안 나가고 버티면 자기가 나가야 할 판인데 김여사 입으로 아이들과 이별할 준비도 하고 정리할 것 정리하고 나가겠다는 말이 무엇보다 반가웠던 것이다.

엄마 아빠가 오늘 이혼하러 법원에 간줄 알고 아이들은 서로 우울한 얼굴로 집에서 기다리고 있었다. 큰 딸은 결혼해서 없고, 차남이는 서울대학교에 재학 중이라 집에 없고, 막내 딸 하고, 군 복무 중에 휴가를 얻은 장남이하고 집에 있었다.

"얘들아 오늘 엄마 아빠 이혼했다. 80년도에 이혼하고도 느그들이 어려서 내가 집을 못나가고 지금껏 살았는데 이제 니들이 이만큼 커서 내가 없어도 얼마든지 헤쳐 나갈 수 있겠지? 내가 느그 아빠하고 살면 내가 죽을 수밖에 없으니 내 발로 나가기로 결심하고 이혼했다. 곧 새 엄마가 들어올 것이다. 몇 년 전부터 준비된 새엄마를 들이려고 나를 강제로 이혼시킨 느그 아빠다. 이집은 느그 외갓집에서 나에게 세 번째 사 주신 집이다. 그러니 당연히 느그 아빠가 나가야 맞다. 그런데 이 집을 차지할 욕심으로 너희들을 붙들고 있으려 한다. 나는 이 집 아니라도 살 곳이 있지만 내가 이 집을 뺏어버리면 당장 니들이 갈 곳이 없지 않니? 그렇다고 내 집을 느그 아빠하고 새 여자 하고 살라고 내 줄 수는 없다. 그러니 이 집에서 느그 아빠가 나가고 니들하고 내가 살아야 한다. 내 말이 틀리냐?"

"자네가 무슨 능력 있어서 아이들 대학교 등록금을 대고 살 수 있어? 내가 남은 애들 가르칠 테니 걱정 말고 자네가 나가!"

"왜 내가 능력 없어? 당신 박사 누가 만들었어? 느그 집에서 단돈 한 푼이라도 대서 박사 되었어? 우리 애들은 영리해서 다 장학금 받고 대학공부 할 테니까 그런 걱정 말고 당신이 나가줘! 이건 우리 어머니가 사주신 집이니까 내가 살아야지 이혼한 년이 집까지 뺏기겠어?"

"우선은 내가 살지만 장남이 결혼하면 이 집은 장남이에게 주고 우리(윤금숙과 박재수)가 나가 살 테니까 걱정 말고 나가기나 해!"

"그렇게는 못하겠어! 세상 사람들에게 다 물어볼까? 이혼당한 년이 친정에서 사준 집까지 주고 나간법이 있냐고 물어보자!"

"정 못 믿겠으면 각서를 써줄게 장남이 결혼하면 이 집은 장남이에게 이전해 준다고 말이야 ."

"그래 각서 써! 그거라도 받아가지고 나갈 거야. 당신 하는 것으로 봐서는 국물도 없지만 내가 내 속으로 난 자식을 두고 나가는 마당에 집까지 뺏지는 못하겠으니 각서라도 받아야겠어." 박재수는 분명 자기 자필로 각서를 썼다. '봉선동 모아아파트110동 306호는 신경림(전 장모님)씨의 명의로 되어 있지만 현재 박재수와 그 자녀들이 기거하고, 장차 박재수의 아들 장남이가 결혼하면 이 집을 장남이 앞으로 이전해주고 박재수는 나갈 것을 약속한다.' 우선 김여사를 속이기 위한 작전인 줄도 모르고 김여사는 각서를 쥐고 나가려 하니

박재수는 김여사의 손에 몇 십 만원 있는 줄 알고 그 돈마저 뺏기 위해

"아파트 관리비하고 전화세 등 각종 세금이 밀려가지고 있으니 그것을 정리하고 나가라!"

"나갈 년한테 밀린 관리비까지 내라고 해요? 이때까지 관리비를 내가 다 냈지 언제라고 당신이 관리비 한 푼이나 내봤소?"

"난 그런 것 한 번도 안 내봐서 어떻게 할 줄을 모르니까 자네가 살던 끝이니 자네가 다 정리하고 나가는 것이 맞지, 지금 내손에 돈이 없으니 돈 구해서 줄 테니 우선 가진 돈으로 내라고! 오늘이 관리비 마감 날이잖아. 지난달 것도 못 내서 과태료 나온다고!"

"내 손에 가진 것은 이것뿐이니까 꼭 줘야 돼?"

"알았어." 하며 박재수는 슬그머니 나가버렸다. 속담에 '나갈 년이 물 길러 놓고 나가랴'는 말과 같이 그냥 나오면 될 것을 김여사는 자기 손에 50만원 가졌던 것으로 밀린 관리비와 각종 세금 내고 나니 손에 2만원이 남았다. 김여사의 짐을 챙겨서 실어내려니 당장 손에 돈이 없었다. 그래서 박재수에게

"약속한 돈이나 내놓으시오. 나도 나가려면 차비라도 있어야 할 것 아니오."

"돈이 어디가 있어서 줘? 한 푼도 없다."

"아빠! 남자가 한번 준다고 약속했으면 깨끗이 줘야지 거 먼 짓거리요?! 세상에 명색이 교수가 되가지고 다달이 월급 받으면서 그런 돈까지 울거 먹고 엄마는 빈손으로 나가라고 해요? 엄마도 당장 나가면 먹고 살아야 할 것 아니오?! 이날 평생 엄마 것 울거 먹고 살아놓고 빈손으로 쫓아내면서 그래야 되겠어요?! 하늘이 두렵지 않소?!" 장남이가 박재수의 비겁하고 추한 행위를 보고 악을 쓰고 달려드니 어쩔 수 없이 지갑을 꺼내서 조무락거리더니 '이것뿐이다.'하고는 던져준 돈은 겨우 7만원이었다.

"너는 역시 박재수다. 그 양심 길이보전하고 잘 살아라! 에끼 더러운 인간 같으니라고!" 더 이상 실랑이 하고 싶지 않아서1993년 5월에 두 번 째 이혼하고 김여사는 그 집을 나와 버렸다. 법적으로 한다면 봉선동 모아 아파트 110동 306호 29평짜리는 김여사의 어머니 신경림 소유이니 박재수가 자기 몸만 나가야 맞다. 그러나 박재수는 그 집을 뺏기 위해 서둘러서 김여사와 이혼했는데 박재수가 나갈 리 없다. 온갖 핑계를 대서 기어코 김여사만 몰아냈다.

법으로 기어코 박재수를 그 집에서 몰아내려면 김여사가 박재수 그 사자 같은 놈한테 무슨 행패를 당할지 모르니 소름이 끼쳐서 한시라도 빨리 나와야겠기에 모든 것 다 포기하고 김여사는 자기 몸만 빠져나와 버렸던 것이다.

박재수는 수년전부터 목포 산정 초등학교에 근무하는 윤금숙이란 여자하고 열애 중에 호시탐탐 김여사 쫓아내기 위해 말로는 다 할 수 없는 수법으로 괴롭히면서도 날마다 목포를 왕래하다시피 하더니 소원대로 김여사가 이혼해주고 집을 비켜주니 서둘러서 금방 결혼식하고, 혼인신고하고, 김여사의 집으로 전입신고를 1993년 7월 20일 날 해서 박재수의 아내자리를 꿰찼다. 자녀가 네 명이나 있는 줄 번히 알면서 8년 전부터 박재수의 첩으로 불륜을 가진 주제에 김여사를 비난하기를 '오죽 못났으면 남자가 여자 꼴 안 보려고 평생 잠자리를 안 해주는데 무슨 억하심정으로 붙어사는가 모르겠다. 나 같으면 자존심 상해서라도 얼른 이혼해 주겠다. 아마도 그 여자는 자존심도 없는 상당히 모자란 여자인가보다.'라고 첩 주제에 본처를 비난했던 것이다. 그러다가 김여사가 자리를 비켜주니 웬 떡이냐 하고 밀고 들어왔다.

자기 체면을 포장하기 위해 박재수는 윤금숙이가 숫처녀라는 소문을 퍼트렸다. 정식으로 본부인과 이혼하고 깨끗한 숫처녀와 결혼한 신선한 교수처럼 가식을 떨었지만 그녀에겐 아들이 있고, 전 남편과 이혼 한 과부였다. 박재수가 숫처녀하고 결혼하기까지 큰 누나가 중신했네, 이종사촌 누나가 중신했네 하고 서로 자기들 생색내기 바빴다. 그것도 전부 박재수의 농간이었다. 자기가 해직되어서 목포로 갔을 때부터 그들은 불륜의 생활을 몇 년 동안 한 것을 숨기기 위해, 박재수는 본처의 행실이 너무 나쁘고 수준이 맞지 않아서 못 살고 결국 이혼하여 홀 애비로 있는 박재수가 짠해서 자기들이 처녀 선생, 그것도 처갓집이 대대로 부잣집이어서 새 장모가 웃 고녀(전남여고 옛날 이름)를 나올 정도로 명문가의 딸을 중신해서 정식으로 숫처녀하고 결혼하게 해 줬다고 새빨간 거짓말들을 퍼트렸다.

또한 항간에 떠도는 소문은 박재수 본처는 박재수가 교환교수로 외국에서 생활하다 2년 만에 돌아오니 벌써 남의 남자와, 그것도 한둘이 아닌 자기 집 마부하고도, 자기 먼 족간 시동생하고도 불륜을 해서 도저히 함께 살 수 없어서 이혼을 해주라고 하니 양행을 하나 차려주고, 위자료 주면 이혼해주겠다고 해서 양행도 차려주고, 위자료도 평생 먹고 살만큼 줘서 좋게 보내줬다는 허위 소문을 퍼트렸다. 박재수가 그토록 새빨간 거짓말로 자신을 포장하고 마누라를 수 백 번 죽이는 짓을 곳곳에 하고 다니니 발 없는 말이 천리를 간다고 그 황당한 거짓말들이 돌고 돌아 김여사 귀에까지 들어갔다. 그래서 김여사가 하루는 박재수 내외를 만나자고 했다.

"그간 나를 그토록 피를 말리게 괴롭혀서 기어코 쫓아냈으면 조용히 입 닫고 살지 뭣 때문에 나를 또 죽이냐? 내가 새끼들을 두고 나온 것 때문에 느그를 그 집에서 살게 됐는데 느그 둘이 즐기면 즐겼지 뭣 때문에 느그 둘이 이불속에서 한소리까지 내 귀에 들려서 망신스럽게 하냐고?!! 내가 이혼 당했다고 죽은 목숨 인줄 아냐?! 내가 떠들면 너 교수 자리 지킬 줄 알아?! 네가 나에게 했던 만행, 인간으로서는 도저히 용납이 안 되는 네 만행들을 조선대학교에 광고 내줄까?! 신문에라도 보도해줄까?! 뭐? 내가 너 교환교수로 나갔을 때 내가 이놈저놈하고 바람피워서 못살고 이혼하면서 양행을 차려주고, 위자료도 평생 먹고 살만큼 줬다고? 이혼을 두 번이나 했어도 나한테 판사가 주라는 위자료 한 푼도 주지 않아놓고 뭐?! 그리고 윤선생!! 너는 수 년 전부터 자식이 넷이나 있는 가정을 깨고 들어오려고 뒤에서 온갖 못된 간교를 부려 남의자리 뺏었으면 조용히 입 닫고 살 일이지 네가 첩질 했던 주제에 뭣이 잘났다고 그딴 주둥이 놀려서 나를 더욱 비참하게 하냐?! 내가 너 근무하는 학교에 가서 네 행실을 까뒤집어 줄까?! 어디서 첩질 한 주제에 주둥이 함부로 놀리고 있어?!엉?!!! 너 공무원 윤리강령이 뭔지나 아냐? 기왕 말 나왔으니 판결 난대로 위자료 당장 내 놓거라! 안주면 네 월급에 차압 들어 갈 거다. 위자료라도 줘야 너 그 자리에 붙어있을 줄 알아라!" 김 여사의 당당함에 두 사람은 꿀 먹은 벙어리가 되어 아무소리 못하고 박 재수는 행여 누가 들을까봐서 사방을 둘러보고 좌불안석으로 담배에 불을 붙이는데 손을 덜덜 떨며 하는 소리.

"누가 그딴 소리를 전 했는가 몰라도 난 그런 소리 한 적 없다."

"발 없는 말이 천리를 간다는 속담도 모르냐? 광주와 H가 그리 먼 줄 알고 그딴 거짓말로 너 자신만 포장을 하고 나를 또 죽였냐? 위자료는 왜 안주냐? 조용히 하고 넘어가려면 당장 위자료라도 주라!" 박재수는 김여사가 위자료 신청을 하지 않고 몇 년을 그냥 처분만 바라고 있으니 남들에겐 '제년이 불륜을 했기에 낯바닥이 없어서 위자료 달란 말을 할 수 없으니 지금껏 아무 말이 없다.' 라고 한 말들이 전부 김여사 귀에 들어갔던 것이다.

박재수와 윤금숙 앞에서 모처럼 큰소리친 김여사다. 자기 남편이었을 때는 그 명성을 지켜주기 위해 아무리 억울한 일을 당해도 말 한마디 못하고 죄 없이 당해만 줬는데 이제 이혼해서 남의 남편이 되었으니 더 이상 참지 않았다.

"누가 그런 말을 전해서 오해가 있었는지 모르나 그랬다면 미안하다. 그러나 당장 돈이 없으니 앞으로 벌어서 주겠다."

"네 거짓말에 한두 번 속은 나냐? 둘 다 교육 공무원이면서 그런 돈도 없냐? 당장 안주면 법적 절차를 밟겠다.!" 김여사가 강경하게 나오니

"조금만 기다려라. 위자료는 지급할거다."

"지금 이혼한지가 언젠데 지금까지 돈 준비 안하고 또 떼어먹으려고 했냐?" 우선 그 순간만 모면하기 위해 박재수는 김여사에게 또 농간하기 시작했다.

"얼마 줄까? 일억을 줄까? 5천 만 원 줄까? 그렇잖아도 자네가 그동안 나에게 못 당할 일을 많이 당해서 위자료만큼은 넉넉히 줄려고 준비하고 있네 조금만 참아주소."

"언제 줄 건데?! 여기서 날짜 받아라. 그때까지 안주면 변호사 사서 일 시작할 거다." 박재수는 손을 벌벌 떨며 날짜를 받아주고 그때까지만 참아달라고 사정했다. 그 후로 박재수는 우선 차압을 당하지 않으려면 이번만큼은 그냥 넘길 수가 없으니 비장한 대책을 세워야 한다. "내가 그동안 모아놓은 돈이 없으니 매월 월급 받으면 자네 통장에다 넣어 줄 테니 여기 계좌번호 적어주소."

"너 평생 나보고 거지같은 년이라고 하더니 네가 바로 거지새끼로구나? 만약 안 넣어주면 너 교수자리 내놓을 각오해라." 박재수의 그 매끄러운 말솜씨에 농간만 당하고 김여사는 또 슬그머니 뒤로 물러서고 말았다. 자식을 두고 나온 처지라 아무리 미워도 김여사는 박재수를 막 죽여 버릴 수는 없었던 모양이다. 그 후로 박재수는 겨우 말 대접 한 신용이라도 하기 위해 월급 받아서 겨우 몇 푼씩 서너 번 넣어주고 말아버렸다.

하루는 장남이가 김여사를 만나서 광주에서 일을 보고 나서 그냥가려니

"엄마 집이니까 집에서 쉬었다 가세요."

"내가 그곳을 뭐 하러 간다냐? 꼴도 보기 싫다."

"아빠랑 그 여자랑 직장에 가고 없으니 들렀다 가세요."하며 사정해서 (도 대체 얼마나 잘해놓고 사는가 보자)고 들렀다. 가서보니 전에 자기가 해놓고 사는 것에 비해 너무 허술했다. 숫처녀로 시집오면서 혼수를 대한민국에서는 제일 잘해왔다고 소문났었는데 옛날에 자기 살림에 비해 아무것도 아니었다. 김여사는 결혼할 때 서울까지 가서 당시에는 최고급 자개장을 세트로 맞춰서 온 방안이 찬란히 빛났었는데 가구도 싸구려에 별 것도 없는데 마랭이 댁 큰딸이 그토록 허풍으로 윤금숙을 과대포장 해 줬던 것이다.

전에 현관에 깔아둔 더러운 양탄자가 거실에 깔려 있는 것을 보고

"왜 이런 것을 거실에 깔아 뒀냐?"

"글쎄 아빠가 그것을 일부러 거실에 깔아놓고 오는 사람마다. 엄마 흉을 봤어요."

"뭐라고?"

"여자가 얼마나 추물이고 비위생적이어서, 더럽고 깨끗한 것을 구분 못할 정도로 지저분해서 도저히 함께 살 수 없었다고 말하기에 내가 이것을 치웠더니 다시 갖다 깔아놓고 손을 못 대게 한다니까?"

"참 어처구니가 없네, 아무리 천박한 가정에서 태어났다고 하는 짓이 그토록 천박한 짓만 골라서 한다냐? 느그 엄마는 너무 깔끔해서 청결 병 환자란 말을 들을 정돈데 지저분하고 비위생적? 허허……하늘이 웃겠다."

옛날 이조시대에도 아내를 쫓아 낼 수 있는 7가지 조건 七去之惡이란 법이 있었다. 이중에 한 가지만 해당 되도 여자를 쫓을 수 있었다. 첫째는 시부모에 불순종, 둘째는 자식을 낳지 못한 무자, 세 번째는 음탕한 행실을 하는 간음녀, 넷째는 투기가 심한 것, 다섯째는 나쁜 병이 있는 자, 여섯째는 말썽이 많은 여자(구설), 일곱 번째는 도벽 성을 가진 여자이다. 그중에도 三不去란 법도 있다. 삼불거란 위의 칠거지악에 해당되는 아내라도 버리지 못하는 세 가지 경우, 첫째는 아내가 의지할 곳이 없는 경우, 둘째는 부모의 삼년상을 함께 치렀을 경우, 셋째는 장가들기 전에는 가난했는데 여자가 오고난 후에 부자가 된 경우에는 여자를 쫓아내지 못한다는 법이 엄연히 있다. 남성위주로 만든 이조법이라도 여자의 입장을 고려한 부분도 있다. 지금은 남녀가 평등하게 법률구조가 되어 있는 남녀평등사회에 박재수 같이 불량한 독재 꾼은 이사

회에서 추방해야 마땅하다. 속된말로 x만 차고 장가들어서 26년간 처갓집 것으로 먹고 입고 자기만을 위한 삶을 살면서도 대학교수라는 명예까지 거머쥐었다. 그렇다고 마누라에게 보은의 공을 인정하기는커녕 온갖 악을 부리며 천하에 못된 짓은 다 했던 사람이다. 거기다 전마누라 집까지 뺏을 생각으로 자식들을 볼모로 잡고 있다. 이런 사람이 전직 대학 교수라고 문인들에게 훌륭한 인격자로, 또는 학자로 대접 받고 있으니 문인들의 품격을 의심할 수밖에 없다.

29. 자식 앞길을 막은 비정한 아비

장남이가 군 재대하고 대학을 졸업하고 취직 시험을 봤는데 서울 가서 수자원공사 시험에 합격했다. 그곳은 들어가기 힘든 회사였다. 보수도 쎄고 상당히 안정된 직장에 시험 봐서 몇 번의 면접을 거쳐서 당당하게 그 어려운 관문을 통과해서 최종합격증을 받았다. 장남이는 광주로 와서 자기 소지품과 거기서 살 생활도구를 챙겨 가려고 와서 박재수에게 채용시험에 합격한 기쁜 소식을 알려주니 박재수는 깜짝 놀라 장남이가 서울로 못 가게 장남이를 데리고 20일간 자취를 감춰버렸다. 장남이가 서울로 취직이 되어 가면 자기가 현재살고 있는 집을 김여사가 비워주라고 할 것이기 때문이다. 그러니 그 집을 차지하려고 장남이가 서울로 못 가게 장남이를 데리고 아무도 모르게 제주도로, 울산으로, 포항으로 먼 곳만 찾아다니며 시간을 끌고 있었다.

"아빠 나 빨리 가야해요. 일주일후엔 내 자리로 가서 근무해야 되요. 그 많은 사람을 재끼고 어렵게 들어간 자린데 꼭 가야해요."

"왜 꼭 서울이여야 만하냐? 광주에 살면서 광주에서 직장을 다녀라."

"난 아빠가 그 여자하고 사는 것도 보기 싫고 광주에는 그런 직장 구하기가 쉽지 않아요. 가게 해주세요."

"서울은 안 된다. 내가 직장 구해 줄 테니까 조금만 기다려라." 하며 박재수는 장남이의 핸드폰을 뺏어버려 연락을 받지 못하게 해버렸다. 회사에서는 장남이와 연락이 안 되니 김여사에게 전화가 빗발쳤다.

"아니 모두가 이런 귀한 자리 취업을 못해서 안달인데 박장남이는 무슨 이유로 지금까지 소식이 없답니까? 다섯 사람 면접관들이 평가하여 그 많은 사람을 다 재끼고 박장남이를 가장 우수한 사람으로 채용했는데 이렇게 실망 시킬 수가 있습니까?!" 라고 화를 냈다.

"죄송합니다. 내가 그 애와 함께 있지 않으니 무슨 일인지 알 수가 없네요."

"그럼 할 수 없이 차점자를 채용해도 이의 없겠지요?"

"아이구 좋은 자리를 놓치니 아깝지만 저도 뭐라 말할 수 없네요. 회사에 지장이 없게 그렇게라도 해야지요." 박재수는 장남이가 서울로 취직을 해가면 자연히 서울로 거처를 옮기게 된다. 그렇게 되면 김여사와 왕래를 하게 될 것이고 지난날 자기가 김여사에게 온갖 비인간적인행위와 온갖 불량한 짓으로 김여사에게 만행을 했던 것들을 자식들에게 줴 말 할 것이다. 아비의 그런 불량한 행위를 알게 되면 자연적으로 자식들이 아비를 멀리하고 멸시할 것은 불 보듯 뻔 한일이다. 여태껏 자식들에게 느그 어매가 너무나 못 된 짓을 해서 아빠하고는 도저히 못살 처지여서 이혼을 할 수 밖에 없었다고 완전 반대로 자식들에게 거짓세뇌를 시켰는데 사실이 밝혀지면 나중에 자식들에게 대접도 못 받고 아비로서 체면이 없으니 자기의 모든 악행이 드러나지 않게 하려면 아이들을 전처와 멀어지게 해야 하니 오직 자기만을 위해서 또 그런 말도 아닌 짓을 하고 있다.

박재수는 자기가 교수라는 간판하나로 자기제자들이 운영하는 옷가게 점원이나 음식점 보이로 넣어주며 주인한테는 '월급주지 않아도 좋으니 그냥 데리고만 있으라.'고 해 버렸다. 그랬으니 머리가 영특한 장남이가 그런 곳에 적응을 못하고 나와 버리곤 했다.

그것뿐이 아니다. 장남이가 결혼할 상대라고 여자를 사귀어서 데리고 오면 데리고 온 여자마다 박재수가 퇴자를 놓아 결혼을 못하게 막아버렸다. 한 여자는 무남독녀라고 사귀어 데려왔는데 그녀도 박재수가 가차 없이 퇴짜를 놓고 말았다. 이유는 '느그 어매가 무남독녀라서 내가 그 고통을 당했는데 너까지 그런 고통을 당하게 할 수 없다.' 라고 말도 아닌 구실을 붙여서 그 좋은 혼처자리를 퇴짜를 놓은 박재수다. 처갓집에 만약 변변한 처남이라도 있었다면 양아치보다 못한 박재수를 벌써 뼈다귀도 못 추리게 했을 것이다.

무남독녀라고 처갓집을 한없이 얕보고 그딴 만행을 평생 해놓고도 무남독녀라서 자기 신세가 그렇게 되었다고 거짓 엄살을 떨어 자식 혼사 길을 막아버린 것이다. 장남이가 결혼을 하면 그 집은 장남이 에게 물려주고 자기부부는 나가야 하기 때문에 고의적으로 아들 혼사를 거부해왔다.

광주에선 봉선동이 투기 관리지역으로 부동산 값이 제일 비싼 지역이라 서울 강남지역과 맞먹는다고 하니 박재수는 그 집을 장남이에게 절대로 내어줄 생각이 없으니 그렇다.

젊은 아들은 나이가 50이 다 되도록 장가도 못 가게 해놓고 자기는 윤금숙과 날마다 한집에서 섹스를 즐기며 살고 있다. 박재수는 타고나기를 보통의 남자들보다 섹스의 기능이 탁월하여 하룻저녁도 여자와 잠자리를 하지 않으면 밤을 못 새우는 특이한 체질을 가진 색마였다.

더욱 어처구니가 없는 것은 김여사를 쫓아낸 후로 모아 아파트 110동 306호 29평짜리를 집이 비좁다는 이유로 바로 앞 동 평수가 좀 넓은 37평짜리로 옮기면서 명의를 박재수 명으로 변경을 해버렸다. 김여사가 그 집을 나온 즉시 박재수 맘대로 못하게 법적 조치를 했어야 하는데 설마 자식이 있는데 무슨 짓이야 하겠나하고 너무 안일하게 있다가 또 당했다. 김여사의 친정 엄마가 자기 딸 살라고 사주면서 '이 집은 장남이 결혼하면 장남이에게 주라.'고 했기 때문에 김여사가 그 집을 나오면서 각서까지 받아가지고 나왔는데 평수 넓은 곳으로 이사하면서 은근슬쩍 자기 명의로 바꿔서 이혼한 전처의 집을 또 뺏어버렸다. 이런 꼼수를 부리려고 전처를 하루빨리 못 쫓아서 온갖 악행을 다 했던 박재수다. 그렇단 소리를 듣고 김여사가 박재수 앞으로 내용증명을 보냈었다. '원래 그 집은 우리 어머니(신경림)가 나를 위해서 사 준 집인데 내가 나오면서 아이들을 두고 나오기 때문에 우선간은 너와 함께 살게 놔두고 나왔다. 그런데 그 집을 평수를 넓혀가는 과정에서 네 명의로 바꿔버렸다는 소리를 들었다. 그 집을 나올 때 너와 약속한 것은 장남이가 결혼하면 그 집을 장남이에게 물려주기로 각서까지 써 놓고 무슨 권리로 그 집 명의를 네 앞으로 바꿔치기 했느냐? 당장 원상복구 하라' 라는 내용이다. 그런데 박재수는 그에 대한 응답이 없이 20여년을 그 집에서 눌러 살고 있다. 78년도에 김여사가 주택을 샀을 때도 자기는 그 집사는데 한 푼도 기여한바 없이 오히려 중도금주려고 빚 내다놓은 돈까지 양승일 시켜서 100만원을 **빼** 가버려서 큰 타격을 당하게 했던 인간이, 김여사하고 한마디 타협도 없이 자기명의로 땅을 사서 그 집을 흡수해 버렸던 박재수인데, 모아 아파트마저 팔아서 평수를 늘려가는 과정에서 명의를 자기명의로 바꿔치기 해 버린 천하에 불량하고 권모술수를 쓴 사기꾼 박재수다.

장남이는 자기도 결혼하면 자기 아비 같은 괴물이 될까봐서 취직하려고 맘도 먹지 않고, 결혼도 포기하고 그저 하루하루 박재수에게 용돈정도 타서 그날그날 재미없는 인생을 살고 있다.

김여사가 이혼 후에도 그 괴물보다 더 못한 박재수 밑에 아이들을 두고 나와서 걱정이 되어 철학관에 가서 물어보니 '자식들 마다 박재수 밑에 두면 절대로 아이들이 기를 펴지 못하고, 아비가 자식들 앞길을 다 막아버리니 하루빨리 아비 밑에서 벗어나야 한다.' 라는 점괘가 나왔다. 현재도 박재수는 김여사의 친정재산으로 산 집에서 자식을 볼모로 잡고 있으니 그 점괘에 탄복했다(점쟁이도 공것 안 먹는단 말이 맞는 건가?).

30. 차남이의 결심

차남이가 어릴 때부터 머리가 영특하고 총명했다. 김여사의 아이들이 전부 머리하나는 다들 외가 쪽을 닮아서 명석한편이지만 차남이는 더욱 똑똑하고 다부진 아이다. 어려서부터 공부도 잘했지만 인정도 다른 애들보다 많았다. 엄마가 아빠한테 두들겨 맞고 울면 다른 아이들은 무서워서 도망가 버리는데 차남이는 엄마 얼굴을 들여다보며 눈물을 닦아주고 엄마를 보호하느라 엄마에게 딱 붙어서 떠날 줄을 모르고 붙어있으면 '이 새끼는 내 새끼가 아니라서 어미만 두둔한다며 아빠한테 주먹으로 머리를 두들겨 맞으면서도 엄마를 보호하느라 엄마 품을 떠나지 않았던 아이다. 그렇게 서럽게 자란 차남인 것을 생각하면 김여사의 가슴은 더욱 아팠다.

서울 대 항공학과를 시험쳐서 좋은 성적으로 합격을 했다. 합격자 발표를 하던 날은 김여사가 가서 축하해 주었다. 그 뒤로 입학식 날 박재수가 윤금숙과 손을 잡고 왔다. 그런 모습을 본 차남이가 무참하게 내질러버렸다.

"아빠, 저 여자가 누군데 여기를 데려왔어요? 당장 데리고 가세요! 나를 낳아서 기르고 가르친 엄마는 따로 있는데 저 여자가 뭔데 이 자리에 와서 나를 불편하게 해요? 당장 데리고 가요!"

차남이가 서울대학 시험 치려고 학교근처에 하숙을 정해놓고 있는데 박재수는 본격적으로 김여사와 이혼을 서둘렀다. 그런 기가 막힌 아픔을 가슴에 간직하고 있는데 아빠란 사람이 축하해 준다고 윤금숙을 데리고 그 자리에 나타나니 차남이는 화가 날 수밖에 없었다. 대학시험을 눈앞에 둔 자식을 두고 박재수는 내연녀에게 미쳐서 본 처를 하루빨리 내치기 위해 수년간 공연한 트집을 잡고 엄마를 그토록 괴롭혀서 결국 이혼에 응할 수밖에 없게 했던 비정한 애비주제에 무슨 환영을 받겠다고 그 자리에 딴 여자를 데리고 나타났으니 피가 끓는 차남이의 가슴은 울분에 차고도 남았으리라.

차남이가 고 삼 때다. 박재수 출근하는 차에 같이 타고 등교하면서 "아빠! 제발 엄마 좀 괴롭히지 마세요. 엄마는 우리 어려서부터 맨 날 아빠한테 두들겨 맞아서 이제 얼마 못가서 죽을 사람이니 제발 그만 때리세요. 나하고 이 약속 할 수 있지요?"

"야 임마! 니가 멋을 알아서 자식 놈이 애비한테 그딴 소리를 하냐?! 내가 느그 어매를 때린 것은 다 그만한 이유가 있으니 그런 줄 알고 너는 그저 모른척하고 공부만 해라."

"엄마가 그 고통을 당하고 있는데 어찌 자식의 도리로 모른 채 하겠어요? 앞으로 엄마를 한번만 더 때리면 나 안 참을거요?!" 박재수는 가슴이 뜨끔했다. 그렇지만 박재수는 알리바이를 성립하려고 밤마다 생강째를 부려서 억지소리와 모멸감을 주며 구타를 매일 밤 일삼았다. 그 다음날도 저녁 내내 박재수에게 맞아서 김여사 얼굴이 그야말로 괴물을 방불케 했다. 그것을 본 차남이가 출근하려고 쫙 빼고 나온 박재수의 멱살을 붙잡고 거실로 끌고 나와 피아노 앞에 확 밀어붙이며 박재수 상체를 짓눌러서 꼼짝 못하게 해놓고 주먹으로 내려칠 기세를 할 때 김여사가 네발로 겨우 기어 나와 극구 만류했다.

"아가! 제발 그러지 마라. 네가 만약 아빠 몸에 손을 댄 날이면 이 어미가 자식 놈과 짜고 아비를 폭행 했다고 그 화살이 나에게 돌아온다. 그러니 제발 그만두고 얼른 학교나 가거라." 김여사의 만류에 차남이는 울분을 터트리며 박재수의 몸이 아닌 벽에다 주먹을 날리고 말았다.

김여사의 몸뚱이는 매일 밤 박재수에게 두들겨 맞아서 만신창이가 되 버렸다. 얼굴은 괴물을 방불케 했고, 사지가 한군데도 성한 곳이 없었다. 온몸이 피멍으로 거동이 어려워서 심한 통증에 견디다 못해 병원에 갔다. 그것도 소문이 나지 않게 하려고 개인병원으로 간 것이다. 병원장은 김여사의 몰골을 보고 기가 막혀했다.

"어떻게 이렇게 많은 상처를 입었습니까?"

"밤길을 걷다가 괴한에게 당했습니다." 의사는 김여사의 옷을 벗기고 몸속 이곳저곳을 살펴보고선.

"나는 의사입니다. 괴한에게 맞은 것이 아닙니다. 솔직히 말씀하세요."

"아닙니다. 괴한에게 당했어요."

"그럼 경찰에 신고를 하시지 왜 안했습니까?"

"누군지 몰라서 그냥…" 김여사는 허울뿐인 남편이긴 하지만 명색이 대학교수라는 사회적인 명성을 생각해서 박재수의 만행을 말하고 싶지 않았다.

"환자는 괴한이 아니라 가장 가까운 사람에게 맞은 것이 분명합니다. 의사의 눈을 속일 수 없습니다."

"……." 병원장은 당장 카메라를 가져와서 김여사의 몰골을 사진 찍기 시작했다. 만약에 법적인 문제가 발생된다면 환자의 처음상태를 증명하기 위해서다.

"간호사! 빨리 이 환자 치료준비 해요." 간호사들이 전부 달려와서 김여사 몸에 여러 가지 링겔을 꽂고 근육이 풀리는 약물을 투여하고 난리법석을 떨었다. 의사는 김여사를 너무 안타까이 여기며 신경 써서 치료를 했다. 김여사는 항상 죽도록 맞고도 남이 부끄러워서 그 어떤 고통도 집안에서 참아내고 밖에 소문나지 않게 했었는데 이번에는 병원에 입원을 하게 되니 박재수는 후환이 두려웠던 것이다. 이혼을 계획하고 있는 박재수로써는 자기에게 불리함이 적용될 것은 불 보듯 빤하기 때문에 김여사가 병원에 입원해 있는 것이 매우 못마땅했다. 그러니 자기 발로는 못 찾아오고 전주에 있는 큰 사위를 불러내려 빨리 퇴원시키라고 악을 있는 데로 썼다.

"원장님 김보배 환자를 퇴원시켜 주세요."

"안됩니다. 이 환자는 못해도 3개월 동안은 치료를 해야 합니다. 지금 퇴원해도 어차피 몸을 움직일 수가 없으니 집에 가도 아무것도 할 수 없을 것이니 여기서 충분히 치료를 받아야 집에 가서 가사일이라도 할 수 있고 앞으로 목숨을 부지할 수 있습니다." 의사의 말을 듣고 박재수에게 그대로 전하니 박재수는 소리를 고래고래 지르며

"그년이 지금 나하고 이혼하려고 쇼하고 있는 줄 있는 줄 모르냐?! 그년 수작에 느그들이 넘어가면 안 된다. 빨리 퇴원시켜서 집으로 데려와야 한다. 알았냐?!" 박재수는 김여사가 망가긴 것은 상관없다. 어차피 그녀를 버릴 것이니 그녀야 아프든 말든 이혼만하면 그만이다. 그러니 그녀의 치료가 중하지 않았다. 그리고 만약 김여사가 막말로 이혼 신청하려고 폭행죄로 고소하면 당장 자기는 쇠고랑을 찰 수밖에 없으니 어찌했던 그 상황이 안 되게 해야 한다.

"의사 선생님 우리 장인님이 장모님을 빨리 퇴원시켜서 집으로 모시고 오라고만 합니다. 퇴원 승낙 해주세요."

"안됩니다. 이환자는 지금 아주 위중한 환자입니다. 나는 의사로써 환자를 치료해서 살게 해준 것이 내 임무입니다. 이 환자는 집에 가면 이대로 죽을 수밖에 없습니다. 내가 병원 문을 닫는 한이 있어도 이 상태론 퇴원은 안됩니다." 사위는 의사의 말을 박재수에게 전했다. 그랬더니 이번에는 큰 딸 혜정이를 전화로 다그쳤다.

"아야! 느그 엄마가 지금 다른 남자를 알고 있으면서 나와 이혼하고 위자료 뜯어내려고 그러는데 내가 이혼당하고 아빠가 홀 애비로 살기를 바라냐? 아빠가 홀 애비 되는 꼴을 보지 않으려면 빨리 느그 엄마 계획을 멈추게 해야 한다. 그러니 빨리 퇴원 시켜서 집에 데려다 놔라!! 거기두면 둘수록 아빠한테 불리하단 말이다." 이토록 새빨간 거짓말로 올가미를 씌워서 그동안 김여사를 자식들에게까지 추한 불륜여로 만들었던 박재수다. 의사가 박재수의 수법을 알아차리고 하는 말은

"치료비가 걱정이면 돈을 받지 않고 무료로 치료시켜 줄 터이니 끝까지 치료를 받고 나아서 가시기 바랍니다." 그랬어도 박재수는 어서 퇴원시키지

않는다고 의사에게까지 협박 전화를 했다.

"나 김보배 남편 박재수요! 당신이 뭔데 가족들이 퇴원을 원하면 시켜줘야지 퇴원을 못시킨다고 억지를 부리는 거요? 당신 나하고 한번 해보겠다 이거요?! 내 사위가 안기부에 있으니 당신 병원 감찰을 받게 할 거요!" 자기 사위가 안기부에 있으니 그 권력을 이용하여 어떤 혐의라도 만들어 붙이면 네놈 병원 문 닫는 것 시간문제라는 것을 암시하며 박재수는 원장을 협박했다.

"김보배 환자 남편 되는 분 같은데 남편이란 사람이 마누라를 이토록 두들겨 패놓고 큰소리치시는 것을 보니 당신 맘은 딴 데가 있는 것이 분명하군요?! 부인이 이토록 만신창이가 되어있는데 당사자인 남편은 얼굴한번 내밀지 않고 곁에 사람들만 시켜서 퇴원을 강요한 당신 참 나쁜 사람이군요! 퇴원이 중요해요? 치료가 중요해요?"

"당신이 뭔데 남의 가정사를 이래라 저래라 하냐고?! 빨리 퇴원이나 시켜요! 나 대학교수요!" 박재수는 자기가 대학교수라는 것을 과시하며 오히려 병원장에게 위협을 주는 것이 괘씸해서

"직원들! 내말 잘 들으시오. 누구든지 내 허락 없이 이 환자 퇴원 시키면 해고당할 각오해요!" 의사는 완강하게 퇴원을 거부했다. 김여사는 통증에 시달리면서도 박재수의 악랄함을 너무 잘 알기 때문에 행여 병원장에게 어떤 피해를 가할 것 같은 생각이 번쩍 들었다. 자기사위가 안기부 직원인 것을 내세워 온갖 만행을 저질러도 어떤 사람도 박재수에게 시시비비를 못 가린 것을 익히 알고 있기 때문이다. 아무리 생각해도 자기가 또 죽어줘야 할 것 같아서 원장한테 사정을 했다.

"원장선생님 아무래도 저 퇴원해 주셔야겠습니다. 집안일도 엉망이고 가정주부가 이렇게 병원에 잡혀있으니 마음이 불안해서 견딜 수가 없습니다."

"안됩니다. 나간 즉시 죽고 싶으면 퇴원하세요. 얼마나 심하게 맞았는지 뼛속까지 골병이 들어서 이대로 치료를 멈추게 되면 며칠 안가서 죽고 말아요."

"그럼 제가 날마다 다니면서 통원치료 받겠습니다. 제발 퇴원 승낙 해 주세요." 김여사의 간절한 부탁을 받고도 환자 상태를 볼 때 퇴원을 시키시면 안될 처지여서 승낙을 하지 않고 있는데 불한당 같은 박재수가 병원까지 쫓아와서

"당신이 뭔데 남의 가정사에 끼어 이래라 저래라 하느냐? 당장 퇴원시켜라!"

"난 의사로써 환자를 치료할 뿐이지 당신네 가정사에 관심 없소!"

박재수는 의사의 멱살을 잡고 또 그 악랄한 싸이코 기질이 발동했다.

"야 이새끼야! 저 여자는 내 마누라다. 근데 너하고 무슨 관계인데 저 여자를 감싸느냐? 네놈 정부라도 되냐? 남편이 퇴원시키라면 시키지 무슨 잔소리냐?!" 하고 억지를 부리는 박재수의 행위에 맞서지 않고

"좋아요. 이후의 일은 내게 책임이 없으니 당신 원대로 퇴원 승낙 하겠소!" 하며 원장은 퇴원 승낙서에 사인을 해 버렸다. 억지로 퇴원한 김여사의 몸은 통증이 심해서 몸을 가눌 수가 없지만 사자보다 더 무서운 박재수를 이길 수 없어서 끙끙 앓으면서 다 깨진 질그릇마냥 으득거리는 삭신을 안고 겨우 집으로 왔다.

김여사가 병원에 있는 동안 박재수는 김여사의 생각대로 거짓 소문을 퍼트려서 가짜 뉴스가 돌고 돌아 김여사의 귀에까지 들어왔다.

"여보세요, 거기 중원이 할머니신가요"

"그런데요. 누구신가요?"

"제가 박재수 안식구입니다. 확인할게 있어서 전화했습니다. 중원이 할머니는 누구한테 들어서 나도 모르는 우리 가정이야기를 그리도 소상하게 잘 아셔서 온 동네에 퍼트렸어요?"

"내가 무슨 소문을 냈다고 그래요?"

"할머니한테 들었다고 내가 병원에서 나오자마자 이 근처 상가사람들로 부터 문안인사를 참 많이도 받았습니다."

"내가 무슨 말을 했다는 거요?"

"내가 몇 년 전부터 외간남자와 바람이 나서 살림에는 정신이 없고 못된 짓을 하다 남편에게 들키니 남편을 죽이려고 자식들에게까지 세뇌시켜서 자식들이 아비를 두들겨 팼다는 소문 말입니다."

"그거야 중원이 애미가 나한테 슬쩍 말 한 것을 내가듣고 사실이라면 큰일이라고 했던 것뿐인데?"

"중원이 엄마가 그랬단 말이지요? 당신들 정 그렇게 나오면 내가 가만있을 수가 없네요. 같은 여자로서 내가 이렇게 억울한 일을 수년째 당하고 있는 것을 번히 알면서 이럴 수가 있어요? 당신들 입으로 뱉은 소리 책임질 수

있지요? 중원이 아빠하고 장남이 아빠하고는 중학교 동창으로 알고 있는데 그럼 고향에 퍼진 소문도 중원이 할머니가 다 낸 거로군요? 귀가 있으면 당신들도 다 들었을 것 아니요? 고향 사람들이 박재수를 뭐라고들 하는지 알고나 그런 소문을 냈어요?"

"장남이 엄마, 그게 아니고, 우리 어머님이 아무것도 모르고 어디서 잘못들은 소리를 하신 것 같은데 젊은 사람이 이해를 하시오." 중원이 엄마는 자기시어머니가 김여사하고 통화하는 소리를 듣고 수화기를 뺏어서 궁색한 변명으로 얼렁뚱땅 넘기려 했다.

"내가 아무리 입지가 약하다고 곁에서 들 그러지 맙시다. 당신들은 남의 일이라고 함부로 증거 없는 말들을 퍼트려서 나와 내 자식을 가지고 놀자는 거요?! 나를 죽이자는 거요?! 중원이 엄마도 그러면 안 되지요. 박재수란 인간이 어떤 인간인 것을 누구보다 잘 알지 않소? 그런데 무슨 근거로 곁에서 들 남의 가정 사를 가지고 이러쿵저러쿵 하는 거요?! 누구든지 자기 입으로 한번 뱉은 소리는 끝까지 책임질 각오를 해야지요. 만약 내가 당신들을 법정에 세운다면 내가 부정한 증거와 자식이 아비를 폭행했다는 증거를 댈 수 있어요?!"

"장남이 엄마 미안하게 됐어요. 우리 어머님이 어디서 잘못 듣고 남들에게 말씀 하셨나 봐요."

중원이 엄마는 분명 박재수에게 들었고, 그 말을 자기 시어머니에게 했던 것이고, 그 소문을 확산시킨 것이 시어머니란 것이 사실로 드러나게 생겼으니 궁색한 변명으로 얼렁뚱땅 구렁이 담 넘듯 순간을 모면 하려고만 했다.

박재수는 김여사 추측대로 자기의 만행이 드러날 까봐서 미리서 가짜뉴스로 자식과 마누라를 악선전 하고 다녔으니 좋지 않은 소문은 날개 도친 듯 빨리도 날아다녔다.

차남이는 대학 4년 동안 아비의 도움 한번 받지 않고 장학금 받으며 학업을 마쳤다. 가끔 엄마가 용돈을 대 줘서 궁색하지 않게 대학을 마치고, 군복무도 완전하게 마쳤다. 그리고 공채가 심한 대한항공 회사에 취직도 되었다. 그곳에서 성실하게 근무를 잘하니까 대한항공 회장 딸이 차남이를 매우 좋아해서 둘이 결혼말까지 오고갔다. 자식들이 결혼을 하려면 불리한 조건으로 붙어 다니는 것이 부모가 이혼한 것이었다.

차남이를 자기 딸이 좋아하니 대한항공회장이 차남이의가정 내력을 전부 뒷조사해서 알아볼 것 다 알아봤다. 외갓집 쪽으로도 다 알아보았지만 외가 쪽은 다들 사람들이 선량하고 덕 있는 사람들로 아무 문제가 없으나, 친가 쪽 박재수 가정 내력을 살펴보고는 입맛 떨어져 했다. 더구나 박재수 뒤를 조사 해놓고 보니 그 뒷이 얼마나 지저분한지 말로다 할 수 없었다. 누구를 시켜서 그렇게도 소상하게 뒷조사를 했는지 자기 아버지 신상을 조사한 것이 두꺼운 책 다섯 권 분량의 A4용지가 책상에 올려 진 것을 차남이가 슬금슬금 훔쳐봤는데, 거기에 기록된 것을 보고 차남이가 큰 충격을 받았다. 자기가 알고 있는 것보다 더 형편없는 아비란 걸 알게 되었다. 그럼에도 불구하고 현직 교수라는 직책을 갖고 있으니 겉 그림은 그래도 봐줄만하니 결혼을 하겠다고 여자 친구가 달라붙었다.

차남이는 당시 엄마하고 살고 있었다. 그런데 여자 친구가 엄마를 찾아다니는 게 아니라 아빠를 찾아다니며 알랑거리고 다닌 것을 알고 정떨어져 버렸다. 자기 아빠란 사람 만나면 그 가증스런 거짓말로 엄마를 더 형편없는 사람으로 모략할 것이고, 이혼한 것을 자기합리화하기 위해 온갖 거짓말로 포장할 것이 뻔한데, 진실한 엄마를 찾아다니지 않고 그런 위선적인 아빠를 만나고 다닌 것에 정이 떨어져서 그녀의 청혼을 거절해 버렸다. 그 후 차남이는 대한항공사를 나와서 자기 누나를 살리고 엄마도 살리겠다고 전주로 내려와 버렸다. 그때 차남이의 결정이 매우 현명했다고 본다. 만약 그때 대한항공사 딸하고 결혼했다면 재벌가 자녀란 위세로 차남이의 존재를 얼마나 멸시하며 꼴불견 짓을 했을 건데 그때 과감하게 그녀와 이별을 선고하게 된 것은 참으로 잘한 일이라고 아니할 수 없다. 지금 대한항공 가족들의 갑 질 횡포 때문에 연이어 매스컴에 오르내리고 있으니 말이다.

차남이가 전주로 간 이유는 매형이 당시 바람을 피워 가정이 위태로운 것을 알고 자기가 누나의 바람막이가 되어 주려고 간 것이다. 박재수의 피를 이어받고 태어난 차남이는 박재수와는 정 반대의 인물이다. 사나이로써 의리 있고, 당돌하고, 정의롭고, 매사가 정직하고 확실한 처신을 한 성격의 소유자였다. 누나가 나이 많은 남자와 결혼한다고 할 때부터 차남이는 결사반대했었다. 그랬어도 죽기 살기로 매형이 좋아서 데려간 누나를 두고 다른 여자에게 눈이 돌아간 것을 알고 성격이 올곧은 차남이가 가만두고 볼 수만은 없었다. 남자들이란 순간적으로 남의 여자에게 눈을 돌리고 정신을 빼는 일로 가정이 흔들릴 수가 있다. 자기아버지가 여자문제로 그토록 가정을 몰락시킨 것을 보고 자기누나의 가정이 행여 그렇게 될까봐 젊은 혈기로 매형을 꼼짝 못하게 하려고 자기의 출세 길도 마다하고 전주로 갔던 것이다. 그곳에서 누나와 함께 학원을 운영하여 제법 돈을 벌었다.

젊은 날에 박재수하고 살 때 집을 팔아 땅 밑에 집어넣고 집이 없이 남의 집 사글세로 다닐 때 또래 아이들과 놀다가 아이들끼리 싸움이 벌어지면 '집도 없이 남의 집 사글세방에 사는 거지같은 새끼'라고 놀림을 당하고 나서 '엄마 집이 얼마야?' '왜? 누가 집 없다고 놀리던?' '내가 나중에 커서 이 동네서 제일 좋은 집 8천 만 원짜리 사 줄게.'라고 했던 일을 생각하며 김여사는 혼자서 눈물을 훔쳤다. 박재수가 괴물 짓만 하지 않았더라면 아무 걱정 없이 누릴 것 다 누리고 평생에 꽃길만 걸었을 것이고, 자식들도 마치 왕자나 공주처럼 키웠을 것인데 박재수 때문에 어릴 때부터 그런 아픔을 겪게 했던 것들을 생각하면 박재수란 인간이 지금도 철천지원수로 여겨졌다. 자기 인생에서 봄날을 빼앗은 것도 모자라 자기를 만신창이로 만들어서 저물어가는 인생살이를 숨도 크게 못 쉬고 온몸을 움켜쥐게 한 박재수에게 지금도 한이 서리서리 맺혀있는 김여사다.

31. 작은딸 결혼 이야기

여보세요? 혹시 김보배 여사님입니까?' 김여사는 갑자기 모르 는 남자 음성을 듣고 깜짝 놀랐다. 누가 자기를 찾을 남자라곤 없는데 목소리도 요상한 처음 들어본 목소리로 자기를 찾으니 놀랄 수밖에 없었다.

"누구신데 저를 찾습니까? 제가 김보밴데요, 실례지만 누구세요?"

"저로 말할 것 같으면 김여사님을 잘 아는 남자 친구입니다."

"여보시오! 전화 잘 못 걸었어요. 난 남자친구 같은 것 없는 사람입니다."

"내 목소리도 몰라보네? 나야 혜정이 아빠." 박재수는 코를 움켜쥐고 변성을 해서 전화를 한 것은 행여 김여사가 자기 목소리를 들으면 경기를 일으키고 끊어버릴 것 같으니 그렇게 변성을 해서 김여사의 의중을 떠 보려 했던 것이다.

  "난 또 누구라고? 무슨 일로 당신이 전화를 다했소?!"

  "막둥이가 결혼을 한다고 해서 딸을 결혼시키려는데 내가 한 번도 결혼을 안 시켜봐서 어떻게 하면 좋을지 물어보려고."

  "그러잖아도 며칠 전에 막둥이가 결혼 상대자라고 총각을 데리고 왔습니다. 외국인이지만 총각이 참하고 좋습니다."

  막둥이는 광주에서 조대 미대를 1등으로 합격하여 장학생으로 졸업하고 핀란드로 유학을 갔다. 유학중에 현지인하고 사귀어 결혼까지 약속하고 신랑 될 사람 어머니랑 같이 한국에 나와서 신부 될 사람 가정환경을 보고 싶다고 해서같이 나왔다. 그들은 김여사를 만나보고 나서 비록 부모가 이혼을 했지만 어머니가 참 좋은 사람이고, 아버지가 대학 교수라면 그래도 뼈대 있는 가정이라고 생각했다.

  막내딸이 생긴 과정을 생각하면 김여사로서는 참으로 가슴 아픈 사연이 담겨있는 딸이다. 마랭이 댁 회갑 때의 일이 상기되니 자신도 모르게 치가 떨린다.

  그렇게 서럽게 생긴 아이가 벌서 커서 결혼을 한다니 김여사는 너무도 미안하고 불쌍했다. 그것도 부모가 함께 사는 것도 아니고 이혼하여 남의 어미 밑에서 애비가 결혼을 시키겠다니 옳게 시킬 것인가 거꾸로 시킬 것인가 모를 일이다.

  "만나서 타협을 하게 ○○다방으로 나오게." 박재수와 김여사는 이혼하고 십 년 만에 모 다방에서 만났다. 거기에는 큰딸과 사위도 있었고 작은아들 차남이도 와 있었다. 박재수가 입고 온 옷을 보니 현재 살고 있는 윤금숙을 알만했다. 옛날에 김여사하고 살 때는 언제나 때깔 나게 손질해서 입혔는데 그때 입고 온 박재수의 의복은 이혼한지 10년이 다 되어 가는데도 옛날에 자기하고 살 때 사 입힌 티셔츠를 세탁기에서 금방 끄집어내서 손질도 하지 않고 그냥 몸에 끼고 온 듯 보푸라기나 먼지가 뿌옇게 묻어있었다. 소위 교수란 사람 의복이 남루하고 볼품없이 노가대하는 사람처럼 차림새를 하고 나왔으니 김여사의 눈살이 찌푸려질 수밖에 없었다. 그런 것 하나만 봐도 지금 박재수의 삶을 눈으로 본 듯 훤했다. 옛 말에 남자가 여자를 잘 만나면 평생 옷 잘 얻어 입고, 밥 잘 얻어먹는다고 했다. 그러니 남자의 차림새가 곧 여자의 능력과 품행이 직결된다고 했다. 보다 못해 김 여사가 한마디 했다.

"옷이 그게 뭐요? 소위 교수란 사람이 옷이 그리도 없어서 그런 걸 입고나 왔소? 그것도 내가 전에 사준 옷이 그만."

"뭐가 어쨌다고 그래? 이것도 금방 빨아서 세탁기에서 꺼내 입고 왔그만." 그런 윤금숙이가 김보배보다 어디가 그리 좋아서 그런 질 떨어진 여자와 살면서도 불만을 않고 사는 것이 신통했다. 자기와 살 때는 날마다 속옷이며 와이셔츠며 깨끗이 빨아 다려서 말끔하게 입혀서 내보내도 천하에 없는 불만을 다 토했고, 공연한 트집으로 두들겨 패고, 피가 마르게 괴롭혔던 박재수였다. 심지어 '니년이 나를 출세를 시켜줘, 체면을 세워줘? 거지같은 년아. 니년이 나한테 해준 게 뭐있다고,' 했던 박재수의 지금 꼬락서니는 겉모습도 완전 개털이었다. 그리고 전처를 쫓아내고 나서 자기 합리화를 위해 전처가 자기와는 수준이 너무 떨어진 무식하고, 비위생적이고, 추물인 것처럼 자기 집에 찾아오는 사람들에게 보여주려고 현관에 깔아놓은 양탄자를 거실로 끄집어 들여놓고 전처의 흉을 봤던 박재수였다. 그랬던 그가 그날의 차림새를 보고 크게 실망하고 (너는 천생에 타고 나기를 천박한 출신으로 타고 난 사람이라 나하고는 안 맞았는데 지금은 너 같은 사람을 만났으니 잘 어울리겠구나. 그래서 짚 새기도 제 발에 맞아야 신는다고 했다.) 김여사는 박재수 차림새에 한심한 미소만 짓고 속으로 비웃었다.

"내가 막둥이를 결혼시키고 그 애에게 3,700만원을 줘서 보낼 테니 자네는 결혼식장에 나오지 말게."

"그 무슨 소리요? 아무리 이혼했지만 내가 낳아서 길렀는데 내가 죽었으면 몰라도 살아있는데 내 딸 결혼식장에를 못 오게 하다니? 그게 말이나 되요? 만약에 내가 그 장소에 안가면 나를 아는 모든 사람들이 뭐라고들 하겠소? 광주에 내 친구들이 얼마나 많고, 내 뒷이 건데, 그리고 우리 친정 쪽 사람들이 가만있겠소? 난리가 나지!"

"내가 왜 그 생각을 못했을까? 그렇다면 자네는 와서 한쪽 구석에 가만히 앉아서 구경만하고 있다가 조용히 갈수 없는가?"

"아빠 그걸 말이라고 해요? 엄마 딸이니 당연히 엄마가 혼주석에 앉아야지 어디남의 어미를 그 자리에 앉히려고 그래요? 그건 안 될 말이요!" 장남이가 박재수한테 거부발언을 했다.

"그래요, 처남 말이 맞아요. 아무리 이혼을 하셨어도 그날만큼은 전 장모님이 앉으셔야 해요."

"그럼 이혼한 것이 무슨 소용이 있냐? 지금은 새 엄마가 니들 거두고 있지니 엄마가 거두냐? 그건 안 된다! 만약 새엄마가 그 자리에 못 앉게 되면 아빠 체면이 뭐가 되겠냐?"

"그 자리에 꼭 새엄마가 앉아야 아빠 체면이 선다는 법이 어디 있어요? 그럼 우리들 체면은 뭐가 되요? 엄마는 우리를 낳고 길러서 가르치고 먹이고 입혔지 새엄마가 우리에게 뭘 했어요? 그건 안 됩니다."장남이가 완강하게 거절을 했다. 박재수는 혼주 석에 기어코 윤금숙을 앉히려 하고, 자식들은 반대를 하고, 네 사람이 박재수와 싸우고 난리가 났다. 그래서 김여사가 하는 말이

"그래 당신이 그 애 결혼식 끝나고 외국 나갈 때 시집에 혼수 해 갈 돈을 3,700만원 준다 했으니까 그 돈을 꼭 준다면 내가 양보하겠다. 그렇지 않으면 절대 양보 못하겠다. 그 돈을 미리서 내게 주라. 그러면 그 돈에다 내가 더 보태서 한 5,000만 원정도 해주겠다." 라고 미리서 선불을 달라고 하니 박재수는 그렇게 하겠다고 흔쾌히 약속하고 헤어졌다. 그런데 그 후에 괴담들이 떠돌아다녔다. 박재수의 막내 동생 영빈이가 '만약 전 형수가 결혼식장에 나타나기만 하면 깡패들 일곱 명을 데리고 가서 그녀를 납치해서 쥐도 새도 모르게 처리해버리겠다.' 는 괴담을 말하고 다닌다는 것이다. 그 말을 들은 김여사는 참으로 기가 막혔다. 결국 박재수가 뒤에서 농간 부린다는 생각이 들었다. 여기서도 박재수의 교활함과 불량한 권모술수가 드러난 것이다. 자식 결혼식에까지 깡패를 동원한다는 치사하고 부족한 것들과 부딪치지 않으려고 김여사는 아예 결혼식장에 나가지 않았다.

영빈이는 고등학교 때 악명 높은 불량 청소년으로 소문난 사람이다. 자기 둘째형 명진이를 등에 업었으니 누가 감히 그를 건드리지 못했다. 학교폭력,

문제아로 소문이 나서 퇴학을 여러 번 당할 뻔 했으나 박재수가 소위 H 고등학교 선생이니 그 빽으로 퇴학을 못시키게 하고 이리저리 전학을 여러 군데 다녀 고등학교 3년 동안 열 두 학교를 거쳐서 겨우 졸업장을 받게 된 천하에 불량 청년이었다. 도대체 박재수의 악행은 어디까지인가? 그 인간만 생각하면 김여사는 머리에 쥐가 날 지경이다.

결혼식 끝나고 막내딸이 시어머니와 신랑과 함께 떠날 때 김여사가 전송해주러 공항까지 나갔다. 사돈과 사위하고는 서로 말은 안통해도 제스처와 얼굴 표정으로 인사정도는 통했다. 가서 잘 사시라고, 내 딸이 부족하지만 사돈께서 귀엽게 봐주시라는 정도는 의사소통이 된듯했다. 박재수는 사돈 간에 작별 인사하는데 까지 바짝 붙어서 '어서 기내로 들어가'고 자기 딸과 사위를 다 그쳤다. 행여 김여사가 딸에게 아빠가 돈 얼마나 주더냐고 물을까 봐서 모녀 간에 작별 인사도 제대로 못하게 해버렸다.

막내딸이 핀란드로 간 후 전화가 왔다.

"엄마 나 시가에 왔는데 시어머니가 인상이 좋지 않아."

"왜 그러니? 느그 아빠가 준 돈으로 신랑하고 의논해서 시어머니한테 인사옷이랑 시가집 식구들한테 선물이랑 사주고 신랑한테도 선물 사주고 그리했냐?"

"아빠가 무슨 돈을 줘? 비행기 표 끊어주고 겨우 180만원 준 것밖에 없어."

"뭐라고? 그것밖에 안줘?! 순 사기꾼 새끼가 또 사기 쳤네! 어디 사기 칠데가 없어서 딸자식한테 사기를 쳐? 나한테는 뭐란 줄 아냐? 너 갈 때 3,700만원을 준다고 나보고 결혼식장에 나타나지 말라고 해서 싸우다, 싸우다 내가 지고 말았는데 결국 그 짓을 했구나? 느그 시가집에서 네가 시집오면서 아무것도 안 해오니 서운해서 그랬나보다. 내가 지금 가진 것이 없으니 우선 1,500만원이라도 부쳐 줄 테니 그것으로 서운한 것부터 신랑하고 타협해서 써라." 김여사는 박 재수한테 또 당하고 기가 막혔다. (어쩐지 3,700만원을 준다고 선뜻 대답을 한다 했더니, 결국 공수표 날리려고 그랬구나. 두 번째 이혼할 때도 판사가 위자료 5,000만원 주라고 할 때 선뜻 대답해놓고 위자료 안주려고 나를 저수지에 밀어 넣으려다 미수에 그친 일을 당해놓고도 그 말을 믿은 내가 잘못이지, 죽일 놈 같으니라고!)

그 일로 인해 막내딸은 그 신랑하고 얼마 살지 못하고 헤어지고 말았다. 박재수는 오직 자기위주로 세상을 그따위로 거지같이 살면서 돈을 그렇게 움켜쥐고도 어디다 돈을 쓰는지 자식하나 제대로 여우지 못하고 막내딸의 신세까지 그르치고 말았다. 시가집에서는 친정아버지가 대학교수, 학자집안 이라고 높이 평가 하고 뼈대 있는 집안에서 좋은 혈통을 받은 사람으로 인정을 하고 결혼을 승낙했는데 결국 박재수의 불량한 꼼수 때문에 막내딸이 외국인과의 결혼생활에 쓴잔을 마시게 되었다.

사람들은 내적인 인간미보다 겉모습에 빨리 도취된다. 박재수를 교수라는 타이틀 때문에 모두가 훌륭한 학자내지 인격자로 착각하기 쉽다. 그러나 뼈대가 제대로 된 양반가의 뼈대가 아닌 개뼈다귀 가문이란 것이 결국 뽀록나고 말았다. 막내딸이 외국 유학 가서 외국인과 결혼한다고 허울 좋게 선전하여 결혼식 때 상당히 들어온 축의금은 윤금숙이가 갈취해버리고 먼 유럽 땅 까지 시집간 딸에게 시가집에 예단 비 한 푼 없이 그렇게 몰인정하게 해 버린 박재수였다. 결국 결혼 축의금 가로채기 위해 김여사를 결혼식장에 못 나오게 하려는 꼼수를 부렸다는 것을 알았다. (하여간 천박한 것들이라 돈 앞에서는 체면이고 인격이고 안면몰수 하는 것은 예나 지금이나 여전하구나!) 김여사는 이번 일을 보고 자기 결혼할 때의 일들이 또 주마등처럼 스치니 온몸에 소름이 오싹 돋았다.

지금까지의 일은 박재수의 싸이클대로 모든 것이 진행되었다. 그러나 끝까지 박재수의 싸이클이 승리할 것인가? 최후에 신은 누구의 손을 들어줄까?

박재수 막내 동생 영빈이는 자기 아들이 군대 가서 다쳐서 식물인간으로 군 생활 못하고 조기 제대한 후 평생 누워서 사람 구실 못하고 있으니 국방부에서 매월 500여 만 원씩 나오는 장해연금으로 살고 있으면서 그것도 무슨 자랑거리라고 '나는 아들 덕분에 걱정 없이 잘 산다'고 자랑이 늘어졌다.

사람보다 돈이 우선인 마랭이네 가문이 험악하게 몰락으로 치달았다. 아들 다섯 모두가 성한자식 하나 없이 전에 지 애비 닮아서 못된 짓만 한 놈들이란 꼬리표를 지금도 달고 산다. 그중에 박재수만 전직대학교수였으니 대단한 학자인줄알고 문학마당에서 존경 받고 있으니 개가 하품할 일이다.

32. 명진이 군수출마

      박재수의 둘째 형인 명진이가 H 군수 출마한다고 후보자 등록을 했다. 박명진이가 군수출마 한다니까 다 웃었다. 그가 H에서 철공쟁이 서자로 태어나 성장 과정이 남들에게 좋은 이미지를 얻지 못하고 악명 높은 사람으로 명이 났는데, 당시 조선대학교를 나왔다는 배경하나로 군수 출마한다니 모두가 뒤돌아서서 비웃을 수밖에 없었다. 청년 시절에 올바른 길을 걷지 못하고 껄렁하게 주위를 불안하게 하며, 남의 등이나 처먹고, 자기의 잘못된 기량으로 H군을 쥐락펴락 하려고 했던 거친 인성을 다 알고 있는 군민들이 선뜻 그에게 표를 줄 리 만무다. 자기 생각엔 자기 아버지가 H바닥에서 젊어서부터 철공장이로 뼈가 굵어서 그 기반이 대단한 것으로 착각을 했고. 자기 동생 박재수가 H 고등학교에 교사로 있었으니 그 기반을 크게 여겼고. 또한 자기가 청년시절에 주먹세계에서 주름잡아 자기 밑에 똘마니들이 많아서 그들을 기반으로 삼고 자신만만하게 출마를 했는데 결국 민심은 냉정했다. 박재수가 H 고등학교 근무시절에 자기 맘에 거슬린 교직원 서너 명을 쫓아낼 때도 박명진이 개입하여 깡패들 수십 명을 끌고 들어가 학생들 앞에서 교사들 뺨을 때리고 교권을 짓밟았던 그를 H 사람들이 다 기억하고 있는데 자신의 행위를 깨닫지 못하고 억지로 민심을 좌지우지 하려다가 낙선의 쓴잔을 마시게 되었다.

    3년 후에 재출마한다고 박명진이가 또 설래방을 쳤다. 지난번에 출마했을 때 왜 떨어졌는지 자신의 반성 없이 또 출마한다고 나서서 군민들 인상만 찌푸리게 했다.

    "제수씨 그간 안녕하셨는가요?"

    "이제 댁의 동생하고 이혼한 사인데 제수씨라고 할 것도 없습니다. 우리 서로 껄끄러운 사인데 무슨 일로 전화하셨는가요?"

    "내가 지난번에 군수 출마했다가 떨어진 것 알고 계시지요?"

    "말은 들었습니다."

    "그래서 또 한 번 출마하려는데 제수씨가 좀 도와주시면 좋겠습니다. 지난번에 내가 왜 떨어졌는가를 곰곰 생각해보니 제수씨 존재를 무시했다는 것을 이제야 깨달았어요. 그때도 제수씨가 나를 도와 줬더라면 ○○면, ○○면, ○○면, H읍내에서 표가 많이 나올 뻔 했는데 나중에야 내가 깨달았습니다. 제수씨 존재가 그만큼 큰 줄을 미처 몰랐습니다. 그러니 이번엔 제가 당선될 수 있도록 꼭 좀 도와주시라고 부탁 말씀 드리려고요."

"나는 이제 그 집하고는 남 된 줄 H사람들이 다 알고 있고, 지금은 경기도에 있는데 내가 거기 가서 그런 주변머리 없는 짓을 하겠어요? 사양하겠습니다."

"아따 제수씨 이번 한번만 협조해 주시면 동생 놈(박재수) 마음을 돌려보겠습니다."

"그럴 필요 없어요. 아무리 마음을 돌려먹은들 그 사람본성이 변하겠습니까? 나 지금 그 사람하고 이혼하고 혼자사니 이렇게 편할 수가 없어요. 그 집 식구들 아무도 보고 싶지 않습니다." 김여사는 냉정하게 전화를 끊어버렸다. (불량하고 더러운 것들이 얼마나 다급했으면 이혼한 전 제수씨를 들러리 세워 출세해 보겠다고 나에게 사정을 하다니 역시 낯가죽 두꺼운 것들이네).

박재수네 일족들은 남을 이용해 먹고 배신 때리는 것이 주특기다. 그냥 배신만 때리면 그래도 괜찮다. 자기 바탕을 아는 사람은 세상에서 가장 비참하게 밟아버리는 일도 탁월한 재주를 가졌다. 자기 전처의 재산으로 26년간 살아왔고, 처가 돈으로 박사까지 되고도 전처를 버릴 때는 온갖 혐의를 다 뒤집어 씌워서 기어코 이혼을 하고 나서 법에서 판결한 위자료 안주려고 전처를 저수지에 밀어 넣으려다 실패했던 박재수다.

그것뿐이 아니다. 내연녀인 윤금숙이랑 드라이브 하다 과속하여 오토바이를 타고 드라이브하는 젊은 연인 한 쌍을 들이받아 큰 사고를 냈던 일도 있다. 그것도 술 먹고 음주운전에, 과속에, 대학교수 직에 있는 박재수는 그때도 대형 사고를 내서 사건 처리 제대로 하면 교수직은 당연히 내 놓고, 감옥을 가고도 수 억 원의 돈이 들어도 해결이 안 될 사건을 저지르고 말았다. 결혼을 앞둔 청춘 남녀는 중상을 입었는데 뒤에 탄 아가씨는 겨우 깨어났지만 반신불수에 정상적인 일상생활을 할 수 없을 정도로 망가졌고, 총각은 지금도 식물 인간으로 겨우 목숨만 붙어있다고 한다. 그런 대형 사고를 내서 두 사람의 인생을 망치고도 자기 사위가 안기부에 있으니 사위에게 사건 처리하라고 다 미루어 버리고 자기는 아무 일도 없었던 것처럼 뒤로 쏙 빠져서 대학 교수

자리를 꾀 차고 있는 천하에 벼락 맞을 인간이다.

문학계에서는 많이 배운 사람을 선호하는 곳이라 박재수는 명색이 전직이 대학교수라는 명칭을 가지고 있으니 대단한 학문이나 인격을 두루 갖춘 사람으로 착각하고 있다. 박재수는 겉 타이틀은 그럴싸하다. 호남 상을 가진데다 키꼴도 좋고, 날씬한 몸매에, 대학교수라는 명칭까지 가졌으니 누구라도 호감을 가질 수밖에 없다. 남들에게 자기 본색을 전혀 들키지 않게 철저하게 가면을 쓰고, 아무에게나 실실 거리고, 간교를 떠니 아무도 박재수가 그토록 흉악한 사람인 줄은 모르고 박 재수 말이라면 꺼 뻑 넘어가는 문인들이 많다. 박재수는 보편적으로 여류문인들에게 더 인기가 있다. 항상 여자들에게 호감을 얻으려고 친절하게 굴며 가증을 떠니 아무도 박재수의 실체를 아는 사람이 없다. 아직까지 괴수의 속내를 들키지 않고 잘 살고 있는 것을 보면 가면극에도 탁월한 재능을 가진 사람이 분명하다.

박재수가 이끄는 모 문학단체에서도 회원 간에 불미스런 사건이 벌어졌는데 주도권을 갖고 있는 박재수가 조그만 이해관계 때문에 가해자와 피해자를 뒤바꿔 버려서 몇 년 동안 피해자가 가해자로 몰려 많은 비난과 멸시를 받게 했었다.

40년 전에 일어났던 광주 민주화운동을 부정한 모 국회의원들을 처단하란 국민의 목소리가 높듯이, 거짓을 유발한자나 진실을 외곡한 자, 또는 도덕성이 결여된 자는 문인의 정신을 훼손한자로서 제명되어야 마땅하나 박재수는 지금도 문인들에게 훌륭한 학자 대접을 받고 있으니 이 또한 통탄할 일이다. 작가의 양심은 무엇보다도 고결해야 한다. 불의에 편승하는 문인들은 역사에 큰 오점을 남길 수밖에 없다.

이 소설의 주인공인 김 여사는 더욱 억울한 것이 박재수의 농간으로 자녀들과 김 여사가 만날 수 없게 철저히 봉쇄하고 박재수의 후처를 옹호하게 한 것이 더없이 억울하다고 했다. 젊은 날 저희들 지키느라 박재수에게 그 많던 친정 재산을 강탈당하면서 아무 죄 없이 수많은 날 폭행당해서 만신창이가 된 육신은 죽지 못해 날마다 병원을 의지하고 겨우 살아가는데, 제 아비에게 얼마나 못된 세뇌를 받았으면 자식들이 어미를 멀리하고 있어서 보고 싶고, 중대사를 의논하고 싶어도 연락을 할 수 없으니 그보다 더 억울한 일이 없다고 눈물짓는다.

더욱 어처구니가 없는 것은 김여사가 자서전을 내려고 한다는 소식을 듣고 자식을 총 동원해서 책을 못 내게 온갖 행패를 부리고 있다. 지금까지 가면적 생활을 잘도 했는데 김여사의 가슴에 쌓인 한들을 담은 책이 나돌면 자기의 민낯이 들어나기 때문에 책 내는 것을 수단과 방법을 가리지 않고 방해를 부린 박재수다. 이혼한지 20년이 넘었어도 지금도 전부인의 권리를 억압하려 든 박재수다.

"엄마 어디 가시려고 그렇게 단장을 하셨어요? 역시 울 엄마는 젊어서 비단 장사를 해서인지 그렇게 차려입은께 지금도 귀부인 같네."

"나 우리 사위 만나러 간다."

"누가 엄마 사위야?"

"누구긴 누구여? 박재수지, 세상에 하나밖에 없는 내 사위를 보러가야겠다. 그 놈이 오기를 기다리다 내가 먼저 죽을 것 같다. 우리 장남이랑 꼭 보고 와야겠다."

"엄마 이 더위에 어디로 가신다고 그러세요. 그 인간은 나와 이혼한지 몇 십 년 인데 그 인간 만나서 뭐하시게?"

"나 꼭 할 말이 있당께?! 지금도 내가 사준 집에서 살고 있으니 그놈은 지금 도 내 사위다." 신여사는 사위 바라는 망부석이라도 된 듯 날마다 대문 쪽을 바라보며 혼자서 날마다 주언 부언 하더니 며칠 전부터 모시 한복을 곱게 손질하기 시작했다. 잠자리 날개 같은 모시옷을 곱게 차려입고 아장거리고 거리로 나섰다. 연세가 90이 넘어서 정신이 왔다 갔다 하는 어머니를 어쩌지 못하고 광주까지 동행해서 장남이에게 전화를 수차례 해도 아예 받지 않았다. 할 수 없이 되돌아서 오는 길에 교통사고를 당해서 병원에 입원 중에도 간절 히 기다리는 것은 오직 박재수와 장남이다.

"내가 그놈을 용서해 줄란디 그놈이 왜 안 온다냐? 내가 그놈을 용서하지 못하고 죽으면 난 저승에도 못간다. 그리고 여기가 어디냐? 나 사위 잘되라고 기도해야 한디 어쩌자고 나를 여기에 가두어 두었냐 말이다. 어서 우리 집으 로 가서 정한 수 떠놓고 빌어야 한다. 공은 끝까지 들여야지 하다가 그치면 여태껏 공들인 것 허사가 된당께. 빨리 우리 집으로 가자."

"그놈은 엄마 공을 받을 자격이 없는 놈이니 이제 그만해," 신여사는 요즘 부쩍 박재수의 향수병에 시달리고 있다.

양희옥 소설

천사의 통곡

인쇄 2019년 10월 30일
발행 2019년 11월 02일

지은이 양희옥
발행인 서정환
펴낸곳 신아출판사
주소 전주시 완산구 공북 1길 16(태평동 251-30)
전화 (02) 3675-3885, (063) 275-4000·0484
팩스 (063) 274-3131
이메일 sina321@hanmail.net essay321@hanmail.net
출판등록 제465-1984-000004호
인쇄·제본 신아출판사

ISBN 979-11-5605-696-6 03810

값 15,000원

이 도서의 국립중앙도서관 출판예정도서목록(CIP)은 서지정보유통지원시스템 홈페이지
(http://seoji.nl.go.kr)와 국가자료공동목록시스템(http://www.nl.go.kr/kolisnet)에서
이용하실 수 있습니다.(CIP제어번호: CIP2019043947)

Printed in KOREA